LE PAN DE MUR
TRILOGIE DE SICARD, ÉCUYER ET MÉDECIN AU XIIIE SIÈCLE
TOME I

Antoine Garrido

Le pan de mur

Trilogie de Sicard, écuyer et médecin au XIIIe siècle
Tome I

Les 3 Colonnes

Pour tout contact :

Éditions Les 3 Colonnes
72 rue du Faubourg Saint-Honoré
75008 Paris
www.lestroiscolonnes.com

DÉDICACE

À la dame de mes pensées
À ma fille

Note de l'auteur

L'action de mon roman se situe pendant les prémices de ce que l'on nomme « La Croisade des Albigeois » jusqu'à la prise de Minerve en 1210.

J'ai employé de manière volontaire le mot « Cathare » bien que ce terme ne soit jamais prononcé pendant cette période.

J'ai décidé de nommer « Cathares » les adeptes de cette doctrine, afin de rendre plus facile la lecture de mon roman.

L'Église Romaine les nommait hérétiques, païens, manichéens, suppôts de Satan, antéchrists, agents du mal…

Dans la mémoire collective le terme « Cathare » est beaucoup plus aisé à comprendre. « Les Châteaux Cathares » en sont le parfait exemple bien que ces forteresses furent érigées avant la Croisade des Albigeois, démantelées par la suite puis largement reconstruites par la royauté française pour assurer la défense de la frontière franco-aragonaise.

Principaux Personnages

Sicard, médecin
Aicard, frère de Sicard
Don Alejandro, médecin
Carmen, fille de Don Alejandro
Boniface, cistercien
Édouard de Lancenet, nobliau puis moine
Innocent III, Pape*
Simon de Montfort, chef militaire de la croisade*
Renaud de Puysancy, chevalier Auvergnat
Maître Léonard, apothicaire
Gailharda, maquerelle
Mathilda, prostituée
Père abbé Michel, cistercien
Arnaud Amaury, abbé de Cîteaux*
Raymond VI, comte de Toulouse*
Pierre de Castelnau, légat pontifical*
Malemort, mercenaire
Muhamad al Nasir, calife de Castille
Abu Muhammad ben Ach-Chaykh, vizir de Castille
Frère Rémi, templier
Jean de Roquelande, grand maître templier
Assomption, ventrière
Raimond Roger Trencavel, vicomte de Carcassonne*

* Les personnages auréolés d'un astérisque ont réellement existé.

Prologue
Lombers – Diocèse d'Albi – 1165

Des herbes aromatiques se consumaient dans de larges vasques de pierre voilant à peine les relents de transpiration et les effluves de moisissures. Les représentants du Souverain Pontife se pincèrent le nez lorsqu'ils entrèrent dans la grande salle. Quelques huées les accueillirent et les estafiers armés de lance ramenèrent le calme molestant les plus véhéments des protestataires. Les ecclésiastiques de l'Église Romaine, sous la tutelle de Pons d'Arsac, l'archevêque de Narbonne, prirent place sur l'estrade. Veillant à leur confort, le viguier Eudes de Lombers, avait fait installer des fauteuils confortables dignes de leur fonction. Les moines copistes chargés de noter les débats s'installèrent sur de vieux bancs vermoulus qui gémirent sous leur poids. Les scribes au service de l'épiscopat déplièrent de longs rouleaux de parchemins qu'ils déposèrent sur leurs pupitres, affûtèrent leurs stylets et remplirent les encriers. Leurs contradicteurs faisant face à la délégation de l'Église Romaine refusèrent de s'asseoir et décidèrent crânement de rester debout. Un silence glacial, ponctué de raclements de gorge, du froissement des longues soutanes et du cliquetis des croix pectorales parcourut l'assistance.

Deux Églises Chrétiennes s'affrontaient depuis de nombreuses années et cette journée décisive n'était ni à la politesse ni à la mansuétude de la part des missionnaires de Rome. Ce colloque réunissait également quelques seigneurs laïcs dont Raimond 1er Trencavel, vicomte de Béziers et de Carcassonne ainsi que Constance, l'épouse de Raymond V comte de Toulouse.

Cet énième conciliabule entre deux Églises, l'une Romaine enracinée depuis des siècles et l'autre dissidente implantée depuis quelques décennies sur les terres de langue d'Oc faisait suite aux précédents débats qui s'étaient soldés par des échecs. Le fossé se creusait entre ces deux principes religieux, la réconciliation semblait impossible, chacune des deux délégations campant sur ses positions et se regardant en chiens de faïence. Les émissaires de Rome refusèrent d'emblée tout atermoiement devant ceux et celles qui osaient se nommer entre eux Bons Hommes et Bonnes Dames.

Ces rebelles à l'autorité du Pape ne reconnaissaient toujours pas l'Église de Rome sous le prétexte qu'elle ne respectait pas, affirmaient-ils, les idéaux du Christ. Ils se considéraient donc comme les seuls vrais apôtres de Jésus refusant tout compromis avec Rome lui reprochant également sa richesse ostentatoire et ses excès dictatoriaux, lucratifs ou vénaux.

— Il n'est qu'un seul Dieu, affirma Pons d'Arsac, l'archevêque de Narbonne, sous les murmures d'approbations des évêques et des abbés, c'est celui que vénère notre Sainte Église, la vôtre n'est qu'imposture, renchérit-il pointant son index sur la poitrine d'Olivier.

— Faux, trancha fermement Olivier le délégué du camp adverse, deux Dieux s'affrontent, l'un est bon, l'autre mauvais, reprit-il agitant ses bras faméliques striés de veines proéminentes.

— Certes, mais le mauvais n'est autre que Satan.

— En effet et c'est celui auquel vous rendez grâce, répliqua Olivier.

La délégation de l'Église Romaine menaça de quitter les lieux devant de telles accusations et Pons d'Arsac demanda à Olivier de présenter des excuses. Olivier refusa coupant la parole à l'archevêque.

— Le premier jour, Dieu créa le ciel et la terre, dit-il.

— Vous n'oseriez quand même pas nous donner des leçons de théologie, ironisa l'évêque d'Albi se levant péniblement de son siège, dodelinant de gauche à droite son visage sec et impassible percé d'un regard bleu d'acier.

— Laissez-le parler mon cher, sourit Pons d'Arsac. Continuez, je vous prie, dit-il s'adressant à Olivier.

— Dieu créa la terre, reprit Olivier, mais Dieu s'aperçut de l'imperfection de sa création qui résultait d'un chaos primitif où se heurtaient deux mondes. L'un bon et spirituel étant l'œuvre de Dieu le père, l'autre mauvais et corruptible sous la mainmise du diable.

Olivier se tut et dévisagea son auditoire vêtu d'aubes immaculées et de chasubles ornées de fil d'or qui dénotaient devant l'austérité de sa tunique et de ses braies défraîchies par le temps. Sa maigreur et la fadeur de ses traits faisaient également pâle figure devant l'opulence des prélats qui incarnaient la richesse d'une Église réconfortée par la pléthore de ses coffres débordant d'écus, d'ostensoirs finement ciselés, de ciboires ornés de pierres précieuses et de patènes d'argent.

— Vous affirmez être au service d'un Dieu bon mais regardez autour de vous? interrogea-t-il. Satan gouverne une terre qui n'est autre que le berceau des calamités dont il se repaît. Guerres, complots, famines et misère régissent nos vies. Les femmes meurent en couche, les seigneurs se battent pour quelques arpents de terre, les marchands spéculent sur le prix du blé lorsqu'il se fait rare. Est-ce là le dessein d'un Dieu bon? C'est Satan qui gère le monde visible que nous foulons du pied. Cette terre où nous pourrions vivre heureux est en fait le berceau de toutes les turpitudes et de tous les maux de l'humanité. Le vrai Dieu est charitable, il dirige les âmes qui errent depuis la nuit des temps à la recherche de la clarté divine dont vous vous êtes éloignés vous fourvoyant dans la bassesse, le luxe et le pouvoir. Nous autres, Bons Hommes et

Bonnes Dames, ne demandons rien, ni empire, ni argent tandis que vous, du haut de vos chaires et de vos cathédrales qui dominent les masures des pauvres gens, continuez à vous enrichir et à vous engraisser sur le dos du peuple. Il y a longtemps que vous avez jeté la doctrine de notre Sauveur aux orties, poursuivit-il avec passion, vous remplissez vos coffres de richesses, abusez de votre emprise et forniquez avec vos concubines. Voyez mes doigts, ils sont nus. Voyez les vôtres, lança-t-il à l'assistance des prélats médusés devant tant d'impudence, ils sont bagués d'ambres, d'émeraudes et de saphirs. Vos pierres précieuses vont à l'encontre de l'enseignement des Saintes Écritures. Vous vous êtes laissés séduire par le démon dont vous êtes les serviteurs zélés. Vous avez l'aplomb de nous traiter de mauvais chrétiens, nous qui travaillons de nos mains pour subsister, nous qui vivons dans le dénuement le plus absolu et dans la même pauvreté que celle du Christ. Nous partageons l'austérité et l'humilité des petites gens, humilité qui vous fait si cruellement défaut. Un Dieu bon n'accepterait pas que ses représentants croulent sous les ors des temples dans lesquels vous demeurez loin de la réalité d'une population écrasée par les impôts et les servitudes. Vous exhortez les hommes et les femmes à ne pas succomber à la tentation. De quel droit vous permettez-vous de juger les hommes ?

— Du droit divin ! trancha sèchement l'évêque Gaucelin.

— Le droit divin, dites-vous ? Mais je suis tout comme vous un fils de Dieu et je n'oserai jamais porter un tel jugement. Et vous osez ? Seriez-vous Dieu en personne ? se moqua Olivier. Non, vous n'êtes pas Dieu et vous n'êtes pas digne de le représenter ici-bas. Vous n'êtes qu'un homme au service du Malin.

— Comment osez-vous ? éructa Pons d'Arsac avec irritation. Dieu m'en est témoin je n'ai jamais pactisé avec le Malin.

— Mensonge ! s'exclama Olivier. La concupiscence, la luxure et le prestige ne sont-ils pas les armes du Malin ? Convoitise, rapacité, lucre et débauche ne sont-ils pas votre pain quotidien ? Pain quotidien servit par la main même du diable ! Vous êtes au service des grands du royaume afin d'asseoir votre soif de pouvoir. Tu ne tueras point, tu ne voleras point sont des préceptes que vous bafouez depuis la nuit des temps. Nous, Bons Hommes et Bonnes Dames, sommes les dignes héritiers de la parole des apôtres.

— Depuis quand les femmes exercent-elles le sacerdoce ? ricana l'archevêque de Narbonne provoquant l'hilarité des représentants de Rome.

— Les femmes ont les mêmes droits et les mêmes devoirs que les hommes dans notre église, rétorqua Olivier.

— Les femmes n'ont aucun droit, elles n'ont que des devoirs comme celui d'être de bonnes épouses, cracha l'évêque Gaucelin.

— Le devoir d'écarter les cuisses au bon vouloir de leurs maîtres ! s'étonna Olivier. Le droit de vous servir et de vous divertir, après avoir laissé les ronces dévorer les Saints Sacrements ? La chasteté est le cadet de vos engagements comme le prouvent vos nombreux bâtards qui pullulent dans les orphelinats. Les malheureuses servantes qui engendrent le fruit de votre dépravation sont livrées à la rue et terminent leur misérable vie dans un bordel après avoir dilapidé le maigre pécule que vous leur donnez en gage de leur silence.

— Suffit, trancha Gaucelin, l'évêque de Lodève. Nous avons tenu à vous rencontrer une fois de plus pour tenter de vous remettre dans le giron de notre Sainte Église et non pour nous faire copieusement insulter.

— Je ne vous insulte pas abbé Gaucelin.

— Monseigneur, coupa l'évêque, excédé devant ce manque de considération.

— Je ne vois ici aucune cathèdre où poser votre séant, souffrez donc que je vous traite d'égal à égal, reprit Olivier.

— Jamais je ne serai l'égal d'un anachorète dépenaillé, pesta l'évêque Gaucelin.

— Peut-être abbé, mais vous ne représentez ici qu'un homme parmi les hommes.

— Impudent, invectiva Pons d'Arsac, tu t'adresses à Monseigneur l'évêque.

— Je n'ai qu'un Seigneur, il s'appelle Christ et vous n'êtes pas digne de le représenter, vous n'êtes qu'un prévaricateur qui s'est éloigné des devoirs de son chapitre, répliqua Olivier sous l'approbation des siens.

— Inutile de poursuivre, constata amèrement Pons d'Arsac. Votre entêtement nous mène une fois de plus à juger votre Église contraire à la vraie foi Chrétienne et vous comparaîtrez devant le Tout-Puissant sous l'accusation d'hérétique.

— C'est vous qui êtes coupable d'hérésie, rétorqua Olivier. Est-ce mentir que de sentir chaque jour un peu plus le poids de la misère sur nos enveloppes charnelles ? Est-ce mentir que d'avouer que vous bafouez la pauvreté du Christ, préférant vous vautrer dans le lucre, la luxure et l'autorité ?

— Blasphémateur ! hurlèrent les envoyés de Rome.

— Au bûcher ! crièrent les abbés chargés de notifier les débats sur de larges parchemins.

— Silence, faites silence, je vous prie, ordonna l'archevêque de Narbonne. Je note une fois de plus l'échec de la négociation dont je vous juge seul responsable, continua-t-il à l'encontre d'Olivier. Il sera écrit que nous, représentants du Saint-Siège, avons tout essayé pour vous extirper du mauvais chemin dans lequel vous êtes engagés. Vous êtes désormais proscrits de l'Église Romaine et vous en paierez les conséquences à plus ou moins brève échéance. Je m'en retourne à Rome faire le constat de votre déchéance au sein de notre Église et j'enjoins les barons des terres de langue d'Oc à cesser toute tractation et toute protection envers vous, vos frères et sœurs hérétiques.

Les évêques présents et les représentants laïcs ne purent qu'approuver la sentence. Dépités, Raimond 1er Trencavel, vicomte de Carcassonne et de Béziers ainsi que Dame Constance, l'épouse de Raymond V de Toulouse, jurèrent de cesser leur assistance aux Bons Hommes et aux Bonnes Dames en vertu de l'accord et de l'hommage rendus à l'Église Romaine. Carcassonne et Toulouse se désolidarisaient donc d'Olivier et de ses partisans malgré les liens étroits entretenus depuis de longues années avec ces Bons Hommes et ces Bonnes Dames qui partageaient la vie des habitants, les suivant dans leur joie et leur peine, aidant les uns et les autres dans les travaux du quotidien, assistant les enfançons dans leurs premiers pas et accompagnant les mourants dans leur dernier soupir.

Les habitants de Lombers et la chevalerie du bourg se joignirent également au verdict. Nul à présent ne pouvait discuter, accueillir voire même saluer un adepte de cette Église dissidente sans être soupçonné de sympathie ou d'allégeance à cette faction séditieuse qui se permettait de critiquer ouvertement Rome. Olivier et les siens étaient désormais seuls face à leur destin.

LIVRE I

1195 – mai 1198

1
La révélation

Je m'appelle Sicard. Je suis né en 1179 dans les Hautes Corbières, terres arides balayées par les vents brûlants et par les frimas des froidures hivernales. Cette contrée aux chemins de poussière et de rocailles, royaume de l'ours, de l'aigle et du sanglier, abrite de nombreux hameaux où vivent quelques familles de paysans. Habitués aux hivers rigoureux et aux étés de plomb, ces hommes déboisent les forêts qui deviennent des terres arables propices à la culture du blé et de la vigne que domine le château de Padern. Érigées sur un piton rocheux, ses solides murailles crénelées et ses deux tours abritent les villageois en cas d'attaques de soudards qui sont légion dans les campagnes, ravageant, détruisant et pillant sur leur passage. Ce castrum appartient à l'abbaye bénédictine de Lagrasse. Mon père Bernart en est le bayle, chargé de l'entretien du domaine, des bonnes relations entre voisins et veille à ce que les récoltes soient régulièrement acheminées dans les greniers de l'abbaye. Il fait également office d'homme de justice, punit les contrevenants et dirige la petite garnison du château.

Il fut longtemps au service de Guilhem, seigneur de Minerve, citadelle fortifiée dotée de remparts inexpugnables, de courtines, d'un pont-levis, de tourelles et de murailles fièrement dressées dominant le ravin où serpentent les eaux claires du Brian. Il naquit entre les deux hommes une franche amitié. Mon père gérait les biens du seigneur de Minerve, en qualité de trésorier et d'intendant. Consciencieux, méthodique et taciturne, il occupa son poste durant quelques années puis répondit à l'appel des frères Bénédictins de Lagrasse qui lui confièrent le devenir de leurs domaines en le nommant bayle. Il considéra cette opportunité comme la juste récompense de dures et longues années de labeur. Éveillé dès le chant du coq, il se couchait tard dans la nuit après avoir partagé un verre de vin avec le seigneur de Minerve. Vêtu d'un pantalon et d'une tunique aussi noirs que son âme, de faible constitution, les cheveux rares et longs, le visage sévère au regard soupçonneux, mon père dénotait devant la prestance du seigneur Guilhem dont l'épaisse chevelure d'ébène s'étalait sur ses larges épaules. Sous son visage loyal et affable orné d'une barbe soignée, perçaient deux prunelles d'un bleu intense qui pouvaient mettre mal à l'aise ses interlocuteurs. Les deux hommes se vouaient une admiration réciproque. Ils pouvaient, le soir venu, deviser pendant des heures de l'avancée des travaux agricoles, de la réfection d'un parapet ou des affaires courantes autour d'un nectar vinifié dans les caves du château.

Guilhem de Minerve vit donc à regret partir son fidèle trésorier et l'assura de son indéfectible estime. Les serviteurs emménagèrent une carriole capitonnée de nombreux coussins sur lesquels, ma mère enceinte de plusieurs mois, put s'allonger. Il fit promettre à mes parents que l'enfant à naître, si c'était un garçon, entrerait à son service dès l'âge de huit ans.

Mon père n'ayant qu'une parole, je quittais le donjon de Padern à la date fatidique malgré les pleurs et les supplications de Setembra, ma mère, dont les pleurs inondaient le visage. Il régnait une morne ambiance dans la cour du château. Ma mère, pourtant toute fine, décupla une force insoupçonnable, s'accrocha, me happa et s'agrippa à mes vêtements déchirant de ses ongles mon bliaut. Mon père, sec, impassible et inexpressif ne laissant rien transparaître m'arracha des serres de ma mère tandis que les servantes essuyaient une larme. L'une d'elles glissa dans mes poches des biscuits au miel dont j'étais friand. Mes deux jeunes frères jumeaux, ne comprenant rien à la situation, jouaient dans la cour et les soldats vaquaient à leur entraînement sous les ordres d'un sergent. Je savais pertinemment que l'amour d'une mère est irremplaçable aussi m'enlaça-t-elle une dernière fois, avant que ne s'élancent les chevaux de mon escorte. J'étais triste mais dans un état d'excitation comme tout garçonnet qui va découvrir l'inconnu. J'allais vivre dans une véritable citadelle fortifiée sous le parrainage d'un grand seigneur craint et respecté qui dirigeait une véritable troupe de chevaliers, de sergents et de gens d'armes.

— Te voilà dans ta nouvelle demeure, m'accueillit le seigneur Guilhem. Ton père est un homme de parole et tu dois considérer comme un honneur le fait d'être désormais lié aux miens.
— Oui, monseigneur, répondis-je.
— Point de monseigneur lorsque tu t'adresseras à moi. Tu peux m'appeler « Mon oncle » ou « Oncle Guilhem » à ta guise.

J'acquis donc le titre de page et grandis avec mon cousin Bertrand. Plus âgé que moi de deux années, les cheveux longs, noirs et hirsutes qui lui dévoraient le visage, des épaules à faire déjà trembler les plus hardis, la démarche altière, il n'était que joie de vivre et je partageais avec lui les bêtises et l'insouciance de l'enfance dans lesquelles il m'entraînait. Je m'éveillais au chant du coq, assistais à la première messe, enfilais ma livrée et m'attachais aux différentes servitudes liées à mon rang : matinel, époussetage de la tenue de mon oncle, nettoyage de ses armes et graissage de sa cotte de mailles. Je regagnais ensuite la salle d'apprentissage de lecture et d'écriture sous la férule de Maître Joan. Je consacrais mes après-midi aux maniements du tir à l'arc et devenais, grâce aux conseils de Bertrand, un excellent archer, décochant mes traits sur des cibles de paille. Je rêvais de m'opposer à la quintaine mais la dangerosité de ce pantin de bois armé d'un fléau d'armes dont on frappait l'écu avec force sur un cheval lancé à l'assaut m'était prohibée en raison de mon jeune âge. Au fil des saisons, je pus enfin me mesurer à ce terrible engin ainsi qu'au tir à l'arbalète. Malgré le cranequin qui permettait de bander la corde, je suais sang et eau avant de me servir convenablement de cette arme qui transperçait un homme de part en part. J'aimais aussi prendre soin des chevaux, les pansant après de longues chevauchées, flattant leur encolure et les débourrant sous les conseils attentifs de mon cousin. À l'aube de mes seize ans, je pus enfin soulever la lourde épée de combat et m'adonnais avec vigueur à l'art noble du combat en champ clos. Ces exercices me forgeaient aussi bien l'esprit que le corps. J'exhibais crânement devant les damoiselles mes bras secs et musclés, mon torse imberbe aux pectoraux finement dessinés et mes cuisses galbées lorsque j'allais me plonger nu dans les gorges du Brian avec Bertrand. Je cachais d'un linge mes parties intimes devant les friponnes qui nous épiaient du sommet des rochers tandis que Bertrand dévoilait son corps athlétique en invitant les coquines à nous rejoindre. Joignant l'acte à la parole, il mimait l'acte sexuel, donnant de violents coups de reins à la surface de l'eau sous les gloussements des jeunes filles effarouchées par tant d'audace.

Bertrand fut adoubé dans les mois qui suivirent sa dix-huitième année. La tradition voulait qu'il soit parrainé et initié aux règles de la chevalerie par un seigneur étranger à sa famille. Unique garçon d'une fratrie de cinq enfants, mon cousin, d'un caractère volcanique, accomplit sa formation sous la conduite intransigeante de son propre père. Guilhem de Minerve se montra inflexible avec son fils qui rivalisa d'effort afin de ne pas décevoir les espoirs de son père et seigneur. Sachant les liens d'amitié et de fraternité qui nous liaient, mon oncle m'éleva au rang d'écuyer. Pantois devant cet immense honneur, j'assurais mon oncle de mon entier dévouement et de mon éternelle reconnaissance. De puissants seigneurs comme Raymond de Termes, Guilhem de Peyrepertuse et Chabert de Barbaira, dont les forteresses dominaient les pentes abruptes des Hautes Corbières répondirent à l'invitation de Guilhem de Minerve. Pierre Roger de Cabaret, le virulent seigneur de la Montagne Noire, paré de son éternel sourire et drapé dans une cape chamarrée était également présent tout comme Bernard de Nissan qui s'attribuait le titre de plus vieil ami de Guilhem de Minerve. Âgé d'une dizaine d'années, le jeune Raimond-Roger Trencavel, Vicomte de Carcassonne, accompagné de son tuteur, le fidèle Bertrand de Saissac, honora de sa présence l'adoubement de mon cousin. Vassal de la famille Trencavel, Guilhem de Minerve et son épouse Dame Rivoxenda s'inclinèrent avec respect devant le jeune comte qui malgré son jeune âge avait déjà l'œil avenant et la démarche majestueuse de ses illustres ancêtres.

Bertrand se présenta devant l'assistance vêtu de braies et d'une chemise d'étoffe grossière. Devenu son fidèle écuyer, je l'aidais à endosser une vieille cotte de mailles dérouillée, graissée et remaillée, offerte par les soldats de la garnison. Il survêtit le haubert du bliaud de la famille Trencavel, fascé de gueule et d'argent chargé de ravelles et d'alevins de sable, confectionné par Dame Rivoxenda et ses servantes. Il orna sa taille d'une large ceinture et son torse d'un baudrier du même tenant, cadeau du jeune Vicomte de Carcassonne et de Bertrand de Saissac, son tuteur. Bertrand ajusta une paire de bottes, don de Bernard de Nissan et enfin Guilhem de Minerve offrit, à son fils, les éperons, symboles de la chevalerie. Puis Bertrand s'agenouilla et reçut la collée par le seigneur de Minerve qui le frappa du plat de l'épée sur le sommet du crâne, sur la nuque et sur l'épaule dans un silence révérencieux. D'un geste auguste et tremblant d'émotion, Guilhem de Minerve remit enfin l'épée à son fils. Bertrand se redressa, remercia son seigneur de père et saisit l'arme par le pommeau, jugea de son aplomb et de la qualité de la gouttière. La magnifique épée façonnée par les forgerons de Minerve, était de taille avec le tranchant affûté comme celui d'un rasoir et d'estoc, permettant ainsi à Bertrand de transpercer un ennemi de part en part. Ravi d'une telle arme qu'il nomma Redoutable, Bertrand l'exhiba sous les « Hourrah » des chevaliers et des seigneurs présents. Il déposa un long baiser sur la lame avant de la rengainer dans son fourreau sous les acclamations. Témoin privilégié, habillé de cap et de pied aux armoiries de Carcassonne, je tendis à Bertrand, la bannière et l'écu aux emblèmes de la famille Trencavel. Raymond de Termes, toujours aussi taciturne, offrit un camail de belle facture aux mailles magnifiquement tressées, Pierre Roger de Cabaret, se fendit d'une dague de Tolède finement ciselée. Guilhem de Peyrepertuse tendit à Bertrand un magnifique casque à nasal qui brillait à la lueur des torches et Chabert de Barbaira lui remit une arbalète Aragonaise réputée pour sa puissance et sa précision.

Le banquet organisé pour des hôtes aussi prestigieux trônait sur la grande table du donjon, chacun s'installa devant des plats qui embaumaient l'immense salle. Cuissots de sangliers, charcuteries de Lacaune réputées jusqu'à Toulouse, venaisons, truites, fromages et pâtisseries alléchantes dont les enfants s'amusaient à chiper des morceaux. Ces garnements me remémoraient mes jeunes années avec Bertrand toujours à l'affût des meilleures parts à chaparder sous les remontrances bienveillantes de Dame Rivoxenda. Épousée en secondes noces après le décès prématuré de la première Dame de Minerve qui mourut en couches emmenant son bébé avec elle, Dame Rivoxenda, toujours d'humeur égale embrasait le château par son charme et sa grande beauté que les accouchements n'avaient nullement altérée. Mince, toujours élégamment vêtue et coiffée d'une longue tresse couleur blés mûrs qui mettait en valeur son port de tête, elle filait le parfait amour avec Guilhem de Minerve pourtant inconsolable lorsqu'elle le rencontra.

Les bons crus issus des vignobles du Minervois déliaient les langues et les seigneurs s'amusèrent à des joutes verbales aussi complexes qu'amicales. On parla surtout de politique et de la neutralité des Trencavel face au Comté de Toulouse qui revendiquait leur vassalité au détriment de la Couronne d'Aragon qui demandait, elle aussi, le ralliement de ces puissantes seigneuries. On discuta aussi de cette nouvelle foi dont les apôtres semaient leurs graines au fil de leurs homélies. Attirant de nouveaux adeptes, le Catharisme créait un véritable schisme au sein de l'Église Chrétienne qui perdait chaque jour un grand nombre de fidèles au grand désespoir des évêchés localement implantés depuis plusieurs siècles. Le Catharisme n'était-il pas le fruit des turpitudes de l'Église Romaine méridionale, sourirent les seigneurs occitans devant la mine désaffectée des prélats qui frappaient régulièrement aux portes des citadelles fortifiées ? Il était temps de donner un coup de pied dans la fourmilière, plaisanta Pierre Roger de Cabaret sous le regard de Raymond de Termes qui, circonspect devant tant de jovialité, présageait de mauvais jours à venir.

*****

Armé chevalier, Bertrand n'en continuait pas moins à bâcler ses études, faisant le désespoir de notre professeur. Cancre notoire, il dédaignait ses leçons d'écriture et de lecture préférant l'apprentissage des armes, maniant bien mieux l'arbalète, l'épée et la hache que l'écritoire et le stylet. Voûté, maigrichon, affublé d'une barbichette aux longs poils aussi épars que chenus, les yeux globuleux, Maître Joan, notre précepteur, que Bertrand surnommait « le vieux hibou » s'arrachait les cheveux et se plaignait régulièrement de la nonchalance de mon cousin auprès du Seigneur Guilhem qui devant la désinvolture de son vaurien de rejeton avait baissé les bras depuis bien longtemps.

Bertrand était un bloc de muscles pour qui l'usage des livres disait-il, devait être réservé aux moines et aux érudits. Il passait le plus clair de son temps aux écuries soignant, pansant, étrillant les chevaux qui étaient ses plus fidèles compagnons. Usant d'une patience infinie, il n'avait pas son pareil pour débourrer la plus rétive des montures. Il lui flattait l'encolure, lui murmurait quelques mots dont il avait le secret. Le cheval lui répondait en hennissant, frottait ses naseaux contre son torse et se laissait apprivoiser avec douceur. Bertrand aidait les juments à pouliner, se couchant sur la paille près d'elles, les caressant, leur parlant et les invitant à poser leur lourde tête sur ses cuisses. Ainsi apaisées, les juments trouvaient calme et sérénité. La naissance se déroulait dans un climat de confiance et de douceur, puis Bertrand s'éclipsait sans bruit laissant la pouliche et son poulain à leurs premières étreintes. Bertrand était un roc, une force de la nature qui ne craignait rien ni personne. Il était la terreur des nobliaux du Minervois qu'il défiait régulièrement dans des joutes aussi rudes qu'amicales. Il recevait des coups mais en distribuait bien plus qu'il n'en encaissait et ne se plaignait jamais même lorsqu'il rentrait d'une de ces algarades avec un œil poché ou une arcade ouverte. Bertrand était un roc mais d'une fragilité exacerbée par son amour des chevaux.

Ma vie changea lorsqu'il fut blessé lors d'une chasse aux sangliers. Un grand mâle chargea le cheval de Bertrand et la monture frappée au ventre s'écroula coinçant Bertrand, son pied restant sanglé dans l'étrier. Mon cousin subit alors les attaques du sanglier qui s'acharna sur lui à plusieurs reprises jusqu'à ce que les archers de mon oncle clouent l'animal sur place. Bertrand pleura mille morts quand l'un des chasseurs mit fin aux souffrances du cheval agonisant.

Sérieusement blessé par les défenses du sanglier, Bertrand présentait de profondes entailles à l'épaule, au torse et à la joue. Il fut ramené au château et confié aux soins de Fabian le rebouteux et d'Adélina la ventrière. J'étais fasciné par le savoir de Fabian qui me confia le soin d'appuyer fortement sur la poitrine de Bertrand afin de stopper l'hémorragie. Je compressais le buste tuméfié pendant que Fabian s'empressait de lui remettre en place son épaule luxée. Un bruit sec suivi d'un cri de douleur attesta de la réussite du reboutage. Adélina nettoya la joue de Bertrand appliquant sur sa plaie un onguent à base de plantes cicatrisantes et de miel. Mon cousin souffrait mais ne laissait rien paraître. Il arrivait même à plaisanter jurant qu'il mangerait ce cochon de sanglier jusqu'à plus faim. Les blessures plus impressionnantes que sérieuses cicatriseront rapidement, assura Fabian qui se félicitait d'avoir trouvé un assistant ne craignant pas la vue du sang. Il diagnostiqua plusieurs côtes cassées mais ne banda pas la poitrine boursoufflée à mon grand étonnement. Il fallait d'abord, m'expliqua-t-il que les pommades appliquées sur les lésions et sur les plaies agissent en profondeur afin d'éviter toute suppuration.

Âgé d'une cinquantaine d'années, trapu, taiseux, fort comme un chêne et le visage creusé de rides profondes tannées par le soleil, Fabian était d'un calme olympien. Tout à son inverse, petite bonne femme haute comme trois pommes, malicieuse et autoritaire, Adélina jacassait pour deux et reprochait à Fabian ses longs silences. Complices en dépit de leurs différences de caractère, le discret et la volubile, formaient un couple uni qui mettait tout son amour et son altruisme au service d'une population démunie devant la maladie.

D'une constitution solide, Bertrand se remit rapidement et Fabian m'invita à l'assister pour la suture des lésions. Je pus admirer avec fascination l'habileté du rebouteux qui malgré ses mains et ses doigts de charpentier maniait le fil et l'aiguille comme la plus habile des couturières. La convalescence de Bertrand dura plusieurs semaines. Immobilisé, mon cousin pestait contre le sort qui le tenait éloigné des joutes et des tournois dans lesquels brillait son blason. Comme tout fidèle écuyer, je me devais d'assister mon chevalier et je passais une partie de mes journées près de lui, changeant régulièrement ses pansements, lui massant le torse d'onguents apaisants, vidant son seau de commodités et lui contant la vie de la cité.

Grâce aux soins prodigués par Fabian, que je nommais Maistre Fabian, Bertrand fut solidement rétabli et arborait à présent sur la joue une cicatrice. Il en était si fier qu'il se faisait un malin plaisir à se raser tous les jours afin que tout le monde et en particulier les damoiselles admirent son visage balafré. Ces semaines passées près de Bertrand furent pour moi une révélation et mon oncle m'encouragea lorsque je lui avouai mon intention d'apprendre la médecine dans une grande école. Je n'étais qu'un adolescent et je savais qu'il me faudrait attendre encore deux années avant de pouvoir rejoindre une faculté.

Je continuais d'apprendre le secret des végétaux accompagnant régulièrement Fabian dans les hameaux où le brave homme prodiguait ses soins aux paysans. Nous parcourions les monts et les pâturages, cueillant herbes et plantes. Il m'apprit à les reconnaître, les faire sécher et les malaxer afin d'en extraire la quintessence. Il m'enseigna les herbes qui guérissent et celles qui empoisonnent, il m'apprit la confection des emplâtres, des pommades, des électuaires et le reboutage des membres luxés ou déplacés. Il était si fier de moi, de mon assiduité, de mon abnégation et de ma profonde compassion envers les malades qu'il me transmit le pouvoir de charmer le feu. Ce don, me dit-il ne pouvait s'offrir qu'à une âme charitable. Tu en es digne, renchérit-il.

Ma vie était belle dans ce beau pays du Minervois et dans ce château où régnait une atmosphère de paix. Mon oncle peu enclin à la violence sur ses terres tentait tant bien que mal, d'instaurer une loi à la fois juste et clémente mais gare à ceux qui empiétaient sur son domaine ou discutaient ses ordres et ses prérogatives. Bien sûr, il ordonnait le supplice des criminels et des bandits de grands chemins. Les corps meurtris par le bourreau restaient suspendus au gibet servant ainsi d'exemples à d'autres gibiers de potence. Les voleurs étaient la plupart du temps rossés et bannis du territoire, les récidivistes subissaient l'amputation d'une main et les assassins enduraient les châtiments le plus effroyables comme l'éviscération ou l'écartèlement.

Guilhem de Minerve et Dame Rivoxenda fêtaient la fin des vendanges par un banquet invitant troubadours, jongleurs et montreurs d'ours. C'était l'occasion pour mon oncle de convier ses vassaux et de s'entretenir de l'avenir de sa contrée. Certains emmenaient avec eux doléances et demandes de réparation pour telle ou telle vilenie car il n'était pas rare que des châtelains se disputent pour quelques arpents de terre. Ces disputes se terminaient fréquemment par des affrontements. Le sang coulait au grand dam de mon oncle qui ne supportait pas que des chevaliers se battent pour trois pieds de vignes ou pour un amandier.

Le seigneur Guilhem faisait donc office de juge de paix et veillait toujours à ramener le calme sur ses terres mais il lui arrivait également de frapper du poing sur la table et d'exiger un combat entre deux ennemis irréconciliables. Ces duels à l'épée et à la hache en terrain clos se terminaient lorsque l'un des antagonistes était tué ou demandait grâce.

Ces soirées de fêtes devenaient aussi l'occasion pour les jouvenceaux d'arborer leurs plus beaux atours et de se défier du regard afin de recevoir les faveurs des damoiselles. Bertrand comme à son habitude portait sa tenue de guerrier, un simple vêtement de cuir rehaussé du bliaud aux couleurs de la famille Trencavel de Carcassonne. Son habit dépareillait au milieu de ceux des jeunes convives qui élégamment vêtus ne manquaient pas d'ironiser sur sa vêture. Lui n'en avait que cure et en venait aux mains avec ces damoiseaux, leur donnant rendez-vous sous les remparts.

Nous recevions aussi la visite de curieux personnages vêtus de tuniques noires et usées. Ils allaient toujours par deux s'arrêtant çà et là au gré de l'accueil qui leur était réservé. Ils étaient toujours les bienvenus au castel, mon oncle leur offrait le gîte et le couvert. Ces hommes rechignaient à manger viande ou poisson se sustentant de pain, de fromage et de quelques fruits. Ils devisaient avec mon oncle d'un nouveau monde, d'une nouvelle espérance et même d'un nouveau Dieu. Désespéré par leur outrecuidance, le père Joseph, prêtre de notre paroisse, criait au blasphème, les traitant d'idolâtres et d'impies. Toujours salués avec déférence par les habitants, ces Bons Hommes comme ils se nommaient entre eux et comme les désignait la population, ne demandaient rien et participaient à la vie de la cité, aidant aux récoltes et partageant le quotidien des gens du peuple. À la tombée du jour, les villageois se réunissaient pour écouter leurs prêches au grand désespoir du père Joseph qui voyait son église désertée par de plus en plus de fidèles et en particulier par les jeunes gens. Certains d'entre eux exaltés par la parole des Bons Hommes demandaient à être admis dans leur rang. Ce fut le cas de ma cousine Amelha qui décida de rompre avec une vie d'oisiveté pour revêtir l'habit des Bonnes Dames. Mon oncle ne s'y opposa pas, aussi décida-t-elle de nous quitter afin de se consacrer à sa nouvelle destinée. Bertrand ne comprenait rien aux sermons des Bons Hommes et j'avoue que j'étais moi-même dépassé par leurs discours qui ne m'inspiraient ni rejet ni adhésion, trop occupé par les obligations dues à mon seigneur et par ma nouvelle vocation.

Je passais de magnifiques années apprenant chaque jour un peu plus l'art d'une certaine médecine traditionnelle enseignée par Fabian et Adélina. J'étais un élève assidu soignant aussi bien entorses, luxations, plaies de toutes sortes et brûlures. Je m'attirais la sympathie des villageois partageant leurs joies et leurs peines. Nous ne pouvions malheureusement pas lutter contre tous les fléaux tels que le venin des vipères, dont les morsures entraînaient la mort de quelques paysans pendant les moissons.

À l'aube de mes dix-sept ans, mon oncle me convoqua un soir auprès du feu qui crépitait dans la grande cheminée du donjon.

— Tu vas bientôt nous quitter, me dit-il, ton inscription à la faculté de médecine de Montpellier est validée, rajouta-t-il.

Bouleversé, je me lovai contre son torse en versant des larmes de joie.

2
Un nouveau Pape

La cité papale en effervescence venait d'élire un nouveau Pape. Les cloches des églises sonnaient à tout rompre et malgré le vent hivernal de ce début de l'an de grâce 1198, la population défilait dans les rues chantant des « Noël ». Le matin même, le peuple pleurait la mort du Pape Célestin III subitement rappelé à Dieu. Dans l'après-midi, ces mêmes personnes s'embrassaient, louant le Seigneur d'accéder à leur demande en leur offrant un nouveau souverain pontife. Le conclave réuni en urgence en fin de matinée siégea et très rapidement les quelques cardinaux présents, pour la plupart Romains, élurent à l'unanimité Giovanni Lotario. Le conclave fut si prompt que les portes à peine closes s'ouvrirent dans les minutes qui suivirent au grand étonnement des nombreux témoins présents. Les cardinaux des provinces retirées ou de pays trop éloignés de Rome seraient avertis en temps voulu. Ne voyant certainement pas d'un bon œil qu'un scrutin se soit tenu en leur absence et sans leur approbation, ils n'auraient plus qu'à ronger leur frein. Pire encore, certains de ces prélats contesteraient le choix de Giovanni Lotario, ayant eux-mêmes sous le coude d'autres candidats, sûrement aussi capables que celui qui venait d'être désigné. Le choix s'avérait définitif et nul ne pouvait le contester. C'était une fois de plus un Romain qui guidait la chrétienté faisant la fierté de la ville éternelle.

Les immenses verrières et les tentures du balcon du palais du Latran s'ouvrirent et Giovanni Lotario apparut sous les acclamations de la foule en délire. L'âme humaine est bien particulière pensa-t-il, ce sont les mêmes qui versaient des larmes sur la dépouille de Célestin III qui m'acclament alors que le cadavre de mon prédécesseur n'est pas encore froid. Insondable âme humaine qui a toujours besoin d'un berger pour la mener, murmura-t-il, saluant la foule d'un air détaché.

Les auberges de Rome ne désemplissaient pas, les tables libérées étaient aussitôt prises d'assaut par des meutes chamarrées de Romains arborant les couleurs de leur quartier. Certains en venaient aux mains pour une place en terrasse d'un estaminet mais se rabibochaient dès que les cruches de vins se vidaient faisant tourner les têtes. Les gardes chargés de la sécurité de la ville se frayaient tant bien que mal un passage dans les rues bondées d'une foule festoyant au seuil des tavernes, dansant aux sons des tambourins et des fifres, s'embrassant avec ferveur et remerciant le ciel.

Les prostituées se hâtaient de faire un brin de toilette intime entre deux passes, les malandrins de tous poils n'avaient qu'à tendre le bras pour arracher les escarcelles, les commerçants menaçaient les chenapans qui venaient dérober quelques friandises et la milice dépassée par l'affluence ne savait plus où donner du bâton. C'était jour de fête à Rome. L'élection d'un nouveau Pape donnait lieu à des festivités et à des libations. La foule dansait, criait et buvait jusqu'à plus soif. Quelques bagarres, engendrées par les bacchanales, éclataient çà et là. Des cohortes de moines en sandales, brandissant croix et ostensoirs, défilaient sur les places tançant les filles de petite vertu d'avoir la décence de boutonner leur corsage. Des ascètes fanatisés par l'événement avançaient torse nu. Munis de verges, ils s'autoflagellaient et le sang coulait sur leurs maigres épaules et sur leur dos zébré de profondes estafilades. Les processions de nonnes sous la tutelle des mères supérieures rasaient les murs sous les regards lubriques des ivrognes qui les lorgnaient, certains n'hésitant pas à exhiber leurs génitoires. On reconnaissait telle ou telle noble famille à ses armoiries finement gravées ou peintes sur les portes des carrosses qui affluaient par dizaines. Les prêtres bénissaient la foule qui se signait sur leur passage. La grande bourgeoisie romaine étalant son faste et escortée par des sbires aux mines patibulaires participait également aux agapes. Des troubadours jouant du rebec, du tambour et de la vielle entraînaient les danseurs dans des gigues improvisées tandis que les montreurs d'ours effrayaient les enfants et que les magiciens épataient les curieux par leur dextérité.

Rome, la ville éternelle, consacrait un de ses enfants aux plus hautes fonctions de l'Église bien qu'il soit natif de Gavignano à quelques lieues de la cité Papale. Il allait redonner son autorité à la hiérarchie chrétienne, assuraient les ecclésiastiques descendus de leur chaire pour se joindre à la liesse populaire. Les petites gens louaient le Seigneur tout-puissant d'avoir une fois de plus redonné à Rome toute sa splendeur en élisant un Pape romain. Qui mieux qu'un romain pouvait comprendre Rome revendiquait le peuple ?

Rome confiait les clefs de la Chrétienté à un de ses plus dignes représentants. Giovanni Lotario descendant d'une des plus puissantes familles des comtes de Segni et de Tusculum s'érigeait en parangon de la vertu et du travail accompli. Âgé de trente-neuf ans, encensé pour son intelligence et sa droiture il accédait aux plus hautes marches de l'autorité de l'Église après un parcours sans faute. Reconnu comme l'un des plus brillants cardinaux de la cité Papale, la Curie ne s'étonna pas quand il fut désigné pour succéder à Célestin III. Infatigable travailleur, cet homme que les maladies accablaient régulièrement ne laissait personne indifférent par son courage et sa force à dominer la souffrance et les maux dont il était accablé. Il se révélait être un excellent négociateur entre le pouvoir hiératique de l'épiscopat et le pouvoir laïc de la cité, usant de sa distinction et de son habilité pour démêler les nœuds et les complots les plus sombres qui pouvaient nuire au pouvoir de l'Église. Il était également connu pour sa beauté et la finesse de ses traits. Il se distinguait des autres cardinaux par sa minceur et l'élégance de sa démarche. Il n'était pas rare que les femmes se retournent sur son passage quand il arpentait les rues de Rome lorsqu'il n'était qu'un simple serviteur de Dieu.

Giovanni Lotario tiendrait ses quartiers dans le Palais du Latran comme tous ses illustres prédécesseurs depuis le IVe siècle. Les murs de la résidence frémissaient encore des secrets d'alcôves qu'il se ferait un malin plaisir à dénicher, rendant ainsi à ce lieu chargé de mystère son atmosphère énigmatique pour le commun des mortels. Cette magnifique demeure nullement épargnée par l'érosion et par un violent incendie au Xe siècle s'était richement embellie lors de sa reconstruction grâce au talent des sculpteurs qui œuvraient à la gloire du Christ ciselant des saints dans le marbre. Des peintres de génie œuvraient eux aussi à la majesté des lieux, décorant les murs d'immenses fresques représentant la vie de Jésus. Du balcon orné de fleurs lancées par les Romains, Giovanni Lotario savourait son succès. Il accédait enfin au firmament qui était l'aboutissement d'un travail acharné à combattre le mal sous toutes ses formes. Intransigeant comme le furent ses précurseurs à la fonction suprême, il était connu pour sa loyauté à l'Église, pouvant se montrer sec et cassant devant ses subordonnés lorsqu'une affaire de simple apparence sombrait dans les vestibules des différents secrétariats. Il n'hésitait pas dans ce cas à prendre personnellement les rênes du problème, le résolvant avec fermeté et diplomatie au grand soulagement de ses adjoints qui vantaient son habilité et sa maestria. Cet homme craint et respecté comme la plupart des hauts dignitaires de l'Église jouissait d'une cour de fidèles exaltés devant son abnégation. Le nouveau Pape savait qu'il aurait à se méfier de la détestation de certains cardinaux jaloux de sa majesté, car telle était la vie des élus du Saint-Siège. Giovanni Lotario n'avait que cure de ses ennemis et les ignorait, leur accordant le peu d'intérêt que ces envieux méritaient. Il se ferait un point d'honneur, le jour de son couronnement, de les évincer en les envoyant prêcher loin de Rome dans des contrées hostiles et nul n'aurait la possibilité de lui désobéir.

Giovanni Lotario devenait en ce jour le fils spirituel de l'apôtre Pierre dont la grandeur entraînait dans son sillage la construction de basiliques plus somptueuses les unes que les autres, de cathédrales qui s'élevaient au gré du génie des architectes et d'abbatiales jalonnant les chemins empruntés par les pèlerins. Il était à juste titre le fer de lance de la Chrétienté devant lequel tremblaient monarques et barons qui genoux à terre se pliaient au bon vouloir du Saint Homme. L'émanation de la Papauté auréolait les plus fervents de ses serviteurs qui abandonnaient fortunes et biens pour rejoindre les ordres militaires et monastiques. Les Pauvres Chevaliers du Christ drapés dans leur cape immaculée s'érigeaient, tout comme lui, en parangon de la vertu et du sacrifice sous l'œil bienveillant de Rome. Le Temple, véritable rempart de la Chrétienté face à l'infidèle attirait chaque jour de plus en plus de jeunes gens prêts à vouer leur vie pour l'amour de Dieu. Giovanni Lotario succédait par sa nomination à ses prédécesseurs qui firent de ces moines soldats le bras armé de la Chrétienté.

Après avoir salué la foule une dernière fois, Giovanni Lotario se retira dans ses appartements, accompagné de son secrétaire particulier avec lequel il s'activa à la rédaction du discours qu'il prononcerait lors de son sacrement. Il resta silencieux de longues minutes savourant avec délectation l'apogée de sa jeune carrière au sein de l'Église à laquelle il se vouait depuis son adolescence. Se murant dans une profonde méditation, il revit son enfance choyée par l'une des plus illustres familles romaines. Affligé des affres de la maladie dès son plus jeune âge, il ne devait son salut, affirmait-il, que dans l'adoration qu'il portait à Dieu. Sa nomination n'était-elle pas la juste récompense d'années vouées à la contemplation, au dévouement et aux privations? Ses frères jouissaient de la vie terrestre, s'adonnaient aux plaisirs de la chair, de la table et des fêtes. Dédaignant leurs études, ils se voyaient promus à un bel avenir grâce à la fortune familiale, tandis que lui, trônait sur un siège à la droite du Seigneur.

Rome pouvait s'écrouler, Giovanni Lotario se tiendrait toujours debout. Si l'Église venait à s'ébrécher et s'effondrer sur ses fondements, elle trouverait en ce nouveau Pape un nouveau bâtisseur. Si des hordes barbares se ruaient sur la cité éternelle, elles se heurteraient toujours à un pan de mur inflexible et résistant nommé Innocent III.

3
Désillusion

Élève discipliné et consciencieux, j'étudiais à la faculté de Montpellier, considérée selon les dires de nos maîtres comme la fille aînée de la faculté de médecine de Salerne qui formait la majeure partie de nos professeurs. Nos enseignants se devaient d'être irréprochables, de s'astreindre à de nombreuses prières ainsi que de prouver leur bonne foi en assistant aux offices religieux. Ils rendaient des comptes en montrant patte blanche devant le pouvoir ecclésiastique qui jugeait la maladie comme le juste retour de bâton pour le rachat de nos péchés. Le clergé considérait la souffrance de nos maux comme la réplique de ceux de Jésus sur sa croix. Notre destinée était de souffrir autant que lui pour atteindre le Paradis. C'est la raison pour laquelle les religieux surveillaient scrupuleusement les agissements de ceux qui pratiquaient et enseignaient la médecine. Ils scrutaient le moindre geste, déchiffraient les traités d'anatomie et fouinaient dans les recoins des bâtiments à la recherche de la mainmise du Malin.

Créée en 1181 suite au décret de Guilhem VIII, seigneur de Montpellier, autorisant la liberté d'enseigner la médecine, la faculté en était encore à ses balbutiements. Je fus donc surpris du manque de connaissances de nos formateurs, pour qui l'auscultation se résumait en une simple palpation du pouls et à l'examen olfactif des urines et des humeurs. Se méfiant d'une éventuelle épidémie, ils se frictionnaient les mains avec du vinaigre entre chaque analyse et prescrivaient jeûnes et tisanes à des patients déjà anémiés. Qui plus est, ces médecins vouaient une véritable animosité envers les chirurgiens qui usaient de méthodes archaïques, saignant et amputant à tour de bras les malheureux confiés à leurs soins. La popularité croissante des barbiers provoquait l'ire de Maître François, le doyen de notre faculté, qui les accusait de charlatanisme. La population les consultait pour diverses pathologies, membres brisés ou luxés, œdèmes purulents ou abcès suintant dont les relents faisaient fuir jusqu'au plus expérimentés de nos professeurs. Imbus de leur personne et de leur réputation, les chirurgiens s'en donnaient à cœur joie, incisant les plaies infectées, reboutant les luxations et tranchant dans le vif les infections. L'appât du gain les rendait indifférents aux plaintes des malheureux qui se retrouvaient sur un semblant de table d'opération pour des affections souvent bénignes ne nécessitant en aucun cas la barbarie de tels actes.

S'attribuant le titre ronflant de médecin patenté, se vantant de leur diplôme monnayé grâce à la fortune familiale, certains étudiants, se prenant pour de grands pontes, nous toisaient de leur superbe. J'appris rapidement qu'il était impossible, voire même dangereux, de contrarier ces usurpateurs sans risquer le renvoi définitif de l'académie.

Il régnait également une rude concurrence entre étudiants. Ceux issus de riches familles méprisaient les natifs de foyers plus modestes, qui malheureusement ne pouvaient rivaliser contre le pouvoir de l'argent. Désavantagés et toujours assis aux plus mauvaises places, ils suivaient les leçons en lorgnant par-dessus l'épaule des mieux lotis. J'étais quant à moi considéré comme le cheval boiteux de l'écurie, trop riche pour les uns et trop pauvre pour les fils de noble souche. Ma lignée me permettait quand même de me tenir aux premiers rangs des cours, étant fils du bayle d'une abbaye bénédictine et neveu d'un puissant seigneur du Minervois, dont la renommée était reconnue jusqu'en seigneurie de Montpellier. Doué d'un certain sens de la repartie et de l'honneur, je ne manquais jamais de rembarrer ces faquins de nobliaux lorsqu'ils abusaient de ma patience. Un soufflet me suffisait largement pour faire taire le moindre paltoquet et le remettre en place lorsque la parole ne suffisait pas.

Jalousé par ces enfants gâtés qui s'étonnaient qu'un manant de mon espèce détienne autant de savoir sur les vertus des plantes médicinales, des emplâtres, des minéraux, des électuaires et des onguents, je subissais régulièrement risées et moqueries, auxquelles je ne répondais que rarement. Je n'hésitais pas à partager mes connaissances avec les étudiants issus des classes sociales de la petite bourgeoisie ou du monde artisanal, dont les parents se saignaient aux quatre veines afin de payer les études de leurs fils. J'avais de mon côté un petit pécule, légué par mon oncle, qui me permettait de loger dans l'enceinte de la faculté et d'y prendre mes repas. Le dortoir réservé aux fils de famille modeste était certes sommaire mais beaucoup moins onéreux qu'une chambre dans une quelconque auberge. Nos lits, séparés les uns des autres par une tenture, nous conféraient un semblant d'intimité. J'étais économe, ne m'aventurant jamais dans les tavernes où régnait la lie de la société : brigands, canailles en tout genre, prostituées et aigrefins qui connaissaient l'art de détrousser le naïf quidam qui tombait entre leurs griffes. J'évitais donc les rues mal famées, sauf « La rue de la Louve » dans laquelle se trouvait l'échoppe d'un vieil apothicaire à qui je rendais visite régulièrement. Maître Léonard dispensait à la faculté des cours d'herboristerie. Toujours vêtu d'un long manteau noir de belle facture orné de festons dorés sur le col, coiffé d'un bonnet qui cachait sa calvitie, doté d'un regard malicieux, il proposait ses cours, malgré son âge avancé, avec une vivacité d'esprit que nombre d'enseignants lui enviaient. Usant de calembours et de tournures poétiques, les végétaux devenaient sous sa verve des êtres sensibles auxquels nous devions rendre grâce pour leurs bienfaits.

— Je t'observe depuis quelques jours et il me semble que tu n'as rien d'un débutant. Tu as déjà travaillé les plantes ? me demanda-t-il vivement intéressé par ma maîtrise à malaxer des huiles et des herbes sèches dans un mortier.

— J'ai eu cette chance Maître Léonard, répondis-je avec humilité.

— De qui tiens-tu ce savoir ?

— Il y a un rebouteux dans mon village, qui m'a donné quelques notions sur l'utilisation des plantes.

— Je peux t'assurer qu'il fut un bon maître, comme je peux t'affirmer que tu es le plus doué de mes élèves. J'ai besoin d'un assistant à mon officine. Tu pourrais m'y rejoindre après tes cours. Tu m'aiderais dans mon travail et cela nous serait profitable à tous les deux. Je t'enseignerai d'autres notions et te donnerai des cours d'anatomie.

— Humaine ? demandai-je.

— Oh, pas si vite mon garçon, répliqua-t-il, l'anatomie humaine est interdite par l'Église.

— Hélas, car sans la connaissance du corps, il nous est impossible de prodiguer des soins.

— Il te faut tenir ta langue, car de tels propos pourraient te mener devant les juges, susurra-t-il à mon oreille. Ceux-ci auraient vite fait de t'accuser de sorcellerie et de rites démoniaques.

— Je vous remercie de votre proposition.

— Amen, sourit-il.

Je me rendais donc le plus souvent possible à l'échoppe de Maître Léonard, l'assistant, écoutant et notant tous ses conseils. L'apothicairerie était dans un tel désordre que je mis plusieurs jours à me familiariser avec le fatras de mortiers, de manuscrits et d'ustensiles en tout genre. Mon premier travail consista à classer sur les étagères les flacons, les différentes herbes et les minéraux étalés sur la grande table de l'arrière-boutique. Je suivais les précieuses recommandations de Maître Léonard, créant une fiche pour chaque fiole contenant une mixture, avant de la déposer sur les rayonnages. J'arrivais tous les soirs après mes cours et je restais quelques heures jusqu'à la tombée de la nuit puis je regagnais ma chambre, relisant mes leçons de la veille. Je dînais très souvent en compagnie de Maître Léonard, qui se faisait préparer ses repas par une brave femme, s'occupant également du ménage de sa maisonnée située au-dessus du commerce. Ces moments de détente étaient l'occasion pour Maître Léonard de briser la solitude dans laquelle il vivait. Il se félicitait d'avoir trouvé un apprenti qui ne manquait, disait-il, ni d'esprit, ni d'intelligence. Ces propos me touchèrent et accrurent ma volonté de persévérer dans mes études et de ne pas décevoir sa confiance. De nombreuses herbes, ainsi que des fleurs qui m'étaient jusqu'alors inconnues, dévoilèrent tous leurs secrets, mais j'avais toujours l'obsession de l'anatomie. Maître Léonard me prodigua mes premiers cours de dissection sur le cadavre d'un chien, me décrivant les organes de l'animal qui étaient, affirma-t-il, en tout lieu les mêmes que ceux d'un être humain : rate, cœur, poumons. Il m'apprit à les examiner et m'expliqua les fonctions vitales de chacun d'entre eux. Afin de confirmer ses dires, il m'invita à participer à diverses expériences sur d'autres dépouilles animales.

Je profitais de l'enseignement de Maître Léonard et de ses leçons particulières qui me facilitaient la compréhension des cours théoriques de la faculté. J'excellais dans mes études à la grande satisfaction de notre doyen et de mes maîtres. Leurs félicitations et leurs encouragements aiguillonnaient la jalousie et l'animosité des étudiants de haut lignage qui voyaient d'un mauvais œil qu'un roturier de mon acabit, car c'est ainsi qu'ils me nommaient, se hisse au sommet de la hiérarchie des étudiants les mieux notés. Je m'attirais les foudres de ces besogneux bouffis d'orgueil, incapables de faire la différence entre un rameau d'olivier et une branche de chêne vert. Je tournais le dos à leurs moqueries qui me laissaient de marbre. Je haussais le ton lorsque mon honneur était bafoué, jusqu'au jour où trois d'entre eux vinrent me trouver dans le dortoir. Ils écartèrent le rideau et me trouvèrent allongé sur ma paillasse.

— Voyez ça mes amis, voyez ce manant qui se prend déjà pour un médecin, dit celui qui semblait être le chef de la bande provoquant l'hilarité de ses deux acolytes. Tu sais donc lire ? rajouta-t-il, lorgnant sur le livre que je tenais dans mes mains. Qu'est-ce que c'est ?

— Trop compliqué pour toi, répondis-je.

— Allons, donne-le-moi !

— Viens le chercher !

— Oh ! Voyez-vous cela. Le chien se rebiffe.

— Méfie-toi qu'il ne te morde.

— Le chien aurait-il des crocs ?

— Des crocs et des poings. Méfie-toi Édouard.

Les trois compères, surpris par mon aplomb, hésitèrent un moment. Je savais pertinemment qu'ils venaient pour en découdre. Les toisant d'un regard méprisant, je me levai et leur fis face. Édouard, le plus hardi du trio, en profita pour me bousculer, s'empara de mon livre et consulta d'un air ahuri chaque feuillet qui détaillait l'anatomie humaine.

— Tu sais qu'il est formellement interdit de dessiner de telles monstruosités, affirma-t-il.

— Ce ne sont pas des monstruosités, répliquai-je. Ce ne sont que des croquis de mains, de pieds…

— Je sais reconnaître une main et un pied. Nos professeurs se feront un point d'honneur de brûler tes dessins.

— Ce livre appartient à Maître Léonard, ce serait un affront de le jeter aux flammes.

— Dans ce cas, reprends-le, dit Édouard en me tendant le livret. Dis-moi, reprit-il avec un sourire narquois, comment se fait-il qu'un tel érudit s'intéresse à un manant de ton espèce. Serais-tu son mignon ?

— Je ne suis le mignon de personne. Je note par contre que tu ne te sépares jamais des tiens. D'aucun affirme que tu préfères jouer à la bête à deux dos ou plutôt devrais-je dire à trois dos avec tes deux camarades dont tu ne sépares jamais. Les drôles seraient-ils monnaie courante dans tes us ?

D'abord interloqués par ma repartie, Édouard et ses acolytes se concertèrent un court instant, mais piqués au vif et vexés, ils m'entourèrent. L'un d'eux, une espèce de grand dadais maigrichon et boutonneux, sortit un bâton qu'il cachait sous sa chemise. Il s'amusa à le faire tournoyer devant mon visage avant de me frapper sur la joue. Bondissant sur lui, je lui saisis le bras avant qu'il ne puisse réitérer son geste et lui démis l'épaule d'un coup sec et rapide. Ses hurlements déstabilisèrent ses comparses qui hésitèrent quelques secondes avant de se jeter sur moi. J'esquivai l'attaque du second, une espèce de barrique à vin aussi large que haute, en pivotant sur moi-même et lui assénai un terrible coup de tête sur le nez. Il s'écroula, portant ses mains sur son visage, étouffant ses cris dans un mélange de sang et de larmes. Édouard, dans un accès de rage, dégaina une lame de sa ceinture et tenta de me planter à plusieurs reprises. Grâce à diverses parades, je parvins à éviter le poignard qui fendait l'air. Je saisis une chaise dont je me servis d'écu et d'estoc. Stoppant ses assauts je parvins à acculer mon assaillant dans l'angle d'un mur du dortoir. Attirés par les cris et par le tumulte de la rixe, d'autres pensionnaires tentèrent de nous séparer, mais mon adversaire malgré les barreaux de la chaise qui lui écrasaient la poitrine refusait de se calmer et crachait un flot d'injures. Reculant brusquement d'un pas, je relâchai mon étreinte. Déséquilibré par ma feinte, Édouard chuta lourdement. Je portai immédiatement un pied sur sa gorge et l'autre sur sa main, l'obligeant à lâcher son poignard. Suffocant, trépignant de colère et de honte, il finit par demander grâce. Je dégageai mon pied de son torse et reculai de quelques pas tandis qu'il se relevait. Il se pencha sur ses deux amis, les aida à se remettre debout et ils quittèrent la chambrée en me maudissant. Je finissais par remettre un peu d'ordre dans ma tenue quand ils réapparurent, accompagnés du doyen de la faculté.

— Notre école n'est ni un lieu de débauche, ni une arène, me lança Maître François.

— Je ne me serais pas abaissé à corriger ces trois vautours, s'ils ne s'étaient mis en tête de me rosser, rétorquai-je.

— Que s'est-il passé ? demanda Maître François.

— Nous sommes venus lui demander son aide pour un devoir, répondit Édouard de Lancenet.

— Mensonge ! répliquai-je.

Je dévisageais le chef du trio, qui crânait fièrement près de notre doyen. Édouard arborait comme d'habitude un sourire ironique et moqueur. Grand comme un échalas, blond, le cheveu filasse et toujours avec ce sourire dédaigneux au coin des lèvres, ce fat, fils d'une des plus riches familles de Montpellier, faisait la pluie et le beau temps parmi les élèves de la faculté. Entouré de quelques complices, il terrorisait ceux qui refusaient d'être à sa botte. L'Académie de médecine dépendait principalement de bienfaiteurs et du mécénat. L'importante contribution de la famille d'Édouard de Lancenet permettait à ce morveux d'imposer sa loi et les quelques courageux qui s'opposaient à ses menaces étaient aussitôt renvoyés.

— Suffit, trancha Maître François. Le fait que tu sois un des meilleurs étudiants de notre école t'octroie quelques devoirs et en particulier celui d'assister les plus faibles. Ton attitude est une honte pour notre institution.

— Croyez-vous, Maître, qu'ils soient venus me demander des conseils armés d'un gourdin et d'une lame ? demandai-je.

— Je ne vois ici ni gourdin, ni lame. Quelqu'un pourrait-il en témoigner ? demanda-t-il.

— C'est impossible Maître, nous n'étions que tous les quatre dans le dortoir.

— Donc, c'est ta parole contre la leur, acquiesça Maître François.

— Oui, Maître.

— Ce paysan se croit tout permis sous prétexte qu'il est le protégé de Maître Léonard, s'offusqua Édouard de Lancenet. Il refuse de nous aider et s'arroge la vanité de détenir le savoir. Il nous a toisés, nous traitant d'incapables et de parfaits imbéciles. Son arrogance n'a d'égale que la bassesse de sa condition. Le raffinement lui est inconnu, il ne connaît que la brutalité, comme tous les rustres de son engeance. Le ton est rapidement monté, il nous a insulté et frappé.

— Faux ! criai-je.

— Silence, tout le monde dehors et toi Sicard, suis-moi de ce pas dans mon cabinet, ordonna Maître François.

Je savais parfaitement ce qui m'attendait en entrant dans le bureau du doyen. J'en ressortis quelques minutes plus tard avec l'ordre impératif de quitter la faculté le jour même. Avant de sortir du cabinet de Maître François, je me retournai, soutenant crânement son regard et l'assurant d'un sourire narquois de tout le mépris qu'il m'inspirait. Après avoir récupéré mon mince bagage, j'allais d'un pas alerte à l'infirmerie où les deux complices d'Édouard pansaient leurs plaies. Je saisis violemment Édouard par le cou et l'entraînai dans le couloir. Le maintenant fermement, je l'obligeai à se plier en deux et à ramper sur le sol. Malgré les supplications d'Édouard, les autres jeunes étudiants abasourdis n'osaient intervenir. Je lâchai enfin ma proie, qui suffocante, resta allongée sur les dalles, puis je lui déversai sur la tête deux bocaux contenant des urines et des excréments.

*****

Maître Léonard m'accueillit et me consola comme un père peut consoler un fils après une rupture amoureuse. J'étais dévasté. Deux années, consacrées à étudier au sein de la faculté de médecine réduites à néant. Je rêvais d'être médecin, à présent, je n'étais plus rien.

Maître Léonard m'affirma du contraire arguant de ma parfaite maîtrise des remèdes, des diagnostics et de ma compassion envers les souffreteux. Il insista également pour m'offrir le gîte et le couvert en échange de mon travail à l'apothicairerie. Je pourrai ainsi, argumenta-t-il continuer à apprendre tout en conseillant les patients qui achetaient des traitements car mes deux années d'études à la faculté me conféraient une expérience que beaucoup m'envieraient conclut-il. D'autres, moins doués que moi, exhibaient fièrement devant la population illettrée un semblant de parchemin attestant de leur qualité de mire. Ils apposaient sur la porte de leur maison un écriteau se décernant le titre de médecin diplômé.

La vérité était toute autre et le charlatanisme monnaie courante dans les cités. Des prétendus médecins profitaient de la crédulité de la populace pour s'enrichir. Mais gare à l'Église, qui voyant là le crochet du Malin, n'hésitait pas à enquêter sur ces présumés guérisseurs ayant pignon sur rue. Certains, accusés d'usurpation, déférés devant la justice des hommes, se voyaient bannis de la cité et leurs biens confisqués au profit de l'Église.

Je devins donc l'apprenti de Maître Léonard et j'acquis son savoir, maîtrisant l'art des végétaux, des minéraux et des sécrétions animales qui nous étaient indispensables pour confectionner nos remèdes. Maître Léonard se procurait, auprès de marchands ambulants venus de contrées éloignées des plantes séchées et de rares mixtures, tels que des venins de serpents. Certains de ces négociants arrivaient tout droit de Palestine, emmenant dans leurs bagages des substances impossibles à trouver dans nos provinces, particulièrement des opiacés achetés à prix d'or par Maître Léonard. Nous en prenions un soin particulier car ces narcotiques réservés aux clients aisés de l'apothicairerie faisaient sa renommée et sa fortune. Les notables de la cité consultaient Maître Léonard avant toute intervention chirurgicale car lui seul leur procurait ces opiacées provoquant l'ire des autres officines. Cette patientèle fortunée de jurats au service de la seigneurie, de connétables chargés de la sécurité de la ville et même de chanoines, s'approvisionnait à l'échoppe, accompagnée de nervis aux mines patibulaires.

Je ne sortais que très rarement de ma nouvelle maison, sauf quand Maître Léonard m'envoyait livrer des médications à « la Louverie ». Situé à quelques pas de l'apothicairerie, ce bordel, tenu d'une main de fer par Gailharda, une maquerelle haute en couleurs, était le lupanar le plus couru de Montpellier. La cinquantaine avenante, les cheveux noués en une longue tresse couleur poivre et sel, gironde et mettant en valeur sa poitrine généreuse dans des robes aux décolletés vertigineux, Gailharda se vantait d'accueillir sous son toit les filles les plus douées pour faire cracher au bassinet le plus avare des pingres. Des chefs de bande et de notoires fripouilles y côtoyaient une riche clientèle de marchands cossus, de maquignons, de notaires et d'officiers royaux, s'encanaillant sous l'œil bienveillant de Gailharda, qui veillait au confort, à la propreté et à la probité de ses filles. Les maladies vénériennes causant des ravages dans la population, l'hygiène était donc le maître mot de Gailharda qui dépensait une véritable fortune en baumes et onguents. Ses gagneuses se badigeonnaient le bas-ventre entre chaque client assurant ainsi la notoriété du bouge.

Lors de ma première livraison, j'arpentais la Rue de la Louve, me murant dans un silence complet et baissant la tête sans répondre aux provocations de quelques tire-laines qui me tancèrent vertement. Gailharda eut tôt fait de remettre à leur place cette bande de gagne-misère dès qu'elle sut que j'étais envoyé par Maître Léonard. Elle me précéda et j'entrai dans l'établissement sous le regard amusé des prostituées. Je délivrais ma commande rapidement et pris l'escarcelle qu'elle me tendit. Elle m'offrit un verre de vin, que je m'empressai de boire si promptement que je fus pris d'une quinte de toux. Elle tapota mon dos, je repris mon souffle en bafouillant quelques mots de remerciement avant de sortir et de regagner à grands pas l'officine de Maître Léonard. Au fil de mes livraisons, les filles me surnommèrent « Petit Puceau », car je refusais toujours leurs avances en rougissant. J'entrais dans le bouge, portant toujours en bandoulière un fourreau de premier soin. Je remettais mes remèdes à Gailharda sous les innocentes railleries des filles, dont certaines me lançaient des clins d'œil coquins tout en glissant leur langue sur leurs lèvres. Mes jambes flageolaient et j'ânonnais des propos si maladroits que les catins éclataient de rire.

Maître Léonard se faisait un malin plaisir de m'envoyer dans le bordel de Gailharda. Il me taquinait à mon retour, désireux de savoir si j'avais enfin perdu ou non mon pucelage. Je me rendais à « La Louverie » en début de matinée, pendant que les servantes s'activaient au nettoyage. La plupart des prostituées dormaient encore. Quelques-unes, attablées devant des bols de lait, s'amusaient de ma gêne lorsque j'apportais leurs mixtures dont je savais pertinemment qu'elles s'en frictionnaient le sexe. Je recevais régulièrement des propositions des plus hardies. Soulevant leur robe en dévoilant leur intimité, elles me demandaient de les oindre moi-même avec ladite mixture. Je perdais alors tous mes moyens, rougissant et bégayant sous leurs éclats de rire.

J'acquis, malgré ma timidité, une certaine notoriété à « La Louverie », prodiguant des soins à une jeune fille molestée par un client aviné. Posant ma commande sur le comptoir, je m'approchai timidement de la pensionnaire en pleurs que réconfortait Gailharda. La pauvrette se plaignait de son bras gauche qui semblait démantibulé. Je m'agenouillai en lui souriant et pris sa main dans la mienne. J'opérai du bout de mes doigts une rapide palpation et je diagnostiquai une luxation du poignet.

— Cela sera douloureux quelques instants, m'excusai-je en appuyant mes doigts entre la naissance du radius et du cubitus.

Un léger claquement, suivi d'un cri de douleur, attesta de la réussite de mon reboutage. J'enveloppai le poignet douloureux d'une bande de tissu humectée de teinture d'arnica et lui conseillai de garder ce pansement pendant quelques jours.

— Tu es donc chirurgien, s'étonna Gailharda me tendant un écu. Je me suis toujours demandé ce que tu transportais dans cet étui dont tu ne te sépares jamais.

— C'est un fourreau de premier soin, mais je ne suis qu'apprenti médecin, répondis-je en refusant poliment la pièce d'argent. J'aimerais, si vous me le permettez, revenir ce soir afin de changer le pansement de votre protégée.

— Tu seras le bienvenu, acquiesça la maquerelle.

— Merci pour votre gentillesse, dit la jeune fille. Alors, à ce soir ajouta-t-elle dans un sourire malicieux.

Dès mon retour j'expliquai avec une certaine fierté à Maître Léonard tous les détails de ma petite aventure. Je suis fier de toi, me complimenta-t-il en insistant sur la qualité de mon diagnostic et pour ma dextérité. Le soir même, je fis mes premiers pas dans le monde de la nuit sous les encouragements de Maître Léonard, qui me gratifia au passage de quelques pièces de monnaie. Après un repas rapidement avalé, je quittai ma chambre et me rendis à « La Louverie ». Les premiers clients aguichés par la beauté des filles, s'installaient devant des guéridons, commandaient des pichets de vin et invitaient les demoiselles à les rejoindre tandis que les musiciens accordaient vielles, rebecs et tambourins. « La Louverie » ne battait son plein qu'à une heure tardive de la nuit et je pus donc me consacrer aux soins du poignet de la jeune fille, puis je quittai les lieux avant que n'arrive la cohue des habitués.

Enveloppé de ma longue cape, j'arpentais à grands pas et en frissonnant, les venelles adjacentes à la Rue de la Louve sous les rafales de vent et les premiers flocons de neige. La vesprée enveloppait les portes des lupanars qui avaient pignon sur rue.

Chaque bordel jouissait d'une allée dévolue par la prévôté. Cette loi s'appliquait Rue de la Louve et dans les traboules voisines. Toute la canaille se retrouvait à la nuit tombée dans les maisons de passes. Ces lieux de perdition, où le mauvais vin coulait à flots, devenaient souvent le théâtre de règlements de compte entre bandes rivales et personne n'était surpris lorsqu'on retrouvait au petit matin un cadavre jonchant au milieu des immondices. Les gens d'armes du bailli ne s'aventurant guère dans ce quartier, la Rue de la Louve faisait donc sa propre justice. Les rufians pouvaient s'entretuer pour mille raisons, mais gare à celui qui s'en prenait à une fille. Les maquerelles ne supportaient aucun manque à gagner. Le coupable de violences envers l'une des pensionnaires se voyait aussitôt jugé par le tribunal des matrones qui lui infligeait une sentence à la hauteur des faits reprochés.

Le verdict variait de la simple amende à la correction, d'une sévère bastonnade jusqu'au lynchage en fonction de la gravité des actes. J'ai assisté à l'un de ces procès, tandis que je recousais la joue d'une fille. Tailladée, la malheureuse hurlait et baignait dans un torrent de sang lorsque les sicaires de la maquerelle enfoncèrent la porte de la chambre et s'emparèrent de l'ivrogne. La tenancière, propriétaire de la jeune fille défigurée, demanda le talion. Aussitôt, malgré ses supplications, l'homme fut ligoté sur une chaise. L'un des nervis du bordel se chargea de la répugnante besogne en lui entaillant profondément les joues à l'aide d'une serpette, puis, suivant les instructions de sa maîtresse, il trancha le nez et une oreille du misérable, dont le visage n'était plus qu'un amas de chairs boursouflées et sanguinolentes. Ouvrant ma sacoche, je voulus donner les premiers soins à l'infortuné, mais Gailharda me l'interdit formellement et me pria de m'occuper de la jeune fille surinée prénommée Mathilda. Gémissant mille morts, le coupable fut mené dans une charrette jusqu'à la sortie de la ville et son corps jeté comme un vulgaire fardeau dans un fossé.

J'appliquai sur les profondes entailles du visage de Mathilda des charpies. J'appuyais fermement sur les bandages afin de stopper l'hémorragie puis je demandai à Gailharda de me remplacer. Imitant mon geste, la maquerelle s'appliqua à sa tâche et s'étonna de me voir fuir à toutes jambes. Je me hâtai et pénétrai telle une tornade dans l'officine de Maître Léonard. Je lui empruntai la clef de sa cassette secrète qu'il me remit sans poser de question. J'allai directement dans sa chambre, me penchai sous son lit et je pris dans la boîte un flacon d'opiacés. Je descendis les marches quatre à quatre et rendis la clef à mon vieil ami. Je lui montrai la fiole que je tenais précieusement dans la main. Il hocha la tête en guise d'acquiescement. En sueur, je remontai la Rue de la Louve, me ruai dans l'escalier et retrouvai Gailharda toujours au chevet de sa protégée. D'abord stupéfaite de me voir revenir, elle me sourit et posa sa main sur la mienne. Je relevai la tête de Mathilda qui gisait sur le sol. Je versai quelques gouttes du précieux liquide entre ses lèvres entrouvertes, puis la prenant dans mes bras, je la déposai délicatement sur sa couche. Nous la veillâmes quelques instants puis Mathilda finit par s'assoupir. J'ôtai les bandelettes qui recouvraient son visage et Gailharda poussa un cri d'effroi devant les traits défigurés de la jeune fille. Je rassurai la maquerelle, lui promettant de rendre un visage humain à sa jeune protégée. Je commençai par nettoyer et désinfecter les profondes coupures, je fis un véritable ouvrage de couturière alignant les points de suture en parfaite harmonie. Je recouvris la plaie d'un onguent à base de camphre et d'huile d'olive pour adoucir les peaux meurtries. Sous l'effet des opiacés, Mathilda s'endormit paisiblement. Gailharda sortit de son corsage une escarcelle qu'elle me tendit. Je déclinai son offre avec politesse, de peur de lui être incorrect. Elle me dévisagea longuement et me sourit. Tu es un drôle de paroissien, me susurra-t-elle à l'oreille en déposant un baiser sur ma joue. Je lui promis de venir chaque jour afin de prendre soin de Mathilda. Elle me gratifia d'un baiser sur la bouche qui me désarçonna et me laissa pantois.

*****

Au fil des jours, l'état de Mathilda s'améliora, son visage désenfla, mais les lésions étaient telles que tout mon art et les onguents dispensés par Maître Léonard ne parvinrent pas à en atténuer les cicatrices. Elle changea de coiffure, laissant dévaler ses longs cheveux noirs sur ses joues abîmées.

Mon apprentissage sous la férule de Maître Léonard me donnait entière satisfaction, entre l'étude de nouvelles plantes, les autopsies animales, les livraisons chez les riches clients et mes visites à Mathilda, en proie à une profonde affliction depuis son agression.

J'appliquais des pommades apaisantes sur ses joues, elle me regardait avec tristesse et ses larmes qui coulaient de ses grands yeux verts, venaient mourir sur mes doigts. J'en étais fortement troublé et tentais désespérément de lui apporter quelque réconfort mais je ne savais rien de l'âme féminine et encore moins de celle d'une jeune femme ayant subi viols et prostitution dès son plus jeune âge. Fille d'une fille à soldat, elle fut chamboulée durant son enfance d'ost en ost, s'installant dans une tente au milieu d'autres tentes aussi sordides que celle de sa mère. Enfant, elle faisait un semblant de ménage dans leur habitat de fortune, préparait les repas, nettoyait les draps tachés de semence et survivait dans la promiscuité des ivrognes, des voleurs, des maquerelles et des moines défroqués. Sa mère mourut d'une maladie vénérienne et c'est tout juste sortie de l'innocence de l'enfance que Mathilda perdit la sienne culbutée par des soudards. Elle subissait le fouet d'un souteneur, jusqu'au jour où elle rencontra Gailharda qui menait son bordel ambulant comme un véritable négoce. La maquerelle prit Mathilda sous sa coupe, lui apprit le métier et en fit une excellente gagneuse. La vieille carriole dégingandée allait ainsi de ville en ville, au rythme des campagnes militaires et des sièges qui s'éternisaient. Cette vie insalubre dura quelques années. Mathilda tomba plusieurs fois enceinte et fut confiée aux mains des faiseuses d'anges qui exerçaient dans la clandestinité de peur de subir les foudres de l'Église.

Mathilda n'avait pas d'argent et ne savait comment me rétribuer, aussi me proposa-t-elle plusieurs fois de m'éduquer aux jeux de l'amour. Je déclinai poliment ses avances à son grand étonnement teinté de déception. Brune, grande, élancée dans un corps de déesse, ses courbes harmonieuses, le galbe de ses longues cuisses et ses seins provocateurs réveillaient en moi un appel à l'amour contre lequel je ne cessais de lutter. Elle était convaincue de ne pas me plaire mais je lui affirmais du contraire. Je lui expliquais que ma conception romantique et chevaleresque de l'amour allait à l'encontre de mes instincts même les plus humains. Je m'étais promis une vie amoureuse empreinte d'une certaine naïveté et d'une certaine noblesse d'âme. Il m'était donc impossible de répondre aux faveurs de Mathilda, qui ne pouvait concevoir qu'un homme n'éprouve pas le besoin de s'accoupler charnellement. On lui avait appris depuis sa prime enfance que l'homme avait tous les droits sur les femmes. Elles se devaient simplement d'écarter les cuisses et d'offrir le meilleur d'elles-mêmes. Le plaisir de l'homme passait avant celui de la femme. Le plaisir féminin, condamné par l'Église, n'était-il pas responsable de la chute d'Adam ? Le vice n'était-il pas représenté sous l'apparence d'une femme et la perdition de l'homme par son attirance pour le sexe féminin ?

Je manifestais ma sympathie aux autres filles de la maison ainsi qu'à Gailharda en soignant les petits maux du quotidien. Cette ancienne prostituée qui de temps en temps ne rechignait pas à monter avec un quidam, bien qu'elle soit en couple avec un coupe-jarret répondant au joli nom de Trousse-la-Nuit, veillait de près au bon fonctionnement de son bouge. Les bordels, dénoncés par l'Église, étaient autorisés par les baillis des grandes cités à condition qu'ils ne nuisent pas à la prospérité de la ville. « La Louverie » était sûrement l'un des plus réputés. Gailharda s'assurait de la bonne tenue de son établissement, qui lui apportait richesse et notoriété. Âgée d'une cinquantaine d'années, elle tapinait depuis sa prime enfance, racolant devant les portes cochères, traînant ses robes dans les cantonnements militaires et se vendant dans d'infâmes cabarets. Douée pour faire jouir les hommes, elle rendit fou d'amour un notable, qui dépensa pour elle sa fortune tout en se vidant les génitoires. Vieux garçon jaloux et possessif, il l'implora maintes fois de l'épouser. Hélas pour lui, il succomba peu de temps après les noces, son cœur ne supportant plus les assauts répétés de sa virulente épouse. Gailharda hérita d'une cassette emplie de pièces d'or et d'argent, ainsi que d'un semblant d'hôtel particulier qu'elle transforma rapidement en hôtel de passes de luxe. Notoirement reconnue, « La Louverie » recevait le gratin de Montpellier. Magistrats emperruqués, commerçants fortunés, notaires plus ou moins véreux, se donnaient rendez-vous rue de la Louve pour y dépenser sans compter. Sous couvert d'anonymat, d'illustres religieux venaient y prendre du plaisir avant de battre leur coulpe en s'autoflagellant. La discrétion et la sécurité du bordel incombaient à Trousse-la-Nuit, assisté de deux acolytes qui surveillaient les allées et venues. Il portait le cheveu long et noir, noué en une queue-de-cheval. Il arborait à sa ceinture plusieurs poignards de tailles différentes qu'il utilisait, disait-il, en fonction de la corpulence de son adversaire. Son œil était aussi sombre que son âme et ses deux compères ne valaient guère mieux. L'un d'eux surnommé Casse Molaire, d'une taille impressionnante et d'une force colossale, était totalement dévoué à Gailharda. À demi-muet depuis que la lame d'une hache l'avait trépané, il s'exprimait par toutes sortes de borborygmes et mimait ce qu'il ne pouvait dire. Le troisième, La Fouine, petit et maigrichon, toujours en quête d'une bourse à délester, était lui aussi d'une fidélité à toute épreuve. Ces trois énergumènes m'avaient à la bonne depuis que je soignais Mathilda. Issus du même ruisseau que celui des prostituées, ces trois éclopés du destin trouvaient en protégeant les filles un semblant de vie. Nés de pères inconnus, ces virtuoses du poing, du surin et du chapardage étaient liés, à la vie et à la mort, par le code d'honneur de la truanderie.

4
Couronnement

Les immenses corridors du palais du Latran résonnaient d'une multitude de pas. Les cardinaux déambulaient dans les larges couloirs de la résidence papale qui retentissaient du bruit de leurs souliers claquant sur les dalles de marbre blanc. Un grand jour s'annonçait, la plupart des grands dirigeants de l'Église avaient fait le déplacement jusqu'à Rome pour assister au couronnement du nouveau Pape. De nombreux messagers envoyés par le Saint-Siège parcoururent les terres chrétiennes dès l'annonce de l'élection de Giovanni Lotario à la tête de l'Église. Des courriers adressés par les émissaires du vaste empire chrétien, félicitant le souverain pontife, arrivaient chaque jour dans les secrétariats du Latran. L'administration du palais en informait Giovanni Lotario, qui fut particulièrement ému lorsqu'il relut pour la énième fois le pli de Pierre II, le roi d'Aragon. Pierre II l'assurait de son éternel dévouement lui affirmant qu'il n'aurait de cesse de lutter que lorsque la Reconquista entreprise depuis de nombreux siècles contre l'occupant musulman verrait les terres ibériques revenir dans le giron de l'Église. À l'inverse de nombreux souverains qui profitaient de leur missive de félicitations pour exposer leurs plaintes et réclamer telles ou telles doléances, Pierre II n'exprimait aucune demande. Il implorait seulement l'Église de prier pour lui afin qu'il puisse mener ses troupes jusqu'à la victoire finale pour la grandeur de Dieu. Voilà un Saint Homme, pensa Giovanni Lotario, qui combat avec ardeur pour notre splendeur depuis de nombreuses années, toujours à la tête de ses hommes en brandissant l'étendard de la Sainte Croix. Jamais le califat n'aurait autant prospéré si la chevalerie chrétienne s'était portée au secours des rois et des princes d'Ibérie dès le début de la conquête musulmane, songea-t-il.

La salle du couronnement se remplissait de cardinaux dont la plupart venaient de la péninsule Italienne. Certains arrivaient de régions éloignées comme les cardinaux Arturo Benelli de Palerme ou Umberto Toscanino de la province du Frioul. Entreprendre un tel voyage pour ces grands dignitaires de l'Église nécessitait d'importants préparatifs. Une berline confortable, agrémentée de coussins censés amortir les secousses des mauvais chemins était indispensable au confort des cardinaux pour la plupart très âgés. Ces grands pontes de l'Église se déplaçaient également avec une suite d'abbés et de secrétaires logés dans des carrioles plus sommaires. De nombreux hommes d'armes et des chevaliers fortement équipés escortaient les délégations, assurant la sécurité et prévenant ainsi quiconque oserait s'attaquer aux envoyés de Dieu. Tous les chemins qui menaient à Rome s'encombraient de lourds convois.

Le Palais du Latran ressemblait à une fourmilière où s'affairaient les petites gens chargées de réceptionner les caravanes, serviteurs aux petits soins, palefreniers menant les chevaux aux écuries, maréchaux-ferrants s'occupant des montures et lavandières nettoyant et repassant les tuniques épiscopales. Les cuisines du Latran débordaient d'activité et toute la brigade de cuisiniers et de marmitons suait sang et eau devant les grands fours à bois. Les ecclésiastiques allaient et venaient donnant des ordres à leurs secrétaires qui s'empressaient d'acheminer documents et dossiers dans les différents bureaux du palais.

Giovanni Lotario relisait consciencieusement le discours qu'il prononcerait devant les élus de la chrétienté, annotant et soulignant les passages qu'il jugeait importants. Il était fébrile à l'idée de se trouver devant tous ces coreligionnaires dont certains d'âge canonique voyaient sûrement d'un mauvais œil un homme encore jeune succéder à Célestin III décédé à l'âge de quatre-vingt-douze ans. Il lui faudrait certainement affronter la morgue de quelques vieillards à la rancune tenace qui, n'ayant pas eu le loisir de voter, continuaient à ronger leur frein. Des petits groupes de contestataires se formaient dans les couloirs et leurs murmures en disaient long sur leur ressentiment, mais Giovanni Lotario savait qu'il pouvait compter sur la fidélité indéfectible de ceux qui l'avaient élu à l'unanimité. Cela l'engageait à poursuivre la ligne qu'il s'était fixé dont il développerait les thèmes principaux lors de son allocution.

*****

La basilique Saint-Jean-de-Latran accueillait les quelques retardataires qui s'installaient et la cérémonie commença par une messe dirigée par le doyen Léandro de Luca. Voûté et soutenu par deux jeunes abbés, il prit la parole, l'œil vif scrutant l'auditoire et annonça que Giovanni Lotario serait désormais connu sous le nom d'Innocent III. Bégayant, ânonnant péniblement et s'essuyant régulièrement le front, le vieil homme dut s'asseoir à plusieurs reprises. L'office s'éternisa sous quelques murmures de désapprobation. Le cardinal de Luca remit au berger de l'Église Romaine les insignes pontificaux en lui passant au doigt l'anneau pastoral puis il orna son buste de la croix pectorale. Il lui tendit enfin la crosse et le coiffa de la mitre pontificale. Les cardinaux se levèrent et applaudirent Innocent III qui se hissa de son trône. Sourire aux lèvres, il fit quelques pas et tournant le dos à l'autel s'adressa à l'assistance.

— Mes frères, mes amis, aujourd'hui le poids de votre loyauté pèse sur mes épaules. Soyez remerciés et bénis pour votre confiance. Je serai le Pape de chacun d'entre vous et ma porte vous sera toujours ouverte. Je voudrais avoir une pensée émue pour notre très cher Célestin III qui est désormais assis à la droite de notre Seigneur. Son pontificat fut riche d'enseignements et je m'attacherai à lui faire honneur, soyez-en certain. Il nous a guidés sur la voie de l'amour de Dieu et je ressens sa présence parmi nous. Il a travaillé inlassablement à combattre le mal sous toutes ses formes. Je ferai de son héritage l'unique objectif de mon pontificat en luttant de toutes mes forces contre les forces du Malin qui transforment les hommes en pécheurs. Je n'aurai de cesse de défendre la Chrétienté et de la rétablir sur les terres impies. Pierre II d'Aragon ne sera plus seul pour résister à l'invasion mauresque qui le cerne de toutes parts. Je vais exiger des princes, des rois, des comtes et des barons de la Chrétienté qu'ils mandent des troupes afin de lui porter assistance dans son long combat contre l'infidèle qui piétine la péninsule ibérique. Il est inacceptable que ce grand seigneur qui nous est fidèle supporte seul le joug de l'envahisseur. Notre devoir est de garder à l'esprit la défense de nos valeurs et de notre civilisation. Je vais lever des sanctions contre la chevalerie qui se chamaille pour quelques lopins de terre, c'en est fini de cette gabegie et de cette incurie. Ces luttes intestines entre barons ne mènent à rien et Dieu lui-même est affligé de voir tant de bon sang chrétien se répandre en vain. Il me faut les enjoindre à prendre la croix afin de soutenir notre plus fidèle allié en la personne de Pierre II d'Aragon.

Un chuchotis d'approbation suivi d'applaudissements secoua l'assistance visiblement conquise par ce Pape qui s'illustrait par des propos dignes de sa fonction. Ému Innocent III se lança dans une diatribe contre les forces du mal qui mettaient à bas les fondations mêmes de la Chrétienté Occidentale. Appuyant chaque mot par de longs gestes et de longs silences, il s'évertua à dénoncer les hérésies qui défiaient le cours intemporel de la société chrétienne.

— J'entends également défendre la Chrétienté attaquée dans certaines provinces par des idées hérétiques qui se complaisent sur le terreau de nos péchés et de nos erreurs. Nous avons sans doute fauté laissant ces prédicateurs sillonner nos villes et nos campagnes. Nous aurions dû les museler avant qu'ils ne déversent leur fiel, avoua-t-il humblement, et j'en demande pardon à notre Seigneur. Nous ne pouvons tolérer de voir apparaître çà et là des mouvements réfractaires à notre vision du Christianisme car nous sommes la voix de l'Unique. Toute autre vérité qui détourne le peuple de nos églises n'est que mensonge. J'y vois clairement l'œuvre du Léviathan qui tente de séduire les âmes égarées et démunies. Vaudois dans le Piémont, Cathares en Albigeois, Bogomiles dans les Balkans, autant d'églises maléfiques et séditieuses qu'ils nous faut, mes frères, déraciner sans le moindre état d'âme. Ces croyances inspirées par Satan ont pour but l'éradication pure et simple de notre Sainte Mère l'Église. La main crochue du Malin s'est abattue sur les terres du Comte de Toulouse et tout le sud de la France est maintenant sous son emprise. J'ai reçu de nombreux courriers des évêques et des archevêques de Toulouse, de Béziers, de Carcassonne, d'Auch et d'Albi. J'ai l'intention d'envoyer des missionnaires dans ces régions infestées par le Mal, afin qu'ils nous tiennent informés de la vivacité de cette hérésie. Il ne sera pas dit que mon pontificat s'accomplira sous le sceau de l'atermoiement et de l'indulgence envers ces blasphémateurs qui malmènent la Croix. J'ai donc besoin de vous, notre Église a besoin de vous. Il vous faut retourner dans vos cathédrales, dans vos monastères et dans les plus infimes de vos chapelles afin d'affirmer la parole du Christ, notre sauveur. Je suis conscient de votre sacrifice et de l'effort qui en découle mais notre armée d'abbés, de moines, d'évêques et d'archevêques assistés des barons fidèles à notre Sainte Église sauront vous seconder dans cette tâche aussi ardue soit elle. À la gloire de Dieu ! lança-t-il.

— À la gloire de Dieu ! reprirent en chœur les cardinaux.

Les cris de joie de la foule massée sur la grande place du Latran cessèrent dès que le timbre des cloches qui sonnaient à tout rompre s'estompa. Innocent III parut au balcon. La marée humaine se tut. Les Romains s'agenouillèrent et baissèrent la tête dans l'attente de la bénédiction Papale. Muette la grande place attendait patiemment les premières paroles de son guide spirituel. Le temps semblait s'être posé. Innocent III regardait d'un œil bienveillant toutes ces nuques baissées qui attendaient son signe de croix. Le bourgeois se mêlait à l'ouvrier, le noble au paysan, le prêtre à l'ivrogne et la prostituée au chevalier. Tous unis dans la même ferveur. Tous dans l'attente de la grâce Papale qui libérerait des milliers de voix. Innocent III prononça quelques mots et ces visages d'hommes et de femmes en prière se tournèrent vers le balcon. Le silence, toujours le silence. Innocent III fit un signe de croix sur la foule qui aussitôt clama sa ferveur.

5
Les deux flancs Pyrénéens

Depuis plusieurs années, le Catharisme, déjà fortement implanté dans le sud de la France et principalement sur les terres de langue d'Oc, jouissait d'une parfaite harmonie avec les populations locales de la haute vallée dominant le fleuve Aude jusqu'aux terres du Quercy et du Toulousain. Depuis sa création sur les ruines de l'Empire Romain, l'Église chrétienne, régulièrement contestée, subissait les foudres de mouvements dissidents qui lui reprochait sa main mise sur la Chrétienté. Des prédicateurs édentés, vêtus de hardes, empestant à mille lieues à la ronde, allaient, pieds nus, au gré de leurs sermons et de leurs homélies. Bâton de pèlerin en main leur servant de sceptre, ils sillonnaient les chemins, s'arrêtaient çà et là devant qui voulait bien les écouter, grimpaient sur un rocher et assuraient du haut de leur chaire improvisée qu'une autre foi était possible. Convainquant d'autres damnés de la terre, gueux aussi sales de corps que d'esprit, ouvriers sans emploi et quelques prétendus hobereaux, ils parvenaient à former des petits groupes vivant d'aumônes et d'oboles. Ils campaient aux abords des routes poussiéreuses, dans les frondaisons des forêts, s'abritant sous des morceaux de toile et se sustentaient des proies de leur braconnage.

Ils s'installaient sur la place des villages, sous les halles des marchés ou sur le parvis des églises en construction. Tandis que ses compagnons tendaient la main à la sortie de la messe, le prédicateur se lançait alors dans un pamphlet contre l'Église Romaine, l'accusant d'hégémonie. S'érigeant en parangon de la pureté et de la vérité, il clamait haut et fort que lui seul détenait l'approbation du Tout-Puissant. Rapidement tuée dans l'œuf par les autorités locales, la contestation faisait long feu. Ces pauvres hères finissaient le plus souvent chassés par les sergents, qui les gratifiaient au passage de quelques coups de pied dans le fondement sous les rires des villageois, tandis que leurs condisciples détalaient à toutes jambes sous les pierres lancées par les soldats. La plupart du temps, l'orateur entêté comme un troupeau d'oies, revenait sur les lieux de son délit et redébitait son prêche, sous l'indifférence de la population plus amusée qu'intéressée. Condamné au pilori, il subissait alors l'humiliation, sous les poignées de crottin et de fruits pourris que lui envoyaient les enfants. Libéré au bout de quelques jours, il décidait de quitter la région pour d'autres terres moins hostiles. Les plus véhéments, ne s'avouant pas vaincus restaient sur place, ne changeaient pas d'un iota leurs propos et enduraient la bastonnade, comme Jésus endura son calvaire. Rossés par les gens d'armes, ils croupissaient dans des geôles humides où leurs membres atrophiés par la misère, la froidure et le soleil se liquéfiaient sous les mauvais traitements et le manque de nourriture. On les retrouvait un matin recroquevillés sur leur paillasse, froids comme le sol gelé, le teint cireux et les lèvres bleuies. Ces malheureux sans nom allaient rejoindre la cohorte des anonymes dans les fosses communes.

Chaque bourg, chaque ville voyait défiler ces hordes faméliques qui se réclamaient du Tout-Puissant. Certains prédicateurs tenaient des propos sans queue ni tête en se référant aux Saintes Écritures devant une population illettrée qui leur riait au nez. D'autres plus convaincants, arrêtés par la milice locale, déférés devant les prélats, frappés d'excommunication, finissaient sur le bûcher.

La peur de l'An Mil vit proliférer de nouveaux évangélisateurs qui sermonnaient les petites gens, accusaient les nobles de turpitudes, les bourgeois d'usure et les prélats de blasphème et de concupiscence. Les citadins, excédés par les sermons de ces moralisateurs, se plaignaient à la prévôté qui dépêchait des sergents afin de bâillonner les agitateurs, dont les plus exaltés invectivaient directement l'Église. Les religieux bien implantés et ne supportant plus la véhémence de ces enragés dépenaillés, les envoyaient rôtir en enfer sans le moindre remords.

La Chrétienté, persécutée par l'Empire Romain au fil des siècles, devenait à son tour persécutrice. Quelques procès retentissants secouaient les provinces de France ou d'ailleurs. La confrontation avec les prélats tournait court. Sous l'œil bienveillant des évêchés, la population érigeait des gibets, dépeçait les illuminés et les écartelait.

La brutale répression éradiqua pendant quelques décennies ces doctrines séditieuses, mais sous les cendres encore fumantes des bûchers, germaient de nouvelles hérésies parfaitement structurées. Ces hommes et ces femmes drainaient dans leurs pas des pans entiers de la société. Les murs de Rome résonnaient du son des sabots qui martelaient les chemins de traverse et le pavé des cités. Les adorateurs d'une nouvelle foi, quels que soient leurs noms et leurs origines, traînaient dans leur besace la même détestation de l'Église Romaine. Les Bogomiles d'Europe de l'Est furent les premiers à dégainer et à fourbir leurs arguments contre la hiérarchie de la Chrétienté, l'accusant d'être au service du mal. Prêchant l'ascétisme le plus strict afin de se rapprocher du Christ, ils jugeaient Rome incompatible avec la parole des Saintes Écritures. L'Église, affirmaient-ils, se devait d'être aussi pauvre que le Christ et rendre au peuple le fruit d'années de rapines et de taxes. La cruauté des émissaires de Rome fut sans limite, avec son lot de tortures, pendaisons, noyades et échafauds.

La graine, semée par les Bogomiles sur les plaines balkaniques, germa et d'autres semences emportées par les vents s'égayèrent sur toute l'Europe et fleurirent au soleil. Piphles dans les Flandres, Patarins en Lombardie, Tisserands et Vaudois dans la vicomté de Lyon, Publicains en Champagne et Cathares sur les terres de langue d'Oc défiaient ouvertement le pouvoir de Rome. Vivant dans la clandestinité, les meneurs de la plupart de ces mouvements furent pourchassés et exterminés, grâce aux primes offertes pour leur capture. Les délateurs, grassement rétribués par les évêchés, s'enrichissaient aux dépens des malheureux, brûlés vifs en place publique.

*****

Les Cathares s'établirent et prospérèrent principalement sur les terres des comtes de Toulouse et dans les fiefs de la puissante famille Trencavel qui s'étendaient des vicomtés de Carcassonne et de Béziers jusqu'en Albigeois. Le pouvoir féodal clanique, le désintéressement des comtes et des vicomtes pour la question religieuse et surtout le désordre du clergé méridional, corrompu par le népotisme, les ambitions personnelles et les conflits d'intérêts furent le terreau du Catharisme. Les communautés, régentées par un évêque indépendant de l'Église Romaine, s'organisèrent en quatre principaux diocèses à Albi, Toulouse, Carcassonne et au Val d'Aran dès l'an 1167. Condamnés pour hérésie, les prélats de l'Église cathare furent bannis par Rome, qui tenta ainsi de purifier son assise en excommuniant les contestataires, qui n'eurent que faire de leur bannissement.

Les grands seigneurs des Hautes Corbières, de l'Albigeois, de la Montagne Noire, du Carcassonnais et du Minervois levaient les herses et ouvraient les portes de leurs citadelles aux Cathares, qui allaient et venaient sur les chemins, prêchant la parole de Dieu à ceux qui souhaitaient bien l'entendre. Ils se déplaçaient chichement vêtus, se posant çà et là au gré de leurs pérégrinations, logeant dans des granges avec les animaux domestiques, dans les écuries sur la paille des chevaux ou à la belle étoile sous la bienveillance des cieux. Les paysans partageaient leur humble repas avec ces hommes et ces femmes qui rechignaient à manger toute chair animale, se contentant de fruits, de légumes, de miel et de pain. Leur ascétisme les rendait sincères aux yeux de la population, plus habituée à voir des abbés s'empiffrer et s'installer aux meilleures tablées.

Les Cathares égrenaient la parole du Christ et de Dieu, usant leurs sandales sur les mauvaises sentes au grand désespoir des évêchés qui ne pouvaient que constater l'ampleur de ce mouvement dissident. Les cathédrales des grandes cités, les églises de campagne et les moindres chapelles perdues aux confins des territoires du Carcassonnais et du Toulousain se vidaient de leurs fidèles, affiliés désormais à cette nouvelle foi empreinte de sincérité, de noblesse d'âme et de désintérêt. Les Cathares s'impliquaient dans la vie des villages, travaillant dans l'artisanat du tissage et participant activement aux moissons et aux vendanges. Pendant ce temps, du haut de leurs chaires, les grands dignitaires de l'Église se prélassaient et taxaient le peuple d'impôts pour subvenir à l'entretien des cathédrales et à leurs besoins personnels qui s'avéraient avoir la profondeur d'un gouffre sans fin. Ils remerciaient les malheureux, saignés aux quatre veines, par un signe de croix approximatif, dispensé des fenêtres de leurs luxueuses berlines, tractées par de solides chevaux et toujours encadrées de gardes armés.

Les Cathares prêchaient devant des assemblées de plus en plus importantes et la population suivait leurs homélies avec bienveillance car ils ne jugeaient, ni ne menaçaient de damnation quiconque n'adhérait pas à leurs prêches. La promesse de l'enfer éternel et de l'excommunication pour les âmes pécheresses était le fer de lance de l'Église Romaine, qui n'hésitait pas à abattre sa poigne de fer sur ceux qui défiaient son apanage. Dieu est bon, affirmaient les Cathares, il ne peut donc pas vous condamner au bon vouloir de Satan, bien au contraire, Dieu vous garde en sa lumière. Ceux qui vous condamnent au pire des trépas et au châtiment suprême, ne sont pas dignes de servir Dieu car Dieu est bonté. Ceux qui vous montrent du doigt et vous promettent l'enfer et ses succubes sont les vrais complices du Malin.

Ulcérés, les prélats de l'Église Romaine intimidaient le peuple qui prenait fait et cause pour les Bons Hommes et les Bonnes Dames. Les menaces s'envolaient comme feuilles au vent et les anathèmes prononcés sur la Bible n'effrayaient plus personne. L'enfer que vous nous promettez est déjà sur terre, leur répondait le petit peuple. Nous sommes affligés de maladies qui emportent nos enfants, de misères, de disettes qui nous laissent le ventre creux et des bandes de routiers qui violent et pillent nos villages. Est-ce cela la grandeur et la bonté de Dieu ou sont-ce les morsures du diable ?

L'Église Romaine payait là les siècles de rapine durant lesquels son pouvoir s'était substitué à celui des rois. Les prélats engraissaient pendant que le peuple criait famine. Les dignitaires épiscopaux érigeaient des cathédrales plus somptueuses les unes que les autres, tandis que les familles entières du menu peuple logeaient dans la pièce unique d'une masure sordide. Mais aujourd'hui, les ors s'étiolaient faute de mains pour les astiquer, les autels jadis brillants de mille feux s'encrassaient sous la poussière et le soleil ne traversait plus les vitraux maculés de fientes. Sans grande conviction, les prêtres sonnaient les cloches mais l'office se tenait devant deux ou trois dévots. On voyait ces abbés, autrefois appréciés de la population, traverser leur village tête basse et le cœur en berne. Les portes des églises, qui s'ouvraient pour accueillir les baptêmes, unir les couples et rendre une dernière messe à un défunt, restaient désespérément closes.

N'osant plus quitter leur presbytère, repliés dans leur solitude, les prêtres adressaient des courriers qui s'accumulaient dans les bureaux des évêchés et exhortaient leur hiérarchie à sortir de sa léthargie. Le Catharisme, expliquait ces messages, nous enlève, chaque jour que Dieu fait, de nouveaux fidèles, qui se complaisent dans cette secte inspirée par le Malin. Nos églises sont désertes, les gens ne croient plus, nous fuient comme si nous avions la peste et certains nous considèrent comme des suppôts de Satan.

Les bureaux des évêchés et des archevêchés du Midi ployaient sous le poids des missives qui parvenaient des villes de Béziers, de Lodève, d'Auch et de Narbonne. Ces dépêches alarmantes témoignaient de la situation tragique de l'Église Romaine en terres de langue d'Oc. Demandes d'excommunication contre des nobles qui n'assistaient plus à l'office, doléances de prêtres souhaitant leur mutation dans des régions habitées par de bons chrétiens et requêtes de fermetures d'écoles touchées par le manque de vocations, s'amoncelaient dans les secrétariats de l'Église Chrétienne, au grand désespoir des dignitaires qui vieillissaient dans la crainte de ne plus avoir de prétendants à leur succession. Dans chaque évêché, les ordinations de nouveaux prêtres se comptaient sur les doigts de la main et certains novices, attirés par cette nouvelle église, abandonnaient la théologie romaine. C'était la première fois depuis sa création que le Saint-Siège subissait de telles défections.

*****

Une autre menace agitait le Christianisme aux portes des Pyrénées. La péninsule ibérique occupée depuis l'an 711 par les Maures ployait en partie sous le joug de la religion musulmane. Les derniers bastions chrétiens reposaient notamment sur les épaules de Pierre II, le roi d'Aragon, qui résistait avec acharnement aux assauts de la dynastie des émirs. Jugés trop apathiques avec les chrétiens, les Almoravides furent renversés par les Almohades en 1147. Leur califat, défenseur d'un fondamentalisme et d'un puritanisme absolus, conquit Al Andalus dès 1172 en imposant sa doctrine d'une austérité et d'une rigidité sans limite. Les tribus Berbères fondirent sur l'Aragon mais se heurtèrent à la détermination des rois chrétiens, empêchant ainsi le califat Almohade de se répandre sur toute l'Ibérie.

On pouvait affirmer que l'Église luttait sur les deux versants des Pyrénées, d'une part contre l'avancée des troupes musulmanes au sud, d'autre part contre le Catharisme, côté Franc. La Papauté, attaquée de tous côtés, se devait de soumettre le Catharisme, avant que d'autres insurrections plus insidieuses ne viennent apporter leurs lots de misère et de désolation. Les prélats, dépassés par la montée en puissance du Catharisme dans leurs évêchés et dans leurs archevêchés, se trouvaient dans une position peu enviable. Ces Cathares se disaient bons chrétiens, mais comment extraire une église dissidente sans l'appui du Saint-Siège ? s'interrogeaient les ecclésiastiques. De plus, cette église jugée hérétique disposait de solides appuis politiques. Les baronnies et les seigneuries des Pays de Sault, de Carcassonne, d'Albi et du Minervois soutenaient activement les Cathares, leur léguant une maison dans leur citadelle afin qu'ils exercent leur culte en toute quiétude.

Des messages, parvenant de tout le Midi, s'entassaient maintenant dans les cabinets du Saint-Siège. Les copistes classaient les documents dans l'urgence d'une intervention papale et Innocent III dictait lettre sur lettre, acheminée par de nombreux coursiers qui se rendaient à bride abattue dans les régions infestées par cette nouvelle Église. Ces cavaliers émérites, escortés d'hommes d'armes, placés sous la protection du Saint-Siège, parcouraient une trentaine de lieues dans la journée, en changeant de monture dans les différents relais qui sillonnaient les routes. Ils arrivaient certes exténués mais garants de leur message. Fidèles parmi les fidèles, ils se signaient avant tout départ et assistaient à un office religieux. Ces cavaliers bénéficiaient de la confiance absolue de Rome et il leur suffisait de montrer le sceau papal, conçu spécialement à leur intention, pour que les aubergistes leur octroient les meilleures chambres, un repas copieux et les chevaux les plus résistants. Ce service de messagers de Dieu, mis en place par ses prédécesseurs, s'était fortement amélioré sous la gouvernance d'Innocent III qui pouvait ainsi, en quelques jours, se tenir informé de l'hérésie qui ravageait les terres albigeoises.

6
Lettre de l'évêque d'Auch à sa Sainteté Innocent III

Très Saint-Père, vous qui représentez Dieu sur la Terre comme au Ciel, je m'en viens par cette missive vous exposer les plaintes de vos abbés, de vos séminaristes, de vos moines acculés dans leurs monastères reculés, de vos évêques et de toute la Chrétienté en terre de langue d'Oc.

Nous sommes en guerre votre Sainteté, oh certes pas dans une guerre armée mais dans une guerre de convictions contre les Cathares voués à l'Antéchrist. Ces hérétiques qui se font appeler Bons Hommes ou Bonnes Dames arpentent les chemins de poussière suivis des brebis qui se sont égarées de notre Sainte Église. Par quels procédés agissent-ils ? Nul ne peut y répondre. Toujours est-il que nos cathédrales, nos églises et nos chapelles n'accueillent plus nos fidèles. Les quelques croyants se partagent les places vacantes de nos lieux de cultes – et Dieu sait s'il y en – avec les poules, les oies et autres oiseaux de basse-cour qui y ont élu domicile. Les statues de nos Saints Martyrs servent de perchoirs aux oiseaux de proies. Les bonnes âmes chargées de les entretenir se sont toutes converties à cette nouvelle église qui se revendique Chrétienne.

J'ai essayé de les retenir mais en vain, je me retrouve entouré des enfants de chœurs des nobles familles qui nous restent fidèles et je sais que Dieu leur réserve déjà une place au paradis. Il faut les voir s'échiner, se briser les reins frottant à mains nues les dalles de marbre sans se plaindre et monter sur des échelles pour nettoyer les vitraux inondant de lumière la maison de Dieu. J'ai pris sur mes deniers personnels leur installation et leur nourriture afin que la maison de Dieu ne tombe pas en décrépitude. Il n'est pas rare de voir les plus jeunes s'endormir, harassés par leurs tâches.

J'ai voulu confondre ces factieux hérétiques mais ils ont réponse à tout. Je les ai traités d'idolâtres mais ils m'ont ri au nez me vilipendant et affirmant que les bustes de nos Saints qui trônent dans nos cathédrales et dans nos églises ne sont que des idoles. J'ai eu de violentes discussions avec les plus érudits et il m'a fallu me rendre compte que même l'excommunication ne les effraie pas. Ils ont pignon sur rue et se promènent en bombant le torse. Ils se targuent de quitter l'Église de Satan car c'est ainsi qu'ils nomment notre Sainte Église Romaine. J'ai menacé d'ordalies les plus véhéments. Ils m'ont répondu que ces pratiques barbares étaient le résultat d'une Église en perdition.

C'est le cœur lourd que je vous écris Votre Sainteté et il est de votre devoir d'agir si nous ne voulons pas tomber en disgrâce aux yeux du peuple plus enclin à pactiser avec cette nouvelle Église qu'à se fier à la nôtre. Vous êtes le fer de lance de Rome, vous en détenez la croix et la clef.

À ce jour, nous ne souffrons d'aucune violence physique de la part de ces fanatiques mais je crains pour l'avenir. J'ai entendu certains de ces exaltés affirmer qu'il faudrait brûler tout ce qui rappelle le Christianisme Romain : croix, cathédrales, églises et jusqu'à la plus humble des chapelles. D'autres affirment qu'il faudrait détruire aussi les couvents et les monastères et de n'en laisser que des ruines fumantes.

Ma situation est certes préoccupante à Auch ou j'exerce mon sacerdoce au service de Dieu et du Saint-Siège depuis fort longtemps dénué de tout intérêt personnel mais croyez-moi Très Saint-Père, les évêchés et les archevêchés de Montpellier, de Lodève, de Millau, de Carcassonne sont dans la même situation. Il y a longtemps que la messe n'est plus dite dans les Hauts Cantons de Saint Pons, dans les Hautes Corbières, dans le Pays Minervois et dans la Montagne Noire qui servent de repères aux Cathares protégés par la classe nobiliaire dont certains membres ont tout abandonné afin de se convertir à cette église démoniaque.

Nous ne pouvons au nom de notre Dieu Tout-Puissant en tolérer davantage et voir ces impies, ces païens, ces idolâtres aller et venir en Terres Chrétiennes répandre le fiel et la parole de Lucifer.

J'en appelle à votre Grandeur, à votre fonction à la tête de notre Sainte Église. J'ai mandé ce courrier à mes grands amis de Toulouse, de Narbonne et de Lodève afin que le poids de mes mots ne reste pas lettre morte.

Vous trouverez Très Saint-Père en bas de cette missive leurs sceaux respectifs.

Sachez, oh vous l'élu de Dieu en cette terre et dans les cieux que tous nos espoirs reposent sur vous.

Vos très chers dévoués

Bertrand, Archevêque d'Auch
Fulcrand, évêque de Toulouse
Raymond 1er, évêque de Lodève
Béranger, évêque de Narbonne

Lettre Manuscrite à Auch le 3 mars 1198

7
Le verdict de Gailharda

Nous refaisions le monde après un bon repas et nous devisions devant une bouteille de vin issu des vignobles ibériques de la Rioja. Une fois de plus, notre discussion portait sur la libre-pensée, l'un des sujets de prédilection de Maître Léonard. L'athéisme, dont il se réclamait, allait à l'encontre de l'omnipotence de la pensée unique que défendaient les religieux. Maître Léonard fustigeait les religions qui n'apportaient que misère et désolation sur le petit peuple. Malgré l'heure tardive, nous débattions encore lorsque des coups retentirent à la porte de l'apothicairerie. Nous descendîmes, ouvrîmes et découvrîmes Casse Molaire très agité qui baragouinait des propos incompréhensibles. Maître Léonard le fit asseoir et prit ses mains dans les siennes. Apaisé, le géant reprit son souffle et put enfin articuler quelques mots. Je compris entre deux chuintements qu'il me fallait me rendre de toute urgence à « La Louverie ». Je pris ma sacoche contenant le nécessaire de secours et suivis Casse Molaire jusqu'au bouge plongé dans une ambiance inhabituelle. La grande salle qui résonnait couramment du tintement des verres, des fanfaronnades de la canaille, du rire des filles et de la musique était anormalement vide. Les derniers bambocheurs vidèrent leur broc avant de s'éclipser dans la nuit. L'effervescence des soirées de débauche cédait sa place à un silence glacial. Casse Molaire m'entraîna dans une pièce attenante où m'attendaient Gailharda, ses pensionnaires, Trousse la Nuit et La Fouine. Trois hommes encapuchonnés et ligotés gisaient au sol sous les crachats et les injures des prostituées.

Gailharda m'intima l'ordre de monter à l'étage. Grimpant les marches quatre à quatre, je me précipitais dans une chambre. Deux prostituées soignaient une des leurs. La malheureuse, à demi nue, se tordait de douleur dans son lit aux draps maculés de sang et de sperme. Son visage tuméfié portait des traces de coups, les commissures de ses lèvres déchirées témoignaient d'un bâillonnement, ses seins étaient zébrés de stigmates violacés et des marques de strangulation perçaient sous la peau translucide de son cou. Ses poignets auxquels pendaient encore des bouts de ficelles semblaient disloqués, du sang suintait le long de ses cuisses.

Une des filles m'expliqua que les trois individus s'étaient livrés sur la jeune fille aux pires ignominies tentant de la sodomiser. Des bruits de coups et de chute avaient alerté Casse Molaire qui se précipitant dans la cambuse fit valdinguer les trois hommes par-dessus la balustrade. Ils étaient à présent à la merci du jugement de Gailharda. Ce crime infâme méritait une sentence exemplaire. La sodomie était une abjection condamnée par l'Église qui voyait dans cette pratique immonde les relents des cités de Sodome et Gomorrhe. Les sodomites risquaient la condamnation à mort. Ces pervers considérés comme des êtres dépravés sous l'emprise du Malin se réunissaient dans des endroits secrets afin de se livrer à leurs penchants. Les hommes du bailli démantelaient régulièrement ces lieux de perdition, les invertis subissaient alors l'émasculation avant d'être brûlés vifs. Les prostituées qui se livraient à cette pratique infamante travaillaient à leur compte sans le soutien d'une maquerelle et acceptaient contre de fortes sommes d'argent le coït anal. Les filles qui dépendaient d'un bordel refusaient cette humiliation et les clients avertis savaient ce qu'ils encouraient en cas de viol.

Deux des trois tortionnaires, tête baissée, pleurnichaient, imploraient pitié et demandaient pardon. Gailharda ôta leurs cagoules et je reconnus aussitôt Édouard de Lancenet et ses compagnons, ceux-là même responsables de ma disgrâce. Édouard, bien que blessé, crânait fièrement comme à son habitude. Ses deux comparses, le visage maculé de larmes, de morves et de sang coagulé continuaient à implorer la pitié de l'assistance. Casse Molaire et La Fouine déposèrent sur un guéridon plusieurs lames et hachettes que Trousse-la-Nuit affûta. Les deux compères d'Édouard se mirent alors à gémir de plus belle, Casse Molaire après leur avoir flanqué un énorme coup de poing au visage les musela avec des torchons imprégnés de taches d'urine, de sang et de sperme. Édouard frottant sa tête contre le plancher réussit à se défaire de son bâillon. Il se leva et toisa l'assistance d'un rictus moqueur. Son regard croisa le mien.

— Voilà notre cher et grand chirurgien, ironisa-t-il. C'est donc ça la clientèle à laquelle tu te vouais. Il n'était pas besoin de faire autant d'années d'études pour finir au milieu des pourceaux.

— Tu le connais ? me demanda Trousse-la Nuit.

— Oui, malheureusement, répondis-je.

— Qui est-ce ? réclama, Gailharda.

— C'est le fils d'une des familles les plus riches de Montpellier de mèche avec l'église et le bailli. Je l'ai connu à la faculté de médecine. Il n'a ni honneur, ni respect et ne connaît pas la honte.

— Je vois que ta mémoire est encore bonne malgré la crasse dans laquelle tu vis désormais, ricana Édouard en jetant un regard amusé sur les hommes et les femmes qui m'entouraient.

— Cette crasse comme tu dis vaut bien la tienne. Ces gens sont moins fourbes que toi et je suis certain que ta fortune ne viendra pas à bout de leur désir de vindicte.

— Le bailli et ses hommes sauront me venger…

— Encore faudrait-il qu'ils te trouvent, tranchai-je.

— Mes amis savent très bien où j'allais. Ils avertiront la prévôté, si je viens à disparaître.

— Tu rentreras chez toi, coupa Gailharda, mais sûrement avec quelques membres en moins, n'est-ce pas Trousse-la-Nuit ?

— Par quoi commence-t-on ? demanda crânement Édouard au sicaire qui s'approchait de lui faisant tournoyer une lame entre ses doigts.

— N'en fais rien Trousse-la-Nuit, il sera puni par l'endroit même de ses déviances, dit Gailharda arborant un phallus de bois à la taille impressionnante.

— Non pas ça ! hurla Édouard.

— Tu es non seulement un sodomite, ce qui je l'avoue ne me pose aucun problème. J'accueille régulièrement des hommes tels que toi sous mon toit. Il y a une cambuse discrète sous les combles où ils peuvent se livrer à leurs penchants sans risquer d'être arrêtés par les hommes du prévôt. Je suis, tu l'imagines, dans ce cas, muette comme une carpe en échange d'écus sonnants et trébuchants. Tu serais d'ailleurs surpris par ces bourgeois dont la plupart sont mariés et pères de famille : marchands, maquignons, militaires et bien sûr ecclésiastiques car Dieu est amour, sourit-elle. Déshabillez-le !

Casse Molaire et La Fouine traînèrent Édouard sur le plancher, lui ôtèrent ses braies et le firent s'agenouiller sous une volée de coups. Édouard se débattait tant bien que mal poussant de sinistres hurlements. Je tentais d'intervenir mais la poigne de Trousse-la-Nuit m'en empêcha. Gailharda lui enfonça d'un coup sec le phallus dans l'anus et les cris d'Édouard se transformèrent en une plainte lugubre tandis qu'elle imprimait des allers-retours rapides et profonds. Son tourment achevé, Édouard se laissa glisser sur le sol tel un pantin démantibulé, son corps tressaillait et des filets rougeâtres et noirâtres s'écoulaient de son fondement. M'échappant de la poigne de Trousse-la-Nuit, j'entrouvris les lèvres d'Édouard afin d'y glisser le contenu d'une fiole d'opiacés qu'il me cracha au visage me jurant mille morts dans un flot de bave et de sang. Ses deux comparses furent copieusement rossés par les maquerelles qui s'en donnèrent à cœur joie leur écrasant les génitoires à coups de pied. La bastonnade pleuvait sur les pendards qui ne formaient désormais plus qu'une masse informe d'excréments, de sang, de larmes et de plaintes.

— Écoute-moi bien chien puant, cracha Gailharda au visage d'Édouard, si l'envie te prenait d'éventer ce qui vient de se passer chez moi, je te jure par tous les démons que je ferai de ta vie un enfer. Je t'écharperai moi-même. Tu as sûrement les hommes de la prévôté et de la seigneurie à ta botte mais sache que j'ai moi aussi une armée qui vient de la rue qui ne craint rien ni personne. Elle est honnie des gens de ton espèce, elle m'est d'une fidélité à toute épreuve. Elle a connu la geôle, la torture, la faim et la soif. Tu comprends ce que je veux dire petite merde, dit-elle tordant le cou d'Édouard qui répondit d'un hochement de la tête.

— Je vois que nous nous comprenons, sourit Gailharda exhibant le godemiché et tapotant les fesses d'Édouard qui se recroquevilla.

— Ma chiennaille est capable du pire quand on lui donne un os à ronger. Un mot, un seul mot, reprit-elle dévisageant les trois nobliaux, et je lâche ma horde. Elle est rusée, sournoise, n'a ni Dieu ni maître et n'obéit qu'à mon homme qui lui n'obéit qu'à moi.

Trousse-la-Nuit acquiesça de son regard sombre.

— Casse Molaire se fera un plaisir de dépuceler vos sœurs. Il est aussi membré que l'objet de ta punition, dit Trousse-la-Nuit sous les gloussements du géant. La Fouine violera vos mères, il est insatiable et n'a pas son pareil pour dévergonder les femmes de notables. Il les fera tellement hurler de plaisir qu'elles deviendront ses gagneuses et elles finiront par se vendre pour ses beaux yeux.

— Je commencerai par ta mère, sourit La Fouine.

— Maudit ! cracha Édouard.

— Emmenez-les ! trancha Gailharda.

— Je n'aurai besoin de personne pour te faire rendre gorge Sicard, hurla Édouard.

— Touche un seul de ses cheveux et tu auras affaire à moi, dit Trousse-la-Nuit traînant Édouard par la tignasse jusqu'à la sortie du bouge.

Les trois suppliciés furent jetés sans ménagement dans une carriole servant au transport des animaux destinés aux abattoirs qui empestait la charogne animale. On recouvrit les trois corps martyrisés d'une couverture puante afin de ne pas attirer l'attention des hommes du bailli qui circulaient par petites escouades dans la ville. Arrivés à destination de la Place des Berges, Casse Molaire et La Fouine déchargèrent leur funeste fardeau et s'éclipsèrent dans la nuit laissant les trois corps meurtris à la merci des chiens.

8
Le pilori

Les événements tragiques survenus au bordel de Gailharda hantèrent mon sommeil pendant plusieurs nuits. Je n'aurais jamais cru l'être humain capable de tels actes. Édouard était certes un être dévoyé couchant aussi bien avec des garçons qu'avec des filles. Il avait une préférence pour les enfançons qu'il attirait dans une garçonnière en leur promettant monts et merveilles, achetant leur silence à prix d'or où les faisant tout simplement éliminer par des sicaires grassement rétribués. Ses deux compagnons de débauche issus de la petite bourgeoisie plus ou moins fortunée le suivaient sans piper mot et lui obéissaient aveuglément profitant eux aussi des turpitudes de leur mentor. Les bas instincts d'Édouard, plus que condamnables, méritaient-ils une si terrible mutilation ? Je me posais encore la question lorsque la porte de l'apothicairerie s'ouvrit brusquement et que des gardes s'emparèrent de moi malgré les protestations de Maître Léonard qui fut molesté et envoyé au sol. Face à ma résistance, je reçus plusieurs coups sur la nuque qui me laissèrent pantois. Devant l'échoppe se tenaient un viguier et plusieurs estafiers qui formaient un cordon repoussant les curieux à l'aide de longues piques. Je fus de nouveau frappé par deux sergents qui me saisirent par les épaules et m'obligèrent à m'agenouiller. L'officier royal déplia un document et lut à haute voix afin que tout le monde l'entende. J'étais arrêté sur ordre d'Adhémar de Lavérune, bailli de Montpellier pour pratique illégale de la médecine et de l'apothicairerie, fabrication et vente de mixture ainsi que pour tentative de meurtre sur la personne d'Édouard de Lancenet.

Les gardes m'enchaînèrent et me traînèrent dans les ruelles. Le cortège passa devant « La Louverie ». Trousse la Nuit et La Fouine dégainèrent une lame mais Gailharda les retint car le combat trop inégal semblait perdu d'avance. Étourdi par les coups de triques qui continuaient à pleuvoir sur mon dos, je butai, trébuchai sur les pavés crasseux et m'étalai dans la saleté. Mathilda se précipita mais elle fut aussitôt rembarrée par un des sbires du bailli. Je me redressai tant bien que mal, fis quelques pas et rechutai sous les rires de la soldatesque qui me gratifia de crachats et d'injures. Casse Molaire vint à ma rescousse faisant rouler ses énormes pectoraux et défiant du regard les hommes du bailli qui n'osèrent s'interposer. Casse Molaire me souleva avec douceur, décrocha une gourde qui pendait à sa ceinture et me fit boire quelques gorgées d'eau. Une image traversa mon esprit, celle de Jésus traversant les rues de Jérusalem pour se rendre sur le Golgotha. Mon supplice ressemblait au chemin de croix du Christ soutenu dans son tourment par quelques âmes charitables qui l'assistaient dans son calvaire. Tel Simon de Cyrène soutenant Jésus, Casse Molaire, le visage défait, m'accompagna sur quelques mètres avant d'être rabroué par les nervis. Il leur résista mais Trousse-la-Nuit lui fit entendre raison et le muet m'abandonna à regret au triste sort qui m'attendait.

Mathilda ne put retenir ses larmes et courut jusqu'à l'échoppe où Maître Léonard se relevait péniblement. Le pauvre homme était dans tous ses états car il me savait d'ores et déjà condamné à mort. La famille d'Édouard de Lancenet usait sûrement de son potentat monnayé à renfort d'escarcelles bien garnies et de ses relations afin de justifier mon arrestation. Il serait difficile voire impossible de me défendre sanglotait le brave homme. La sentence était écrite avant d'être prononcée.

Nous arrivâmes Place du Pilori et l'officier ordonna à ses sergents de me corriger avant de m'encarcaner. Ils s'exécutèrent avec zèle armés de gourdins. La bastonnade prit fin lorsque je perdis connaissance. À mon réveil, j'étais prisonnier à l'instrument de torture, le corps endolori, les jambes flageolantes et le visage ensanglanté. Le capitaine me releva la tête en me tirant par les cheveux et approcha son visage du mien. Je sentis l'odeur fétide de son haleine. Il m'annonça dans un sourire sadique que je resterai exposé jusqu'à mon procès qui, ajouta-t-il, ne saurait tarder. Il ordonna une nouvelle bastonnade et les coups s'abattirent. Il prit lui-même un malin plaisir à me broyer les mains sous le talon ferré de ses bottes. J'entendis les os craquer et je sombrai de nouveau dans la pénombre.

La fraîcheur du soir me tira du néant. Deux soldats veillaient au pied du pilori. Ils rirent quand je leur demandai un peu d'eau et me pissèrent sur la tête. Voilà de quoi te rafraîchir, ricanèrent-ils. De nombreux habitants en profitèrent pour m'injurier et me jetèrent des fruits pourris sous le rire de mes geôliers qui finirent par les chasser. Levant la tête malgré les planches qui m'enserraient le cou, je reconnus au loin la silhouette de Mathilda. Élégamment vêtue, elle s'approcha à petits pas de la place et soudoya les gardiens avec un flacon de vin et quelques pièces. Elle prit mon visage dans ses mains, le nettoya et me fit boire de l'eau fraîche.

— Garde confiance, me dit-elle, les yeux embués de larmes en m'embrassant tendrement sur les lèvres avant de se retirer sous les gestes obscènes de mes gardiens.

Brûlant de fièvre et harcelé par de nouveaux croquants qui se défoulaient en m'envoyant du crottin sur le visage, je tombais de nouveau en pâmoison. Je fus réveillé par un flot de liquide empestant qui coulait le long de mon cou et sur mon visage. Appuyé sur une canne, Édouard égouttait ses dernières gouttes d'urine et frottait son sexe contre mes joues. Il fit le tour de mon carcan en claudiquant et abattit son bourdon sur ma nuque.

— Tes pets ne te provoquent-ils pas des défécations impossibles à maîtriser, lui demandai-je refusant d'implorer sa clémence. Tu trimbales avec toi une forte odeur de merde si j'en juge la présence des mouches qui tournent autour de ton cul, rajoutai-je.

Piqué au vif, Édouard se défoula et s'acharna sur mon visage.

— Tu es vêtu comme un mignon, tu as sûrement pris goût à la sodomie que t'a infligée Gailharda, ânonnai-je, crachant du sang. Je te conseille de prendre un amant particulièrement bien membré car ton fondement doit être bien dilaté à présent.

Il blêmit devant mes propos incendiaires et redoubla de fureur. Je ne dus la vie sauve qu'à l'intervention des deux soldats.

— Le bailli le veut vivant lorsqu'il montera sur le gibet, intervint un sergent.

— Je ne t'ai jamais aimé Sicard, me lança Édouard, je t'ai jalousé, j'ai envié ton savoir, ta prestance, ta beauté mais je savais que te séduire était cause perdue. Je n'ai jamais compris comment un tel gueux pouvait se vanter d'un tel esprit. Le monde est injuste, l'intelligence devrait être réservée aux nobles. Hélas, nos doyens acceptent dans leur faculté la présence de la populace qui corrompt le sang bleu. Dieu a créé les pauvres afin qu'ils servent les riches. La noblesse est l'apanage des grands mais tu ne peux pas comprendre. Tu n'es qu'un manant, tu mourras comme un manant et j'aurai plaisir à te voir pendu.

— On dit que les pendus jouissent avant de mourir, méfie-toi que ma semence ne jaillisse sur tes quartiers de noblesse, dis-je avant de m'évanouir.

*****

Mathilda revint au mitan de la nuit suivit par trois ombres fugaces qui se cachèrent derrière un mur. Elle s'approcha du pilori éclairé par une torche, sourit aux gardiens, leur tendit une bouteille de vin et une bourse bien garnie qu'ils s'empressèrent de se partager.

Tandis que les deux geôliers buvaient et comptaient leur pécule, Mathilda s'approcha de moi. Les yeux mi-clos, je la devinai à travers un brouillard mais reconnus son parfum, mélange de menthe poivrée et de fleurs des champs. Elle nettoya le sang coagulé sur mon visage, entrouvrit mes lèvres et glissa dans ma bouche le contenu d'une fiole dont je reconnus l'odeur et l'amertume. Dans leur grande mansuétude, mes amis voulaient m'éviter d'éventuelles tortures et le gibet. Mathilda cacha le flacon dans son corsage et déposa un baiser sur mes lèvres asséchées et tuméfiées. Elle caressa mes joues, me sourit et s'en alla. Le temps s'arrêta, je ne souffrais plus et il m'était impossible de lutter contre l'irrésistible torpeur qui m'enveloppait et m'emportait. Mes genoux plièrent et ma tête s'affaissa lentement. Les deux soldats furent d'abord surpris quand ils virent que je ne réagissais plus aux ordures que me lancèrent des ivrognes de passage. Constatant que je ne bougeais plus, l'un d'eux s'en fut quérir un officier qui m'aiguillonna du bout de son épée.

— Cette charogne est morte, affirma-t-il devant les gardes, débarrassez-vous-en.

J'étais pourtant conscient, mon cœur plongé dans une profonde léthargie ne battait quasiment plus, mais ses infimes pulsations me maintenaient en vie. Je sentis des mains m'empoigner et m'emporter comme un vulgaire tas de viande. Ma dépouille fut conduite jusqu'à la fosse commune du plus proche cimetière. Les deux hommes me jetèrent au fond du trou et m'ensevelirent au milieu des dizaines de corps qui y croupissaient.

9
Résurrection

Un rayon de lumière transperça les montants du volet et vint illuminer mon visage. Le rai se déplaça légèrement et éclaira mon œil gauche. Ma paupière frémit sous la luminosité. Je tentai d'ouvrir la bouche mais aucun son n'en sortit. Je parvins à remuer un doigt mais la douleur fut telle que je n'osai plus bouger mes mains. Je revenais à la vie. Mon esprit vagabonda un court instant puis je revis la scène.

Mathilda me faisant boire ce breuvage dont je connaissais le goût et l'odeur, puis vinrent les premiers vertiges, les hallucinations et pour finir le néant. J'entendais dans un brouillard ouaté les gardes et le sergent qui pestaient contre le sort. Édouard de Lancenet voulait me voir mourir sur l'échafaud et non comme un gueux accroché à un vulgaire bout de bois. Le sénéchal corrompu par l'argent de la famille d'Édouard ferait sûrement fouetter les trois hommes en faction devant le pilori. Un de mes tourmenteurs fit pivoter la planche du carcan tandis que les deux autres soutenaient mon corps. Le plus costaud me jucha sur ses épaules. Mes bras et mes jambes bringuebalaient de gauche à droite sur le mauvais sentier qu'empruntèrent les trois hommes. L'excursion sembla durer une éternité sur le chemin caillouteux jonché d'ornières et de trous. Pestant contre le faix qui lui tailladait les épaules et l'épuisait, il fit plusieurs haltes se débarrassant de moi en me jetant au sol et me gratifiant au passage de coups de pied et d'insultes. Finalement le sinistre cortège arriva à destination et les trois hommes m'envoyèrent valdinguer dans une fosse commune. Ils s'assirent un instant, vidèrent une gourde et me recouvrirent de pelletées de terre. Je fus pris de panique. J'allais mourir étouffé sous un monticule au milieu d'autres cadavres.

Je haletai et je réussis à ouvrir la bouche dans laquelle s'engouffrèrent des mottes de terre qui me déchirèrent la gorge. Je sombrai dans les bras et dans l'étreinte pestilentielle de la mort. Elle planta ses yeux dans les miens, ouvrit sa gueule à l'haleine fétide et glissa sa langue dans ma bouche. Elle m'embrassa longuement, se défit de sa tunique, colla son corps contre le mien et me chevaucha. D'une main habile, elle délaça mon pantalon, saisit mon sexe et lui imprima des mouvements de va-et-vient. Elle tenta vainement de le faire durcir et de s'en pénétrer, mais insensible à ses ardeurs, ma verge demeurait flasque et indolente. La faucheuse redoubla d'effort prenant mon vit à pleine bouche. En amante experte et d'un mouvement rapide, elle fit volte-face collant sa fente gluante contre mes lèvres. Ma langue resta de marbre. Folle de rage devant mon dégoût et mon impuissance à la satisfaire, elle poussa un hurlement, se détacha un court instant de notre étreinte mortelle, se lécha les babines et s'acharna à m'entraîner dans les tréfonds de notre abîme. Ses mains décharnées, décuplées par la frustration, m'enlacèrent et plantèrent leurs griffes sur mon torse. Ses harpons fichés dans mes chairs tentèrent de me précipiter dans les entrailles de la fosse mais une force irrésistible me hissa hors de la cavité. Deux poignes solides m'arrachèrent de l'emprise de la mort. Je sentis de l'eau fraîche couler sur mon visage. Des doigts furetèrent ma bouche et ôtèrent les monceaux de terre qui m'étouffaient. Tel un paquet de linge sale, je fus soulevé de terre et jeté sur de larges épaules. Il me sembla reconnaître des voix, avant de sombrer.

*****

Mes yeux toujours mi-clos s'habituèrent à la pénombre traversée çà et là par l'éclat des rayons de soleil. Dans un brouillard, j'aperçus Mathilda et Maître Léonard qui me déshabillaient. Ils frémirent devant les zébrures et les traces de coups qui balafraient mon corps martyrisé. Ils nettoyèrent avec mille précautions mes lèvres tuméfiées, mes arcades déchirées et mes pommettes bouffies et sanguinolentes. Ils épongèrent à grande eau les caillots coagulés et appliquèrent sur mon visage des onguents qui apaisèrent mes meurtrissures. Par pudeur, Maître Léonard couvrit mon intimité d'un linge et engagea Mathilda à me parler afin que je reste en éveil. Il déballa sur un guéridon le contenu d'un coffret contenant fioles, crèmes et bandages. Ils massèrent mon torse d'un baume cicatrisant et me veillèrent jusqu'au lendemain matin se relayant à mon chevet, vérifiant régulièrement mon pouls et ma respiration.

L'aube se leva et je pus marmonner quelques mots, je voulais surtout remercier les hommes qui m'avaient extirpé d'une mort certaine. Mathilda s'éclipsa quelques instants et revint accompagnée de La Fouine, de Casse Molaire et de Trousse la Nuit. La Fouine de son regard toujours aussi vif m'adressa un sourire et posa ses mains sur les miennes. Casse Molaire déposa un baiser sur mon front, m'inonda de pleurs et m'étreignit longuement avec une délicatesse insoupçonnée. Trousse la Nuit, raide comme un piquet et l'œil toujours aussi sombre que son âme serra vigoureusement mes mains abîmées. Je gémis sous la rudesse de sa poigne. Il s'excusa et essuya une larme qui perlait au coin de son œil de jais. Je hochais la tête devant mes sauveurs. Les mots s'avéraient inutiles. Nous nous comprenions comme de vieux amis. J'étais un peu leur petit frère et ils n'attendaient qu'un signal de ma part pour faire rende gorge à Édouard de Lancenet et au sénéchal Michel de Montpellier. L'heure est aux soins et non à la vengeance affirma Maître Léonard. Trousse-la-Nuit acquiesça à la condition que je reste alité chez Gailharda où nul n'irait me chercher. Le cas échéant, Trousse-la-Nuit et ses acolytes me protégeraient d'éventuels fouineurs.

— Tu nous as soignés, veillés, recousus, pansés au cours d'algarades qui dégénéraient, nous sommes désormais frères de sangs unis à la vie à la mort, rajouta le chef de la bande de coupe-jarrets.

Dans la matinée, Mathilda me fit ingurgiter un brouet à base de céréales, de lait et de miel. Elle cala deux immenses coussins contre mon dos, me releva, plongea une cuillère de bois dans l'écuelle et me nourrit comme un nouveau-né sous l'œil amusé de Maître Léonard qui ne perdait rien du spectacle. J'avalai le potage avec prudence de peur de faire une fausse route car ma gorge me faisait horriblement souffrir. Mathilda épongea avec la délicatesse d'une mère ou d'une amante les quelques gouttes qui coulaient le long de mon menton. Je m'endormis d'un sommeil apaisé après une dernière cuillérée.

L'apothicaire profitant de mon sommeil, descendit les marches, trouva La Fouine et Casse Molaire et les enjoint à le suivre. Les deux hommes de main ne posèrent aucune question et le trio arpenta quelques venelles puis s'arrêta devant la devanture d'un chirurgien. La Fouine et Casse Molaire attendirent patiemment devant la porte. Maître Léonard en ressortit accompagné d'un homme élégamment vêtu et portant un coffret de bois sous le bras. Le chirurgien à l'épaisse tignasse blanche nouée dans un catogan s'étonna de la présence des deux tire-laines qui accompagnaient Maître Léonard mais il ne pipa mot. Quelle ne fut pas sa stupéfaction lorsqu'il vit l'apothicaire pousser la porte du bordel et s'engouffrer dans l'escalier le priant de le suivre. Les deux hommes entrèrent dans la chambre et le médecin se pencha aussitôt sur mon corps. Ses yeux s'attardèrent sur mon visage défiguré, sur mon torse couvert d'hématomes et sur mes mains déformées.

— Il vivra, dit-il tout simplement, posant amicalement une main sur celle de Maître Léonard.
— Grâce vous soit rendue Don Estéban, sourit Maître Léonard.

Ils remplirent d'eau froide une cuve de bois recouverte d'un drap afin d'éviter d'éventuelles échardes et me déposèrent délicatement dans le baquet. La fièvre qui me dévorait s'estompa en quelques minutes. Ils séchèrent mon corps, m'allongèrent sur mon lit et Don Estéban de Los Montès put enfin s'occuper de mes blessures. Maître Léonard me fit avaler une dose d'opiacés, le chirurgien ajusta une paire de bésicles et commença par suturer mes arcades et mes pommettes. Il s'appliqua longuement piquant les lèvres de mes plaies, les cousant avec soin sous l'œil admiratif de l'apothicaire. Mathilda détourna son regard lorsque des perles de sang coulèrent le long de mes joues. Don Estéban confia à Mathilda le soin de me masser le visage avec des baumes cicatrisants pendant qu'il recousait les estafilades de mon torse qu'il enduisait avec délicatesse d'une lotion d'huile de lavande et de miel. Assisté de Maître Léonard, le chirurgien me retourna sur le ventre, badigeonna les lésions suintantes et infectées du même remède puis il enveloppa mon dos et mon buste de bandages. Mathilda pendant ce temps massait mon visage avec une infinie tendresse s'attardant sur les arcades et sur les joues. Je sentais la douceur de ses mains caressant ma peau tuméfiée.
— Tu seras encore plus beau qu'avant, me susurra-t-elle à l'oreille sous les regards amusés de Maître Léonard et de Don Estéban qui s'adressèrent un clin d'œil complice.
— M'entendez-vous jeune homme ? me demanda Don Estéban.
— Oui, ânonnai-je.
— Vos mains sont très abîmées, je vais devoir remettre vos os en place et vous poser des attelles. Cela sera très douloureux.

Don Estéban prit les phalanges une à une, les fit craquer et les remis en place. Malgré les opiacés, je poussais de terribles cris de douleur qui arrachèrent des larmes à Mathilda et à Maître Léonard. Don Estéban ligota mes doigts d'éclisses et banda mes mains.

— Il devra être patient et garder le lit plusieurs semaines, dit Don Estéban. Je passerai régulièrement, rajouta-t-il.

— Je m'occuperai de lui, n'ayez crainte, assura Mathilda.

— Comment vous remercier cher ami ? demanda Maître Léonard tendant une bourse au chirurgien.

— Votre amitié est la plus belle des récompenses, sourit Don Estéban refusant l'escarcelle.

— Je vous mets tous en danger, murmurai-je.

— Nous ne risquons rien ici, affirma Mathilda, tu es dans la chambre de Gailharda. Personne ne s'aventure dans le dernier étage qui lui est réservé. Casse Molaire, La Fouine et Trousse-la-Nuit en interdise l'accès. Repose-toi Sicard, je veille sur toi.

*****

Don Estéban de Los Montès vint me voir plusieurs fois comme promis. Nous discutions longuement pendant qu'il m'auscultait et me soignait. Cet éminent chirurgien jouissait d'une patientèle qui lui permettait de mener grand train. Épicurien, amateur de femmes et de grand cru, il profitait de ses visites pour prodiguer des soins aux filles du lupanar et se faisait payer en nature. Gailharda, elle-même, succomba au charme de ce bel hidalgo pour qui les plaisirs de la chère et de la chair étaient intimement liés. Il apprit d'un air désolé ma déconvenue au sein de l'Académie de médecine de Montpellier mais n'en fut pas surpris. Il m'expliqua que les richissimes bourgeois de la cité, les marchands de vitailles, les notaires plus ou moins véreux et les usuriers se conduisaient en véritables satrapes. Ces sangsues soudoyaient le sénéchal, les jurats et leurs sous-fifres afin d'obtenir des passe-droits pour leurs progénitures qui se voyaient ainsi affectées sans aucune expérience dans des ministères, des corporations de marchands, des guildes d'artisanat de luxe où l'or coulait à flots. L'aristocratie achetait à renfort d'écus sonnants et trébuchants les doyens des différentes écoles, leurs rejetons pouvaient ainsi se targuer de titres usurpés et continuer à vivre une existence de plaisir et d'oisiveté.

— Méfie-toi d'Édouard de Lancenet, me dit un jour Don Estéban. Lorsqu'il découvrira que la fosse commune a été profanée, il fera tout pour te retrouver.

— Vous le connaissez ?

— Je connais Édouard, ce fat a le trou du cul plus large qu'un presbytère, sourit-il. Je sais qu'il continue à faire la pluie et le beau temps au sein de l'Académie de médecine, terrorisant les faibles et s'entichant des nobliaux, pesta Don Estéban.

— Son âme est aussi pourrie que son fondement, pouffai-je déclenchant de terribles douleurs costales.

— Certes mais il est riche, très riche et prêt à payer toute une armée de stipendiés afin de te clouer au pilori. Crois-moi Sicard, l'âme humaine est aussi sombre que les plus obscures ténèbres.

— Vous me semblez désabusé Don Estéban ?

— Je me targue de connaître les hommes Sicard, j'ai vécu mille vies et je n'ai connu que noirceur, rouerie et jalousie. J'ai beaucoup plus d'empathie pour les filles de Gailharda et les trois gibiers de potence qui veillent sur elles que pour les échevins, les viguiers, la noblesse et les gens d'église. Tes trois amis sont des gredins, certes, mais ils agissent avec un code de l'honneur que leur envierait le plus illustre des paladins. Les puissants exercent leur potentat sans la moindre vergogne. Tous veulent avoir leur voix au chapitre et se soucient du peuple comme de leur première braie. Stropiats demandant l'aumône aux portes des églises, éclopés de guerre, aveugles et borgnes hantent les venelles à la recherche du moindre quignon de pain tandis que nos matamores, qu'ils soient laïcs ou pire religieux, s'empiffrent à s'en faire éclater la sous-ventrière. Je n'ai que dégoût pour ces profiteurs.

— J'ai moi aussi une grande défiance pour tout ce qui porte tiare, mitre ou croix autour du cou.

— Je sais mon ami Léonard m'a fait votre portrait. Je suis libre penseur tout comme lui, tout comme vous. J'ai trop souffert de l'obscurantisme des enjuponnés et des enturbannés pour croire en la présence d'un être divin qui viendrait éventuellement sauver nos âmes du naufrage. Si vous n'êtes pas trop las, j'aimerais vous conter une histoire mon ami.

— Je vous en prie Don Estéban.

— Soit, sourit Don Estéban s'asseyant près de moi. Mon père, don Juan de Los Montes, était un riche négociant de chevaux dans le sud de l'Ibérie près de Cordoue, commença-t-il, nous vivions sous domination musulmane depuis la prise d'Al Andalus par les Omeyyades en l'an 711. Plusieurs émirs se succédèrent pendant plus de trois siècles. Mes parents vécurent sous l'occupation des Almoravides dont les princes étaient des guerriers certes mais également d'éminents lettrés, de rusés négociateurs et de fins diplomates. Il régnait, malgré tout, une certaine entente entre les différentes communautés. L'occupant respectait notre art de vivre, nos traditions et nos croyances. Chrétiens et juifs faisaient contre mauvaise fortune bon cœur s'accommodant tant bien que mal de l'autorité mauresque. Le vainqueur nous respectait dans la mesure où nos intérêts n'empiétaient pas sur les siens. Férus de chevaux, les émirs visitaient régulièrement l'hacienda de mon père, achetaient nos plus beaux étalons et nos plus belles haquenées. Mais jugé trop minoré par d'autres tribus, le califat fut renversé par les Almohades qui firent de nos vies un enfer. Nos églises et nos synagogues devinrent des mosquées, nous subîmes le joug implacable de ces fanatiques qui nous laissèrent le choix dans un premier temps entre l'exil, la mort ou la conversion à l'Islam. Sentant le vent tourner, de nombreux lettrés, avocats, artistes, médecins choisirent l'exode. Grand bien leur fit car les Almohades décrétèrent finalement la mort ou l'islamisation. La peur de la mort engendre une telle frayeur que nombre de juifs et de chrétiens se convertirent. Ceux qui refusaient de rendre grâce à Allah furent massacrés. Les intellectuels le furent avec des raffinements de cruauté.

L'émotion perlait dans la voix de Don Estéban qui ne put retenir quelques larmes. Je tendis mon bras, posais ma main bandée sur sa main et dans un sourire l'invitait à poursuivre. Il sécha son visage et me sourit.

— Les lettrés sont toujours les premières victimes de l'obscurantisme et de l'intolérance, reprit-il. L'instruction est le contrepied de la bêtise dans laquelle les despotes cultivent le terreau qui fera de leur sujet des êtres dénués de toute réflexion et de toute intelligence. Mon père toujours à l'affût de la tournure des évènements et de l'orientation du souffle du vent eut la présence d'esprit de vendre ses biens avant que n'arrive l'orage. Nous quittâmes notre terre natale au plus vite pour nous installer en Aragon qui résistait vaillamment aux attaques des Berbères. Nous nous installâmes à Monzon en compagnie d'autres expatriés chrétiens et juifs dont un chirurgien qui tenait son savoir des thérapeutes arabes. Il ouvrit une officine et accepta de m'initier à la médecine ainsi que mon frère Alejandro. Nous fûmes des élèves appliqués et grâce à la fortune familiale, nous nous consacrâmes à nos études tandis que mon père, toujours aussi rusé et habile en affaire créa un nouvel haras. L'élevage de Los Montès obtint rapidement ses lettres de noblesse et devint le fournisseur officiel des barons aragonais qui luttaient avec acharnement à la Reconquista. Alejandro, mon frère, s'amouracha d'une très belle jeune femme tandis que je voletais d'une conquête à l'autre sans me soucier du lendemain au grand désespoir de mes parents. À la mort de notre professeur, mon père investit une coquette somme dans l'hospice. Nous étions Alejandro et moi maintenant reconnus comme d'excellents médecins et chirurgiens mais le caractère acariâtre d'Alejandro m'incita à le quitter et à voler de mes propres ailes. C'est ainsi que je décidais de m'installer à Montpellier. Mes aptitudes m'attirèrent une clientèle de riches bourgeois, de barons et même d'ecclésiastiques. Toutefois je dus montrer et je dois encore montrer patte blanche devant ces prélats pour qui la médecine est l'une des tentacules de Satan. Vous comprenez, Sicard, ma méfiance à l'égard de ces rétrogrades. Je vais donc régulièrement à confesse, je prie et j'assiste aux offices, mais je suis et je resterai à jamais un mécréant.

— Vous n'êtes pas le seul, souris-je avant de m'assoupir.

10
Lettre d'Innocent III à l'évêque d'Auch

Mon très cher ami, cher Bertrand, j'ai lu et relu votre missive avec intérêt et affliction. Ainsi, la maison de Dieu est à l'abandon. Ainsi les Cathares – engeance maudite – pullulent sur vos terres si chères à mon cœur, à Dieu, à tous les Saints et à tous les Anges. Ainsi nos convictions sont piétinées par une populace soumise à l'œuvre de Lucifer.

J'ai déjà ordonné, et vous le savez fort bien, qu'une croisade spirituelle soit menée en Terres de langue d'Oc, de Toulouse à Carcassonne, en passant par Foix et Béziers, mais vos dires ne font qu'affirmer ce que je sais déjà, à savoir que ces terres sous l'influence du Malin seront ardues à défricher tant le mal y est implanté.

Je m'en suis plaint au bon roi de France Philippe II Auguste qui me répond qu'il ne veut pas interférer dans les affaires de l'Église ayant d'autres chats à fouetter avec l'Anglais.

Je lui ai affirmé que seul l'emploi de la force armée pourrait remettre ces terres impies dans le droit chemin et qu'il fallait chasser les hérétiques par tous les moyens légaux y compris par une intervention militaire. Ces Cathares pourraient à la longue détruire l'unité même de la France. Je l'ai aussi sommé de prendre toutes les dispositions qu'il jugerait utile afin de sévir contre les barons qui accueillent et protègent ces hérétiques. J'ai jugé bon de lui indiquer que les barons rétifs à nos suppliques se verraient non seulement excommuniés mais également dépossédés de leurs fiefs qui reviendraient de droits aux barons fidèles au Saint-Siège.

J'ai été particulièrement patient avec ces blasphémateurs mais s'il le faut nous les contraindrons par le glaive, assistés des rois et des princes qui ont voué allégeance à notre Pontificat.

Je vais encore envoyer, par pure miséricorde inspirée par la clémence de Dieu, des missionnaires afin de tenter une ultime négociation auprès des Cathares mais je sais d'avance le résultat des futurs pourparlers.

J'adresse une copie de ce courrier à nos évêques et à nos archevêques afin qu'ils soient au courant de nos intentions.

J'enverrai prochainement un courrier aux grands barons de Bretagne, d'Auvergne, de Normandie, d'Île-de-France, du Nord, d'Alsace, des Flandres et d'Angleterre, afin de les enjoindre de nous rester fidèles et de fourbir leurs armes.

Que Dieu veille sur vous, très cher Bertrand.

Lettre Manuscrite à Rome le 1er avril 1198

11
Premiers pas

Ma convalescence suivait son cours, mon état s'améliorait nettement grâce aux soins prodigués par Don Estéban et au dévouement de Maître Léonard et de Mathilda. J'appris par La Fouine, qui n'avait jamais aussi bien porté son nom, qu'Édouard de Lancenet ne décolérait pas. Les gardes et le sergent chargés de la surveillance du pilori s'étaient mystérieusement évaporés dans la nature. Des restes humains furent découverts dans une soue mais les jurats dévoyés et grassement soudoyés par la richissime famille d'Édouard étouffèrent l'affaire. J'appris également, toujours par l'entremise de La Fouine, que des stipendiés à ma recherche fouillaient le moindre recoin n'hésitant pas à molester les gredins qui fourmillaient dans la cité. Fort heureusement, ma tanière restait la plus muette des cachettes. Personne n'oserait s'en prendre à Gailharda et à ses filles sans subir les foudres de Trousse-la-Nuit et de ses seconds couteaux.

Je fis mes premiers pas soutenu par les bras vigoureux de Casse Molaire qui s'émut au point de fondre en larmes. Ce géant à la cervelle d'un enfançon, capable de réduire un homme en bouillie me vouait une fidélité et une amitié défiant l'entendement. J'étais, me fit comprendre un jour Gailharda, le seul, en plus de ses deux frères d'arme et des catins du bordel, à le considérer comme un être humain et non comme un monstre de foire. Doté d'une force colossale, il n'avait son pareil pour remettre dans le droit chemin les ivrognes qui manquaient de respect aux filles. Il entrebâillait plusieurs fois par jour la porte de ma chambre pour imiter les gestes de Don Estéban, tâtant mon pouls et posant son oreille sur ma poitrine pour écouter les battements de mon cœur. Satisfait de son diagnostic, il éclatait d'un rire tonitruant. Je réussis en quelques jours à lui inculquer les notions du jeu de dés. Ne sachant pas compter, les débuts furent fastidieux mais il assimila si bien les règles qu'il pouvait désormais partager cette nouvelle passion avec Trousse-la-Nuit et La Fouine qui d'abord le plumèrent des quelques malheureux écus qu'il chapardait çà et là. Il arriva un soir dans ma chambre avec ses deux frères d'infortune. Il vida le contenu de son escarcelle sur mon lit et me fit comprendre qu'il venait de laisser sur le carreau ses deux acolytes qui me lancèrent un sourire complice. S'étaient-ils laissé détrousser, qui pourrait le dire ? Toujours est-il que Trousse-la-Nuit et La Fouine comptaient depuis un nouveau compagnon de jeu. Ils m'en remercièrent chaleureusement.

Par chance, mes jambes n'avaient pas trop souffert de la furie d'Édouard qui s'était surtout acharné sur mon dos et sur mon visage. Maître Léonard souhaitant s'assurer de mon équilibre m'incita à faire mes premiers pas. Hésitant, je posais un pied devant l'autre m'appuyant sur l'épaule de Casse Molaire. Malgré mes gémissements, Maître Léonard ne put s'empêcher de sourire. Ces plaintes justifiaient que la vie reprenait. La guérison s'avérait donc plus rapide que prévu car selon Maître Léonard, un malade qui marche est un malade qui garde espoir. Je fis encore quelques pas avant d'être pris de vertige. Casse Molaire m'allongea sur le lit. J'avais dorénavant l'obligation de me lever chaque jour durant toute la durée des traitements, insista Maître Léonard me confiant à la bienveillance de Mathilda. J'étais aussi faible qu'un oisillon tombé du nid, incapable de me tenir debout sans l'assistance de Casse Molaire, de me nourrir avec mes mains emprisonnées dans des attelles et de faire le moindre mouvement dans ma couche. J'accueillais les visites de Don Estéban avec toujours autant de bonheur. Il m'initiait à la médecine orientale me contant toutes sortes de détails et d'anecdotes sur les guérisons qu'obtenaient les médecins arabes. L'immobilisation des membres fracturés, la délivrance des femmes par une ouverture du pubis, la restructuration des yeux en supprimant les cataractes, l'hygiène buccale n'avaient aucun secret pour eux. Don Estéban m'apprit également que les érudits arabes distillaient des fruits afin d'obtenir un liquide nommé al-kuhl utile à la désinfection des plaies et des ustensiles de médecine : scalpels, ciseaux, lancettes et pinces. Il me vanta les hôpitaux orientaux dotés d'illustres chirurgiens et d'infirmières qui se vouaient au bon rétablissement des malades. Les femmes exerçaient sous la responsabilité des médecins. Nombre d'entre elles, par leurs savoirs, auraient fait rougir de honte plus d'un médicastre occidental.

Mathilda me préparait des repas à base de bouillie et me nourrissait comme un enfançon. Elle prenait un malin plaisir à raser les quelques poils qui ornaient mon menton, à masser mon torse imberbe et mon dos d'huile de résine de myrrhe reconnue comme antalgique et cicatrisante afin d'éviter les escarres. Don Estéban lui enseigna quelques notions de thérapie osseuse et musculaire afin que je renforce mes bras et mes jambes atrophiés par la position allongée. La jeune femme mettait du cœur à l'ouvrage, triturant, étirant et pétrissant ma musculature plusieurs fois par jour.

Mathilda se dévouait corps et âme à mon bien-être. J'étais affreusement gêné lorsqu'elle m'aidait dans mes besoins naturels, me tenant le sexe, l'égouttant et le lavant après chaque miction ou lorsqu'elle glissait une bassine sous mon bassin. Je lui avouais ma honte devant mon état d'infortune qui la contraignait à une telle besogne. J'étais un homme quoi qu'il en soit et il me fallait ravaler ma fierté soumise à rude épreuve. Mathilda se moquait de mes états d'âme et souhaitait ardemment ma guérison. Elle s'appliquait avec abnégation à la tâche confiée par Maître Léonard. Elle n'avait connu que la misère, la brutalité, l'ignorance et le mépris. Elle ignorait tout de la tendresse et de l'amour. Prendre soin de moi devint pour elle un véritable sacerdoce. Elle se sentait enfin utile. Elle n'était plus une bête de somme mais elle devenait femme.

Elle découvrait le sublime d'une femme amoureuse. Elle connaissait enfin l'amour. Celui qui embrase tout sur son passage. Celui dont les flammes ne s'éteignent jamais. Les hommes la dégoûtaient. Elle savait ce qu'attendaient ces dévoyés amateurs de passes furtives et n'espérait de leur part ni compassion ni amour. Ces pervers la prenaient sans tendresse dans l'unique but de se vider les bourses. Mathilda était une experte et simulait tant et si bien que les mauvais coucheurs s'imaginaient être de merveilleux amants. Ces coqs de basse-cour, auréolés de leur suffisance et dressés sur leurs ergots jouissaient en quelques minutes sous les cris et les ondulations de Mathilda qui savait tout du jeu de l'amour et de son cérémonial.

Elle n'éprouvait qu'aversion pour ces fats. Elle détestait les hommes et voilà que l'un d'eux lui parlait, lui souriait, se montrait prévenant et attentionné. Un homme, presque un enfant, allongé sur son lit de souffrance qu'elle veillait avec la tendresse d'une femme amoureuse. Elle en était follement éprise. La chrysalide se brisait et la fille des rues devenait femme.

J'étais comme un adolescent en proie à ses premiers tourments. J'éprouvais une véritable tendresse pour Mathilda. Je ne pouvais pas oublier la douceur des baisers qu'elle déposa sur mes lèvres tuméfiées lorsque je n'étais qu'un pantin démantibulé ligoté à un carcan. Elle avait caressé mes joues sous les gestes obscènes de mes tourmenteurs faisant fi de leurs quolibets, du sang, de la crasse et de l'odeur infecte que je devais dégager.

Un mois s'écoula et je parvins à me lever seul et à marcher de long en large dans la chambre. Mathilda avertit Gailharda qui grimpa les marches quatre à quatre et me prit dans ses bras. Elle dépêcha La Fouine qui revint aussitôt avec Maître Léonard et Don Estéban. Mes sauveurs me sourirent et m'incitèrent à marcher sans l'appui de Casse Molaire ni à l'aide d'une canne. Trousse-la-Nuit toujours aussi taiseux me salua d'un sourire discret. La Fouine fureta autour de moi en humant l'air et assura avec un regard malicieux que je n'empestais plus la charogne. Casse Molaire me prit dans ses bras et fit claquer deux énormes bises sur mes joues. Ce soir, c'est fête annonça Gailharda qui décida de fermer les portes de « La Louverie ». Les filles tirèrent les rideaux et je pus enfin descendre les marches sous les applaudissements. Casse Molaire et La Fouine dénichèrent un repas digne de ma résurrection. Ils revinrent les bras chargés de venaison, de jambons d'Ibérie et de vins de Toscane.

J'étais assis entre Mathilda et Gailharda qui découpaient mes aliments. Il m'était formellement interdit d'enlever mes attelles. Je ressemblais à un enfant gâté entre deux cantinières. Je surpris mes amis en leur annonçant qu'il me faudrait sûrement quitter Montpellier car cette ville m'était désormais interdite. Le viguier, le connétable, les mercenaires à la solde d'Édouard de Lancenet me recherchaient toujours. Proscrit, je mettais en danger toute personne me donnant soin et asile. Que deviendraient mes amis si j'étais reconnu, mené devant le viguier et soumis à la question ? Il m'était insupportable de les savoir en péril par ma faute. Je devais donc retourner chez les miens. Ma décision jeta un léger voile sur la soirée mais tous louèrent ma sagesse.

Ma convalescence dura encore quelques semaines, je repris des forces et pus récupérer enfin l'usage de mes mains. Don Estéban déligota mes doigts emprisonnés de leurs éclisses, fit jouer mes articulations et m'adressa son plus beau sourire avant de m'étreindre. Mathilda se désespérait de mes progrès et la pensée de mon départ la plongeait dans une douloureuse mélancolie.

— Je t'ai veillé et me suis inquiétée à chacun de tes râles, se confia-t-elle un soir de profonde affliction, j'ai tremblé d'effroi devant tes cicatrices. Je ne l'ai pas fait par bonté mais par amour. Je suis amoureuse de toi Sicard. Je n'ai jamais rien ressenti d'aussi beau. N'ai-je pas le droit à ma part de beauté dans ce monde pourri et corrompu ? On ne m'a jamais regardée comme tu me regardes. On ne m'a jamais parlée comme tu me parles. On m'a traitée comme une moins que rien. On m'a salie. J'ai vu défiler plus d'hommes dans ma couche qu'il y a de brin d'herbes dans un fétu et c'est sûrement pour cette raison que tu m'ignores, conclut-elle.

Je restais désemparé devant l'attitude et les mots de Mathilda qui résonnaient en moi comme un supplice. Ma raison m'incitait à refuser ses avances mais mon corps répondait tout autrement. Mathilda me troublait. Comment taire l'attirance que je ressentais pour ce corps qui s'offrait à moi ? Je n'avais aucun à priori à faire l'amour avec elle, son passé m'importait peu. Convaincue du contraire, elle pensait que je n'avais que dégoût pour ces femmes qui se vendent et monnayent leurs atours. Les filles de la rue m'inspiraient davantage par leur droiture que les épouses des notables que je côtoyais lorsque je délivrais mes médications. Ces femmes de hobereaux, issues pour la plupart d'une noblesse de bas étage, jouissaient de la réputation et du nom de leurs maris. Elles se pavanaient dans les quartiers les plus huppés de la cité méprisant le petit peuple des artisans et des croquants. Ces puritaines savaient-elles qu'elles n'étaient que des utérus et des génitrices destinées à donner des héritiers mâles à leur époux ? Se doutaient-elles écartant les cuisses qu'elles n'étaient que des marionnettes assignées à conforter l'ego et la virilité de leur époux afin de pérenniser leur nom ? Ignoraient-elles que leurs maris engoncés dans un patriarcat vieux comme le monde couraient les gigolettes dans les lupanars ?

Déguisé en riche marchand, vêtu d'un long manteau, coiffé d'une capeline qui cachait mes longs cheveux, grimé d'une fausse barbe, je passais mes soirées dans le bouge à observer les séductrices usant de leurs attraits et à admirer la dextérité de La Fouine qui s'emparait des aumônières suspendues aux ceintures. Il en vidait une partie et les remettait en place sans que nul ne s'en aperçoive. Je m'asseyais toujours à la même table, partageais avec Trousse la Nuit une partie de dés ou de cartes et me tenais éloigné des clients et des filles.

Un soir, tandis que la lassitude me gagnait, Maître Léonard vint s'asseoir et commanda un pichet de vin.

— Tu ne peux plus séjourner à Montpellier, me dit-il l'air grave. Je sais que tu rêves depuis longtemps d'approfondir tes connaissances médicales. Don Alejandro, le frère de Don Sébastian, est un éminent médecin connu et reconnu en Aragon. Il a créé lui-même son propre hospice à Monzon, une petite cité nichée au pied d'un château fort construit par les sarrasins mais qui est maintenant la possession de l'Ordre du Temple. Tout comme son frère, Don Alejandro a étudié auprès d'un médecin qui a longtemps fréquenté les hôpitaux d'Al-Andalus. Les Arabes, comme tu le sais, sont des maîtres en anatomie humaine. Leurs connaissances sont à ce jour les plus avancées du monde civilisé. Ils connaissent des remèdes et des techniques de soins qu'ils n'hésitent pas à partager avec des infidèles tels que nous, car c'est ainsi qu'ils nous nomment, tout comme ils jugent notre médecine primaire et archaïque.

— Je ne vous suis pas, Maître Léonard, quel est le rapport avec moi ? m'étonnai-je.

— Tu vas partir à Monzon chez Don Alejandro muni d'une lettre de recommandation de Don Estéban.

— Je n'ai nullement l'intention de quitter mon pays, je veux m'en retourner chez les miens.

— Chez les tiens ? s'étonna Maître léonard d'un ton outré. Qui feras-tu, le rebouteux, le marchand de plantes, tandis que je te propose l'avenir dont tu rêves ? Réfléchis mon garçon, de telles opportunités ne se présentent qu'une fois. Tu vas découvrir une vie riche d'enseignement, tu vas ausculter, déchiffrer malaises et affections, diagnostiquer les maladies. Don Alejandro pourrait remplacer toute la cohorte des médicastres qui ont pignon sur rue à Montpellier. Cet homme est un génie dans son domaine.

Sur ces entrefaites, la porte s'ouvrit et Don Estéban apparut tenant un parchemin à la main.

— Voici, dit-il me tendant un document. Tu donneras ce rouleau à mon frère. Malgré nos différends, il ne peut rien me refuser, Nous sommes liés par les liens du sang. Il est stipulé dans ce courrier que tu as deux ans d'expérience de la médecine occidentale, plusieurs années d'études de l'apothicairerie auprès de Maître Léonard sans compter tes diverses aptitudes au reboutage et à l'herboristerie. Mon frère t'accueillera, j'en suis certain mais méfie-toi de lui. Il est d'un caractère irascible et s'emporte facilement mais ses colères sont de courtes durées. Sois humble et patient.

— Comment vous remercier, Don Estéban ?

— Tu n'as pas à me remercier. Mon ami Léonard et moi-même connaissons ta valeur, tu as toute notre confiance, dit-il tapant sur l'épaule de Maître Léonard. Nous sommes deux vieux fous et nous sommes heureux de constater qu'un jeune fou prend la relève, sourit-il me tendant la main. Je t'enseignerai quelques notions de Castillan, renchérit-il.

Je suivis les conseils de Don Estéban apprenant rapidement les mots et les phrases qui me seraient essentiels pour le voyage. Trousse-la-Nuit m'offrit un magnifique poignard et insista pour m'enseigner les subtilités de la dague. Je connaissais le combat à l'épée en terrain clos mais Trousse-la-Nuit argua qu'il ne me serait d'aucune utilité dans les auberges où sévissaient gredins et malandrins. Larrons, bandits de grands chemins et dévergondées seraient sûrement mes prochains compagnons de route. Cette racaille maniait le couteau aussi bien si ce n'est mieux que le plus aguerri des hommes d'armes. La Fouine m'offrit une ceinture de cuir dont la couture contenait des pièces d'or et d'argent, fruits de ses nombreuses rapines. Il était certain que l'aumônière accrochée à mon ceinturon me serait rapidement dérobée par un brigand, je pourrai donc compter sur cet argent caché dans ma ceinture. Il fallait surtout que j'ai l'air d'un voyageur plus vrai que nature et que j'emporte avec moi le minimum de bagage. Casse Molaire me tendit un bourdon et fit mime de l'utiliser comme un gourdin. Chacun et chacune dans le bouge souhaitait participer à mon départ. Les filles se cotisèrent et m'offrirent une cape qui couvrirait mes épaules dans la fraîcheur du soir. Maître Léonard me tendit une sacoche de cuir contenant des opiacés et des onguents. Don Estéban de Los Montes se fendit de quelques instruments chirurgicaux.

C'est l'esprit hanté d'inquiétude que je montai m'étendre pour ma dernière nuit chez Gailharda. J'allai fermer la porte de ma chambre quand Mathilda calla son pied dans l'entrebâillement et se faufila dans la mansarde. Elle colla son corps contre mien, souffla la bougie et j'entendis le frottement de ses vêtements qui glissaient le long de son corps.

LIVRE II

juin 1198 – décembre 1198

1
Frère Boniface

La petite troupe chevauchait depuis plusieurs jours sur les terres méridionales. Les quatre gardes pontificaux fortement armés et le coursier s'arrêtèrent devant l'unique auberge de Laguiole. Le tavernier les accueillit avec hospitalité tandis qu'un jeune serviteur s'occupait des montures. Le garçon, roux de poil et boutonneux, s'extasia devant la soldatesque casquée. Doté chacun d'une arbalète, d'une épée et d'une dague, ces soldats escortaient l'envoyé de Rome depuis son départ du Palais du Latran. Les routes n'étant pas sûres et sa mission de la plus haute importance, le coursier mandaté par le Saint-Siège se voyait accompagné et protégé par une escouade de soldats d'élite. Le messager d'Innocent III prit quelques instants de repos, se remit en selle, chevaucha sur une lieue et arriva dans une vallée luxuriante aux pentes escarpées, sur lesquelles s'épanouissaient d'impénétrables forêts de hêtres, de frênes et de chênes centenaires. Le gazouillis de centaines d'oiseaux enchantait la plénitude des frondaisons d'où s'envolaient des nuées de verdiers, de fauvettes et de linottes mélodieuses. Juché sur sa monture, le messager aperçut des hordes de sangliers fouissant la terre à la recherche de glands, tandis que des hardes de cerfs et de biches détalaient à son approche. Le cheval descendit prudemment la sente et s'abreuva à la Boralde de Flaujac, gonflée par les pluies printanières. Le cavalier profita de cette halte pour épousseter son pantalon de cuir, ses bottes maculées de la boue des chemins et sa casaque flanquée des armoiries pontificales. Il se pencha sur les berges de la rivière tumultueuse, remplit sa gourde, plongea ses mains dans le courant et nettoya son visage. Il flatta l'encolure de sa monture et se remit en selle. Le cheval trottina sur une demi-lieue et le jeune homme découvrit enfin le hameau de La Bonalde et l'abbaye Notre-Dame de Bonneval.

Le jeune cavalier descendit de son cheval et entraîna l'animal par la bride. Marchant au pas, la brave monture hennit et s'amusa à pousser le jeune homme dans le dos avec ses naseaux. Ils passèrent devant un moulin à eau et une noria où s'affairaient des frères convers. Un système judicieux ressemblant à un aqueduc amenait l'eau directement dans un grand bassin qui jouxtait les cuisines. Bâtie en l'an 1147, Notre-Dame de Bonneval comprenait une église dont le tympan finement sculpté représentait d'un côté le paradis avec Dieu, son fils Jésus, ses apôtres et de l'autre l'enfer avec ses succubes dépenaillés, un diable aussi laid qu'effrayant et un immense bûcher dans lequel se consumaient les âmes damnées. Des moines marchaient et méditaient dans un magnifique cloître orné de chapiteaux qui soutenaient la voûte d'un toit protégé par des tuiles romanes. Au centre du cloître, se dressait une fontaine qui irriguait un jardin ensoleillé planté d'herbes aromatiques et médicinales. Le coursier fut chaleureusement reçu par Frère Armand, qui le conduisit chez le père abbé tandis qu'un palefrenier emmenait la jument dans une pâture. Les deux hommes traversèrent la salle du chapitre, accolée à l'immense dortoir des frères convers. Ils montèrent à l'étage et arpentèrent le long couloir où vivaient les frères cisterciens confinés dans leur cellule individuelle. Frère Armand cogna à l'écritoire du père abbé, qui accueillit le visiteur avec bienveillance.

— Que me vaut l'honneur d'une telle visite ? demanda le père abbé Michel, reconnaissant la livrée papale.

— J'ai ce pli à vous remettre de la part de notre très Saint-Père, répondit respectueusement le jeune cavalier, s'agenouillant et tendant au prieur des documents, enveloppés précautionneusement dans un rouleau de cuir.

Le père abbé Michel déplia le fourreau et prit de ses mains tremblantes la missive avec une infinie précaution teintée de déférence.

— Frère Armand, veuillez accompagner notre émissaire aux cuisines, afin qu'il lui soit servi une solide collation puis montrez-lui le dortoir, il pourra s'y reposer avant de repartir. Vous viendrez ensuite me rejoindre dans mon bureau.

— Je dois reprendre la route au plus tôt, dit le cavalier.

— Quel est votre nom jeune homme ?

— Je m'appelle Richard mon père.

— D'illustres rois et de hardis chevaliers portèrent ce nom mon fils et sachez que même les grands monarques et les paladins, qu'ils se nomment Richard, Arthur, Roland ou Gauvain, prennent du repos avant une cavalcade, sourit le père abbé Michel. Ce soir vous dormirez parmi nous et nous fêterons votre chevauchée en débouchant un pichet de vin.

— Je me vois contraint de décliner votre invitation mon père, mon escorte m'attend à Laguiole.

— Il sera fait selon votre volonté Richard, laissez-moi le temps de dicter un courrier que vous remettrez à notre Souverain Pontife.

Richard s'éclipsa, accompagné d'un novice qui le conduisit au réfectoire. Le père abbé Michel décacheta le courrier scellé, le lu en soulignant chaque mot d'un hochement de tête et resta silencieux quelques instants.

— Vous m'avez l'air soucieux mon révérend père ? s'inquiéta frère Armand.

— Notre Sainteté nous prie de lui envoyer trois de nos frères afin de leur confier une mission importante.

— Je croyais notre Saint Homme plus enclin à déléguer des impératifs à des chapitres avec lesquels il entretient des rapports privilégiés. Notre ordre serait-il enfin considéré à sa juste valeur ? s'étonna le secrétaire.

— Un peu de retenue, frère Armand. Nous n'avons pas à discuter les prérogatives d'Innocent III, bougonna le père abbé Michel. Nous autres, cisterciens, lui sommes entièrement dévoués. Veuillez prendre note je vous prie.

Frère Armand s'installa devant un pupitre, affûta une plume et rédigea le courrier sous la dictée du père abbé qui remerciait Innocent III de sa confiance, l'assurait de son total dévouement et lui signifiait qu'une délégation de frères cisterciens se mettait aussitôt en chemin pour rejoindre Rome. Le pli fut remis à Richard qui enfourcha son cheval et quitta l'abbaye, après avoir remercié ses hôtes pour leur sollicitude.

Le père abbé Michel et frère Armand déplièrent une carte et calculèrent la distance qui séparait Bonneval de la Cité Papale. Seuls des moines rompus à de longues marches peuvent relever le défi de parcourir environ deux cent cinquante lieues, affirma le père abbé. Les deux moines blancs se concertèrent un court instant et décidèrent d'un commun accord de confier ce périple à frère Boniface qui fut aussitôt mandé.

L'homme se présenta quelques instants après et se pencha respectueusement devant son supérieur. Ses épaules de titan, ses terribles poignes, plus habituées à manier la hache et le fléau d'armes que le stylet, la cicatrice qui lui dévorait le visage et le bandeau cachant un œil perdu au cours d'une de ses nombreuses batailles, détonaient avec l'atmosphère de paix qui régnait dans l'office.

— Je suis à votre service Excellence.

— Allons, allons, frère Boniface. Depuis combien de temps es-tu parmi nous ? sourit le père abbé Michel.

— Depuis trois années Excellence.

— Et que t'ai-je souvent demandé ?

— De vous appeler « Père Abbé » et non « Excellence ».

— Tu n'es plus militaire Boniface. Tu es un soldat, certes, mais un soldat de Dieu désormais.

— Je vous présente mes excuses père abbé.

— Voilà qui est parfait. Dis-moi frère Boniface, j'imagine aisément que tu as accompli de longs voyages quand tu étais soldat ?

— Oui père abbé.

— À pied ou à cheval ?

— J'étais fantassin, père abbé.

— Donc tu as beaucoup marché, constata le supérieur.

— Oui, père abbé.

— Tu as dû faire grand nombre de campagnes ?

— Oui père abbé. Je suis allé dans les Flandres, en Bretagne et même en Ibérie combattre les Maures, répondit frère Boniface, l'air visiblement anxieux.

— Allons, allons, mon ami. N'aie point d'inquiétude.

Le père abbé Michel posa délicatement sa main sur l'épaule de Boniface. Malgré sa stature impressionnante, Boniface ressemblait à un enfant qu'on aurait pris avec la main dans un bocal de friandises. D'un âge imprécis, ce géant s'était vu contraint de quitter l'ost de son seigneur suite à de nombreuses blessures. Démobilisé, il avait rapidement englouti sa maigre solde dans les tripots et vivotait depuis de brigandages et de rapines au gré de ses errements qui le menèrent dans le Sud. Il se posa dans un bois jouxtant l'abbaye Notre-Dame de Bonneval, s'abritant dans une vieille cabane et vivant de braconnage. L'hiver pointant ses premiers frimas, il se rapprocha de l'abbaye, proposant divers services à la communauté cistercienne contre un repas et une couche. D'une force prodigieuse, il se rendait particulièrement utile auprès des moines convers, forestiers, charpentiers et forgerons, qui l'accueillirent avec sollicitude. Il découvrit, auprès de ces moines, la même fraternité que celle des campagnes militaires mais les ahanements qu'il entendait désormais étaient ceux d'hommes s'échinant à leurs tâches dans les forêts ou dans les champs et non ceux d'hommes pourchassés. L'abnégation et la bienveillance de cette communauté le troublaient. La bête sauvage se muait en un animal sensible. La vacuité de son existence laissait place à une immense soif de gratitude. Il accompagnait les herboristes, fouillant le sol comme un sanglier à travers les bosquets épineux, soulevait d'énormes poutres pour le maître charpentier, tractait l'araire dans les plaines et s'endormait le soir, perclus de douleur, après avoir partagé le souper avec les frères convers. Non soumis à l'obéissance monastique, ces laïcs rompaient le pain avec Boniface qui, avant de les rejoindre, s'agenouillait de longues minutes devant la croix fixée sur un mur. Il remerciait Dieu d'avoir guidé ses pas jusqu'à l'abbaye de Bonneval, priait pour le salut de ses nouveaux frères et s'installait à la longue tablée, où chacun profitait des venaisons qu'il ramenait de ses parties de chasse. Qu'elle n'était pas la surprise des marmitons et des mitrons lorsque Boniface déposait dans les cuisines un sanglier ou un cerf qui régalait toute la communauté ?

Il demanda son intégration auprès des moines convers après plusieurs années de bons et loyaux services au sein de la communauté et put enfin revêtir la tunique brune et le scapulaire noir tant convoités. Ces frères laïcs œuvraient aux différents travaux manuels, agricoles et à l'entretien du domaine. Illettrés, ils ne pouvaient se consacrer aux devoirs spirituels, apanage des moines cisterciens, qui eux aussi œuvraient à la gloire de Dieu dans l'étude des textes sacrés, la prière et le silence. Boniface fut soutenu dans sa demande par l'ensemble des frères laïcs, par la majeure partie des frères ordonnés, mais les plus anciens des cisterciens refusèrent son admission.

— Cet homme est le diable, cracha frère Philippe, il a connu la femme charnellement et peut-être s'est-il rendu coupable d'autres déviances. Nous savons tous que les militaires sont des brigands et des licencieux qui se vautrent dans la luxure.

— Jésus lui-même fut crucifié entre deux voleurs. Ne les a-t-il point bénis avant qu'ils ne trépassent ? demanda le père abbé.

— Cet homme n'est pas le Messie, grommela le doyen sous l'approbation des aînés.

— Cela suffit, Boniface nous a prouvé à maintes reprises son repentir. Dieu, dans sa mansuétude, n'a-t-il pas accordé une seconde chance à Marie Madeleine la pécheresse ? Boniface sera connu dès ce jour sous le nom de frère Boniface, trancha le père abbé.

Frère Boniface revêtit la tunique brune des frères convers, sous l'agrément des siens malgré l'ire du doyen et des barbons qui refusèrent de participer à la cérémonie. Sans doute quelque peu aigris par une vie dénuée de tout plaisir terrestre, ces vieillards vouaient à Boniface une véritable animosité, lui enviant sa vie d'aventurier et de débauches. La destinée d'un jeune homme n'est pas de vivre entre quatre murs loin des plaisirs terrestres, leur rétorquait frère Boniface aiguillonnant ainsi l'antipathie et la colère de ses plus farouches contradicteurs. Après des années de guerres et de solitude, cette paix intérieure lui semblait tellement irréelle qu'il donnait le meilleur de lui-même, priant chaque jour avec piété et se levant aux aurores pour accomplir ses diverses tâches. Il intégra la communauté des moines blancs tout comme il s'enrôla dans la vie de soldat, se donnant corps et âme à sa nouvelle destinée.

— Je vais te confier une mission que toi seul peux mener à son terme, dit le père abbé Michel.

— Je suis à votre service père abbé, acquiesça frère Boniface.

— Tu vas aller à Rome. J'ai reçu ce matin même un courrier de notre Saint-Père qui requiert la présence de trois cisterciens. Combien de lieues peux-tu parcourir en une journée ?

— Entre quatre et cinq, père abbé, en fonction du terrain et des éventuelles intempéries, répondit frère Boniface. Il est évident que la pluie rend les terrains boueux et ralentit le pas, renchérit-il.

— Entre quatre et cinq lieues ? dis-tu.

— Oui, père abbé.

— Cela ferait entre cinquante et soixante jours de marche, réfléchit le religieux. Te sens-tu la force d'accomplir une telle distance ?

— Oui, père abbé.

— Tu sais lire une carte ?

— Non père abbé, rougit le géant.

— Il te faut donc un compagnon de route qui sache lire une carte et marcher d'un bon pas.

— Frère Gauthier et frère Anselme sont de très bons marcheurs.

— Excellentes recrues, sourit le père abbé Michel. Ils feront tous les deux la route avec toi. Va les quérir je te prie.

Boniface revint quelques instants plus tard en compagnie des frères Gauthier et Anselme.

— Mes frères, annonça le père supérieur, vous allez nous quitter quelque temps pour vous rendre à Rome.

— À Rome ? s'étonna frère Gauthier.

— Notre Sainteté réclame notre concours, pour une mission qui revêt notre compétence et notre diligence.

— Ce sera un honneur de servir notre très Saint-Père. Quand partons-nous ? interrogea frère Anselme.

— Demain aux premières lueurs. Préparez vos affaires puis passez voir le frère trésorier. Il vous donnera un petit pécule afin que vous puissiez voyager, vous restaurer et dormir convenablement.

— Pourquoi Sa Sainteté a-t-elle choisi notre abbaye, alors que tant d'autres sont plus proches de Rome ? s'étonna frère Gauthier.

— Dans son courrier, notre Souverain Pontife insiste sur la bienveillance des cisterciens, qui bâtissent et consacrent des monastères à la gloire du Tout-Puissant. De plus, Notre-Dame de Bonneval est érigée dans les terres de langue d'Oc. Peut-être souhaite-t-il connaître nos rapports avec cette hérésie qui infeste le Comté de Toulouse ?

— Quelle sera notre mission à Rome ? demanda frère Gauthier.

— Je n'en ai aucune idée. Le Saint-Siège ne manderait pas des moines d'une abbaye aussi éloignée de Rome pour des broutilles. Soyez dignes de la confiance que notre Saint-Père met entre vos mains, mes frères.

— Nous ne faillirons pas, père abbé, affirma frère Boniface.

— Frère Boniface, vous êtes un ancien militaire, je vous charge de mener à bon port cette mission et de veiller sur vos compagnons.

— Je vous remercie de votre confiance, père abbé, dit frère Boniface en s'inclinant.

Les trois moines s'éclipsèrent et chacun regagna sa couche afin de préparer son bagage. Le soir même, une messe fut célébrée et les trois frères furent au centre de l'attention de la communauté, avec laquelle ils partagèrent un dernier repas. On dîna en silence comme tous les soirs, mais le repas fut égayé d'un cuissot de sanglier, dernière traque de frère Boniface, de légumes, de fruits et de miel. Il fut autorisé de boire une coupe de vin coupé d'eau pour fêter la mission des trois frères, qui s'absenteraient de longs mois, voire de longues années.

Frère Gauthier pria longuement avant de s'endormir. Ce jeune moine, d'une trentaine d'années vivait dans l'abbaye depuis son noviciat et traduisait les œuvres latines et grecques. De taille et de corpulence moyenne, l'œil vif toujours en éveil, précocement chauve et donc exempt de tonsure, il arborait son sacerdoce comme un don de Dieu. Âgé lui aussi de trente ans, frère Anselme, sec et noueux comme un cep de vigne, était habité d'un dévouement à toute épreuve. Issus de nobles familles, ils suivirent le même parcours au sein de l'Église. Lettrés et d'une dévotion sans faille, liés par une profonde amitié, ils prononcèrent leurs vœux au cours d'une ordination commune. Frère Anselme ne parvint pas à trouver le sommeil et implora le seigneur de lui accorder force, santé et vigueur pour le long voyage qui s'annonçait. Ne trouvant pas le sommeil non plus, frère Gauthier quitta sa couche et alla prier dans le scriptorium. Il caressa du doigt le manuscrit qu'il enluminait depuis plusieurs semaines, effleura ses stylets puis retourna dans sa cellule, s'allongea sur sa couche et somnola. Frère Boniface s'endormit d'un trait, après avoir accompli une prière et ses exercices habituels d'assouplissement et de musculation.

Le lendemain matin, le père abbé Michel les accompagna jusqu'au seuil de l'abbaye et leur remit un sauf-conduit frappé du sceau Papal, une besace contenant une collation ainsi qu'un bourdon. Après une brève accolade les trois hommes se mirent en route.

2
Bataille Pyrénéenne

Avant de quitter Montpellier, mes trois virtuoses de la truanderie m'offrirent un cheval, résultat d'une de leurs nombreuses arnaques. Trousse-la-Nuit de son œil toujours aiguisé trouva le quidam plein aux as, un rien hautain, et donc facile à plumer. La Fouine de sa main agile le délesta d'une partie de son escarcelle et l'invita à partager une partie de dés avec Casse Molaire. D'abord surpris d'être confronté à un adversaire aussi naïf, le flambeur refusa tout de go mais le vin aidant, il finit par s'asseoir à la table de jeu. Casse Molaire devenu un redoutable concurrent s'arrangea pour perdre les premières manches. La Fouine d'un tour de passe-passe lui refila un jeu de dés pipés pendant que le gagneur comptait ses paris. La partie reprit et le malheureux joueur se retrouva plus pauvre que le plus pauvre des mendigots en chemise et en braie sous les railleries de l'assistance. Son honneur bafoué, il fit appel aux stipendiés qui l'escortaient. Gailharda, elle aussi dans la combine, calma la colère du mauvais perdant en lui offrant un pichet de son meilleur vin. Finalement, le triste sire laissa ce jour-là en plus de son aumônière un magnifique cheval. Il quitta « La Louverie » se promettant de revenir prendre sa revanche sous les éclats de rire de mes trois gredins patentés qui dénichèrent une selle, des fontes et un harnais de belle facture, dérobés sans aucun doute à l'occasion d'une sortie nocturne.

J'acquis cet admirable cheval et le baptisais Granit. D'une robustesse à toute épreuve et d'un caractère jovial, il pouvait trottiner pendant de longues heures. Je laissais derrière moi la France en traversant les Pyrénées dont les pics enneigés dévoilaient leur infinie beauté printanière. Granit s'arrêtait régulièrement pour brouter l'herbe grasse et s'abreuver aux nombreux torrents qui dévalaient des montagnes. Je ne rencontrais pas grand monde et les quelques villageois que je croisais dans les hameaux me vendaient quelques vivres. J'aimais cette solitude et m'assoupissais le soir à l'orée des bois. Je bouchonnais ma monture, nouais sa longe à un arbre et m'allongeais près d'elle.

Je m'enveloppais chaque nuit dans la cape offerte par les filles de Gailharda et je m'endormais en repensant à cette nuit d'ivresse dans les bras de Mathilda. J'ignorais tout de l'amour entre deux corps ardents se consumant et ne faisant plus qu'un. Mathilda fut et restera à jamais celle qui me fit découvrir le plaisir. Les sensuelles ondulations de ses hanches me chevauchant, mes mains lui caressant les seins, ma bouche dévorant la sienne et la fougue de ses baisers m'avaient arraché des cris jusqu'ici insoupçonnés même dans mes rêves les plus fous. Je m'écroulais épuisé et le corps en feu. M'abandonnant à ses caresses qui réveillaient en moi une ardeur inconnue je m'allongeai sur elle l'embrassant, glissant le long de son corps et parcourant le moindre grain de sa peau. Nous nous donnâmes l'un à l'autre plusieurs fois au cours de cette nuit puis Mathilda s'endormit contre mon épaule. Je la quittai au petit matin sans un mot. Elle connaissait mon dessein et ne tenta pas de me retenir.

Mes amis me manquaient également, surtout Maître Léonard qui m'avait accueilli comme son propre fils. Ce brave homme à la vie austère s'était découvert l'âme d'un père. J'étais sûrement le fils dont il avait rêvé. Il aimait discuter pendant des heures avec moi tout en dégustant de grands crus de Toscane et de la Rioja. L'ivresse le rendait disert et il s'épanchait alors sur sa vie quasi monacale. La solitude lui pesait depuis le décès de son épouse qu'il aima passionnément. Elle fut emportée prématurément par une épidémie qui se propagea dans le sud de la France lorsque des navigateurs phéniciens débarquèrent des marchandises contaminées par une maladie qui fit des ravages décimant les familles par grappes entières. Inconsolable, il se mura dans le silence et se consacra à son négoce jusqu'à notre rencontre.

Mon assiduité et ma vivacité d'esprit le comblaient. Son officine, véritable capharnaüm où une chatte n'aurait pu retrouver ses petits, devint grâce à mon travail un véritable musée. Les clients s'extasiaient devant les étagères où trônaient fioles et mortiers méticuleusement rangés. Nous recevions une patientèle aisée qui ne rechignait pas à la dépense. Je préparais les médications sous l'œil bienveillant de Maître Léonard qui n'hésitait pas à me laisser la boutique lorsqu'il recevait ses fournisseurs avec lesquels il entretenait des liens privilégiés. Nos journées de travail se terminaient très souvent devant l'âtre dégustant un de ses meilleurs vins. Nous refaisions le monde voguant d'un sujet à l'autre mais finissions toujours par disserter de religion, ce sujet lui tenant particulièrement à cœur. Vif partisan de l'athéisme, ses arguments forgèrent en moi l'intime conviction qu'aucun Dieu ne régissait le monde terrestre. Tout ce simulacre créé par des hommes n'était que pure invention des puissants afin d'asseoir leur potentat sur la plèbe dont l'ignorance allait de pair avec la crédulité. Bien sûr nous n'étalions jamais nos propos en public car nous savions pertinemment le sort encouru pour de telles diatribes. Nous continuions donc comme la populace à nous signer devant les ecclésiastiques, à fréquenter les églises et à écouter les prêches d'une oreille distraite. Don Estéban de Los Montes, l'éminent chirurgien qui m'avait soigné lorsque je fus torturé par Édouard, partageait nos idées et vouait la même détestation pour les rétrogrades de tout poil. Nous fîmes le constat de n'avoir jamais spolié quiconque et de n'avoir non plus jamais engagé de sicaires afin de commettre des assassinats. Nous n'étions ni des voleurs ni des violeurs. Finalement, si Dieu existe, il voyait que nous ne nous comportions guère plus mal que ceux qui prétendaient avoir la foi. Cette foi exacerbée par un quarteron de prêcheurs qui vilipendait le peuple, le couvrait d'anathème et le menaçait de damnation nous était étrangère. Nous vivions l'ostentation des religieux comme une injure au petit peuple ostracisé et accusé de tous les maux tels que la luxure, la débauche, l'onanisme ou la fainéantise tandis qu'eux-mêmes s'y vautraient sans vergogne sous la clémence des cieux. Jamais le pouvoir des ecclésiastiques ne s'était montré aussi puissant décidant de la vie ou de la mort de celles et de ceux qu'ils jugeaient hérétiques ou infidèles à leur croyance. La gueuserie mandait l'aumône au passage de leur cortège fortement encadré d'une soldatesque à la main leste et devait se contenter d'un dédaigneux signe de croix. Bien installés sur leur cathèdre et dans leur sinécure, les évêques se délestaient de leur devoir de miséricorde, de dévouement et de piété confiant cette tâche aux curés et aux chapelains qui exerçaient leur office loin des cités, se contentant de la froidure d'une chapelle délabrée et d'une bure dévorée par les mites. Aussi pauvres que Job, ces serviteurs de Dieu partageaient la souffrance et l'amertume du petit peuple des campagnes.

*****

Je me réveillais chaque matin après de courtes nuits hantées par le visage et le corps de Mathilda. Les jours se succédaient au rythme des sabots de Granit. Ce brave animal n'était certes pas un roussin mais son énergie lui permettait d'alterner pas nonchalants, trots et galops effrénés sans broncher. Nous traversâmes les vallées d'Andorre, longeâmes la Catalogne par des chemins chevriers et arrivâmes après quelques chevauchées en Aragon.

Nous trottinions allégrement lorsque nous fûmes doublés par une colonne d'hommes armés. Je saluai ces soldats qui répondirent d'un geste amical de la main et continuèrent leur chemin. Je fis quelques lieues et je retrouvai la troupe de militaires érigeant un campement dans une pâture. Je sollicitai leur consentement afin de bivouaquer près d'eux. Après avoir obtenu l'accord d'un capitaine, je dessellai mon cheval et m'éloignai de quelques pas. Je vaquai à mes occupations m'extasiant devant la discipline de ces guerriers qui dressaient le camp sous les aboiements d'un sergent. Les uns enfonçaient des piquets dans le sol, d'autres tiraient sur les cordages et montaient les tentes, d'autres encore ramenaient des troncs et allumaient un grand feu. Un cantinier et un marmiton plumèrent des poulets et des faisans qui furent mis en broche. Le soir tombait et la troupe se réunit autour du feu. L'officier me héla et m'invita à partager le repas de la maisnie. Je le remerciai et m'approchai de l'escouade qui m'accueillit chaleureusement. Un soldat me tendit une écuelle et un gobelet de vin. Éclairés par les flammes, les guerriers mangeaient en silence. Les pans d'un tref s'entrouvrirent et deux hommes vinrent s'asseoir au milieu de la troupe.

— Comment va-t-il Messire ? questionna le capitaine.

— J'ai bien peur qu'il ne trépasse si nous ne trouvons pas un barbier rapidement. Il nous faut à présent cautériser sa blessure…

— La douleur de la cautérisation peut-être fatale, osai-je.

— Qui êtes-vous jeune homme ? s'étonna le chef de la soldatesque.

— Je suis étudiant en médecine et en chirurgie. Puis-je vous être utile ?

— Certes mon garçon, suivez-moi.

Blême comme un suaire, un jeune homme gémissait sur une litière. Je défis le linge qui entourait son bras gauche. Une profonde entaille courait de l'épaule jusqu'au coude. Je fis déplacer le brancard près du feu et sortis des fontes de ma selle la sacoche que m'avait offerte Maître Léonard. J'étalai sur un tissu mes flacons, ma charpie, mes ciseaux et mes scalpels. Je découpai la manche du bliaud et fis boire au jeune blessé une dose d'opiacé qui agit rapidement. J'ouvris délicatement les lèvres de la plaie puis j'appliquai sur le bras meurtri une poignée d'asticots prélevés sur la charogne d'un oiseau et j'entourai le bras d'un linge propre. Cette pratique vieille comme le monde utilisée dans les pays orientaux étonna le chevalier. Je le rassurai en lui expliquant que les vers se nourrissaient des tissus putréfiés et nettoyaient ainsi la blessure en profondeur.

— Votre ami n'est pas en état de voyager, Messire, il a perdu beaucoup de sang et doit se reposer quelques jours. Les vermisseaux vont dévorer les chairs infectées et je pourrai ensuite coudre sa blessure.

— Gaétan est mon écuyer, il fait partie de notre avant-garde qui a subi une attaque de routiers. Comment puis-je vous remercier ? demanda le chevalier.

— Vous n'avez pas à me remercier Messire, c'est un devoir devant Dieu que d'assister son prochain. Je resterai à son chevet le temps de sa guérison si vous le permettez.

— Avec grand plaisir, sourit le chevalier. Je me nomme Renaud de Puysancy, reprit-il me tendant une main ferme et vigoureuse, je viens d'Auvergne.

— Que faites-vous si loin de vos terres ?

— Nous avons répondu à l'appel de sa Sainteté le Pape qui nous supplie de combattre l'infidèle en Aragon avec les armées du roi Pierre II le Catholique.

— Voilà une bien noble mission.

— Et vous jeune homme, que faites-vous donc en ces lieux ?

— Je vais à Monzon…

— C'est sur notre chemin, me coupa-t-il. Veuillez donc vous joindre à nous.

— Je vous remercie Messire de Puysancy. Les routes ne sont pas sûres, croyez-vous que nous rencontrerons des infidèles ? demandai-je.

— C'est fort probable, les Almohades tentent des incursions en Aragon mais n'ayez crainte mes hommes sauront les repousser, qu'allez-vous faire à Monzon ?

— Je suis attendu dans un hospice afin de parfaire mes connaissances médicales.

— Pourquoi n'êtes-vous pas resté en France ? s'étonna-t-il.

— Puis-je vous faire confiance, Messire ?

— Vous soignez mon écuyer, cela vous suffit-il comme réponse ?

— J'ai eu maille à partir avec des enfants gâtés, ces fils de hobereaux souhaitant que la médecine reste leur chasse gardée rêvaient de me voir embranché.

— Comment vous appelez-vous jeune homme ?

— Sicard, pour vous servir.

— Croyez-vous sincèrement sauver le bras de Gaétan ?

— Sans aucun doute Messire, dans quelques jours il sera sur pieds et tout ceci ne sera qu'un mauvais souvenir pour lui.

— J'en suis fort aise mon ami.

Trois jours passèrent en compagnie de ces guerriers qui se levaient aux aurores, s'agenouillaient pour les laudes, puis avalaient un solide repas. Ils se livraient ensuite sous les ordres du vieux Raymond, le sergent aboyeur, à des exercices militaires : corps à corps endiablés, duels à l'épée, à la hache et à la masse d'armes, tir à l'arc et à l'arbalète. J'étais admiratif devant ces hommes qui après leurs joutes se dévêtaient et couraient se jeter dans les eaux tumultueuses de la rivière qui jouxtaient la clairière. Ils se séchaient aux rayons du soleil, fourbissaient leurs armes, graissaient hauberts et camails, rangeaient épées, haches et lances dans des râteliers, puis débosselaient leurs écus flanqués de trois gueules frangées sous fond d'or. Comment ne pas me remémorer à cet instant mes folles années d'adolescence lorsque j'étais écuyer apprenant le maniement des armes sous la férule de notre sergent instructeur ?

L'état de Gaétan s'améliorait considérablement. Muni d'une pince, j'ôtais les asticots un à un, cousais la plaie, l'enduisais d'une pommade cicatrisante et plaçais une écharpe afin de maintenir le bras. Le jeune homme se perdit en remerciement. À la veillée, les soldats mirent en perce un tonnelet de vin. Chacun me félicita et voulut trinquer avec moi. Légèrement grisé, je me laissai aller à des confidences et contai à Renaud de Puysancy mon parcours et mes déboires au sein de la faculté jusqu'à ma convalescence dans la chambre d'un lupanar. Mon récit fit sourire le chevalier auvergnat, qui pourtant coupable d'écarts extraconjugaux, m'avoua ne jamais se compromettre avec des filles de joie. Après s'être croisé en Terre Sainte, il reprenait la croix pour faire pénitence en Aragon afin de combattre une fois de plus pour la gloire de Dieu. Il voulait se donner corps et âme au service de Rome, espérant ainsi expier ses fautes et retrouver l'amour de son épouse. Rien de tel qu'un pèlerinage et de beaux combats pour se décrasser l'âme affirma-t-il. Je comprenais facilement que les femmes ne puissent résister à un tel homme qui arborait fièrement la cinquantaine avec ses cheveux longs grisonnants qui coulaient sur de larges épaules, son visage taillé à la serpe sur lequel naissait une barbe de quelques jours, son regard perçant d'un noir profond et son nez aquilin traversé par une cicatrice.

Le lendemain, nous pliâmes le campement et je me mis en route avec Renaud de Puysancy et sa troupe. Gaétan ne pouvant encore chevaucher prit place dans la carriole des cantiniers et s'installa au milieu des casseroles. Des pèlerins qui se rendaient à dos d'âne dans un monastère vinrent se joindre à notre groupe trouvant là l'opportunité d'être protégés par une escouade armée. Nous avancions au fil des jours, bivouaquant dans des hameaux perdus dans les montagnes Pyrénéennes, véritables havres de paix qui nous fournissaient vins et victuailles.

Nous chevauchions sur un chemin rocailleux lorsque nous aperçûmes une caravane de mulets qui avançait lentement. Les marchands prirent peur en nous voyant arriver mais les couleurs de notre détachement les rassurèrent. Les animaux chargés de lourds ballots destinés aux différents marchés de la province Aragonaise étaient escortés d'une dizaine d'archers. Nous bivouaquâmes avec les caravaniers et nous échangeâmes quelques mots sur la Reconquista de Pierre II le Catholique. L'ennemi qui reculait sous la résistance et les contre-attaques Aragonaises restait malgré tout puissant et menaçant. De fougueux émirs revanchards n'hésitaient pas à s'aventurer sur les terres chrétiennes afin d'y mener des raids meurtriers sur les convois qui constituaient des cibles faciles.

Nous reprîmes la route à la fraîcheur du jour empruntant un chemin entre deux vallées. Le soleil dardait ses premiers rayons lorsque l'un des âniers poussa un cri strident montrant un nuage de poussière que l'on apercevait à quelques lieues. Les caravaniers pris de panique talonnèrent leurs montures. Renaud de Puysancy dépêcha un de ses hommes en éclaireur et nous le vîmes revenir quelques minutes plus tard à bride abattue. Une puissante cavalerie Almohade fonçait sur nous. Sous les ordres du chevalier auvergnat, les muletiers débâtèrent les ânes, les soldats dételèrent les chevaux et nous fîmes un rempart avec les ballots et les chariots. Nos forces se résumaient à la trentaine d'hommes de Renaud de Puysancy, aux quelques pèlerins armés de bourdon et aux archers du convoi qui prirent position derrière les balles de marchandise.

Le nuage de poussière se rapprochait et nous entendions, sous le martellement des sabots, les hurlements à la gloire du Prophète. La meute ralentit son allure devant notre rempart improvisé d'où fusèrent flèches et dondaines qui désarçonnèrent une dizaine d'ennemis sous les yeux médusés de l'émir. C'était sans doute la première fois qu'il se trouvait confronté à une telle résistance de la part de muletiers. Il divisa sa cavalerie en trois groupes dont deux nous attaquèrent sur les flancs. Les chevaux de la plus importante escouade, flancs éperonnés jusqu'au sang hennirent, se cabrèrent, se lancèrent à la charge, mais se fracassèrent sur des volées de dards. Malgré les pertes subies les assaillants poursuivirent leur assaut. Les deux autres escadrons nous contournèrent et fondirent sur nos arrières massacrant au passage les malheureux pèlerins désarmés. Nos archers et nos arbalétriers harcelèrent de flèches et de traits nos adversaires mais nous luttions à un contre trois. Malgré la bravoure des hommes de Renaud de Puysancy, nous cédions du terrain perdant plusieurs des nôtres dont Gaétan, le jeune écuyer, transpercé d'une lance. Plusieurs cavaliers Almohades mirent pied à terre et se ruèrent sur nous. Nos archers se débarrassèrent de leurs arcs, saisirent épées, haches, fléaux d'armes et se jetèrent farouchement dans la mêlée. Les corps à corps d'une rare apprêté virent les hommes de Renaud de Puysancy, rompus à de tels combats, prendre le dessus. Déconcerté, l'ennemi habitué à massacrer des caravaniers recula de quelques pas avant de se réorganiser sous les ordres de son émir. Les lames des cimeterres luisaient au soleil et la meute se rua contre les lourdes épées franques qui taillaient dans le vif, déchirant les ventres et démembrant les corps. Renaud de Puysancy se battait comme un forcené, têtes et bras voltigeaient dans des gerbes de sang, sous les moulinets de son épée.

Les archers sarrasins après avoir abattu les derniers muletiers encochèrent mais l'engagement entre les belligérants était d'une telle confusion qu'ils ne purent férir de peur de toucher un des leurs. Ils dégainèrent leurs cimeterres et se lancèrent à l'attaque. Il restait une cinquantaine d'Almohades mais nous étions encore nombreux à leur tenir tête. Le combat faisait rage et les guerriers des deux camps s'écharpaient avec une violence inouïe. Un Auvergnat eut la tête arrachée par une lame arabe qui éclaboussa de sang les combattants agglutinés. Un guerrier maure reçut les boules bardées de piques d'un fléau d'armes qui lui défonça le visage faisant jaillir les yeux de leur orbite. Un autre fut décapité d'un fulgurant tranchant de hache et un troisième fut éviscéré par la lame du vieux Raymond.

Malgré leur supériorité, les infidèles commençaient à douter de l'issue du combat. Leur hésitation leur fut fatale et les soldats de Renaud de Puysancy redoublèrent de force, frappant de taille et d'estoc. Décuplant une résistance revigorée par l'incrédulité de leurs assaillants, les francs formèrent un mur de boucliers infranchissable qu'ils abaissèrent à plusieurs reprises laissant les archers et les arbalétriers décocher leurs salves meurtrières. Ayant récupéré l'épée, le camail, l'écu et le casque du jeune Gaétan, je rejoignis les Auvergnats frappant avec énergie, tranchant et découpant ceux qui se présentaient devant moi. Harnaché d'une cotte de plaques superposées et d'un casque surplombé d'un croissant, l'émir me défia d'un regard sombre d'où perçaient deux prunelles de jais. Sa lame virevolta, fit voler mon écu en éclat, me désarma et m'entailla l'arcade. D'un solide coup d'épaule, le chef berbère me bouscula et brandit son cimeterre au-dessus de sa tête. J'évitai sa seconde botte en virevoltant sur moi-même. La lame cingla le vide. Emporté par son élan, l'homme vint s'empaler sur mon poignard, je sentis la chaleur de son sang couler le long de mon bras. Sidérés par la mort de leur chef, les Maures se débandèrent.

Nous allions crier victoire quand nous aperçûmes une seconde cavalerie sarrasine, cimeterre au clair, qui déferlait de la colline. Les chevaux lancés au galop renversèrent notre rempart et plusieurs des nôtres. L'ennemi ragaillardi par ses renforts fit volte-face sous les encouragements d'un géant qui me menaçait d'une pique. Voulant éviter son attaque, je reculai et butai sur un cadavre. L'homme jeta sa lance, me plaqua au sol de tout son poids et chercha ma gorge. Je vis scintiller l'acier d'une lame courbe. Il tenta de me planter à plusieurs reprises. Je parvins à esquiver la fureur de ses assauts mais sa corpulence eut raison de mes dernières forces. Le combattant m'écrasait de tout son poids quand soudain il se redressa crachant du sang avec une flèche plantée dans la nuque qui ressortait par la bouche. Il s'effondra lourdement sur moi mais je parvins tant bien que mal à repousser son corps. D'autres traits sifflèrent abattant les Berbères qui tentaient désespérément de rejoindre leurs chevaux. Je vis en contrebas du tertre qui dominait notre champ de bataille une charge de cavaliers vêtus d'une tunique blanche flanquée d'une croix rouge. Ils éperonnèrent leurs destriers et chargèrent nos assaillants. Du haut de leur monture, les templiers assénaient de terribles coups d'épées tranchant les bras, perforant les poitrines et brisant les crânes. La funeste étreinte où s'entremêlaient les hennissements, le choc des armes, les hurlements de rage et les cris de douleur devint un véritable enfer pour nos ennemis. Le sang giclait, les épées fouettaient l'air avant de s'abattre, les os craquaient sous la furie de cette cavalerie qui renversait et brisait l'élan des Berbères. Les quelques sarrasins qui se hissèrent sur leurs chevaux légers furent désarçonnés par les viretons. Seuls quelques-uns parvinrent à fuir. Le chemin de pierres n'était plus qu'un amalgame de tripes, d'armes brisées, de corps décapités et de membres épars. Les deniers guerriers maures, dans un ultime sursaut d'orgueil, hurlèrent le nom du Prophète, refusèrent de baisser les armes et se jetèrent dans une nouvelle mêlée contre les templiers. Le choc fit rage quelques instants entre les chevaliers du temple et les survivants Almohades. L'engagement fut bref puis ce fut le silence, ce silence interrompu par les râles des blessés et le mugissement des chevaux agonisants.

Renaud de Puysancy s'avança en claudiquant et m'aida à me relever. Nous remerciâmes les templiers qui nous tendaient des gourdes. Nous bûmes en nous aspergeant le visage. L'eau dégoulinait sur nos vêtures couvertes de sang et de débris de chair humaine puis nous nous occupâmes de nos blessés. Malgré la présence d'esprit de Renaud de Puysancy, de sa stratégie et de l'érection de notre rempart, nous perdîmes plusieurs des nôtres ainsi que tous les caravaniers et les malheureux pèlerins.

Le jeune Gaétan et sept soldats auvergnats gisaient au sol. Nos hommes souffraient principalement d'entailles causées par les terribles cimeterres effilés comme des rasoirs. Le vieux Raymond se plaignait d'un violent coup de massue. Je dévêtis son épaule démise, la pris entre mes paumes, la remis en place et nettoyai les chairs meurtries et boursouflées. J'improvisai un hôpital à même le sol, allant de l'un à l'autre assisté d'un frère templier, retirant les casques, dégrafant hauberts et camails, délaçant cottes de cuir et gambisons. Je me penchai sur les blessés, les plus légèrement atteints me prièrent de m'occuper de leurs frères d'armes les plus sérieusement amochés. L'un avait le nez à demi arraché et sa mâchoire inférieure pendait à un tendon. Je fis chauffer du vin et de l'eau, nettoyai les lésions et enveloppai son visage d'un bandage fortement serré afin de maintenir nez et mâchoire en place. Les autres enduraient stoïquement leurs douleurs sans plainte ni mot dire. Je déchirai les bliauds, lavai les plaies à grande eau, les badigeonnai de crème de myrrhe et les bandai.

— Vous m'aviez caché que vous maniez aussi bien l'épée que le scalpel, plaisanta Renaud de Puysancy malgré la flèche fichée dans son mollet.

— J'ai longtemps servi un grand seigneur en terres de langue d'Oc, j'étais son écuyer, souris-je en découpant sa botte.

— Gaétan serait fier de vous, ses armes sont entre de bonnes mains. Vous me feriez un grand honneur en les acceptant.

— Je ne suis pas un guerrier Messire Renaud.

— Vous en avez l'étoffe et le courage. Veuillez les prendre en témoignage de ma gratitude, insista-t-il.

— Soit Messire Renaud. Je dois maintenant m'occuper de votre blessure.

— Bah ! Ce n'est rien, dit-il en brisant la hampe de la flèche puis tirant sur le fer qui dépassait du mollet.

J'enveloppai sa plaie d'un bandage sous les rires de Renaud de Puysancy. Il dénicha une gourde de vin, la but jusqu'à plus soif en déclamant haut et fort que le vin remplace le sang perdu sous les acclamations de sa troupe qui ne s'en fit pas prier en perçant un tonnelet. Un Auvergnat me tendit un gobelet que j'avalai pendant qu'un templier nettoyait mon arcade. Il déchira un gonfanon berbère et m'en ceignit le front.

Les sergents templiers drapés de la cape noire réunirent nos morts et creusèrent une large fosse. Renaud de Puysancy déposa le corps de Gaétan au milieu de ses hommes tués au combat et les pleura. Fils de Guy de Courpière, Gaétan servait Messire Renaud depuis bien des années. Il embrassa le visage du jeune écuyer comme un père embrasserait son propre fils. Très affecté, Messire Renaud caressa le visage de ses fidèles compagnons qui le suivaient depuis bien des années au gré de ses nombreuses campagnes. Il déposa solennellement sur la poitrine de chacun des défunts leurs armes fétiches, épée, hache à double tranchant, masse ou fléau d'armes.

Les templiers, genoux à terre entonnèrent un psaume rendant grâce aux hommes tués au combat. Le seigneur auvergnat jeta symboliquement une poignée de terre dans la fosse, tous l'imitèrent puis nous ensevelîmes nos compagnons dans leur dernière demeure. Nous nous recueillîmes devant la nécropole fichée d'une croix de bois.

Après cette courte cérémonie, nous récupérâmes quelques chevaux ainsi que les mules que nous bâtâmes de leur cargaison. Les templiers tractant des travois sur lesquels gisaient deux Auvergnats sévèrement atteints nous invitèrent à les suivre jusqu'à leur commanderie située à quelques lieues de marche. Nous leur emboîtâmes le pas abandonnant les corps des infidèles aux charognards.

3
L'ÉTAU

Édouard de Lancenet ne décolérait pas. Sicard était introuvable. Il fit fouetter les croque-morts chargés de retourner la fosse commune afin de retrouver le corps de Sicard. Les hommes du bailli fouillèrent en vain les officines des médecins toujours à la recherche de cadavres pour parfaire leurs connaissances. Ces pratiques pourtant prohibées par l'Église restaient monnaie courante. Les contrevenants encourant de lourdes peines soudoyaient les officiers royaux qui fermaient les yeux contre écus sonnants et trébuchants. Les gardes en faction devant le pilori furent questionnés, fouettés et disparurent comme par enchantement. Les enquêteurs du bailli suspectèrent les gueux vivant près de la fosse commune qui n'hésitaient pas à dépouiller les cadavres de leurs linceuls. Les loqueteux furent violentés et frappés à coups de triques mais en vain.

Édouard de Lancenet se déplaçait en tortillant de l'arrière-train et s'appuyant sur une canne. Il ne pouvait s'asseoir sans disposer de coussins au grand étonnement de ses parents auxquels il confia souffrir de crises aiguës d'hémorroïdes. Il consulta les meilleurs chirurgiens qui constatèrent l'ampleur de ses dégâts anaux. Ils lui assurèrent d'une guérison lente et douloureuse car chaque défécation le faisait hurler et lui déchirait le fondement. Il achetait leur silence à prix d'or leur promettant mille morts s'ils venaient à divulguer son terrible secret. Il s'était également débarrassé de ses deux compagnons d'infortune les faisant égorger par des sicaires grassement rétribués.

Il payait des limiers qui furetaient dans les quartiers les plus mal famés de la cité, bouges sordides et coupe-gorges à la recherche du moindre indice. Certains allèrent jusqu'à forniquer les filles de « La Louverie » tentant ainsi de recevoir des confidences sur l'oreiller. Briffées par Gailharda et Trousse-la-Nuit, les filles répondaient évasivement aux questions des espions.

— Je suis certain que ces putains savent quelque chose, se plaignit-il une fois de plus au bailli.

— Cher ami, dit Adhémar de Lavérune, j'ai envoyé mes meilleurs hommes inspecter les moindres recoins de la Rue de la Louve sans résultat. Rien ne transpire de ce bordel. Monseigneur l'évêque à lui-même mandé des enquêteurs qui n'ont rien trouvé.

— Que viens faire l'Église dans cette affaire ?

— N'oubliez pas que le dénommé Sicard était accusé d'usage illégal de la médecine et d'autopsies, ce qui constitue un grave délit punit par les plus hautes autorités religieuses. Il est temps pour vous de vous faire une raison.

— Jamais, hurla Édouard. Je n'aurai de cesse que lorsque je verrai de mes yeux le cadavre de ce pourceau.

— Je vous souhaite bon courage.

— Il vous faut mettre à sac le bordel de cette Gaiharda, pesta de Lancenet.

— Et pour quel motif, je vous prie ? ironisa Adhémar de Lavérune.

— N'oubliez pas que vous devez votre poste aux largesses de ma famille, railla Édouard.

— Vous êtes une belle ordure de Lancenet.

Vaincu par les derniers arguments du nobliau, Adhémar de Lavérune ordonna la perquisition du bordel de Gailharda.

— Une dernière petite chose, dit Adhémar de Lavérune, je ne sais pas ce que vous a fait ce Sicard mais j'ai comme la nette impression qu'il n'est pas étranger à votre façon de marcher et à la manière dont vous vous grattez constamment le cul. Vous savez que l'Église punit les sodomites, ricana-t-il.

— Allez au diable ! cracha Édouard.

*****

Mathilda balayait la grande salle du lupanar quand un officier et le bailli précédés de quatre hommes d'armes firent irruption dans la maison close.

— Qui es-tu ? demanda le capitaine.

— Je suis une servante, répondit Mathilda continuant son travail.

— En effet, qui voudrait d'une putain défigurée, reprit le capitaine d'un air méprisant.

— Capitaine Beaufort, faites fouiller les chambres par vos hommes, commanda le bailli.

Les hommes grimpèrent les marches et ouvrirent les portes des chambres sans ménagement.

— Bailli Adhémar de Lavérune, capitaine Beaufort, vous voilà bien pressés de vous vider les bourses de si bon matin. Vos épouses délaisseraient-elles leurs devoirs conjugaux ? ironisa Gailharda descendant les marches et venant à leur rencontre. Mes filles dorment encore à cette heure si matinale, reprit-elle.

— Silence putain, éructa Beaufort. Nous recherchons un dénommé Sicard qui fréquente ton bordel.

— Sicard ? s'étonna Gailharda, mais il est mort. Tout le monde le sait.

— Suffit garce, grommela Beaufort. Dis-nous où est Sicard sans quoi je te livrerai aux bourreaux des prélats qui sauront te délier la langue.

— Je connais les prélats, beau capitaine, ils viennent régulièrement chez moi faire la bête à deux dos, railla la tenancière.

— Comment oses-tu, impudente ?

— Ils arrivent incognito habillés comme des marchands. Certains forniquent avec des filles mais d'autres ont des goûts si particuliers en matière de sexe, que tout me donne à croire qu'il s'agit bien là d'ecclésiastiques assez férus de ce genre d'objet, dit-elle tendant un phallus d'ivoire. Tu peux tout mettre sens dessus dessous, beau capitaine. Tu ne trouveras rien de compromettant. Tu fais fausse route. Sicard est mort et enterré. Dieu ait pitié de son âme car c'était un homme juste et bon.

Mathilda ne pouvant retenir ses larmes s'éclipsa discrètement. Le souvenir de Sicard la hantait. Elle errait comme une âme en peine, comme une veuve sans amour, ni avenir depuis son départ.

— Tu l'as connu ? intervint Adhémar de Lavérune.

— Les étudiants en médecine aiment bien ma maison, répondit Gailharda. Sicard et ses amis s'y sentaient bien et goûtaient aux plaisirs de la vie.

Le bailli ordonna à Beaufort de rejoindre ses hommes dans les étages puis il prit Gaiharda par le bras et lui murmura à l'oreille.

— Ses amis ? Quels amis ?

— Oh principalement des fils de bonne famille à la bourse bien remplie, rit-elle, surtout l'un d'eux qui semblait être le chef de la bande et régalait tout son monde.

— Son nom, marmonna le bailli se rapprochant davantage de Gailharda et surveillant d'un œil afin que personne ne les écoute.

— Il s'appelle Édouard de Lancenet. Je l'ai souvent entendu claironner son nom lorsqu'il arrosait toute la société. J'ai l'œil bailli et crois moi ce Lancenet aime plus que tout prendre par le sens inverse et se faire prendre. Il avait jeté son dévolu sur Sicard qui ne l'entendait pas de la même oreille. Devant les rebuffades de Sicard, la passion d'Édouard s'est transformée en haine et en folie meurtrière. Vois le résultat bailli, Sicard est mort et de Lancenet se dandine comme s'il avait ce genre d'objet enfoncé bien profond dans le fondement, ricana-t-elle s'amusant à faire glisser la verge d'ivoire entre ses mains expertes.

— Le maudit !

— Un garçon charmant cet Édouard qui sous ses airs de mâle dominant cachait ses interdits. Vois-tu bailli, continua Gailharda s'amusant toujours avec le phallus, celui-ci lui semblait trop effilé, aussi lui en fallait-il de plus en plus gros.

— Silence Gailharda, personne, tu m'entends, personne ne doit savoir cela et surtout pas sa famille qui le déshériterait et l'enverrait finir ses jours dans un monastère. Il ne faut pas être très malin pour deviner que ses déviances sont le fruit d'une âme damnée. Pas un mot sinon tu pourrais dire adieu à la Rue de la Louve, ajouta-t-il glissant discrètement une bourse garnie de pièces d'or dans la main de Gailharda. Et moi je pourrais dire adieu à mon poste et à mes pots-de-vin, rajouta-t-il.

— Tu sais que tu peux compter sur ma discrétion, sourit la maquerelle.

*****

— Que signifie cette convocation bailli ? demanda Édouard de Lancenet.

— Approchez, approchez cher ami, sourit Adhémar de Lavérune se levant de son écritoire. Garde, fermez la porte et veuillez nous laisser seul, ordonna-t-il au soldat en faction.

— Je vois à votre sourire que vous avez de bonnes nouvelles à m'annoncer.

— En effet, cher ami, en effet, dit le bailli saisissant Édouard à la gorge. Tu t'es bien ri de moi chiure de mouche, hurla-t-il.

— Vous êtes devenu fou bailli, pâlit Édouard tentant de se dégager de la poigne qui l'étranglait.

Fin de taille, le cheveu grisonnant sur un front légèrement dégarni, la bouche et le visage déformés par une maladie qui le laissa infirme, Adhémar de Lavérune se mouvait avec une énergie insoupçonnée pour un homme à la santé précaire. Véritables étaux, ses mains enserraient le cou d'Édouard qui se débattait avec peine.

— Ordure ! Sodomite !

— Lâchez-moi bailli, râla Édouard de Lancenet.

— Ton Sicard est mort et enterré depuis des lustres tout comme tes deux mignons. Tu croyais me tenir par les couilles mais c'est moi maintenant qui te manipules. Si je n'avais pas peur de me salir les mains, je t'enfoncerais le bras jusqu'au coude dans ce qui te sert pour chier.

— Vous vous méprenez, protesta Édouard.

— Suffit de Lancenet. Tu n'es plus rien tu es désormais à ma merci. Sicard refusait tes avances, tu t'es arrangé pour le faire condamner pour des crimes qu'il n'a pas commis et tu as effacé toutes les traces de tes turpitudes. Maudit sois-tu ! Sache que le moindre de tes écarts me sera rapporté.

— J'ai de l'argent…

— Ta fortune ne pourra te défaire de tes ignominies. Je te connais de Lancenet. Tu vas tenter de me faire disparaître moi aussi. J'ai consigné tes déviances et tes actes dans un calepin que toute une armée de tes nervis ne sauraient trouver. S'il venait à m'arriver malheur, ce manuscrit serait étalé sur la place publique. Tu te retrouverais émasculé, roué et décapité. L'opprobre jaillirait sur ta famille qui se verrait ruinée et bannie. Maintenant, dégage et emporte avec toi tes remugles de merde.

4
Monzon

Nous cheminions depuis quelques heures sur les chemins Aragonais sous la protection des templiers. Les roncins harcelés par des nuées de mouches marchaient au pas tractant les carrioles sous la conduite des cochers qui menaient leur attelage avec dextérité en évitant les ornières. J'étais installé dans un chariot capitonné d'épaisses couvertures pour le confort de nos blessés, vaquant de l'un à l'autre, vérifiant leur pouls, les rafraîchissant de linges humectés d'eau fraîche et les réconfortant. Ces rudes combattants me gratifiaient au passage d'une tape amicale et d'un sourire. Taiseux, ils s'accommodaient tant bien que mal des cahots du sentier et n'ouvraient la bouche que pour pester contre leurs blessures et contre ces chiens d'infidèles.

Nous fîmes une halte près d'un cours d'eau, les hommes et les bêtes purent se désaltérer. Je profitais de cette pause pour examiner les blessures de mes compagnons.

— Je vous félicite jeune homme, j'ai rarement vu quelqu'un remettre une épaule démise avec autant de tact et de sang-froid, m'aborda un templier. Je vous croyais rebouteux mais vous êtes également chirurgien, rajouta-t-il, tandis que je finissais de recoudre le bras d'un frère templier dont les coutures de la suture s'étaient déchirées.

— Je ne suis que novice en la matière, j'ai étudié quelques années à la faculté de Montpellier, Messire.

— Je me nomme Rémi. Frère Rémi plus exactement alors point de Messire entre nous. Vous êtes ?

— Sicard pour vous servir.
— D'où venez-vous ?
— De Padern, un petit village dans les Hautes Corbières.
— Mais que faites-vous donc si loin de vos terres de langue d'Oc ? s'étonna-t-il.
— C'est une longue histoire, disons que certains aléas m'ont conduit à abandonner mes études, j'ai donc décidé de les poursuivre en Aragon chez Don Alejandro qui officie à Monzon.
— Il dirige un petit hospice fort modeste à Monzon. Nous y faisons souvent soigner nos frères, nous aurons donc l'occasion de nous revoir, mais méfiez-vous, Don Alejandro est réputé pour son caractère acariâtre.
— Eh bien je m'en accommoderai.
— C'est tout le mal que je vous souhaite, sourit frère Rémi.
— Je ne vous remercierai jamais assez de votre intervention. Vous nous avez sauvé la vie.
— Nous avions eu vent par nos éclaireurs qu'une cavalerie Almohade chevauchait derrière nos lignes. Nous les poursuivions depuis plusieurs jours. Grâce à Dieu, ceux-ci ne verront plus le soleil se lever en direction de La Mecque.
— Qui sont ces pillards ? demandais-je.
— Ce ne sont pas des pillards mon ami, ce sont des démons pires que la peste. Nous les combattons aux côtés du roi Pierre II le Catholique. Ils ont implanté un califat, renouant avec un fanatisme religieux d'une extrême intolérance. Ils envahissent et arabisent à tour de bras. Les malheureux qui tombent entre leurs mains, qu'ils soient juifs ou chrétiens n'ont pas d'autre choix que la conversion ou la mort. Ils ordonnent des autodafés, brûlent les écrits d'antan et estiment détenir la vérité. Ces barbares persécutent l'intelligence, les lettrés, les érudits et les savants au nom d'Allah, m'expliqua frère Rémi avec amertume.

Frère Rémi, solide gaillard d'une trentaine d'années portait une longue barbe blonde séparée en deux par des tresses sans doute héritées de ses origines Normandes. Je fus immédiatement séduit par cet homme au sourire franc, doté d'un fort sens de l'honneur et du courage. Nous nous connaissions depuis quelques heures et nous devisions déjà comme de vieux amis.

— Dieu aurait-il abandonné le royaume ibérique ?

— Non mon ami, Dieu est avec nous et il aiguise lui-même le fer de nos épées. Depuis que ces infidèles ont conquis l'Espagne pour la remplacer par Al-Andalus, Dieu n'a cessé de nous assister. Cette guerre dure depuis bientôt cinq siècles. Il ne se passe par une journée sans escarmouche. Nous autres, templiers, sommes comme un pan de mur qui résiste à leurs incursions grâce à la solidité de ses pierres. Nous avons rejoint la Reconquista dans l'espoir, plaise à Dieu, que les terres ibériques retrouvent leur foi chrétienne.

— Je pensais l'Aragon exempt de toute agression.

— C'était le cas mon jeune ami, mais leur dernière grande victoire en Castille en 1195 contre Alphonse VIII semble leur avoir donné des ailes. Depuis, quelques jeunes émirs intrépides se sentent invincibles et n'hésitent plus à nous narguer. Ils se croient invulnérables mais plaise à Dieu, nous venons de leur prouver le contraire.

Frère Rémi héla ses hommes et nous reprîmes la route. Nous arrivâmes à Monzon à la tombée du jour. Les templiers parquèrent les ânes dans un caravansérail où des fourrageurs les débâtèrent, les bouchonnèrent et les nourrirent pendant que des manouvriers stockaient les marchandises dans un entrepôt. Renaud de Puysancy mena ses éclopés à l'hospice et les templiers regagnèrent leur commanderie. Frère Rémi après m'avoir salué m'invita à le retrouver le lendemain. J'allais, sur ses indications dans une auberge fréquentée par des marchands et des grossistes qui négociaient leurs affaires autour d'une table bien garnie.

Le lendemain, après une nuit réparatrice, je me rendais à l'hospice m'enquérir des hommes de Messire Renaud. Une très belle jeune femme aux cheveux noirs noués en chignon m'accueillit aimablement. Elle portait une tunique blanche dont les manches descendaient à mi-bras et je pus admirer son grain de peau hâlé par le soleil. Elle me précéda dévoilant une nuque magnifique et un port de tête altier. Elle se retourna, ses grands yeux noirs scrutèrent mon front et elle s'inquiéta de mon pansement souillé. Je la rassurai lui affirmant que ma plaie à l'arcade était superficielle. Nous marchâmes dans un couloir embaumant d'arômes tenaces. Des herbes aromatiques et désinfectantes brûlaient dans des coupelles emplissant l'air de senteurs de menthe et de myrrhe. De chaque côté du corridor, de larges tentures accrochées au plafond descendaient jusqu'au sol. Elle souleva un rideau et je trouvai le vieux Raymond allongé sur un lit avec un pansement noué autour de son épaule. Les couches séparées les unes des autres par un voilage laissaient ainsi un peu d'intimité aux alités. Leurs blessures recousues et pansées, les Auvergnats sommeillaient sur des lits douillets. Tous me vantèrent la sollicitude du chirurgien et de son infirmière. Je pris congé remerciant la demoiselle de son hospitalité puis j'allai d'un bon pas à la commanderie. Je traversai la ville aux maisons blanches et aux venelles dallées. Je fus surpris par la propreté et l'hygiène de la cité si différentes de celles de nos villes franques où la population vivait au milieu des immondices. Une carriole circulait ramassant les détritus au seuil des habitations et des commerces. Je laissai Granit qui avait perdu un fer dans l'atelier d'un maréchal-ferrant près de la grande place. Je déposai chez un forgeron mon équipement endommagé par le rude combat de la veille. L'écu et le casque réclamaient un débosselage, le tranchant de l'épée requérait un affûtage et il manquait plusieurs mailles à ma côte de métal.

Au centre de la place, se dressait la margelle d'un puits où les femmes remplissaient outres et amphores. Les échoppes étalant leurs fruits et leurs légumes, les ateliers résonnant de coups de marteaux et les appels des marchands ambulants déballant leur marchandise faisaient vibrer la ville d'une effervescence communicative. Les commerçants au seuil de leurs devantures interpellaient et invitaient les passants à goûter leurs produits, huiles d'olives parfumées qui débordaient des jarres, dattes et autres fruits confis, miels et vins de Castille et d'Aragon.

J'arrivai à la commanderie ruisselant de sueur car la pente pour accéder à la citadelle était fort raide. Frère Rémi me tendit une main ferme et vigoureuse et me servit de guide. La commanderie dominait la ville de toute sa puissance. Immense bâtiment de pierres, la fortification surplombait la cité depuis deux siècles. Bâtie par les musulmans entre le Xe et le XIe siècle, la citadelle entièrement vouée à la guerre impressionnait avec ses hautes tours reliées par d'imposantes courtines, ses murailles crénelées, sa herse de fer et ses chemins de ronde. L'ensemble disposait d'une infirmerie, d'une apothicairerie, de vastes dortoirs et d'une chapelle. Le château fort abritait également des écuries d'une propreté exemplaire magnifiquement entretenues par les palefreniers. Les stalles jouxtaient deux forges, une de taille modeste réservée aux maréchaux-ferrants et une seconde bien plus vaste où s'activaient les forgerons à l'entretien des armes fourbissant lances, épées, heaumes scintillants et écus flanqués de la croix templière. La commanderie disposait aussi d'un arsenal d'armes de jet, lances, javelines, arbalètes, arcs, cordes, carquois garnis de flèches et de carreaux parfaitement alignés.

Tombée à la fin du Xe siècle aux mains des troupes chrétiennes après d'âpres batailles, la commanderie confiée à l'Ordre du Temple défendait à présent l'Aragon des incursions Almohades. En cas de danger, les guetteurs sonnaient le tocsin et la population de Monzon s'abritait derrière les murailles infranchissables. Les Pauvres Chevaliers du Christ en fin stratège rehaussèrent certains murs, réarmèrent des remparts délabrés et rendirent au château toute sa majesté. L'Ordre, véritable Babel, accueillait des hommes de toute nationalité, Aragonais bien sûr mais aussi Francs, Flamands et Écossais tous unis dans une même fraternité chrétienne.

Frère Rémi s'excusa et s'absenta quelques instants. J'en profitais pour m'imprégner de la majesté des lieux puis je quittais la commanderie et trouvai frère Rémi en grande discussion avec Renaud de Puysancy suivi de sa troupe harnachée, gonfanons claquant au vent.

— Bonjour Sicard, dit le chevalier auvergnat.

— Bonjour Messire.

— Ce damoiseau ne peut se retenir de m'anoblir, plaisanta Renaud de Puysancy.

— Sicard, intervint frère Rémi, veuillez dire à votre ami que c'est pure folie de prendre la route aujourd'hui.

— En effet, acquiesçai-je, vous devriez vous reposer quelques jours, Messire Renaud.

— Cher Sicard, sachez que j'ai passé la nuit chez les templiers. Leur compagnie me fut agréable, certes, mais je ne suis point homme d'église que l'on réveille à toute heure de la nuit pour tel ou tel office. Leur austérité n'est pas mienne tout comme le silence dans lequel ils se murent bien que j'aie apprécié leur attention. De plus je suis attendu avec mes hommes à Saragosse afin de me mettre au service du roi Pierre II et de la Reconquista. Mes blessés nous rejoindront plus tard. Je crois savoir qu'ils sont entre de bonnes mains.

— Ils le sont Messire Renaud. Je viens de les visiter, ils sont choyés comme coqs en pâte. Tous ont hâte de vous rejoindre. Je ne sais que dire pour vous retenir car je connais votre envie d'en découdre. J'ai déposé l'équipement de votre écuyer au forgeron afin qu'il le répare. Souhaitez-vous attendre pour le récupérer ?

— Il vous revient de droit comme je vous l'ai déjà dit. Vous avez prouvé que vous en étiez digne et je sais que vous en ferez bon et respectable usage.

— J’espère mériter votre confiance Messire Renaud.

— Je n’en ai aucun doute. Je ne sais si vous deviendrez un bon médecin mais je sais que vous êtes un farouche guerrier.

— Il ne me reste qu’à vous souhaiter bonne route et bonne quête Messire. Dieu vous garde.

— Dieu vous garde, mon ami.

Renaud de Puysancy me serra affectueusement dans ses bras. Ses soldats me firent grâce d’une virile accolade. Les guerriers après un dernier signe de la main talonnèrent leurs montures. Je restai un long moment suivant des yeux le nuage de poussière soulevé par le pas des chevaux qui emmenaient Renaud de Puysancy et ses hommes sur les chemins aragonais. J’étais désolé de voir partir le chevalier auvergnat devenu mon ami. Cet homme en quête de son honneur perdu s’était confié à moi et m’avait offert l’équipement de son jeune écuyer qui l’avait accompagné sur bien des périples montant sa tente, préparant ses repas, prenant soin de ses armes et étrillant son cheval. Me faire un tel don ne pouvait que lier une amitié certes naissante mais indéfectible. J’étais encore sous le coup de l’émotion me remémorant les moments passés avec Messire Renaud quand je sentis une main se poser sur mon épaule. Frère Rémi m’invitait à le suivre et je pénétrai dans la grande cour de la commanderie où s’affairaient les palefreniers autour des écuries, les selliers graissant le cuir des selles, les forgerons en nage frappant le métal et les cordiers tendant arcs et arbalètes. La commanderie était une véritable ruche où chacun s’affairait à sa tâche. Des maçons juchés sur des échafaudages empierraient un mur d’enceinte qui semblait avoir souffert des affres du temps, des jardiniers vaquaient au milieu des potagers et les bouchers conduisaient le bétail à l’abattoir. Nul ne pouvait accéder à la commanderie, véritable ville dominant Monzon, sans montrer patte blanche à l’entrée de la place forte. Nous montâmes à l’étage qui comprenait un réfectoire, une chapelle et plusieurs dortoirs. Les paillasses des templiers impeccablement alignées s'étalaient à même le sol. Nous franchîmes un long couloir et nous arrivâmes devant le cabinet de Jean de Roquelande, le grand maître templier qui me reçut chaleureusement. L'homme d'une cinquantaine d'années était d'une taille impressionnante. Il portait le cheveu ras et une barbe noire très fournie striée de quelques filets argentés. L'œil d'un noir perçant lui donnait le regard du loup aux aguets et son nez portait les stigmates d'une ancienne blessure. Il me tendit une main franche que j'empoignai en inclinant légèrement le buste.

— Soyez le bienvenu, Sicard. Frère Rémi qui ne tarit pas d'éloges à votre sujet, m'a fait part de votre projet. Je pense que Don Alejandro qui dirige l'hôpital serait heureux de vous avoir comme novice. Il se plaint toujours d'être surchargé de patients. J'irai le voir et plaiderai votre cause.

— Non, s'il vous plaît, Messire, sans vouloir vous vexer et avec tout le respect que je vous dois, je préfère que la demande émane directement de mon fait.

— Voilà qui est fort noble, acquiesça le grand Maître, mais attention, continua-t-il, ce vieil acariâtre est certes réputé pour ses connaissances médicales mais également pour son caractère exécrable.

— J'ai rendu visite aux blessés lors de l'escarmouche et j'ai été accueilli par une jeune femme et non par un vieil homme.

— Il s'agit sûrement de Carmen sa fille qui fait office d'infirmière, dit frère Rémi.

— Si Don Alejandro vous accepte comme novice, où logerez-vous ? demanda le grand maître.

— Je n'en ai aucune idée. Mon pécule fondra comme neige au soleil si je réside à l'auberge.

— Nous pourrions vous héberger à titre gracieux en échange de quelques soins. Nous avons toujours parmi nous quelques frères qui requièrent un médecin.

— Cela risque de déplaire à Don Alejandro.

— Peut-être mais ça lui rabattra peut-être un peu son caquet, plaisanta le grand maître. Vous faire admettre par Don Alejandro ne sera pas chose aisée.

*****

Je me présentai quelques instants plus tard à l'hôpital et je fus reçu par Don Alejandro. Je le saluai respectueusement et lui tendis ma lettre d'accréditation signée par son frère. Don Alejandro chaussa une paire de bésicles, lut la lettre et me dévisagea longuement. Vêtu d'une tenue noire, il se tenait légèrement voûté s'appuyant sur une canne. Il portait un calot noir d'où dépassaient des mèches grisonnantes. Ses yeux malicieux détonnaient avec la tristesse de son visage parcheminé de profondes rides.

— Ton accent est détestable, se moqua-t-il.

— Vous parlez Franc ? demandai-je.

— Je parle sûrement mieux le Franc que tu ne parles Castillan, trancha-t-il. Que veux-tu ?

— Je souhaiterais entrer à votre service Maître.

— Il n'y a pas de maître ici, tu dois m'appeler Don Alejandro.

— Bien Don Alejandro, répliquai-je baissant la tête.

— C'est mon vaurien de frère qui te mande à moi. Te prendrais-tu pour un chirurgien ? J'ai vu ce que tu as fait à ces pauvres soldats, charpies aussi sales que des langes d'enfants, sutures dignes d'une apprentie couturière, une vraie boucherie…

— Nous venions de subir une attaque, répliquai-je piqué au vif, j'ai fait avec le peu de moyens dont je disposais et…

— Tais-toi ! Tu aurais pu t'épargner ce voyage. Je n'enseigne pas aux étudiants.

— Je ne suis peut-être que novice mais j'ai envie d'apprendre. Il me semble que je n'ai pas frappé à la bonne porte, répliquai-je lui tournant le dos et m'éloignant.

— Attends ! Si mon mécréant de frère t'adresse à moi, c'est qu'il a sans doute décelé un semblant d'intelligence sous ton habit puant, de plus il est mon frère et je ne peux rien lui refuser. Mais attention gamin, tu veux apprendre ? Soit, je te prends à l'essai pour quelques jours uniquement parce que Estéban me le demande mais gare à toi si tu me fais défaut.

— J'essaierai de ne pas vous décevoir.

— Montre-moi ça, dit-il m'arrachant le bandeau qui ceignait ma tête. Qui t'a recousu ?

— Moi-même devant un miroir.

— Tu appelles ça recoudre. Viens, maugréa-t-il.

Je suivis Don Alejandro jusqu'à la salle de soin. Il me fit asseoir et déposa une fiole, un scalpel, une paire de ciseaux et des bandages sur un guéridon.

— Avale ça, ordonna-t-il.

— Ce sont des opiacés ?

— Tu es moins bête que tu en as l'air, marmonna-t-il.

— Croyez-vous que ce soit nécessaire. Ce n'est qu'une estafilade.

— Soit, pesta-t-il rangeant le flacon sur une étagère.

Il découpa la suture, tira sans ménagement sur les fils avec une pince et écarta les lèvres de la plaie.

— Ta blessure est infectée, dit-il.

— Je l'ai pourtant nettoyée.

— Avec quoi ?

— Du vin chaud.

— Méthode de barbare et d'ignorant, railla-t-il débouchant une fiasque. Il versa plusieurs gouttes d'un liquide sur un tissu et frotta énergiquement ma plaie. Malgré la brûlure de la potion, je serrai les dents refusant de lui donner le plaisir de m'entendre crier.

— Qu'est-ce que c'est ? demandai-je.

— Tu le sauras bien assez tôt, répondit-il en recousant mon arcade. Tu commences dans deux semaines. Maintenant va-t'en, dit-il claquant la porte derrière moi !

Je sortis bouillant de colère. Ce donneur de leçons me traitait comme un moins que rien. Les templiers m'avaient pourtant prévenu du caractère explosif du médecin. J'étais encore sur le seuil de la porte lorsque je croisai la fille de Don Alejandro que je saluai m'inclinant avec déférence.

— Je suis Carmen. Vous êtes Sicard si je ne me trompe ? demanda-t-elle.

— En effet.

— Vos amis auvergnats m'ont dit tout le bien qu'ils pensaient de vous. Vous les avez bien soignés qui plus est dans le feu de la bataille.

— Votre père pense tout le contraire, répliquai-je.

— Vous avez fait connaissance avec mon tyran de père, sourit-elle. Ne le jugez pas avant de le connaître. Il considère les médecins francs comme des barbares.

— Je m'en suis aperçu.

— Il est comme vous dites chez vous, un peu soupe au lait. Son dos le fait affreusement souffrir, ce qui le rend chaque jour un peu plus colérique.

— Vous parlez divinement bien notre langue.

— Nous soignons de nombreux Francs, pèlerins, marchands et templiers.

— Et vous assistez votre père ?

— Je m'occupe principalement de l'herboristerie, des pansements et j'aide mon père pour les interventions délicates.

— J'espère qu'il m'acceptera comme élève mais j'en doute, soupirai-je.

— Mon père refuse d'enseigner. S'il vous admet, vous pourrez vous vanter d'être le premier et bénir les soldats qui ont si bien loué votre dévouement après la bataille. Il vous faudra faire preuve de patience et d'abnégation car il éprouvera votre résistance les premiers temps en vous faisant effectuer les basses besognes de l'hôpital.

Nous nous saluâmes et la jeune femme s'éloigna me laissant méditer sur ses derniers mots. Je devais d'abord prouver ma valeur à Don Alejandro afin qu'il me respecte. Il me faudrait sûrement affronter ses moqueries et m'appliquer aux tâches les plus ingrates de l'hospice, récurage des sols, lavage des draps et toilette des alités. Je m'accordais quelques mois pour lui démontrer que je n'étais pas une bête de somme.

5
Pays Niçois

Les deux moines blancs et le frère convers cheminaient allégrement sur les routes du Pays Niçois. Marchant d'un bon pas, les trois hommes parcouraient environ cinq lieues par jour traversant hameaux et villages. Ils dormaient et dînaient rarement dans des auberges leur préférant le calme et la sérénité des abbayes, des chapelles et des églises qui leur offraient le gîte et le couvert. Le pays Niçois en cette saison resplendissait de magnifiques couleurs et les prairies recouvertes de myriades de fleurs offraient un spectacle chamarré de mille teintes. Les champs de lavande et les oliveraies annonçaient une belle récolte. Les paysans qui travaillaient la terre, sarclant, binant et arrachant les mauvaises herbes saluaient les moines et leur tendaient des gourdes car ce début d'été particulièrement avancé accablait les marcheurs de ses fortes chaleurs. Certains les invitaient à partager une miche de pain, du fromage et quelques fruits. Le temps clément et radieux inondait cette nature méditerranéenne qui dévoilait ses beautés. Les Alpes étalaient leurs névés, les pinèdes exhalaient de mille senteurs et le soleil azuréen se confondait avec la Méditerranée.

Habitué aux longues marches, frère Boniface menait bon train et s'étonnait de l'endurance des deux jeunes moines. Plus habitués à travailler de longues journées assis devant les écritoires du scriptorium ils suivaient néanmoins son rythme sans rechigner. Ils s'arrêtaient de temps en temps pour vérifier l'itinéraire et déroulaient une carte sous les yeux ébahis de Boniface. Bien qu'illettré, le géant s'intéressait aux différents points indiqués sur le parchemin. Frère Anselme lisait le nom de villes, des terroirs et des cours d'eau, les pointant du doigt sur la carte sous l'œil admiratif de Boniface qui apprit rapidement à reconnaître les lignes bleues qui représentaient les rivières, les toits s'apparentant à des villages, les croix à des églises et les remparts à des châteaux.

— Cela te ferait-il plaisir d'apprendre à lire ? demanda frère Gauthier.

— Je ne sais pas si j'en ai le droit ?

— Dieu a créé l'écriture et la lecture pour que nous, ses humbles serviteurs, puissions traduire ses paroles par des écrits et prêcher ainsi sa bonne parole. Le savoir est un don de Dieu et il nous faut le partager.

— Nous avons encore plusieurs jours de marche, renchérit frère Gauthier. Nous pourrons chaque soir après notre repas et nos prières t'enseigner l'alphabet.

— Comment vous remercier ? mes frères, s'émut Boniface.

Le soir même, les deux moines blancs et le frère convers logèrent dans une église. Un vieil abbé les reçut avec chaleur et partagea son repas avec eux. Après le souper, frère Boniface suivit sa première leçon à la lumière d'une chandelle.

Le lendemain, les trois voyageurs reprirent le sentier sous un ciel clément, marchant d'un pas allègre ils s'arrêtèrent pour déjeuner à l'ombre de grands arbres. Ils bénirent les victuailles offertes par l'abbé et s'installèrent sur l'herbe.

— Que voilà de jolis moinillons, dit un homme vêtu de hardes s'approchant d'eux.

— En effet, confirma un autre sortant d'un fourré.

— Alors les moines, on se promène, ajouta un troisième du haut d'un arbre.

— Vous souhaitez vous joindre à nous ? s'étonna frère Anselme. Nous avons peu mais nous nous ferons un plaisir de partager notre repas avec vous, ajouta-t-il.

— Qu'en pense La Teigne ? demanda un des loqueteux à un maigrichon qui arrivait d'un pas nonchalant.

L'homme, visiblement le chef de la bande, portait une tunique sans manche. Une nuée de mouches voletaient autour de ses bras nus recouverts de pustules et de croûtes. Il arborait, comme ses comparses, plusieurs couteaux à la ceinture.

— Oh ! La belle escarcelle, dit-il en lorgnant l'aumônière accrochée au scapulaire de frère Anselme. Par ici la monnaie, cria-t-il !

— Nous sommes de simples moines…

— Et moi je suis La Teigne chef de cette jolie bande de coupe-jarret, coupa le bandit.

— Nous nous rendons à Rome et…

— Je ne veux pas le savoir ! Allez, donne ton argent !

— Nous sommes des moines, reprit frère Anselme. Nous n'avons aucune richesse.

— Et ça, reprit le forban désignant la bourse.

— Il n'y a là que quelques sols et quelques deniers qui constituent notre seule richesse. Cette somme nous permet de nous loger et de nous nourrir, intervint frère Boniface

— Toi le tronc d'arbre, je ne t'ai pas sifflé. Allez, la bourse ou la vie, cracha-t-il dégainant un poignard.

— Tu vas commettre une grave bêtise, dit calmement frère Boniface.

— Dis donc la montagne, si je te frappe sur la joue gauche, tu me tendras la droite ? éructa le vilain sous les rires de ses compères.

— Tu peux toujours essayer, répondit frère Boniface dont le calme interloqua les maraudeurs.

Médusés, frère Gauthier et frère Anselme assistèrent à la scène craignant pour la vie de frère Boniface qui défiait les quatre loqueteux. Imperturbable, frère Boniface ne réagit pas lorsque La Teigne lui aiguilla le torse de la pointe de son couteau.

— Dieu m'en soit témoin mais tu commets une grave bêtise, dit frère Boniface lui saisissant le bras et le lui retournant derrière le dos. Lâche ton arme et dis à tes hommes de lâcher les leurs, ajouta-t-il.

— Faites ce qu'il dit, gémit le pillard.

Les bandits jetèrent lames et surins au pied de frère Boniface qui les expédia au loin d'un coup de pied.

— Je vais te rendre ta liberté et vous allez repartir vous faire pendre ailleurs, dit frère Boniface desserrant son étreinte.

La Teigne fit quelques pas en arrière, se frotta le bras arrachant au passage quelques croûtes. Il sourit à ses hommes, leur fit un clin d'œil et aussitôt ils se ruèrent sur Boniface qui, calmement et promptement, asséna à La Teigne un solide coup de tête qui lui brisa le nez. L'homme s'écroula crachant un flot de sang sous le regard interloqué de ses complices. Profitant de leur incrédulité, frère Boniface fonça sur eux et les bouscula de ses larges épaules. Les trois malfrats boulèrent, se relevèrent et dégainèrent d'autres couteaux dissimulés sous leur tunique. Le premier, un grand chauve à barbe rousse, recroquevillé comme un fauve prêt à bondir fit valser sa lame d'une main à l'autre puis se jeta sur frère Boniface qui esquiva l'estocade. Entraîné par son élan, l'homme passa à la portée du moine qui lui porta une terrible manchette sur la nuque. Frère Boniface reçut les deux autres fripouilles avec son bourdon brisant la mâchoire du premier, une espèce de barrique à pattes, qui entraîné par son obésité roula plusieurs fois sur lui-même avant de s'arrêter contre un taillis. L'autre tenta de fuir mais il trébucha sur le corps de son chef. Frère Boniface l'empoigna par sa longue tignasse noire et l'envoya valdinguer contre un arbre. Les malfrats gisaient à présent vomissant dents, sang et flot d'injures. La Teigne, le visage sanguinolent, se releva, récupéra un couteau sur le sol et fouettant l'air de sa lame défia le colosse. Frère Boniface esquivait chaque botte sous les ahanements du malfrat qui s'époumonait. Perdant patience, frère Boniface désarma son adversaire d'une violente tape sur le bras, l'agrippa par les épaules et lui flanqua un terrible coup de genoux dans le bas-ventre. Le bandit s'écroula. Frère Boniface le décolla du sol par le cou. La Teigne battait des pieds dans le vide tandis que les puissantes mains du géant l'étranglaient. Transfiguré par la colère, le moine convers ne desserrait pas sa pression malgré les supplications de frère Anselme et de frère Gauthier qui l'incitaient à épargner le misérable. Frère Boniface relâcha la canaille qui chut misérablement sur le sol.

— Mes frères t'ont sauvé, dit frère Boniface à La Teigne qui happait l'air tel un poisson suffoquant. Pardonnez-moi mes frères, implora-t-il s'adressant aux deux moines.

— Tu n'as pas à t'excuser ami Boniface. Dieu a créé des hommes sans foi ni loi afin de les soumettre aux tentations du mal. Sans le péché, ils n'auraient ni grâce, ni pardon.

— Mais ces hommes ne sont que des gibiers de potence, affirma frère Boniface désignant les malandrins qui se relevaient et quittaient les lieux, boitillant, pestant et crachant toutes sortes de malédictions à l'encontre des moines.

— Même les gibiers de potence ont une âme et méritent notre mansuétude, assura frère Gauthier.

— J'ai été moi-même un gibier de potence, constata amèrement frère Boniface.

— Peut-être, mon ami, mais tu as reçu la bénédiction de Dieu qui t'a donné pour ton rachat le pouvoir de la miséricorde. Tu as prouvé en nous délivrant de ces malheureux que tu étais digne de sa confiance. Ils s'en tireront avec quelques bosses et quelques dents en moins. Cela leur servira de leçon et peut-être cela les ramènera-t-il sur le droit chemin.

— Permettez-moi d'en douter frère Gauthier. J'ai tellement connu de criminels dans ma vie, je sais que seule la mort peut leur apporter la délivrance.

— Tu as sûrement raison mais tu as prouvé qu'on ne s'attaque pas impunément aux serviteurs du Tout-Puissant sans endurer son courroux.

6
Rebuffade

Allongé sur ma paillasse au milieu des ronflements des frères templiers, je réfléchissais sur ma décision de devenir l'élève de ce vieux grincheux de Don Alejandro qui jouissait d'une réputation de chirurgien émérite mais également d'un caractère détestable. Lors de mon premier entretien, il m'avait tout bonnement congédié puis s'était finalement ravisé m'acceptant comme étudiant. Je devais commencer mon noviciat dans son hospice dans les prochains jours et en attendant je partageais la vie des Pauvres Soldats du Christ sur l'invitation du grand maître Jean de Roquelande. Dispensé des différents offices religieux je me rendais uniquement à celui du soir. Peu de civil pouvait se vanter de vivre parmi ces hommes d'exception. Frère Rémi me demanda la plus infime discrétion afin de pas perturber la vie monacale des frères templiers. Ils acceptèrent ma présence en échange de quelques menus services auprès de frère Maxime. L'herboriste me salua aimablement et se dit très heureux de partager sa passion des plantes, du secret des végétaux et des minéraux avec un jeune homme féru de médications. Petit, mince comme un sarment, la barbe rare et chenue par l'âge, le regard avenant malgré une sévère myopie, l'herboriste boitillait et semblait souffrir le martyre.

Sa claudication faisait peine à voir. Je l'invitai à se déchausser, palpai sa cheville avec délicatesse et diagnostiquai une entorse. Je lui proposai mes soins qu'il accepta sous le regard bienveillant de frère Rémi. Je lui lavai d'abord la cheville avec de l'eau froide puis laissai reposer son pied dans la bassine. Je fouillai parmi les fioles de l'herboristerie et dénichai de l'arnica et de l'argile verte. Je massai la cheville avec un onguent d'arnica, l'enveloppai d'un cataplasme d'argile verte puis l'immobilisai avec un bandage. Je proposai à frère Maxime de l'assister le temps de sa convalescence. Nous installâmes une couche dans l'herboristerie et le vieux templier s'y allongea. Je restai près de lui et suivant ses indications je cueillai des plantes médicinales dans le jardin botanique. Il m'apprit à les distiller afin d'en tirer la quintessence. Je ne savais rien de cet art qui permettait d'obtenir des huiles essentielles et des eaux florales destinées à la fabrication de médications. Cette ancienne technique empruntée aux Arabes prouvait une fois de plus leur prédestination, leur intelligence et leur supériorité dans l'art du soin. Il suffisait de mettre du jus de fruit fermenté dans un récipient et le porter à ébullition sur un foyer. La vapeur qui s'en dégageait passait dans un tube conique et les quelques gouttes recueillies dans une cornue donnaient ce que les Arabes nomment Al Khôl ou chose subtile. Parfaitement dosé et largement répandu dans la médecine orientale, ce précieux liquide servait à l'élaboration de remèdes inconnus des praticiens occidentaux. L'herboristerie était équipée d'un laboratoire possédant sa propre distillerie. Cet ensemble de tuyauteries nommé Al'Inbïq par les médecins musulmans était constitué de tubes, de conduites en verre, de têts et de cornues.

Frère Maxime distillait régulièrement du vin afin d'obtenir de l'alcool pur dans lequel baignaient diverses plantes. La macération de coquelicot, fort prisé pour ses vertus apaisantes en cas de toux et de bronchites, devenait à forte dose un macérat utilisé pour apaiser les patients lors d'opération particulièrement douloureuse. Don Alejandro s'approvisionnait auprès de frère Maxime. Les deux hommes s'entendaient à merveille. Frère Maxime était sûrement la seule personne avec laquelle le médecin faisait preuve de courtoisie.

L'herboristerie de frère Maxime ressemblait à un labyrinthe d'étagères soigneusement garnies de bocaux où macéraient des herbes, de récipients de toute forme et de fioles contenant des onguents. Chaque vase et sa substance étaient répertoriés dans un registre qu'il ouvrit devant moi. Je découvris l'œuvre d'une vie vouée au service de son prochain. Ce livre minutieusement annoté d'une très belle écriture, digne d'un enlumineur, était un véritable trésor. Chaque gravure de plante, de racine et de fleur dessinée de la main même de Frère Maxime ressemblait à une œuvre d'art. Le templier consignait dans un grand calepin les propriétés des différents végétaux, le nombre de gouttes d'alcool pour obtenir tel ou tel remède ainsi que leurs effets éventuellement indésirables. Frère Maxime enregistrait dans un carnet le nom du frère templier, les maux dont il souffrait, le traitement administré, les dates de prescription et les résultats de son diagnostic. Il m'invita à le consulter après m'avoir fait jurer de ne rien en divulguer. La confidentialité de ses patients primait avant tout. Cet ouvrage s'avérait être une mine d'or pour tout apprenti herboriste.

Une bibliothèque vitrée garnie de vieux ouvrages et de quelques ustensiles chirurgicaux ornait l'antre de frère Maxime. J'en déduisis vu l'état de délabrement des instruments que le vieil apothicaire ignorait tout de la chirurgie se contentant sûrement de la pose de sangsue et de saignées, techniques ancestrales et dépassées. J'ouvris un livre recouvert de poussière, aux feuilles écornées et à la reliure de cuir tannée par le temps. Ces vieux feuillets s'avéraient être un traité d'anatomie mais ils ressemblaient davantage à un grimoire digne d'un ensorceleur féru d'ésotérisme. Sous les illustrations d'une puérilité déconcertante représentant foie, cœur et poumons, se devinait la mainmise d'un clergé rétrograde. Le grotesque des dessins n'avait d'égal que la description de chaque viscère. Le corps de la femme particulièrement vulgarisée et incarnée sous la forme d'une génitrice au ventre odieusement dilaté ne pouvait être que l'œuvre d'un esprit simple ou d'un simple d'esprit. L'enfant qu'elle portait ressemblait à un être difforme à la tête exagérément disproportionnée. Une fois de plus, force était de constater que l'enfantement ne pouvait être que l'œuvre du Tout-Puissant et que l'anatomie féminine devait se plier au bon vouloir des religieux. Seule une vision obscurantiste du corps de la femme prouvait que ce simulacre de grossesse et de naissance ne devait son aval que par une entité divine.

Devant le ridicule d'une telle représentation, je me remémorai la dextérité de Don Sébastian lors d'accouchements difficiles. Par simple palpation il retournait un bébé se présentant mal dans le ventre de sa mère. Cette technique apprise par Don Sébastian auprès de médecins arabes d'Al-Andalus lui valut plus d'une fois l'ire de l'Église qui voyait là des pratiques démoniaques. Je serai également confronté un jour ou l'autre à l'ignorance et à l'intimidation des ecclésiastiques à mon retour dans mes terres natales. Tout ce qui dépassait ces vaniteux ne pouvait être que l'œuvre de Satan. Ces prélats qui faisaient et défaisaient des empires en unissant ou séparant des couples royaux en fonction de l'infertilité des femmes, la virilité des hommes n'étant jamais remise en cause, se croyaient investis d'une mission céleste. Ils vivaient au-dessus des lois et des rois, s'acoquinant aux puissants, jetant des anathèmes et excommuniant les pions sur l'échiquier de leurs ambitions.

*****

J'arrivai le matin de bonne heure à l'hospice, Carmen me reçut et me fit visiter les lieux en commençant par le dortoir qui comprenait huit lits séparés les uns des autres par des tentures. Nous passâmes ensuite à l'herboristerie meublée d'étagères garnies de fioles, de flacons contenant herbes et macérats. Je visitai ensuite la salle d'auscultation aux murs décorés de gravures sur l'anatomie humaine et dotée d'une large table d'opération dallée de carreaux émaillés.

Je fus ébloui par le laboratoire dont la richesse aurait fait pâlir d'envie les praticiens francs. Sur les rayonnages, des bocaux contenant des tissus humains ou d'animaux flottaient dans un liquide écœurant. De nombreux livres ainsi qu'une collection de crânes et d'ossements attirèrent mon attention mais la chose la plus surprenante de l'officine était un squelette humain en parfait état suspendu à une poutre. Les os reliés les uns aux autres par des fils se balançaient au gré des courants d'air. Ce système ingénieux permettait de visionner l'implication des os dans les luxations et dans les divers maux dorsaux. Ce jeu d'os imbriqués les uns aux autres par des fils donnait une approche indispensable pour qui voulait comprendre la mobilité du corps humain. Je m'amusai à faire glisser des vertèbres lombaires entre mes doigts quand Don Alejandro me surprit dans son laboratoire. Il entra dans une colère folle invectivant sa fille puis se tourna vers moi avec des éclairs dans les yeux. Il m'intima l'ordre de laver le sol du dortoir, de vider les bassines d'aisance, de nettoyer les commodités et de faire de la charpie avec des linges. J'avalai mon amour-propre et m'exécutai me rappelant la promesse que je m'étais faite de supporter ses jérémiades et ses moqueries pendant quelques mois.

*****

Les semaines défilaient sans aucune amélioration. Don Alejandro était toujours aussi désagréable avec moi. Carmen tentait de le raisonner mais le vieil entêté restait inflexible. Consigné aux tâches les plus ingrates avec l'espoir de voir un jour ma situation s'améliorer, je serrais les dents et m'abrutissais dans ce labeur que je jugeais indigne de ma condition. J'avais quelques moments de répit lorsque ce vieux colérique s'absentait tous les matins afin de visiter ses patients. Je profitais de cette accalmie pour m'adonner à l'étude du squelette et des planches anatomiques. Je comprenais à présent l'implication des muscles et des tendons dans la mobilité de la charpente humaine lorsque je descendais le squelette de sa potence et le manipulais lui faisant prendre les positions les plus inimaginables. Malheureusement mes connaissances restaient limitées car Don Alejandro refusait systématiquement que je participe à ses opérations. Il me considérait comme un homme sans honneur car je croulais sous ses moqueries et ses quolibets sans jamais me rebiffer. Le vieux fourbe profitait ainsi de mon statut d'aspirant médecin. J'acceptais les basses besognes sans broncher ni remerciements. Tout juste me gratifiait-il de quelques deniers me permettant de louer une cahute délabrée à la sortie du village. Je réussis à l'emménager grâce à la générosité des frères templiers qui me donnèrent quelques meubles. Je ne pouvais rester indéfiniment à la commanderie mais m'y rendais régulièrement afin de parfaire mon enseignement des plantes auprès de frère Maxime qui m'accueillait toujours avec chaleur.

*****

Je subissais chaque jour un peu plus l'ire de Don Alejandro, sans me rebiffer, ni me plaindre mais décidai de quitter l'hospice le jour où il dépassa les bornes me traitant d'incapable devant des patients. J'ôtai ma tunique de travail, la lui envoyai au visage et me rendis à la commanderie confiant à frère Rémi ma décision d'abandonner mes études et de retourner chez les miens. Frère Rémi tenta de me raisonner mais je lui expliquai que je n'avais rien à espérer de ce vieil acariâtre et de ses accès de colère. Je remerciai frère Rémi de sa sollicitude, de son immense bonté et de son amitié. Il me raccompagna jusqu'à la herse lorsque je fus hélé par le grand maître.

— Dieu soit loué, dit Jean de Roquelande, j'allais justement vous faire mander mon jeune ami. Veuillez me suivre je vous prie.

Nous montâmes quatre à quatre les marches qui conduisaient à un long couloir débouchant sur un dortoir. Frère Alban, un templier pourtant encore jeune était alité depuis plusieurs jours. Il ne parvenait plus à se relever et chaque effort pour se redresser lui déclenchait une violente douleur qui lui tenaillait les reins.

— Vous auriez dû faire appel à Don Alejandro, osai-je.

— Don Alejandro est venu à plusieurs reprises mais ses prescriptions sont restées inefficaces et l'état de frère Alban ne fait qu'empirer.

— Je ne peux en aucun cas me substituer à Don Alejandro, je ne suis que novice et n'ai pas le droit ni la compétence d'exercer.

— Je ne vous demande pas de lui prescrire un traitement mais peut-être que deux avis valent mieux qu'un, insista Jean de Roquelande.

Nous étendîmes Frère Alban sur une civière et l'installâmes délicatement sur une table à ma hauteur afin que je puisse l'examiner correctement.

Nous le dévêtîmes ne lui laissant que ses braies, j'appuyai les paumes de mes mains sur ses hanches. La légère pression fit gémir le jeune templier qui souffrait le martyre et je constatai que sa fesse droite ne reposait pas sur la table. Nous retournâmes frère Alban sur le ventre en ayant pris soin au préalable de glisser un coussin sous son ventre afin d'éviter toute tension lombaire. Je massai le bas de son dos du bout des doigts avec une solution à base de camphre palpant ses vertèbres une à une et les faisant glisser délicatement sous mes doigts. Je notai que l'une d'elles était légèrement déplacée. Je remontai mes mains le long de son dos. Je demandai à frère Alban de gonfler d'air ses poumons et de retenir sa respiration puis j'appuyai d'un coup sec sur la partie dorsale au moment de l'expiration. On entendit un léger craquement et cette manipulation libéra la vertèbre bloquée. J'appliquai sur les lombaires de frère Alban un cataplasme d'argile lui demandant de rester dans cette position pendant quelques minutes puis nous le redressâmes et le menâmes sur sa couche.

Le lendemain, frère Alban put se lever et faire quelques pas s'appuyant sur une canne qu'il délaissa rapidement. Le grand maître s'extasia devant ce qu'il qualifiait de miracle. Je lui expliquais que Maistre Fabian dans mon adolescence m'avait ouvert la voie sur la mécanique du corps humain et que l'étude du squelette dans le laboratoire de Don Alejandro confirmait mes dires.

— Sicard mon ami, dit Jean de Roquelande, il nous serait agréable de vous avoir dans notre ordre. Nous n'avons ni médecin ni chirurgien parmi nous. Votre venue serait une bénédiction de Dieu.

— Je ne sais que vous répondre grand maître, répondis-je humblement.

— Tâchez de réfléchir à ma proposition. Vous feriez un excellent templier.

*****

Don Alejandro ne décolérait pas depuis la guérison de frère Alban.

— Comment un incapable de ton espèce a-t-il pu soigner ce templier ? maugréa-t-il en guise de préambule tandis que je récupérai quelques effets personnels oubliés dans l'hospice.

— J'ai tout simplement mis en pratique l'enseignement d'un maître rebouteux et j'ai démantelé votre squelette…

— Tu as osé ? trancha-t-il.

— Oui, j'ai osé, rétorquai-je. C'est en examinant le mécanisme des os que j'ai compris comment fonctionne l'ossature du corps humain. Les os, les tendons et les muscles ne font qu'un. Si un muscle se détend ou s'atrophie, les tendons s'abîment et le squelette ne peut plus soutenir le corps car le squelette est une chaîne dont les maillons s'imbriquent les uns aux autres et tout dysfonctionnement provoque l'effondrement de l'édifice.

— T'aurai-je mal jugé ? s'étonna-t-il.

— Votre jugement à mon égard est le cadet de mes soucis, je m'en vais.

— Tu me quittes sans ma permission ? tonna-t-il.

— Père, intervint Carmen, calmez-vous…

— Silence ma fille ! pesta Don Alejandro.

— Je n'ai pas fait ce long voyage pour balayer votre hospice et ramasser les détritus, dis-je calmement. Je suis venu jusqu'à vous pour apprendre la médecine et non pour nettoyer votre dortoir, vider vos bassines d'aisance et me faire rabaisser plus bas que terre. Chaque homme a sa fierté. J'ai la mienne. Au revoir.

— Je n'ai pas l'habitude que l'on me quitte, vociféra-t-il devant mon assurance. Je te chasse.

— Vous ne me chassez pas, il est trop tard et tant pis pour votre amour-propre. Je m'en vais !

— Tu t'en vas alors que tu as tant à apprendre jeune sot.

— Mieux vaut être un jeune sot en quête de connaissances qu'un vieil acariâtre imbu de sa personne qui ferait mieux de se replonger dans ses précis d'anatomie au lieu d'en vouloir au monde entier.

— Je n'ai rien à apprendre et surtout pas d'un morveux tel que toi, répliqua-t-il sûr de lui.

— Oh si, vous avez encore à étudier. Vous boitez depuis des années et vous ne vous êtes jamais inquiété des causes de votre claudication ?

— Les savetiers sont souvent les plus mal chaussés. J'ai consacré ma vie aux autres sans me plaindre, ni me soucier de moi.

— Vous faites bien de parler de savetier car votre problème vient de votre pied ou plutôt de votre jambe gauche qui est plus courte que la droite et nul besoin d'être sorcier ou devin, cela se voit à l'œil nu.

— N'importe quoi, ironisa-t-il.

— Regardez, allongez-vous et vous verrez que mes dires sont fondés.

Maintenu par sa fille qui m'adressa un sourire complice, Don Alejandro s'exécuta en maugréant.

— Voyez Carmen, la jambe gauche est plus courte d'un pouce que la droite.

— Que pouvons-nous y faire ?

— L'ingéniosité de l'homme peut remplacer la science lorsque celle-ci est impuissante. Il suffit que votre père ne porte plus de sandales mais des chaussures de cuir qui lui soutiendront le pied. Je glisserai dans ses souliers une talonnette qui rehaussera la jambe de votre père et le tour sera joué.

— Serais-tu magicien ? demanda Carmen dans un sourire qui illumina son visage.

— Non, simplement observateur, répondis-je en lui rendant son sourire.

Nous allâmes chez le savetier et je choisis une paire de chaussures confortables mais onéreuses, ce qui fit beaucoup rire Carmen imaginant déjà la mine déconfite de son père qui avait du mal à ouvrir son escarcelle. Nous essayâmes plusieurs cales de cuir que l'artisan confectionna et nous parvînmes après plusieurs essais à trouver le bon modèle afin que les deux jambes de Don Alejandro s'harmonisent parfaitement. Le vieil homme fit quelques pas en s'appuyant sur l'épaule de Carmen, se retourna, fit un hochement de tête et me sourit.

7
La mission

C’est par une belle matinée que les deux moines blancs et le frère convers arrivèrent à Rome. Ils s’arrêtèrent dans une auberge disposant de commodités et confièrent leur tunique à une lavandière. Après tant de lieues parcourues, les trois voyageurs délassèrent leurs membres endoloris dans une baignoire. Frère Boniface sortit nu de son bain sous le regard interloqué de ses compagnons. Il couvrit rapidement son ventre d’une serviette en s’excusant. Les trois hommes allongés sur des couches confortables profitèrent de ce bel après-midi pour se reposer et frère Gauthier s’endormit. Frère Boniface se livra à des assouplissements qui firent craquer quelques vertèbres. Son buste aux pectoraux démesurés, aux abdominaux finement dessinés, ses bras puissants, ses épaules et son dos de taureau lardés de cicatrices témoignaient d’une vie de guerrier à se battre pour le compte de seigneurs de guerre et de puissants satrapes qui souvent faisaient fi de leurs hommes.

— Ton corps ressemble à un parchemin, sourit frère Anselme, on peut y lire nombre de batailles.

— Je dois celle-ci, dit frère Boniface montrant une balafre grossièrement recousue qui courait de l’épaule jusqu’à la naissance d’un téton, à un coup d’épée reçu à la guerre des Flandres. Celle-ci, continua-t-il, désignant un creux sur le flanc gauche fut causée par un carreau d’arbalète qui me transperça lors d’une campagne dans les Vosges et j’ai perdu mon œil en me battant contre le Sarrasin. Je pourrais te citer d’autres lieux, d’autres guerres. J’aurais dû mourir cent fois mais je suis toujours debout.

— Grâce à Dieu, mon frère.

— Oui, sûrement grâce à Dieu et à la chance. Vois-tu cette cicatrice-là, derrière ma nuque ? dit-il penchant la tête et tournant le dos à frère Anselme. Elle est l'œuvre de la fourberie de l'Anglais. Une trêve entre nos deux osts s'avérait indispensable afin de ramasser nos morts, de les enterrer dignement et de panser nos plaies. L'Anglais fut convié par mon seigneur à partager un repas sous son tref et vint accompagné d'une petite escorte. Mon statut d'officier de ma horde de mercenaires m'autorisait à partager le matinel en compagnie de Gaspard de Marcoulis, mon capitaine. J'étais assis près d'Agnès quand l'un des sergents ennemis vint me la disputer.

— C'était ton épouse ? demanda frère Anselme.

— Foutre Dieu non, lâcha frère Boniface s'excusant et se signant. Agnès était la plus belle des putains du bordel ambulant, reprit frère Boniface se signant de nouveau. C'était ma préférée et la plus ardente. Ce sergent de la perfide Albion me défia et j'acceptai sa bravade. Le champion aurait les faveurs d'Agnès pour toute la journée. Nous conclûmes un duel jusqu'au premier sang. Le combat fut bref et ma hache lui trancha la joue. Je m'en retournai sous la tente d'Agnès quand ce fils de pourceau m'asséna un coup de massue derrière la nuque. Je m'écroulai et me relevai après quelques minutes de pâmoison ne devant mon salut qu'au camail et au casque à nasal que je portai en permanence. Je saisis le fourbe qui tentait de lutiner ma bonne amie qui se défendait, griffant et mordant telle une louve. Je le décollai du sol d'une main et lui broyai les bourses de l'autre.

— Mais c'était une prostituée ? s'étonna frère Anselme. Ces femmes se vendent au plus offrant.

— Certes, mais ce maudit avait brisé le pacte d'un assaut au premier sang. C'est un grand déshonneur que d'abjurer la parole donnée. Je ne pouvais laisser cet outrage impuni.

— Qu'est-il advenu de cet homme ?

— Je l'ai tué malgré ses supplications. C'était une question d'honneur, tout autre que moi aurait agi de la sorte. On ne défie pas impunément un ennemi sans risque ni raison. De plus j'étais l'offensé, je ne pouvais donc me défiler devant mes hommes. D'aucun se serait enorgueilli de prendre ma place si je n'avais pas relevé le gant. Je n'étais qu'un simple sergent certes mais je devais me faire respecter. Ma vie se résumait à l'obéissance et au sens de l'honneur qui guidaient mes pas et pour lesquels j'ai si souvent combattu sans état d'âme. J'étais de la même trempe et sûrement pire que les malandrins qui nous ont attaqués sur la route de Nice.

— Comment as-tu pu changer à ce point mon frère ?

— Lorsque j'ai quitté l'armée, je me suis enrôlé dans une troupe de bandits de grands chemins, de déserteurs et d'autres gibiers de potence. Nous semions la terreur dans le Berry jusqu'au jour où les hommes du bailli nous tendirent un piège dans la forêt. J'eus la présence d'esprit de me glisser dans une soue de sanglier et je vis mes complices pendre au bout des branches d'un grand arbre. Je restais dans ma fange jusqu'à la nuit. C'est à dater de ce jour que je décidai de poursuivre ma route seul. J'errais vivant de braconnage, évitant les cités et les bourgs fortifiés, voyageant de nuit et me terrant la journée dans les frondaisons des forêts. Je marchais sans but jusqu'au jour où j'arrivai devant l'abbaye de Bonneval. Apitoyé sans doute devant le misérable que j'étais, dévoré par la vermine et vêtu de haillons, les frères convers m'offrirent un repas et un habit propre. Je ne savais rien de la piété, je n'étais qu'une brute et ces hommes m'ont nourri et soigné. J'ai compris que Dieu m'adressait un message et me donnait une seconde chance. C'en était fini de ma vie d'écorcheur. J'avais enfin une famille et une raison de vivre. Je me rendais utile auprès des frères convers payant ma couche et mes repas en me rendant utile, déboisant, semant, débitant les troncs, charriant sur mes épaules d'énormes blocs de pierres pour les maîtres tailleurs et maniant le soufflet de la forge.

— Tu n'as jamais songé à prendre épouse et à fonder une famille ?

— J'ai rencontré une jeune fille à soldats lors d'une campagne militaire dans les Flandres. Nous fêtions notre victoire et le mauvais vin coulait à flots. Les hommes, ivres morts, allaient d'un bordel ambulant à l'autre dépenser leur solde. Les souteneurs nous invitaient à culbuter les filles sous des tentes d'une promiscuité aussi sordide qu'un cul de basse-fosse. Je découvris cette gamine à peine sortie de l'enfance en train de se faire lutiner par des soudards sous l'œil goguenard de son souteneur. La mère de la petite venait de mourir. Le salopard ne pouvait tolérer un manque à gagner aussi l'obligea-t-il à remplacer sa défunte mère à peine ensevelie. Prise de force par les hommes de troupe, elle subissait leurs assauts sans broncher ni ardeur si bien que les soldats dépités se plaignirent de son manque d'entrain, délaissèrent le lupanar et forniquèrent avec d'autres filles plus fougueuses. Rouée de coups par son esclavagiste, elle gisait dans la crasse de la tente et se laissait mourir à petits feux. Je fus attiré par ses cris et ses pleurs. Elle me fixa de ses grands yeux qui semblaient m'implorer de mettre un terme à ses souffrances.

Ému, Boniface prit un cruchon, se servit un verre d'eau, tourna le dos à frère Anselme et essuya une larme.

— Tu continueras un autre jour si tu le souhaites, dit frère Anselme.

— J'étais bouleversé par le regard de cette fille, reprit Boniface. À peine sortie de l'enfance, elle était réduite à l'état d'animal, d'une bête de somme. Tu sais frère Anselme, j'ai tué bien des soldats, j'ai pillé, je me suis livré aux pires des exactions dans ma vie de mercenaire mais je le jure devant Dieu, qu'il me foudroie si je mens, je n'ai jamais levé la main sur une femme ni sur un enfant.

— Je te crois ami Boniface.

— Je saisis le maroufle par le col et lui brisai la nuque. Je mis sa tente sens dessus dessous et dénichai une cassette remplie de deniers, puis je pris la fillette dans mes bras. Elle était pâle comme un suaire, tenaillée par la fièvre, couverte d'estafilades et d'œdèmes. Plus légère qu'une alouette, elle s'agrippa à moi comme un enfançon s'agripperait au sein de sa mère. Je franchis le campement et la confiai à un médecin. Je lui remis une poignée de pièces et lui intimai l'ordre de la soigner. Remise sur pied en une semaine, elle s'accrocha à moi, préparant mes repas, reprisant mes hardes, et nettoyant mon tref. Je pris soin d'elle, veillai à ce que nul ne s'en approche et corrigeai les plus téméraires. Nous levâmes le camp pour d'autres sièges et elle me suivit pendant plusieurs mois. Son regard éteint s'anima au fil des saisons mais elle était toujours en proie à des terreurs nocturnes et se lovait tout contre moi comme un chaton, pour s'endormir à la nuit tombée. Notre ost quitta les plaines du Nord pour l'Ibérie afin de lutter contre l'infidèle et d'assister les troupes aragonaises dans la Reconquista. Je connais la rudesse des combats, une bataille n'est jamais gagnée d'avance et je sais le sort réservé au vaincu en cas de défaite. Il était hors de question qu'elle quitte la vie infâme d'un bordel pour finir dans les griffes d'un émir et dans son harem. Je décidai donc de la confier à la mère supérieure d'un couvent près de Montpellier en lui promettant de la reprendre dès notre campagne terminée. Je pris quelques pièces d'argent dans le coffret de bois que j'avais dérobé au souteneur et offris le reste à la sainte femme en échange d'une bonne éducation pour Mathilda. Je restai environ deux ans à combattre l'infidèle. À mon retour, je retournai au couvent afin d'honorer ma parole mais Mathilda d'après les dires de la mère supérieure s'était enfuie au bout de quelques jours et me cherchait. J'ai remué ciel et terre pour la retrouver, arpentant les environs, proposant des récompenses à qui pourrait m'aider à la localiser, fouinant villes et faubourgs mais en vain. Je questionnais les hommes de loi, menaçais les déserteurs que je croisais, interrogeais les filles de mauvaise vie, mais je dus me rendre à l'évidence. Personne ne connaissait ni n'avait vu Mathilda. J'étais comme une âme en peine m'imaginant le pire. Était-elle retombée sous la coupe d'un souteneur ou d'une maquerelle ?

Était-elle morte et enterrée ? Je visitais quelques hobereaux férus de demoiselles, dégainais mes lames mais tous me jurèrent devant Dieu de l'inexistence d'une telle fille. Je repris ma vie de maraudeur jusqu'à ce que mes pas me mènent à l'abbaye Notre-Dame de Bonneval qui m'offrit la rédemption et une seconde vie.

— Nous sommes heureux de t'avoir parmi nous, ami Boniface, assura frère Anselme. Dieu a guidé tes pas jusqu'aux nôtres car il a vu en toi un homme bon.

— Merci mon frère, dit Boniface étreignant le jeune moine blanc.

Les deux hommes restèrent un long moment enlacé. Frère Anselme troublé au plus haut point tapait amicalement dans le dos de Boniface.

Le lendemain, les trois cisterciens se présentèrent aux soldats en faction devant la résidence Papale. Frère Anselme leur montra nos convocations, le garde appela son supérieur qui nous conduisit aux appartements du Souverain Pontife. Il les fit patienter dans un couloir, entra dans un bureau et en ressortit accompagné d'un prélat.

— Bonjour mes enfants, sourit l'ecclésiastique. Vous êtes enfin là ? Je suis le cardinal Giussepe Delaforte. Sa Sainteté vous attend avec impatience. Venez, venez, suivez-moi. Vous avez fait bon voyage ?

— Oui, votre Excellence…

— Et le bon roi Philippe ? demanda-t-il. Comment se porte le bon roi Philippe ? Et notre fille bien aimée, la France ? Comment va la France ? Et votre ordre frères cisterciens ? Vous savez qu'on dit le plus grand bien de votre ordre.

— Notre ordre est au service…

— Parfait, parfait, dit-il coupant la parole à frère Anselme. Ah ! La France ! J'ai longtemps vécu en France. La France est belle mais l'Italie est bien plus belle que la France. Et que dire de l'Espagne si elle n'était pas envahie par les infidèles. Vous avez vu des infidèles ?

— Non, nous…

— C'est bien ! C'est très bien, dit le vieil homme empêchant une fois de plus frère Anselme de répondre. Suivez-moi !

Les trois frères emboîtèrent le pas du cardinal qui parlait sans discontinuer, posant mille questions sans en attendre les réponses. Il était impossible pour les cisterciens de placer le moindre mot.

— Vous savez, les infidèles d'Espagne, reprit-il, les infidèles d'Espagne me font peur. Fasse le ciel que je ne les rencontre jamais. Ces barbares seraient capables de me couper la langue. Ah ! Nous y voilà, ajouta-t-il désignant une porte sur laquelle il frappa quelques coups.

— Sa Sainteté va vous recevoir, veuillez prendre place je vous prie, dit un jeune abbé leur désignant des fauteuils.

Les trois cisterciens remercièrent le cardinal Delaforte qui s'éclipsa en reprenant son interminable monologue. Les moines s'installèrent émerveillés par le faste du palais. Tentures de velours, dalles de marbres blancs, mobiliers des plus grands créateurs Romains, toiles représentant la vie du Christ décoraient la résidence Papale sous les yeux ébahis des trois frères plus habitués à l'austérité de leur abbaye qu'à la magnificence des ors du Latran.

— Sa Sainteté vous attend, annonça le secrétaire, ouvrant la porte d'un immense bureau.

Les trois hommes s'immobilisèrent devant la prestance d'Innocent III qui les dévisagea s'attardant longuement sur frère Boniface qui baissa les yeux.

— Bonjour, frères cisterciens, dit-il tendant la main.

Frère Gauthier s'inclina et déposa un baiser sur l'anneau Papal imité par frère Anselme et par frère Boniface.

— Frères cisterciens, reprit Innocent III, vous avez parcouru un long chemin répondant ainsi à notre requête. Vous êtes les dignes envoyés de l'ordre de Cîteaux mais dès ce jour vous êtes les dignes représentants du Saint-Siège. Je comprends votre étonnement, ajouta-t-il devant la mine interloquée des moines blancs et du frère convers. Il n'y a que des hommes tels que vous pour accomplir la mission que j'ai à vous confier. Nous connaissons votre loyauté et avez prouvé maintes fois votre entier dévouement à notre Sainte Église.

— Nous sommes au service de Dieu et de son digne représentant sur terre, dit frère Anselme.

— Je n'en doute pas, aussi faut-il que je vous éclaire de la situation dans vos contrées. Vous savez, tout du moins je l'espère, que le comté de Toulouse cache en son sein une vipère. J'ai déniché ce rampant et je suis bien décidé à lui arracher ses crochets. Cela prendra du temps, nous le savons tous, mais nous ne pouvons plus tolérer la présence des hérétiques en terre de France qui comme chacun le sait est la fille préférée de Rome. Aussi nous faut-il la préserver des morsures de ce serpent qui se glisse chez les petites gens comme chez les princes. Vous devez vous préparer à un long voyage, à un très long voyage qui vous mènera sur les terres de France qui nous sont fidèles. J'ai dans ce coffret vos ordres de mission ainsi que les missives que vous remettrez en main propre à chacun des destinataires en commençant par les terres de Bretagne, puis vous suivrez le plan indiqué sur la carte que voici, dit-il désignant un plan détaillant les villes, places fortes, abbayes et évêchés. L'abbé Éric, un de mes fidèles secrétaires vous accompagnera et consignera votre voyage quotidiennement.

Le jeune abbé au visage poupin acquiesça d'un hochement de tête.

— Pardonnez-moi Votre Sainteté mais pourquoi avoir choisi des frères demeurant dans une abbaye éloignée des grandes cités ? demanda frère Gauthier.

— Vous êtes au cœur de l'hérésie. Le diocèse d'Albi est l'un des plus cerné par ces fanatiques qui jurent notre perte. Je suis informé au jour le jour de la situation en terres de langue d'Oc. Les adeptes de cette infamie ont pignon sur rue dans les cités de Carcassonne, d'Albi et de Toulouse mais qu'en est-il des campagnes ?

— Ils intriguent même dans les hameaux, répondit frère Gauthier. De nombreux paysans qui nous étaient fidèles se détournent de nous désormais. Il nous est difficile de dialoguer avec eux tant leur défiance est grande à notre égard. Ils nous accusent de tous les maux et nous fuient comme si nous étions des pestiférés. Certains refusent le baptême pour leurs enfants et les derniers sacrements pour les mourants. Ces exaltés affirment que le mariage n'est qu'un simulacre destiné à faire de la femme l'esclave de l'homme.

— Vous me semblez aux faites de la controverse frères cisterciens.

— En effet Votre Sainteté, nous sommes au plus près de l'église dissidente.

— C'est la raison pour laquelle vous êtes les plus aptes pour me représenter. Il est indispensable que les fiefs exempts de cette félonie soient avertis du danger qui pourrait les menacer. Vous partirez demain à la première heure.

— Il s'agit là d'une longue, très longue marche, Votre Sainteté, intervint humblement frère Gauthier.

— Je sais frère cistercien, je sais. Cela vous effraie-t-il ?

— Non, Votre Sainteté, nous autres cisterciens, sommes habitués à de longues marches…

— Je comprends votre inquiétude, coupa Innocent III d'un ton sec, mais soyez rassurés. Vous voyagerez dans une berline escortée de gardes pontificaux.

— Nous serons à la hauteur de votre confiance, très Saint-Père, dussions-nous y laisser la vie, assura frère Boniface.

— Je n'en doute pas frère convers mais dis-moi que sont ces cicatrices et ce bandeau ?

— J'étais soldat mais Dieu m'est apparu et j'ai délaissé les armes pour la tunique brune des frères convers, le bâton de pèlerin et la croix.

— Dieu à parfois besoin de soldats pour l'aider à accomplir ses desseins, mon fils. Il est parfois utile de prendre les armes afin de protéger et défendre notre Sainte Église. Peut-être en auras-tu encore besoin pour nous soutenir ? L'épée est souvent la cuirasse de Dieu, ne l'oublie pas mon fils. N'oublie pas que Saint Georges terrassant le dragon était armé d'une lance.

— Je saurais m'en souvenir très Saint-Père, dit frère Boniface s'inclinant respectueusement.

— Abbé Éric, faites venir le capitaine Marco di Genova, ordonna Innocent III.

Le jeune abbé s'éclipsa quelques instants et revint accompagné du militaire. Altier, le cheveu noir et ras, le regard perçant, arborant un bouc finement dessiné, le militaire plia un genou devant Sa Sainteté.

— Mes ordres ont-ils été exécutés ? demanda en préambule Innocent III.

— Oui, Votre Sainteté, j'ai moi-même désigné notre escorte parmi mes meilleurs hommes.

— Bien relevez-vous mon fils. Je vous présente les frères cisterciens qui seront sous votre protection.

— Je considère cette mission comme un honneur Votre Grandeur, affirma le capitaine en saluant courtoisement les trois frères d'un sourire.

— Éric mon secrétaire vous conduira dans votre périple et annotera votre voyage au jour le jour. Vous serez accueilli dans des évêchés qui vous fourniront le gîte et le couvert. Il vous est formellement interdit de bivouaquer hors des hébergements qui vous sont alloués. Me suis-je bien fait comprendre ?

— Oui, Votre Sainteté. Mes hommes vous sont d'une fidélité à toute épreuve et tous donneraient leur vie pour la noble mission que vous me confiez.

— Dieu guidera vos pas mes enfants, s'émut Innocent III. À genoux mes fils.

Les cinq hommes s'exécutèrent, courbèrent le front et reçurent la Bénédiction Papale. Les mains jointes comme un gisant de pierre,

Boniface ne put retenir ses larmes quand Innocent III posa la paume de sa main droite sur son épaule.

— *In nomine Patris, et Filli, et Spiritus Sancti*, je te bénis frère Boniface.

Après une dernière révérence et quelques recommandations la délégation quitta l'immense bureau du Pape. Les deux moines blancs, le frère convers et le jeune abbé suivirent le capitaine di Genova jusqu'aux écuries où les attendaient deux sergents, douze gardes pontificaux et deux cochers chargés de mener le carrosse aux portes ornées des armoiries pontificales. Frère Boniface s'extasia devant le harnois de la troupe. Les soldats portaient sur leur gambison un haubert qui descendait à mi-cuisse, des bottes de cuir de belle facture, un large écu frappé des couleurs du Latran et un camail finement tressé surmonté d'un casque à nasal qui luisait au soleil. Les hommes du capitaine étaient solidement armés d'une lourde épée suspendue à un baudrier, d'une large ceinture de cuir garnie de dagues et d'une arbalète. Les cisterciens et l'abbé Éric s'installèrent dans la berline. Le cortège s'élança.

LIVRE III

1199

1
Revirement

Le caractère acariâtre de Don Alejandro s'amadoua peu à peu. À son grand étonnement, ses sempiternelles colères m'étaient désormais indifférentes. Je n'y prenais guère attention lui tournant le dos dès qu'il bougonnait pour me consacrer à mes études. Je le laissais débiter sa mauvaise humeur qui durait le temps du vol d'une hirondelle passant au-dessus de l'hospice. Je ne ressentais envers lui ni rancune ni animosité. Je prenais soin de ses hanches et de ses jambes qui le faisaient souffrir en les massant régulièrement avec des onguents de camphre et l'obligeais chaque jour à des séances d'étirement et d'assouplissement. Il protestait lors des premières minutes se plaignant comme à l'accoutumée de douleurs insurmontables. Le vieux renard refusait mes exercices et me vilipendait me traitant au passage de bourreau et de satrape. Carmen intervenait et tançait vertement son père qui maugréait puis finalement acceptait mes massages qui portèrent leurs fruits en quelques semaines. Le vieux râleur surpris des résultats s'imposait chaque matin des mouvements qui délassaient son corps ankylosé par tant d'années de sédentarité. Il parvenait désormais à se déplacer sans sa canne ne l'utilisant que lorsque la fatigue d'une dure journée de labeur se faisait ressentir. Il finit néanmoins par reconnaître le bienfait de mes actes et me remercia du bout des lèvres.

J'étais un élève consciencieux et discipliné, m'imprégnant rapidement des cours de Don Alejandro qui détestait se répéter. J'avais la chance d'être l'étudiant d'un des plus grands pontes en médecine orientale, je suivais son enseignement au sein d'un hôpital au contact des patients hospitalisés et de ceux qui venaient pour une simple consultation. Je participais en qualité de témoin privilégié à des opérations chirurgicales et j'admirais la dextérité de Don Alejandro. Il était d'une infinie patience avec les malades et leur évitait des souffrances inutiles. Il vivait son art comme un sacerdoce et toute son abnégation forgeait mon admiration et mon respect. Son regard toujours aussi vif, ses gestes parfaitement maîtrisés et l'éloquence de ses diagnostics modelaient mon apprentissage. Je rêvais en secret de lui ressembler et d'être un jour à sa hauteur. Il lui arrivait malheureusement de se tromper dans ses diagnostics car le corps humain ne dévoilait ses énigmes qu'avec parcimonie. Certaines affections jusqu'alors inconnues le hantaient et nous le retrouvions après une nuit d'insomnie, le teint blême, les yeux cernés, dévoré par un sentiment de culpabilité devant le décès d'un patient. Carmen s'employait à atténuer avec tendresse la douleur de son père. L'infaillibilité est le domaine des sots le sermonnait-elle en souriant, posant ses mains graciles sur les siennes et déposant un tendre baiser sur son front. Don Alejandro me permettait de préparer les instruments chirurgicaux, lancettes, aiguilles, scalpels que je désinfectais à l'eau bouillante avant de les aligner sur un guéridon recouvert d'un linge aseptisé. Il commença au fil des jours à guider mes mains et je fis mon baptême en qualité d'apprenti chirurgien en procédant à ma première opération. Ernesto, le maréchal-ferrant se plaignait depuis quelques jours d'un œdème purulent sur l'avant-bras. Suivant les conseils de mon maître, je fis boire à Ernesto un macérat de coquelicot qui calma sa douleur puis j'incisai d'un geste franc la boursouflure, écartai les lèvres de la plaie, versai quelques gouttes d'alcool, nettoyai la lésion et dégageai une pièce de métal logée profondément dans les chairs. Je suturai tel une dentellière m'appliquant sur chaque point, massai la couture d'un baume de miel cicatrisant puis je bandai son membre endolori. Ernesto tendit cinq dirhams d'argent à Don Alejandro qui me les remit. Tout travail mérite salaire m'assura-t-il glissant les pièces dans la poche de mon pantalon. Je demeurai bouche bée, il se fendit d'un large sourire et me tapota l'épaule en signe d'adoubement.

Don Alejandro tenait à sa réputation de grincheux aussi continuait-il de me rabrouer régulièrement, ajoutant à ses réprimandes un clin d'œil complice à sa fille. Carmen me confia que son père, avare de gentillesse m'estimait. Il appréciait mon dévouement et mon empathie envers les patients. Il s'accrochait à sa notoriété de bougon invétéré et ne souhaitait pas que s'ébruite la moindre petite faille dans sa carapace. Il en profitait et prenait un malin plaisir à m'admonester pour ne pas perdre la main. Il restait fier de sa superbe et de sa condition de professeur tyrannisant son élève. La plus infime des broutilles lui servait d'alibi mais je faisais fi de ses sautes d'humeur. Il lui arrivait parfois de me présenter ses excuses lorsqu'il jugeait que ses propos dépassaient sa pensée. Je les acceptais d'un air détaché et le gratifiais d'un sourire qui le laissait pantois.

J'arrivais tous les jours le premier à l'hospice. Je dormais parfois sur place lorsque nous avions un malade qui nécessitait une présence de tous les instants aussi Don Alejandro me proposa-t-il d'emménager une petite pièce désaffectée qui servait de débarras. J'acceptai avec plaisir et Don Alejandro me procura un lit et quelques meubles. Je quittai avec plaisir la masure que je louais pour m'installer dans une véritable chambre. J'étais ainsi au moindre fait de la vie de l'hospice et prodiguais des soins aux alités durant la nuit si nécessaire. J'étais déconcerté par le revirement du vieux médecin. Ses emportements se raréfièrent devant mon humilité, mon sérieux et mes aptitudes. Il me confia certaines tâches qui ne nécessitaient pas l'expérience d'un grand chirurgien, sutures, ablations d'abcès ou pose d'attelles.

Il pouvait ainsi visiter ses patients le cœur léger et se rendre à l'église plus régulièrement. Homme pieux, il aimait se recueillir devant la statue de la Vierge Marie. Il allumait un cierge pour l'âme de sa défunte épouse et priait longuement. Ses quelques moments intimes plongés dans la méditation le revigoraient. Il se confessait auprès de l'abbé Paco. Ce brave homme vêtu d'une soutane usée et rapiécée jouissait d'une véritable aura au sein de la population. Court sur pattes, il se déplaçait en se dandinant et aidait les miséreux n'hésitant pas à tancer les riches familles afin d'obtenir de vieux meubles, des pièces de vaisselles dépareillées, des couvertures, des habits et des souliers pour les nécessiteux.

— Il faut que je te parle Sicard, me dit un soir Don Alejandro en rentrant de l'église.

— Je vous écoute Maître.

— J'ai été dur avec toi et je le regrette, commença-t-il d'une voix chevrotante teintée d'émotion. Vois-tu, c'est un peu grâce à tes compétences si je peux m'absenter, fréquenter plus souvent l'église et prier plus assidûment. Je t'ai mal accueilli, traité avec mépris et je te prie de me croire que ton abnégation force mon respect envers toi. Tu t'es acquitté des tâches les plus ingrates en serrant les dents, tu as supporté mes emportements même les plus futiles. D'autres que toi m'auraient envoyé paître depuis longtemps. Non seulement tu es resté fidèle à ton poste mais tu as également pris soin de moi en soulageant ma claudication qui me faisait souffrir le martyre. Tu as été en quelque sorte mon souffre-douleur mais tu ne t'es jamais plaint. Ta vocation était plus forte que tout. Ta volonté d'apprendre effaçait toutes les brimades. Ta compassion auprès des souffreteux, ton empathie et oserais-je dire ta sagesse sont dignes des grands médecins. La plupart des jeunes gens qui se vouent à la médecine le font par pur intérêt pécuniaire. Ils s'imaginent déjà se déplaçant en berline, drapé de beaux atours et se pavanant au bras des riches héritières de la haute société. Tu portes toujours le même habit rapiécé, tu ne te coiffes jamais et ton apparence est le cadet de tes soucis. Tu vivotes avec trois sols en poche et tu ressembles à un de ces malheureux mendiants qui tendent la main sur le parvis de l'église mais tu as ce que peu d'homme possède. Tu as la clairvoyance, l'humilité des grands, la bonté et l'altruisme qui sont les plus belles richesses de l'âme humaine. Certes, me diras-tu, ce ne sont pas ces qualités qui t'enrichiront mais elles feront de toi l'essence même de l'homme. La bonté qui fait si cruellement défaut au commun des mortels sera ton gagne-pain. Promets-moi de ne pas t'en défaire car tu perdrais ta propre estime. J'ai vu tellement d'apprentis médicastres qui confondent un rameau d'olivier avec un sarment de vignes, de vaniteux qui pètent plus haut que leur fondement et d'orgueilleux qui me considèrent comme le décati d'une autre époque que je suis devenu méfiant. Mea culpa, j'aurais dû deviner sous tes airs d'ours Pyrénéen ta véritable nature. Mais comme tu le sais, je ne suis qu'un vieux grognon aussi mes excuses et mon repentir n'en ont que plus de valeur.

— Il est heureux que vous le reconnaissiez Maître. J'ai beaucoup souffert de votre attitude et de vos moqueries mais la promiscuité avec la maladie, la souffrance et la mort m'ont enseigné que la vie vaut la peine d'être vécue et qu'il faut savoir pardonner, lui assurai-je.

— Je te trouve très sage malgré ton jeune âge. Je me suis souvent confié à l'abbé Paco, lui avouant tout le mal que je t'ai fait subir, te méprisant et t'accablant de paroles blessantes et humiliantes. Il m'a certifié que le pardon est l'apanage des miséricordieux. Il est donc convaincu que tu es un enfant de Dieu, que tu connais les écritures, leurs messages de paix, de clémence et de grande générosité. Il est certain que c'est la foi en notre seigneur qui guide ta vie et que tu comprends sûrement mieux que d'autres le sens du mot pardon car les principes de Dieu sont scellés dans le pardon et la compassion.

— Au risque de vous décevoir, Maître, je dois vous avouer que j'ai le plus grand doute quant à l'existence d'un Dieu fut-il Chrétien, Juif ou Musulman. Les hommes prennent un tel malin plaisir à s'entre-massacrer au nom de Dieu que je me demande si Dieu ne prend pas lui-même part à toutes ces hécatombes. J'ai surtout la nette impression que Dieu n'est qu'une création de l'homme pour exorciser sa hantise de la mort. Les religieux sont des érudits qui n'ont aucune vergogne pour faire admettre à une populace illettrée l'existence d'une entité divine. J'ai la plus grande défiance envers ces porteurs de croix qui incitent aux pires atrocités. Ils appellent à la croisade…

— Les croisades sont justifiées par la reconquête du Saint Sépulcre, trancha Don Alejandro d'un ton sec.

— Cela justifie-t-il les massacres de populations innocentes ? rétorquai-je.

— Les Musulmans, eux aussi, veulent nous soumettre à leur foi et crois-tu qu'ils prennent des gants de velours pour le faire ?

— Vous avez raison Maître. Dans un camp comme dans l'autre, des fanatiques envoient leurs troupes occire au nom de Dieu et promettent la vie éternelle à celui qui tuera le plus d'infidèles.

— Effectivement, tu n'as pas tort. Mais crois-tu en la force du pardon ?

— Je peux pardonner des paroles offensantes, des insultes, des railleries prononcées très souvent sous le coup de la colère, mais je reste inflexible devant l'impossibilité de réhabiliter des brutes sanguinaires. Je n'ai que mépris pour les criminels qui égorgent le premier venu pour lui soutirer son bien, les assassins qui guettent leurs victimes au détour d'une ruelle, les violeurs et pire encore les abuseurs d'enfants. Ceux-là ne méritent aucun pardon mais la potence, assurai-je avec force. Voyez ce malheureux que nous nous évertuons à sauver depuis quelques jours. Ce brave homme ne demandait rien et vaquait tranquillement à ses occupations. Trois écorcheurs surgissent et le détroussent. Le pauvre homme craignant pour sa vie leur tend sa bourse, mais les bandits dans leur bestialité le surinent et le laissent gisant dans le fossé. Croyez-vous sincèrement que ces ordures méritent notre pitié ?

— Pourtant Dieu ne nous a-t-il pas demandé de tendre la joue gauche lorsqu'on nous frappe la joue droite ?

— Croyez-vous sincèrement que ce malheureux aurait dû tendre le bras gauche lorsque ces barbares lui ont brisé le bras droit ?

— Il s'agit pourtant d'une phrase prononcée par le Christ lui-même.

— Je désavoue cette parole et j'estime que chacun est en droit de se venger.

— Serais-tu impie ?

— Je suis un fervent adepte de l'athéisme comme votre frère.

— Mon frère est un mécréant, un jouisseur et un épicurien invétéré. Tu sais que tes paroles sont blasphématoires !

— Je sais et elles ont mené plus d'un homme au bûcher. Quel Dieu accepterait qu'une de ses brebis soit immolée pour quelques mots ? soupirai-je.

— Je prie le ciel que tes propos ne viennent pas aux oreilles de tes amis templiers. Tu sais que ce sont des chrétiens qui vivent et meurent pour Dieu sans aucun état d'âme.

— Ils ne se doutent de rien car je me rends régulièrement à l'église pour prier. Je m'agenouille, je ferme les yeux et je fais le vide dans ma tête. Le silence de l'église est propice à la méditation. Sachez Maître que je respecte les croyances des uns et des autres ainsi que les lieux de culte car ils ont été bâtis par des hommes et non par des Dieux. L'homme est capable d'ériger la plus belle des mosquées, la plus majestueuse des cathédrales ou la plus splendide des synagogues mais il est aussi capable du pire. Fort heureusement, il existe des justes et vous en êtes Maître.

— Tu me trouves juste après tout ce que je t'ai fait endurer ? s'étonna Don Alejandro.

— J'ai vu malgré vos colères homériques, l'image d'un homme bon qui se dépense envers les souffrants sans compter ses heures ni sa peine. Je vous ai vu pleurer la mort d'enfants emportés par la maladie, passer des heures auprès des malades et soigner des miséreux qui n'avaient pas les moyens de vous payer.

— C'est là le serment d'Hippocrate, assura-t-il.

— Certes mais grand nombre de médecins refusent de soigner le peuple préférant s'occuper des riches à l'escarcelle bien garnie.

— Ceux-là ne sont pas dignes d'exercer.

— Ils le font en toute impunité, protégés par les puissants. Savez-vous Maître que votre enseignement ferait de moi en France le plus riche des hommes mais également le plus suspecté ?

— Suspecté de quoi ?

— De pactiser avec le Malin car la médecine en pays franc n'est encore qu'un balbutiement comparé à la richesse de la vôtre. Je devrais me méfier de chacun de mes gestes, de mes dires et de mes soins lorsque je retournerais chez les miens. Les prélats abusent de leur pouvoir absolu et profitent de gasconades pour endormir le peuple plongé dans une crédulité depuis la nuit des temps. La gueusaille serait capable de me faire traduire devant la justice de l'Église. Rares sont les visionnaires qui osent affronter un tel pouvoir. Ils préfèrent se taire et se fondre dans la masse de peur de voir leur nom inscrit dans le martyrologue des condamnés pour hérésie.

— Je sens de la désolation et de l'amertume dans ta voix.

— Et de la lassitude, ajoutai-je.

— De la lassitude ? dis-tu.

— Je suis las de voir des hommes, des femmes, des vieillards et des enfants périr sous le joug des religions. Les uns traitent les autres de mécréants, les mécréants se vengent les nommant infidèles. C'est un serpent qui se mord la queue. Les hommes seront-ils un jour conscients que la bonté et l'altruisme ne sont pas l'apanage des Dieux ? Les chrétiens furent massacrés par les Romains avant de devenir à leur tour massacreurs. Les fanatiques de tous poils, qu'ils soient chrétiens ou musulmans s'entretuent et que dire des juifs que l'on juge coupables de tous les maux.

— Tu ne vas quand même pas plaindre ceux qui mirent le Christ en croix ?

— Ce sont les Romains qui crucifièrent le fils de Dieu.

— Ne joue pas sur les mots je te prie. Chacun sait que les Juifs le livrèrent aux Romains, pesta Don Alejandro.

— Est-ce une raison de vouer à la damnation éternelle tout un peuple pour la veulerie de quelques-uns dont le pouvoir vacillait ? Nous avons à Monzon un marchand qui est un brave homme.

— Tu veux parler de Yussuf ?

— Oui Maître, Yussuf tient le commerce des épices. Il est en bon terme avec les habitants qu'ils soient juifs ou chrétiens et pourtant Yussuf est musulman.

— Il n'a rien à voir avec ceux qui tentent de nous envahir. Il y a bien sûr quelques esprits chafouins qui souhaiteraient le voir embranché lui et sa famille mais Yussuf jouit d'une belle notoriété au sein des édiles de la cité. Sa famille est établie dans nos murs depuis des décennies et son négoce fort apprécié de la population se transmet de génération en génération.

— Justement Maître, nous ne pouvons jeter l'opprobre sur tous les musulmans à cause de l'intolérance de quelques califes. Il en va de même pour le peuple Juif qui n'est en rien responsable de la duplicité des marchands du temple et des autorités Juives qui s'empressèrent de livrer Jésus à Ponce Pilate. Les Romains immolèrent Jésus et voilà que dix siècles plus tard, ce sont ces mêmes Romains qui érigent des basiliques en sa gloire. Quelle ironie !

2
DOLÉANCES

Les ecclésiastiques toulousains attendaient depuis plus d'une heure que Raymond VI accepte de les recevoir. Exaspéré, l'abbé Froment usait ses vieux souliers faisant les cent pas et arpentant les longs couloirs du palais comtal. Les gardes en faction devant la porte du secrétariat du comte ne pouvaient s'empêcher de sourire devant la mine déconfite de l'abbé. Ne cachant pas son irritation et trottinant malgré son embonpoint, le religieux essuyait son crâne dégoulinant de gouttes de sueur avant qu'elles ne s'étalent sur sa soutane.

— Il est évident qu'une fois de plus le comte Raymond se moque de nous, pesta-t-il.

— Vous connaissez Messire Raymond, l'exactitude n'est pas son fort, tempéra l'évêque Fulcrand.

— Je ne le connais que trop, il nous a convoqués et nous poireautons comme des mendiants sur le parvis de nos églises.

— Faites comme nous, zozota l'abbé Clément, prenez votre mal en patience.

— Le mal est partout, répliqua l'abbé Froment, dans la ville, dans les faubourgs et derrière la porte de ce maudit bureau.

— Allons, allons, du calme l'abbé et mesurez vos propos, prévint l'évêque. La politique est une affaire sérieuse qui parfois prime sur les desseins spirituels.

— La poésie serait-elle plus importante que L'Église ? ironisa l'abbé Froment. Voilà plus d'une heure que Messire Raymond se pâme devant la poésie de ce troubadour venu d'Aragon.

— Croyez-vous sincèrement que notre comte ferait passer le Fin'Amor des poètes avant l'Église et la politique ? demanda l'évêque. Voyons, voyons, ce n'est pas sérieux.

— Un homme capable de laisser la Sodome cathare investir sa ville est capable de tout.

— Le Seigneur Raymond est un homme bon et fin rusé. N'est-ce pas grâce à lui que nous sommes en paix avec les Trencavel ? Il a mis un terme avec diplomatie aux guerres intestines qui déchiraient nos contrées de langue d'Oc. Il est en paix avec l'Aragon et avec l'Angleterre après des querelles sans fin héritées de ses ancêtres. Ne le surnomme-t-on pas Raymond le Pacifique ?

— Ne confondons pas pacifisme avec angélisme, protesta vivement l'abbé Froment. Lorsqu'on est capable de pactiser avec la diablesse blasphématrice, on est également capable de se soumettre à Satan.

— Suffit l'abbé ! trancha l'évêque Fulcrand de Toulouse avec colère. Vous allez trop loin. Vos propos sont outranciers. Notre comte est certes conciliant avec les Cathares mais l'insulter comme vous le faites est à la limite du blâme que je n'hésiterai pas à prononcer si vous persistez dans vos inepties. Je suis votre évêque, ne l'oubliez pas.

Ravalant sa morgue, l'abbé Froment présenta ses excuses et se rassit à l'instant même où la porte du bureau s'ouvrit.

— Monseigneur Raymond VI comte de Toulouse va vous recevoir, annonça un secrétaire, veuillez me suivre.

Les trois ecclésiastiques s'inclinèrent respectueusement devant Raymond VI qui leur présenta son invité.

— Bonjour Éminence, permettez-moi de vous présenter Miguel de Almoldo, poète Aragonais…

— Vous ne nous avez tout de même pas convoqué pour parler poésie…

— Il me semble que je ne vous ai pas adressé la parole abbé Froment, trancha Raymond VI d'un ton qui n'appelait à aucune controverse.

— Veuillez excuser l'abbé Froment, Messire Raymond, intervint l'évêque d'une voix mielleuse. L'abbé est d'une nature disons quelque peu excessive.

— Oui et particulièrement grossière, insista Raymond VI. Mon ami Miguel de Almoldo est sur nos terres pour quelques semaines. Il est venu me présenter ses hommages respectueux et me transmettre ce courrier du roi Pierre II d'Aragon. Vous serez ravis d'apprendre que Pierre II a reçu le renfort de nombreux chevaliers qui viennent de toute la chrétienté. Francs, Belges, Anglais et Allemands joignent leurs troupes à celle de Pierre II dans sa lutte contre l'infidèle.

— Alléluia, sourit l'évêque Fulcrand. Que Dieu les préserve et leur donne force et courage !

— Voyez-vous abbé Froment, mieux vaut tourner sept fois sa langue dans sa bouche avant de proférer des âneries. J'aime la poésie, chacun le sait, mais comme tout suzerain digne de ce nom, je me fais un devoir de donner la priorité aux affaires d'État et à la politique. Mais avant cela je vous prierai d'écouter les derniers vers de Miguel de Almoldo. Sur l'invitation de Raymond VI, les religieux s'installèrent sur de larges fauteuils tandis que le poète accordait son psaltérion. Le jeune homme aux cheveux longs noués par un catogan orné d'un ruban magenta pinça les cordes de son instrument et déclama de sa voix douce une ode à sa gente dame.

Tendre dame, bien aimée
Serre-moi fort dans tes bras
Je pars à la clarté
Rejoindre le combat.
Je vais demain matin
Sur de hautes murailles
Comme un vieux pèlerin
Le corps couvert d'entailles.
Cette nuit est l'ultime
Avant de succomber

Que ta douceur intime
Me fasse chavirer
Vers des terres infinies
Dont je sais les atours
Pour les avoir franchies
Avec toi mon amour.
Tu es ma gente dame
Je suis ton chevalier
Tu seras l'oriflamme
Qui sur mon destrier
Flottera sous le vent
Et dans l'incertitude
De revoir le printemps
Cruelle solitude.

Les dernières notes résonnèrent dans l'immense pièce et Miguel de Almodo s'inclina respectueusement devant son auditoire qui ne manqua pas de le féliciter.

— Votre voix est enchanteresse, applaudit l'évêque Fulcrand, un tel don mériterait de s'exprimer dans le transept de notre cathédrale Saint-Étienne, renchérit-il.

— Je vous remercie Monseigneur, sourit le jeune homme. Je vais prendre congé si vous le permettez. Une longue route m'attend.

Élégamment vêtu d'une longue tunique arborant la croix des comtes de Toulouse, Raymond VI raccompagna son invité le remerciant de sa visite et lui confiant un pli à transmettre au seigneur de Puivert dont la cour recevait des joutes poétiques où s'affrontaient pacifiquement les troubadours les plus en vue du pays d'Oc. Raymond VI, bel homme, de taille moyenne affichait grâce et prestance. Il portait les cheveux courts impeccablement coiffés et une barbe finement dessinée qui mettait son visage altier en valeur. Il régnait sur un vaste territoire s'étendant des plaines Toulousaines jusqu'au Rouergue et des Pyrénées Ariégeoises jusqu'à la limite de la Provence. Esthète et courtisé, ses différents mariages plus diplomatiques que passionnés lui valaient de solides alliés comme la famille Trencavel dont le pouvoir s'étirait du Carcassonnais à l'Albigeois et du Biterrois aux terres de Nîmes.

— Éminence, j'entends une fois de plus des propos qui m'attristent, commença Raymond VI. Certains de vos abbés n'hésitent plus à me vilipender en public lors de leurs offices. Ma patience à certaines limites à ne pas franchir. Je vous prierai donc de faire cesser au plus vite ces médisances, sans quoi je ferai intervenir mes capitaines qui chasseront vos abbés de mon comté.

— Il ne faut pas leur en vouloir Messire Raymond. Ces fâcheux incidents ne se reproduiront plus et je vais dès ce jour prendre les mesures qui s'imposent, assura l'évêque.

— Tout ceci est à cause de la présence de ces maudits cathares dans notre belle cité, s'interposa l'abbé Froment.

— Il vous faut chasser ces hérétiques, acquiesça l'abbé Clément. Leur présence est une insulte à notre Église.

— Mais ces gens ne demandent qu'à vivre leur foi dans la quiétude. Je ne vois là rien de préjudiciable pour Rome, remarqua Raymond VI. Ils sont discrets, n'affichent rien d'ostentatoire et s'impliquent dans la vie de la cité.

— Messire, insista Fulcrand de Toulouse, si vous laissez croître cette secte, d'autres viendront également s'installer en toute impunité, Bogomiles des Balkans, Pauliciens d'Arménie, Patarins de Milan…

— Ces mouvements n'existent-ils plus ? questionna le comte de Toulouse. Rome ne s'est-elle pas empressée de les éradiquer ?

— Bien sûr, bien sûr, Messire Raymond, mais il suffirait d'une étincelle pour les attiser de nouveau et les Cathares pourraient être la flammèche qui raviverait ces sectes hérétiques. Sous les braises éteintes, se terre parfois un infime brandon qui ne demande qu'à se rallumer.

Fin diplomate le prélat toulousain accentua ses propos d'un mouvement de tête et d'un signe de croix. Maigre et vif comme un pinson, il flottait dans sa soutane pourpre et se leva d'un mouvement qui fit voleter les pans de son habit.

— J'ai bien peur que tout cela ne nous mène droit dans un précipice. Il ne peut y avoir une église dissidente au cœur de notre beau pays.

— Monseigneur Fulcrand à raison, intervint l'abbé Froment. La sécession de la Chrétienté n'amènerait que mort et désolation. Notre très Saint-Père dans sa grande clairvoyance enjoint les grands seigneurs de France à lui être fidèle. Il leur ordonne de détruire toutes formes d'hérésies dans leurs fiefs et je vous assure que les bûchers sont légion. Toute rébellion à notre Sainte Église est sévèrement réprimée.

— Vous ne dites rien abbé Clément ? s'étonna Raymond VI.

Râblé comme un roncin et affublé d'un cheveu sur la langue qui provoquait l'hilarité de ses ouailles, l'abbé Clément se mit au diapason des contradicteurs de Raymond VI.

— Je ne peux que renchérir aux propos de Monseigneur Fulcrand et de l'abbé Froment, zézaya-t-il.

— J'ai fait de mon comté une terre de tolérance où chacun peut prier son Dieu, remarqua Raymond VI. En quoi cela vous gêne-t-il ?

— Je sais, je sais, approuva l'évêque de Toulouse, mais il suffit parfois de si peu pour monter les communautés les unes contre les autres. Les fidèles qu'ils soient chrétiens ou cathares…

— Dois-je vous rappeler que les Cathares sont eux aussi chrétiens ? assura le conte de Toulouse.

— Vous ne voudriez quand même pas qu'ils aient voix au chapitre, fulmina l'abbé Froment.

— Veuillez modérer vos propos l'abbé, maugréa le comte de Toulouse. Les Cathares sont réputés pour leur total désintéressement, ce qui n'est guère le cas de certains de vos coreligionnaires.

— La confrontation n'est que le reflet de notre impuissance à juguler ce mal profond et insidieux qui parvient même à nous diviser Messire Raymond.

— Certes Monseigneur Fulcrand mais vous ne pouvez mettre en doute mon combat contre toute forme de violence sur mes terres. Je me fais un point d'honneur à respecter les croyances de chacun afin qu'il puisse vivre et croire à sa guise. En quoi cela pourrait-il déplaire à notre Seigneur ? L'amour de son prochain, la tolérance, le refus de la guerre ne sont-ils pas des actes dignes d'un défenseur de la foi ?

— Indubitablement Messire Raymond, répondit l'évêque Fulcrand, vous faites preuve d'une grande piété mais ces deux églises s'affrontent dans un pacifisme tout relatif et j'ai bien peur qu'un jour, ces antagonismes verbaux ne se terminent dans un bain de sang.

— Voyons, votre éminence, vous savez tout comme moi que les Cathares ne souhaitent la mort de quiconque ? Notre cité est assez grande pour accueillir deux églises chrétiennes.

— Cette église est inspirée par Satan, trancha l'abbé Froment, vous faites preuve de trop de complaisance à leur égard.

— Silence l'abbé, s'empourpra Raymond VI. Qui êtes-vous pour me parler ainsi ? Je suis las de supporter vos diatribes et vos injonctions. Je suis Raymond VI comte de Toulouse et j'exige d'être traité comme tel. C'est vous qui êtes à la tête de ces abbés qui ont juré ma perte. Estimez-vous heureux, je n'ai jamais levé la main sur un homme d'église sans quoi je vous ferais rendre gorge sur-le-champ. Sortez, je ne veux plus voir !

Penaud, l'abbé Froment se retira en courbant le dos. Il n'attendit même pas que le garde lui ouvre la lourde porte et la poussa lui-même dans l'indifférence générale.

— Messire, du calme, je vous en prie, supplia l'évêque. Messire Raymond, Rome vous tient pour responsable de la propagation de l'hérésie. Chassez ces impies de vos terres et la vie reprendra son cours.

— J'ai toujours été et je suis toujours fidèle à Rome, rétorqua Raymond VI.

— Prouvez-lui votre bonne foi, Messire, en interdisant cette secte. Je vois venir des jours sombres Messire Raymond. Vous seul avez le pouvoir de remédier à cette situation. Sachez que nous vous serons d'une fidélité sans faille dans votre lutte contre l'hérétique. Vous fûtes excommunié une première fois. J'ai pesé de toute mon autorité pour que cette sanction soit levée et vous êtes de nouveau un enfant de Dieu mais ne jouez pas avec Rome. Une seconde excommunication vous serait fatale et vous ouvrirait les portes de l'enfer.

3
Pénitents et escarmouches

Cet an de grâce 1199 vit défiler une gueusaille d'hommes et de femmes dépenaillés arrivant du versant franc des Pyrénées. Contrits par les malheurs de l'Aragon qui luttait désespérément contre l'envahisseur Almohade, ces pèlerins harangués par des moines aux bures déchirées et aux souliers crotteux s'engageaient par compassion à effectuer un pèlerinage à la cathédrale Saint-Sauveur de Saragosse. Libérée du joug musulman en 1198, il fut décidé d'ériger une basilique dès l'année suivante en l'honneur du Tout-Puissant. Les architectes et les bâtisseurs les plus renommés s'attelèrent à l'œuvre de Dieu dirigeant une myriade de maçons, de tailleurs de pierre et d'ouvriers. Redevenue un fief chrétien, la cité s'enorgueillit de sa cathédrale qui s'éleva dans le ciel de Saragosse en quelques décennies. L'édifice attira une foule de pénitents et d'illuminés arborant une croix cousue sur leurs hardes malgré les incursions de quelques émirs revanchards qui fondaient sur eux aux détours des montagnes et des plaines aragonaises.

Les templiers avaient fort à faire pour décourager ces fervents idéalistes sur lesquels déferlaient les hordes berbères décimant les groupes de marcheurs armés de leur foi inébranlable et des croix qu'ils brandissaient au-devant des cimeterres. Nous recevions régulièrement ces fidèles qui prenaient quelques repos à Monzon après la traversée des Pyrénées. Nous les prévenions des dangers qui les guettaient sur les chemins, les forêts, les ravins vertigineux à franchir et dans le lit des torrents dévalant du sommet des pics enneigés. Autant de lieux propices à des embuscades car l'ennemi connaissait parfaitement le terrain. Nous avertissions ces braves gens de la cruauté de l'infidèle qui faisant fi de la vie humaine n'épargnait que les jeunes filles afin de s'en amuser et de les envoyer dans d'infâmes sérails. Les bouillonnants énergumènes guidant cette croisade aussi exsangue que famélique demandaient une escorte de templiers mais les Pauvres Soldats du Christ, éparpillés sur le vaste terrain aragonais ne pouvaient être sur tous les fronts. Les pèlerins ne tenaient pas compte de nos avertissements et nous les regardions, le cœur serré, s'éloigner en convoi, chantant des cantiques sous la férule des moines qui donnaient de la voix mettant ainsi chacun au diapason. Nous savions pertinemment qu'aucun ne reviendrait et que la cathédrale Saint-Sauveur de Saragosse resterait un impossible rêve.

Les escarmouches entre templiers et Almohades tournaient très souvent à l'avantage des soldats du Temple lorsque les effectifs des belligérants étaient à peu près équivalents. Parfaitement entraînés, disciplinés et dotés d'une technique militaire ayant fait ses preuves, les templiers laissaient l'ennemi charger et s'approcher à quelques dizaines de pas de leur position. Les arbalétriers décochaient leurs traits qui désarçonnaient de nombreux combattants. Une seconde salve puis une troisième stoppaient les cavaliers. La chevalerie templière se jetait alors sur les derniers combattants dans une mêlée de fureur, de hennissements de chevaux épouvantés, de gerbes de sang et de corps démembrés et disloqués. L'arbalète, pourtant tant décriée par l'Église dans les combats entre chrétiens, montrait à chaque engagement son indéfectible efficacité. De la commanderie de Monzon, dépendaient plusieurs maisons du Temple réparties sur le canton qui pouvaient répondre à l'appel du tocsin et envoyer des troupes en renfort au premier son de cloche.

Ces rudes combats se soldaient par des morts dans les deux camps. Lorsque l'ennemi détalait, les templiers ramassaient les corps de leurs infortunés camarades et les ramenaient afin qu'ils reposent en terre consacrée. Malheur au vaincu car en cas de défaite les templiers restaient à la merci des Maures qui se faisaient un malin plaisir à les démembrer et à clouer leur tête sur une pique.

Nous recevions les blessés à l'hôpital et mettions tout notre savoir afin d'atténuer leurs souffrances. Les cimeterres affûtés comme des rasoirs causaient de terribles blessures et les cottes de mailles annelées n'assuraient pas l'invulnérabilité aux chevaliers du Temple. L'hôpital se transformait en une salle de lamentation. Notre premier travail consistait à séparer les plus gravement atteints de ceux qui ne nécessitaient que quelques soins bénins. Nous étions assistés de vieux frères templiers rompus depuis bien des années aux horreurs du combat. Ils déshabillaient leurs compagnons, ôtaient leur haubert et leur tunique, pansaient les plaies ou posaient des garrots. Frère Maxime, l'herboriste, se montrait également d'un réel secours administrant des opiacés qui soulageaient les malheureux et les plongeaient dans une léthargie avant toute intervention chirurgicale. Certains templiers souffraient de terribles coups de massues qui brisaient bras et épaules. Il eut été facile de les amputer mais Don Alejandro ne procédait à cette mutilation qu'en ultime recours. Nous nous attaquions alors à un véritable travail de fourmi, ôtant un à un les lambeaux de tunique entremêlés aux mailles de métal incrustées dans les chairs afin de sauver les membres mutilés.

J'acquis une telle vivacité d'esprit et une telle connaissance des affres humaines que je jugeais au premier coup d'œil les soins appropriés à la guérison. Je me perfectionnais dans l'art de la suture, utilisant des fils à base de boyaux de chat qui présentaient l'avantage de se fondre avec les tissus humains en se résorbant naturellement et en assurant une bonne cicatrisation. J'appliquais les ventouses qui décongestionnaient les bronches encombrées, devinais par simple palpation les maux des organes internes, maîtrisais la remise en place des membres brisés et leur plâtrage. Je dispensais les remèdes issus de racines et de plantes aux doses appropriées, désinfectais les meurtrissures avec de la charpie préalablement ébouillantée et imprégnée d'alcool pur. La saleté étant le pire ennemi de l'hospice, je veillais à la propreté irréprochable de la salle d'opération. J'étais loin de la faculté de médecine de Montpellier et de ses prétendus chirurgiens qui pratiquaient la saignée à tour de bras vidant les malades de leurs dernières forces. Mon Maître considérait la saignée comme inutile, dangereuse et barbare. Le meilleur des traitements pour épurer le sang et les humeurs d'une circulation sanguine trop épaisse était d'adopter tout simplement une alimentation saine à base de fruits, de légumes, de viandes maigres et de poissons. De plus Don Alejandro préconisait un jour de diète par semaine avec des tisanes de fenouil qui par ses propriétés diurétiques nettoyait le corps en profondeur.

La santé se trouve dans l'assiette assurait-il, une nourriture trop riche et trop abondante provoque surpoids et obésité, autant de causes susceptibles d'entraîner des arrêts du cœur et des morts prématurées même chez des hommes jeunes. Les marchands cossus et les notables exhibant fièrement leur bedaine, symbole d'opulence et de réussite se pavanaient comme des paons devant la belle société et consultaient mon vieux maître pour de douloureuses crises de goutte. Don Alejandro les sermonnait et les incitait à un régime draconien. Il savait parfaitement que ces coupables d'excès alimentaires n'avaient que cure de ses conseils mais tout compte fait, ils enrichissaient les caisses de l'hospice.

L'hygiène du corps jugée fondamentale pour l'exercice de la médecine, nous nous lavions les mains à l'alcool pur avant toute intervention et plongions les scalpels, ciseaux, crochets et lancettes dans des bacs d'eau bouillante avant toute utilisation. Don Alejandro possédait une magnifique collection d'instruments chirurgicaux que Diego le forgeron de Monzon confectionnaient avec soin sous les indications de mon maître. Torse nu sous son tablier de cuir qui laissait apparaître sa musculature impressionnante, Diego réalisait des outils pour les différents artisans de la ville, lames de rabots pour les charpentiers, axes de roue pour les charretiers, étriers et fers à cheval commandés par les palefreniers jusqu'aux instruments de torture qui garnissaient les murs du sombre cachot de la prévôté. Ce gaillard à la mine avenante et à la joie communicative forgeait avec la plus infime minutie scalpels, curettes, scies, crochets et pinces suivant les croquis de Don Alejandro. Monzon étant l'une des seules cités de l'Aragon dotée d'un hôpital renommé, Diego abandonnait tous ses travaux en cours dès que Don Alejandro lui demandait de fabriquer le moindre ustensile.

Fier de son ouvrage, il poinçonnait les instruments chirurgicaux d'un sceau personnifié représentant une tour surmontée d'un « D ». Il apportait un soin si particulier aux demandes de Don Alejandro que chacune de ses œuvres disposait de son propre écrin. Il se faisait un devoir et un honneur de les remettre en main propre à Don Alejandro. J'appréciais ce jeune homme qui mettait de la gaieté à l'hospice par ses facéties et son humour lorsqu'il livrait ses commandes. Il profitait de ses passages pour vérifier l'appareillage chirurgical, aiguisant quelques lames légèrement émoussées, revissant les crochets et vérifiant les articulations des pinces. Il était indispensable de maintenir cet arsenal médical en parfait état afin d'anticiper toute urgence.

Don Alejandro tenait son savoir de ses professeurs disciples de grandes écoles qui enseignaient la médecine telle que la pratiquaient des grands noms de l'antiquité comme Galien et Hippocrate. Des copies des livres de ces grands maîtres trônaient dans la bibliothèque de l'hospice. Je ne pouvais m'endormir sans avoir consulté quelques pages de ces illustres ouvrages. Je constatais une fois de plus l'ignorance des Occidentaux face aux progrès des Orientaux. Les musulmans ne tarissaient pas d'éloges envers la dextérité de leurs soignants et pour la réputation de leurs hôpitaux toujours impeccablement désinfectés et parfumés d'essences boisées qui couvraient les relents des patients alités. Décidément, l'occident sous la main mise d'un clergé rétrograde qui traitait ces gens de barbares avait bien de la poussière à balayer devant sa porte. Les populations de France et de toute la Chrétienté mouraient au moindre coup de froid et les éclopés se comptaient par milliers alors qu'un simple cataplasme dégageait les bronches ou qu'une simple manipulation permettait aux boiteux de retrouver une vie quasi normale. Les enfants victimes de chutes ou de mauvais traitements se retrouvaient handicapés à vie traînant leurs membres atrophiés et survivant de mendicité. Les enfants de Monzon comme tous les enfants jouaient à la guerre se grimant en chevalier et s'affrontant avec des épées de bois. Les blessures involontaires les menaient à l'hospice sous les pleurs et les cris de leurs parents. Le bonhomme ressortait quelques heures plus tard avec quelques points de suture ou un bras plâtré qui assurait la calcification des os. Nous le retrouvions quelques jours plus tard sans séquelle rejouant avec ses camarades sur la place de la ville.

J'eus le privilège de seconder Don Alejandro lors d'un accouchement. Assomption la ventrière attitrée de Monzon nous fit mander et nous nous précipitâmes au chevet d'une jeune femme d'une maigreur extrême épuisée par les douleurs de l'enfantement. Elle n'avait plus la force de lutter et de pousser malgré les encouragements d'Assomption. Carmen couvrit le ventre de la jeune femme d'un voile pudique et Don Alejandro prépara ses instruments pour une césarienne. La malheureuse haletait et son pouls présentait des signes de faiblesse. Don Alejandro appliqua une solution en faible teneur d'alcool sur le ventre de la future maman et pratiqua une incision horizontale au-dessus du pubis. Il extirpa le nouveau-né qui poussa son premier cri. Nous suturâmes l'entaille et décidâmes d'emmener la jeune maman à l'hôpital pour la garder en observation quelques jours. Don Alejandro s'adressa au père et lui expliqua que son épouse de trop faible constitution ne pourrait supporter d'autres grossesses. Il conseilla au couple de pratiquer désormais le coït interrompu ou qu'Assomption procure à la jeune femme les moyens de contraception adéquate. Toutes sortes de potions et de remèdes étaient prescrits depuis l'Égypte ancienne et de nombreuses femmes consultaient la ventrière, malgré les réprobations de l'abbé Paco qui réfutait ces principes. Ces rares naissances sous césarienne ne pouvaient se concevoir que sans une connaissance approfondie du corps humain. Nous disséquions des cadavres sans que personne ne s'en offusque. L'abbé Paco, grand ami de Don Alejandro, n'approuvait pas la mutilation des défunts mais il fermait les yeux tant la renommée du chirurgien dépassait les frontières de la province. La dissection, partie intégrale de mon enseignement, me permit de découvrir le fonctionnement des viscères, poumons, cœur et artères. Nous n'étions malheureusement pas au-dessus de la mort et il nous arrivait de perdre des patients atteints de lourdes pathologies et de maladies incurables. Devant notre désespoir et notre incompréhension, nous pratiquions une autopsie avec l'accord de la famille afin de comprendre la cause du décès. Nous notions nos conclusions sur des calepins que nous consultions dans des cas similaires. Nous assistions également la justice qui enquêtait sur des morts suspectes. Notre expertise et nos résultats permettaient d'inquiéter ou de disculper d'éventuels empoisonneurs. Ces meurtres par substances mortelles laissaient de telles traces et une telle puanteur dans les organes que nous pouvions identifier le poison utilisé. Don Alejandro m'apprit aussi à tisser du fil de suture que nous confectionnions avec des boyaux de chat. Mon maître préférait la suture à la cautérisation uniquement envisagée en cas d'urgence absolue. Le fer chauffé occasionnant une telle douleur qu'il n'était pas rare que le malheureux décède d'un arrêt cardiaque.

Don Alejandro me fit découvrir les vertus du hammam, rituel auquel je m'adonnais une fois par semaine. Ces bains de vapeur, hérités de la présence arabe nous permettaient de nous décrasser l'âme et le corps. Des employés nous savonnaient et nous rinçaient abondamment. Nous nous installions ensuite sur des bancs nous laissant emporter par une douce torpeur qui incitait à la rêverie et à la méditation. Les riches bourgeois de Monzon aimaient se retrouver au hammam pour s'entretenir des affaires de la ville et de politique. Lors de la reprise de Monzon par les chrétiens, certains acharnés empressés de faire disparaître toute trace de l'occupation musulmane se déchaînèrent contre les édifices rappelant le joug de l'infidèle. Fort heureusement quelques beaux esprits opposés à la destruction du hammam réussirent à convaincre les autorités de l'épargner. La plupart des habitants, préférant rester dans leur ignorance et dans leur crasse, méprisaient ce lieu et considéraient la propreté exclusivement réservée aux femmes. Ils voyaient d'un œil méfiant les hommes fréquentant les bains de vapeur et imaginaient l'endroit comme étant un lieu de débauche et de rencontre pour sodomites et lesbiennes car le hammam possédait une partie réservée aux hommes et une destinée aux dames. Carmen s'y rendait régulièrement surtout après de lourdes opérations où l'odeur du sang et des opiacées imprégnaient ses vêtements.

J'avais avec Carmen des rapports amicaux, nous nous considérions comme collègue de travail mais il nous arrivait de discuter pendant des heures de la situation politique de l'Aragon, de la montée en puissance du roi Pierre II le Catholique, de tel patient alité et des prochains soins à lui prodiguer. Notre entente ne laissait pas Don Alejandro indifférent. Il surveillait de très près sa fille fiancée à Constancio del Bosque, un riche négociant. Elle me confia que l'idée saugrenue de son père de l'avoir promise, sans lui demander son avis, déclenchait entre eux de terribles disputes. Don Alejandro souhaitait un avenir prospère et radieux pour sa fille aussi s'était-il mis en tête de lui trouver un jeune homme issu d'une des familles les plus fortunées de Monzon. Eprise de liberté, Carmen refusait d'épouser un homme pour lequel elle n'éprouvait aucun sentiment mais la famille del Bosque et Don Alejandro avaient déjà fixé la date des noces. La grossesse terrorisait Carmen, d'une part parce qu'elle ne ressentait nullement l'envie d'avoir d'enfant et d'autre part parce qu'elle avait vu des femmes mourir en couches. Elle savait parfaitement qu'une femme qui ne donnait pas d'enfant mâle à son époux finissait par être répudiée, aussi étudiait-elle en cachette les planches anatomiques de l'appareil génital féminin, cherchant tous les moyens d'éviter de tomber enceinte. Elle avait déjà refusé d'autres prétendants arguant son travail à l'hôpital mais cette fois Don Alejandro s'était montré inflexible prétextant qu'il désirait avoir de nombreux petits enfants. Carmen qui venait d'avoir vingt-deux ans devait se plier à l'obéissance paternelle et aux règles du mariage. Cette coutume d'un autre âge déchirait les familles. Des jeunes filles, n'envisageant pas un mariage sans amour se cloîtraient dans la froide cellule d'un couvent plutôt que d'obéir aux usages familiaux. Ce n'était nullement le cas de Carmen qui ne concevait pas son existence sans l'hospice et son métier d'infirmière. Don Alejandro orchestra une rencontre avec la famille del Bosque, Carmen se montra particulièrement distante avec le jeune Constancio qui étala ses projets de négociant auxquels il souhaitait faire participer Carmen qui déclina son offre invoquant son travail à l'hôpital. En bon Aragonais fier de sa réussite, Constancio lui signala aimablement que la place de l'épouse d'un riche marchand se trouve aux côtés de son mari, dans l'hacienda familiale comme l'exige la tradition. Carmen lui rétorqua qu'elle n'abandonnerait jamais son sacerdoce et les malades sur un ton qui n'appelait à aucune controverse. Don Alejandro lui intima l'ordre de se taire et d'obéir à sa volonté. Le repas se termina dans une froideur où seul tintait le bruit des couverts.

4
Bretagne

Mandaté par le Pape Innocent III, l'abbé Éric, son fidèle secrétaire, discret sous son air poupon, frêle et menu comme un roseau, était plongé dans la lecture des Saintes Écritures tandis que ses coreligionnaires, frère Gauthier et frère Anselme, s'extasiaient de la beauté des paysages traversés par la berline. Frère Boniface somnolait bercé par la chevauchée. Le convoi Papal composé de douze gardes pontificaux, de deux sergents et d'un capitaine traversa la France du sud-est jusqu'aux côtes armoricaines, première étape d'une mission qui s'étalerait sans doute sur plusieurs mois. Après des centaines de lieues depuis son départ de Rome, le luxueux carrosse aux portières arborant les clefs de Saint Pierre surmontées de la tiare Papale, arrivait enfin en Bretagne. Des dizaines de courriers signés de la main même d'Innocent III, destinés aux grands féodaux des grandes provinces de Bretagne jusqu'à celles d'île de France, des plaines du pays de Champagne, des territoires bordant la mer du Nord jusqu'aux monts d'Alsace et des Vosges, étaient soigneusement scellés dans un coffre de bois sous la confiance de l'abbé Éric.

Ces correspondances informaient les barons, les sénéchaux et les ducs des régions sillonnées de la dégradation de l'Église Romaine malmenée par l'hérésie cathare en pays toulousain. Dans sa missive, Innocent III les imploraient à fourbir leurs armes et à se préparer pour une expédition punitive contre le comte de Toulouse. Il exagéra les faits reprochés aux adeptes de cette nouvelle église n'hésitant pas à citer l'Antéchrist, le renversement des croix, la destruction des édifices religieux et les mœurs dissolues des Cathares pratiquant la copulation par groupes dans des maisons dites maisons communes. Il accentua les délits reprochés en signifiant leur rejet du mariage, de la communion jusqu'à la relecture des Saintes Écritures. Il décrivit également l'opulence et la richesse des fiefs et des cités qui accordaient asile à ces démons, citant Béziers, Carcassonne, Albi sans oublier la cité toulousaine, siège de l'Antéchrist.

Héritière d'une longue tradition chrétienne, comme en témoignaient les nombreux calvaires qui jalonnaient les chemins et d'une fidélité sans faille à Rome, la Bretagne fut donc la première escale des frères cisterciens. La discussion eut lieu à Vannes dans le château de la Motte, résidence d'Arthur duc de Bretagne qui convia pour l'occasion les seigneurs de Brest et de Rennes. Les prélats ne furent pas surpris de la teneur du courrier Papal car les évêques de France recevaient régulièrement des plis de Rome les informant de l'état de la Chrétienté à travers l'Europe insistant sur la Reconquista en Ibérie, les quelques mouvements dissidents qui perçaient çà et là rapidement éteints par le feu des bûchers et le Catharisme qui empoisonnait l'Église de langue d'Oc. Le duc et les comtes découvrirent avec stupéfaction les écrits d'Innocent III et comprirent le but de la délégation des moines blancs. Ils lurent la missive d'un œil circonspect affirmant que la déliquescence de Rome en terres toulousaines ne les concernait pas, il était hors de question de s'engager dans un conflit avec Toulouse et ses solides alliés comme les comtés de Foix et de Carcassonne. Les Bretons avaient de plus d'autres chats à fouetter tentant de maintenir la paix ducale sur leurs terres où de nombreuses querelles opposaient les petits seigneurs locaux. Frère Gauthier leur assura que le but de Rome n'était pas de déclencher une guerre entre Toulouse et le reste de la Chrétienté mais plutôt de les avertir que de tels évènements pourraient éventuellement se produire sur leurs terres. Le duc Arthur et les seigneuries bretonnes soulignèrent la bienveillance du

Pape mais affirmèrent que de tels mouvements séditieux seraient sévèrement punis s'ils venaient à éclore dans leur fief. La rencontre avec les seigneurs armoricains qui assurèrent les émissaires de Rome de leurs plus sincères attachements à Rome fut d'une grande courtoisie. Les frères cisterciens remercièrent la bienveillance de leur hôte, s'accordèrent une journée de repos, visitèrent les remparts de Vannes et se grisèrent du vent leur apportant les senteurs iodées de l'océan dont les vagues impétueuses se fracassaient au pied des murailles. Le lendemain, le convoi reprit la route en direction du nord de la Bretagne où les attendait Juhel III de Mayenne, seigneur de Dinan.

Les moines blancs se signèrent lorsqu'ils aperçurent au loin les tours de Dinan. La cité fortifiée se dressait puissante et altière dominant la Rance qui sinuait jusqu'à la Manche. Ses tours aux multiples meurtrières, ses courtines et ses échauguettes semblaient prévenir tout éventuel ennemi du triste sort qui l'attendait si par malheur il lui prenait la lubie de s'attaquer à la citadelle. L'ambassade Papale se présenta sous la herse du grand porche d'entrée où les gardes en faction demandèrent la bénédiction. Frère Gauthier descendit de la berline et bénit la troupe qui s'agenouilla. Un guerrier roux de poil fondit en larmes et embrassa le scapulaire des cisterciens. La piété de ces hommes de guerre émut les moines blancs qui ne purent contenir leur trouble devant ces soldats bretons qui les accueillaient avec autant d'empathie. Fervents chrétiens, les Armoricains seraient des alliés de choix dans la lutte qui ne tarderait pas à s'engager entre les provinces toulousaines et le reste de la Chrétienté, pensa Frère Gauthier.

Le comte de Dinan se joignit à ses hommes et reçut lui aussi la bénédiction des mains de frère Gauthier. Affable, grand et élancé, le regard vif, Juhel III de Mayenne portait sa grande tenue d'apparat, une tunique d'un blanc immaculé parsemée d'hermines noires.

Il donna des ordres à ses gens qui veillèrent à l'hébergement des soldats de l'escorte Papale qui fut conviée à un moment de détente sous une tonnelle où des serviteurs leur servirent charcuterie, pain blanc, fromages et pot de bière.

Les trois frères et le jeune Éric suivirent des servantes qui les guidèrent à travers les couloirs de la forteresse jusqu'à une chambre commune dotée de quatre lits soigneusement alignés séparés par des paravents. Les quatre missionnaires profitèrent d'une salle d'eau disposant de cuves de bois recouvertes d'un drap dans lesquelles ils prirent un repos bien mérité dans la douceur de l'eau chaude. Grand admirateur et ardent partisan de l'ordre de Saint Benoît, le seigneur Juhel dépêcha un sergent à l'abbaye Cistercienne Notre-Dame de Boquen située à l'orée de la forêt de Plénéé-Jugon, à quelques lieues de Dinan. L'homme revint avec des coules, des sandales et des scapulaires que revêtirent les trois frères heureux de troquer leurs vieilles défroques usées jusqu'à la corde par des habits neufs. Revigorés par le bain, ils se présentèrent dans la grande salle du château où les attendaient le comte Juhel de Dinan, dame Gervaise son épouse et l'abbé Roger, prieur du monastère de Paimpol ainsi que quelques convives, chevaliers, hommes de lois et notables. Les frères cisterciens et l'abbé Éric furent présentés aux invités par le seigneur de Dinan puis s'installèrent à la grande table dressée de mets appétissants, dindes rôties, poissons et crustacés, poêlées de légumes, charcuteries et fromages divers.

— Il n'est pas facile de vêtir un homme de votre taille, plaisanta le seigneur de Dinan.

— Frère Boniface pour vous servir, Messire Juhel.

— Avec des cisterciens tels que frère Boniface, les hérétiques n'ont qu'à bien se tenir, reprit Juhel de Dinan provoquant l'hilarité de la tablée.

— Nous sommes des hommes d'église et non de guerre, intervint frère Gauthier.

— Certes frère Gauthier, mais il est parfois utile que les armes s'unissent à la Croix lorsqu'elle est bafouée comme c'est le cas dans les provinces toulousaines.

— Il est vrai, Messire Juhel, que l'hérésie sape les fondations mêmes de notre foi et de la Chrétienté, dit frère Anselme.

— Ces démons ne se riront plus longtemps de notre Saint-Père, maugréa le comte.

— Nous n'en sommes pas encore à une telle extrémité, assura frère Gauthier. Innocent III dans sa mansuétude espère encore que la négociation portera ses fruits, poursuivit-il.

— Que veulent exactement ces Cathares ? osa un jeune page au visage empourpré par son audace devant l'œil bienveillant de Dame Gervaise.

— Le terme Cathare vient du grec ancien « catharsis » qui prône la purification par la séparation du bien et du mal. Ils veulent retourner aux sources de ce que fut notre Chrétienté primitive en divisant le monde en deux pôles, le bon et le mal. Nous serions d'après leurs dires les complices d'un Dieu mauvais qui se repaît de guerres, de famines, d'épidémies et de bien d'autres maux. Ils imputent ces calamités à Satan prétendant que nous en sommes les valets tandis qu'eux seraient dans le droit chemin suivi par le Christ, rejetant en bloc tous les préceptes de l'Église, relisant les Écritures et les déviant de leur origine, dénigrant le mariage, refusant la propriété et s'en tenant à un ascétisme rigoureux. Nous serions donc de mauvais chrétiens tandis qu'eux se donnent le titre de bons chrétiens, conclut frère Anselme.

— Blasphème ! Impies ! lancèrent quelques convives.

— Oui, ce sont des blasphémateurs qui sous leurs sourires enjoliveurs et leurs promesses d'une ère nouvelle ont réussi à ensorceler les barons de langue d'Oc qui les protègent et se détournent de la vraie foi, ajouta frère Gauthier.

— Que font les seigneurs méridionaux et le comte de Toulouse ? demanda Juhel de Dinan.

— Ils semblent s'accommoder parfaitement de la situation, répondit frère Anselme. Ils témoignent d'une parfaite connivence avec les hérétiques affirmant que les tourments de Rome ne les concernent pas. L'église Cathare ne réclamant aucun impôt, la plupart des nobles refusent désormais de payer la dîme due à notre Église préférant en restituer une partie aux paysans qui travaillent la terre.

— Il va falloir éteindre cette ignominie par un feu purificateur, affirma l'abbé Roger.

— Vous ne dites rien frère Boniface ? s'étonna Juhel de Dinan.

— Une guerre n'amènerait que ruine et désolation, répondit frère Boniface. Notre Saint-Père dans sa bonté souhaite par tous les moyens éviter une guerre.

— Il ne s'agit pas de guerre mais d'une croisade, affirma l'abbé d'un ton sec.

Petit, maigrichon, affublé d'un long nez pointu et joignant le geste à la parole, l'abbé Roger se signa et jeta un regard inquisiteur à frère Boniface.

— Guerre ? Croisade ? Quelle est la différence ? demanda le frère convers.

— La croisade se justifie par notre amour pour Dieu et pour notre Sainte Église.

— L'amour de Dieu nous autorise-t-il le recours à la violence ?

— Vous êtes tout comme moi un homme de Dieu, rétorqua l'abbé. Lorsque la négociation de l'Église est confrontée à de tels excités, il nous faut alors céder notre place aux gens d'armes.

— Il n'y a rien de pire que la guerre.

— Elle est parfois nécessaire.

— Il nous faut savoir la contourner en envoyant des émissaires.

— Quand la parole ne suffit pas, il faut céder la place aux armes, s'enhardit un jeune chevalier aux sourcils aussi noirs et broussailleux que sa chevelure et sa barbe.

— Voilà la parole de la raison et de la sagesse, sourit l'abbé Roger.

— Que savez-vous de la guerre l'abbé ? ironisa frère Boniface.

La question surprit les convives qui suivaient la joute verbale entre les deux hommes. Frère Gauthier intima à frère Boniface l'ordre de se taire et de présenter des excuses à l'abbé Roger qui les accepta avec un sourire narquois.

— Que sait un moine convers de la guerre ? s'étonna Juhel de Dinan intrigué par Frère Boniface.

— Tout Messire, absolument tout.

— Vous êtes un curieux personnage, reprit le seigneur armoricain.

— Les cisterciens sont ma seconde famille, Messire Juhel. Ils m'ont tout appris et tout donné, chaleur, réconfort, miséricorde, toutes ces qualités qui font de l'homme un être doté d'humanité. Pardonnez mon arrogance, Messire Juhel, mais il n'y a aucune humanité à faire la guerre.

— Vous n'êtes point arrogant, mon ami.

— Chercher à obtenir la paix est une noble cause. Je donnerai ma vie pour vous Messire, pour votre Dame, pour vos enfants.

Ces paroles émurent l'assemblée qui bouche bée écoutait l'échange entre le seigneur breton et le moine convers.

— Je donnerai également ma vie au service de la paix. Je connais la paix et sais le bien qu'elle apporte à tous, du plus humble des paysans au plus puissant des monarques, reprit frère Boniface.

— Vous êtes sage, frère Boniface et j'admire votre sagesse. Hélas, on ne peut pas en dire autant des hérétiques.

— Donnons leurs encore une chance de nous revenir, Messire Juhel.

— Non, trancha le jouvenceau à la barbe hirsute, il est un temps pour le dialogue et un pour l'action. Vous êtes homme d'Église, plongé dans la méditation et la prière. Moi je suis homme de guerre, se gaussa-t-il.

— Je l'ai été, coupa frère Boniface. L'armée fut ma première famille, ma rencontre avec l'Ordre de Saint Benoît est ma rédemption.

— Vous comprenez le sang qui bouillonne dans les veines de mes jeunes chevaliers ? demanda Juhel de Dinan.

— Oui Messire, j'ai connu l'exaltation du combat.

— Messire Juhel, intervint frère Gauthier, il n'est pour l'instant nul question d'une croisade ou d'une quelconque expédition punitive. Notre très Saint-Père souhaite avant tout savoir si les dévoués barons à notre Sainte Croix sont disposés à lui rester fidèles.

— Dans ce cas faites savoir à notre Sainteté que mes troupes sont à sa disposition comme j'imagine toutes celles de Bretagne. Mais je doute de la loyauté des seigneuries du Vannetais, du Brestois et du Rennais confronté à des conflits internes. Les querelles entre petits seigneurs locaux dégénèrent en batailles rangées et les sénéchaux ont le plus grand mal à faire appliquer la loi ducale. Je suis certain que ces hobereaux ne quitteront pas leurs terres pour se battre contre les barons de langue d'Oc.

Toutes les grandes provinces de France étaient sujettes à de profonds désaccords entre seigneurs rivaux. Le caractère belliqueux de la classe nobiliaire dégénérait à la moindre chicanerie et de véritables carnages décimaient la fine fleur de la chevalerie française. Grâce à l'hérésie qui s'enracinait sur les plaines du comte de Toulouse, Rome trouvait un moyen de détourner l'attention des barons de France en leur donnant un sens et un ennemi commun. Au grand dam de l'Église qui s'émouvait de voir tant de bon sang chrétien arroser la terre de France, les féaux des grands seigneurs se disputaient parfois pour d'obscures raisons datant de plusieurs décennies comme les baronnies de Beauvais et de Compiègne qui revendiquaient chacune la possession d'une immense forêt dans la vallée de l'Oise. Arnaud de Saint-Lo et Germain de Coutances se vouaient une haine féroce depuis que le clergé avait choisi les terres de Saint-Lo pour y ériger un monastère en Normandie. Les comtes Edmond de Bar le Duc et René de Chaumont s'étripaient allégrement pour les droits de péage sur la Meuse. Les mœurs de ces grands seigneurs ressemblaient à s'y méprendre à celles de leurs cousins Écossais dont les guerres claniques décimaient chaque génération. Les barons de France n'avaient que cure de l'émoi de Rome et continuaient à s'écharper dans l'allégresse malgré les menaces d'excommunication. Témoins impuissants de ces bains de sang, les ecclésiastiques organisaient des funérailles dans leurs cathédrales au son du glas qui tintait inexorablement.

Les moines blancs achevaient leur mission en Bretagne avec un constat mêlé d'espoir et d'amertume. Les seigneurs resteraient fidèles à Rome mais le Saint-Siège se devait de leur donner autre chose qu'un os à ronger s'il voulait qu'une grande armée se lève et déferle sur le comté de Toulouse.

5
Torture

La vie continuait son cours à l'hospice de Monzon entre les opérations qui chaque jour m'apprenaient davantage et les traitements à dispenser que j'allais quérir auprès de frère Maxime l'herboriste de la commanderie templière. J'étais toujours accueilli par frère Rémi qui me souhaitait la bienvenue et vantait la vie Des Pauvres Chevaliers du Christ. J'avais, dès ma prime enfance, côtoyé des guerriers mais les templiers m'étonnaient par leur sens inné du combat. Ils répondaient aux ordres avec une discipline qui ne laissait rien au hasard. Les grands maîtres exigeaient de leurs hommes, qu'ils soient chevaliers ou sergents une obéissance indéfectible à toute épreuve. Tous devaient être prêts au moindre signal de leurs officiers à revêtir le long haubert de mailles et la tunique d'un blanc immaculé, ajuster le baudrier et sa lourde épée, coiffer le capuchon de coton matelassé et le heaume de fer sans oublier l'écu flanqué de sa croix. Les novices revêtus d'une tenue sombre dans l'espoir de leur ordination s'entraînaient sous les ordres des anciens qui leur menaient la vie dure. La cloche sonnait régulièrement l'alarme de jour comme de nuit et les moines soldats se présentaient parfaitement alignés dans la cour ne sachant pas s'il s'agissait d'un exercice ou d'une véritable alerte. Les palefreniers après avoir sellé les chevaux sortaient les montures. Les sergents et les fantassins protégés par des gambisons, armés de lances, de piques et de haches se tenaient derrière les chevaliers.

Craints par leurs ennemis, ces hommes d'une trempe exceptionnelle forçaient le respect et l'admiration. Ils représentaient l'élite de la chevalerie par leur dévouement, leur courage et leur dévotion. Il leur était interdit de rompre le combat et il n'était pas rare de voir un soldat du Christ affronter trois ennemis dans le même assaut. Les templiers se vouaient corps et âme à leur ordre qui attirait des jeunes gens cherchant une vie monastique et guerrière. En temps de paix, ils demeuraient à la commanderie vaquant à diverses occupations et entraînements tout en assistant à de nombreux offices. Ces hommes d'un calme olympien s'avéraient de terribles combattants au cœur des batailles reprenant des tactiques militaires héritées des Romains comme la tortue hérissée de piques sur laquelle se brisaient les assauts ennemis ou le mur de boucliers, ancienne stratégie Viking qui les protégeait des volées de flèches.

Les offices religieux se succédaient au son des cloches qui leur rappelait leurs devoirs envers Dieu et de nombreuses dévotions ponctuaient la vie des moines soldats. Les repas dans le grand réfectoire se déroulaient dans un silence sépulcral rythmé par les litanies de la voix monocorde d'un frère juché sur une estrade. Les quelques chuchotements des novices étaient vertement réprimandés par un vétéran qui veillait au grain. Je restais dubitatif devant l'attitude de ces hommes dont certains poursuivaient sans doute une noble quête ou tout simplement voulaient-ils donner un sens à leur vie. D'autres que je ne supportais pas, animés d'un fanatisme absolu n'avaient rien à envier à leurs ennemis. Ces exaltés qui concluaient toutes leurs phrases par un « Dieu le veut » ne s'embarrassaient guère de compassion pour la vie humaine. La plupart étaient de jeunes nobliaux rêvant de gloire et de combats épiques, sans doute inspirés par les romans chevaleresques de Chrétien de Troyes et de son épopée Arthurienne. Ils s'imaginaient preux et vaillants comme Perceval ou Lancelot ne doutant pas un seul instant que Dieu leur réservait une place de choix à sa droite. Les anciens templiers à la peau tannée par le soleil de Terre Sainte terminant leur temps d'engagement à la commanderie de Monzon ne se permettraient jamais de donner le moindre conseil à ces jeunes présomptueux qui voyaient en ces vieillards les reliquats d'une époque révolue.

La vie des templiers était une rude école dure et austère. Les jeunes hommes avides d'exploits devaient se plier aux règles strictes qui encadraient leur noviciat avant de revêtir l'habit blanc tant convoité. Prières aux matines et aux vêpres, réveil au cœur de la nuit, obéissance, absence d'intimité, pauvreté, chasteté et silence décourageaient jusqu'aux plus téméraires qui renonçaient au bout de quelques jours ou de quelques mois à poursuivre leur renoncement à une vie terrestre. Les plus volontaires devenaient moines soldats.

Frère Rémi tenta maintes fois de m'attirer dans les légions du Christ vantant l'esprit de camaraderie qui régnait entre frères, l'ivresse de l'aventure et l'honneur de servir le Saint-Siège auréolé d'un équipement guerrier : haubert, épée, cape flanquée de la croix qui inspirait crainte et respect. Je déclinais poliment son offre arguant de longues années d'études auprès de Don Alejandro pour devenir un chirurgien digne de ce nom. La vérité, bien sûr, était tout autre. Servir Dieu allait à l'encontre de mon athéisme et de mon dévouement à mon prochain. Devant la déception de frère Rémi, j'insistais sur le ton de la plaisanterie en lui rappelant que les templiers arboraient une barbe fournie et le cheveu ras. Je concluais nos échanges en lui signifiant qu'il me faudrait un siècle avant que ne pousse le moindre poil sur mes joues et que de plus je tenais à ma chevelure.

*****

Je finissais de bander le bras d'un adolescent boutonneux lorsque j'entendis des cris à l'entrée de l'hospice. Je me précipitai et découvris Don Alejandro solidement encadré par deux gardes et un sergent de la prévôté. Carmen d'une pâleur extrême se tenait au fond de la salle de soin n'osant intervenir.

— Qui êtes-vous ? me demanda le sergent d'un ton sec.

— Je suis Sicard, l'assistant de Don Alejandro.

— Suivez-nous ! cracha-t-il en me bousculant.

Nous emboîtâmes le pas des trois militaires qui nous menèrent jusqu'à la viguerie laissant Carmen désemparée seule à l'hospice. Affligé, Don Alejandro boitillait et marchait d'un pas lent. Le sergent exaspéré lui lia les bras au bout d'une cordelette et le traîna comme une bête de somme. Mon vieil ami trébucha sur les pavés, je me penchai pour le relever et suppliai le sergent d'avoir du respect pour l'âge et la fonction de mon professeur, mais le militaire n'eut que cure de mes mots et accéléra le pas. Je soutins Don Alejandro par les épaules et nous déambulâmes dans la rue principale sous le regard médusé de la population. Diego le brave forgeron quitta son atelier, prit une gourde, deux verres et fendit la foule.

— Allons, passe ton chemin manant, ordonna le sergent.

— De quel droit traitez-vous mes amis comme des bourricots ? demanda-t-il en nous tendant à boire.

Diego tendit un verre à Don Alejandro mais le sergent fit sauter la coupe du plat de son épée.

— Misérable ! s'insurgea Diego.

— Prends garde forgeron ou le prochain coup sera pour toi, rétorqua le sergent, un nabot au visage strié de couperose et au nez rouge d'où pendaient de grosses moustaches aussi noires que son crin.

— Va mon enfant ! Va Diego ! implora Don Alejandro, il s'agit sans doute d'une erreur. Nous serons bientôt libres.

Nous vîmes le brave Diego rejoindre sa forge en pestant. Les commerçants quittant leurs étals, les artisans délaissant leurs outils nous suivirent en commentant notre arrestation. Nous arrivâmes à la viguerie où Don Luis de Sallusto administrait les affaires politiques et la justice sur le territoire de Monzon. Des gardes dispersèrent la foule tandis que nous pénétrâmes dans l'enceinte. On délivra les mains de Don Alejandro et nous fûmes conduits directement à l'étage où quatre hommes nous attendaient dont l'abbé Paco.

— N'ayez crainte mes enfants, il s'agit sûrement d'un malentendu, dit-il. Laissez-moi vous présenter Ramon de Castellazuello, l'évêque de Huesca.

Drapé de sa tunique pourpre qui épousait son embonpoint, le visage sévère, le prélat nous jeta un regard satisfait et arrogant tout en dictant un courrier à un jeune moine au teint blafard. Nous ignorant, l'évêque s'entretint avec Carlos le secrétaire de la viguerie. Vêtu d'un bliaud fripé et d'un pantalon noir, les cheveux rares et filasses sur un visage inexpressif, le bureaucrate répondait par des courbettes et d'une voix mielleuse aux questions de l'évêque Ramon.

— Je suis Ramon de Castellazuello, évêque de Huesca. Connaissez-vous cet homme ? demanda-t-il désignant un pauvre hère au visage tuméfié. Maigre comme une brindille, vêtu de haillons, la tignasse hirsute qui lui dévorait une partie du visage, le malheureux prostré dans un coin lançait des regards hagards, léchait le sang qui coulait de son nez et s'exprimait en miaulant.

— Bien sûr Votre Éminence, il s'agit de Laurenzo, répondit Don Alejandro.

— Et ça, savez-vous ce que c'est ? fulmina-t-il, désignant un sac de toile grossière et un bâton muni d'un crochet.

— Je pense qu'il s'agit du sac et du bâton de Laurenzo, Votre Éminence.

— Savez-vous ce que contient ce sac ?

— Je l'ignore Votre Éminence.

— Garde, ouvrez ce sac, ordonna-t-il.

Le garde s'exécuta, déchira le sac et en sortit plusieurs cadavres de chats.

— Mais oui, les chats de Laurenzo, sourit Don Alejandro.

— Il n'y a pas de quoi rire, cet homme se livre à la sorcellerie et vous a désigné vous et votre second comme étant ses complices.

— Il n’y a là rien de bien sorcier, osa l’abbé Paco.

— Silence l’abbé, siffla l’évêque entre ses dents gâtées. Vous m’avez mandé afin que je vienne constater l’avancée des travaux de votre église fort dégradée depuis que la foudre s’est abattue sur son clocher. À peine arrivé et me voilà confronté à une affaire de sorcellerie.

— Je ne comprends rien abbé Paco, marmonna Don Alejandro.

— Nous visitions le chantier avec son Éminence lorsque Laurenzo est passé devant l’église, en miaulant comme il a l’habitude de le faire, dit l’abbé Paco. Vous savez, cher ami, que Laurenzo est un peu simplet, ajouta-t-il, aussi est-il venu nous présenter ses dernières prises…

— Des chats ! trancha l’évêque. L’animal du diable !

— Il ne s’agit pas de sorcellerie Votre Éminence. Sicard, mon apprenti utilise les boyaux de chats pour tisser des fils de suture, assura Don Alejandro. Il n’y a pas là de quoi fouetter un chat ironisa-t-il.

— Ainsi c’est vous le complice de ce sorcier, éructa le prélat me postillonnant au visage.

— Je ne suis le complice de personne. Je paye Laurenzo afin qu’il me trouve des chats qui pullulent dans la ville et comme vous l’a signalé mon maître, j’utilise leurs boyaux pour…

— Silence sorcier ! Nous saurons te faire avouer. Gardes ! hurla-t-il, conduisez cet hérétique au sous-sol.

— Voyons, voyons, intervint l’abbé Paco, Don Alejandro et Sicard sont des médecins reconnus et appréciés de la population…

— Silence l’abbé, je sais reconnaître la mainmise du diable. Tu as bien tout noté ? demanda-t-il au moinillon qui s’appliquait à affûter une plume d’oie.

— Oui Votre Éminence.

— Allons gardes, menez ces sataniques dans les geôles et dites au bourreau de préparer les instruments.

— Monseigneur, Monseigneur, je viens de vous dire que…

— Taisez-vous l'abbé à moins que vous ne souhaitiez-vous aussi goûter au plaisir d'une geôle.

Les gardes m'entravèrent sous le regard abasourdi de mon maître qui fut chassé manu militari de la prévôté.

Je fus descendu dans les sinistres bas-fonds du bâtiment. Nous traversâmes un couloir éclairé par des torches accrochées aux murs qui suintaient d'humidité. Des hommes en attente de leur exécution croupissaient dans de minuscules cellules. Les malheureux pataugeaient dans leur propre cloaque exhalant une odeur épouvantable de vomi, de merde et d'urine.

— Je ne m'habituerai jamais à cette puanteur, dit Carlos en se bouchant le nez.

— Qu'attendent ces misérables ? demanda l'évêque en se mouchant bruyamment et chassant d'une main les mouches qui voletaient autour de lui.

— Leur exécution, Votre Éminence.

— Vous n'avez pas de bourreau ?

— Si Votre Éminence, mais il est actuellement à Huesca. Les hommes du prévôt ont arrêté ces derniers jours une bande de pillards qui sévissaient dans les hameaux. Il a loué les services de notre bourreau car les édiles de Huesca souhaitent que l'exécution ait lieu dans leur bonne ville.

— Comment allons-nous procéder à l'interrogatoire ?

— Notre bourreau forme depuis quelques semaines un apprenti. Peut-être pourrait-il s'en charger mais il est fort jeune et peu expérimenté, s'enhardi Carlos.

— Parfait, nous allons donc l'endurcir, sourit l'évêque.

Un garde ouvrit une lourde porte qui grinça et je fus horrifié à la vue d'une pauvre femme tête basse, entravée les mains derrière le dos et assise sur une chaise à brodequins. Je fus mis aux fers ainsi que le malheureux Laurenzo dans la salle de torture où s'agglutinaient des nuées de mouches sur des flaques de sang.

Des crochets, des ciseaux, des pinces et des tenailles d'une saleté repoussante étaient posés sur un guéridon au milieu d'éclats d'os, de dents et de lambeaux de chair. J'aperçus avec effroi les terribles instruments de torture, un billot de bois sur lequel traînaient encore des doigts coagulés sur la lame d'une hache, une cage suspendue où gémissait un supplicié, un écraseur de tête maculé de débris de mâchoires et une manivelle intestinale. L'odeur épouvantable ne sembla pas contrarier l'ecclésiastique qui s'amusa à faire glisser son pouce sur la lame ébréchée d'une hachette.

— Qui est cette femme ? demanda-t-il.

— C'est une criminelle, répondit le jeune tourmenteur.

— C'est une honte de traiter un être humain de la sorte, s'offusqua l'abbé Paco.

— Nous ne vous retenons pas, ironisa l'ecclésiastique.

— Pitié, implora la femme relevant la tête.

— Mais je la connais, c'est Assomption la ventrière de Monzon, c'est une bonne chrétienne, assura l'abbé Paco. Que s'est-il passé mon enfant ?

— L'épouse de Don Augustino m'a fait mander ce matin, haleta-t-elle, son épouse perdait beaucoup de sang, la naissance n'était prévue que dans deux mois. Je n'ai pas pu arrêter l'hémorragie.

— Pourquoi n'as-tu pas fait appel à Don Alejandro comme tu le fais quand des accouchements se présentent mal ? demanda l'abbé Paco.

— Elle était épuisée et exsangue. Il était malheureusement trop tard. Ce sont des choses qui arrivent, mon père.

— Je sais, je sais, ma fille. Libérez cette femme Carlos, ordonna l'abbé Paco.

— Je ne reçois mes ordres que de Don Luis de Sallusto, notre viguier.

— Où est-il ?

— Il est chez Don Augustino qui a porté plainte contre Assomption. Il l'accuse d'avoir laissé mourir sa femme et d'avoir invoqué les mauvais esprits…

— Je priai la Vierge Marie, réfuta Assomption.

— Peux-tu le prouver démoniaque ? cracha l'évêque.

— Comment vous convaincre Votre Éminence ? gémit Assomption.

— Le jugement de Dieu. Seul le jugement de Dieu pourra te disculper, répondit l'évêque Ramon.

— Une ordalie ? Vous n'y pensez pas…

— Suffit l'abbé ! Bourreau, fais chauffer cette barre de fer.

— Sadique ! hurlai-je.

— Ton tour viendra blasphémateur ! sourit l'évêque.

Carlos délivra les mains d'Assomtion et le tourmenteur lui tendit une barre de fer rouge qu'il maintenait avec des pinces.

— Prends-la, femme ! ordonna l'évêque.

— Non, s'interposa l'abbé Paco.

Le bourreau recula désorienté par le courage de l'abbé qui saisit la barre de fer et la jeta au sol en hurlant de douleur sous les yeux horrifiés de l'assistance. L'abbé plongea aussitôt sa main brûlée dans un bac d'eau croupie où flottaient quelques touffes de cheveux.

— Vous êtes fou, abbé Paco, pesta l'évêque ! Gardes, héla-t-il, jetez-moi ce forcené dehors. Et toi bourreau fais ton office.

— Vous serez damné, lança l'abbé tandis que les gardes l'emmenaient.

Le bourreau représenta la barre incandescente à Assomption.

— Ne la prends pas, m'époumonai-je, tirant désespérément sur mes chaînes.

— Prends-la, sorcière ! s'égosilla le prélat.

— Jamais ! Maudit sois-tu ! lui cracha-t-elle au visage.

— Sorcière ! hurla l'évêque Ramon s'essuyant les joues. Tu finiras par avouer ! Bourreau, les brodequins !

L'apprenti bourreau hésita, ce qui décupla la colère de l'évêque qui lui intima l'ordre d'obéir. Le jeune garçon âgé d'une vingtaine d'années, le regard perdu, prit une cordelette et lia ses longs cheveux blonds qui tombaient sur son visage encore enfantin malgré un semblant de barbe qui naissait sur ses joues. Il s'exécuta et noua fermement deux planches étroites de part et d'autre des jambes d'Assomption, des chevilles jusqu'aux genoux. Il joignit ensuite les lattes entre elles avec des cordes enserrant fortement les membres d'Assomption qui cria de douleur. Il plaça ensuite un coin entre les bardeaux et les genoux. Il saisit un marteau et hésita de nouveau fixant l'évêque qui d'un hochement de tête l'obligea à frapper. Le bourreau leva le bras et cogna sur le coin qui s'enfonça entre les mollets et la planchette déchirant les chairs et brisant les os sous les hurlements d'Assomption qui couvrirent les miens. La malheureuse eut la force de cracher une fois de plus sur Ramon de Castellazuello avant de s'évanouir.

— Un autre coup la réveillera, grogna l'évêque blême de rage se frottant le visage avec un pan de sa soutane. Frappe ! ordonna-t-il à l'exécuteur qui leva le bras.

— Ça suffit ! intervint le viguier.

Frappés de stupeur par l'intervention de Don Luis de Sallusto, le jeune tourmenteur baissa son marteau.

— Vous êtes devenus fous ? hurla le viguier à l'encontre de l'évêque Ramon et de Carlos.

— C'est vous qui m'avez ordonné d'arrêter la ventrière, s'offusqua Carlos.

— Nous ne faisons qu'appliquer la loi, assura l'évêque.

— C'est moi qui fais la loi sur mes terres, pesta Don Luis. Depuis quand vous permettez-vous d'usurper mes pouvoirs ?

— Cette femme est une sorcière…

— Silence évêque Ramon ! Carlos, qui t'a autorisé à emprisonner et à torturer sans mon accord ?

— C'est vous Don Luis. Ne vous ai-je pas entendu dire que vous souhaitiez l'interroger ?

— Interroger ne signifie pas questionner, misérables que vous êtes.

— Mesurez vos paroles viguier, je représente Dieu ! répliqua l'évêque avec suffisance.

— Vous n'êtes pas sur vos terres de Huesca évêque Ramon !

— Vous n'étiez pas là Don Luis, se hasarda Carlos.

— Tu sais parfaitement que j'étais chez Don Augustino. La douleur l'a égaré, il accusait Assomption d'être responsable de la mort de son épouse. Assomption n'a jamais fait de mal à quiconque. Don Augustino a retiré sa plainte, sombre idiot.

— C'est Son Éminence qui m'a ordonné de procéder ainsi, bafouilla Carlos.

— Qui donne les ordres ici ?

— Vous Don Luis, bredouilla Carlos.

— Hors de ma vue imbécile !

L'évêque Ramon tenta crânement d'intervenir mais les gémissements d'Assomption sortant de sa syncope lui firent perdre toute son assurance.

— Pauvre femme, dit le viguier s'agenouillant devant Assomption et taillant les cordes de la chaise à brodequins.

— Attendez Messire Luis, laissez-moi la délivrer. Vous risqueriez de la blesser davantage, criai-je.

Le jeune tourmenteur défit mes fers ainsi que ceux de Laurenzo sous les désapprobations de l'évêque qui maintenait ses accusations de diablerie. Don Alejandro fut mandé et administra une forte dose de pavot à Assomption qui la plongea rapidement dans une profonde léthargie. Nous coupâmes les liens, ôtâmes les planchettes et découvrîmes l'épouvantable carnage. La jambe n'était plus qu'une masse difforme de chairs écorchées et transpercées de grosses échardes profondément enfoncées dans les mollets. Le tibia et le péroné souffraient de fractures ouvertes et la rotule pendouillait au bout du genou. Nous stoppâmes les saignements et enveloppâmes la jambe d'un bandage imbibé d'une solution alcoolique sous les yeux médusés de l'évêque qui exigea le maintien en prison.

— Laurenzo est aussi simple qu'inoffensif, lui répliqua Don Luis. Voulez-vous en faire un martyr ? Cela ne vous suffit-il pas ? reprit-il désignant Assomption.

Don Luis de Sallusto se redressa et toisa l'évêque. Racé, le torse moulé dans une tunique qui laissait deviner force et élégance, il pointa sur l'ecclésiastique un doigt vengeur et un regard noir.

— Vous répondrez de vos actes devant la justice des hommes. Vous n'aviez pas à intervenir dans le pré carré de ma juridiction.

— Je ne dois des comptes qu'à Dieu. Vous n'êtes rien, je suis l'Église, grogna l'évêque avec bravade.

— Vous êtes la honte de l'Église. J'adresse sur-le-champ un courrier à notre bon roi Pierre.

— Je représente la justice divine et…

— Silence l'évêque, je représente la justice royale qui est au-dessus de celle de l'Église dont vous êtes indigne, répliqua Don Luis coupant l'herbe sous les pieds du prélat. Mon suzerain est Pierre II le Catholique et vous comparaîtrez devant sa cour de justice.

6
Mathilda

Mathilda dépérissait depuis le départ de Sicard. Elle ne parvenait pas à éteindre le feu qui la consumait. Elle s'était offerte à lui le temps d'une nuit et avait découvert le plaisir de faire l'amour avec un homme qu'elle désirait ardemment. Comment oublier les mains de Sicard qui caressaient son corps avec douceur, cette bouche qui parcourait chaque grain de sa peau, la pureté de ce jeune homme innocent qui avait joui rapidement après l'avoir pénétrée ? Comment taire ce sentiment qu'elle éprouvait ? Mathilda était amoureuse. Elle désirait Sicard et elle réveilla en lui de telles ardeurs qu'il lui fit l'amour plusieurs fois lui arrachant des cris insoupçonnés. Elle qui avait reçu tant d'hommes dans sa couche découvrit dans les bras de Sicard le bonheur d'être femme.

Traînée dans la boue dès son plus jeune âge, déflorée à l'âge où d'autres jouent encore à la poupée de chiffon, elle portait sur ses frêles épaules toute la misère du monde. Petite fille, elle s'allongeait dans la crasse d'une tente immonde, écartait les cuisses et subissait les coups de boutoir des hommes qui attendaient leur tour en s'enivrant de picrate. Son souteneur lui inculqua les mille et une manières de faire éjaculer les soldats au plus vite et Mathilda finissait par s'endormir exténuée, affamée, le sexe tuméfié, les seins encore naissants pétris par des dizaines de mains sales qui empestaient la fumée des rôtissoires, la bière et le mauvais vin. Elles suivaient la soldatesque au rythme des sièges, des campagnes militaires et des tournois. Sa mère fut emportée par une mauvaise fièvre contractée dans un bivouac qui jouxtait un canal dans les Flandres. Les eaux du chenal emportèrent le corps de sa mère où flottaient d'autres cadavres. Ce cloaque à ciel ouvert exhalait une telle odeur de mort que les remugles se faisaient sentir à des lieues à la ronde. La puanteur des corps en décomposition attirait rats et charognards traînant dans leur passage maladies et épidémies qui causaient des ravages parmi la troupe. Mathilda ne dut son salut qu'à un mercenaire à l'œil bandé et aux multiples cicatrices. Il prit pitié d'elle en lui épargnant la faim, le froid et la luxure. Elle devint sa fille adoptive. N'hésitant pas à jouer du poing et du surin, il la protégea de la concupiscence des hommes qui lorgnaient sur elle. Elle reprit goût à la vie auprès de ce géant et le suivit au gré de ses aventures guerrières pendant quelques années jusqu'à ce que leurs chemins se séparent.

*****

Comme chaque jour, Mathilda se leva aux aurores, avala sans appétit un matinel et s'abrutit dans le nettoyage du lupanar. Elle débarrassa les tables des rogatons, des brocs de vin et des coupes renversées, épousseta, astiqua le comptoir de « La Louverie » plongée dans la pénombre et dans le silence. Elle ouvrit les fenêtres, fit un courant d'air qui chassa les effluves de vinasse et de sueur, balaya la grande salle et la nettoya à grande eau. Son labeur terminé, elle ouvrit la porte et jeta l'eau croupie dans la ruelle au moment même où passait une escouade armée escortant deux hommes enchaînés. Confuse, Mathilda présenta ses excuses aux soldats qui la honnirent. Elle prit un torchon, s'agenouilla et essuya leurs bottes.

— On voit qu'elle a l'habitude de s'incliner devant les hommes, ironisa l'officier.

— Ce n'est pas pour leur essuyer les bottes, renchérit un soldat maigrichon à la trogne dévorée de pustules.

— Tu aimes ça, te traîner à plat ventre, catin ? demanda un sergent.

Mathilda se redressa, se faufila entre les grivetons, se pencha devant les prisonniers, nettoya leurs sandales et le bas de leurs braies sous le regard étonné du militaire. Surpris par la bienveillance de la jeune femme, le plus âgé des détenus, d'une maigreur extrême, le visage émacié, les joues creusées de profondes rides la remercia et la pria de se relever. Il dévisagea Mathilda et lui sourit aimablement.

— Tu n'as pas à t'agenouiller devant nous mon enfant, dit-il d'une voix douce.

— C'est la moindre des choses…

— Nul ne doit se courber devant qui que ce soit.

— Je me dois de réparer ma maladresse, sourit Mathilda.

— Ce ne sont que quelques gouttes d'eau mon enfant.

— D'autres m'ont insultée pour ce geste.

— L'insulte est l'arme des faibles, assura le vieillard.

— Qu'as-tu dit ? pesta l'officier saisissant le vieil homme par le col et repoussant violemment Mathilda d'un coup de pied.

— Capitaine Beaufort, de quel droit te permets-tu de rudoyer ma servante ? intervint Gailharda qui se tenait sur le seuil de la porte de « La Louverie ».

— Silence maquerelle, s'emporta le militaire, et toi cracha-t-il au vieillard, répètes ce que tu viens de dire si tu en as le courage.

— L'insulte est l'arme des faibles, affirma le détenu soutenant le regard du capitaine.

— Je te ferai baisser les yeux, fulmina l'officier en allongeant un coup de genoux dans le bas-ventre du prisonnier qui s'écroula.

— Misérable, maugréa le second captif, un jeune homme maigrelet au visage disgracieux.

— Tu veux goûter la froideur du pavé toi aussi ? s'emporta le gradé, lui assénant un soufflet.

Mathilda se pencha sur l'homme molesté, lui murmura à l'oreille de faire silence et l'aida à se relever.

— Toi le laideron, dit le capitaine sers-nous du vin.

Mathilda entra dans le lupanar et revint avec deux flacons que les hommes se passèrent après avoir essuyé le goulot d'un revers de manche.

— Ils ont peut-être soif eux aussi ? s'enhardit Mathilda en désignant les deux hommes ligotés.

— Ces illuminés ne boivent pas de vin, se gaussa un sergent.

La jeune femme retourna dans le bordel et ressortit avec deux coupes et une bouteille d'eau qu'elle tendit aux deux infortunés tout en glissant furtivement dans les poches de leur tunique un quignon de pain, un morceau de fromage et une pomme. Un soldat tenta de s'interposer en confisquant le broc.

— Laisse-les boire, je n'ai nullement l'intention qu'ils tombent en pâmoison et de les porter sur mes épaules jusqu'à la prévôté, dit le capitaine Beaufort.

Les malheureux vidèrent la gourde puis la troupe reprit sa marche. Le plus jeune des détenus se retourna, sortit la pomme de sa poche, sourit à Mathilda et mordit dans le fruit à pleine dent.

— Qui sont ces hommes ? demanda Mathilda.

— Ce sont de simples idéalistes qui appartiennent à une espèce de secte, répondit évasivement Gailharda. Ils sont inoffensifs mais répandent des diatribes qui ne plaisent pas au clergé.

— Ils n'ont pas l'air dangereux.

— Ce sont leurs propos qui le sont du point de vue des ecclésiastiques. D'après le peu que je sais, ils prêchent la tolérance et réfutent le pouvoir de l'Église. Ils affirment aussi que le stropiat est l'égal du puissant. Je ne saurais t'en dire davantage car ces affaires-là ne m'intéressent pas.

*****

L'aube venait à peine de se lever accompagnée d'un violent orage. Le tonnerre faisait trembler les fenêtres, des torrents de pluie s'abattaient dans la venelle et les éclairs formaient des arabesques qui zébraient dans le ciel tourmenté. Mathilda vaquait à son labeur lorsque des coups résonnèrent à la porte d'entrée de « La Louverie ». Elle ouvrit et qu'elle ne fut pas sa surprise quand elle découvrit les deux êtres décharnés sur le seuil du lupanar. Après un instant d'hésitation, elle les convia à entrer. Le plus âgé la remercia et Mathilda les invita à s'installer devant la grande cheminée. Elle ranima le feu qui crépita et les deux hommes tendirent leur main devant les flammes. Elle s'absenta quelques instants, revint avec deux couvertures, aida les deux inconnus à ôter leur tunique rapiécée et détrempée puis les enveloppa avec les courtepointes. Elle déposa les défroques sur des chaises qu'elle approcha de l'âtre puis elle leur servit une collation. Les deux hommes se perdirent en remerciements, avalèrent un bol de lait chaud, se régalèrent de pain tartiné de miel mais délaissèrent la charcuterie.

— Vous êtes une belle âme, dit le vieillard.

— Il ne serait pas chrétien de vous laisser dehors sous ce déluge.

— D'autres que vous ne s'en privent pas, demoiselle…

— Mathilda.

— Grâce vous soit rendue Mathilda, nous souhaitions simplement vous remercier de votre mansuétude lorsque les hommes du prévôt nous ont arrêté.

— Que vous reprochent-ils ?

— D'être des « Bons Hommes », répondit le jeune homme.

— Des « Bons Hommes » ? s'étonna Mathilda.

— Je me nomme Pèire, dit le vieil homme. Mon jeune ami s'appelle Sicre, nous appartenons à la communauté des Cathares.

Mathilda entendait ce terme pour la première fois. Pèire lui expliqua brièvement les assises de leur chrétienté. Vivement intéressée, la jeune femme posa quelques questions auxquelles Pèire répondit avec courtoisie. Des mots tels que détachement, pardon et bonté la troublèrent profondément.

— Vous vivez reclus dans un monde qui n'est autre qu'une vallée de larmes et vous semblez l'ignorer, leur asséna-t-elle. Compassion, désintérêt et miséricorde ne sont que des mots éloignés de la vérité, vous devriez les remplacer par égoïsme, enrichissement et cruauté car tels sont les maux qui nous accablent. L'homme est à haïr.

— La haine n'est pas dans nos us, répliqua Sicre.

— Elle est en moi, jamais je ne pardonnerai à celui qui m'a fait ça, dit-elle exhibant les cicatrices de son visage, jamais je ne pardonnerai aux soudards qui ont fait de moi une pécheresse, jamais je ne pardonnerai à un souteneur d'avoir vendu mon corps, conclut-elle avec colère.

— Nous prêchons la tolérance et le pardon, insista Sicre. D'autres ont souffert autant que toi si ce n'est plus. Ils ont trouvé parmi nous le chemin de la miséricorde. La rancœur est mauvaise conseillère et tu dois la refouler sinon elle finira par te détruire.

— Mais je suis déjà détruite, la vie ne m'a apporté que la saleté, la concupiscence et la nuisance de l'homme. Je me dégoûte, je suis lasse de cette vie, je suis lasse de ce corps souillé. Je n'ai connu que deux étincelles dans ma vie dont l'une brûle encore au plus profond de mon être.

— Il y a tellement de bonté en toi, assura Pèire, tu nous as donnés à boire lorsque les gardes du prévôt nous emmenaient, peu d'hommes auraient eu ce courage. La vie est un long chemin semé d'embûches et de moments éblouissants, il te faut garder en mémoire cette étincelle qui brille au fond de ton âme.

— Qu'allez-vous faire maintenant ?

— Nous sommes bannis de la cité mais d'autres lieux sauront nous accueillir. Nous allons nous mettre en chemin et rejoindre les nôtres dans le pays minervois où nous pourrons vivre notre foi sans être soupçonnés de porter atteinte au pouvoir épiscopal.

— En êtes-vous certain ?

— Le seigneur du Minervois est un protecteur de notre croyance. Il nous assure calme et sérénité.

— Vous êtes donc comme tous ces religieux qui vivent au crochet du peuple, soupira Mathilda.

— Non mon enfant, nous participons activement à la vie des cités qui nous offrent l'hospitalité, nous travaillons de nos mains dans les champs, les ateliers, les vignobles.

— On dit que vous pactisez avec le Malin, osa Mathilda.

— L'Église nous affuble de tous les sobriquets possibles et inimaginables, hérétiques, païens, adorateurs du malin, sataniques. Elle se délecte de nous accuser de tous les vices qui pourtant sont monnaie courante chez ces grands profiteurs qui vivent de rapines depuis la nuit des temps.

— Ce sont de véritables parasites qui s'engraissent sur le dos du peuple, maugréa Sicre.

— Nous allons prendre congé de toi mon enfant. Grâce te soit rendue pour ta générosité et ta bonté, sourit le vieil homme.

— Donnez-moi quelques instants, dit Mathilda leur tournant le dos.

*****

Mathilda se débarrassa de sa vêture qu'elle jeta négligemment sur sa couche, elle ouvrit le coffre de bois vermoulu qui lui servait de garde-robe, en sortit une tunique, des braies et une vieille paire de bottes. Elle comprima sa poitrine avec une bande de tissu, prit une chemise et enfouit son visage dans le tissu encore imprégné de l'odeur de Sicard et s'en revêtit. Elle enfila les braies, chaussa les bottes, lia ses cheveux et les cacha sous un bonnet de laine. Elle descendit l'escalier et trouva Gailharda qui discutait avec Pèire. La maquerelle serra longuement Mathilda dans ses bras, se détacha d'elle, essuya une larme et ouvrit la porte.

7
L'appel de la foi

Une fois de plus, Édouard de Lancenet quitta la faculté de médecine en maugréant. Ses études s'avéraient être un véritable calvaire. Ses notes catastrophiques ne lui permettraient jamais d'atteindre le but qu'il s'était fixé. Maître François, le doyen, ne pouvait que constater l'incompétence du jeune Lancenet malgré les subsides versés régulièrement à l'institution par la famille du jeune homme. D'autres garçons plus humbles grimpaient les échelons tandis qu'Édouard se morfondait avec les plus incapables. Il en éprouvait un tel ressentiment qu'il battait sa coulpe, harcelant et insultant les étudiants qui ne manquaient pas de lui répondre en mimant sa démarche particulière. Il se dandinait les jambes arquées comme un cavalier après une rude chevauchée. Le bruit courait dans l'école concernant son infirmité et on l'entendait hurler lorsqu'il se rendait aux latrines. Édouard, depuis la mort de ses deux reîtres qu'il avait fait exécuter, s'était entiché de deux autres aigrefins totalement dévolus à son service. Ces deux rustauds qui régnaient sur les bas-fonds de la cité n'hésitaient pas à suriner les élèves qui se moquaient de lui en le traitant d'inverti. Édouard se rapprochait également des hommes d'église qui veillaient au bon fonctionnement de la faculté. Il se sentait attiré par le pouvoir de ces fouineurs qui furetaient dans les salles d'étude à la recherche de quelque diablerie. Ils arrivaient à l'improviste et passaient au peigne fin les laboratoires, l'herboristerie et la bibliothèque sous le regard inquiet des jeunes apprentis. Grâce à ses appuis généreusement soudoyés, Édouard savait à l'avance les jours de perquisition et se faufilait furtivement dans les dortoirs afin de compromettre ceux qui lui résistaient. Il glissait dans leur baluchon, sous leur édredon et dans leur commode des objets compromettant, grimoires, croquis anatomiques, ossements et se faisait un malin plaisir à les dénoncer. Il se perdait en courbettes devant les ecclésiastiques et leur murmurait à l'oreille telle ou telle chambre à visiter. Les dévots s'en donnaient à cœur joie fouillant et pointant leur nez inquisiteur dans l'intimité des chambrées. Malgré ses protestations, le malheureux se voyait conspué, honni et renvoyé manu militari de la faculté sous le rictus obséquieux d'Édouard. Ses flagorneries lui apportèrent l'estime et le respect des religieux qui l'incitèrent à revêtir la soutane.

*****

— J'ai décidé d'abandonner mes études de médecine…

— Voyons Édouard, tu n'y penses même pas, trancha Hippolyte de Lancenet.

— Si père, la médecine n'est pas faite pour moi.

— Édouard, nous avons fondé tant d'espoir en toi, intervint Marie de Lancenet.

— Silence femme, pesta son mari, Édouard finira ses études car telle est ma décision.

— Au risque de vous déplaire, il n'en sera rien père.

— Impudent, cracha le notable. Nous nous sommes saignés aux quatre veines, te payons des cours particuliers auprès des plus grands médecins de la faculté, avons accepté tous tes caprices d'enfant gâté et c'est ainsi que tu oses nous répondre.

— Je veux faire vœu de pénitence…

— Moine, c'est ainsi que tu veux finir ta vie ? s'étonna Marie de Lancenet.

— Laisse-nous, tonna le père d'Édouard, il s'agit d'une affaire entre homme à laquelle tu ne comprends rien.

— Édouard est mon fils et je suis en droit de m'inquiéter pour son avenir.

— Du vin, que l'on m'apporte du vin, pesta Hippolyte de Lancenet.

Une servante se présenta, déposa un pichet et un verre sur un guéridon. Elle lança un clin d'œil discret à Édouard avant de s'éclipser.

— Cette souillon en pince pour toi, n'es-tu donc pas las de forniquer avec cette catin, ironisa le bourgeois.

— Il y a bien longtemps que je ne fraie plus avec elle ni avec aucune autre. Dieu m'est apparu et…

— Silence dépravé, tu es célèbre dans tous les bordeaux de Montpellier et de Navarre dans lesquels tu dilapides notre fortune, éructa Hippolyte de Lancenet se levant péniblement de son fauteuil. Boitillant et pestant contre la douleur, le barbon fit quelques pas et se servit un verre de vin qu'il avala d'un trait. Il fit claquer sa langue, se lécha les lèvres et se versa un second verre. Il arpenta de long en large le salon décoré de meubles de belle facture, aux murs ornés de lourdes tentures pourpres et pointa du doigt un écu qui trônait au-dessus de la cheminée de pierres finement ciselées. Vêtu d'une ample chemise de lin qui cachait sa maigreur, coiffé d'un bonnet grenat qui dénotait sur la pâleur de ses traits, il contempla le bouclier en maugréant.

— Ce blason est le symbole de notre famille, il m'a coûté une fortune. Je n'étais qu'un simple marchand de bestiaux et j'ai réussi à m'offrir une particule. Tes amis issus de noble famille m'ont longtemps ri au nez. Maintenant c'est moi qui me gausse d'eux. Je n'ai pas consenti autant de sacrifice pour voir mon fils unique s'étioler dans un monastère. Je ne suis peut-être qu'une relique mais je suis ton père et je te connais plus que tu ne te connais. L'austérité d'une cellule et la soutane ne sont pas faites pour toi. Tu aimes trop les habits chamarrés, le vin et les filles faciles pour t'imposer une vie d'ermite.

— Il est possible de s'élever au sein de l'Église, je n'ai nullement l'intention de passer le reste de ma vie sous la défroque d'un simple moine.

— Je te croyais plus ambitieux, dit Marie de Lancenet, ton père a fait preuve d'abnégation et de courage pendant de longues années se levant au chant du coq et se reposant au coucher du soleil. Nous ne possédions aucun bien. Nous avons emprunté à des Juifs afin de faire fructifier notre commerce. Aujourd'hui, nos viandes se retrouvent sur les plus grandes tablées de Montpellier. Tes amis sont notaires, avocats, d'autres se sont illustrés en Terre Sainte et sont revenus auréolés de gloire. Nous ne pourrons plus déambuler dans les rues tête haute sans être la risée de leur famille. Quelle ingratitude !

— N'ayez aucune crainte mère, je vous promets que d'ici peu le nom des Lancenet sera craint et respecté, affirma Édouard. L'Église sera mon piédestal devant lequel chacun s'inclinera.

— Tu ne supporteras pas la vie monacale, s'emporta Hippolyte de Lancenet. Tu aimes trop les plaisirs de la vie et l'argent te brûle les mains.

— Cher père, ne faites pas fi des préjugés des ecclésiastiques. La plupart se moquent des sacrements comme de leur première bure. Croyez-moi, ces prélats sont des hommes avant d'être des anachorètes. Ils s'abouchent toujours avec les puissants et leur ascétisme n'est qu'une façade destinée à palier leurs turpitudes. Nombre d'entre eux fréquentent les bordels les plus réputés et se livrent au jeu de la bête à deux dos ou à la bougrerie. Je n'ai nullement l'intention de renoncer à mes plaisirs terrestres et de finir mes jours sous les hardes d'un bélître. Certes, il me faudra faire preuve d'humilité et d'obéissance pendant mon noviciat mais je peux vous garantir que mon scapulaire sera mon armure, affirma Édouard avec un sourire au coin des lèvres.

— Tu souhaites donc rentrer chez les cisterciens ?

— Oui père, j'ai ouï-dire qu'un grand avenir se dessine pour les frères cisterciens. Croyez-vous sincèrement que l'Église continuera à accepter que ces illuminés qui se font appeler Bons Hommes détournent la populace de son giron. Ils sont chaque jour plus nombreux à prêcher au détriment de Rome. Je crois et je suis même persuadé qu'ils creusent eux-mêmes leur propre tombe. Ils ont subi la persécution dans toutes les contrées de France. Croyez-vous que l'Église se montrera impassible devant ce déferlement d'hérétiques ? Elle frappera au moment voulu mais il lui faut d'abord s'attirer l'hommage du barnage des provinces chrétiennes qui lui sont fidèles. Elles ont noyé dans l'œuf les doctrines dissidentes qui fleurissaient n'hésitant pas ériger des bûchers. Les féodaux ne sont que des pions sur l'échiquier d'Innocent III. Il saura les convaincre d'exterminer ces païens et je suis certain d'avoir ma place dans ce qui se trame.

— Soit, approuva le maquignon, tes arguments ne manquent ni d'intelligence, ni de sournoiserie mais prends garde à ne pas nous décevoir. Il va te falloir ruser et persuader les ecclésiastiques de la noblesse de ta vocation.

— Croyez-moi père, une bourse bien garnie saura me faire accepter. Les religieux ne refuseront pas votre obole. Ils sont aussi vénaux que vous et moi mais il va vous falloir cracher au bassinet afin que je sois admis dans leur communauté.

— Et où comptes-tu te rendre ? demanda la mère d'Édouard.

— A l'abbaye cistercienne Notre-Dame de Bonneval dans le diocèse d'Albi.

— Pourquoi diable aller si loin ? fulmina le rentier. L'abbaye de Valmagne fera très bien l'affaire et elle est proche de Montpellier.

— Je préfère la discrétion d'un cloître éloigné de notre cité afin de tirer un trait sur mes anciennes débauches et sur de vieilles connaissances qui nuiraient à mon sacerdoce, plaisanta Édouard.

— Aurais-tu des écarts à te reprocher ? soupçonna Hippolyte de Lancenet.

— Nullement père mais j'ai besoin de solitude pour mener à bien mes projets.

— Qu'allons-nous dire à nos amis ? s'inquiéta Marie de Lancenet.

— Dites-leur simplement que je prends la croix, ricana Édouard lançant une œillade complice à son père. Je vous sais fin diplomate, vous n'aurez plus qu'à affabuler et inventer quelque histoire de chevalerie et de Terre Sainte. Ils n'en seront que plus respectueux de vous savoir les parents d'un jeune chevalier qui va reconquérir les terres où naquit le Christ.

*****

Les voix des frères cisterciens résonnaient dans la salle capitulaire de l'abbaye. Le psaume entonné à l'unisson par les religieux semblait ricocher sur les pierres de taille et enveloppait l'enceinte d'une céleste aura qui s'élevait jusqu'aux cieux. Les timbres s'accordaient parfaitement, les basses rythmaient le cantique et les barytons leur répondaient en symbiose. La pureté de la tessiture d'un jeune ténor se détachait de l'harmonie et la haute-contre de celle d'un adolescent dominait l'osmose du chant à la gloire de la Vierge Marie. Le frère Albert dirigeait la chorale de ses longs bras qui dépassaient de sa soutane et battaient la mesure puis doucement, le rythme s'atténua, les souffles s'estompèrent et les voix se turent. Le père abbé Michel convia Édouard de Lancenet à le rejoindre au centre du capitulaire.

— Je vous présente Édouard de Lancenet, commença-t-il en préambule, il sera désormais connu sous le nom de frère Édouard. Il a choisi de vouer sa vie à notre Seigneur et va donc vivre son noviciat parmi nous. Il souhaite devenir prêtre et suivra donc son enseignement dans notre école qui le formera jusqu'à son ordination. Notre communauté ne peut que s'enorgueillir de le recevoir car frère Édouard est un lettré également doué pour l'herboristerie et la médecine. Je suis convaincu que vous lui réserverez le meilleur accueil. Sa famille nous a fait don d'arpents de terres cultivables près de Montpellier qui seront travaillés par des manouvriers rémunérés par ses soins et dont nous aurons l'usufruit. Grâce leur soit rendue et grâce te soit rendue frère Édouard. Bienvenue chez les tiens.

Le père abbé tendit l'habit blanc à Édouard. Le novice s'en revêtit, remercia l'assistance et s'inclina respectueusement devant les moines qui reprirent un nouveau cantique.

8
Constancio

Cette fin de l'an de grâce 1199 fut marquée par une recrudescence des incursions almohades sur les terres aragonaises. Depuis leur prise de pouvoir sur la péninsule Ibérique, les infidèles s'aventuraient toujours plus au nord de l'Espagne. La bataille d'Alarcos en juillet 1195 permit à Abu Yusuf Yakib al Mansur dit Le Victorieux d'asseoir son pouvoir sur Al-Andalus et d'envoyer des troupes défier les armées chrétiennes. Cette terrible journée du 18 juillet 1195 qui opposa les régiments almohades pourtant inférieurs en nombre face aux contingents castillonnais resta une des pires débâcles pour les Rois Catholiques. Défait, le Roi Alphonse VIII de Castille céda aux revendications de son ennemi et signa un traité de paix avec son ambitieux adversaire, qui sûr de sa suprématie, n'hésitait plus désormais à revendiquer les terres de Pierre II d'Aragon.

De nombreux chevaliers exhortés par Innocent III arrivaient régulièrement de toute la Chrétienté et s'engageaient à poursuivre la lutte auprès des troupes aragonaises. Rome savait que la chute de l'Aragon laisserait la route des Pyrénées ouverte aux armées musulmanes qui ensuite déferleraient sur les terres de France. Ces nouvelles recrues permettaient aux soldats de Pierre II épuisés par tant d'années de guerre de prendre quelque repos avant de repartir au combat. Monzon était une des pierres angulaires de la défense aragonaise et les Almohades ne pouvaient se permettre de laisser cette place forte sous domination chrétienne. Le grand maître de la commanderie Jean de Roquelande et Don Luis de Sallusto, le viguier de Monzon, décidèrent d'unir leurs forces afin de protéger Monzon d'une attaque des Almohades qui leur semblait désormais inévitable. Les templiers réarmèrent leurs défenses, donnèrent des plans de machines de guerre aux charpentiers et aux menuisiers qui s'affranchirent avec zèle de cette mission grassement payée par l'or du Temple. Les pierrières furent dressées sur des tertres aux quatre angles dans l'enceinte même du château. Des maçons érigèrent de solides barbacanes protégeant ainsi l'entrée de la citadelle. Les tonneliers débauchés de leurs ateliers assistèrent l'archerie en fabriquant des arcs et des arbalètes par dizaines. Les archers et les arbalétriers soumirent la population volontaire à un entraînement intensif. Fins stratèges, le viguier et le grand maître de la commanderie, se doutaient que ces incursions almohades n'étaient que l'avant-garde d'une armée plus puissante qui ne tarderait pas à attaquer le château de Monzon. Des milices chevauchaient chaque jour dans un périmètre d'une dizaine de lieues autour de Monzon assistant les troupes régulières et les templiers. Ces cavaliers veillaient sur la province à la recherche d'éclaireurs ennemis et de tout indice augurant leur présence.

*****

Sous la férule de Don Alejandro, l'infirmerie de la commanderie fut agrandie, disposa de nouveaux lits et d'instruments chirurgicaux. Nous devrions en cas d'attaque déménager l'hospice à la commanderie, de plus nous étions rompus à soigner les blessures de guerre et à réagir dans l'urgence depuis les évènements tragiques qui nous avaient contraints d'amputer Assomption. Les morsures des brodequins et le coup de marteau sur le coin avaient causé de telles lésions que Don Alejandro se vit dans l'obligation de sacrifier la jambe gauche au-dessus du genou. Assomption resta plusieurs jours entre la vie et la mort. Nous la veillâmes jour et nuit nous relayant à son chevet. Les opiacés lui permirent de supporter la douleur. Carmen massait délicatement le moignon avec des baumes apaisants qui aidèrent à la cicatrisation. Cette sinistre journée de septembre déclencha une vague de protestation dans toute la province aragonaise entraînant la déchéance de l'évêque Ramon de Castellazuello. Une telle ignominie méritait une sanction à la hauteur de son abjection, aussi Pierre II décida-t-il de marquer les esprits en frappant un grand coup. Convoqué à Saragosse dans le palais royal, l'évêque Ramon ne parvint pas à convaincre le suzerain aragonais du bien-fondé de ses actes. L'usage de la question pratiquée sous la tutelle du viguier était réservé à des assassins aux crimes particulièrement odieux. Cette sinistre activité requérait le professionnalisme d'un tourmenteur assermenté comme il en existait dans toutes les grandes juridictions. Ramon de Castellazuello fut jugé une première fois par ses pairs. Ils lui recommandèrent de tempérer sa hargne, de la réserver aux infidèles et se contentèrent de le blâmer. La justice du roi fut plus sévère et plus expéditive. Des prélats défiaient régulièrement l'autorité royale en toute impunité arguant de la puissance divine et profitant des absences de Pierre II qui guerroyait à travers la province. Le suzerain préoccupé par les affaires militaires du royaume confiait le soin de juger les conflits entre l'Église et l'autorité royale à ses viguiers. Peu enclins à se mettre à dos les ecclésiastiques, ils en appelaient à la clémence du roi. Les délits au sein de l'Église, balayés d'un revers de main par le pouvoir laïc concernaient principalement des attentats aux bonnes mœurs, prélats vivant en concubinage, abbés fréquentant des prostituées, moines sodomites qui se voyaient mutés dans un autre diocèse en guise de punition. Les infractions plus graves commises par des ecclésiastiques comme la simonie ou le détournement de fonds comparaissaient également devant la cour royale au grand dam de l'Église. Je fus convoqué en qualité de témoin tout comme Don Alejandro et l'abbé Paco qui montra au tribunal les séquelles de sa main brûlée. Le témoignage d'Assomption qui exhiba son moignon provoqua l'ire des juges et du jeune roi. Ramon de Castellazuello subit la déchéance et la disgrâce. Il fut condamné à finir ses jours comme simple moine dans le monastère de Saint-Jean de la Peña.

*****

Assomption reprit peu à peu ses activités se déplaçant avec des béquilles. Elle enseignait l'art de l'enfantement à Carmen qui se montrait une élève attentive. Je surpris un jour malgré moi une conversation entre les deux femmes. Je nettoyais la salle d'opération et j'entendis Carmen avouer à Assomption sa peur de la grossesse et de l'enfantement car les noces prévues pour le printemps approchaient à grands pas. Assomption lui assura qu'il existait des moyens de contraception naturelle. Ces spermicides comme la graine de grenade réduite en poudre mêlée à de la cire, les tampons vaginaux de dattes ou d'épines d'acacia finement broyées et mixées avec du miel, connus des femmes depuis l'antiquité étaient, bien sûr, formellement interdit par l'Église. Les prélats encourageaient et justifiaient l'acte d'amour entre époux uniquement dans un but procréatif. Par contre la fornication à la recherche du plaisir était formellement dénoncée par ces mêmes prélats la considérant comme dépravée et inspirée par le Malin. Je restais dubitatif face aux dires de ces hommes d'Église censés ne pas s'intéresser à la sexualité et à la dénigrer mais dont la plupart s'en accommodaient et en jouissaient allègrement.

Nous recevions à l'hospice régulièrement les visites du jeune Constancio del Bosque qui vantaient les qualités et la beauté de sa future épouse. J'admirais moi aussi Carmen non seulement pour son éclat, sa grâce et l'élégance de ses moindres gestes mais surtout pour son désir de liberté et d'indépendance. Elle refusait les invitations chez les demoiselles de la haute société et n'avait que cure des toilettes et des bijoux dont elles se paraient espérant ainsi attirer l'attention d'un fils de noble famille. Toutes rêvaient d'un mariage auprès d'un homme riche et bien né mais c'était là le cadet des soucis de Carmen. Elle avait toujours un petit mot gentil pour les patients alités, prenait du temps pour les écouter et ne comptait pas ses heures se dévouant corps et âme à son sacerdoce. Constancio del Bosque n'avait toujours pas compris que Carmen était un cheval sauvage et qu'il ne parviendrait jamais à la dompter. Il arrivait à l'hospice vêtu de riches tenues chamarrées, faisait l'étalage de ses affaires en cours, de ses négoces florissants, des plans de l'hacienda qu'il envisageait de faire bâtir et de ses projets d'avenir pour sa future épouse qui lui donnerait de nombreux fils. Constancio del Bosque continuait de tirer des plans sur la comète sans se rendre compte du désir de liberté de Carmen.

— J'ai aussi l'intention de créer une écurie et un manège afin que mes fils apprennent à monter à cheval, qu'en penses-tu ? demanda Constancio.

— C'est une excellente idée, répondit Carmen, je souhaite que ta future épouse t'en donne de nombreux.

— Ils seront aussi beaux que leur mère, s'extasia-t-il.

— Je ne connais pas leur mère, répliqua la jeune femme.

— Tu te gausses de moi ?

— Pas le moins du monde.

— Je te signale que nos noces feront le bonheur de nos parents.

— Mais pas du mien. Je n'ai nullement l'intention de t'épouser. Notre union serait un échec pour toi comme pour moi. Tu sais parfaitement que ce mariage n'est qu'une formalité décidée par mon père et par ta famille. Je ne suis pas amoureuse de toi Constancio…

— L'amour viendra avec le temps, trancha-t-il, une femme de ta condition se doit de faire un beau mariage comme le veut la tradition et s'unir à un homme qui la protège et lui assure un train de vie confortable.

— Je n'attends rien d'un homme et ne veux surtout pas lui être redevable. Mon travail d'infirmière me sied à merveille et jamais je n'y renoncerai. Je te conseille de jeter ton dévolu sur d'autres jeunes femmes qui seront heureuses de te satisfaire en portant tes enfants et en vivant recluses dans un boudoir, entourées d'une marmaille et de domestiques.

— Il est hors de question que tu continues à t'abrutir au milieu des gueux et des souffreteux, rétorqua Constancio piqué au vif.

— Les gueux et les souffreteux valent autant que les nobles, protesta Carmen d'un ton glacial.

— Il est également indécent et contraire aux bonnes mœurs qu'une future mariée travaille dans la proximité d'un homme célibataire. Il serait temps pour vous de remédier rapidement à cette situation en vous mariant, rajouta-t-il me désignant.

— Ma fortune consiste aux quelques pièces d'argent que me verse Don Alejandro et à un simple cagibi que je vous invite à visiter, ironisai-je.

C'était la première fois que Constancio m'adressait la parole, il se contentait la plupart du temps de me saluer d'un simple hochement de tête et m'ignorait lorsque je le croisais à l'auberge où je me rendais quelquefois pour dîner. Il fréquentait assidûment la taverne invitant ses amis et ses clients à des repas gargantuesques. Assis à ma table et plongé dans la lecture d'ouvrages médicaux, je suivais d'une oreille distraite les gasconnades de Constancio qui, le vin aidant, n'hésitait pas à taquiner les servantes. Je connaissais les us et les coutumes de ces nobliaux dont certains s'affichaient avec leurs maîtresses délaissant leurs épouses devenues les génitrices chargées d'assurer leur descendance et de prouver leur virilité. Que serait la vie d'une femme libre comme Carmen au bras d'un tel fat ? Carmen n'accepterait jamais d'être le jouet d'un homme et encore moins de le savoir dans le lit d'une concubine.

*****

L'infirmité d'Assomption ne lui permettant plus d'exercer à domicile, nous accueillions les futures mères à l'hospice qui disposait désormais d'une salle d'accouchement financée par les édiles de la ville. Don Alejandro et Don Luis de Sallusto réunirent les notables à la viguerie et mon maître argumenta du sérieux et de l'humanité de son projet. Nous avons, leur assura-t-il, toutes les compétences requises en cas d'accouchements difficiles. Don Alejandro vanta les qualités et le professionnalisme d'Assomption, le dévouement de Carmen, ma présence d'esprit et mon calme à toute épreuve. Mon maître sut si bien convaincre les représentants de la cité qu'ils débloquèrent les fonds nécessaires pour la construction de l'annexe. Nous nous aperçûmes rapidement des résultats du bien-fondé de notre requête en constatant une baisse significative des décès de femmes en couches. Peu de villes disposaient d'un tel établissement dont la renommée dépassait largement les frontières de la juridiction de la viguerie. Carmen assistait la ventrière et Don Alejandro intervenait si nécessaire. Par pudeur, je n'étais pas autorisé à participer aux enfantements sauf en cas d'extrême urgence. Je suivais alors les instructions de mon maître et d'Assomption m'imprégnant de leur expérience. Assomption passait le plus clair de son temps à l'hospice recevant ses patientes et suivait l'évolution de leur grossesse. Elle se rendait également utile nous assistant lors de nos soins journaliers. Malgré sa mutilation et ses souffrances elle restait une personne joviale qui apportait de la gaieté aux malades. Loin d'être dupe, elle constatait que la distance que nous gardions Carmen et moi n'était qu'une façade qui ne demandait qu'à s'ébrécher. Nos mains se frôlaient parfois au hasard d'une manipulation sur un patient et il m'était impossible de maîtriser le trouble qui m'empourprait les joues. Il était également impossible pour Carmen de dominer le léger tremblement de ses doigts qu'elle retirait prestement sous le regard bienveillant d'Assomption.

— Sicard est beau garçon, tu ne trouves pas ? demanda-t-elle un jour à Carmen.

— Il est sympathique, répondit brièvement Carmen.

— Je ne te demande pas s'il est sympathique, je te demande si tu le trouves beau garçon ?

— Oui… Peut-être… Je ne sais pas, bégaya Carmen.

— Il est évident qu'il n'a pas le charme et la classe de Don Constancio, reprit Assomption.

— Constancio a de l'argent.

— Je comprends tout à fait qu'une jeune femme puisse être attirée par une vie luxueuse au bras d'un homme fortuné.

— Ce n'est pas ce que je voulais dire.

— Tu n'as pas à te justifier, ma chère.

— Me justifier de quoi, je te prie ?

— De vouloir épouser un homme fortuné…

— Je n'ai nullement l'intention d'épouser qui que ce soit, rétorqua Carmen.

— Ne vois-tu pas que je te taquine ? Écoute-moi mon enfant, j'ai été marié à un homme bon dont j'étais follement amoureuse. L'amour entre un homme et une femme est sûrement la chose la plus belle qui puisse exister en ce bas monde. Nous autres, gens du peuple avons le choix de nos amours. Vous, les demoiselles d'une lignée qui se dit supérieure êtes contraintes par une tradition aussi bête qu'ancestrale de vous unir à des nobliaux pour perpétuer votre caste. Tu seras soumise à ce sordide folklore du lendemain de ta nuit de noces où tu devras présenter à vos deux nobles familles la tache de sang sur les draps, preuve de ta virginité. Rituel qui nous vient de ceux que nous avons chassés. Rituel aussi abject que dégradant pour une fille telle que toi. J'ai des enfants Carmen, poursuivit-elle avec gravité, j'ai des filles qui ont épousé des hommes bons et loyaux. Diego le forgeron est l'un de mes gendres et je te prie de me croire qu'il n'a jamais manqué de respect à ma fille. Traiter les filles comme le font vos parents qui se veulent les descendants d'une illustre Espagne, c'est emmener la vache au taureau afin de garantir la pureté du cheptel. Je suis âgée, tu pourrais être ma fille et je crois bien te connaître, alors écoute bien ce conseil que je ne répéterai pas. Tu vas devoir écarter les cuisses pour un homme dont tu n'as pas envie et ce n'est ni son argent, ni son titre de Don quelque chose qui humidifieront ta fente. Crois-moi de tout cœur, c'est l'amour, la tendresse et la douceur d'un homme qui te donneront l'envie d'être aimé et d'aimer. Ta première étreinte doit être voluptueuse et Constancio n'a rien de voluptueux. Il doit certes avoir une expérience de la chose car tous ces prétentieux se déniaisent avec les filles des rues et fréquentent les bordels de Huesca.

— Que dois-je faire, sanglota Carmen en s'accrochant au cou d'Assomption ? Je ne peux désobéir à mon père…

*****

Nous venions ce jour-là de soigner un bûcheron victime d'une grave hémorragie, je finissais de nettoyer la salle d'opération et décidais de me rendre au hammam afin de me défaire de cette odeur tenace de sang et d'opiacée. Carmen décida de s'y rendre également. Nous quittâmes Don Alejandro en conversation avec Assomption qui nous regarda nous éloigner avec un petit sourire au bord des lèvres. C'était la première fois que je me trouvais en compagnie de Carmen en dehors de l'hospice. Il neigeait et le soir tombait rapidement en cette fin de journée d'hiver. Les rues étaient désertes et les quelques personnes emmitouflées que nous croisions se hâtaient de regagner leurs pénates. Personne ne faisait attention à nous. Nous étions un couple parmi tant d'autres qui déambulait dans les venelles. Nous arrivâmes aux portes du hammam, Carmen se déganta, me tendit la main en me souhaitant le bonsoir. Je pris sa main dans la mienne, la portai à mes lèvres et y déposai un baiser. Nous restâmes muets un long moment les yeux dans les yeux puis Carmen se détourna et entra dans le hammam.

Le hammam décoré de magnifiques arabesques nous prouvait une fois de plus le raffinement de la civilisation musulmane. Je me laissai envelopper par les vapeurs parfumées qui me plongèrent dans une torpeur proche du sommeil. Encore troublé par la main de Carmen dans la mienne, je fermai les yeux et l'imaginai dans la pièce voisine. Je voyais son corps dénudé et les perles de sueurs couler entre ses seins, sinuer sur son ventre et se perdre dans sa toison aussi noire que sa chevelure.

LIVRE IV

1200-1201

1
Les Poblicains de Champagne

Les missions évangéliques se succédaient dans le pays de langue d'Oc sans aucun succès. Les prédicateurs envoyés par les archevêchés d'Auch, de Lodève et du Narbonnais sous les ordres du Souverain Pontife tentaient toujours de convaincre les Cathares de renier leur foi et de revenir dans le droit chemin. Les envoyés du Saint-Siège admonestaient les grands féodaux les enjoignant d'arrêter les hérétiques et de les présenter devant la justice divine. Les diatribes des missionnaires restaient lettre morte ne trouvant aucun écho auprès des seigneurs, qui certes recevaient aimablement les envoyés de Rome, mais continuaient néanmoins à les écouter d'une oreille distraite. Les grandes citadelles des Hautes Corbières comme Termes, Peyrepertuse ou Quéribus abritant des maisons cathares accueillaient les évangélistes qui se heurtaient à l'obstination des adeptes de l'Église dissidente. Les discussions animées entre ces deux visions de la foi se terminaient par un constat de non-recevoir de la part des Cathares. Les Bons Hommes et les Bonnes Dames restaient de marbre malgré les invectives et les menaces de la damnation et du feu éternel.

Raymond VI, pressé par Rome faisait lui aussi la sourde oreille face aux imprécations d'Innocent III, répondant évasivement à ses courriers, lui assurant que l'hérésie piétinait et qu'elle s'éteindrait d'elle-même. Les Cathares, certifiait le comte de Toulouse, ne se comptaient plus que sur les doigts d'une seule main. Ce que récusait Bernard IV de Montaut, l'archevêque d'Auch, principal allié du

Pape dans ces régions désertées par l'Église Romaine. Il adressait régulièrement des messages à Rome provoquant l'ire d'Innocent III qui constatait amèrement que Raymond VI se moquait de lui car non seulement la présence des Cathares était toujours aussi virulente mais qu'ils disposaient maintenant d'un véritable clergé dans l'Albigeois, le Toulousain et l'Ariégeois.

Innocent III s'imaginait sans doute que l'éradication des Cathares se ferait dans les plus brefs délais comme en l'an de grâce 1181 à Lavaur où une première communauté d'hérétiques fut démantelée Manu militari. Ses deux principaux instigateurs, les chanoines Bernard Raymond et Raymond de Baimiac après avoir abjuré leur foi, avoué maintes déviations et turpitudes firent pénitence de leurs erreurs. La sincérité de leur conversion n'étant pas à mettre en doute, ils furent réadmis au sein de l'Église Romaine et finirent leur vie dans des monastères Toulousains. Mais cette nouvelle affaire d'apostasie n'avait rien à voir avec celle de Lavaur. Le mal était bien plus profond et surtout plus étendu, l'envergure de l'hérésie n'épargnait pas un seul fief. La couleuvre satanique comme la nommait Innocent III sinuait inexorablement attirant régulièrement de nouveaux prétendants qui fuyaient les provinces Françaises où la persécution faisait rage. De nombreux bûchers embrasaient les cités de France comme à Troyes lorsque la population déchaînée mena deux hérétiques dans les geôles de la ville. Ils y furent enchaînés et affreusement torturés refusant de renier leur nouvelle foi. Ce sont donc deux pantins disloqués qui s'embrasèrent sous le regard impassible des prélats incommodés par l'odeur de chair brûlée et sous les hourras de la population en liesse improvisant des farandoles autour du bûcher aux rythmes des rebecs et des tambourins.

L'intolérance de l'Église de France n'avait d'égale que son entière soumission à Rome. La barbarie avec laquelle elle traitait les malheureux soupçonnés de schisme ressemblait en tout point à celle des Romains qui persécutèrent les premiers chrétiens. L'histoire n'avait-elle donc aucune mémoire pour en arriver à de tels agissements ? Son mouvement perpétuel lui faisait-elle oublier les chrétiens jetés en pâture aux lions du Colysée ? Les suppliciés d'autrefois devenaient à leur tour tourmenteurs pour les mêmes raisons. Les Romains, fervents admirateurs de leurs Dieux n'admettaient pas l'ingérence d'une croyance vénérant un Dieu unique et voilà qu'aujourd'hui cette religion monothéiste se fourvoyait dans le même fanatisme.

*****

Après avoir délivré leurs plis aux barons du Nord, d'Alsace et de Lorraine qui jurèrent fidélité à Rome, les trois cisterciens arrivèrent en terres Champenoises et furent reçus à la cour du jeune comte Thibaut III de Champagne et de sa dame Blanche de Navarre. Âgé de vingt ans, malingre, le teint cireux, le comte souffrait d'un mal étrange lui provoquant de profondes lassitudes que ni les médecins ni les apothicaires ne parvenaient à soigner.

— Ainsi, toussota Thibaut III, vous êtes à ce jour dans nos murs afin de nous délivrer le message de notre Saint-Père ?

— En effet Messire Thibaut, nous sommes les messagers de notre Souverain Pontife qui croit à la réussite de notre négociation auprès des grands seigneurs de France, répondit frère Gauthier.

— Vous avez bien fait de venir dans notre belle province frères cisterciens, aussi vous pourrez rendre compte à notre très Saint-Père de notre dévouement le plus sincère.

— Soyez béni Messire Thibaut, acquiesça frère Anselme. Nous savons aussi, reprit-il, que vous vous êtes croisé pour participer à la prochaine expédition en Terre Sainte.

— J'espère que Dieu me donnera la force de me joindre aux seigneurs qui en sont encore à leurs préparatifs, dit Thibaut III entre deux quintes de toux.

— Dieu est avec vous, renchérit Garnier de Traînel, l'évêque de Troyes. Dieu sait l'amour que vous lui portez et nous prions tous les jours…

— Il ne me reste en effet que la prière, coupa court le jeune comte.

— Souhaitez-vous vous reposer mon ami ? intervint dame Blanche de Navarre.

— Vous êtes bonne ma mie, mais je ne saurais me priver de la présence des moines blancs et du frère convers qui nous font l'honneur de leur visite et de leur confiance, répondit le jeune comte.

Fille du roi de Navarre Sanche VI, la dame de Champagne, les traits fins auréolés d'une chevelure de jais recouverte d'une mantille blanche qui mettait en valeur son regard altier et sa peau mate, formait avec le comte Thibaut un couple uni. Plus âgée que son époux qui s'étiolait depuis plusieurs semaines, elle veillait amoureusement sur le comte, lui prenant sa main glacée et la posant avec tendresse sur son ventre rebondi sous le regard attendri de l'assistance. Cette jeune femme curieuse et intelligente questionna les moines blancs sur l'hérésie méridionale. Frère Gauthier se fit un devoir et un plaisir de répondre à la demande de la comtesse qui écoutait avec attention les éclaircissements du cistercien.

— Grand merci, frère Gauthier, et que Dieu dans sa miséricorde nous épargne une telle monstruosité, pria-t-elle.

— Cette engeance profite de la faiblesse du comte de Toulouse, mais croyez-moi, jamais de tels hérétiques ne fouleront les pieds de votre belle province, assura l'évêque de Troyes.

— J'ai entendu dire, toussa Thibaut III, que nous avons également dans notre belle cité une secte qui s'apparente à celles des Cathares ?

— En effet, Messire Thibaut, affirma Garnier de Traînel. Il s'agit d'une bande d'excités dont nous avons éliminé les meneurs ce matin même.

— Qu'attendez-vous pour faire arrêter les autres ? demanda Blanche de Navarre ?

— Un faux pas ! Pour le moment, ils se contentent de se réunir entre eux et n'incommodent personne. De plus il n'est pas dans mon pouvoir de les emprisonner, cette décision revient à votre époux.

— Il ne s'agit pas de les emprisonner mais d'endiguer cette peste avant qu'elle ne se propage, crachota le comte de Champagne. Sauriez-vous les démasquer Monseigneur ?

— Rien de plus facile Messire.

— Chevalier de Montesquiou, conclut le comte s'adressant à l'un des convives. Vous vous mettez immédiatement au service de Monseigneur l'évêque. Je veux qu'on me les emmène ici même au plus tôt.

*****

Les huit hommes entravés furent présentés au comte et à la comtesse de Champagne dans la matinée escortés par le chevalier de Montesquiou et par l'évêque Garnier. Éberlués, les prévenus baissaient lamentablement la tête devant le comte Thibaut.

— Vos comparses ont avoué leur crime et vous ont dénoncés comme étant des leurs, assura l'évêque.

— Dieu sait quels tourments ont-ils dû endurer, osa l'un des accusés.

— Comment te nommes-tu ? demanda le comte Thibaut.

— Je suis Armand, maître ferronnier dans notre bonne ville, Messire.

Le comte fixa de ses yeux éteints l'artisan qui défiait sa toute-puissance. Grand, le visage tanné par la chaleur de sa forge, vêtu de braies délavées et d'un tablier de cuir qui laissait deviner une impressionnante musculature, Armand soutint le regard du seigneur de Champagne.

— Parles-tu au nom des tiens ?

— Je crois que oui Messire.

— Sais-tu pourquoi vous êtes ici ? toussota le comte.

— On nous accuse d'être des hérétiques, Messire, mais c'est faux. Nous sommes de bons chrétiens. Nous avons des divergences avec Rome mais nous croyons à notre Seigneur Dieu tout-puissant.

— Oui je sais, tous les hérétiques se disent bons chrétiens, ironisa le comte provoquant des sourires dans l'assistance. Vous êtes des Cathares ?

— Non, Messire, nous sommes des Poblicains, répondit le ferronnier.

— Cathares ? Poblicains ? Quelle différence cela fait-il ? s'emporta l'évêque.

Bondissant de son siège malgré son embonpoint, l'ecclésiastique tournoya autour du groupe des séditieux et les dévisagea longuement.

— Vous êtes dissidents à notre Sainte Église Romaine. Avouez, il vous sera pardonné. Reniez, il vous sera pardonné, persistez et…

Le prélat s'interrompit et posa sa main potelée sur l'épaule d'Armand qui soutenait son regard.

— Oui nous sommes en rébellion pacifique contre votre Église et proches de nos cousins cathares mais cela fait-il de nous des criminels ? demanda Armand.

— Il n'est qu'un Dieu, il n'est qu'une Église, le reste n'est que peste et hérésie, intervint Blanche de Navarre. L'infidèle à le choix entre le reniement ou le bûcher.

— Nous ne souhaitons la mort de personne et…

— Silence hérétique, protesta la comtesse. Je suis fille de Navarre et j'ai vu mon père, mes frères et de grands et beaux chevaliers lutter contre le Maure qui a piétiné notre belle Espagne. Il n'y a pas de place pour deux croyances en terres chrétiennes. Reniez et vous vivrez, persistez et vous mourrez !

L'auditoire ébranlé par l'assurance de Blanche de Navarre resta muet. Thibaut de Champagne sous le charme de son épouse lui sourit aimablement tandis que l'évêque louait l'aplomb de la comtesse. La plupart des dames du royaume s'en tenait à leur rôle d'épouse et de mère et voici que l'une d'elles sciait les branches des arbres pour alimenter les bûchers.

— Rien ne me fera renoncer à ma foi, dit Armand.

— Dans ce cas vous mourrez, insista la comtesse.

— Ne pourrions-nous pas trouver un compromis ? demanda frère Boniface.

— Frère cistercien, observa le comte Thibaut. Votre devoir n'est-il pas de délivrer les plis de notre Saint-Père ? Veuillez vous contenter de mener à bien votre mission.

— Je vous présente mes excuses, Messire Thibaut, dit frère Boniface en s'inclinant respectueusement.

— Et vous ? demanda la comtesse aux amis d'Armand.

Les hommes baissèrent la tête dans un silence glacial brisé par les sanglots du plus jeune. Il s'agenouilla devant l'évêque. Ému, l'ecclésiastique l'aida à se redresser et le serra dans ses bras. L'adolescent abjura sous les murmures de désapprobation de ses condisciples.

— C'est bien mon fils, sourit l'évêque de Troyes. Tu as choisi le droit chemin. Mais fais bien attention, tu connais le sort réservé aux relaps.

— Oui mon père, répondit le jeune homme. J'étais dans l'erreur…

— S'agit-il d'une erreur de jeunesse ? se méfia Blanche de Navarre, ou serait-ce la peur de périr dans les flammes ?

— Je devais prochainement me marier Madame la comtesse. Ma future épouse refusait de s'unir à moi si je persistais dans l'hérésie.

— Voilà une femme d'une grande perspicacité, dit le comte Thibaud.

— Ne soyons pas dupe mon ami, objecta Blanche de Navarre.

— Jure sur la croix, ordonna Garnier de Traînel.

Le jeune homme s'agenouilla et embrassa la croix que lui tendait le prélat.

— Adjurez mes enfants, implora l'évêque s'adressant à Armand et à ses amis. Abjurez, je vous en supplie…

— Jamais, rétorquèrent les sept hommes d'une même voix.

— Reniez votre faux Dieu, rajouta le comte dans une quinte de toux qui lui déchira les poumons.

— Jamais…

— Hors de ma vue, hurla Thibaut de Champagne crachant un flot de sang. Chevalier de Montesquiou, mettez ces hommes aux fers et que les bourreaux préparent les bûchers.

Les ecclésiastiques en grande tenue d'apparat, les hobereaux, les seigneurs de la province conviés pour l'exécution ainsi que les trois cisterciens prirent place sur l'estrade face au bûcher. Ils se levèrent respectueusement lorsque Thibaut de Champagne et Blanche de Navarre s'installèrent aux places d'honneur. Une foule impressionnante attendait patiemment en silence que le cortège se présente. Les grilles de la prison s'ouvrirent et le bourreau coiffé d'une cagoule sortit traînant derrière lui Armand et ses amis enchaînés les uns aux autres. Des huées s'élevèrent de la populace. Malgré la protection de gardes armés de pique qui maintenait le peuple à distance, les condamnés reçurent une volée de fruits blets, de légumes pourris, de crottin et de pierres. Armand fut blessé par un pavé qui lui éclata le nez. D'autres soldats appelés en renfort firent un barrage de leurs larges écus qui résonnèrent sous les projectiles. Le chevalier de Montesquiou s'interposa avec une troupe de cavaliers qui harcelèrent les fauteurs de troubles du plat de leurs épées. Les émeutiers reculèrent de quelques pas et le calme revint sous les injonctions des gens d'armes. Les hérétiques furent enchaînés à des poteaux de bois par les assistants du tourmenteur. L'évêque tenta une ultime négociation présentant la croix aux détenus. Ils restèrent de marbre et refusèrent d'embrasser le symbole de l'Église. Dans une dernière rebuffade, Armand releva la tête et cracha sur le crucifix un mélange de salive et de sang qui éclaboussa la soutane et le visage du prélat. Garnier de Traînel s'essuya avec un mouchoir puis se tourna vers le comte de Champagne qui fit signe au bourreau.

L'homme badigeonna les malheureux de résine et alluma les fagots. Les branchages crépitèrent aussitôt enveloppant les Poblicains de volutes de fumée. Les flammes léchèrent les tuniques des suppliciés qui s'embrasèrent sous leurs hurlements.

— Courage mes frères, rugit Armand dans une ultime bravade. Et toi l'évêque, je te maudis, suppôt de Satan, charognard… Toi aussi Thibaut, je te maudis, hurla-t-il de nouveau tandis que les rondins s'enflammaient sous ses pieds. Tu crèveras comme le rat pesteux que tu es. Tu es pourri de l'intérieur et tu craches déjà le sang des enfers. Et toi aussi la putain espagnole, je te maudis, je te maudis…

2
Menaces

J'étais à la commanderie avec frère Rémi joutant contre lui sur son invitation comme à l'accoutumée, feintant ses bottes, esquivant ses attaques et frappant comme me l'avait enseigné mon ami templier. Nous nous attendions à une attaque imminente des troupes musulmanes et j'avais décidé de rejoindre les nombreux civils soumis à un entraînement draconien sous la discipline des moines soldats. Nous subissions une instruction sous la poigne de fer des vétérans qui ne manquaient pas de nous admonester et de nous rabrouer vertement. Le pré résonnait des cris de guerre des volontaires, des coups d'épée et de masse qui frappaient les écus et du sifflement des flèches se fichant sur des pantins de paille. La cour grouillait de moines et de laïcs vaquant aux consolidations de la citadelle, maçons préparant du mortier, terrassiers juchés sur les échafaudages, charpentiers fabriquant des hourds et carriers brisant d'énormes blocs de pierres. Le tocsin sonna et nous aperçûmes une délégation ennemie encadrée par des moines soldats qui montait la pente abrupte et se dirigeait vers le château. Les portes s'ouvrirent, les templiers mirent pied à terre, invitèrent les guerriers Almohades à faire de même et s'écartèrent respectueusement devant le grand maître qui salua l'ambassade musulmane.

— Je suis Jean de Roquelande, grand maître de la commanderie de Monzon. Soyez les bienvenus mais je vous demanderai d'avoir l'obligeance de nous remettre vos armes.

Obéissant à leur chef, les quatre gardes déposèrent leurs sabres puis le dignitaire remit son cimeterre et son poignard à lame courbe au maître templier. L'homme élégamment harnaché d'une cote aux mailles argentées en forme d'écailles, retira son casque conique et s'inclina avec respect.

— Je suis Abu Muhammad ben Ach-Chaykh, grand vizir de notre calife Muhammad al Nasir de Castille et je viens en paix.

— Vous êtes mon hôte Excellence, dit Jean de Roquelande. Que puis-je pour vous ?

— J'ai à vous entretenir d'un sujet important, Messire de Roquelande.

— Veuillez me suivre je vous prie.

Installé derrière son bureau, Jean de Roquelande invita son homologue à s'asseoir sur une chaise et lui proposa un rafraîchissement. Le vizir remercia prit son verre et but une gorgée.

— Mon calife souhaiterait récupérer le château de Monzon.

— Votre maître ignore sans doute que Monzon est situé en Aragon, dirigé et défendu par notre bon roi Pierre II le Catholique. L'Aragon ne fait donc pas parti de votre califat, objecta Jean de Roquelande.

— Muhammad al Nasir veut reprendre ce qui est à lui. Vous savez fort bien que ce château fut bâti sous notre gouvernance.

— Il faut s'attendre à subir des revers lorsqu'on est responsable d'une guerre. L'Aragon ne vous appartient pas et ne vous appartiendra jamais. Nos troupes ont repoussé toutes vos dynasties des terres aragonaises et cela fait plus d'un siècle que nous résistons à vos assauts. Monzon est une prise de guerre qui appartient désormais à l'ordre du Temple.

— Ainsi va la guerre, assura le vizir, victoires et défaites sont le lot du guerrier.

— Monzon fut la fin de votre présence en Aragon…

— Nous sommes encore présents jusqu'en Castille…

— La Castille n'est pas l'Aragon, coupa Jean de Roquelande.

— L'Aragon sera bientôt musulmane comme toute l'Espagne, rétorqua le dignitaire berbère avec assurance.

— L'Espagne est chrétienne et ne sera jamais musulmane, trancha Jean de Roquelande, piqué au vif par la superbe de son interlocuteur.

— Nous sommes en paix avec la Castille…

— La Castille n'est pas l'Aragon…

— Veuillez avoir l'amabilité de ne pas m'interrompre Messire de Roquelande. Un ambassadeur digne de ce nom se doit de recevoir son homologue avec un minimum de respect, insista le vizir musulman en tirant sur sa barbichette.

— Je ne suis pas ambassadeur Excellence, je ne suis qu'un simple moine.

— Certes mais vous êtes le représentant de Rome. Rome qui vous céda le château de Monzon si je ne me trompe ?

— En effet Excellence. Monzon fut confié à l'ordre du Temple en 1143 en récompense de ses hauts faits d'armes contre vos tentatives d'invasion.

— Dois-je vous rappeler vos nombreuses défaites comme celle d'Alarcos ? se moqua le vizir.

Jean de Roquelande scruta son interlocuteur dont le visage impassible brillait d'un regard étincelant sous un sourire narquois.

— Alarcos fut la débâcle de la Castille et dois-je vous rappeler que la Castille n'est pas l'Aragon ? De plus vous avez signé un traité de paix avec Alphonse VIII de Castille et ce traité ne concerne en aucun point notre bon roi Pierre II, observa Jean de Roquelande.

— Serions-nous contraints de reprendre Monzon par la force ?

— Nous sommes en guerre depuis bientôt cinq siècles contre vos différents califats qu'ils soient Houdides, Almovarides ou Almohades. Nous avons encore la force de vous résister. Jusqu'à preuve du contraire, je vous signale que c'est vous qui êtes venu nous envahir. Nous ne faisons que nous défendre…

— L'Espagne est désormais musulmane, affirma l'envoyé du calife.

— Non, pas toute. L'Aragon résiste encore et toujours à votre agression, rétorqua le grand maître.

— Vous semblez bien sûr de vous. Ce ne sont pas vos petites rénovations et les quelques murs rehaussés de votre commanderie qui empêcheront le château de retomber entre nos mains. Vous êtes trop peu nombreux et la bravoure de vos templiers cédera sous notre armée.

— Mes hommes sont peu nombreux, je vous l'accorde mais tous sont animés d'un courage qui fera trembler votre calife. Mes moines donneront leur vie pour une noble cause, insista Jean de Roquelande, visiblement agacé par l'aplomb de son interlocuteur. Monzon sera votre dernière bataille et votre cimetière, renchérit-il.

— Monzon abrite des civils…

— Nous sommes des soldats, nous nous battons contre des guerriers, je vous prierai donc de laisser la population civile en dehors de nos différends, coupa le grand maître.

— Que pensez-vous qu'il adviendra des hommes, des femmes, des enfants et des vieillards lorsque nous aurons pris possession du château ? Pensez-vous sincèrement que nous laisserons des civils chrétiens de Monzon aller et venir comme si de rien n'était ?

— Je sais ce que font subir les Almohades à leurs ennemis…

— Ils ne font pas pires que les templiers en Terre Sainte qui assassinent sans vergogne et qui se disent hommes de Dieu.

— Vous luttez vous aussi au nom du Prophète et massacrez des populations innocentes. Les Chrétiens et les Juifs sont victimes de votre intolérance. Nombre d'entre eux vivent désormais en Aragon et plusieurs familles installées à Monzon m'ont conté vos exactions…

— Qui sont en tout point semblables à celles commises par les croisés en Palestine, interrompit Abu Muhammad ben Ach-Chaykh.

— Cette discussion ne mène à rien, rétorqua Jean de Roquelande se levant de son siège et invitant son détracteur à faire de même.

— Une dernière question Messire de Roquelande
— Je vous en prie.
— Depuis quand des moines prennent-ils les armes ?
— Depuis que les vôtres agressent, dépouillent et massacrent les pèlerins qui s'agenouillent sur le tombeau de Christ.
— Nous vivions en toute quiétude avant vos croisades, observa l'envoyé du calife. Qu'êtes-vous venu faire sur nos terres ?
— La même chose que vous en Espagne. Nos croisades sont une réponse à votre invasion, mais nous ne forçons personne à se convertir à notre foi. Les musulmans, les juifs et les chrétiens cohabitent à Jérusalem…
— Les hommes qui se convertissent à notre foi ne sont plus nos ennemis, interrompit Abu Muhammad ben Ach-Chaykh.
— Jamais les Aragonais n'embrasseront l'Islam.
— Alors ils mourront tous, rétorqua sèchement l'ambassadeur.

3
Carcassonne

Dressée au-dessus des berges de l'Aude, la cité fortifiée resplendissait de toute son aura. Les troubadours la décrivaient comme un navire de pierres défiant les vagues tumultueuses de l'océan. Ses rangées de remparts flanquées d'innombrables tours frappaient les esprits et quel seigneur ne rêvait pas de posséder une telle forteresse ? Annexée successivement au cours des siècles par les Romains, les Wisigoths et les Francs, cet ensemble militaire se fortifia sous les divers seigneurs qui la conquirent. Chassé par Pépin le Bref, l'envahisseur Omeyyade régnant sur la Septimanie au VIIIe siècle abandonna la cité aux mains du premier roi Carolingien. Les rois Francs, successeurs de Pépin le Bref, dotèrent la cité de nouvelles défenses, murs rehaussés et crénelés, pont-levis et meurtrières faisant de la citadelle un lieu imprenable entouré de murailles et de tours qui protégeaient le château comtal. Les ingénieurs firent de chaque venelle une véritable chausse-trappe et percèrent les voûtes et les chemins de ronde d'assommoirs qui guettaient l'ennemi s'y aventurant.

Possession de la puissante famille Trencavel depuis le XIe siècle, la citadelle s'agrandit du bourg Saint-Vincent et du bourg Saint-Michel. Bernard Aton IV Trencavel entreprit également la construction de la basilique Saint-Nazaire dont les pierres de tailles furent bénies par le Pape Urbain II. La cité devint un véritable joyau tant par son éminente renommée du point de vue stratégique que par sa prospérité qui rayonnait sur les vicomtés d'Albi, de Nîmes et de Béziers. Ces immenses territoires jouirent de la protection et de la main de fer de Bernard Aton qui régnait sans partage. Auréolé de ses succès contre le comte de Barcelone qui lorgnait sur la cité, le vicomte de Carcassonne profita de sa victoire pour ériger le château comtal et ordonna la rénovation des remparts gallo-romains faisant ainsi de la Cité une ville entourée d'une ligne complète de fortification.

*****

Après leurs dernières notes, les joueurs de rebec, de gaïta et de tambourin remercièrent le vicomte qui les gratifia d'une bourse de deniers. Ils quittèrent le donjon et croisèrent la délégation qui s'inclina respectueusement devant le jeune vicomte. Âgé de quinze ans, les traits encore enfantins, le regard vif, Raimond-Roger Trencavel accueillait ce soir-là ses vassaux. À la mort de son père, le jeune Raymond-Roger fut confié à l'un de ses plus fidèles feudataires. Honoré, Bertrand de Saissac, le puissant seigneur du Cabardès jura à son défunt souverain de prendre sous son aile le jeune garçon jusqu'à sa majorité. Charpenté, la barbe soignée et ceint de sa tunique flamboyante, ce personnage haut en couleur, converti au catharisme n'hésitait pas à défier l'Église, à lui tenir tête rabrouant moines et abbés qui venaient prêcher sur ses terres. Guerrier aussi intrépide que cultivé, il recevait dans son château les plus illustres troubadours et les poètes de langue d'Oc. Le seigneur de Saissac veillait sur son pupille avec la tendresse d'un père, le conseillant et lui enseignant l'art de la diplomatie. Féru de politique, le vicomte entretenait avec ses vassaux des rapports courtois. Il devançait déjà la lourde tâche qui l'attendait, leur rendant visite régulièrement et se familiarisant aux affaires de son vaste territoire.

— Je vous remercie d'avoir si promptement répondu à mon appel, commença Raimond-Roger Trencavel, j'ai reçu la visite de prédicateurs envoyés par Rome qui s'inquiètent de la présence des Cathares dans la vicomté. Innocent III exige que nous mettions un terme à leurs sermons séditieux, que nous les arrêtions et les présentions devant la justice divine sous peine d'excommunication.

— Je le suis déjà et j'avoue que cela ne m'empêche pas de dormir, réagit Bertrand de Saissac provoquant l'hilarité du cénacle.

— Rome dépêche des émissaires aux quatre coins du royaume de France, prévenant les barons du danger que représenterait le Catharisme s'il venait à s'étendre dans leurs provinces. On m'a rapporté que des bûchers s'embrasent en terre de France et que la population participe activement à la traque de nos amis cathares, dit le jeune vicomte.

— La délation et le mensonge ne sont pas que l'apanage de Rome, constata amèrement Guilhem de Peyrepertuse.

— En effet seigneur Guilhem, observa Aimery de Montréal, non seulement le Souverain Pontife souhaite que nous pourchassions les Cathares…

— Peut-être veut-il aussi que nous érigions des bûchers ? intervint Raymond de Termes.

— Je n'ai que du bois vert dans mes forêts, ironisa Pierre Roger de Cabaret drapé de son éternel sourire traversé par une cicatrice.

— Méfions-nous Messire, reprit le jeune Trencavel, Rome est puissante et compte de nombreux alliés en France. Il y a bien longtemps que les barons du Nord lorgnent sur nos terres et la moindre étincelle pourrait déclencher l'irréversible.

— N'ayez crainte mon prince, les gens du Nord passent le plus clair de leur temps à s'écharper entre eux et le Roi de France à comme d'habitude des démêlées avec l'Anglais, assura Bertrand de Saissac.

— Vous êtes bien jeune et déjà très sage comme feu votre père, mon prince, remarqua Raymond de ternes. Soyez certain de notre allégeance et de notre dévouement le plus sincère. Quiconque s'attaquerait à vous subirait notre courroux.

— Je vous en remercie, Messire Raymond de Termes, mais que ferions-nous si la chevalerie de France sous les ordres de Rome décidait de nous envahir ? demanda le vicomte.

— Une croisade, vous n'y pensez pas Messire Trencavel, s'étonna Aimery de Montréal en tirant sur les boucles de son épaisse chevelure qui tombait en cascade sur ses épaules de lutteur.

— J'ai appris à me méfier de la chienne romaine, maugréa Bertrand de Saissac. On peut s'attendre à tout venant de sa part. Elle n'aime pas partager son os fut-il rongé jusqu'à la moelle.

— Une telle expédition nécessiterait de tels préparatifs que nous aurions largement le temps de nous préparer à les recevoir, assura Pierre Roger de Cabaret. Rome a des alliés, nous en avons aussi, reprit-il, Foix et Toulouse et l'Aragon unis à nos forces constitueraient un tel bloc qu'il faudrait à Rome un ost de plusieurs dizaines de milliers d'hommes pour nous attaquer.

— N'oublions pas beaux seigneurs que la couronne d'Aragon lutte contre le Maure. Il serait impossible au roi Pierre II dont je suis le vassal de dégarnir ses frontières pour nous soutenir, observa le jeune Trencavel.

— Vous parlez avec la voix de la sagesse de feu votre père, dit Raymond de Termes en s'inclinant devant le vicomte.

— Voyons, voyons, mes seigneurs, gardons la tête froide, objecta Guilhem de Minerve. Rome ne souhaite pas la guerre contre vous, mon prince, quiconque interviendrait repartirait dans ses chaumières le cul par-dessus tête. Nos châteaux sont imprenables, quel baron serait assez fou pour défier Carcassonne ainsi que les forteresses de Peyrepertuse et de Quéribus ?

— En effet, acquiesça Raymond de Termes mais méfiance tout de même. Le temps a épargné ma clairvoyance et j'ai vu tant d'horreurs commises au nom de Dieu que je ne serai pas étonné d'une fourberie de la part d'Innocent. Cet homme est le diable, il est plus rusé qu'il ne veut bien le laisser paraître. Vous avez reçu, j'en suis sûr, un courrier de sa part. Relisez cette missive et lisez-la bien entre les lignes. Sous sa mansuétude et sa mièvrerie de bas étage, se terrent de terribles menaces. Il est très facile pour un homme tel que lui d'en corrompre un autre en lui promettant la vie éternelle s'il lui obéit aveuglement. Il est capable d'octroyer nos biens, nos titres et nos terres à des barons de peu de foi attirés simplement par l'appât du gain. Innocent aime jouer aux échecs et qu'y a-t-il sur un échiquier? Des pions, des fous, des tours, des cavaliers, le roi et la reine, et tout ce petit monde s'entre dévore depuis la nuit des temps sous le regard impassible de Dieu qui comme par hasard ne figure pas sur l'échiquier mais qui néanmoins décide de notre vie ou de notre mort. Nous sommes les fous, les pions et les cavaliers dont se délecte Rome. Soyons prudents mes amis, ne laissons surtout pas la jalousie, l'envie et la médisance s'immiscer entre nous. Restons sur nos gardes et soyons unis comme jamais.

Raymond de Termes se leva sous les murmures d'approbation de l'assemblée. Harnaché de sa cotte de mailles qui semblait peser sur ses larges épaules, le guerrier plongé dans une soudaine mélancolie arpenta la pièce de long en large se grattant la barbe. Il avait toujours fière allure malgré les filets argentés qui blanchissaient prématurément un peu plus chaque jour sa longue crinière de lion indomptable des Corbières comme le surnommaient ses amis. Il revint sur ses pas et posa affectueusement la main sur l'épaule du vicomte.

— J'ai aimé votre père, mon jeune prince, sa mort fut un déchirement pour moi. Nous avons souvent guerroyé ensemble sous sa bannière mais nous encouragions toujours la négociation à la guerre. Je crois malheureusement qu'il n'y a rien à attendre d'Innocent III. Il n'admettra jamais notre tolérance envers les Cathares et les communautés juives qui vivent sur nos provinces, tout juste accepte-t-il notre indépendance vis-à-vis de la couronne de France. De là à inciter le roi Philippe Auguste à nous annexer, il n'y a qu'un pas à franchir et je crois que ce diable d'homme serait disposé à vendre son âme au Malin et à tramer je ne sais quel piège démoniaque afin de parvenir à ses desseins.

La discussion s'éternisa autour d'un verre de vin où chacun évoqua l'avancée des travaux agricoles de ses terroirs, les affaires courantes, les litiges entre hobereaux et les procès qui en découlaient. Vivement intéressé, Raimond-Roger Trencavel écoutait ses vassaux décrire la gestion de leur fief posant mille et une questions. Malgré son jeune âge, l'adolescent jouissait d'une parfaite maîtrise de la politique et de l'économie. Il écouta avec attention ces hommes qui par leur expérience l'aidaient à se forger sa propre opinion devant ses futures responsabilités. Il s'enthousiasma particulièrement devant la magnanimité et la sagesse de Guilhem de Minerve et de Raymond de Termes qui s'interposaient dans les querelles de voisinage préférant toujours le dialogue à l'affrontement. Tous deux ne supportaient pas que des nobliaux se déchirent pour des futilités et les belligérants conviés au château finissaient par se réconcilier autour d'un pichet de vin.

Un banneret frappa dans ses mains, les troubadours s'installèrent de nouveau sur une estrade, accordèrent vielle, rebec et gaïta puis égayèrent la soirée. L'échanson du vicomte vaquait d'un convive à l'autre servant un cru du Carcassonnais qui délia les langues. Gagnés par l'ivresse, les plus jeunes vassaux laissèrent libre cours à quelques plaisanteries et à des propos libertins. Guilhem de Peyrepertuse se vanta de ses dernières conquêtes féminines, Aimery de Montréal fit de même arguant que les damoiselles se pâmaient devant ses bouclettes et ironisa sur la calvitie naissante du seigneur de Peyrepertuse. Le jeune vicomte sourit devant les facéties de Pierre Roger de Cabaret mimant la mine déconfite des abbés tentant de le ramener dans le giron de l'Église.

La soirée se termina autour d'une tablée où le vicomte fit découvrir à ses hôtes le talent de son maître queux qui régala les convives de venaisons, de fromages affinés et des meilleurs crus.

— Comment se porte votre fils Bertrand ? demanda le vicomte à Guilhem de Minerve installé à sa droite.

— Fort bien mon prince, il m'a chargé de vous présenter ses plus respectueux hommages et se tient à votre bon vouloir.

— Vous l'en remercierez Messire Guilhem.

— Il est toujours aussi peu disert mais n'a pas son pareil pour diriger ma garnison. J'essaie de l'éduquer à la lourde charge d'un domaine mais le fripon n'en a que cure. Il ne jure que par les armes et les chevaux. C'est un farouche guerrier et j'avoue humblement qu'il est plus fort que moi.

— Vous vieillissez cher ami, plaisanta Pierre Roger de Cabaret.

— Je pourrais encore vous faire passer cul par-dessus tête devant vos gens.

— Encore vous faudrait-il mouvoir votre carcasse jusqu'à mes murailles, plaisanta le seigneur de Lastours.

— Pardonnez ce présomptueux qui n'a aucun respect pour le barbon que je suis, sourit le seigneur de Minerve au jeune prince.

Les rires fusèrent lorsque Pierre Roger de Cabaret et le seigneur de Minerve trinquèrent à leur amitié.

— J'ai eu l'occasion de partager quelques mots avec l'écuyer de votre fils Messire Guilhem. Un garçon fort intéressant et passionné de médecine, dit Raimond-Roger Trencavel.

— Vous parlez sans doute de Sicard, un mien neveu qui a suivi sa destinée jusqu'à la faculté de Montpellier.

— Il était déjà fort expérimenté malgré son jeune âge. Votre fils ne tarissait pas d'éloge et lui était fort redevable.

— En effet mon prince, Sicard l'a veillé lorsque Bertrand fut blessé par un sanglier, acquiesça Guilhem de Minerve.

— J'imagine fort aisément qu'il deviendra un grand chirurgien. Nos contrées ont besoin d'hommes tels que lui.

— Hélas mon prince, Sicard fut victime d'un complot dû à son grand savoir. Des fils de nobliaux envieux de son intelligence ont fomenté une cabale contre lui. J'ai reçu la visite d'une jeune femme qui a bien connu Sicard. Il l'a soignée lorsqu'elle fut sauvagement agressée. Elle me confia que Sicard, banni de Montpellier et poursuivi par la prévôté s'est enfui en Aragon. Je n'ai malheureusement plus de nouvelle de lui.

— Fasse le ciel qu'il vous revienne Messire Guilhem, dit le vicomte posant affectueusement sa main sur celle du seigneur du Minervois.

— Grâce vous soit rendue mon prince.

— Cette jeune fille devait en pincer pour votre neveu, intervint Guilhem de Peyrepertuse.

— Elle semblait très affectée, la pauvrette portait toutes les misères du monde sur ses frêles épaules. Son regard n'était que tristesse et son visage mutilé faisait peine à voir. Mon épouse souhaitait la prendre à son service mais la demoiselle a refusé aimablement préférant rejoindre la communauté des « Bonnes Dames » de Minerve.

4
Stratégie

Contrairement à ses prédictions, les menaces du calife Muhammad Al Nasir ne provoquèrent aucun mouvement de panique à Monzon. Le viguier ordonna le départ d'un convoi de femmes, d'enfants et de vieillards qui prirent la route pour Saragosse. Certaines épouses décidèrent de rester prétextant qu'elles souhaitaient assister les hommes dans leurs labeurs. De violentes disputent éclatèrent entre époux mais les femmes résistèrent aux injonctions de leur mari. Elles se rendirent utiles et finalement indispensables, déchirant des draps pour en faire des bandages, cueillant des plantes médicinales, les triturant dans des mortiers sous la férule du frère herboriste et cuisinant pour toute la troupe de volontaires et de templiers qui s'attachaient à fortifier le château.

Des éclaireurs sillonnant la contrée rapportèrent que notre effectif d'environ cinq cents hommes aurait à affronter une puissante colonne de huit mille guerriers. Confrontée à des problèmes d'approvisionnement en fourrage et en vitaille, l'armée berbère progressait lentement dans un paysage désolé. La population des hameaux et des bourgs, avertie par des messagers, déserta les bourgades emmenant ses réserves de blé et son bétail. Les paysans dans un ultime défi aux troupes musulmanes ouvrirent leurs porcheries laissant vagabonder les animaux qui se régalèrent des cultures.

Les renseignements des éclaireurs permirent au maître templier de concentrer ses troupes sur telle ou telle tour, de rehausser et de consolider certains murs, d'ordonner la fabrication de plus de pointes de flèches. Don Alejandro exigea des potiers le façonnage de nombreux vases. Assisté de frère Maxime le vieil herboriste de la commanderie, les deux hommes se défirent de leurs convictions pacifistes et remplirent les récipients d'un savant mélange de soufre, de salpêtre et de résine. Ils unirent leurs connaissances et confectionnèrent ainsi de nombreux feux grégeois. Connue depuis l'antiquité cette arme inflammable, brûlant même au contact de l'eau, utilisée principalement contre les navires provoquait la dévastation parmi les flottes qui attaquaient les villes portuaires. Projetés par des catapultes, les pots explosaient sur les embarcations enflammant les voiles, les mats, la coque et semaient la désolation sur les équipages qui ne pouvaient lutter contre les terribles incendies qui se propageaient de voilures en voilures. Un premier essai s'avéra concluant, les assistants du maître artificier disposèrent sur la pente qui menait au château une dizaine d'épouvantails de bois et de paille à plusieurs centaines de coudées des remparts. L'artilleur frappa d'un coup de masse le mécanisme qui retenait la fronde du trébuchet. Le pot à feux s'éleva dans les airs et éclata au milieu des mannequins qui aussitôt s'embrasèrent sous les hourras. Impressionné, Jean de Roquelande félicita Don Alejandro et frère Maxime de leur savoir et leur donna l'accolade.

Fin stratège, le grand maître décida de protéger le château érigé sur une butte en la sapant de multiples pièges, fosses hérissées de pieux et recouvertes de branchages, troncs d'arbre badigeonnés de résine et rochers accumulés derrière des palissades qui seraient autant de chausse-trappes pour les fantassins et la cavalerie. Les templiers les plus aguerris veillaient à l'entraînement des volontaires les poussant dans leurs retranchements et remplaçant leurs armes factices par de lourdes épées. Ces hommes pour la plupart artisans, paysans et ouvriers s'investirent totalement dans leur mission et apprirent en quelques jours les rudiments du combat. Certains plus aptes que d'autres devinrent de solides guerriers aussi doués à l'escrime qu'à l'archerie. Nous comptions surtout sur nos armes de jets, arcs, lances, arbalètes et sur nos quatre pierrières pour freiner l'ennemi. Je participais activement à la défense du château ne comptant pas mes heures terrassant, charriant pierres et mortiers et joutant avec les templiers. Je ne m'absentais de la compagnie de mes frères d'armes que pour me rendre à l'infirmerie afin de visiter les quelques patients alités et seconder Don Alejandro dans des soins urgents à prodiguer. Nous avions déménagé tout le matériel de l'hospice à la commanderie qui disposait maintenant d'un hôpital de plusieurs lits, d'un stock important de charpie, de fioles d'alcool, d'instruments chirurgicaux et de nombreux remèdes. Au grand désespoir de son père et du jeune Constancio, Carmen refusa de quitter Monzon assurant que sa place était auprès des malades et des blessés. Nous fûmes Assomption et moi témoins d'une violente dispute entre Constancio et Carmen. Le futur marié ne décolérait pas car la bataille à venir le contraignait d'annuler le mariage à Monzon, aussi tenta-t-il de raisonner Carmen en lui suggérant de déplacer les noces à Huesca. Il prit Don Alejandro pour témoin mais mon vieil ami déposa les armes devant l'obstination de Carmen qui non seulement leur tint tête mais signifia à Constancio que le devoir des fils de Monzon qui se considéraient comme les dignes héritiers de la chevalerie aragonaise était de défendre la cité. Les jeunes nobliaux plus intéressés par les plaisirs mondains que par les armes arguèrent de leur obligation d'accompagner leur famille à Saragosse. Ils se devaient, insistèrent certains, de tenir leur rang et de représenter leur lignée dans la capitale aragonaise. Le lendemain matin, quelle ne fut pas notre surprise en constatant que Constancio et quelques-uns de ses amis étaient à pied d'œuvre, les mains dans le mortier et obéissant sans rechigner aux ordres des maîtres maçons. La veille, après avoir quitté la commanderie, Constancio réunit ses camarades et les harangua. Il insista et les implora de prendre les armes en leur signifiant que quelques chevaliers sachant maîtriser l'art du combat ne seraient pas de trop dans la bataille qui s'annonçait. La plupart se joignirent à lui s'imaginant déjà auréolés de gloire et les moins téméraires quittèrent la ville sous les huées.

La frénésie s'emparait de tous mais les femmes remportèrent la palme du courage et de l'abnégation. Dès les premiers rayons du soleil, elles s'activaient aux différentes tâches que leur confiait le grand maître et se pliaient à ses directives sans se plaindre provoquant chez lui un sentiment jusqu'ici ignoré. Il ne savait rien de l'âme féminine se contentant jusqu'à présent de ne lui accorder que détachement et indifférence. Son éducation de moine et de soldat justifiait de sa méconnaissance des femmes. Ne lui avait-on pas inculqué que le rôle de la femme se résumait à devenir une bonne épouse et une génitrice ? Et voilà qu'aujourd'hui, ces femmes forçaient l'admiration du vieux moine par leur courage, leur ténacité et leur bonne humeur qui irradiaient son cœur endurci. Elles remplacèrent les âniers menant les animaux sur les collines environnantes et remplirent les paniers suspendus aux bâts de rochers qu'elles déposèrent aux pieds des trébuchets. Des couturières confectionnèrent les frondes des pierrières, des centaines de bandages et des gants de cuir. D'autres entraînées par Carmen coururent la campagne à la recherche d'herbes médicinales, d'autres encore relevèrent leurs jupons et pétrirent les baquets de mortiers comme s'il s'agissait d'un simple foulage de raisins. Les plus audacieuses n'hésitèrent pas à assister les armuriers, aiguisant les lames des épées, tirant sur les immenses soufflets des forges et empennant des centaines de flèches. Leurs chants résonnaient dans la grande cour de la commanderie lorsqu'elles s'activaient devant les immenses feux où rôtissaient des carcasses de bœufs. Jean de Roquelande ne put que s'incliner devant ces femmes malgré la peur de leur voir subir les foudres de l'ennemi en cas de victoire. Il était convenu qu'elles quitteraient la forteresse sitôt l'avant-garde almohade en vue mais certaines rétives refusèrent d'écouter le grand maître qui haussa le ton. Elles durent à contrecœur se rendre à l'évidence et obéir aux injonctions de Jean de Roquelande qui ne manqua pas d'encenser leur vaillance. Les larmes aux yeux, le vieux templier leur expliqua le danger encouru et les exactions de l'éventuel vainqueur. Émues, les femmes s'inclinèrent respectueusement devant lui en louant sa clairvoyance et sa sollicitude.

Jean de Roquelande nous affirma que la bataille serait aussi brève que brutale. Il était impossible pour le calife de s'éterniser en raison du manque de victuailles et de son incapacité de disposer balistes, mangonneaux et tours d'assaut vue la configuration du terrain. Nous nous attendions donc à subir un choc d'une rare violence contre des centaines de fantassins lancés à l'assaut du tertre. Nous ne pourrions les contenir que grâce à nos archers mais sans nous permettre le luxe de gaspiller la moindre flèche.

Il fit procéder à un tir afin d'évaluer la distance de nos jets. Des dizaines de flèches fusèrent du haut des remparts. Des templiers assistés de volontaires plantèrent des piquets de bois à l'endroit même où se fichèrent les traits. La colline fut entièrement balisée par ces jalons servant de point de repère à nos archers. On fit de même avec le tir des pierrières.

Le grand maître et le viguier allaient d'un groupe à l'autre des combattants les encourageant et maintenant ainsi leur moral. Nous n'eûmes aucune défection lors de ces semaines de travaux de consolidation de la citadelle, de préparatifs et d'entraînements journaliers. Les hommes se prêtaient à leurs différentes tâches dans une joie communicative jurant qu'ils attendaient l'ennemi de pied ferme. Les templiers se montraient d'excellents maîtres d'armes, sachant décupler l'engouement des civils par des mots attentionnés et les encourageant à se dépasser. Les exercices à l'arbalète, au lancer de javelot, à la lutte au corps à corps s'enchaînaient sans que quiconque ne se plaigne. Le soir, les hommes regagnaient la ville, discutaient de leur journée autour d'un pichet de vin et des feux où rôtissaient des viandes. Certains regagnaient leur foyer mais la plupart s'enveloppaient dans des couvertures et dormaient sur la grand-place à même le sol, prêts à bondir au moindre appel.

5
Saragosse

Saragosse accueillit à contrecœur la horde des stropiats et des miséreux de Monzon. Cette gueusaille n'ayant pas les moyens de s'offrir le trajet en chariot arriva par grappes entières chaussées de souliers de fortune ou les pieds emmaillotés de torchons crasseux et ensanglantés. S'exposant aux bandits de grands chemins et aux dangers de la route, ils tentèrent de s'accrocher aux convois tractés par de puissants roussins mais abandonnèrent tout espoir de suivre le train des chevaux au bout de quelques lieues. De nombreux vieillards affligés par les affres de la maladie et des enfants affamés succombèrent à la fatigue et aux privations. Ils furent hâtivement enterrés au bord des chemins et bénis par l'abbé Paco afin qu'ils reposent dans une terre consacrée. Ce brave homme décida de rester près des loqueteux malgré les admonestations des familles fortunées qui voyageaient en berline et le prièrent de prendre place auprès d'eux. L'abbé Paco invita les bourgeois à la miséricorde leur implorant de laisser les indigents s'installer sur les charrettes qui transportaient des coffres débordant de riches vêtures et de mobilier de belle facture. Les notables déclinèrent la demande du religieux prétextant que la populace n'était qu'un ramassis de vauriens, de voleurs et de fainéants qui méritait largement la fange dans laquelle ils pataugeaient. Les bourgeois firent fi de la demande de l'abbé Paco qui les supplia au nom de la charité chrétienne de ne pas abandonner les mères et leurs nouveau-nés, mais le malheureux prêtre se heurta à une fin de non-recevoir.

— Nos dames, justifièrent les nantis, refusent la promiscuité d'enfançon dont l'odeur et les cris pourraient les importuner.

C'est à la tête d'une cohorte pesteuse, malade et affamée que l'abbé Paco arriva enfin à destination laissant derrière lui des tombes fraîchement creusées qui jalonnaient le parcours. Les survivants n'ayant plus la force de les ensevelir, les derniers cadavres furent tout simplement recouverts d'un monticule de pierres surplombé d'une croix. Les retardataires épuisés par cet exode s'installèrent sous les ordres des sergents du viguier dans des campements de fortune à l'écart de la ville. Dans son immense mansuétude, l'Église leur fournit des piquets et des toiles afin que les familles se regroupent sous des tentes. On leur distribua de la soupe. Ce ghetto devint rapidement un véritable coupe-gorge. Les jeunes filles se vendaient pour une poignée de blé, les femmes enceintes accouchaient d'enfant mort-né et les hommes s'étripaient pour quelques planches à brûler dans la froidure. On érigea un semblant d'église faite de bric et de broc. Les curés de Saragosse débordés par la situation mandèrent de jeunes séminaristes qui faisant contre bonne fortune bon cœur se relayaient et expédiaient chaque jour une messe dénuée de toute compassion avant de regagner rapidement la cathédrale. Des gens d'armes dépêchés par les autorités encadrèrent le bivouac faisant régner l'ordre à coups de triques car des conflits éclataient entre les familles lors de la distribution du pain et du brouet quotidien.

Les notables prirent d'assaut les auberges et les hostelleries. La ville s'organisa devant cette affluence de population et les prix des denrées de première nécessité s'envolèrent. Les femmes devant les longues queues des échoppes commentaient ces nouveaux tarifs maudissant les migrants et principalement les pauvres qui s'agglutinaient aux murs de la cité. Fort heureusement ironisèrent certaines, la maladie et la malnutrition emportaient chaque jour les plus faibles et les fossoyeurs transformèrent un champ en cimetière aux abords de la cité. Les offices mortuaires se succédaient dans l'indifférence générale. Chacun se battait pour sa survie.

Des hordes d'enfants faméliques et de misérables parcouraient les forêts, les clairières et les collines à la recherche de plantes et de racines. Les plus hardis, malgré l'interdiction de la viguerie, posaient des collets et ramenaient cachés sous leurs oripeaux des lapins ou des grives. Les braconniers dénoncés par des rivaux ou attrapés par les gardes se balançaient aux cordes d'un gibet rapidement dressé.

*****

Les troupes de Pierre II le Catholique qui parcouraient la province aragonaise déjouant les quelques incursions almohades firent quelques prisonniers. Ils furent ramenés à Saragosse et brutalement interrogés. Enchaînés dans un cul de basse-fosse, les Berbères subirent de nombreux tourments en la présence du viguier et d'un traducteur. Les informations arrachées sous la contrainte furent ensuite transmises à Pierre II. Il apprit que l'armée du calife Muhammad al Nasir comptait un effectif d'environ huit mille guerriers et se dirigeait vers Monzon mais les troupes affaiblies par le manque de nourriture se traînaient lamentablement sur les chemins escarpés sous les coups de fouet. Quelques déserteurs furent décapités provoquant l'effroi tuant ainsi dans l'œuf toute tentative de rébellion. Les Berbères poursuivaient leur avancée dans un paysage de villages abandonnés où les hommes fouillaient en vain les masures cherchant quelque nourriture à grappiller. Certains se résolurent à tuer des porcs et à les manger. Le calife et son vizir ne purent que fermer les yeux devant cette infamie car une armée, le ventre vide, se ferait laminer dès les premiers engagements. Pierre II savait à présent que la situation de Monzon était loin d'être catastrophique. Les Almohades s'attendant à lutter contre deux cents templiers ignoraient tout de l'engagement d'environ trois cents volontaires et de leur détermination à défendre leur cité.

Le viguier confronta les dires des prisonniers et tous affirmèrent les mêmes allégations sous la menace du garrot. Assis et entravé contre un poteau de bois et le cou enserré par une lanière de cuir, le malheureux étouffait dès que le bourreau tournait la manivelle. Une pointe de fer dépassant du pilier pénétrait également la nuque du condamné. Il était impossible de résister à de tels sévices. Dès que le tourmenteur relâchait l'étreinte du cordon, le supplicié reprenant son souffle répondait alors aux questions espérant la clémence de l'exécuteur qui sur un signe de son autorité lui brisait alors la nuque d'un coup sec sur le vilebrequin. D'après les renseignements fournis par les détenus, le calife s'attendait donc à une victoire facile contre une poignée d'hommes, qui malgré leur bravoure seraient contraints d'ouvrir la herse sous les coups de béliers. Pierre II, voulant préserver ses propres défenses et les frontières aragonaises décida d'envoyer à Monzon un contingent de chevaliers chrétiens pour la plupart français, belges et allemands. Dès la bataille engagée cette centaine d'hommes d'armes et leurs écuyers fonceraient sur l'arrière-garde ennemie lui refusant ainsi toute issue de secours en l'enfermant dans une souricière. Les Almohades, déjà fortement affaiblis par les privations et la résistance de Monzon, seraient des proies faciles pour une charge de cavalerie. Le roi confia le commandement de ce détachement à Renaud de Puysancy, un chevalier auvergnat qui luttait avec bravoure jouissant de l'estime et de la confiance de Pierre II. Mener une charge de cavalerie contre l'envahisseur n'était pas pour déplaire à Renaud de Puysancy qui connaissait la terreur des fantassins sous le grondement sourd des pas des chevaux martelant le sol. Aucune infanterie ne pouvait résister au déferlement d'une centaine de destriers soudés les uns aux autres s'abattant sur les piétons. Les puissantes encolures formant une muraille bardée de longues lances dévastaient tout sur leurs passages. La piétaille bousculée était écrasée par les sabots, hachée menu par les chevaliers qui abattaient leurs épées et ne devait son salut que dans la fuite. Cette stratégie datant depuis la nuit des temps faisait la renommée et la gloire de la chevalerie.

6
DÉBÂCLE

Les éclaireurs mandés par Jean de Roquelande revinrent à bride abattue. Ils mirent pied à terre et les palefreniers s'occupèrent des montures couvertes d'écume. Ils s'inclinèrent devant le grand maître qui devant leur mine renfrognée fit sonner le tocsin et le branle-bas. Aussitôt les villageois accoururent, prirent les armes et regagnèrent leur poste. Le sang-froid des templiers tranchait avec la fébrilité des civils. Les moines soldats encouragèrent les volontaires avec calme et sérénité. Les hommes s'agenouillèrent, se signèrent, fermèrent les yeux et prièrent. Les ingénieurs en charge des pierrières armèrent les frondes de lourdes pierres et tendirent les cordes. Ceux assignés aux barbacanes rejoignirent les bastions tandis que d'autres grimpèrent sur les chemins de ronde. La commanderie d'une quiétude exemplaire s'attendait à subir le choc des Almohades dont on devinait le nuage de poussière du haut des remparts. Il faudrait encore plusieurs heures aux troupes berbères pour arriver sous les murailles de la forteresse. Après un dernier baiser à leur époux, leur fils et leur frère, les femmes reçurent la bénédiction du grand maître templier. Dans son homélie, Jean de Roquelande vanta une fois de plus leur courage et le travail accompli. Les femmes s'installèrent calmement dans des chariots qui s'élancèrent escortés par une escouade. Seules restaient Assomption et Carmen qui refusèrent de quitter l'infirmerie en dépit des admonestations de Don Alejandro qui tremblait de peur pour elles en cas de victoire du calife. Dans les villages avoisinants, les maisons templières répondant au tocsin de Monzon hélèrent leurs moines soldats qui sereinement se harnachèrent, se mirent en selle et rejoignirent la forteresse.

Muhammad al Nasir et son armée arrivèrent au pied de la colline à renfort de buccins et de tambours. Le chef musulman bardé d'une cotte dorée aux mailles écaillées, coiffé d'un camail et d'un casque conique surplombé d'un croissant jaugea la citadelle, s'entretint avec son vizir, puis donna des ordres à ses capitaines qui les répercutèrent à leurs régiments.

Les guerriers s'éparpillèrent au pied de la colline attendant que sonne l'olifant. Leur discipline et leurs cris de guerre destinés à effrayer l'ennemi ne trouvaient aucun écho dans la citadelle. Rien n'agace plus un chef de guerre qu'un rival qui ne répond pas à ses fanfaronnades. Le vizir certifia à son calife que ses troupes feraient bombance dans le château dans la soirée vu le petit nombre de tuniques blanches flanquées de la croix rouge qui les défiait du haut des remparts. Muhammad al Nasir constata avec étonnement que les deux barbacanes semblaient désertes. Le vizir dans son arrogance habituelle lui attesta que ces avancées de murs crénelés construites à la hâte ne représentaient aucun danger. Muhammad al Nasir accompagné de quelques cavaliers fit le tour du château à la recherche d'une poterne ébréchée, d'un mur décrépi ou de parapets délabrés afin d'y envoyer le plus d'hommes possible, mais la citadelle se tenait fière et altière. Les roulements des tambours de guerre se turent. Un silence pesant entrecoupé par quelques hennissements et par les croassements des corbeaux s'étendit sur l'ost Almohade. Les templiers et les volontaires retenaient leur souffle dans l'attente de la déferlante. Muhammad al Nasir leva les bras et le son d'un olifant déchira le ciel. Aussitôt les fantassins de la première vague se ruèrent à l'assaut de la butte. Encouragés par leurs officiers, les guerriers haletants devant la rudesse de la côte entamèrent la pénible ascension. Les premiers attaquants arrivèrent aux niveaux des fosses recouvertes de branchages qui craquèrent sous leur poids. Les hommes tombèrent dans les profondes cavités et s'empalèrent sur les pointes hérissées. Épouvantés, les suivants s'arrêtèrent devant les trous béants où pataugeaient leurs camarades dans le sang et la boue. Certains tentèrent désespérément de s'extirper des pièges en s'accrochant aux parois de terre qui s'effritaient sous leurs doigts mais ils retombèrent lourdement sur les agonisants. Les hommes de Monzon tranchèrent les liens retenant les troncs enduits de résine qui aussitôt dévalèrent la pente et s'enflammèrent sous nos flèches incendiaires. Les tuniques des Berbères culbutés par les arbres en feu s'embrasèrent, les malheureux s'écroulèrent sous l'effroi des leurs qui tentèrent vainement de les secourir. Des templiers brisèrent les palissades de bois et des centaines de blocs de pierre roulèrent dans un terrible grondement déquillant les guerriers, brisant les crânes et les poitrines, arrachant bras et jambes. Des centaines d'hommes disloqués et d'autres finissant de se consumer jonchaient la colline. Aux cris de frayeur succédèrent les plaintes des moribonds. Le calife assista impuissant à l'échec du premier assaut et jugeant que les assiégés ne disposaient plus de chausse-trappe envoya toute son armée à l'attaque. Des milliers d'hommes, cimeterre au clair et écumant de rage se lancèrent à corps perdu à l'assaut du château. Ils arrivèrent en quelques minutes au milieu des cadavres de leurs frères et traversèrent le terrain accidenté. Les troncs d'arbres calcinés dégageaient des myriades de fumerolles et l'épaisse fumée à laquelle se mêlaient des relents de chair brûlée prenait à la gorge. Ils hésitèrent quelques instants devant le terrible massacre. Harangués par le vizir, ils reprirent l'escalade se frayant un chemin parmi les cadavres, les blocs de pierre et les corps mutilés. Se dégageant du cloaque et s'encourageant mutuellement, ils franchirent l'immense charnier et continuèrent la pénible montée.

Du haut des remparts, Jean de Roquelande aperçut les Almohades franchissant l'écran de fumée. Il attendit patiemment que les centaines de guerriers soient à portée de tir. Dès qu'ils foulèrent le terrain d'où dépassaient les balises de bois, le grand maître ordonna le tir des pierrières. Les artificiers déposèrent dans les frondes des balistes les pots à feux qu'ils allumèrent puis les servants des engins de jets frappèrent sur les crochets des engrenages. Les feux grégeois s'élevèrent et éclatèrent sur le sol projetant des gerbes de gouttelettes qui enflammèrent les vêtures des assaillants. Blême de rage et de stupéfaction le calife vit la course effrénée des torches humaines embrasant ceux qui passaient à leur portée et s'écroulaient au bout de quelques pas. Les ingénieurs rechargèrent les catapultes. La rocaille s'abattit sur les assiégeants pulvérisant les rondaches, décapitant, brisant bras, poitrines et jambes sous leurs impacts. Les commis aux engins de jets réarmèrent prestement leurs machines qui déversèrent de nouvelles volées de pots à feux et de caillasse mais l'ennemi continuait malgré tout sa lente progression. Les officiers almohades se doutaient pertinemment que quatre pierrières ne parviendraient pas à stopper une armée de milliers d'hommes. Ils savaient également que le chargement des engins nécessitait de longues et savantes manœuvres, aussi les capitaines du calife incitèrent leurs troupes à hâter le pas afin de se rapprocher des barbacanes. Enhardies par les ordres de leur chef suprême, des centaines de fantassins se ruèrent en vociférant sur les bastions qui les reçurent sous un déluge de flèches. Les corps boulèrent et dévalèrent la pente entraînant dans leur chute une seconde vague de combattants. Déconcertés devant la résistance des positions fortifiées, les assaillants agglutinés subirent plusieurs salves qui les clouèrent au sol.

Malgré de lourdes pertes, les sarrasins protégés par un mur de boucliers se rapprochèrent dangereusement des fortifications de fortune. Le frère templier chargé de la défense de la barbacane ordonna le repli. Les archers coururent jusqu'à la citadelle sous les flèches des sarrasins qui fauchèrent plusieurs d'entre eux. D'autres civils cernés et submergés par le nombre se débattirent et succombèrent dans des corps à corps inégaux. Les guerriers musulmans dans des raffinements de cruauté les démembrèrent et plantèrent leur tête au bout de piques qu'ils brandirent crânement malgré l'averse de flèches qui s'abattait sur eux. Sous les ordres de Jean de Roquelande, une cavalerie templière quitta la forteresse afin de protéger les fuyards qui tentaient de rejoindre la commanderie. Les cavaliers foncèrent sur les Berbères faisant tournoyer leurs lourdes épées et taillèrent dans la meute. Profitant de cette aide providentielle, les survivants de la barbacane se hâtèrent de rejoindre la citadelle. Des chevaliers tentèrent de récupérer des blessés les hissant sur leur selle mais leurs chevaux touchés par de nombreuses dondaines s'écroulèrent coinçant les templiers sous leurs montures. Les Almohades les extirpèrent et leur tranchèrent la gorge. La herse fut abaissée devant la horde déchaînée qui piétinait de rage et de fureur devant l'entrée du château.

À l'appel de l'olifant, les guerriers maures battirent en retraite sous une dernière nuée de projectiles, leurs hurlements couverts par les hourras des assiégés. Dans une discipline de fer, les combattants musulmans s'alignèrent devant Muhammad al Nasir qui constata avec aigreur l'état pitoyable de ses hommes. Des régiments entiers manquaient à l'appel décimés par les tirs meurtriers des trébuchets et des archers. Des trefs dressés à la hâte accueillirent les blessés. Les médecins s'affairaient dans une terrible confusion, recousant et amputant tandis que les ulémas administraient les derniers sacrements aux agonisants.

Le calife et son vizir firent le tour de la citadelle et s'aperçurent du carnage. Des centaines de corps entremêlés, barbés de flèches ou se consumant gisaient dans des mares de sang. Le vizir se rendit en délégation à la commanderie et obtint de Jean de Roquelande le droit de récupérer ses hommes tués au combat. Ils furent ensevelis le visage tourné vers La Mecque dans une immense fosse après une dernière prière.

Le soir tombait sur cette première journée qui laissait un goût amer. Nous avions certes repoussé l'ennemi mais Jean de Roquelande savait pertinemment que Muhammad al Nasir ne resterait pas sur un échec. Nous venions de remporter une victoire mais l'ennemi disposait encore d'une puissante armée. Il reviendrait et cette fois, nous n'aurions plus l'effet de surprise. Nos pièges et nos barbacanes désormais inutilisables nous feraient cruellement défaut. Il fallait nous attendre à une nouvelle attaque en masse. Nous comptions de nombreuses victimes et sans renfort notre situation s'avérait désespérée.

Le grand maître alla visiter les blessés que nous tentions de sauver. Certains moururent avant même d'arriver à l'hospice. Des terrassiers ouvrirent une fosse à l'extérieur de l'enceinte dans laquelle nous allongeâmes nos morts. Nous nous affairions dans l'hospice, frère Maxime, sa tunique baignant dans le sang, allait de l'un à l'autre des blessés leur administrant des opiacés. Nous procédions ensuite à l'extraction des flèches, stoppant les hémorragies dans l'urgence, pressant sur les plaies, désinfectant, retirant les pointes de fer et recousant les plaies. Nous amputâmes un civil dont le bras transpercé de plusieurs flèches ne tenait plus que par un tendon. Des templiers nous assistaient ébouillantant nos instruments chirurgicaux et lavant le sol à grande eau. Nous reçûmes la visite de Constancio qui n'hésitant pas une seconde, retira son haubert, prit un seau et nettoya le sol. Sa besogne terminée, il se lava les mains et s'approcha de Carmen occupée à suturer. Il lui essuya d'un geste tendre la sueur qui perlait à son front puis s'éclipsa.

La nuit tomba sur la citadelle endormie. Le grand maître et le viguier arpentaient les chemins de ronde. Inquiets, ils virent un groupe de Berbères portant des torches qui s'enfonçaient dans un bois. Ils entendirent au loin des coups et des ahanements qui résonnaient dans l'obscurité.

7
Déferlante

Des dizaines de feux illuminaient le campement endormi des almohades gardé par quelques hommes dépités qui rongeaient leur frein. Ils allaient et venaient d'un brasier à l'autre échangeant quelques paroles. Les médecins débordés par l'affluence des blessés œuvraient sous des tentes éclairées par des torches. Des centaines de guerriers attendant leur tour gémissaient allongés dans l'herbe. Les blessures épouvantables causées par les éboulements de pierres et par les rochers projetés des balistes condamnaient à une mort certaine les hommes aux visages déchirés et aux poitrines enfoncées. La plupart mourraient avant de passer sur les tables d'opération. Les ulémas allaient d'un cadavre à l'autre récitant la prière des morts et les corps venaient s'entasser dans les immenses fosses.

— Tu m'as assuré que nous ferions bombance ce soir même dans le château, pesta le calife.

— Ces chiens nous ont pris par surprise, Grand Calife, qui aurait pu croire qu'ils sapent le terrain ?

— Imbécile ! fulmina Muhammad al Nasir. Je connais Jean de Roquelande. Sa réputation n'est plus à faire. Crois-tu vraiment qu'il allait nous rendre le château sans lutter ?

— Ces templiers sont le diable, Majesté.

— Je t'ai envoyé afin de négocier une reddition dans l'honneur et la seule chose que tu as su faire a été de le défier. Tu n'as même pas été capable de voir qu'il disposait d'engins de guerre et de volontaires, s'emporta le calife.

— Mais je pensais que ces artisans et ces ouvriers n'étaient là que pour consolider le château. Quant aux pierrières, elles ressemblaient plutôt à des engins datant de l'antiquité, Grand Calife, bredouilla le vizir.

— Tu mériterais que je te fasse écorcher vif. Demain, c'est toi qui mèneras la charge. Hors de ma vue !

Muhammad al Nasir sortit de sa tente et alla rejoindre des sentinelles qui s'entretenaient autour d'un feu. Les hommes se turent et s'inclinèrent respectueusement devant leur chef qui les incita à reprendre le cours de leur conversation.

— Ces chrétiens sont vaillants et rusés, mais nous en viendrons à bout Éminence.

— Tu es avec moi depuis combien de temps Hazim ? demanda Muhammad al Nasir.

— J'ai combattu avec votre père, Éminent Calife. Les châteaux tombaient les uns derrière les autres car nous disposions de machines de guerre.

— Aurais-tu peur ? s'étonna le chef des Almohades.

— Vous avez la sagesse de votre père, Grand Calife, je n'ai donc peur de rien et puis le destin du soldat n'est-il pas de mourir les armes à la main en combattant pour son Dieu et pour son maître ? Le Prophète ne saurait nous abandonner. Vous êtes sous sa protection.

— Vous êtes notre guide, approuvèrent les sentinelles.

— Tâchez de reprendre des forces, demain sera…

Le calife n'eut pas le temps de terminer sa phrase. Un terrible martèlement se rapprochait du campement. Fonçant à bride abattue, une puissante cavalerie chargeait le campement berbère. Saisis de stupeur puis d'effroi les Maures subirent le choc de plein fouet. Formant une véritable vague, la cavalerie traversa le bivouac. Les cavaliers armés de longues piques se frayèrent un chemin ensanglanté à travers le camp sarrasin ensommeillé, bousculant les sentinelles, perçant les hommes qui tentaient de s'interposer, fauchant les fuyards et renversant les braseros dont les tisons enflammèrent les tentes. La cavalerie lourde, fer de lance de toutes les campagnes militaires, tant redoutée par la piétaille écrasa et dévasta tout sur son passage ne laissant derrière elle qu'un champ de ruines.

Éperonnés, les destriers aux larges encolures anéantirent toute résistance. Sous les ordres de leurs officiers, les fantassins sarrasins tentèrent de freiner la cavalerie s'abritant sous une muraille de boucliers sur laquelle se ruèrent les chevaux fracassant et disloquant les hommes agglutinés derrière leur rondache. Arrivés au bout du campement, les chevaliers tirèrent sur leurs rênes, firent volte-face et foncèrent de nouveau sur les guerriers épouvantés. Harcelant leurs montures, les chevaliers dégainèrent leurs épées frappant sur les malheureux qui tentaient de s'interposer faisant un véritable carnage. Emportée par son élan, la cavalerie disparut dans la nuit noire, contourna la colline et entra dans la citadelle sous les acclamations.

Le plan de Jean de Roquelande établit après l'attaque berbère avait parfaitement fonctionné. À la tombée du jour, les palefreniers enveloppèrent les sabots des chevaux de tissus matelassés. La centaine de templiers, secondée par les chevaliers aragonais dirigés par Constancio, quittèrent la citadelle en toute discrétion. Cette expédition dépendait bien sûr du courage des hommes engagés pour cette attaque surprise de nuit mais également sur l'aptitude des chevaux de guerre à répondre aux consignes de leurs cavaliers. D'un calme olympien avant la bataille, parfaitement dressés et rompus à l'art du combat, ils étaient capables de retenir leurs hennissements sous une simple pression de la main de leur maître. L'escadron contourna le château, prit la direction du nord pendant une demi-lieue évitant ainsi de s'aventurer sur la pente, se regroupa sous les frondaisons d'un petit bois qui jouxtait le campement berbère et attendit l'ordre du frère templier qui mena la charge dévastatrice.

Jean de Roquelande connaissait l'effet d'un tel raid sur l'ennemi. Supérieurs en nombre, les Almohades ne s'attendraient sûrement pas à un tel aplomb de la part d'un adversaire démuni et encore moins à une charge de cavalerie lourde.

Le jour se leva sur le campement totalement défiguré. Des centaines d'hommes erraient lamentablement au milieu des corps écrasés, des bras et des têtes éparpillés, des tentes incendiées et des cantines endommagées par le piétinement des destriers. L'hôpital de fortune n'était plus qu'un amas de couches disloquées et les rares médecins dépassés par le nombre des blessés se laissaient aller au désespoir devant l'ampleur de leur tâche. Muhammad al Nasir et ses capitaines harcelaient ses hommes tentant de remettre un semblant d'ordre parmi ses régiments éreintés. Le fouet claquait et quelques fuyards furent décapités sous les yeux horrifiés de la troupe. On dénombra plusieurs centaines de tués et de très nombreux éclopés aux membres brisés par les sabots. L'incursion prouvait une fois de plus aux Almohades la témérité et la bravoure des templiers. Muhammad al Nasir savait que son ennemi n'accepterait aucune reddition. Le combattant berbère éprouvait malgré tout du respect pour Jean de Roquelande. Animés d'une foi incorruptible et du même code de l'honneur, en d'autres lieux, sous d'autres cieux et en temps de paix nous aurions partagé le thé et les dattes sous le même tref, pensa-t-il.

8
L'ASSAUT

Arpentant les remparts de la citadelle, Jean de Roquelande et le viguier suivaient le travail des Almohades qui s'activaient à redresser le campement ravagé. Animé d'un sentiment de vengeance, Muhammad al Nasir harcelait son vizir et ses capitaines. Le moral des hommes était au plus bas et le fouet cinglait sur les échines. Les préparatifs d'une nouvelle attaque s'éternisaient rendant chaque jour la situation plus pénible pour les assiégeants. Les denrées s'épuisaient et il fallut se résoudre à abattre des chevaux au grand désespoir des chevaliers sarrasins qui nouaient avec leur monture une fidèle complicité. Les cavaliers arabes réputés parmi les plus intrépides et les meilleurs dresseurs entretenaient des liens si étroits avec leur destrier que l'animal répondait à leur moindre sollicitation d'un simple mot ou d'un claquement de doigts. La plupart des cavaliers se chargèrent eux-mêmes de sacrifier leurs chevaux. Ils bandèrent les yeux de leurs fidèles animaux et leur assénèrent un terrible coup de masse sur la tête. Les montures s'écroulèrent sous les cris de détresse des guerriers qui s'en remettaient à leur Dieu afin qu'il accueille le cheval dans son paradis. D'autres combattants au comble du désespoir confièrent cette terrible mission aux cuisiniers. Un vieux guerrier s'agenouilla près de son cheval, lui implora sa clémence, se releva et lui trancha la carotide avant de se trancher lui-même le cou.

Le grand maître savait que l'ennemi ne resterait pas sur une défaite, les coups de hache et de massue que l'on entendait depuis plusieurs jours prouvaient que Muhammad al Nasir s'apprêtait à une offensive de grande envergure. Les inquiétudes de Jean de Roquelande s'avérèrent prémonitoires lorsque les Maures revinrent bardés d'échelles, de palissades et d'un immense chêne posé sur un berceau muni de roues. Des dizaines de Berbères tirèrent sur des cordes et l'impressionnant bélier commença sa lente ascension. Les vantaux de la porte et la herse ne résisteraient pas longtemps aux assauts d'un tel engin. Devant cette grave menace, Jean de Roquelande dépêcha un templier à Huesca. Le chevalier, escorté de deux autres chevaux de secours aux longes attachées à son harnais quitta Monzon à bride abattue. Il ne lui faudrait que quelques heures pour délivrer son message aux armées franques stationnées aux portes de Huesca.

Muhammad al Nasir disposait encore d'une puissante armée. Il avait certes perdu un millier d'hommes lors de sa précédente attaque mais ses vétérans animés d'un désir de revanche pouvaient combattre le ventre vide et encourageaient les plus jeunes à les suivre. Fort heureusement, le terrain accidenté ralentissait le convoi qui ne progressait que de quelques mètres par heure. Cela laisserait-il le temps aux renforts espérés par Jean de Roquelande d'arriver à temps ? Rien n'était si sûr car pendant que le bélier se hissait péniblement à bras d'hommes, d'autres guerriers prenaient position, protégés par de larges palissades et commençaient eux aussi l'ascension de la butte. Ils arrivèrent à portée de nos flèches qui se fichèrent sur les barrières de bois et ne firent que quelques victimes. Nos pierrières firent voler en éclat quelques-uns de ces immenses boucliers tuant de nombreux hommes mais l'ennemi galvanisé progressait et déjà l'avant-garde atteignait le pied des hautes murailles. Les premiers ennemis commencèrent à grimper sur les échelles adossées aux remparts. Armés de longues piques, nos volontaires repoussèrent les échelles qui s'écrasèrent au sol entraînant des dizaines d'hommes qui chutèrent lourdement. La multitude des guerriers ressemblait à une fourmilière qui malgré nos projectiles ne cédait pas un pouce de terrain. Les pierres éclataient les têtes, écrasaient les poitrines, les flèches, lances et carreaux d'arbalète décochés pratiquement à bout portant transperçaient les corps, les chaudrons de poix et de résines se déversaient sur les échelles, les targes et sur le dos des hommes. Les malheureux épouvantés s'enflammèrent sous nos flèches incendiaires, dégringolèrent des échafaudages, se fracassèrent dans des gerbes de feux et se consumèrent lamentablement dans les flammes. Au mépris du danger et de l'orgie de sang ruisselant le long des rochers, des viscères éparpillés, des ventres déchirés, des corps décapités et des visages emportés, la troupe toujours aussi nombreuse dressait les échelles dans un manège incessant appuyé par les archers berbères postés en amont qui férissaient sans discontinuer abattant plusieurs des nôtres qui basculèrent dans le vide. Le combat faisait rage depuis plusieurs heures et le bélier n'était plus qu'à quelques pas porte du château que nos charpentiers venaient de consolider avec des madriers fichés dans le sol et adossés aux battants. Une troupe de Berbères prit alors son élan, certains tirant sur les cordes, d'autres poussant le lourd chariot qui s'ébranla et pris de la vitesse. Faisant fi des pierres jetées du haut de la courtine reliant les deux tours de part et d'autre de la lourde porte, l'ennemi lâcha le redoutable tronc d'arbre qui vint percuter le portail tressaillant sur ses gonds. Un groupe de guerriers formant un rempart de boucliers s'avança protégeant les soldats qui tirant sur les cordes firent reculer le bélier. La seconde tentative se solda également par un échec, mais Muhammad al Nasir ne désarmant pas se joignit à ses hommes. Encouragés par la présence de leur chef ils redoublèrent d'effort. Enhardis par les ahanements du calife se joignant aux leurs, les Almohades s'élancèrent à maintes reprises projetant le formidable tronc dont les coups de boutoirs ébranlèrent le porche provocant des fissures et déstabilisant les murs de pierres. De nombreuses victimes fauchées par nos flèches finirent écrasées sous les énormes roues. La rampe d'accès à l'énorme portail était jonchée de débris humains, d'un torrent de sang où bras, jambes broyées et têtes en bouillie s'entremêlaient. Nos charpentiers détruisirent une baliste, treuillèrent les poutres badigeonnées de résines, les jetèrent par-dessus les créneaux et les enflammèrent. Les Berbères s'approchèrent pour pousser les débris incandescents mais des volées de flèches stoppèrent leur élan. Muhammad al Nasir pestait devant le spectacle de ses guerriers cloués sur place. Il était impossible de s'aventurer sur le chemin sans être transpercé par les carreaux et les traits qui fusaient creusant des trous parmi la nuée des attaquants.

Les échelles continuaient leur incessant manège et les premiers assiégeants se hissèrent sur les chemins de ronde où de terribles corps à corps s'engagèrent. Épuisé par l'escalade, l'ennemi céda rapidement mais chaque homme tué était aussitôt remplacé par des dizaines d'autres et les templiers reculèrent submergés par le nombre. Certains volontaires pris de panique et croyant à la clémence des infidèles déposèrent leurs armes et furent aussitôt découpés par les lames des cimeterres. On se battait maintenant sur tous les chemins de ronde et dans la cour. Les hurlements et les cris de rage s'approchaient dangereusement de l'hôpital. Je pris Assomption dans mes bras, Carmen nous emboîta le pas et nous grimpâmes jusqu'au donjon. Nous barricadâmes la porte avec le mobilier, j'embrassai Carmen qui frémissante de peur se blottit contre moi. Son cœur battait à tout rompre. Je me libérai de son étreinte puis me faufilai à travers un fenestron. Je descendis les marches quatre à quatre, endossai le haubert, pris l'épée et l'écu d'un mort et regagnai la porte d'entrée de l'hospice quand deux guerriers musulmans surgirent. Mon premier coup d'épée frappa entre l'épaule et le cou tranchant la carotide, profitant de mon élan je transperçai le second de part en part. Je repoussai les cadavres. Trois Almohades qui grimpaient les marches trébuchèrent sur les corps. Ils se relevèrent promptement et se ruèrent sur moi. L'étroitesse de l'escalier en colimaçon ne permit pas aux trois hommes de m'attaquer de face. J'éventrai le premier qui s'écroula sans un cri. J'occis les deux autres, qui gênés et empêtrés par les cadavres n'eurent pas le temps de lever leurs armes. Les marches ruisselaient de sang mais cela n'empêcha nullement un autre combattant de s'y précipiter. Il piétina ses compagnons et leva si haut son cimeterre que la lame se brisa contre les marches du haut. Il dégaina un poignard de son fourreau. Je ne pus esquiver son attaque, je sentis la lame déchirer ma cotte de mailles et pénétrer mon flanc. Je vis mon adversaire sourire lorsqu'il retira de mon corps son couteau ensanglanté. Il me repoussa d'un violent coup de poing sur la poitrine. Je reculai et chutai sous la force de mon adversaire qui s'empara d'une hache qui jonchait sur les marches au milieu des cadavres. Rampant, je parvins jusqu'au couloir, je roulai sur moi moi-même plusieurs fois évitant la hache qui rebondissait sur les dalles dans une myriade d'étincelles. Toujours allongé, je tendis le bras et d'un violent arc de cercle à ras du sol, je tranchai le pied de mon adversaire qui s'écroula dans un épouvantable hurlement. Je me relevai et l'achevai lui plantant mon épée dans la gorge. Poussé par l'exaltation, je ne ressentis aucune douleur et enjambai les corps qui s'entassaient dans l'escalier, dévalai les marches et me joignis aux templiers qui luttaient avec rage dans la cour du château, se protégeant derrière un mur de boucliers d'où émergeaient des lances fermement maintenues. Ne cédant pas un pouce de terrain, les moines soldats soudés les uns aux autres résistaient aux terribles assauts. Les hommes de Jean de Roquelande abaissaient régulièrement leurs écus permettant ainsi aux archers postés derrière eux de décocher. Grâce aux échelles, les Almohades continuaient à se déverser sur les chemins de ronde apportant un flot ininterrompu de guerriers. Les volontaires de Monzon malgré leur bravoure n'étaient plus de taille à résister à cette meute de soldats aguerris. Nos ennemis prirent rapidement le dessus, se précipitèrent dans la cour, démantelèrent l'échafaudage de madriers et ouvrirent le portail. Une véritable marée humaine s'engouffra dans une cohue indescriptible. Nous reculâmes et nous nous retrouvâmes rapidement acculés contre une muraille devant la horde qui stoppa son assaut et cessa le combat sous l'ordre de son calife. Muhammad al Nasir se présenta devant nous et demanda à parlementer avec Jean de Roquelande. Le grand maître s'avança en claudiquant, remit son épée à un templier et s'entretint avec Muhammad al Nasir. Les deux hommes se saluèrent respectueusement et partagèrent un broc d'eau fraîche.

— Votre situation est désespérée Messire de Roquelande, dit le calife en préambule. Il me suffit d'un seul geste et mes troupes vous achèveront, continua-t-il.

— Vous subiriez alors la colère de nos renforts, Excellence.

— Je ne vois point de renfort, sourit Muhammad al Nasir.

— Ils ne devraient pas tarder. Vous serez pris en tenaille par trois puissantes cavaleries, affirma le grand maître.

— Trois cavaleries dites-vous ?

— Oui Excellence. Huesca nous envoie un contingent qui vous bloquera l'accès du nord. Des chevaliers Francs, Belges et Frisons arrivent par l'est et le roi à la tête des Aragonais accourt par l'ouest.

— J'ai encore de nombreux hommes…

— Affamés, trancha Jean de Roquelande. On ne combat pas continuellement le ventre vide. Que pourront vos guerriers contre mille chevaliers bien armés et décidés à en découdre ? Vous êtes un soldat Excellence et non un meurtrier. Vos hommes ont vaillamment combattu et n'ont pas démérité. Nous sommes à votre merci mais craignez le courroux des nôtres si vous ne vous retirez pas. Vous avez encore la possibilité de partir avec vos régiments…

— Laissez-moi réfléchir. En fait j'ai gagné et je devrais fuir, êtes-vous sérieux Messire de Roquelande ? s'étonna le calife.

— Si vous souhaitez poursuivre le combat, permettez au moins à nos volontaires de quitter le château sans représailles, demanda le grand maître.

— Soit, qu'ils déposent leurs armes. Il ne leur sera fait aucun mal. Vous avez ma parole. Je vous le jure sur mon Dieu.

— Ce ne sont pas les Dieux qui combattent, ce sont les hommes qui le font pour le plus grand plaisir des Dieux semble-t-il.

— Cela justifie-t-il vos croisades ? ironisa le calife.

— Cela justifie-t-il votre guerre sainte ? rétorqua Jean de Roquelande.

— Vous envahissez nos terres musulmanes, grommela Muhammad al Nasir.

— Il me semble que nous avons déjà eu cette discussion Excellence. Nous pourrions disserter pendant des siècles de l'hégémonie des uns et des autres.

— En effet, Messire de Roquelande, nous pourrions discuter de guerres saintes pendant des heures mais ce n'est ni le lieu, ni le moment, dit le calife visiblement agacé par la tournure de l'entretien. Retournez près de vos hommes et tâchez de les convaincre de se rendre.

Les deux hommes se séparèrent, Jean de Roquelande s'adressa aux civils de Monzon leur suppliant de quitter le château. Les volontaires se regardèrent, certains décidés à continuer la lutte, empoignèrent fermement leurs armes et rejoignirent les templiers. D'autres affaiblis par la rudesse du combat quittèrent la cité templière jetant leurs épées au pied du calife. Constancio harangua les jeunes nobles qui réajustèrent leur haubert, lacèrent la jugulaire de leur casque et se postèrent près des moines soldats. Les irréductibles mirent genoux à terre, déclamèrent un « Je vous salue Marie », se signèrent et firent un solide rempart de leurs écus hérissés de piques et de lances. Muhammad al Nasir exhorta ses troupes et leva le bras. Comme un seul homme, la horde menaçante s'apprêta à bondir lorsqu'un cri se fit entendre.

— Les chrétiens ! Les chrétiens ! hurla le vizir.

Sur la crête des collines avoisinantes, se tenaient deux puissantes cavaleries fièrement harnachées, gonfanons et oriflammes claquant sous le vent. Une délégation s'avança au pas, fendit les troupes berbères qui s'écartèrent. Un chevalier se présenta devant Muhammad al Nasir.

— Je suis Renaud de Puysancy, dit-il.

— Tu n'es pas Aragonais ? constata le calife.

— En effet, je suis Franc et je commande une troupe de chevaliers au service de sa majesté Pierre II. La deuxième cavalerie que vous apercevez est un régiment aragonais…

— Et que peuvent deux cents chrétiens face à mes hommes ? ironisa le calife.

— Nous ne sommes que l'avant-garde d'une coalition de Francs, de Frisons et de Belges qui ont tous répondu à l'appel de notre Souverain Pontife afin de préserver l'Aragon de votre invasion et de vous repousser vers la mer. Cette chevalerie a déjà franchi les Pyrénées…

— Pierre II ne dispose pas d'une armée aussi puissante, coupa Muhammad al Nasir.

— Nous attendons également un contingent de Germains. C'est une cavalerie de plus de mille hommes que vous aurez à affronter, affirma crânement Renaud de Puysancy. Gènes nous envoie ses meilleurs arbalétriers et nous attendons les archers Gallois de Cardiff armés de leurs longbows. Leur réputation n'est plus à faire. Nous sommes toute une armée au service de la Chrétienté et de Pierre II son plus digne représentant.

— Je ne vois pas Pierre II dit le catholique, railla Muhammad al Nasir nous dévisageant et provoquant les rires du vizir et de ses officiers.

— Prenez patience Excellence répliqua le chevalier franc, Pierre II chevauche à la tête de ses hommes et ils seront ici d'un moment à l'autre, rajouta-t-il.

— J'ai encore quatre mille guerriers prêts à en découdre…

— Vous n'avez pas de cavalerie lourde Excellence, trancha Renaud de Puysancy.

— Chien, de quel droit oses-tu couper la parole à mon Calife ? intervint le vizir.

— Ce n'est pas à toi que je m'adresse et méfie-toi des chiens, ils mordent.

— Impudent, hurla le vizir dégainant un poignard.

— Silence vizir, ordonna Muhammad al Nasir ! D'après toi, Chrétien, mon armée ne saurait te résister ?

— Vos hommes sont épuisés Excellence, ils ne rivaliseront pas contre une charge de cavalerie.

— Tu as sans doute raison Chrétien, dit amèrement le calife se retournant et constatant l'état de délabrement de ses hommes. Laisse-moi un instant m'entretenir avec mes capitaines.

Muhammad al Nasir s'éclipsa et rejoignit ses officiers. Le calife constata l'état de déliquescence de ses soldats pendant que Renaud de Puysancy discutait avec le seigneur Sanche de Huesca.

— Messire de Puysancy, j'admire votre sens de la repartie et votre ruse, plaisanta Sanche de Huesca, un des plus fidèles vassaux de Pierre II d'Aragon.

— Seigneur Sanche, il n'y a que l'audace qui puisse sauver Monzon.

— Pensez-vous que le calife va croire que nous disposons d'autant de troupe ? se hasarda le chevalier aragonais.

— Ses hommes sont épuisés, Messire Sanche. Muhammad al Nasir sait parfaitement qu'ils ne sauraient s'opposer à notre cavalerie si fictive fut-elle. Continuons à jouer de notre assurance.

— Certes Messire Renaud, prions seulement que Muhammad al Nasir ne connaisse pas la politique de Rome car Gènes et Cardiff sont loin d'être en bon terme avec Innocent III.

Les deux hommes bavardaient lorsque le calife s'approcha d'eux.

— Chrétiens, en accord avec mes capitaines, j'ai décidé de lever le camp mais ce n'est que partie remise. Mes hommes sont affamés et il serait suicidaire de ma part de les laisser vous affronter.

— Voilà une sage décision qui vous honore Excellence, affirma Sanche de Huesca en s'inclinant respectueusement devant le chef berbère.

— Laissez-moi quelques heures afin que nous puissions démonter notre campement et enterrer nos morts.

Muhammad al Nasir fit signe à ses hommes de rengainer leurs armes. Les Berbères s'exécutèrent et quittèrent la commanderie d'un pas lourd ramassant leurs morts et leurs blessés. Ils descendirent la pente de la colline, commencèrent le démantèlement de leurs tentes et creusèrent une immense fosse commune.

Jean de Roquelande fit défoncer un champ voisin et nous allongeâmes nos morts dans une nécropole improvisée. Les templiers et les civils de Monzon, frères d'armes reposaient devant l'Éternel. Un secrétaire ouvrit un obituaire et annota les noms de nos défunts afin que les familles, à leur retour de Saragosse et des Pyrénées puissent se recueillir. Dans la soirée nos prières se mêlèrent à celles des Berbères. Ce chœur de quatre mille voix qui entonnait de longues psalmodies dans la nuit couvrait nos psaumes.

Nous comptions une centaine de tués, parmi lesquels de nombreux volontaires dont quelques amis de Constancio. Nos blessés les moins gravement atteints attendaient devant la porte de l'hospice. Nous soignions en priorité les cas les plus graves. Frère Maxime administrait aux mourants une forte dose d'opiacés qui les plongeait dans un profond sommeil. Les agonisants s'éteignaient sans souffrance. L'hospice qui baignait dans le sang résonnait de cris et de gémissements, nous retirions les flèches, recousions les plaies, pansions, désinfections et amputions. Assomption nous fut d'un grand secours aseptisant pinces, ciseaux, scalpels, réconfortant les mourants et recousant les estafilades. Elle se déplaçait à présent sans béquilles grâce à l'ingéniosité d'un ébéniste qui lui avait confectionné une prothèse. Nous nous consacrâmes toute la journée et une partie de la nuit à notre ouvrage, éclairés par la lueur des torches. Au petit matin, nous pûmes enfin nous reposer et c'est à ce moment-là que je fus pris d'un vertige. Mes jambes ne me portaient plus, je m'adossai à un mur, glissai mollement le long de la paroi et m'étalai sur le sol. Don Alejandro se précipita aussitôt et fut saisi de stupeur devant ma tunique déchirée et maculée de sang coagulé. Carmen, Assomption et Don Alejandro m'allongèrent sur une table, déchirèrent mon surcot et ôtèrent ma cotte de mailles en prenant mille précautions. Mon vieux maître découpa ma chemise et mon pantalon de toile puis couvrit mon intimité d'un linge.

Mon torse et mes épaules portaient les stigmates des combats. Une profonde blessure traversait mon flanc gauche. Carmen badigeonna mes hématomes d'un onguent d'argile, d'ortie blanche et de miel. J'étais conscient et je sentais la délicatesse de ses mains sur ma peau. Trop occupé à soigner les blessés, Don Alejandro ne s'était pas aperçu de mon état et s'en voulait terriblement. Il me gronda comme on gronde un enfant pris sur le fait les doigts dans un pot de confiture. J'entendis de la douceur dans sa voix. Mon vieux maître présenta une fiole d'opiacées devant mes lèvres. Je refusai la mixture de calmants arguant que je ne souffrais pas. Carmen lui retira délicatement le flacon des mains et versa le contenu dans ma bouche. Don Alejandro écarta les lèvres de ma plaie, ôta un à un les brins de tissus et les éclats de limaille d'acier entremêlés puis inséra un petit bout de bois recouvert d'un épais tissu dans ma bouche. Il épandit de l'alcool pur dans ma blessure. Je mordis le bâton à pleine dent, relâchai mes mâchoires et poussai un cri déchirant en saisissant la main de Carmen sous le regard de Constancio qui venait d'apparaître le visage ensanglanté. Interloqué devant le spectacle de mon corps nu et constatant la main de Carmen enlacée dans la mienne, le jeune homme se fit recoudre l'arcade et la joue par Assomption puis s'éclipsa en pestant. Frère Maxime me fit boire une dose d'opiacés malgré mes protestations et je finis par sombrer dans un profond sommeil.

Je restais alité pendant quelques jours sous la bienveillance de Don Alejandro et de Carmen qui se relayaient à mon chevet. Frère Maxime m'inondait de breuvages censés me redonner des forces et Assomption me couvait comme un nouveau-né me préparant des repas dignes d'un empereur. Je reçus la visite de Jean de Roquelande et de frère Rémi qui me félicitèrent. Grâce à ma présence d'esprit et à mon courage assurèrent-ils, j'avais préservé l'hospice de la furie des Berbères n'hésitant pas à me battre et faire barrage de mon corps. Je remerciai frère Rémi louant ses leçons d'escrime. Les deux templiers retournèrent à leurs occupations me souhaitant un prompt rétablissement cédant leur place à un visage familier. Renaud de Puysancy, le chevalier auvergnat, prit un tabouret et s'installa près de ma couche.

— Je suis heureux de vous revoir Sicard.

— Je le suis également Messire Renaud.

— Cher Sicard, je suis au fait de votre bravoure. Vos amis templiers m'ont relaté votre courage devant l'hospice. Vous l'avez chèrement payé mais grâce à vous l'infirmerie est intacte.

— J'ai simplement accompli mon devoir Messire Renaud. J'ai appris l'audace avec laquelle vous avez défié le sultan, plaisantai-je.

— La ruse est parfois meilleure conseillère que l'épée surtout devant un ennemi supérieur en nombre.

— Qu'en est-il de vos remords et de votre pénitence Messire Renaud ?

— Elle prend fin mon ami. Je vais regagner mes terres prochainement. J'ai fait plus que ma part en terres aragonaises et j'ai occis de nombreux mécréants. Il est grand temps maintenant de retrouver mon épouse et les miens. Ma Dame me manque et j'ai hâte de l'enlacer. J'ai consacré ces derniers mois à combattre. J'espère avoir l'occasion de vous revoir mon ami, conclut-il après m'avoir longuement serré la main.

*****

Carmen changeait régulièrement mes bandages et massait du bout des doigts mes points de suture avec une crème apaisante. J'étais à la fois troublé et gêné lorsque je sentais ses mains fines se poser sur mon ventre mais pour rien au monde je n'aurais échangé ma place pour une autre. Constancio passait tous les jours à l'hospice se plaignant de douleurs et exigeait que Carmen s'occupe de lui. Carmen prétextant des soins beaucoup plus importants à me prodiguer l'adressait à Assomption.

— Il n'est pas normal que Carmen me délaisse, se plaignit-il à Don Alejandro.

— Voyons, voyons, Constancio, Carmen ne vous délaisse pas. Nous sommes débordés de malades et d'éclopés, vos blessures sont moins graves que celles de la plupart des malheureux qui sont ici.

— Certes, acquiesça le jeune noble, mais elle passe beaucoup de temps auprès de ce Sicard, rajouta-t-il.

— Sicard a le flanc perforé de part en part. C'est un miracle qu'il soit encore en vie.

— Lorsqu'elle sera mienne, je lui interdirai de toucher d'autres hommes que moi, pesta Constancio.

— Je ne touche pas les hommes Constancio, je les soigne, répliqua Carmen qui venait d'entrer dans l'hospice me tenant par le bras.

— Tu es enfin guéri Sicard ? railla Constancio.

— Pas tout à fait Messire Constancio, je viens de faire mes premiers pas grâce à Carmen, répondis-je.

— Tu ferais mieux de t'appuyer sur une canne, ricana Constancio.

— Chaque chose en son temps Messire Constancio. Le bras de Carmen est plus confortable qu'un simple bout de bois, ironisai-je.

— L'usage de la médecine devrait être réservé aux hommes, maugréa-t-il, nous sommes fiancés Carmen, ne l'oublie pas, l'homme est maître chez lui, tu devras m'obéir lorsque tu seras mon épouse…

— Tu as une piètre image des femmes Constancio. Je ne suis pas une de ces gourgandines que tu amuses avec tes titres et ton argent, trancha Carmen.

— Tu seras pourtant bien contente d'avoir mes titres et mon argent, fulmina Constancio piqué au vif.

— Je n'ai que faire de ta noblesse et de ta fortune…

— Votre fille me manque de respect Don Alejandro. Je ne saurais en tolérer davantage. Elle doit me présenter des excuses sur-le-champ.

— Voyons ma fille, tu es promise à Constancio…

— Contre mon gré, père.

— Silence, ce qui a été promis ne peut se défaire sur un simple coup de tête, tonna Don Alejandro. Tu vas présenter tes excuses immédiatement à Constancio et nous allons vous marier au plus tôt.

— Mais père…

— Silence ! Tu me dois respect et obéissance comme tu devras respect et obéissance à ton futur époux. Je suis las de tes atermoiements.

— Je vous obéirai père, murmura Carmen baissant les yeux devant Constancio.

Tenant enfin sa victoire, Constancio salua Don Alejandro, me jeta au passage un regard méprisant et retourna près de ses amis.

Je m'en voulais terriblement d'être un fardeau pour l'hospice et décidais d'assister Don Alejandro malgré ses remontrances. J'allais d'une pièce à l'autre de l'infirmerie visitant les blessés et leur prodiguant des soins. Je renouais avec ma vocation et me dépensais sans compter au grand dam de Don Alejandro et de Carmen qui tentaient de me raisonner. Harassé, je m'écroulais le soir venu sur une couche et m'endormais comme un enfançon. Mon sacerdoce auprès des souffreteux me permettait de me libérer de l'attirance que j'éprouvais pour Carmen. La savoir prochainement mariée à ce présomptueux de Constancio et le voir traîner ses guêtres dans l'hospice comme il le faisait tous les jours me rendaient fou de rage. Il arrivait à l'improviste, saluait respectueusement Don Alejandro et Carmen, ignorait Assomption et me gratifiait d'un hochement de tête. Il annonçait fièrement que ses affaires reprenaient leurs cours, décrivait l'avancée des travaux de sa future demeure tout en se plaignant de tel ou de tel corps de métier. Il se vantait de sa nomination au conseil des édiles de Monzon et se voyait déjà diriger la ville. Il avait l'intention d'agrandir l'hospice de Don Alejandro et d'en faire un centre médical prestigieux doté d'une école de médecine réservée à l'élite de la jeunesse d'Aragon.

Nous restâmes environ un mois à la commanderie puis nous regagnâmes notre hospice. Mon état s'améliorait de jour en jour tandis que Carmen s'étiolait. Les noces approchant la rendaient d'une tristesse et d'une morosité infinie. Carmen touchait à peine les plats cuisinés par Assomption qui tentait par sa bonne humeur d'égayer l'atmosphère lugubre de notre réfectoire. Don Alejandro vantait les mérites du mariage avec Constancio et assurait que sa fille ne manquerait de rien, aussi exigeait-il qu'elle lui fasse bonne figure lors de ses visites. Le jeune homme se montrait toujours aussi dédaigneux envers Assomption qui le lui rendait bien. Il s'installait à table et attendait d'être servi. Assomption restait de marbre prétextant qu'elle n'était ni sa femme ni sa domestique. Voulant éviter que la situation s'envenime, Carmen se levait, lui remplissait son verre et son assiette puis nous avions droit toujours au même monologue de la part de Constancio. Le mariage s'annonçait fastueux et le tout Monzon se régalerait des meilleurs crus et de la plus fine des cuisines. L'archevêque de Saragosse célébrerait lui-même la noce et un bruit courait sur la présence du roi Pierre II d'Aragon.

LIVRE V

1201 – juin 1204

1
Les anneaux d'or

La terrible bataille qui opposa les armées du Calife Muhammad al Nasir aux templiers et aux civils de Monzon laissa de profondes traces dans les esprits et dans les corps. Toutes les familles furent endeuillées, des femmes perdirent leurs époux, des parents connurent la perte d'un fils mort au combat et de nombreux blessés nécessitaient encore des soins. Les templiers payèrent un lourd tribut mais de jeunes aragonais s'engagèrent dans l'armée du Christ comblant ainsi le manque d'effectif de la commanderie. J'assistais à leur entraînement lorsque je rendais visite au grand maître et au frère herboriste. Galvanisés par les hauts faits d'armes des Pauvres Chevaliers du Christ lors du combat contre les Almohades, ces garçons issus pour la plupart de nobles familles choisirent de devenir moine soldat attirés par une vie aventureuse de tumulte et de combats. Constancio del Bosque s'étonna de voir quelques-uns de ses complices de débauche rejoindre ainsi les bataillons de Dieu. La vie monacale leur importait peu. Seuls comptaient à leurs yeux les prochaines guerres à mener, aussi se pliaient-ils aux rudes épreuves du silence, de l'abnégation et de la pauvreté sans rechigner. Jean de Roquelande réarma la commanderie au plus tôt et fit appel aux artisans de Monzon qui réparèrent les affres de la bataille. Le portail fut reconstruit, armé d'une solide herse et d'un pont-levis, des terrassiers cernèrent la citadelle de profondes douves.

La situation déjà très tendue entre Constancio et Carmen ne cessa de s'envenimer et les différentes dates prévues pour les noces furent régulièrement décalées dans le temps, Carmen jouant de nombreux subterfuges inspirés par la fidèle Assomption. Ménorragies, mélancolies et anémies pour les plus sérieux auxquelles succédaient des raisons fantaisistes dignes d'un pamphlétaire tels que le mois de la fête de l'ours, la saison de la cueillette des herbes médicinales ou encore le très douteux mois des fous qui proscrit toute union sans risquer soi-même de perdre la raison. À court d'arguments raisonnables ou farfelus et subissant l'ire de son vieux père, Carmen décida elle-même de fixer la date du mariage.

— Je me marierai dès que ta maison sera terminée, dit-elle d'un ton ferme qui n'appelait aucune controverse.

— Tu sais très bien que les artisans travaillent pour le temple, rétorqua Constancio.

— Dans ce cas nous attendrons.

— Nous pourrions vivre chez mes parents.

— Il est inconcevable que je vive chez tes parents.

— Leur maison est grande et ma mère se fera une joie de t'avoir près d'elle, maugréa Constancio vivement agacé.

— La place d'une épouse est auprès de son mari, nous nous marierons lorsque ton hacienda sera achevée.

— Soit, répondit le jeune homme, tu peux déjà préparer tes affaires. Je vais de ce pas à Huesca débaucher des maçons, des terrassiers, des couvreurs et m'adjoindre un nouvel intendant qui jouera du fouet s'il le faut mais sache que tu seras une del Bosque dans moins de trois mois.

— Il est impossible de construire une telle bâtisse en quelques semaines, affirma Carmen.

— Tu ne connais rien de la construction…

— Peut-être mais j'ai vu tes plans, tu as vu trop grand. Ce n'est pas une hacienda que tu fais construire, c'est un palais…

— Digne de ta beauté…

— Digne de ton ambition, rétorqua-t-elle.

Au fur et à mesure que s'érigeait la future demeure, Carmen s'étiolait et se laissait aller à une profonde mélancolie. Elle continuait à se donner corps et âme aux soins des malades ne comptant pas ses heures, s'épuisant à la tâche et goûtant à peine aux bons petits plats d'Assomption. Don Alejandro s'inquiétait de la profonde affliction de Carmen qui chaque jour dépérissait un peu plus. Elle était régulièrement prise de malaises et de vertiges mais balayait d'un sourire les craintes de son vieux père. Un jour nous la trouvâmes étendue sur le sol de la salle d'opération. Affolé et tremblant de tout son être, mon maître se vit dans l'impossibilité de s'occuper de son enfant. Assomption m'aida à allonger Carmen. Je l'auscultai suivant les indications de Don Alejandro. Je dégrafai les boutons de sa tunique ainsi que le haut de son corsage afin de lui faciliter la respiration puis je pris son pouls. Carmen respirait calmement et les battements réguliers de son cœur ne trahissaient rien de grave. Elle reprit ses esprits assez rapidement et s'étonna de nous voir tous trois réunis à son chevet. Je diagnostiquai une immense fatigue et une profonde lassitude. Don Alejandro décida de rendre visite sur-le-champ à la famille del Bosque afin de reporter les noces en raison de l'état de santé de sa fille. À peine fut-il parti que Carmen et Assomption éclatèrent de rire sous mon regard pantois.

— Ton vieux forban de père ne s'est aperçu de rien, sourit Assomption.

— Les cordonniers sont souvent les plus mal chaussés, renchérit Carmen.

— Vois la mine déconfite de Sicard qui lui aussi s'est laissé berner par deux femmes, reprit Assomption.

— Opium et malnutrition font un assemblage assez détonant, affirmai-je.

— C'était le seul moyen qu'il me restait afin de repousser les avances de Constancio.

— Crois-tu qu'il renoncera à t'épouser, demandai-je.

— Non mais cela me fera gagner sûrement quelques semaines, de quoi me laisser du temps pour trouver d'autres stratagèmes pour écarter ce sot, sourit-elle faisant un clin d'œil complice à Assomption qui s'éclipsa.

Carmen se redressa, se planta devant moi, plongea ses yeux dans les miens, prit mes mains dans les siennes et les embrassa.

— Tes mains sont douces Sicard et j'ai aimé leurs frôlements sur mes seins lorsque tu as dégrafé mon corsage. Nous allons partir Sicard. Tu vas m'emmener loin d'ici chez les tiens. Nous allons nous marier. Je t'aime Sicard et je sais que tu m'aimes, dit-elle déposant un baiser sur mes lèvres.

Carmen glissa un anneau à mon annulaire gauche, contempla ma main ornée de cette alliance qu'elle retira après avoir léché mon doigt. Elle appela Assomption, lui tendit l'anneau de fer et ôta ses boucles d'oreilles qu'elle glissa dans la main de sa confidente. Je n'osai intervenir et tentai péniblement de prononcer quelques mots.

— Les mots sont inutiles, dit Assomption, vous êtes faits l'un pour l'autre et seul un imbécile ne verrait pas la flamme qui illumine vos regards. Vous êtes le pan de mur sur lequel s'érigera une forteresse. Je suis heureuse pour vous mes enfants. Vous me manquerez, reprit-elle les yeux embués de larmes.

— Nous ne sommes pas encore partis douce Assomption…

— Le plus vite sera le mieux, coupa Assomption. Je vais de ce pas chez Diego le forgeron, il fera fondre tes boucles d'oreilles et dans quelques jours vous aurez de belles alliances en or.

— Dis-lui aussi de me fabriquer au plus vite des instruments de chirurgie conformément à ces plans, demandai-je tendant un calepin à Assomption. Dis-lui également de ne pas ébruiter ma commande et surtout qu'il n'en parle à Don Alejandro.

— J'en fais mon affaire, Diego sait se montrer discret. Il a beaucoup d'estime pour toi.

Nous étions désormais seuls Carmen et moi face à notre destin. Nous allions quitter cette ville qui avait vu naître et éclore notre amour sans que le moindre mot ne fût prononcé. Nos regards parlaient à notre place sous celui bienveillant d'Assomption qui chaque jour s'arrangeait pour éloigner Don Alejandro. Les mains de Carmen frôlaient les miennes lorsque nous nous affairions auprès d'un malade, mes doigts effleuraient les siens, nos regards se croisaient, s'entrecroisaient et il m'était souvent impossible de soutenir la profondeur de ses prunelles posées sur moi. Je rougissais comme un adolescent en proie à ses premiers émois et baissais alors la tête sous les fous rires d'Assomption et de Carmen. Dieu, que la présence de ces deux femmes m'était agréable. Malgré son handicap, Assomption était toujours d'une humeur vive et enjouée. Il lui arrivait parfois en fin de journée de s'asseoir un instant, d'ôter sa prothèse et de soulager sa jambe amputée. Je m'agenouillais alors et j'appliquais sur son moignon un baume camphré. Je la massais et la coquine profitait de ces instants pour me parler de l'amour qui unit un homme et une femme. Elle me contait sa grande histoire d'amour avec son mari parti trop tôt, de la gentillesse de cet homme, de ses attentions et même du plaisir qu'elle éprouvait lors de leurs jeux amoureux. Elle me questionnait sur Carmen et je répondais évasivement cherchant des échappatoires pour détourner la conversation mais Assomption n'était pas dupe.

— Il est temps pour toi de briser la glace. Tu ressembles à un oiseau tombé du nid, tu es trop innocent. C'est sûrement ce qui fait ton charme. Les hommes comme Constancio et sa bande de vauriens ne s'embarrassent d'aucun préjugé et bombent le torse pour se donner de l'importance et pour pallier leur manque de discernement. Ils se prennent pour des apollons et ne doutent pas un instant de leur virilité et de la supposée toute puissance du membre qui pend entre leurs jambes. Carmen ne sera jamais l'esclave d'un fat. Elle se moque éperdument d'une vie de luxe et d'oisiveté. Elle ne se soumettra jamais au bon vouloir d'un homme dénué d'altruisme, de générosité et de probité. Elle n'est pas à prendre comme une de ces vénales qui rêvent de toilettes, d'hacienda et de domestiques. Elle est amoureuse Sicard, elle t'aime et te désire.

Le soir même, je me trouvais dans ma chambre notant sur mes carnets mes activités médicales de la journée. Je précisais l'âge du patient, sa pathologie, les soins prodigués et les remèdes prescrits. L'hospice était désert et j'entendis la porte s'ouvrir. Je me levai, Carmen se tenait dans l'embrasure de la porte qu'elle ferma à clefs. Elle s'approcha de moi, déposa un baiser sur mes lèvres et m'entraîna dans ma pièce.

— Je ne serais jamais la mère de tes enfants, dit-elle me fixant dans les yeux.

— Je n'ai nulle envie d'être père si cela peut te rassurer.

— Pourtant tu aimes les enfants.

— J'aime les enfants mais je déteste les voir souffrir. Je ne supporterais pas de perdre un enfant comme je ne supporterais de te voir mourir en couches. J'ai vu trop de mère pleurer leur enfant, j'ai vu trop d'homme pleurer leur épouse.

— Pourtant la destinée des hommes et des femmes n'est-elle pas la procréation ?

— C'est un mot inventé par les prêtres afin de justifier l'acte d'amour, répondis-je. Les prélats ne savent rien de l'amour. Ils justifient l'accouplement comme étant le seul moyen de perpétuer la race et le honnissent lorsqu'il est pratiqué uniquement pour le plaisir. Ils se disent incorruptibles, irréprochables mais ne se privent pas pour lutiner leurs concubines voire même de s'accoupler entre eux ou avec des enfants dans le pire des cas. Quelle honte ! Quelle abjection pour des hommes qui ont fait vœu de chasteté. Dieu est amour nous sermonnent-ils à tour de bras mais n'oublie jamais que c'est un évêque qui fit torturer Assomption. Je n'ai que mépris pour ces gens-là. Ils bernent le peuple depuis des siècles affirmant que Jésus serait né d'une vierge. As-tu déjà vu une vierge enfanter…

— L'abbé Paco n'est pas de ceux-là, m'interrompit Carmen.

— Le père Paco est un brave homme, il est resté pur parce qu'il n'a pas leurs pouvoirs sinon crois moi, lui aussi serait corrompu

— Je souhaite me marier sous les sacrements de Dieu.

— Soit, je franchirais le seuil d'une chapelle ou d'une église par amour pour toi.

— L'abbé Paco nous unira. N'aie crainte, reprit-elle devant mon étonnement, il est lié par le secret de la confession et mon père n'en saura rien.

Nous nous regardâmes un long moment dans un profond silence tout juste interrompu par l'infime frémissement de nos respirations. Carmen ôta sa cape, défit sa robe, se retourna, se lova contre moi, prit mes mains qu'elle posa sur les lacets de son corsage que je défis puis elle souffla la bougie.

Quelques jours plus tard, Assomption arriva à l'hospice dissimulant dans un sac un petit écrin contenant deux alliances et un coffret de bois dans lequel je découvris les instruments chirurgicaux commandés à Diego. Le soir même nous nous rendîmes à l'église.

— Mes enfants, dit l'abbé Paco, vous commettez une folie.

— Ce n'est pas une folie que d'épouser l'homme que j'aime.

— Carmen, tu ne peux pas désobéir à ton père…

— Mariez-nous sur-le-champ mon père sinon c'est un autre qui le fera à votre place, le défia-t-elle.

— Carmen, s'interposa-t-il, je t'ai connue toute petite, je t'ai baptisée et t'ai enseignée les préceptes moraux de notre Sainte Église. Je vois que rien ne vous fera renoncer, reprit-il, enfilant une chasuble et enveloppant ses épaules d'une étole consacrée.

La cérémonie dura quelques minutes, nous échangeâmes nos vœux de fidélité et nos magnifiques alliances d'or confectionnées par Diego. Assomption nous accompagna à l'écurie, nous chargeâmes nos minces bagages sur les chevaux, mon coffret chirurgical ainsi qu'une musette remplie de graines, de fioles, de fleurs séchées, de plantes médicinales, de fils de suture et de baumes. Je pris en bandoulière ma sacoche contenant mes carnets de soins, mes planches anatomiques, mes croquis d'herbes et de plantes ainsi que mes notes sur les opérations chirurgicales que m'avait enseigné Don Alejandro. Nous fîmes nos adieux à Assomption qui fouetta elle-même les chevaux afin que nos adieux ne s'éternisent pas.

******

Nous venions enfin de franchir les Pyrénées après trois jours de galops effrénés changeant régulièrement de montures dans les auberges qui disposaient d'écuries. Je connaissais le nom des villages et des hameaux que j'avais traversé lors d'un précédent déplacement prétextant un séjour en haute montagne pour y cueillir des plantes et ramasser des minéraux. Cet intermède était surtout destiné à jalonner notre futur périple d'hostelleries et de consolider notre fuite sans que personne ne puisse nous suivre ou nous rattraper. Nous profitions uniquement des relais pour acheter des vivres et nous bivouaquions dans des grottes nous régalant d'un repas froid. Nous nous enveloppions dans de chaudes couvertures. Carmen s'endormait rapidement dans mes bras et je m'émerveillais de la tiédeur de son corps contre le mien.

Nous dûmes quitter Monzon au plus tôt et chevaucher de nuit avant que Constancio et Don Alejandro ne découvrent notre fuite. Assomption ignorant notre destination ne pourrait donc pas répondre à leurs questions.

2
Retrouvailles

Il pleuvait depuis des heures sur les Hautes Corbières. Nous avancions sur les chemins rocailleux recouverts de bosquets et d'herbes folles qui ployaient sous les rafales. Le vent s'engouffrait sous nos longes capes et nous étions transis de froid. Nos montures semblaient également souffrir des morsures de la froidure et nous décidâmes de les soulager faisant halte derrière un vieux mur de pierre qui nous abrita des bourrasques. Nos chevaux s'ébrouèrent et arrachèrent quelques touffes boueuses et dégoulinantes dont ils se contentèrent. Je grimpai sur le mur afin de scruter l'horizon. Partout l'immensité, partout cette accablante et désolante solitude sans le moindre rayon de soleil. L'eau suintait de toutes parts, de la terre, du ciel et nos vêtements détrempés. Carmen ne se plaignait pas. Carmen ne se plaignait jamais. Nous étions amoureux et c'est tout ce qui lui importait. J'étais constamment aux petits soins m'inquiétant pour elle dès que le chemin devenait dangereux où lorsque les nuits glaciales mordaient sa peau sur les hauteurs des Pyrénées que nous avions traversées pendant plusieurs jours.

Perché sur les hautes pierres du vieux parapet je tentai désespérément de percer cette bruine qui nous cernait. Je distinguais vaguement quelques arbres, squelettes fantomatiques au milieu de cet océan de pluie. Je humais l'air profondément comme un chien de chasse à la recherche de gibier et je reconnus l'odeur d'un feu de bois puis j'entendis clairement le son du tintement d'une cloche au lointain. Mes yeux peu à peu s'habituèrent à cette pénombre entre chien et loup où brouillard et tombée du jour se confondaient. J'entrevis comme surgissant de nulle part les murailles de Padern qui se découvraient à quelques centaines de pas. Tirant nos chevaux par la longe, nous nous frayâmes un chemin à travers les hautes herbes suintantes et nous parvînmes sur le sentier qui menait au château. Nous grimpâmes le chemin prenant garde de ne pas glisser sur le sol boueux et nous arrivâmes essoufflés devant la herse. Un jeune soldat nous accueillit et nous invita à nous abriter sous un porche. Je déclinais mon identité et le garde en faction nous emboîta le pas tandis qu'un palefrenier prenait soin de nos chevaux. Nous traversâmes la grande cour puis nous grimpâmes les marches jusqu'au sommet du donjon. Nous franchîmes le couloir qui menait au bureau de mon père. Le garde frappa à la porte et mon père ouvrit l'huis. Il était toujours le même, vêtu d'une longue tunique sombre et austère ajustée à la taille par un large ceinturon. Ses longs cheveux, jadis d'un noir couleur aile de corbeau, semblaient recouverts de cendre.

— Que puis-je pour vous ? demanda-t-il nous dévisageant d'un air sévère.

— Bonjour père.

Mon père recula d'un pas et me scruta longuement. Il hocha la tête devant la traînée de boue accrochée à mes bottes.

— Ta mère sera furieuse de voir son crotteux de fils salir les dalles de ses couloirs, sourit-il me prenant le bras et m'attirant contre lui. Mon fils, mon tout petit, ajouta-t-il caressant ma tignasse. Nous ne pensions plus jamais te revoir, ton oncle nous a dit que tu avais fui Montpellier, nous avons eu si peur pour toi.

— Nous en parlerons plus tard père…

— Qui est cette belle jeune femme ?

— Carmen, mon épouse.

— Soyez la bienvenue mon enfant, dit Bernart de Padern tendant les mains que Carmen s'empressa de prendre dans les siennes. Vous êtes ici chez vous, reprit-il l'invitant à se réchauffer près du feu qui crépitait dans l'âtre de son écritoire. Vous faites un couple parfait, vous êtes à l'unisson, plaisanta-t-il s'attardant sur nos défroques boueuses et ruisselantes.

Nous descendîmes les marches du donjon, traversâmes la cour d'un pas rapide et entrâmes dans une grande salle où des femmes s'affairaient autour de chaudrons et de casseroles.

— Setembra, Setembra, regarde qui est là, haleta-t-il.

— Encore des mendiants ! Quand donc ficheras-tu tous ces loqueteux à la porte ? gronda-t-elle en nous toisant.

— Tu renvoies ton fils alors qu'il vient juste de nous revenir.

— Je te signale pour ta gouverne que ton fils Aicart est à la chasse comme d'habitude, il ne devrait d'ailleurs pas tarder car la nuit tombe, Ferrand est avec le maître charpentier…

— Et Sicard ? demanda mon père.

— Sicard… Dieu lui seul sait où il se trouve, se lamenta Dame Setembra nous tournant le dos.

Après un long silence, ma mère se ravisa, fit volte-face, se dirigea vers moi à petits pas, planta son regard dans le mien, étouffa un cri et se jeta dans mes bras.

— Grands Dieux, lâcha-t-elle en se signant, Sicard mon grand garçon, c'est bien toi ?

Ma mère m'enlaça, m'embrassa et me couvrit de caresses de ses mains tremblantes. Blême de stupeur, elle me libéra de son étreinte, ouvrit ses bras et accueillit Carmen qui se lova contre sa poitrine. Le temps se figea, ma mère et Carmen ne formaient qu'un seul corps frémissant sous les sanglots devant les servantes bouche bée qui essuyèrent une larme.

— Mon mari n'a su me faire que des garçons et voilà qu'aujourd'hui j'ai une fille, murmura-t-elle à l'oreille de Carmen.

******

La grande salle du donjon résonnait du rire de mon frère Aicart, du chant d'un troubadour et du bruit des verres s'entrechoquant. Dame Setembra et Bernart de Padern vêtus de leurs plus beaux atours siégeaient à la tablée où les convives se régalaient d'un civet de sanglier arrosé d'un vin des Corbières. Aicart et Ferrand, les jumeaux comme on les nommait affectueusement vidaient leurs verres aux joies des retrouvailles. J'étais leur aîné mais je les connaissais à peine ayant quitté Padern pour servir le seigneur du Minervois lorsque j'avais huit ans. Sous la demande de mes parents, je racontais mes études à Montpellier, ma fuite, ma rencontre avec des seigneurs de guerre tels que Renaud de Puysancy, le chevalier auvergnat, Jean de Roquelande, le maître templier et le calife Muhammad al Nasir. Je narrais, donnant de nombreux détails, la grande bataille de Monzon. Mon récit émerveilla Aicart. Fort et trapu comme un chêne, les cheveux en broussaille, arborant une cicatrice sur la joue, il me posa mille questions sur les templiers. Volubile, il s'extasia sur leurs hauts faits d'armes en Aragon, leur discipline et leur armement. Il souhaitait lui aussi se consacrer au dur métier de soldat et s'entraînait chaque jour au maniement de l'épée, de la hache et de la masse sous la férule du sergent Martial, un personnage haut en couleur, noir de poil qui tirait sans cesse sur ses épaisses moustaches. Ferrand d'une allure plus soigné que son jumeau était plus réservé. Doué de ses mains il se vouait au travail du bois et de la pierre, fortifiant les remparts et les tours qui subissaient les affres du temps. Mes parents furent impressionnés par mes connaissances médicales et acceptèrent avec enthousiasme de transformer un local abandonné et décrépi en infirmerie. Ferrand se saisit d'un stylet et dessina rapidement d'un geste précis les plans de mon futur hôpital et insista pour le construire lui-même. Je déclinais son offre prétextant qu'il m'était impossible de le payer pour ce travail.

— Qui parle d'argent ? s'étonna-t-il. Il y a suffisamment de bois et de rochers alentour pour nous fournir en poutres et en pierres.

— Soit, mais comment vais-je te rémunérer ?

— Tu me soigneras lorsque je me cognerai les doigts avec mon marteau, plaisanta-t-il.

— Sicard, intervint mon père, Padern est riche, très riche. Tu sais que le château, ses plaines, ses vignobles et ses bois sont le domaine des frères bénédictins de l'abbaye de Lagrasse. Je gère leurs biens comme s'ils étaient miens veillant à la moindre dépense et investissant uniquement sur des projets qui rapportent. Le père abbé me fait confiance, l'abbé Mathieu ici présent peut en témoigner. L'ordre me paie largement pour mon travail et je peux jouir de la protection du château. Certes, nous vivons en paix mais il arrive que des bandes de pillards s'aventurent sur nos terres mais elles se brisent les reins sur nos défenses, de plus les seigneurs de Quéribus et de Peyrepertuse leur mènent une chasse impitoyable. Je pense que les bénédictins donneraient un avis favorable à la construction d'un hospice. Les paysans et les mineurs y seraient soignés. Sans eux, nous n'aurions ni récolte, ni minéraux donc plus d'argent sonnant et trébuchant dans les caisses de l'abbaye. Crois-moi Sicard, ton hospice ne nous coûtera pas un sou. L'abbaye paiera, Ferrand la bâtira et il sera rétribué pour son travail.

— Comment vous remercier père, et toi aussi Ferrand ?

— Tu n'as personne à remercier Sicard, ni ton père, ni ton frère, dit l'abbé Mathieu en étalant un morceau de viande sur une tranche de pain.

Connu pour son appétit, l'abbé Mathieu engloutit avec gourmandise une bouchée et se lécha les doigts. Il dodelina du cap en fin connaisseur et remercia Dame Setembra de la table richement fournie.

— Les liens du sang sont indéfectibles, reprit-il, ils sont le ciment de toute famille. Ton père a bien parlé et j'appuierai sa requête auprès de notre ordre qui ne pourra que l'approuver. Tu exerçais déjà dans un hospice à Montpellier ?

— Non en Aragon, répondis-je.

— L'Aragon, l'Aragon, murmura-t-il en se signant, Dieu fasse que Pierre II le Catholique en chasse les infidèles.

— L'Aragon sera toujours l'Aragon et l'Aragon sera toujours terre chrétienne, affirmai-je.

— Dieu t'entende mon fils. Notre Sainte Église est attaquée de toutes parts, l'infidèle assaille l'Espagne et le Cathare grouille sur nos terres.

— Pensez-vous que les Cathares soient une menace pour Rome ?

— Ils sont surtout une menace pour Toulouse qui les protège. Il n'est pas à ce jour un village, un hameau ou une cité qui ne soit infesté par cette engeance. Rome a été bienveillante mais sa patience a des limites et j'entends déjà le bruit des armes…

— Le bruit des armes ? m'étonnai-je.

— Oui Sicard, le bruit des armes, insista l'abbé Mathieu. Rome exhorte les barons du nord à fourbir leurs épées. Il suffirait d'une étincelle pour qu'éclate une guerre entre Rome et Toulouse… Ce qui signifierait entre les barons du nord et le Comté de Toulouse, soupira-t-il.

— Mais les Cathares ne sont pas des gens d'armes.

— Certes mais ils ont de puissants protecteurs. Toute la noblesse de langue d'Oc les soutient comme Raymond de Termes par exemple.

— Tu connais bien le seigneur de Termes ? demandai-je à mon père.

— Nous sommes voisins mais nos rapports sont loin d'être amicaux.

— Pourquoi ?

— Ses ancêtres avaient des vues sur Padern, affirma l'abbé Mathieu.

— Cela nous ramène aux calendes grecques, plaisanta Bernart de Padern.

— Vous ne pensez pas si bien dire cher ami. Cela fait des décennies que Padern et sa contrée appartiennent à notre ordre au grand dam des seigneurs de Termes qui de ce fait nous vouent une rancune tenace qu'ils se transmettent de génération en génération. Raymond de Termes en est la parfaite illustration. Il n'a que mépris pour nous et nous affuble de sobriquets plutôt douteux tels que la « peste noire » en raison de la couleur de notre coule. Raymond de Termes est un antéchrist qui a renoncé aux saints sacrements. J'en veux pour preuve la cloche de la chapelle de Termes désormais muette. Plus aucun office n'est prononcé en son château et nos derniers fidèles ne savent plus où se rendre pour prier. Termes est devenu un repaire d'hérétiques tout comme Puivert dans le Quercorb, Lastours dans le Cabardès ou encore Minerve.

— Mais voyons abbé Mathieu, Minerve n'est pas un repaire d'hérétiques, intervins-je.

— Comment nommes-tu un tel lieu de perdition où notre foi est mise à mal et vouée aux pires gémonies ?

— Mon oncle est un homme bon, il est bon chrétien tout comme vous et il ne fait qu'obéir aux préceptes de la charité chrétienne.

— Est-ce charité chrétienne que de cracher sur la Vraie Croix ? se fâcha l'abbé.

— Je ne voudrais pas être la cause de votre courroux abbé Mathieu, mais je connais bien mon oncle et je suis certain qu'il n'agit que par compassion.

— Est-ce compassion que d'accueillir une brebis galeuse dans son troupeau ? fulmina le bénédictin.

— Je suis convaincu que toute brebis égarée peut retrouver le droit chemin.

— Tu es bien jeune Sicard, tes paroles sont celles de la jeunesse.

— Très cher abbé, j'ai vécu en quelques années ce que la plupart des jeunes gens ne vivront jamais. J'ai vu et côtoyé la mort, l'injustice et la maladie. J'ai été confronté à la concupiscence et à la jalousie qui m'ont mené au pilori. J'ai été battu, torturé et laissé pour mort mais j'ai vécu des moments admirables dans les tavernes de Monzon en Aragon où Juifs, Musulmans et Chrétiens se disputaient une partie de carte…

— Il y a encore des musulmans en Aragon ? s'étonna l'abbé Mathieu.

— Oui mon père, certains sont restés à Monzon et vivent en parfaite harmonie avec la population chrétienne. Il y a partout des hommes de bonne volonté qu'ils soient Juifs, Musulmans ou Chrétiens. La plupart de ces hommes vénèrent leurs Dieux et leurs croyances mais ils croient aussi et surtout en l'homme au-delà de sa religion. Ils disent tous que Dieu, qu'on le nomme Christ, Allah ou Jéhovah a les mêmes desseins pour chacun d'entre nous. Au nom de quel Dieu peut-on justifier qu'une femme soit mise à mort sous accusation de sorcellerie ? Quel Dieu bon accepterait qu'on tue, qu'on viole, qu'on pille et qu'on incendie en son nom ? « Dieu le veut » hurlent les fanatiques de tous bords justifiant ainsi de leur cruauté et de leur barbarie…

— De tels propos pourraient te conduire devant un tribunal, coupa l'abbé Mathieu. Tu es jeune Sicard, jeune et inconscient. On pourrait t'accuser de complaisance avec les Cathares qui tiennent presque le même langage que le tien.

— Je ne connais rien des Cathares et de leur doctrine. Certes, il est vrai que j'en ai croisé quelques-uns lors de mes années à Minerve mais je ne me suis jamais intéressé à leurs propos. Je vous avoue d'ailleurs que les discours religieux m'importent peu…

— Suffit, coupa Bernart de Padern, cette discussion stérile n'a que trop durée. Sicard, tu vas présenter tes excuses à l'abbé Mathieu qui nous honore de sa présence et qui se fait une joie d'être des nôtres.

— Pardonnez-moi abbé Mathieu et vous aussi mon père. Il semble que mes propos aient dépassé ma pensée. Peut-être suis-je encore sous le coup de l'émotion d'être de retour chez les miens ou serait-ce cet excellent vin ?

— Ah ! Jeunesse, jeunesse, s'exclama l'abbé Mathieu. Tu es de retour chez les tiens Sicard, Dieu l'a voulu ainsi comme il a exprimé le vœu que tu bâtisses un hôpital que je viendrai bénir le jour de son inauguration.

3
Raymond de Termes

Padern disposait enfin de son infirmerie. Les travaux furent promptement menés en quelques semaines sous les instructions de Ferrand qui se conduisit en véritable maître d'œuvre, veillant scrupuleusement à ce que chacun exécute sa tâche conformément à ses instructions et ses plans. Des maçons détruisirent le vieil appentis puis creusèrent les fondations. Il engagea un maître carrier qui lui fournit des blocs de rocaille. Ferrand, assisté d'un jeune apprenti, les découpa et les tailla tandis que le charpentier et le menuisier dégrossirent les arbres pour en faire des poutres, des linteaux et des fermettes. Sous les conseils de Carmen, un ébéniste chargé du mobilier fabriqua des commodes à tiroirs, une bibliothèque et des étagères pour y entreposer charpies, tissus, fioles et mortiers. L'artisan agença la salle de soins d'une table d'opération recouverte de carreaux d'émail et le dortoir de trois lits séparés les uns des autres par des tentures. Je suivis avec Carmen l'avancée des travaux, tenant compte des recommandations de Ferrand et des corps de métiers qui l'assistaient. C'était un plaisir de voir l'exaltation de ces hommes plus habitués à bâtir de grossières demeures qu'à participer à pareille entreprise. Les repas pris en commun servaient de prétextes à de joyeuses agapes où chacun se moquait gentiment de l'autre, arguant telle ou telle pierre mal taillée, telle ou telle poutre mal dégrossie. Je dénichai à Carcassonne un maître verrier qui réalisa avec dextérité les différents ustensiles indispensables au bon fonctionnement de l'infirmerie et du laboratoire. Suivant mes croquis à la perfection, Maître Gaucelin agrémenta le laboratoire de bocaux de divers diamètres, de têts, de coupelles et surtout d'un alambic. Le verrier s'affranchit de ce travail inhabituel avec brio à ma grande satisfaction.

Ma mère participa à notre dessein défrichant un lopin du potager avec Carmen. Les deux femmes délimitèrent les petites parcelles du futur jardin médicinal et semèrent avec soin toutes sortes de graines aux vertus nécessaires au bon fonctionnement de l'hospice tels que la jusquiame noire et le pavot dont les propriétés hallucinogènes et narcotiques s'avéraient essentielles lors des opérations. Ces plantes rarissimes en côtoyaient d'autres plus communes comme le thym aux propriétés antiseptiques, la sauge utile contre les maux de gorge, la racine de pissenlit indispensable à la stimulation du foie et la vigne rouge destinée à la bonne circulation sanguine. Carmen planta des semences de rue officinale qui se transformèrent rapidement en un petit bosquet qu'elle entretenait personnellement, interdisant à quiconque de s'en occuper. Elle connaissait les pouvoirs abortifs de cette herbacée utilisée en infime proportion tout comme elle en redoutait la toxicité en cas de surdosage. Son désir de ne pas avoir d'enfant était toujours vivace et elle se dépêchait après nos étreintes de faire une toilette intime. Nous faisions l'amour chaque jour, même après de rudes journées de labeur et nous découvrions l'un et l'autre un plaisir insoupçonné. Je m'étais confié à mon épouse lui avouant n'être plus vierge et qu'une femme des rues avait eu raison de ma réticence, car je souhaitais me préserver pour un seul et unique amour. Elle en fut surprise mais ne m'en tint pas rigueur au vu des circonstances dans lesquelles je perdis ma virginité. Toujours est-il que notre amour éclatait en plein jour et que nos nombreux gestes tendres et attentionnés faisaient la joie de ma mère toujours à l'affût du moindre petit mot, de la plus infime caresse sur une joue ou d'un petit baiser furtif.

Carmen s'évertuait à rendre notre présence la moins envahissante possible ne rechignant à aucune tâche en participant aux corvées familiales. Elle partageait également celles des servantes aidant à la cuisine et au nettoyage des salles du château, tout en recevant leurs confidences. Elle découvrait une véritable vie de famille, inconnue jusqu'à présent, et se réjouissait de voir des gens unis sous le même toit. Elle respectait l'austérité de mon père qui passait ses journées entières assis derrière son bureau et l'invitait chaque jour à faire quelques pas en sa compagnie. Elle le persuadait de marcher tous les jours afin de dégourdir sa musculature endolorie par de longues séances de travail. Il n'était donc pas rare de les voir tous les deux cheminant dans la cour ou arpentant les chemins alentour. Mon père aimait sa présence et lui proposait de l'accompagner régulièrement dans les hameaux lorsqu'il allait s'enquérir de l'avancée des travaux agricoles et des futures récoltes. Carmen se faisait apprécier des villageois par sa gentillesse, sa disponibilité et son oreille attentive toujours à l'écoute des maux des petites gens et des paysans, s'inquiétant principalement de la santé des enfants. Elle ne pouvait se permettre de dispenser des soins et incitait les malades à me consulter. Carmen n'oubliait pas sa condition de femme, les bénédictins se montaient certes satisfaits de la construction d'un hospice sur leurs terres mais leur bienveillance avait des limites à ne pas franchir. La place d'une femme n'est pas de soigner les malades, tout juste a-t-elle le droit de les soulager par des tisanes ou autres décoctions, spécifia l'abbé Mathieu dans sa longue homélie le jour de l'inauguration de l'hôpital.

La réalité était toute autre. Carmen m'assistait et participait activement aux soins. Nul n'avait le droit de pénétrer dans la salle d'opération et nul ne pouvait ainsi y déceler la présence de Carmen. L'hospice restait un lieu clos pour les quelques personnes qui vivaient au château, un sergent et sa famille, un forgeron, un palefrenier ainsi que six soldats mariés pour la plupart à des servantes. Les villageois, cantonnés dans des bicoques au pied du château ne venaient que rarement dans l'enceinte et ceux qui habitaient dans les hameaux reculés ne se rendaient à Padern que pour les offices religieux. Bernart de Padern ne recevait que quelques artisans dépêchés pour de menus travaux, des marchands désireux de vendre leur camelote ainsi que les marchands de vitaille. Le château pouvait abriter, en cas de besoins impérieux, la population du bourg, qui s'y réfugiait lorsque des bandes de soudards arpentaient la région. Bâti sur un piton rocheux dominant le Verdouble coulant en contrebas du village et grâce à ses chemins escarpés, le château était imprenable par la force. Ses hautes murailles crénelées, ses deux tours défensives et son donjon lui conféraient une position dissuasive d'où les sentinelles pouvaient voir à plusieurs lieues à la ronde. Il était même possible d'avertir, grâce au tocsin et à un ingénieux système de fumée, le château de Quéribus, éloigné de quelques lieues, mais encore fallait-il que le vent souffle dans la bonne direction. La petite garnison, dirigée d'une main de maître par un sergent, s'entraînait régulièrement pour contrer tout éventuel adversaire. Personnage haut en couleur et portant bien son nom, Martial le sergent agrémenta le château d'une forge, malgré le désaccord de mon père vivement opposé à cette dépense. Mon frère Aicart encouragea la requête de Martial, arguant qu'une forge serait fort utile en cas d'attaque. Fabriqués par le maître forgeron, épées, fers de lances, pointes de flèches, écus frappés des couleurs de Padern eurent raison des dernières réticences de mon père. Aicart s'occupait lui aussi de l'entraînement des soldats dans une partie de la grande cour dotée de cibles, de mannequins de paille et d'une quintaine. Padern était entouré de toutes parts d'impressionnantes forteresses d'une puissance inouïe, que Carmen découvrit lorsque nous rendîmes visite aux différents seigneurs locaux afin de les convier à l'inauguration de l'hôpital. Guilhem, seigneur de Peyrepertuse et Chabert de Barbaira, seigneur de Quéribus nous reçurent fort aimablement et répondirent favorablement à notre invitation, posant mille et une questions, sur l'art de la médecine. Carmen fut impressionnée par la puissance militaire que dégageaient ces deux vaisseaux de pierres. Quéribus et son donjon aux murs d'une épaisseur de plusieurs pieds dominait la vallée du haut de ses à pic vertigineux et Peyrepertuse érigeait ses murailles inexpugnables sur une crête perchée sur les hauteurs entre Rouffiac et Duilhac. Ces deux châteaux semblaient défier les lois de la construction. Comment des hommes avaient-ils pu bâtir de tels dispositifs de défense en pierre taillée sur la roche elle-même ? Nous terminâmes nos visites de courtoisie par un dernier navire de pierres : Termes, dont le seigneur Raymond refusa tout de go de se rendre à Padern, suite au différend qui l'opposait aux bénédictins depuis de nombreuses années mais il nous fit honneur en nous conviant à partager un souper. Âgé de trente-deux ans, Raymond de Termes, soutien indéfectible de la cause cathare, laissait transparaître sous un visage affable une profonde mélancolie héritée de la rancœur qui animait sa famille depuis plusieurs décennies. L'amertume d'avoir été spolié d'une partie de ses terres au bénéfice des moines de Lagrasse se devinait sous la noirceur de son regard, souligné de cernes et de rides naissantes. Élégamment vêtu, il arborait un bliaud grenat qui épousait les formes de son corps, aussi sec et noueux qu'un des innombrables ceps de vignes qui parcouraient son terroir. L'homme dégageait une force tranquille mais on devinait sous sa courtoisie et son hospitalité une rage contenue qui le rendait à la fois craint et respecté par ses ennemis. Il succédait depuis peu à Raymond le Vieux et héritait de la même rancœur transmise depuis des générations suite à la spoliation et au détriment d'une partie de ses terres au profit de l'abbaye de Lagrasse.

— Je n'ai rien contre vous, dit-il, ni contre votre père, mais les bénédictins m'ont privé d'un terroir qui me revenait de droit.

— Je ne suis ici que pour vous informer de la construction d'un hospice, certes modeste, mais qui pourrait à l'avenir accueillir l'un des vôtres en cas de maladie.

— La médecine est un art d'une extrême noblesse et grâce vous en soit rendue, mais dites-moi Sicard, comment avez-vous pu convaincre votre pingre de père d'ouvrir son escarcelle ? s'étonna-t-il.

— Mon père a tout simplement convaincu les frères bénédictins du bien-fondé d'une telle entreprise.

— Diable, ces gens-là auraient-ils subitement de la compassion pour les pauvres gens.

— Les paysans travaillent la terre, la terre rapporte et c'est là tout ce qui intéresse l'abbaye de Lagrasse. Sans paysans, plus de forêt à déboiser pour en faire des terres cultivables dont les récoltes remplissent les greniers, plus de mains pour tailler et vendanger la vigne dont le sang déborde des fûts des caves de l'abbaye.

— Ces moines noirs sont pires que les corbeaux, pesta Raymond de Termes. Ils ne songent qu'à leur intérêt, ils étaient pieux et les voilà commerçants. Le son d'une bourse garnie de bel argent, sonnant et trébuchant, a remplacé le tintement des cloches qui appelle la populace à se rendre à l'office. La spéculation a remplacé la miséricorde. Les malheureux se rendent à la messe et déposent dans les troncs le peu de bien qui leur reste. « Dieu vous le rendra ! » affirment les prélats, mais Dieu ne rend rien. Dieu prend d'une main et excommunie de l'autre. Dieu est un vautour, Dieu n'a pas d'âme.

— J'avais ouï-dire que vous étiez agnostique Messire Raymond ? osai-je.

— Pardonnez-moi de vous couper la parole Sicard, s'excusa Raymond de Termes, mais j'ai longtemps cru, j'ai même été un fervent chrétien et un croyant convaincu. Je me rendais chaque jour aux offices, m'imprégnant de la parole de Dieu qui vibrait en moi et insufflait un sens à ma vie. Je n'étais alors qu'un jeune chevalier, plus empreint à me battre, à m'enivrer, à succomber aux charmes des dames et à vivre dans l'oisiveté, au grand dam de mon père. Mais un jour, le Christ m'apparut sous les traits d'un moine pèlerin qui partait pour la Terre Sainte. Il prêcha tant et si bien que nous fûmes nombreux à le suivre, voulant libérer le tombeau du Christ de la main des infidèles. J'ai donc rejoint la Terre Sainte et durant deux longues années, j'ai vécu dans un campement où la vermine se nourrissait de la crasse dans des tripots sordides qui sortaient de terre comme des champignons. L'ennui étant son pire ennemi, le soldat dépense sa solde dans la promiscuité des bordels ambulants et dans les beuveries d'une vinasse que déversaient chaque mois des bateaux venant de France pour nous ravitailler. Le mauvais vin aidant, je vous fais grâce des rixes qui en découlaient. Nous vivions dans un véritable cloaque, où les maladies faisaient plus de ravages que les flèches ennemies. Nous étions la risée des infidèles, qui s'amusaient à nous voir dépérir sous leurs murailles. Ils prenaient d'ailleurs un malin plaisir à nous narguer jetant du haut de leur tour des poignées de dattes sur nos hommes affamés. Ils se gaussaient devant le spectacle de barbares s'entretuant dans la fange et la boue pour quelques fruits séchés. Conrad de Montferrat et Guy de Lusignan, nos deux chefs tentaient malgré tout de maintenir un semblant de discipline, encourageant les troupes désœuvrées à une stricte obéissance. Les sergents usaient alors du fouet, admonestant la piétaille qui se jetait sur les échelles et se hasardait dans des attaques stériles qui se soldaient par de nombreux morts. De temps en temps, les sarrasins laissaient quelques-uns de nos guerriers arriver jusqu'aux remparts afin de s'en amuser et de nous terroriser. Les malheureux étaient promptement hachés menu et jetés du haut des murailles. Je ne rêvais que de hauts faits d'armes, de batailles rangées et je fus condamné à ronger mon frein et à piétiner plusieurs mois dans ce bourbier au milieu des immondices, jusqu'à ce jour de juillet 1191 où les portes de la citadelle s'ouvrirent sur un spectacle consternant. La population affamée s'était précipitée sur les gardes en faction et les avait tout bonnement trucidés. Cette populace nous voyant comme des libérateurs fut bousculée par nos troupes, elles aussi affamées, et j'assistais ce jour-là aux plus bas instincts de l'homme.

Hurlant « Dieu le veut ! », nos soldats découpèrent les habitants de Saint-Jean d'Acre à la hache, à l'épée, au poignard. Les femmes et les jeunes filles fuirent à travers les dédales, protégées par les pères, les époux et les frères, mais en vain. Ce fut une épouvantable boucherie à laquelle prirent part des chevaliers éreintés par ces deux années de siège. Certains tentèrent de les arrêter mais, excité par les moines, le flot de nos hommes devint inarrêtable. Conrad de Montferrat, entouré d'une escouade de preux réussit à s'interposer mais nos religieux décidèrent qu'il était temps d'en finir avec les infidèles. Le sultan Al Hazim ben Shakri, beau-frère de Saladin, ne dut son salut qu'à l'intervention de Guy de Lusignan qui fit bouclier de son corps évitant ainsi qu'il ne soit lynché. Les sarrasins nous étripaient en vénérant Allah et nous les étripions au nom de Dieu. Quelle dérision !

— Les hommes n'en finiront jamais de se battre au nom de leur Dieu.

— Oui mon jeune ami, les hommes s'entretuent et s'entretueront encore pendant des siècles si nous continuons à nous agenouiller devant des religieux. Fort heureusement, il reste ici-bas des croyants qui ne demandent rien, si ce n'est que de vivre leur foi dans la quiétude.

— J'imagine que vous parlez des Cathares ?

— Je n'ai jamais vu d'hommes et de femmes si peu intéressés par le pouvoir et l'argent. Ils sont à l'opposé même des prélats de l'Église Romaine qui s'empiffrent sur le dos du peuple et le vouent à la damnation éternelle s'il ne suit pas le droit chemin. Je n'ai que défiance envers des ecclésiastiques qui incitent le frère à tuer son frère au nom de Dieu. Quel Dieu accepterait que l'on verse le sang pour sa gloire ?

— Je vois que nous sommes de la même trempe Messire Raymond, j'ai moi aussi quelques doutes quant à l'existence d'une telle entité.

— Prenez garde de ne pas ébruiter vos dires ! Les sbires à la solde de Rome sont à l'affût du moindre murmure et tiennent à la main la torche toujours prête à enflammer un bûcher. Méfiez-vous Sicard et vous aussi Dame Carmen, car vous êtes médecins et vous contrez donc les desseins du Seigneur qui justifie la maladie comme étant le juste châtiment de l'imperfection des hommes et de leurs péchés.

— Je ne fais que seconder mon époux Messire Raymond, intervint Carmen.

— N'ayez crainte Dame Carmen, tout ce qui se dit céans ne sera jamais dévoilé, assura Raymond de Termes. Vous avez également étudié la médecine, j'en veux pour preuve votre compassion devant la vilaine plaie de mon jeune page. Je vous ai observé et j'ai noté la douceur de vos gestes à son égard, j'ai entendu les mots que vous avez prononcé afin de le rassurer et j'ai vu son sourire irradier son visage lorsque vous l'avez soigné, tandis qu'un médicastre se serait contenté de lui bander le bras, mais puis-je vous poser une question Dame Carmen ?

— Je vous en prie Messire Raymond.

— Que mâche-t-il d'un air béat ?

— Il s'agit d'une texture extraite du pavot.

— Qu'est-ce donc que ce pavot ?

— C'est une plante médicinale qui annihile la douleur et peut faire somnoler. Nous l'utilisons à bon escient afin d'opérer les patients.

— Donc vous la cultivez ? s'étonna Raymond de Termes.

— Dans notre jardin, où nous semons toutes sortes de plantes possédant des vertus curatives.

— D'où tenez-vous un tel savoir Dame Carmen ?

— De mon père Messire Raymond qui est un médecin fort prisé de l'autre côté des Pyrénées et qui nous a transmis son savoir.

— Voilà qui est fort bien, Dame Carmen, et je me ferai un plaisir de vous consulter mais le plus tard sera le mieux sans vouloir vous offenser.

— Il n'y a nulle offense Messire Raymond, vous serez toujours le bienvenu à Padern. Notre hospice est ouvert à tous.

4
Les Écorcheurs

Les Hautes Corbières subirent cette année-là un hiver interminable accompagné de nombreuses chutes de neige qui enveloppèrent et transirent de froid toute la contrée. Attisées par un vent glacial, les gelées matinales perturbèrent le travail des paysans dont beaucoup souffrirent d'engelures et de mauvaises toux. Ce fut un véritable crève-cœur de voir ces malheureux outillés de bêches et de houes s'échiner à creuser des sillons sur la terre aussi dure que la rocaille émoussant les socs des araires. D'autres infortunés piochaient des fosses dans le petit cimetière de la chapelle Saint-Roch au pied du château. Le froid hivernal s'installa durablement et fit des ravages parmi les vieillards, les impotents et les nouveau-nés malgré mon dévouement et celui de Carmen. Je me rendis à l'abbaye de Lagrasse implorant des bénédictins la distribution de vivres à la population, prétextant qu'une famine décimerait de nombreuses familles. Mon père dépêcha une escouade jusqu'à Lagrasse qui revint avec des chariots débordant de maïs, d'épeautre et de blé dur. Aicard et deux jeunes soldats approvisionnèrent la population en viande de cerf et de sanglier qui pullulaient dans les forêts avoisinantes. Ils tuèrent également quelques loups et des ours dont les fourrures couvrirent les malades de l'hospice qui ne désemplissait pas. Chaque place libérée dans le dortoir était aussitôt prise d'assaut et je m'acharnai avec Carmen à maintenir en vie le plus grand nombre de souffreteux. L'abbé Alfred, le bénédictin chargé de veiller sur les âmes de Padern s'enquerrait chaque jour de la santé de ses ouailles, visitant les malades, dispensant ses prières et ses absolutions aux mourants.

Méfiant à l'idée saugrenue de la construction d'un hospice, il finit lui aussi par se soumettre du bien-fondé de l'entreprise constatant que la mortalité infantile diminuait fortement depuis son édification. Marcheur impénitent, ce moine à l'âge indéfini n'hésitait pas à se rendre dans les hameaux les plus éloignés afin d'y prêcher la parole de Dieu dans des chapelles délabrées. Doté d'une intelligence vive et d'un sens inné de la repartie, il me soupçonna de comploter avec le Malin avant de se raviser devant le nombre de malade que nous sauvions. Prétextant de sa mission divine et de son sacerdoce, il visitait nos alités humant l'air de son long nez, reniflant les bocaux et posant mille questions sur la teneur des fioles. Afin d'éviter tout soupçon, je me rendais avec mon épouse à l'office religieux du dimanche célébré dans la chapelle Saint-Roch. Dénué de tout ornement superflu, ce lieu de prière accueillait chaque jour les villageois pour plusieurs offices.

*****

Ce terrible hiver attira des ramassis de routiers qui arpentèrent la campagne à la recherche de hameaux et de fermes isolés qu'ils pillèrent et incendièrent laissant de nombreuses victimes derrière eux. Aicard, le sergent Martial et nos soldats leur menèrent une chasse impitoyable dans les forêts les plus sombres et les grottes les plus hostiles qui leur servaient de repaire, ramenant de chaque expédition quelques poignées de soudards affamés et squelettiques qui ornèrent le gibet de Padern. Carmen tenta à plusieurs reprises de s'interposer à ces exécutions, demandant grâce à mon père et à l'abbé au nom de la charité chrétienne mais la justice des hommes tout comme celle de Dieu ne s'embarrasse nullement des jérémiades d'une femme, affirma l'abbé Alfred. Mon père s'interposa également à notre demande de prendre possession du corps des pillards afin de pratiquer des dissections. Il prétexta la colère du prieur de l'abbaye de Lagrasse si celui-ci venait à découvrir que de telles horreurs se produisaient sur ses terres. Nous serions coupables rajouta-t-il de mutilations sur des cadavres et de lourdes conséquences pèseraient sur l'avenir de notre hospice et sur sa propre réputation. Nous serions dans le meilleur des cas, conclut-il chassés de la contrée et dans le pire, menés devant un tribunal ecclésiastique qui ne manquerait pas de nous qualifier d'hérétiques démoniaques juste bons à alimenter les flammes d'un bûcher. Devant de tels arguments, nous ne pûmes que nous incliner. Mon père exigea de Carmen, d'un ton aimable et ferme à la fois qu'elle ne se mêle plus des affaires juridiques du territoire sur lequel il faisait également homme de justice. L'incident fut rapidement clos et Carmen s'excusa en s'inclinant respectueusement devant mon père qui l'enjoint à se redresser et à faire quelques pas en sa compagnie.

*****

En ce premier jour de printemps, un soleil radieux illuminait la cour du château où chacun vaquait à ses occupations. Appelé d'urgence sur le chemin de ronde par le sergent Martial, Bernart de Padern constata un immense nuage de fumée noire qui s'élevait à moins d'une lieue du château. Aicard partit en reconnaissance à bride abattue et revint après une chevauchée effrénée comme en témoignait la robe de son cheval couverte d'écume.

— Des écorcheurs, père ! hurla-t-il.

— Combien sont-ils ?

— Plusieurs dizaines père. Ils ont incendié le hameau de Lacombe et se dirigent par ici.

— Fais sonner le tocsin, et Dieu fasse que Quéribus l'entende !

Les premiers tintements de cloche résonnèrent et nous vîmes les paysans quitter les champs en toute hâte emportant avec eux leurs outils. Les mineurs remontèrent des entrailles de la terre et se joignirent à l'exode tout comme les villageois qui désertèrent leur maisonnée et se rendirent en courant au château traînant derrière eux leur modeste bétail. Le sergent Martial ordonna le branle-bas de combat et déjà les premiers arrivés se virent armés qui d'une hache qui d'un épieu tandis que les femmes, les enfants et les vieillards grimpaient les marches du donjon et s'abritaient dans la grande salle où ma mère, Carmen et ses servantes les accueillirent au milieu des cris des nouveau-nés. Des soldats fermèrent les immenses portes de bois du portail et les consolidèrent avec des poutres plantées dans le sol s'arc-boutant contre les montants. La pérennité du château dépendait de ses vantaux régulièrement inspectés et enduits de poix les préservant ainsi des intempéries et des insectes dévoreurs de bois. Des paysans hissèrent des blocs de rocaille sur les chemins de ronde. Aicart distribua des carquois garnis de flèches et de carreaux aux archers, aux arbalétriers et aux quelques volontaires sachant se servir d'un arc. Sous le commandement d'Aicard et du sergent Martial, la garnison de Padern se tenait prête à affronter l'assaut.

Ce n'était pas une horde de traîne-misère qui entamait la montée du chemin escarpé mais une véritable escouade d'une cinquantaine d'hommes armés de hache et de masse. Ils protégeaient une seconde bande suivant à quelques pas tractant à bout de bras un énorme tronc d'arbre. Les plus chanceux de l'avant-garde portaient des broignes ou des cottes de mailles mais la plupart vêtus de loques allaient d'un pas cadencé au rythme des coups de hache et d'épée qu'ils frappaient sur leur large bouclier tout en ahanant d'un souffle profond et guttural censé impressionner l'ennemi. Ce simulacre causa l'effroi parmi les paysans mais ils parvinrent à dominer leur peur et gardèrent leur poste sous le commandement et les encouragements de Martial. Menés par un géant torse nu, aux pectoraux et aux bras impressionnants qui arborait une tête ensanglantée fichée au bout d'une pique, les écorcheurs continuaient leur ascension sans se soucier des archers bandant leurs arcs du haut des remparts.

— Leur tactique est suicidaire, dit Martial, ils seront bientôt à portée de nos flèches et ils continuent d'avancer comme si de rien n'était.

— En effet, acquiesça mon père, soit ces hommes sont fous, soit ils nous préparent une entourloupe. Mais comment diable ont-ils pu arriver jusqu'ici sans que Quéribus et Peyrepertuse ne s'en aperçoivent ?

— J'ai bien peur que nous ayons affaire à des Aragonais ou à des Barcelonais qui auraient franchi les Pyrénées plus au sud.

— Plus au sud ? dis-tu. Viens, suis-moi !

Doté d'une agilité que je ne lui connaissais pas, mon père dévala les marches, parcouru la cour d'un pas alerte et s'engouffra dans le donjon suivi de Martial. Les deux hommes traversèrent la grande salle sous les regards inquiets des villageois. Martial ouvrit un fenestron donnant sur la falaise. Ce qu'il vit lui glaça le sang. Une vingtaine de routiers munis de cordes et de grappins escaladaient le précipice. Le sergent héla deux de ses meilleurs arbalétriers qu'il disposa devant des archères. Les deux hommes encochèrent et visèrent les premiers soudards. Sous l'impact des traits les gredins chutèrent dans le vide en hurlant. Des paysans enhardis par les ordres de mon père le suivirent et grimpèrent l'escalier en colimaçon menant au sommet du donjon. L'un d'eux alluma un feu dans l'immense cheminée qu'il recouvrit de branchage vert. Une épaisse fumée censée avertir les châteaux environnants se dégagea. Les hommes saisirent des blocs de pierre et les projetèrent sur les ruffians dont l'un eut la tête arrachée. Ses mains restèrent agrippées à la corde pendant quelques secondes sous le regard ahuri de ses compères. Ils continuaient néanmoins leur escalade malgré la rocaille qui voltigeait autour d'eux. Une quinzaine de brigands réussit à prendre pied sur un petit escarpement qui les protégeait du tir nourri ricochant sur les parois sans pouvoir les atteindre. D'une dextérité incroyable, ils lancèrent leurs grappins qui s'accrochèrent aux remparts puis ils se hissèrent à la force des bras. D'abord effrayés, les paysans se ressaisirent puis tranchèrent les premiers cordages. Les écorcheurs dévissèrent dans le vide. Les autres, épouvantés firent volte-face mais se retrouvèrent coincés sur le devers leur servant d'abri. Ne pouvant plus grimper ni s'échapper au risque d'être fauché par les arbalétriers, ils se tapirent se protégeant de targes. N'ayant plus le choix, ils finirent toutefois par quitter leur escarpement et s'enfuirent à toutes jambes sous les projectiles.

Du côté sud du château, la bataille faisait rage. Protégés par leurs rondaches dans lesquelles se fichaient flèches, lances et carreaux, les assiégeurs s'évertuaient à fracasser le portail à coups de bélier. Plusieurs de ces mécréants gisaient dans des mares de sang, transpercés par les traits ou écrasés par les pierres qui pleuvaient des remparts. Sous les cris de leur chef les coups de boutoir se firent plus lourds et le portail commença à gémir sous ses gonds. Des paysans quittèrent leur poste et entassèrent poutres et carrioles contre les vantaux freinant ainsi quelques instants la puissance du bélier mais un premier gond céda bientôt suivi d'un second sous les hurlements de joies des routiers. Je m'éclipsai quelques instants, dévalai l'escalier du chemin de ronde, m'engouffrai dans l'infirmerie et en ressortis avec un cageot contenant des fioles d'alcool. Je retournai à mon poste de combat sur le rempart. Dominant la meute, je jetai plusieurs flacons qui se brisèrent sur le dos des agresseurs. Je lançai ensuite des bradons enflammés sur les assaillants sous l'œil admiratif d'Aicard. Les torches humaines se roulèrent à terre tentant désespérément d'étouffer les flammes. Médusé, le géant assista impuissant à l'agonie de ses hommes et à la panique de quelques couards se carapatant sous une nuée de dards. Il tenta vainement de les retenir, dégaina une immense épée et trancha le cou d'un fuyard d'une estocade si puissante que la tête du pleutre fusa à plusieurs mètres. Le parvis du château n'était plus qu'un amalgame de boucliers brisés, de dalles maculées de sang, de touffes de cheveux arrachées, de corps transpercés, mutilés et carbonisés crachant leurs dernières fumerolles dans une odeur de chair brûlée. Les quelques intrépides incités par les aboiements de leur chef ne s'avouèrent pourtant pas vaincus et jetèrent leurs dernières forces contre le portail qui se fissura sous les coups de hache et de masse. Redoublant d'effort la horde sauvage brisa plusieurs panneaux, se rua dans la grande cour mais fut accueillie par une volée de projectiles. Les viretons tirés à bout portant percèrent hauberts et gambisons, des têtes éclatèrent comme des fruits sous l'impact des blocs de pierre. La cour se transforma rapidement en une mare de sang où pataugeaient les barbares confrontés aux soldats de Padern qui sous les encouragements de Martial et d'Aicard quittèrent leurs positions et se jetèrent dans la mêlée. Épuisés, les soudards furent vite submergés par la violence des Padernais. Malgré leur surnombre, les loqueteux subirent de plein fouet la charge d'Aicard et de Martial. Les deux guerriers chevronnés taillèrent dans la masse se frayant un chemin d'entrailles, d'os et de sang. Armé d'un fléau d'armes, je les rejoignis et frappai, déchirant les rondaches de cuir qui volèrent en éclats et brisant des crânes. Plusieurs assaillants gisaient sur le pavage rendu glissant par le flot de sang, de membres épars et de tripaille. Du haut d'un rempart, mon père assistait impuissant à la terrible bataille, aussi décida-t-il malgré les injonctions de l'abbé Alfred de rejoindre les défenseurs. N'écoutant que son courage, il se saisit de l'écu et de l'épée du malheureux Marty qui venait de s'écrouler sous un terrible coup de hache et se porta devant l'ennemi. Quelques mineurs enhardis par le courage de leur seigneur fendirent la cohue, perforant crânes et poitrines à coups de pioche. Certes peu aguerris mais dotés d'une force et d'une endurance forgées par des années de travail sous terre, ils écharpèrent à tour de bras les brigands qui passaient à leur portée. Mesurant la bravoure des assiégés et voyant la situation lui échapper le géant ordonna à ses quelques hommes encore debout de déguerpir.

Tournant le dos, les ruffians dévalèrent la pente sous une dernière volée de flèches. Au détour d'une courbe, ils tombèrent nez à nez avec les survivants de la tentative d'escalade du donjon. Ragaillardi de retrouver ses hommes, le géant décida d'une contre-attaque et la troupe reprit la direction du château. Les assaillants revigorés s'engagèrent dans une lutte féroce et inégale. D'une terrible poussée, ils renversèrent leurs premiers adversaires. L'entrée du château n'était plus qu'un cloaque de corps hachés, d'armes brisées, de ventres déchirés et de membres découpés dans lesquels pataugeaient les combattants encore debout. Vite submergés en dépit d'une résistance acharnée et laissant plusieurs agonisants sur le sol, les Padernais, contraints de se replier, s'engouffrèrent dans le donjon et barricadèrent la porte. Aicart grimpa les marches, encourageant les survivants à le suivre. Traversant la grande salle au milieu des prières, des cris et des pleurs, ils se hissèrent au sommet du donjon et harcelèrent les écorcheurs. Les archers décochèrent leurs dernières flèches sur les assiégeants qui s'évertuaient à briser la lourde porte du donjon. À grands coups de pioche et ne s'avouant pas vaincu, un mineur descella plusieurs pierres d'un rempart et les jeta dans le vide. Le premier bloc écrasa deux routiers les transformant en bouillie et brisant la frénésie des autres qui malgré les hurlements de leur chef eurent un moment d'hésitation. D'autres rochers éclatèrent sur la horde provoquant la panique. Certains reculèrent mais se ressaisirent sous les jurons de leur chef. La porte du donjon céda. Les soudards se congratulèrent hurlant leur joie d'en découdre enfin avec l'ennemi mais leurs cris furent rapidement étouffés par des hennissements et par le bruit de fers martelant les dalles de la cour. Éperonnant leur lourde monture, un groupe de chevaliers fonça sur les écorcheurs qui tentèrent vainement de s'interposer à la déferlante. Dégainant leurs épées, les hommes d'armes taillèrent dans la masse. Des têtes volèrent, des poitrines se brisèrent et les blessés rampant comme des vers furent piétinés par les destriers. L'assaut fut de courte durée et les quelques rescapés, acculés contre les murailles déposèrent leurs armes malgré les ordres du colosse qui les enjoignait à poursuivre la lutte.

Nous quittâmes notre position, dévalâmes les marches afin d'accueillir nos libérateurs. La cour n'était plus qu'un amoncellement de cadavres démantibulés parmi lesquels nous reconnûmes les soldats Peyre et Marty, ainsi que des mineurs et des paysans. Nous relevâmes nos blessés qui menés à l'hospice reçurent les premiers soins. Martial et sa troupe enchaînèrent les assassins les uns aux autres et les conduisirent sans ménagement au cachot. Mon père s'inclina devant Chabert de Barbaira.

— Nous nous sommes équipés dès que nous avons aperçu le nuage de fumée venant de votre donjon, dit le seigneur de Quéribus. J'ai dépêché plusieurs hommes au hameau de Lacombe mais en vain. Les écorcheurs nous avaient précédés laissant dans leur sillage mort et désolation.

— Soyez certain que nous vengerons nos morts, affirma mon père.

— Je n'en doute pas cher ami. En quoi puis-je vous être utile ?

— Vous avez déjà fait beaucoup pour nous Messire Chabert, sans votre aide nous serions tous morts, mais vos hommes pourraient-ils nous aider à creuser une fosse pour ces soudards ?

— Bien sûr Messire Bernart, je vous laisse une dizaine de mes soldats, acquiesça le seigneur de Quéribus.

— Grand merci Messire, je vais faire préparer un repas pour votre troupe. Nous ferez-vous l'honneur de partager notre table ?

— Certes mon ami, certes, sourit le seigneur de Quéribus.

*****

Nous œuvrâmes toute la nuit, désinfectant et suturant les plaies, immobilisant bras et épaules luxées, amputant les nombreux blessés dont les membres trop abîmés ne pouvaient être sauvés. Nous perdîmes plusieurs des nôtres trop gravement atteints qui furent transportés dans la chapelle. Ému aux larmes, l'abbé Alfred donna une messe en l'honneur de ces hommes, paysans, mineurs et soldats devenus frères d'armes le temps d'un combat. Avec l'accord des familles endeuillées, nous les inhumâmes dans une fosse commune afin qu'ils dorment ensemble pour l'éternité sous les pleurs des veuves et des orphelins. Après ces tristes funérailles, toutes et tous assistèrent au supplice des écorcheurs. La colonne d'éclopés, précédée d'hommes en armes fut menée dans une friche où se dressaient un poteau et une potence. Le chef des soudards marchait crânement en tête, engageant ses hommes à faire de même. Les vétérans redressèrent le buste tandis que les plus jeunes hurlèrent d'effroi à la vue de l'immense fosse dans laquelle vautours et corbeaux se disputaient les cadavres de leurs complices. Le géant fut enchaîné au pilier tandis que Martial ligota un routier sous le gibet. Les soldats tirèrent sur la corde et l'homme décolla du sol tel un pantin démantibulé. À peine décroché, un autre le remplaça et subit le même sort. Ceux qui se débattirent reçurent une volée de coups avant d'être pendus. Un jeune ruffian à peine pubère chancela et s'évanouit au vu du supplice qui l'attendait. Le sergent Martial lui jeta un seau d'eau glacée, lui passa le nœud coulant autour du cou et le hissa. Les jambes de l'adolescent battirent l'air. Il suffoqua longuement et son agonie s'accompagna d'urine et de merde qui se répandirent dans une odeur pestilentielle. Il alla rejoindre ses compagnons d'infortune dans l'immense trou. D'un geste machinal et sans manifester le moindre enthousiasme, l'abbé Alfred se signa sur la tombe d'où s'échappaient quelques râles.

Bernart de Padern s'approcha du géant. Bravant la mort, l'homme le nargua d'un sourire narquois. Mon père lui pinça le nez et le força à boire le contenu d'une fiole.

— Bois, tu n'en brûleras que mieux.

La bouche dévorée par le feu du liquide, le chef des écorcheurs cracha sur mon père. Le visage dégoulinant, furieux et blême de rage, il saisit un bouclier et s'acharna sur le visage de l'enchaîné qui ne dut son salut qu'à l'intervention de Martial. Le chef de la sinistre horde d'assassins n'était plus qu'un masque de souffrance, une bouillie informe aux joues, aux arcades et au nez sanguinolents. Mon père vida entièrement la fiole dans la bouche et sur le visage du supplicié puis il approcha une torche dont les premières flammes embrasèrent la chevelure du condamné.

5
Abbaye Sainte-Marie de Fontfroide

Les rayons du soleil illuminaient les toits de l'abbaye cistercienne Sainte-Marie de Fontfroide confinée entre les vignes et la forêt de pins qui ployaient sous les rafales de vent marin. Les moines convers vaquaient à leurs occupations entre l'entretien de l'immense jardin potager dont les semailles printanières commençaient à éclore et à la reconstruction de la margelle du puits détruite récemment par la foudre. D'autres frères empilaient les rondins de bois en vue du prochain hiver. Le moine trésorier s'entretenait avec les marchands venus proposer leurs produits, salaisons de la Montagne Noire, bétails du Pays de Sault, poissons et crustacés du Narbonnais.

Dans son bureau, Pierre de Castelnau, relisait pour la énième fois le courrier reçu de Rome et transmis le matin même par un messager qui prenait un repos bien mérité après sa chevauchée. Le Pape Innocent III nommait Pierre de Castelnau au titre de Légat Pontifical auprès de la noblesse et du haut clergé méridional avec pour mission désormais de prêcher l'éradication du Catharisme. Les dernières visites de l'abbé cistercien chez les barons des Hautes Corbières et du Minervois s'étaient soldées par de cuisants revers. Tous les seigneurs soutenaient et prêtaient assistance à l'hérésie implantée sur leurs terres et n'avaient que fi des évangélistes qui les sermonnaient et les vouaient à la damnation éternelle. Des familles de hautes lignées converties à cette nouvelle Église rejetaient celle de Rome qu'elles jugeaient toujours aussi corrompue et avide de pouvoir. Ramener dans le giron romain ces réfractaires ne serait pas une affaire de tout repos. Pierre de Castelnau arpenta en boitillant les dalles de son bureau. Sa hanche le faisant souffrir chaque jour un peu plus. Assis la plupart de son temps derrière son écritoire à consigner la vie de l'abbaye, à écrire ses correspondances et à lire ses courriers, il refusait d'écouter son médecin qui lui conseillait de faire quelques pas à l'extérieur et refusait par fierté de s'aider d'une canne. Âgé d'une trentaine d'années, serviteur de Dieu depuis son adolescence, il ne doutait pas un instant de l'urgence de sa tâche et de son total dévouement à la Papauté. Doué d'une intelligence vive, il relit le courrier une nouvelle fois soulignant chaque mot d'un hochement de tête tandis que ses longs doigts rongés suivaient chaque ligne de la missive.

Pierre de Castelnau fit mander frère Pascal, son moine le plus érudit. Le nouveau légat pontifical tendit le courrier à frère Pascal qui le lu approuvant chaque mot d'un sourire. Ce jeune moine ne se dépareillait jamais de son rictus laissant entrevoir sa dentition fortement abîmée. Affublé d'un pied bot, il se déplaçait s'appuyant sur une béquille de bois et jugeait son infirmité comme un don de Dieu. Se croyant investi d'une mission divine, son mal lui donnait la force de fouiller les moindres recoins de l'âme humaine afin d'en dénicher les plus infimes fragments d'hérésie. Il affirmait haut et fort que son atrophie pesait sur ses frêles épaules comme la croix de Jésus lors de sa longue marche vers le Golgotha. Son visage émacié d'une pâleur cadavérique inspirait la défiance des petites gens qui se signaient sur son passage plutôt par crainte que par dévotion.

L'église faisait souvent appel à frère Pascal pour résoudre les cas suspectés d'exorcismes. Les ruses du démon et son emprise maléfique n'avaient aucun secret pour lui. Il attachait plus d'importance à son sacerdoce qu'à la vie humaine et n'hésitait pas à prononcer des excommunications sur les malheureux accusés d'être sous la mainmise du Malin.

— Je vous félicite pour cette nomination, ô combien méritée votre Éminence.

— Merci frère Pascal, nous repartons vers une longue marche semée d'embûches.

— Convertir et confondre les hérétiques est une œuvre sainte, acquiesça frère Pascal.

— Nous partons demain à Toulouse.

— Sans vouloir vous manquer de respect votre Éminence, je crois que c'est cause perdue d'avance. Nos derniers prêches ne nous valurent que mépris et moqueries des barons impies.

— Je sais mon ami, je sais, reprit Pierre de Castelnau d'une voix lasse, mais notre Église dans sa mansuétude veut encore leur laisser une dernière chance. Raymond VI de Toulouse va, cette fois, je l'espère, nous assister pour éradiquer cette hérésie.

— Les barons blasphémateurs nous ont pourtant juré fidélité et voilà qu'ils font volte-face. Les puissants seigneurs de Termes, Puylaurens, Peyrepertuse et Quéribus dans les Hautes Corbières, Guilhem de Minerve et le redoutable Pierre Roger de Cabaret dans son nid d'aigle de Lastours au pied de la Montagne Noire abritent des communautés d'hérétiques. On compte des Cathares par centaines dans chacune de ces places fortes. Même le jeune Trencavel accueille cette racaille dans sa cité de Carcassonne, pesta frère Pascal. Ces sacrilèges se font nommer parfaits comme si la perfection existait en ce bas monde, reprit-il amèrement. D'aucun affirme même qu'ils vont jusqu'à se donner le titre de Bons Hommes et qu'ils affublent leurs femelles du nom de Bonnes Dames. Quelle Honte ! Quand Dieu se décidera-t-il enfin à envoyer ces profanateurs au bûcher ?

— Patience, mon ami, patience, sourit Pierre de Castelnau. Le jour viendra où ils comparaîtront devant le Tout-Puissant uniquement drapé de leur ignominie et ce jour-là, ils tomberont de leur superbe. Nous savons, vous et moi, qu'il s'agit là de notre dernière tentative et de nos derniers prêches envers ces païens. Nous savons également qu'aucun n'abjurera. Il sera alors temps de laisser nos livres de prières dans les scriptoriums et de dégainer nos glaives.

— Dieu vous entende votre Éminence. Mais que feront les barons réfractaires ?

— Ils plieront !

— Mais vous savez tout comme moi que de nobles familles se sont converties au Catharisme. Les seigneurs des Corbières ont épousé la nouvelle foi et lui donnent asile. Des dames jusqu'ici confinées dans le luxe et dans l'oisiveté ont quitté leurs châtelains, des fils et des filles ont abandonné les murailles des châteaux familiaux pour se consacrer corps et âme à cette hérésie.

— Ils plieront quand même devant l'armée de Dieu.

— Une croisade ? s'étonna frère Pascal. Une croisade en terre chrétienne, croyez-vous cela possible ?

— Ces Cathares sont pires que les infidèles de Terre Sainte et pires encore que les Juifs qui mirent Jésus sur la croix.

— Certes votre Éminence mais tous ne sont pas cathares, certains ne sont que de simples croyants.

— Ceux-là se rétracteront, j'en suis certain. La peur du bûcher leur fera renoncer à leurs erreurs passées et ils nous reviendront.

— Et les Cathares, votre Éminence ?

— C'est au pied du mur qu'on voit le maçon et c'est donc au pied du bûcher qu'on voit l'hérétique, ironisa Pierre de Castelnau. J'ai donc demandé à frère Boniface de se joindre à nous. Il a vu le sort réservé aux hérétiques dans les provinces de France et peut-être pourra-t-il convaincre ces païens du triste sort qui les attend s'ils persistent dans leurs erreurs.

— C'est une excellente idée.

— Cet homme est un mystère. Il fut soldat, mercenaire, brigand et le voilà maintenant moine convers. Qu'en pensez-vous frère Pascal ?

— C'est un homme pieux et bon. Il prie avec ferveur et assiste son prochain avec dévouement. Il est debout aux premières lueurs du soleil, avale son matinel d'un trait et se consacre aux différents travaux de notre abbaye avec un entrain communicatif ne rechignant à aucune tâche. C'est un colosse sur un socle d'argile, il rachète ses erreurs d'antan œuvrant à la gloire de notre Seigneur qui l'a guidé jusqu'à nous.

— En effet, il a traversé la terre de France en compagnie de deux autres frères jusqu'à Rome. Notre très Saint-Père leur a confié la mission de se rendre chez les grands seigneurs chrétiens afin de les inciter à briser les hérésies qui pullulent et s'abattent sur le pauvre peuple qui dans sa crédulité et sa naïveté se laisse séduire par ces missionnaires diaboliques. Ils se sont acquittés de leur tâche avec abnégation et courage délivrant à la noblesse de France les plis rédigés de la main de notre très Saint-Père. Ils sont retournés à Rome ramenant dans leur bagage les nombreux courriers de toute la Chrétienté du plus puissant des barons aux plus humbles des chevaliers affirmant leur soutien indéfectible à notre Sainte Église. Ils sont restés quelques jours dans la cité du Latran avant de rejoindre leur abbaye dans le Rouergue. Quelle ne fut pas notre surprise lorsque ces trois moines épuisés par leur longue marche nous ont demandé l'hospitalité pour quelques jours avant de regagner le diocèse d'Albi. Ses deux frères trop épuisés prennent un repos bien mérité tandis que lui s'échine à nous rendre service abattant des arbres avec les bûcherons, sarclant la terre avec les cultivateurs et assistant notre frère apiculteur au mépris des abeilles qui bourdonnent autour de lui et le harcèlent.

— Pensez-vous qu'il acceptera de nous suivre ?

— Le mieux serait de le lui demander, dit le légat quittant son fauteuil.

Les deux cisterciens se rendirent dans la grande cour et aperçurent frère Boniface conduisant un cheval de labour aux écuries. Ils le suivirent et entrèrent dans l'appentis où frère Boniface bouchonnait l'animal en lui flattant l'encolure.

— Tu sembles aimer les chevaux ? demanda Pierre de Castelnau.

— Bonjour père abbé. Bonjour frère Pascal, dit frère Boniface en posant un genou à terre.

— Allons mon fils, point de cérémonie. Relève-toi, je te prie.

— Grand merci père abbé. J'aime les chevaux en effet et celui-ci en particulier qui rend de grands services à votre communauté. Il est fort et vaillant, aussi nous faut-il bien prendre soin de lui. Il ne renâcle pas devant le labeur…

— Tout comme toi mon fils, sourit Pierre de Castelnau.

— Je ne fais que mon devoir père abbé. J'ai grand besoin d'activité, d'assister mes frères dans leurs tâches et ainsi vous remercier de votre hospitalité.

— Nous sommes frères, intervint frère Pascal, nous nous devons assistance.

— Grâce vous soit rendue frère Pascal.

— J'ai un service à te demander.

— Je suis à votre disposition père abbé.

— Tu fus témoin du supplice des Poblicains en terres champenoises, n'est-ce pas ?

— En effet père abbé. Ces images me hantent encore.

— Ces blasphémateurs ont eu le sort qu'ils méritaient, pesta frère Pascal.

— Je vous souhaite de ne jamais voir une telle horreur frère Pascal. Ces hommes persévéraient dans leur foi malgré les flammes qui embrasaient les fagots sous leurs pieds. Ils n'ont failli à aucun moment…

— Tu sembles avoir de l'admiration pour ces dissidents ? s'étonna Pierre de Castelnau.

— Je n'ai aucune empathie pour ces malheureux mais il est vrai que j'admire leur courage. Comment peut-on persister dans une telle abnégation ? Comment peut-on accepter le sacrifice d'hommes de chair et de sang ?

— Ce sont des fanatiques qui transgressent l'ordre moral de la vie et de la Chrétienté, trancha frère Pascal. Ils ne méritent aucune pitié.

— Notre devise n'est-elle pas de nous aimer les uns les autres ?

— L'heure n'est pas à la théologie frère Boniface, affirma Pierre de Castelnau, ton aide nous sera précieuse pour ramener quelques brebis égarées dans le droit chemin.
— J'espère me montrer digne de votre confiance père abbé.
— J'en suis convaincu mon fils, sourit le légat du Saint-Siège.

Le lendemain, une escouade armée mandatée par le vicomte de Narbonne escorta la berline où prirent place les cisterciens. Le convoi prit le chemin de Toulouse mais le légat s'autorisa un détour et décida de saluer Raymond de Termes, dont la citadelle crénelée dominait les Hautes Corbières. Ennemi farouche de l'Église, Raymond de Termes restait toutefois un puissant voisin dont la droiture n'avait d'égale que la politesse avec laquelle il recevait ses hôtes. Pierre de Castelnau profiterait de cette halte pour s'entretenir également avec les Cathares du Termenès dont certains connaissaient les écritures. Il tenterait de leur apporter la contradiction et c'était pour lui toujours un plaisir que d'affronter des hommes et des femmes doués d'intelligence et de repartie. Il leur signifierait, une fois de plus, l'erreur profonde de leur obstination et le précipice dans lequel ils risquaient de tomber en rejetant l'Église Romaine. Assisté du témoignage de frère Boniface, il évoquerait les conséquences épouvantables de leur entêtement mortifère s'ils continuaient à mordre la main que leur tendait Rome.

6
Vignevieille

Les Hautes Corbières resplendissaient de toute la beauté de leur végétation sauvage accrochée à leurs à-pic vertigineux. Des myriades de fleurs s'épanouissaient au pied des forêts de chênes, les vignes en coteaux dévoilaient leurs premiers bourgeons et les amandiers semblaient se prélasser sous les rayons du soleil. Des hordes de sangliers détalaient à l'approche du détachement militaire narbonnais qui accompagnait les frères cisterciens. L'escouade composée d'un sergent et de huit soldats parvint au seuil d'un hameau aux masures délabrées. Un silence déchiré par quelques aboiements enveloppait la bourgade. Le sergent descendit de sa monture, fit quelques pas et entra dans une chaumière. Un homme gisait étendu sur une table avec une lance plantée dans le ventre. Un autre, les bras en croix était cloué contre la porte et un troisième se tenait recroquevillé présentant une plaie béante qui courait de la gorge jusqu'aux oreilles. Pris de nausée, le sergent ordonna à ses hommes d'inspecter le village. Les soldats découvrirent le même massacre dans la maison voisine ainsi que dans la plupart des autres cahutes. Des chiens se disputaient vits et génitoires d'hommes démembrés et émasculés au cœur de la petite place. Des flaques de sang se répandaient sous les robes des femmes et des fillettes outragées. Une jeune fille les mains nouées à un piquet de bois gisait éventrée et les rats se régalaient de son bébé encore lié par le cordon ombilical. Des vieillards se balançaient aux branches des grands chênes.

Bouleversés, Pierre de Castelnau et frère Pascal se signèrent et ne purent retenir leurs larmes. Le hameau n'était plus qu'une plaie défigurée, une nécropole à ciel ouvert sur laquelle planait un vol de vautours. Frère Boniface se pencha sur les corps mutilés à la recherche d'un infime souffle de vie mais en vain. Il huma l'air profondément comme un chien de chasse, scruta les environs de son œil perçant et leva le bras.

— Tenez-vous sur vos gardes sergent, intima-t-il, il se pourrait que les assassins soient encore dans les parages. Père abbé, frère Pascal, veuillez rejoindre votre litière et soyez prêts à partir à la moindre alerte et toi cocher, fouette les chevaux jusqu'au sang s'il le faut et rejoint Termes au plus vite.

— De quel droit un moine se permet-il de donner des ordres…

— Du droit à la vie sergent, faites ce que je dis, trancha frère Boniface.

— Faites-lui confiance sergent, implora Pierre de Castelnau. Notre frère sait ce qu'il fait…

— Silence, ordonna le sergent. Regardez !

Un homme visiblement ivre sortait d'une masure en titubant. Il tenait une tête de femme par les cheveux et l'embrassait à pleine bouche.

— C'est comme ça que j'aime les drôlesses, celle-là au moins n'emmerdera plus personne, ricana-t-il.

Il s'avança en chancelant vers les soldats et les défia faisant mouliner une hache au-dessus de sa tête. Le sergent le transperça de son épée, l'homme d'abord étonné s'agrippa à la lame, sourit bêtement, se dégagea de l'étreinte mortelle, recula de quelques pas et s'écroula sans un cri.

— Méfions-nous, dit frère Boniface, il y en a sûrement d'autres. Mon père, continua-t-il en s'inclinant respectueusement devant Pierre de Castelnau et vous frère Pascal, remontez dans la calèche et galopez promptement jusqu'à Termes.

Les deux moines blancs s'exécutèrent, le cocher fouetta les chevaux qui s'élancèrent au galop escorté par quatre soldats. Jugeant que la carriole avait suffisamment d'avance, frère Boniface et les gens d'armes se remirent en selle. Ils s'éloignèrent du village martyr mais tombèrent nez à nez avec une bande de routiers qui traînaient derrière eux une fillette entravée. D'abord interloqués, les pillards se ressaisirent rapidement, repoussèrent la petite fille et se ruèrent sur les Narbonnais. Mené par un maigrichon qui hurlait des ordres, les gredins encerclèrent les soldats qui dégainèrent leurs épées et taillèrent dans la masse. Maîtrisés par leurs cavaliers, les puissants destriers se cabrèrent et jouèrent des sabots, frappant et piétinant la meute des enragés. Désarçonné par sa monture, frère Boniface chuta lourdement sur le sol, se redressa aussitôt, saisit son bourdon et frappa au visage un des malfrats qui s'écroula. Le géant profitant de l'incrédulité des criminels s'empara de l'arbalète du blessé et décocha un carreau qui transperça le bandit le plus proche. Médusés par la hardiesse du moine, les vauriens hésitèrent malgré les encouragements de leur chef. Ils se regardèrent et enhardis par leur nombre fondirent sur l'escorte narbonnaise. Les soldats n'eurent aucun mal à se débarrasser de cette bande de bélîtres à moitié ivres qui tenaient à peine debout. Quelques survivants s'égaillèrent dans les fourrés laissant derrière eux leurs compagnons d'infortune fracassés par les fers des chevaux et transpercés par les épées. Frère Boniface releva la fillette, lui sourit, essuya son visage embué de larmes, la souleva et l'installa sur la monture du sergent. La fillette se blottit entre l'homme et l'encolure de l'animal.

— Vous semblez inquiet, frère Boniface dit un des cavaliers.

— Il n'est pas dans les habitudes des ribauds de renoncer à leurs proies. Certains ont pris la fuite mais j'ai peur qu'ils ne reviennent avec des renforts.

Les derniers mots de frère Boniface furent couverts par les hurlements d'une dizaine d'écorcheurs qui jaillirent des bosquets environnants toujours menés par les aboiements du maigrichon. Les vilains visèrent les Narbonnais qui éperonnèrent leur monture. Les cavaliers s'enfuirent sous une pluie de flèche dont plusieurs blessèrent le cheval de frère Boniface. Le malheureux animal se cabra. Le moine boula dans la poussière de l'étroite sente. La monture affolée ruisselante d'écume et de sang rua plusieurs fois avant de s'écrouler. Les cavaliers narbonnais dégainèrent leurs lourdes épées et firent alors volte-face afin de secourir frère Boniface qui leur ordonna de sauver l'enfant.

— Dieu vous garde, dit le sergent lui tendant son arc et son carquois.

— N'ayez aucune crainte pour moi mon ami. Nous nous retrouverons à Termes. Partez maintenant !

Les Narbonnais lancèrent leurs chevaux au grand galop sous les invectives du chef des gredins.

— Aux chevaux, aux chevaux, hurla-t-il ! Rattrapons-les ! Vous quatre, chargez-vous du moine et pas de quartier.

Frère Boniface courut jusqu'à la place du village harcelé par les brigands. Il s'engouffra dans une venelle et pénétra dans une masure. Tapi derrière la porte entrouverte, il observa par une latte brisée les quatre tueurs qui tels des chiens courants reniflaient et tendaient l'oreille à l'affût du moindre bruit suspect. Ils entrèrent deux par deux dans les maisonnées qu'ils fouillèrent à renfort de cris et de jurons, renversant les quelques meubles vermoulus, brisant la vaisselle et menaçant de mille morts le moine qui leur tenait tête. Aguerri par des années de combat frère Boniface respira calmement maintenant fermement l'épée et l'arc ramassés sur le cadavre d'un brigand. Il saisit un pichet, le jeta avec force contre un mur et encocha une flèche. Le broc se brisa avec fracas. Un ruffian attiré par le bruit se rua en hurlant dans la pièce. Il fut accueilli par le dard qui pénétra sa bouche et lui traversa le crâne. L'homme s'écroula devant ses complices effarés qui reculèrent de quelques pas avant de se reprendre et de se précipiter dans la chaumière. D'un coup de pied, le moine referma la porte du réduit puis sauta par une fenêtre. Le battant de la porte vola en éclats sous la puissance du terrible coup d'épaule d'un malandrin à la carrure impressionnante.

Les trois criminels s'approchèrent du fenestron et aperçurent la silhouette qui s'éloignait au milieu des treilles. Ils ajustèrent leurs arbalètes et décochèrent. Déséquilibré par l'impact d'un vireton qui le frappa dans le dos, le moine s'affala sous les cris de joie des égorgeurs qui éberlués le virent se relever et reprendre sa course à travers les vignes. Les trois hommes engagèrent la poursuite. Large et trapu comme un taureau, le plus robuste des trois, armé d'un fléau d'armes, détruisait les souches frappant à l'aveuglette dans l'espoir de dénicher sa proie. Sa colère n'avait d'égale que la force avec laquelle il s'acharnait sur le vignoble. Tel un sanglier le malandrin fonçait tête baissée déchirant grappes naissantes et sarments sur son passage. Emporté par son élan il ne vit pas la lame qui dépassait d'une souche. Le coup sec lui sectionna un pied. Il s'effondra dans un hurlement se tenant la jambe et tentant d'arrêter l'hémorragie qui giclait de son moignon. Frère Boniface se redressa et lui planta son épée dans la gorge. Ne se jugeant pas vaincu l'homme empoigna la lame à pleine main. Sa résistance fut telle que frère Boniface dut appuyer de tout son poids afin de le maîtriser et de le maintenir au sol. Finalement, à bout de forces, le bandit exsangue lâcha prise. Frère Boniface enfonça son arme plus profondément et le soudard expira. Le moine s'agenouilla derrière une souche dont les rameaux le cachaient des routiers. Il visa le maigrelet qui fut stoppé dans son élan par une flèche lui transperçant le bras. Le décharné doué d'une vigueur insoupçonnable fit tournoyer sa hache atteignant frère Boniface au front. Déchainé par la fièvre du combat et ignorant la douleur de sa blessure, le bandit recula de quelques pas, pris son élan et se rua pour une nouvelle attaque mais une seconde flèche tirée à bout portant le cloua à un tronc.

Comme possédé, l'homme s'agrippa au trait qui le traversait et tenta de l'arracher mais le dard fermement planté dans l'arbre lui résista. Rageant comme un damné et crachant bave et filets de sang, le brigand se tordit comme un ver, brisa la hampe de la flèche et s'extirpa. Malgré la douleur et la gravité de sa blessure il s'avança crânement vers frère Boniface, tout en gesticulant et l'accablant d'insultes. Faisant fi du trou béant au milieu de sa poitrine il brandit de nouveau sa hache. Aveuglé par le sang qui s'écoulait de son arcade déchirée frère Boniface ne put éviter l'arme qui s'abattit sur son épaule. Poussant un terrible rugissement le moine repoussa son ennemi d'une violente estocade et l'acheva. Exténué par sa course, le troisième larron arriva sur les lieux du combat. Frère Boniface lui tournait le dos. Surpris par l'attitude du moine, le ruffian resta coi. Profitant de son incrédulité, le géant fit volte-face et d'un terrible moulinet le décapita. La tête fusa à quelques pas du corps qui s'écroula dans une gerbe de sang. Malgré ses blessures frère Boniface revint sur la place du village et s'adossa à la margelle du puits. Sentant ses forces l'abandonner, il glissa lentement sur le sol et ferma les yeux.

7
Château de Termes

Pierre de Castelnau fut une fois de plus émerveillé par la majestueuse citadelle dominant les Hautes Corbières qui éclataient de mille couleurs sous les rayons du soleil. Ocres des chemins, gris de la rocaille, teintes de vert des oliveraies et des vignes, jaunes des genets resplendissaient en ce début d'été. Dominant les gorges du Termenet, flanqué sur un piton rocheux, l'édifice semblait défier l'éternité du haut de son donjon, de ses tours et de ses murailles imprenables. Raymond de Termes, fidèle parmi les fidèles de la famille Trencavel de Carcassonne, dirigeait le Termenès de toute sa majesté. Une importante communauté de Bons Hommes et de Bonnes Dames établit sur les terres du seigneur des Corbières vivait en toute quiétude sous son œil bienveillant. Le jeune chevalier, digne héritier d'une grande famille méridionale accueillait ces hommes et ces femmes qui vivaient leur foi sans les injonctions et les menaces de l'Église Romaine. Depuis fort longtemps les offices religieux n'étaient plus célébrés dans ce haut lieu du Catharisme. La chapelle du château tombait en décrépitude au grand désespoir de Pierre de Castelnau qui malgré les déboires de son église en terres de langue d'Oc ne put que remercier Raymond de Termes de l'avoir secouru.

— Une chance que vous soyez passés par-là, Messire Raymond.

— Nous étions à la poursuite de cette horde de routiers qui terrorise la région père abbé. Ces écorcheurs sont pires que la peste, ils ont ravagé de nombreux villages et hameaux dans le Carcasses et dans le Termenès. J'ai eu vent de leurs déplacements mais nous sommes malheureusement arrivés trop tard pour empêcher le massacre de Vignevieille.

— Dieu vous a mis sur notre chemin Messire Raymond, sans votre intervention, je serais sûrement mort ainsi frère Pascal et les hommes de mon escorte.

— Vous oubliez le moine borgne qui vous accompagnait.

— Vous parlez sans doute de frère Boniface. Cet homme est un mystère. Il fut soldat, mercenaire et le voilà désormais revêtu de la coule des cisterciens.

— Voilà que votre église recrute des sicaires, se gaussa Raymond de Termes.

— Point de plaisanterie hasardeuse Messire Raymond, cet homme est entre les mains de notre Seigneur à présent.

— Il est surtout entre les mains du médecin, assura Raymond de Termes, tout en se débarrassant de son camail, de son écu et de son épée qu'il confia aux soins d'un écuyer.

— Vous parlez du jeune homme qui vient d'arriver ? s'étonna Pierre de Castelnau.

— Sicard est non seulement un excellent médecin mais il pratique également la chirurgie et l'herboristerie n'a aucun secret pour lui.

— Il est bien jeune pour avoir autant de qualité.

— Il fut l'élève d'un illustre médecin aragonais qui tient son savoir des médecins arabes…

— Mon Dieu ! s'exclama le cistercien. Vous laissez non seulement vaquer des hérétiques sur vos contrées mais voilà que maintenant vous accueillez l'infidèle chez vous.

— Holà père abbé, du calme je vous prie, sourit le seigneur des Corbières. Sicard n'est point un infidèle, il est natif des Hautes Corbières tout comme moi. Mais dites-moi père abbé, que faisiez-vous si loin de votre abbaye ?

— Je venais tout simplement m'entretenir avec vous.

— Et visiter mes caves ?

— Allons, allons, cher ami, ne vous méprenez pas. Les missions de notre Seigneur tout-puissant passent avant les plaisirs du palais bien que vos vins méritent largement le détour.

— Le détour ?

— Je me rends de ce pas à Toulouse chez notre vieille connaissance Raymond VI mais je me suis fait un devoir et un plaisir de vous présenter mon salut et mes amitiés…

— Et tenter une fois de plus de me remettre dans le droit chemin, ironisa Raymond de Termes.

— Votre cas est cause perdue d'avance mais je ne désespère pas de ramener quelques-unes de vos brebis égarées dans le giron de notre Sainte Église.

— Ces brebis égarées ne sont pas miennes père abbé. Elles ont librement choisi de suivre une nouvelle voie.

— Qui malheureusement pourraient les conduire à une mort prématurée, soupira le cistercien.

— Vous savez parfaitement que les Cathares ne craignent pas la mort, elle est pour eux une délivrance…

— La mort reste la mort, intervint frère Pascal. Nul ne la désire, nul ne l'embrasse sans peur même le plus pur et plus téméraire des cœurs…

— Même vous ? coupa Raymond de Termes.

— Oui car la vie sur terre apporte des satisfactions aux plus humbles comme aux plus riches.

— Croyez-vous sincèrement que les indigents ont des satisfactions sur cette terre où sévissent misère, guerres et famines ? persifla le seigneur des Corbières. J'essaie d'être juste avec mes gens, les plus pauvres d'entre eux mangent à leur faim sur mes terres, mais vous n'avez pas répondu à ma question, continua-t-il.

— Je n'ai pas peur de la mort. Je m'y suis préparé depuis ma prime adolescence lorsque j'ai décidé de mon plein gré de suivre les pas de notre Seigneur.

— Vous irez donc vous asseoir à sa droite, plaisanta Raymond de Termes.

— Allons Messire Raymond, ne soyez pas moqueur, dit Pierre de Castelnau.

— Je ne me permettrai jamais de me moquer de vous père abbé. Certes, je rejette votre dogme mais j'ai néanmoins de l'estime et du respect pour vous. Vous luttez avec vos armes, je riposte avec les miennes. Je crois en votre profond désintéressement et en votre bonté d'âme. Ce n'est malheureusement pas le cas de la plupart de vos semblables dont les seules motivations sont le lucre, la richesse et le pouvoir. Les Cathares les dénoncent dans leurs prêches. C'est la raison pour laquelle le peuple les soutient et les protège. Ces gens-là ne demandent et ne promettent rien. Le paradis et l'enfer sont les dernières de leurs préoccupations. Ils savent très bien que tout ceci n'est qu'une affabulation. Le paradis n'existe pas et l'enfer est sur terre. Vos prélats corrompus, vos évêques aux bras de concubines tiennent le peuple dans une poigne de fer. Ils s'expriment en latin afin que nul ne les comprenne et enjoignent la population à l'obéissance la plus stricte en suivant des préceptes divins qui ne sont que pures inventions créées par l'Église Romaine. Le peuple souffre mille morts mais eux n'en ont que cure, ils continuent à berner les braves gens par des commandements dignes de la plus perfide ignominie. Je ne crois plus en Dieu, je ne crois plus en votre Dieu. Je souhaite d'ailleurs être apostasié…

— Vous n'y pensez pas Messire Raymond, cela reviendrait à mettre votre tête sur un billot.

— Ma tête est solidement ancrée sur mes épaules.

— Vos paroles me blessent Messire Raymond, soupira le cistercien.

— Votre Dieu m'offense, répliqua Raymond de Termes.

— Sachez cher ami que Rome est inquiète, très inquiète. Rome a mandé des émissaires aux quatre coins du royaume de France afin d'informer les barons de la situation du comté de Toulouse. Les grands féodaux se sentent insultés par votre conduite et par celle de vos pairs. Ils ont juré allégeance à Innocent III et seraient disposés à intervenir pour sauver la Chrétienté sur vos terres si Rome le leur demandait.

— Une croisade ? s'étonna Raymond de Termes. Une croisade en terre chrétienne. Je croyais les croisades uniquement réservées aux infidèles de la Terre Sainte. De plus nous savons tous que le but des croisades n'a jamais été de se purifier l'âme.

— Qu'insinuez-vous par vos dires ? questionna frère Pascal.

— Nous savons tous que les croisades ne sont que prétexte à pillages et désolation. Il y a longtemps que votre Dieu a détourné son regard des atrocités commises en son nom pour massacrer les infidèles.

— Vous êtes vous-même infidèle en terre chrétienne et Rome est bien décidée à vous remettre dans le droit chemin, grommela frère Pascal.

— Qu'elle vienne, je l'attends de pied ferme, elle se brisera les dents sur nos forteresses. Termes est imprenable tous comme Puylaurens, Quéribus, Peyrepertuse et je ne vous parle même pas de Carcassonne qui à elle seule tiendrait tête à toutes les armées du Christ. Cette croisade serait surtout l'occasion pour les barons du Nord de spoiler nos terres. Cela fait des années qu'ils lorgnent sur nos richesses, nos vignobles, nos oliveraies, notre accès à la mer, notre façon de vivre et de penser, notre mansuétude et notre tolérance. L'armée de Toulouse est si puissante…

— Pensez-vous que Raymond VI défierait un ost envoyé par Rome ? Vous savez tout comme moi que le comte de Toulouse est un être versatile et qu'il devra se plier aux exigences de Rome sous peine d'excommunication, trancha le cistercien.

— Raymond VI n'est pas un faible, c'est un diplomate.

— Qui a le cul entre deux trônes si vous me permettez l'expression. D'un côté, il est vassal de notre bon roi Philippe Auguste qui comme chacun le sait se désintéresse de ce qu'il nomme lui-même « l'affaire en pays de Langue d'Oc ». Raymond VI est également en bons termes avec Pierre II d'Aragon qui non seulement est bon chrétien mais surtout l'un des piliers les plus dévoués à notre Sainte Église.

— Le roi de France ne prendra jamais les armes contre Toulouse. Ce ne serait ni la première ni la dernière fois que des suzerains chrétiens s'écharperaient entre eux.

— Toujours est-il que les barons d'Auvergne, de Picardie, des Flandres et de tout le royaume fondraient sur vous si Rome le leur ordonnait, assura frère Pascal.

— Et bien que Rome ordonne, rétorqua Raymond de Termes, nous ne craignons personne.

— Il pourrait s'agir là d'un ost d'une telle puissance que vos murailles n'y résisteraient pas Messire Raymond. Je vous apprécie et je ne souhaite nullement que votre impétuosité vous conduise à votre perte.

— Soyez remercié de votre sincérité père abbé mais je tiens autant à la paix sur mes terres qu'à la tolérance dont font preuve mes gens, ce qui admettez-le n'est pas le cas de Rome.

— Pardonnez-moi Messire Raymond, intervint un jeune serviteur qui venait d'arriver dans la grande salle. Le médecin désire s'entretenir avec vous.

Je saluai Raymond de Termes et m'inclinai respectueusement devant les deux ecclésiastiques. Pierre de Castelnau me répondit poliment d'un sourire.

— Comment se porte notre frère ? demanda Pierre de Castelnau.

— Il est gravement blessé, c'est un homme robuste certes mais il n'est plus en capacité de voyager.

— Voilà qui est fâcheux, il se faisait un tel devoir de nous accompagner.

— Il serait préférable de l'emmener à Padern. Je dispose d'un hôpital et je dois l'opérer…

— Il est entre les mains de notre Seigneur, m'interrompit frère Pascal.

— Il est entre les miennes pour l'instant. Il ne survivra pas si je n'interviens pas dans les heures qui suivent et je ne peux l'opérer sans l'aide de mon épouse.

— Une femme ! L'usage de la médecine leur est interdit, persifla frère Pascal.

— Mon épouse est herboriste. Son savoir m'est indispensable pour traiter un cas tel que celui de votre frère.

— Le rôle de la femme n'est-il pas d'être une bonne épouse et une bonne mère pour ses enfants ?

— Les couples ne se doivent-ils pas assistance ? m'étonnai-je.

— Certes mais elles ne seront jamais l'égal de l'homme.

— Vous avez une bien piètre opinion des femmes.

— Je ne les considère qu'à leur juste valeur et aux rôles qu'elles occupent au sein du foyer.

— Quels sont-ils ?

— Obéissance envers leur mari et les Saints Sacrements.

— Pourtant Dieu lui-même n'a-t-il pas placé la femme sur un piédestal en lui léguant le pouvoir de donner la vie ?

— Vous n'allez tout de même pas me donner des leçons de théologie ? s'offusqua frère Pascal.

— Loin de moi telle prétention mais je considère les femmes en tous points semblables aux hommes.

— Adam succomba aux charmes d'une femme…

— Tout homme peut succomber aux charmes d'une femme, ironisai-je.

— La tentation est l'œuvre de la femme…

— Ce n'est ni l'heure ni le moment pour de telles confrontations, s'offusqua Raymond de Termes. La vie d'un homme vaut plus que vos chamailleries.

— Vous avez mille fois raison, Messire Raymond. Il nous faut de toute urgence le transporter à Padern.

— Comment vous remercier jeune homme ? demanda Pierre de Castelnau.

— Je ne fais que mon devoir mon père.

— N'ayez crainte père abbé, dit Raymond de Termes, votre frère est entre de bonnes mains.

— Dieu vous entende Messire Raymond.

— Ma demeure vous est ouverte père abbé. Vous êtes mes hôtes ainsi que frère Pascal et votre escorte.

— Soyez béni Messire Raymond, sourit Pierre de Castelnau.

8
GUÉRISON

Assisté de deux soldats, j'allongeai Frère Boniface sur la table d'opération préalablement désinfectée. Le géant endormi sous les effets d'une puissante dose d'opiacés fut couché sur le ventre. Il était urgent d'extirper le carreau d'arbalète fichu entre ses épaules. Je découpai la coule et écartai les lèvres de la plaie. Par bonheur, le trait ne semblait pas avoir touché d'organes vitaux. Seul le poumon semblait avoir souffert car un filet de sang s'écoulait régulièrement de la bouche de frère Boniface. Carmen vida une fiole d'alcool sur mes mains et j'entaillai les chairs à l'aide d'un scalpel. Carmen nettoya les meurtrissures et je pu enlever le vireton. Je comprimai la plaie jusqu'à ce que cesse le saignement et appliquai une charpie qui baignait dans une solution alcoolisée. Je suturai ensuite l'arcade abîmée et l'épaule tuméfiée du cistercien. Les chairs présentaient une profonde déchirure mais la clavicule et l'humérus protégés par son impressionnante musculature n'étaient pas brisés.

— Comment va-t-il ? demanda mon père qui venait d'entrer dans l'infirmerie.

— Nous avons suturé ses lésions, bandé son torse et nettoyé ses diverses plaies. Cet homme est une force de la nature, il guérira mais je veux attendre quelques jours avant de recoudre son dos afin d'écarter tout risque d'infection. Bénit sois-tu père d'avoir accepté la construction d'un hospice.

— Il te faut remercier les bénédictins mon fils. Sans leur appui, ni l'argent de l'abbaye de Lagrasse, ton hôpital ne serait qu'un projet.

— Tu as su les convaincre père, je ne peux que t'en remercier.

— C'est moi qui te remercie mon fils et vous aussi Dame Carmen sourit mon père. Le moindre rhume ou la moindre blessure n'emporte plus nos gens grâce à votre dévouement. C'est une bénédiction de vous avoir parmi nous, renchérit-il.

— Père, je suis heureux d'être chez les miens.

— Ta mère, tes frères et moi-même sommes enchantés de vous savoir chez les vôtres.

— Père, tu nous as accueillis sans poser de question.

— Et je ne t'en poserai pas fils. Tu n'étais qu'un enfançon lorsque tu partis servir le seigneur de Minerve. Ce fut un déchirement pour ta mère. Un garçonnet s'en alla et un homme nous revient magnifiquement accompagné par une gente dame que je considère comme ma fille. Cela fait bientôt un an que vous êtes ici chez vous et je rends grâce à Dieu de t'avoir ramené chez les tiens.

— Dieu n'a rien à voir dans mon retour père…

— Ne blasphème pas mon fils.

— Je ne blasphème pas père mais tu sais bien que je ne crois pas en Dieu. Nous avons vu, Carmen et moi, tant d'hommes se battre pour imposer leur foi dans une épouvantable boucherie sous les murailles de Monzon. Il était impossible de distinguer les chrétiens des musulmans dans la mort. La couleur du sang est la même quel que soit le Dieu que l'on vénère.

— Méfie-toi de tes propos mon fils, ils pourraient te conduire à ta perte s'ils venaient à tomber entre certaines oreilles.

— N'ai crainte père, je sais être discret. J'étais dernièrement à Lagrasse afin de soigner le père Alain qui souffrait d'une mauvaise toux et j'ai tenu à prier dans l'abbaye afin de prouver ma foi en Dieu. J'ai même avoué quelques babioles purement inventées au père prieur sous le couvert de la confession.

— Non seulement mon fils est un excellent médecin mais je découvre que tu sais également jouer la comédie, plaisanta mon père.

— Cette comédie comme tu le dis si bien m'a permis de déjouer de nombreux traquenards. Je n'ai pas l'intention de me jeter dans la gueule du loup, raison pour laquelle je me rends régulièrement dans la chapelle afin de ne pas attirer l'attention sur moi.

— Voilà qui est rusé mon fils mais fais-moi la promesse de rester sur tes gardes. Tu connais aussi bien que moi le pouvoir des ecclésiastiques.

— Nous les avons vus à l'œuvre Messire Bernart, intervint Carmen, nous savons malheureusement de quoi sont capables certains prélats, mais n'ayez crainte je veille sur Sicard.

— Soyez bénie Dame Carmen, dit-il déposant un baiser sur son front.

Le lendemain, nous reçûmes la visite de Pierre de Castelnau et de frère Pascal qui s'inquiétèrent de l'état de santé de leur frère. Le légat pontifical se signa en découvrant le géant allongé dont le visage et le torse étaient recouverts de bandages.

— Son état est stable, sa respiration et son pouls sont réguliers, affirmai-je. Je vais prochainement suturer ses profondes plaies.

— Pourquoi pas maintenant ? demanda Pierre de Castelnau.

— J'attends d'être certain qu'il n'y ait aucun risque d'infection.

— Qu'est-ce que le pouls ? m'interrogea frère Pascal.

— Il s'agit du battement du cœur qui envoie le sang dans le corps par vagues successives. Il suffit tout simplement de presser le poignet et on peut sentir sous ses doigts le flux du sang qui provient des artères cardiaques.

— Vous m'avez l'air bien sûr de vous…

— J'ai appris la médecine, répliquai-je fermement.

— Quelles sont ces matières qui flottent dans ces bocaux, questionna-t-il inspectant les étagères de l'infirmerie et découvrant avec écœurement des fioles contenant des viscères.

— Ce sont des poumons, des reins et la vessie d'un porc qui sont en tous points semblables à ceux d'un être humain.

— Oseriez-vous dire que nous ressemblons à des pourceaux ?

— J'affirme simplement que leurs fonctions sont les mêmes que celles qui nous permettent de vivre. L'air que nous respirons remplit nos poumons tout comme il remplit les poumons d'un porc, d'un chien ou d'un cheval.

— À quoi vous servent tous ces organes ? s'enquit Pierre de Castelnau.

— À étudier et à savoir comment fonctionne notre corps, mon père.

— Vous êtes bon chrétien à ce que j'entends, sourit le père abbé.

— Bien sûr mon père, je prie tous les jours et me rends à l'office.

— Satan peut prendre différents aspects pour séduire…

— Silence je vous prie frère Pascal, intima Pierre de Castelnau. Sicard n'a-t-il pas sauvé frère Boniface ? Veuillez l'excuser Sicard.

— Il est tout excusé mon père, l'ignorance peut égarer la plus noble des âmes.

— Je ne suis pas ignorant, pesta frère Pascal.

— Eh bien moi je suis un ignorant en ce qui concerne l'âme humaine frère Pascal et vous êtes un ignorant en qui concerne le corps humain. Je ne me permettrai jamais de vous contredire dans votre fonction, aussi ayez l'obligeance de ne pas contester mon savoir. Certes il m'arrive de me tromper dans mes diagnostics car la médecine n'est pas une science exacte. J'ai davantage sauvé d'infortunés que n'en ai envoyé au trépas.

— Qu'insinuez-vous ?

— Vous êtes réputé comme étant fin exorciste, je loue vos qualités lorsqu'il s'agit de délivrer un pauvre hère de la main du diable.

— C'est toujours le Malin qui s'abat sur une créature. Agitée de spasme, elle déverse par la bouche le fiel qui l'emprisonne et l'empoisonne, rétorqua le cistercien.

— Il existe de nombreuses maladies qui provoquent des spasmes et des mouvements incontrôlés du corps. Il est très difficile de les soigner mais elles ne sont nullement l'œuvre de Satan…

— Mensonge, trancha frère Pascal, le Malin s'empare des corps afin de les habiter. Il agit comme le gui qui parasite l'arbre, il nous faut donc l'abattre avant qu'il ne contamine la forêt.

— Dois-je comprendre que vous condamnez à mort celles et ceux soupçonnés d'être sous l'emprise de Satan ?

— L'essence de la fonction de l'exorciste est de délivrer les corps de la présence du Malin mais il arrive parfois que le possédé le soit de son plein gré. Il n'y a dans ce cas pas d'autre alternative que le feu purificateur, répondit sèchement frère Pascal.

— Que faites-vous de la notion de miséricorde si chère à notre Dieu ?

— Point de miséricorde pour les âmes dévoyées !

— Galien et Hippocrate, célèbres médecins de l'antiquité, décrivaient déjà dans leurs traités anatomiques une maladie qui ressemble fort aux symptômes que vous décrivez, tremblements, spasmes, transe, bave…

— Je n'ai que faire de ces charlatans et de leurs recueils.

— Ces imposteurs comme vous les nommez soignent les puissants comme les nécessiteux car la maladie n'est pas que l'apanage des pauvres gens. Les écrits de ces grands médecins nous permettent de découvrir et de soigner le mal qui ronge les souffreteux tout comme les manuscrits des apôtres vous guident sur le chemin de la foi. Sans traité de médecine, il n'y aurait plus de guérison possible et les témoignages sur la vie de Jésus ne seraient que feuilles dans le vent sans les Évangiles.

— Vous devriez mesurer vos propos frère Pascal, grommela Pierre de Castelnau. Les arguments de Sicard sont riches d'enseignement.

— Mes propos ont dépassé ma pensée, se justifia frère Pascal me toisant du regard.

— Il est tellement plus facile d'ignorer que de chercher à comprendre. Maintenant, veuillez m'excuser mais j'ai fort à faire, dis-je tournant le dos.

*****

Nous veillâmes frère Boniface pendant plusieurs jours nous relayant pour prendre quelques instants de repos. Doté d'une stature hors du commun, le colosse se rétablissait plus vite que prévu. Il était conscient et ne se plaignait jamais lorsque nous renouvelions ses pansements. Encore choqué, le moine nous remerciait d'un hochement de tête et d'un sourire jusqu'au jour où il put enfin articuler ses premiers mots. Il prit nos mains dans les siennes et les serra louant notre sollicitude et notre dévouement. Ma mère lui concoctait des repas qu'il avalait goulûment avant de lui baiser les mains. D'abord surprise par la spontanéité de ce geste, elle s'habitua peu à peu à l'élégance de cette démonstration de gratitude. Elle lui tenait compagnie le temps du repas, contant la vie du château, des moissons à venir et des anecdotes du hameau et de ses habitants.

L'ancien guerrier qui avait côtoyé la mort à maintes reprises, le mercenaire sans foi ni loi se battant sur de nombreux champs de bataille, le mécréant converti en homme d'église découvrait une fois de plus la bonté et l'altruisme. L'accueil des cisterciens fut sa première rédemption. Voilà qu'à présent des inconnus le ramenaient à la vie. Comment ne pas perdre la raison devant tant de générosité ? Sa première vie ne fut qu'une litanie de guerres, de barbaries, de mains couvertes de sang, de cadavres entremêlés, de femmes violées et d'orphelins errant sur les chemins malfamés. Il n'avait connu que la crasse émanant des bordels, le hurlement de l'ennemi et le cri des suppliciés. Plus habitué à la cruauté des champs de bataille, aux longues années de guerre et aux atrocités, il découvrait à présent un semblant de bonheur. Un homme et une femme l'avaient veillé, soigné, et lavé. Une autre femme le nourrissait comme s'il était son propre fils.

Quelques jours plus tard Frère Boniface fit ses premiers pas dans la cour du château. Il huma l'air profondément et se dirigea vers la petite troupe qui s'entraînait aux maniements des armes sous les ordres du sergent Martial. De jeunes garçons enrôlés après l'attaque du château par des soudards qui avait coûté la vie à deux soldats vinrent grossir les rangs de la garnison. En bon gestionnaire, le père supérieur de l'abbaye de Lagrasse fut rapidement convaincu du bien-fondé de cette sage décision. Padern devait résister et défendre ses hameaux et ses cultures d'éventuelles hordes de canailles. Armés d'épées, équipés de hauberts et de casque conique à nasal flambant neufs, les jeunes gens se dépensaient sans compter sous la tutelle de Martial. Frère Boniface s'approcha du groupe, prit une épée dans un râtelier, la soupesa et en effleura le tranchant sous le regard incrédule de Martial.

— Bonjour frère Boniface, je suis heureux de vous savoir rétabli, sourit le sergent.

— Bonjour maître d'armes, je suis encore comme un oisillon tombé du nid.

— J'ai rarement vu d'oiseau de votre espèce, plaisanta Martial, tout comme j'ai rarement vu un homme d'église manipuler une épée.

— C'est une belle lame de taille et d'estoc, parfaite pour de jeunes recrues. Votre forgeron est un artiste en la matière.

— Il vous faut reprendre des forces frère Boniface, dit le sergent lui tendant un gobelet de vin.

Les deux hommes s'assirent sur un banc de pierre et devisèrent longuement tout en observant les joutes des jeunes garçons. Frère Boniface se confia au sergent Martial et lui conta sa vie de soldat, de stipendié et de brigand. Les deux hommes rirent de bon cœur devant les détails picaresques des bordels ambulants qui suivaient les troupes. Le sergent s'extasia sur l'armement, les sièges interminables, les attaques et l'âpreté des combats. Frère Boniface insista sur la défense de Padern invitant Martial à arpenter le chemin de ronde. Il le conseilla sur la rehausse de tel ou tel mur, sur l'édification d'une nouvelle tour et sur la construction de chausse-trappes et d'assommoirs qui s'avéraient indispensables pour la pérennité du château. Le soir même frère Boniface reçut la visite de mon père accompagné de Martial et de mon frère Ferrand. Le moine réitéra les menaces qui pesaient sur le château en cas d'agression. Mon père remercia vivement frère Boniface et Ferrand dessina rapidement les plans d'une nouvelle tour et des différents pièges à réaliser suivant les indications du moine convers. Dès le lendemain les maçons à pied d'œuvre fortifiaient l'enceinte.

*****

La chaleur de cette fin de mois de juin annonçait un été particulièrement chaud. Les blés courbaient sous un vent léger rendant le labeur des faucheurs plus facile. Convalescent et malgré mes recommandations, frère Boniface refusait d'être un fardeau et s'activait dans les champs ou dans les bois aidant paysans et bûcherons dans leurs tâches. Il dut s'aliter de nouveau après une rude journée de travail. Brûlant de fièvre, il s'écroula sur les dalles de la cour et ne dut son salut qu'à la présence d'esprit du sergent Martial qui le hissa sur ses épaules et le plongea dans un abreuvoir à chevaux. Je lui interdis strictement de participer aux fenaisons et aux bûcheronnages mais le désœuvrement lui était si difficile à supporter que ma mère lui proposa quelques menus travaux de cuisine et de jardinage. Frère Boniface refusa tout de go arguant que ces travaux domestiques étaient indignes d'un homme mais dès le lendemain, nous le trouvâmes dans les cuisines parmi les servantes. Il récurait les marmites, plumait les volailles mais abandonna rapidement la compagnie des femmes qui disait-il piaillaient comme des oies pour se rendre sur le terrain d'entraînement des novices. Il leur donna des conseils sous l'œil avisé du sergent Martial. Il naquit une franche amitié et un profond respect entre les deux hommes. Le moine s'accommodait du caractère bourru de Martial qui aboyait ses ordres aux jeunes recrues. Avare de parole, le sergent vouait une admiration sans borne pour ce religieux qui maniait aussi bien les armes que la parole divine.

Frère Boniface séjourna encore quelques semaines à Padern dans une oisiveté qui le plongea dans un profond marasme jusqu'au jour où il nous fit ses adieux. Il me serra longuement la main, remercia mon père de son hospitalité, embrassa Carmen et ma mère qui lui tendit une besace et une gourde. Martial et frère Boniface se gratifièrent d'une virile accolade. Frère Boniface fit quelques pas, se retourna et nous salua une dernière fois. Nous le vîmes s'éloigner pour rejoindre l'abbaye Notre-Dame de Bonneval. Il s'en retournait chez les moines blancs, parmi ces cisterciens qui l'avaient accueilli et lui avait donné l'illumination après des années d'errance.

LIVRE VI

1205 – Printemps 1210

1
Prédicateurs

En cette fin d'année de l'an 1205, Pierre de Castelnau et frère Pascal continuaient imperturbablement leurs prédications sur les terres de Raymond VI, visitant les seigneurs méridionaux et tentant désespérément de les convaincre de ne plus soutenir l'hérésie cathare. Les grands féodaux accueillaient aimablement les deux cisterciens, les invitaient à leur table et leur offraient l'hospitalité. D'interminables discussions s'engageaient entre les châtelains qui conviaient pour l'occasion des « Bons Hommes » et des « Bonnes Dames » à débattre avec les deux moines blancs. Les pourparlers se tenaient avec courtoisie mais une fois de plus force était de constater que les paroles des cisterciens s'envolaient comme feuilles sous le vent. Les menaces d'excommunication et la promesse de l'enfer n'effrayaient nullement ces hommes et ces femmes acquis à l'Église dissidente.

Mandatés par Rome, les deux marcheurs impénitents se heurtaient à une population qui adhérait à la doctrine des « Bons Hommes » et des « Bonnes Dames ». Au fil de ses pérégrinations, Pierre de Castelnau adressait au Pape Innocent III des courriers relatant l'échec de ses négociations auprès des grands princes méridionaux. La lecture de ces plis rendait le Souverain Pontife d'une humeur exécrable et chacun subissait ses violents emportements. Il savait que le roi de France, toujours en guerre contre l'Anglais ainsi que dans les Flandres, se désintéressait de l'affaire « de langue d'Oc ». Ne s'avouant pas vaincu pour autant, Innocent III écrivit une nouvelle missive à Philippe Auguste, l'exhortant une fois de plus à faire respecter la loi de Rome sur les contrées séditieuses. N'obtenant aucune réponse de la part de la royauté Française, Innocent III se tourna vers Pierre II, le roi d'Aragon d'une indéfectible fidélité, voire même d'une entière soumission à Rome. Fervent serviteur de l'Église Romaine, comme en témoignait son combat contre les envahisseurs berbères de la péninsule ibérique, Pierre II n'était pas seulement un redoutable guerrier mais également un fin stratège et un politicien averti. Il suggéra à Innocent III de lui confier la présidence d'une rencontre entre l'Église éternelle et l'Église réfractaire sur les terres de Carcassonne. Suzerain de la famille Trencavel, qui régnait sur un immense territoire s'étendant du Biterrois aux Corbières et de Nîmes jusqu'aux confins du Razès, Pierre II insuffla à Innocent III d'être le témoin et l'instigateur de cette confrontation sur les terres de son vassal. Raimond-Roger Trencavel, le jeune vicomte de Carcassonne accepta cette conférence sous l'influence de Pierre II d'Aragon, mais une fois de plus, Rome dut se résoudre à l'échec de la controverse. Pire encore, les Cathares décidèrent d'un concile à Mirepoix où ils affirmèrent, comme à l'accoutumée, haut et fort leurs convictions. Ce consistoire, tenu à la barbe des autorités de l'Église Romaine, rendit fou de rage Innocent III. Il adressa un courrier à Philippe Auguste lui intimant l'ordre de confisquer les biens des hérétiques. Une fois de plus, le roi de France fit la sourde oreille. En dernier recours, le Pape enjoint Dominique de Guzman et Diègue d'Osma de prêcher sur les terres des barons récalcitrants.

Pierre de Castelnau et frère Pascal se rendirent à Montpellier où ils rencontrèrent Diègue, évêque d'Osma de la province de Castille et Dominique de Guzman, son sous-prieur dans le chapitre. Sur ordre du Pape, ces deux religieux espagnols se joignirent à Pierre de Castelnau, quittèrent Montpellier et cheminèrent vers le sud sans escorte. Les trois hommes sous l'impulsion de Diègue d'Osma décidèrent de poursuivre la mission de Rome en se débarrassant de tout apparat et en marchant. D'abord surpris par cette requête, Pierre de Castelnau qui souffrait de la hanche, se plia au bon vouloir de l'évêque d'Osma. Il accepta donc d'effectuer ce périple en s'appuyant sur un bâton de pèlerin. Son pied bot l'empêchant de cheminer sur de longues distances, frère Pascal meurtri et dépité se vit offrir par Pierre de Castelnau les services d'une berline afin de regagner l'abbaye de Fontfroide. L'infirme rongea son frein et montra bonne figure malgré son amertume lorsque les trois religieux lui firent leurs adieux.

Dénués de tout symbole ostentatoire, les ecclésiastiques allèrent à la rencontre des hérétiques en toute humilité, sans or ni argent, vivant de mendicité et dormant dans des granges. Il fallait, affirma Diègue d'Osma combattre l'hérésie sur son propre terrain en s'imprégnant le plus possible de la parole du Christ. Voûté par les années, le corps perclus de douleurs, d'une maigreur cadavérique, Diègue d'Osma restait néanmoins un disciple de Rome d'une ténacité, d'un courage et d'une vigueur à faire pâlir les plus courageux. Son éloquence n'avait d'égale que sa vivacité d'esprit. Dominique de Guzman, âgé d'une trentaine d'années suivait les traces de son mentor avec abnégation et admiration. Secret et taiseux, d'un caractère taciturne et quelque peu sauvage, replié sur lui-même Dominique de Guzman se vouait à la pauvreté, à l'ascétisme et à la charité rapprochant ainsi son âme, disait-il humblement, de celle du Christ.

En l'an de grâce 1206, ces trois marcheurs infatigables se rendirent dans les cités réfractaires mais se heurtèrent à un mur. Leur mission d'évangéliser les villes et les villages hostiles au dogme romain se solda par une fin de non-recevoir. En dépit de sa rhétorique et de son intelligence, Diègue d'Osma ne put ramener les rebelles dans le giron de la Sainte Église. Il fut reçu avec courtoisie par les barons et par les dignitaires de l'église dissidente. Les prédicateurs poursuivirent leur pérégrination à travers toute la province, s'arrêtèrent quelques jours à Béziers et à Carcassonne où ils prêchèrent dans l'indifférence générale. Ils séjournèrent à Verfeil près de Toulouse et se confrontèrent à Arnaud Arrufat et Pons Jourda, deux hérétiques connus et reconnus par la population comme étant deux fervents instigateurs de cette nouvelle Église. Les deux Cathares affrontèrent les évangélistes avec détermination mais ils furent bientôt à court d'argumentation face à l'érudition de Diègue d'Osma qui Évangile en main leur prouva leur manque de discernement, leur pauvreté intellectuelle et l'erreur profonde dans laquelle ils persistaient.

Diègue d'Osma et Pierre de Castelnau adressèrent des courriers à Innocent III, narrant les revers de leur prédication. C'en était trop pour Rome. Innocent III prononça la déshérence des fiefs méridionaux et appela cette fois à la croisade. Les barons de langue d'Oc, ne désarmèrent pas, convaincus que cette guerre, ordonnée par Innocent III, était avant tout une campagne politique visant purement et simplement l'annexion des terres méridionales à la couronne de France. Rome excédée par les guerres intestines qui déchiraient la noblesse du Nord jouait finement en détournant ces guerriers vers les terres du Sud leur promettant terres et indulgences s'ils rendaient grâce à la demande du Saint-Siège.

Malgré les menaces d'excommunication, les barons méridionaux prêtaient toujours secours et assistance aux différentes communautés cathares de leurs territoires. Termes, Minerve, Quéribus et tant d'autres places fortes abritaient les « Bons Hommes » et les « Bonnes Dames » qui voyaient leur influence grandissante auprès de la population. Les évêques d'Auch, de Narbonne et de Rodez se succédaient à la cour de Raymond VI qui, s'il daignait les recevoir les écoutait d'une oreille distraite. Les prélats romains battaient le pavé devant le bureau du comte de Toulouse et s'en retournaient dans leurs évêchés pestant et fulminant contre ce seigneur qui se croyait au-dessus du pouvoir Pontifical. Cela faisait des années que Raymond VI ne donnait plus suite aux plaintes et aux jérémiades des ecclésiastiques aussi décidèrent-ils d'un courrier commun qu'ils adressèrent à Rome. Cette fois, la coupe débordait et le 29 mai de l'an 1207, Innocent III prononça l'excommunication de Raymond VI. Le jour même des dizaines de courriers quittèrent la cité Papale et délivrèrent un nouveau message aux barons de France. La disgrâce de Raymond VI changeait la donne. Le glas sonnerait-il enfin pour rabattre le caquet des seigneurs de langue d'Oc ? Se voyant déjà à la tête des terres méridionales, les grandes familles nobiliaires de France dont le duc de Bourgogne et le comte de Nevers levèrent de nouveaux impôts afin d'enrôler et d'équiper des troupes mais ces taxes saignèrent la population qui se révolta. La rébellion matée d'une poigne de fer fut de courte durée et les arbres ployèrent sous de nouveaux fruits.

Les tergiversations de Philippe Auguste rendaient Innocent III fou de rage. D'un côté le roi de France soutenait l'action du Pape et d'un autre, il refusait toujours de s'engager malgré les lettres de sollicitude transmises par ses barons qui l'incitaient à prendre les armes contre Raymond VI. De plus Innocent III ne pouvait que constater le cuisant échec de ses prédicateurs. Plus Dominique de Guzman et Pierre de Castelnau continuaient à user leurs sandales sur les chemins poussiéreux, plus ils s'apercevaient de la détermination des méridionaux du plus humble paysan au seigneur le plus puissant. Loin des tracasseries de ce bas monde, les Cathares semblaient ignorer la trame qui se nouait autour de leur conviction et de leur dessein. Candides ou innocents, ils persévéraient à se tenir distants du monde réel, croyant toujours à la venue d'un Dieu unique, d'un Dieu bon qui balaierait la boue dans laquelle se galvaudait la gente humaine.

2
Comté d'Auvergne

Les vassaux attendaient patiemment depuis de longues minutes dans la grande salle du donjon de Guillaume II d'Auvergne. Des servantes se faufilaient entre les divers groupes de chevaliers proposant une collation servie sur des plateaux d'argent débordant de charcuterie, de fromages et de coupes de vin. Les hommes d'armes se tapaient sur le ventre et sur l'épaule, se saluaient bruyamment et se congratulaient en évoquant des souvenirs de batailles.

Hervé, comte de Hautecourt, arborait crânement sa nouvelle main de fer confectionnée par un habile forgeron depuis qu'un cimeterre Turc la lui avait sectionnée. Denis de Marcheblanche, le doyen des barons, se déplaçait péniblement au rythme du claquement de sa jambe de bois qui résonnait sur les dalles et Marceau, le comte des Hautes Combles, se frayait un passage tant bien que mal, soutenu par un jeune page qui lui servait de guide. Le seigneur cachait son visage sous un masque de fer depuis que les éclats d'un feu grégeois lui avaient dévoré les yeux sous les murs de Constantinople.

Les jeunes chevaliers avides de hauts faits d'armes ne cessaient de tournoyer autour de ces trois illustres combattants de la dernière croisade prêchée par Innocent III dès sa nomination à la tête d'Église Chrétienne. Posant mille questions, les nobliaux drapés de leurs plus beaux atours finirent par importuner les trois hommes. Grognant comme un vieux sanglier, Marceau des Hautes Combles, se guidant au son des voix qui l'entouraient saisit l'un des jouvenceaux par le col. Il tâta du plat de la main le tissu du pourpoint du jeune homme, s'attarda sur sa cotte de mailles et dégaina l'épée qui sortit difficilement de son fourreau. Le comte des Hautes Combles humecta son index qu'il fit glisser sur le fil de l'épée. Bougonnant, le vieux chevalier jeta négligemment la lame qui retentit sur le sol et renvoya le damoiseau à ses chères études lui assurant qu'il ne serait jamais de taille à affronter l'infidèle. Dépité, le jeune homme ramassa son épée et quitta la salle sous les moqueries.

Un héraut au visage inexpressif, raide comme un piquet traversa l'assistance, s'installa à la droite du trône, frappa les dalles de sa crosse, demanda le silence et annonça le comte et sa dame. Haletant comme un bœuf, suant à grosses gouttes, engoncé dans une vêture qui semblait avoir rétréci, Guillaume II, comte d'Auvergne, précédé de sa garde personnelle, fendit la foule bigarrée de ses vassaux. Dodelinant sur ses petites jambes, sa bedaine se balançant de gauche à droite, il avançait péniblement jetant des regards inquisiteurs sur les jouvenceaux qui dévisageaient son épouse. Amateur de bonne chère et de grands vins, le fringant chevalier s'était mu au fil des années en une espèce de bonbonne sur pattes. Dame Agnès, son épouse, tenait sa main posée sur celle de son époux. Toujours belle et élégante, malgré ses multiples grossesses, elle devinait les regards interrogatifs sur le couple qu'elle formait avec Guillaume II d'Auvergne. La grâce de sa démarche, ses hanches pleines et ses seins fièrement dressés dans une robe grenat serrée à la taille par une ceinture de cuir sertie de pierres, attisaient les convoitises. Quelques chevaliers sourirent devant le spectacle qu'offraient le charme et la beauté face à la répugnance et la laideur.

La nature est ainsi faite, pensait Alban de Saint Miramont, qui avait depuis longtemps jeté son dévolu sur Dame Agnès d'Auvergne. Ce bel homme, grand, mince, à la barbe toujours impeccablement soignée, aux manières délicates et au verbe haut dépareillait au milieu des rustauds qui pinçaient les fesses des servantes en tenant des propos salaces sur les nuits intimes de Dame Agnès et de son goret de mari. Il n'avait son pareil pour défier ces rustres qui ironisaient sur la dame de ses pensées, lors des joutes organisées sur les terres d'Auvergne. Dieu m'est témoin, dit-il un jour à son vieil ami Renaud de Puysancy, que ces grossiers personnages mordront la poussière et qu'aucun d'eux ne me fera vider mes étriers. Bien que banni par l'Église qui rechignait à voir des guerriers s'affronter pour le plaisir des yeux ou pour les beaux yeux d'une dame, les chevaliers astreint au code d'honneur de la chevalerie ne pouvaient refuser le défi lancé par un rival. Prouvant ainsi leur valeur, les nobles harnachés de leurs hauberts, casqués et armés de lance aux pointes émoussées se présentaient et s'inclinaient respectueusement devant la tribune officielle avant de s'affronter. Sachant l'inclination que portait Alban de Saint Miramont à son épouse, Guillaume II d'Auvergne acceptait de bon cœur que ce bel homme défende l'honneur de Dame Agnès. Ne pouvant plus monter à cheval et donc répondre lui-même aux bruits de cour mettant en doute la fidélité de son épouse, le comte autorisait Alban de Saint Miramont à le représenter et en fit son champion. Bercé par les romans chevaleresques de Chrétien de Troyes, le chevalier de Saint Miramont vivait son amour platonique comme un véritable sacerdoce depuis de très longues années. Guillaume II d'Auvergne et Dame Agnès le considérant comme un ami et allié, l'accueillait souvent à leur table. Conteur enflammé, Alban de Saint Miramont savait tenir en haleine son auditoire. Orateur sans prétendant, sa renommée dépassait les frontières d'Auvergne et il répondait à des invitations du Limousin, des régions de la grande mare et des provinces Lyonnaises. Comédien sans pareil, il mimait les combats du roi Arthur et de ses chevaliers contre les forces qui encerclaient Camelot. Il narrait les amours impossibles entre Dame Guenièvre et Lancelot, le plus vaillant des chevaliers de la cour du roi Arthur. Il se mettait en scène fouillant le moindre recoin des donjons dans sa quête imaginaire du Saint Graal. Guillaume II d'Auvergne estimait Alban de Saint Miramont. Ils avaient fourbi leurs premières armes ensemble, se sauvant mutuellement la vie plus d'une fois au cours d'algarades contre l'infidèle, des bandes de routiers ou des seigneurs avides de pouvoir qui lorgnaient de trop près sur les terres auvergnates.

— Vois ce que je suis devenu se confia un soir le comte Guillaume II d'Auvergne à Alban de Saint Miramont. Les sangliers à la broche, les gibiers et les civets, la vigne et ses vins capiteux m'ont transformé en une véritable loque, une baudruche dont chacun se moque. Tous attendent que l'on m'enferme dans un cercueil si lourd à porter qu'il ne faudra pas moins de six rudes gaillards pour me mettre en terre. Je souffre de la goutte, mes jambes plient sous mon poids et je suis bien incapable de brandir l'épée. Je connais les bruits qui se murmurent sur mon passage et je sais que plus d'un noble rêve de prendre ma place sur mon trône et surtout dans mon lit.

— Je vous assure, affirma Alban de Saint Miramont, de mon indéfectible amitié et de mon entier dévouement. Qui s'approcherait ne serait-ce que d'un cheveu de Dame Agnès subirait mon courroux et je puis vous certifier, beau sire, que je considère Dame Agnès comme la dame de mes pensées. Elle est mon inspiratrice dans ce monde de misère et vous êtes mon ami. Sachez, beau et gentil sire, que jamais je n'ai trahi et qu'en aucun cas je ne trahirai la confiance d'un ami. Mon épée et ma vie sont à vos pieds. Ordonnez-moi de vous ramener le Saint Graal, je le ferai sans rechigner dussé-je y laisser ma vie. Les prétendants à votre succession ne sont pas légion, tous vous craignent et j'ose rajouter humblement que tous me craignent également. J'ai envoyé lors des derniers tournois plus d'un de ces soupirants sentir la bonne terre de notre beau pays.

— Combien d'hommes comme vous me faudrait-il ? demanda le comte, posant affectueusement la main sur l'épaule du seigneur Alban.

— Il en est un, beau sire, c'est un de mes plus vieil ami, il se nomme Renaud de Puysancy. Il a combattu les Maures avec le roi Pierre II d'Aragon.

— Vous me le présenterez, mon ami, sourit le comte d'Auvergne.

*****

— Beaux sires, nobles chevaliers, l'heure est grave, commença Guillaume II d'Auvergne, dans un silence sépulcral entrecoupé çà et là de quelques murmures. L'heure est grave Messires. Souvenez-vous, nous reçûmes la visite d'un homme, un géant, balafré, borgne, empestant le bouc, vêtu d'une coule mitée et porteur, affirmait-il, d'un pli écrit de la main même de notre Pape Innocent III…

— Vive Rome ! lancèrent quelques voix.

— Vive notre Pape ! crièrent à la volée quelques chevaliers.

— Faites silence ! intervint le héraut frappant le sol de sa crosse.

— Je fis emprisonner cet énergumène qui se réclamait de Dieu en personne, reprit Guillaume II d'Auvergne.

— C'était un pouilleux, ironisa un invité.

— Certes Messire Philippe de Montaigu, mais ce pouilleux ne vous a-t-il pas remis en place d'une simple chiquenaude lorsqu'il vous prit l'envie de le humer de plus près et de le comparer à un ours des montagnes ? plaisanta le maître des lieux sous les rires de l'assemblée. Sachez Messires que cet homme était bien le cistercien, frère Boniface, mandé par Rome car je découvris dans sa besace un coffret de bois dans lequel se trouvait un document qui m'était destiné. Je fis donc ôter les fers de cet infortuné victime de son apparence. Le moine convers en effet m'expliqua qu'il avait traversé, sur les ordres de Rome, notre beau pays délivrant aux grands féodaux ce même pli que je conserve dans mon écritoire. Épuisés et malades, les deux moines blancs qui l'accompagnaient décidèrent de prendre quelque repos en l'abbaye de Monpeyroux non loin d'ici à Puy Guillaume. Frère Boniface choisit avec l'assentiment de ses frères supérieurs de continuer son périple. Il enfourcha un cheval et se présenta devant la herse de notre forteresse. Imaginez mon étonnement lorsque je vis arriver ce moine crotteux insistant auprès de mes gardes pour me remettre en main propre, si j'ose dire, cette dépêche émanant de Rome. Vous vous souvenez tous de la teneur de ce courrier qui nous exposait avec maints détails ce que Rome nomme « l'affaire de langue d'Oc ». J'ai reçu ces derniers jours un autre message provenant du Saint-Siège, c'est la raison pour laquelle je vous ai tous convoqués.

Guillaume II d'Auvergne but une gorgée de vin et s'éclaircit la voix. Peu habitué aux longs monologues, il lui fallut quelques minutes d'un silence pesant avant de reprendre. Par fierté, il décida de continuer son discours debout. Deux gardes le soutinrent par les aisselles et l'aidèrent à se relever.

— « L'affaire de langue d'Oc » a pris ces dernières années des proportions que vous ne devez pas ignorer. Les barons méridionaux, du haut de leurs citadelles, qu'ils jugent imprenables, ont pris cause et fait pour l'église cathare. L'hérésie, telle une vipère, se faufile désormais aussi bien dans la masure du paysan que dans le plus haut des donjons. Elle rampe, sans se soucier du talon qui pourrait l'écraser, dans l'hôtel particulier du bourgeois, dans l'étude du notaire, dans l'atelier du charpentier comme dans celui du forgeron. Elle pénètre les âmes de la plus faible à la plus hardie, celle de l'artisan, du chevalier, du gueux et du baron. Il n'est pas rare de l'entendre la nuit se glisser dans les draps de la châtelaine comme dans ceux de la ribaude. La vipère hérétique a envenimé tout le pays de langue d'Oc charmant le plus humble et le plus fortuné. Elle séduit le berger qui abandonne ses brebis aux crocs du loup, les séminaristes qui délaissent chapelles et monastères et les enfants de noble lignage qui quittent père et mère pour suivre sa voie. Quiconque s'approche de la vipère est aussitôt réduit à l'état de misérable. Elle n'a son pareil pour ensorceler, mordre et répandre son fiel. Rome et la Chrétienté réclament notre aide afin de la chasser. Rome réclame une croisade contre les barons infidèles, déclama Guillaume II d'Auvergne d'une voix claire et théâtrale, tout en frappant du poing sur une table qui vacilla et s'affaissa.

Épuisé par son interminable tirade, le comte d'Auvergne se rassit et réclama une coupe de vin que Dame Agnès lui fit boire à petites gorgées. Elle entrouvrit délicatement les lèvres de son époux et fit couler le divin nectar sous le sourire narquois de deux jeunes chevaliers fraîchement adoubés. Ils furent promptement rudoyés par Alban de Saint Miramont qui les gratifia au passage d'un sérieux coup de coude dans le ventre. Blême comme un cierge, le comte d'Auvergne se liquéfiait sur place. De grosses gouttes de sueur perlaient de son front, ruisselaient le long de son nez aux narines épaisses d'où dépassaient des touffes de poils et s'étalaient lamentablement sur un tapis orné aux couleurs auvergnates. D'abord, discrètes, les perles formèrent une auréole qui se transforma en une flaque aux pieds du comte. Suant plus que d'habitude et saisi d'oppression, Guillaume II d'Auvergne chancela sur son trône sous l'œil inquiet des convives. Maître Jonas, le médecin particulier du seigneur auvergnat prépara rapidement un électuaire à base de miel et d'opium afin de calmer l'angoisse du comte. Le malaise sembla durer une éternité pendant laquelle tout ce que comptait l'assemblée de barons, de chevaliers, de vicomtes et d'évêques ne put s'empêcher de murmurer. Des chevaliers mirent en doute les capacités de Guillaume II d'Auvergne de mettre en œuvre une telle croisade et de la mener jusqu'aux portes de Toulouse. Au prix d'un terrible effort, le comte Guillaume se leva et s'en remit à Dame Agnès qui lui tendit son bras et sa main sur laquelle le comte déposa un tendre baiser.

— Le Limousin, Paris, Le Lyonnais, les provinces océanes de La Rochelle arment leurs gens, de la piétaille aux plus nobles des barons. Et nous, insista-t-il, tapant du poing sur le montant de son siège, resterons-nous les bras croisés et ballants pendant que d'autres se battront et reviendront auréolés de gloire et de fortune ? Ces terres méditerranéennes débordent de richesses, Toulouse nous ouvre la voie de la grande mare et de l'océan. Toulouse pactise avec le Juif et le Musulman, ouvre des comptoirs, négocie avec l'infidèle le marché des épices, des médications, des fruits exotiques, des perles rares, des femmes et des esclaves. Serions-nous les derniers à nous servir ? N'oublions pas, beaux sires, gentils chevaliers que nous serons tout d'abord au service de notre Sainte Mère l'Église qui nous promet l'absolution de nos péchés car Dieu le veut, tonna le comte. Dieu le veut !

— Dieu le veut, répondit la salle en écho.

Exténué, Guillaume II d'Auvergne se rassit et tendit sa main potelée à Dame Agnès qui la prit dans la sienne. Des châtelains vinrent présenter leurs hommages au comte et à sa dame avant de rejoindre leur fief, d'autres restèrent pour le banquet servi en leur honneur. Les servantes dressèrent la grande tablée devant la noblesse auvergnate qui s'extasia une fois de plus de l'abondance et de la qualité des mets présentés. Canards gras, terrine de marcassin, fromages affinés et fioles de vins embaumèrent la salle d'effluves alléchantes. Guillaume II d'Auvergne siégeait impérial comme à l'accoutumée, se délectait des viandes rissolées et léchait ses doigts ruisselants de graisse. Assise à sa droite, Dame Agnès picorait d'un air distrait de petits dés d'oie confits tout en grondant son ogre de mari qui engloutissait ses plats avec délectation et faisait claquer sa langue de bonheur après chaque verre de vin. Alban de Saint Miramont se leva, se rapprocha du couple comtal et présenta ses respects à Dame Agnès en inclinant le buste.

— Permettez-moi, dit-il de vous présenter mon ami Renaud de Puysancy.

— On ne vous voit guère à la cour d'Auvergne. Des ennuis peut-être, une femme ? s'étonna Guillaume II d'Auvergne.

— Je viens de rentrer d'une rude campagne contre les Maures. J'étais au service du roi Pierre II d'Aragon Messire, répondit brièvement Renaud de Puysancy, à mon retour, il m'a fallu m'occuper de mes terres et reprendre certaines affaires en main, reprit-il.

— Vous êtes un brave de Puysancy. Il y a bien longtemps que l'infidèle d'Ibérie serait reparti cul par-dessus tête, de l'autre côté de la grande mare, si nous nous étions tous portés, gens de France, d'Allemagne et d'Angleterre, au secours du bon roi Pierre II d'Aragon. Mais comme vous le savez, chacun s'occupe de ses propres guerres, l'Anglais et le Français se chamaillent, les Flandres sont en proie à des conflits internes et pendant ce temps, l'infidèle progresse.

— En effet Messire, acquiesça Renaud de Puysancy.

— Mais dites-moi Messire Renaud, la route fut longue pour rejoindre vos prairies, j'imagine que vous avez traversé le pays d'Oc pour vous y rendre.

— Oui Messire Guillaume, nous chevauchâmes sur des terres riches de vignes, de fruitiers et d'oliveraies.

— Quelques places fortes ?

— Innombrables Messire et fort bien pourvues. Carcassonne semble dépasser l'entendement, le château comtal sur une butte est protégé par une double enceinte de remparts hérissés de tours à perte de vue. Des milliers d'hommes n'en viendraient pas à bout. Au nord de la cité, à quelques lieux s'élèvent les trois châteaux des seigneurs de Cabaret construits sur de telles hauteurs que nos troupes s'épuiseraient à les gravir et près de Béziers, la cité de Minerve fortement défendue semble défier les falaises.

— Nos fortifications seraient-elles plus vulnérables ? se fâcha Guillaume II d'Auvergne.

— Nos châteaux sont bâtis sur des butes et sur des tertres Messire. Au sud de Carcassonne, s'élèvent sur des à-pics vertigineux, de puissantes citadelles dont les fondations sont percées dans le roc. L'alliance de la rocaille et des pierres de taille en font de véritables nids d'aigle impossibles à prendre par la force. Les pentes de Peyrepertuse et de Quéribus sont si abruptes qu'elles immobiliseraient un ost pendant plusieurs mois.

— Avez-vous rencontré des barons méridionaux ? demanda Alban de Saint Miramont.

— Ce sont de farouches guerriers qui tiennent à leur indépendance et à leur art de vivre, cher ami. Ils abritent ce qu'ils nomment des « maisons » où les Cathares vont et viennent à leur guise. Les seigneurs des Hautes Corbières nous ont offert le gîte et le couvert lors de notre périple. Ce sont des hôtes hospitaliers, francs et au verbe fleuri qui nous reçurent avec courtoisie, respect et déférence. Ces hommes sont des guerriers et des poètes. Ils aiment recevoir d'illustres troubadours qui jouent de la viole, du rebec et de la boudègue, des conteurs qui effraient les enfançons par des histoires de sorcières, des magiciens, des montreurs d'ours Pyrénéens et surtout des poètes avec lesquels ils se lancent dans de magnifiques joutes verbales.

— On ne fait pas la guerre avec des poètes, ronchonna Guillaume II d'Auvergne en se retirant sous les révérences de Renaud de Puysancy et d'Alban de Saint Miramont qui décidèrent de finir leur soirée avec une coupe de vin à la main.

*****

— N'êtes-vous pas las de combattre mon ami, la campagne aragonaise ne vous a donc pas suffi ? s'exclama Dame Éloïse.

— Je ne peux me défaire de la parole donnée, dois-je vous rappeler que je suis vassal de notre comte ? répondit Renaud de Puysancy.

— La guerre, toujours la guerre, les hommes cesseront-ils un jour de s'entretuer ?

— Il s'agit d'une croisade qui se prépare pour l'amour de Dieu.

— Depuis quand Dieu exige-t-il que ses fidèles versent le sang en son nom ? interrogea Dame Éloïse.

— Nous ne pouvons aller envers le dessein qu'Il a choisi pour chacun et chacune d'entre nous.

— Voilà qui vous arrange bien, vous pourrez une fois de plus laisser libre cours à vos turpitudes en vous vautrant dans le vin, le jeu et les femmes.

— Vos paroles me blessent…

— Vos actes m'offensent.

— J'ai juré sur la Sainte Croix de vous être fidèle…

— Est-ce ma faute si j'ai épousé un homme qui fait tourner la tête des gourgandines ? ironisa Dame Éloïse.

Flamboyante comme sa chevelure, vêtue d'une longue robe verte qui mettait en valeur la blancheur de son visage parsemée de taches de rousseur, Dame Éloïse décocha ses reproches qui firent mouche. Chaque parole, chaque critique touchait la cible qu'elle visait de ses yeux émeraude. Elle asséna ses quatre vérités à son mari avec l'aplomb d'une femme meurtrie et déshonorée. Ne supportant plus les incartades de son époux, elle vivait recluse dans la demeure fortifiée, entourée d'une nuée d'enfants aux tignasses aussi fauves que la sienne. Elle gérait le domaine avec une poigne de fer, faisant trembler les marchands, s'aliénant la rancune des paysans qui sarclaient ses terres, déniant distribuer l'obole aux plus pauvres qui mendiaient aux portes de l'église et se refusant à Renaud de Puysancy depuis qu'elle l'avait surpris avec une servante qu'elle fouetta jusqu'au sang avant de la chasser.

— J'ai vécu ma croisade en Aragon comme étant la juste punition de mes nombreux écarts, assura Renaud de Puysancy. Je jure sur Dieu et sur tous les saints que cette guerre fut pour moi une rédemption. Il n'y a pas que l'appât du jeu, du vin et des femmes qui incitent le guerrier à se battre. N'ai-je pas rapporté de mes différentes campagnes de quoi entretenir notre domaine ?

— Je n'ose imaginer les sommes que vous avez dépensées à vous enivrer avec des ribaudes, persifla Dame Éloïse.

— Dieu m'est témoin qu'il n'en fut rien, se défendit-il.

— Auriez-vous l'audace de le jurer sur la tête de nos enfants ?

— Je le jure, trancha Renaud de Puysancy donnant un violent coup de pied dans une desserte avant de quitter la salle commune en maugréant.

*****

Le soleil inondant les monts du Sancy de reflets ocre et bleutés se couchait enfin. Un léger vent d'est se leva et sa caresse telle une offrande fit danser le sommet des grands arbres. Émergeant de sa torpeur et attisée par la fraîcheur du soir, la nature reprenait ses droits. Il n'était pas rare d'apercevoir du haut de la tour crénelée des hordes de sangliers glissant dans la pénombre naissante, traversant les ravins escarpés pour aller s'abreuver aux ruisseaux qui dévalaient la pente. On entendait au loin les vieux mâles qui s'affrontaient pour une mare de boue ainsi que les cris désespérés d'un lièvre ou d'un mulot emporté par les serres d'un aigle. Les loups en quête de daims et de chevreuils entraient eux aussi dans la danse macabre. On devinait le sillage des animaux pourchassés aux craquèlements des ronces et des bosquets qui se déchiraient sous leurs courses effrénées.

Le ciel, aux prémices de la nuit naissante, se couvrait de lourds nuages noirs et le vent frémissant laissait entendre le râle de ses premières rafales annonciatrices de l'orage. Les arbres commencèrent à gémir et des branches rompirent sous les bourrasques. Les genets dans lesquels s'engouffrait le tumulte du vent libéraient des myriades de pétales qui virevoltaient dans le ciel déchiré. La faune et la flore s'unissaient en un étrange ballet, les rus voyaient s'agglutiner blaireaux et renards, lapereaux et belettes, hérissons et vipères, proies et prédateurs.

L'orage éclatait. La terre dure comme le roc ne pouvait absorber les précieux torrents qui couraient sur les sentes et remplissaient les fossés. Le ciel zébré d'arabesques plus inquiétantes et plus terrifiantes les unes que les autres semblait se déchirer et s'entrouvrir. L'orage tonnait faisant vibrer les murs de la chambre où Dame Éloïse et Renaud de Puysancy se donnaient l'un à l'autre.

3
L'ost

En cette fin d'année 1207, les appels d'Innocent III se firent plus pressants et plus exaltés. La démesure de ses courriers frappait les esprits les plus éclairés comme les plus dubitatifs. Tous comprenaient à présent qu'une reculade était impossible tant ses lettres s'entachaient de larmes et de sang. Le tonnerre grondait sur les terres de langue d'Oc, les éclairs illuminaient le comté de Toulouse et la grêle se tenait en embuscade sur les remparts des citadelles des Corbières. L'orage qui menaçait depuis tant d'années fini par éclater le 15 janvier de l'an de grâce 1208. Pierre de Castelnau, le fils adoré de Rome, l'enfant béni d'Innocent III, le prédicateur infatigable gisait sur les rives du fleuve Rhône près de Saint Gilles. Transpercé par le javelot d'un inconnu, le cistercien fut la victime idéale et le prétexte infaillible qu'attendaient Innocent III pour déclencher sa croisade. Dans la foulée du meurtre de Pierre de Castelnau, le Saint-Siège ordonna aux barons de France d'armer leurs troupes pour l'expédition punitive sur les terres impies. Il nomma l'abbé de Cîteaux, Arnaud Amaury, chef spirituel de la croisade. Après des années de fidélité à la Sainte Église, ce cistercien connu pour sa rigidité et son intransigeance se vit confier les clefs de l'ost. Sec, le visage strié de profondes rides, le regard sévère sur un visage impassible, Arnaud Amaury prêta allégeance à la croisade troquant sa coule contre un haubert et sa crosse contre le glaive. Investi par les plus hautes autorités de l'Église Romaine, Arnaud Amaury reçu le serment d'obéissance des barons qui faisant contre mauvaise fortune bon cœur s'inclinèrent devant la décision du Saint-Siège de nommer un ecclésiastique à la tête d'une telle campagne militaire. Certains rongèrent leur frein mais se plièrent finalement de bonne grâce lorsqu'Arnaud Amaury les bénit en leur accordant droit de jouissance sur les villes qui ne tarderaient pas à tomber dans l'escarcelle de l'ost. Arnaud Amaury insista auprès des barons en leur signifiant qu'ils étaient le bras armé de Rome et que cette croisade visait à écraser la vipère hérétique. La dépossession des féodaux toulousains restait au bon vouloir de Rome qui accorderait le bénéfice de cette épuration aux plus enclins à prouver leur désintéressement et leur dévouement à la Sainte Croix. Dieu le veut, répondirent d'une même voix les seigneurs de guerre se scrutant les uns les autres, se défiant du regard et rêvant déjà d'agrandir leur fief en usurpant les terres prises à l'ennemi. Arnaud Amaury connaissait la nature humaine et savait pertinemment que la piété était le cadet des soucis de ces hommes plus enclins à se battre pour des terres que pour l'amour du Saint-Siège. Les veneurs donnent toujours la dépouille de l'animal pourchassé par sa meute en guise de récompense, pensa Arnaud Amaury en dévisageant ces combattants qui l'adoubaient en chef suprême. Conscient de son charisme et de son autorité, l'abbé de Cîteaux reçut également l'obédience des prélats qui défilèrent un à un devant lui et lui baisèrent la main. Le ton était donné, Rome avait tout pouvoir sur les hommes d'armes et la croisade s'annonçait sous les meilleurs auspices.

Malgré ses protestations, Raymond VI de Toulouse fut accusé de l'assassinat de Pierre de Castelnau, le légat du Pape. Il clama son innocence auprès des évêques de Narbonne, d'Auch et de Rodez mais échaudés par les nombreuses volte-face du comte, les prélats lui jetèrent l'opprobre et confirmèrent la condamnation de Rome. Sachant pertinemment que son comté ne saurait résister à une guerre contre les barons du Nord, Raymond VI accepta de faire pénitence et se rendit à Saint Gilles afin de subir la flagellation. Souhaitant éviter les ravages d'une croisade sur son comté, il fit donc amende honorable en subissant l'humiliation d'être fustigé et honni en place publique sous les regards moqueurs des barons de France et des envoyés de Rome. Raymond VI assura non seulement d'embrasser la croix mais également d'embrasser la croisade, ce qui ne fit qu'assombrir son image déjà bien entamée, d'aucun n'hésitant pas à parler de félonie et de traîtrise.

Après cette funeste cérémonie, le comte de Toulouse consentit donc à rejoindre la croisade. Voulant éviter qu'elle ne déferle sur ses terres, il se rapprocha d'Arnaud Amaury, le chef spirituel de l'ost et ourdit une véritable vilenie en lui suggérant d'orienter l'armée du Christ sur les vicomtés de Raimond-Roger Trencavel où les Cathares, assura-t-il, étaient plus nombreux qu'en pays toulousain. Le jeune Trencavel et ses vassaux ne donnent-ils pas asile aux blasphémateurs ? Béziers, Carcassonne, Albi, fiefs de Raimond-Roger Trencavel ne sont-ils pas les bastions où l'hérésie fraie frappant aux portes des places fortes et des hameaux les plus reculés ? renchérit-il.

Ulcéré par la trahison de Toulouse, le jeune vicomte galopa jusqu'à Montpellier où l'ost croisé faisait halte. Il se hâta de présenter ses doléances à Arnaud Amaury qui exigea du jeune prince non seulement une totale soumission mais également une obéissance à toute injonction, lui ordonnant de livrer les têtes pensantes de cette église récalcitrante qui hantaient les terres de sa vicomté. Raimond-Roger Trencavel refusa malgré les menaces du cistercien qui lui signifia que les terres de Béziers jusqu'à Carcassonne seraient purifiées par le glaive et le feu. La négociation s'acheva sur une fin de non-recevoir des deux adversaires arrimés à leurs positions.

Le lendemain, l'ost croisé se mit en marche et pointa ses lances sur Béziers. L'immense armée quitta Saint-Gilles et s'ébranla sur les chemins poussiéreux baignés du soleil ardent de ce mois de juillet de l'an 1209. Chevauchant en tête d'un ost d'environ cinq mille gens d'armes, Arnaud Amaury se targuait de son talent de négociateur auprès des seigneurs qui l'entouraient. Soyez mon glaive, soyez ma colère et bientôt les terres de Trencavel seront vôtres, leur promit-il.

Eudes III, duc de Bourgogne, Hervé IV de Donzy, comte de Nevers, Milon IV comte de Bar et tant d'autres, toute la fine fleur de la chevalerie Française attirée par la fortune et la gloire, oriflammes et gonfanons claquant au vent, menaient l'ost qui serpentait et s'étirait sur plusieurs lieues. Installés dans de confortables berlines, les prélats se délectant de leur future victoire devisaient gaiement tandis que d'autres, assoupis, bâillaient aux corneilles, bercés par le chant des moines et des enfants de chœurs qui marchaient, pataugeant dans le crottin. Encadrés par les sergents, la piétaille arborant écus et boucliers flanqués des couleurs de leur seigneur avançait d'un pas décidé suivant le train des puissants destriers. Les troupes d'élite constituées d'archers vêtus de cotte de cuir et d'arbalétriers harnachés de gambisons ou de hauberts allaient également d'un pas alerte. Un long cortège de lourds chariots débordant d'outils, de poutres et de cordages avançait péniblement. Les charretiers tentaient d'éviter les ornières qui faisaient bringuebaler les carrioles dans lesquelles s'entassaient également les ingénieurs, les sapeurs, les menuisiers et les charpentiers chargés de l'érection des futures armes de jets et des tours d'assaut. D'autres tombereaux menés par les maréchaux-ferrants, les armuriers et les cuisiniers cheminaient eux aussi dans un cliquetis d'armes, de marmites et de poêlons qui couvraient le rire des marmitons et la grosse voix des cantinières. Catalans, Navarrais et Aragonais formaient l'arrière-garde de l'ost. Ces mercenaires grassement payés par les ecclésiastiques formaient des troupes de choc et ne connaissaient ni pitié, ni compassion. Véritables tueurs à gage, leurs salaires dépendaient de leur bravoure et de leur obéissance. Commandés par de terribles maîtres de guerre, ils maniaient la hache, le fléau et la masse d'armes en fins tacticiens, n'épargnant aucun ennemi, ne laissant derrière eux que mort et désolation. L'appât du gain étant leur unique motivation, ils étaient donc corvéables à merci et loyaux à leurs fortunés bienfaiteurs. Séparée de quelques centaines de mètres de la grande armée, s'étalait la cohorte hétéroclite des ribaudes dépoitraillées, des routiers, des maquerelles, des proscrits et des vauriens de tout poil venus faire contre bonne fortune bon cœur. Tels des vautours, ces mécréants s'abattaient sur les villes, les villages et les hameaux s'accommodant des quelques miettes que leur laissaient les barons. Recrutés à moindres frais et d'une brutalité sans commune mesure avec celle de l'armée, les routiers, considérés comme de la chair humaine étaient envoyés sur les fronts les plus dangereux, grimpant aux échelles à l'assaut des remparts sous des volées de flèches et de pierres.

Dirigée d'une poigne de fer par une brute nommée Malemort, cette horde de plusieurs centaines d'hommes armés de bric et de broc bravait la mort, affrontant les périls les plus insensés, évitant ainsi aux troupes d'élites de prendre le moindre risque. Les dernières charrettes qui fermaient la marche étaient celles des chirurgiens plus ou moins patentés, des mires et des charlatans qui profitaient de l'aubaine pour arracher quelques dents, percer des abcès et se vautrer dans les bordels ambulants.

Mandé par le jeune vicomte de Carcassonne, Amblard, son plus fidèle ami vêtu d'une broigne ornée de la croix se joignit et se fondit dans l'immense cortège. Sous couvert d'anonymat, il passa en revue l'effectif de la croisade repérant avec soin le nombre de fantassins, d'archers et d'arbalétriers. Il nota la présence d'une puissante cavalerie lourde, fer de lance des armées sur les champs de bataille, comptant de très nombreux chevaliers secondés par des écuyers et des sergents. Il fut effrayé par la présence de centaines d'écorcheurs menés par la brute Malemort qui jouait du fouet sur la croupe des retardataires. Le soir à la faveur du bivouac, Amblard s'éclipsa et chevaucha à bride abattue jusqu'à Carcassonne.

*****

— Ils sont aussi nombreux que les mouches autour d'un estron, dit-il en préambule, devant le vicomte. J'ai pointé les couleurs des armoiries, rajouta-t-il tendant quelques feuillets.

— La Bourgogne, le Nivernais, le duché d'Auvergne, La Picardie. Toute la France se ligue donc contre nous, s'émut Bertrand de Saissac, le tuteur et conseiller de Raimond-Roger Trencavel, devant les écus finement dessinés. Tu as fait du beau travail Amblard.

— Nous sommes bien démunis face à cet ennemi, soupira le vicomte.

— Vous pouvez compter sur le soutien de vos fidèles vassaux mon jeune prince. Termes, Cabaret, Quéribus et tant d'autres s'allieront à vous.

— Le ciel vous entende, Messire Bertrand.

— Il est évident que les affronter en rase campagne serait suicidaire mais nos forteresses sont imprenables. De plus, le temps joue en notre faveur. La plupart des barons du Nord repartiront dans leur province dès leur quarantaine accomplie et nous pourrons alors contre-attaquer.

— Mais d'autres ne viendront-ils pas ? s'étonna le vicomte.

— Certes mais nous les recevrons, assura Bertrand de Saissac.

— Qu'en est-il de Toulouse ?

— Il faut s'attendre à tout de ce fourbe mais je doute qu'il prenne les armes contre vous.

— Justement, intervint Amblard la tête basse.

— Je t'écoute. Allons parle ! insista Bertrand de Saissac devant la mine renfrognée du jeune homme.

— Raymond VI a prêté allégeance à la croisade.

4
Béziers

Après quelques jours d'une marche harassante sous un soleil de plomb, l'ost installa son campement sur les pentes bordant la rivière Orb sous les murs de Béziers. Faisant face à la cité, la piétaille s'organisait sous les ordres des sergents. Les militaires chevronnés hissaient tentes et cantonnements, les armuriers fourbissaient haches et épées, les palefreniers pansaient les percherons et déjà les ingénieurs s'attelaient à l'érection des mangonneaux et des trébuchets. Cette immense fourmilière humaine s'activait sous l'œil circonspect des Biterrois qui, du haut des remparts de la cité, invectivaient les croisés. De mémoire d'hommes, jamais les habitants de Béziers n'avaient assisté à un tel déploiement de forces. Picards, Auvergnats, Angevins, Parisiens et tant d'autres régiments semblaient défier l'entendement. Parfaitement alignées, les tentes arborant les armoiries seigneuriales formaient un immense tableau s'étalant sur les pâturages. Gonfanons, étendards et oriflammes claquant sous le vent s'étendaient à perte de vue. Fers de lances, lames d'épées et heaumes d'acier étincelaient de mille feux. L'ost exhibait sa puissance par une myriade de teintes plus éclatantes les unes que les autres. Les bleus s'entremêlaient aux pourpres, les jaunes semblaient défier les verts, les argents éclipsaient les marrons et le sang et or de Toulouse faisaient pâle figure dans cette déferlante de couleurs.

Raymond VI, comte de Toulouse, souhaitant isoler sa petite troupe établit son bivouac à l'arrière-garde de l'ost. Mal lui en prit et c'est Arnaud Amaury en personne qui lui intima l'ordre d'intégrer le campement croisé. Faisant contre bonne fortune bon cœur, le comte de Toulouse et ses hommes s'installèrent près d'une troupe auvergnate. Les Toulousains dressèrent leurs trefs sous le regard moqueur des Auvergnats qui les narguèrent, les traitant de couards et de traîtres à leur pays. Ne s'en laissant pas conter, les Toulousains dégainèrent leurs armes et les Auvergnats firent de même. Les deux troupes se firent face s'insultant et se défiant. Les grossièretés qui fusaient d'un camp comme de l'autre cessèrent à l'arrivée du seigneur auvergnat.

— Suffit ! ordonna-t-il, rengainez vos armes !

— Pardonnez mes hommes Messire. Ils ont le sang chaud et ne supportent pas l'insulte, dit Raymond VI.

— Veuillez accepter mes excuses au nom de mes hommes, Messire Raymond. Me ferez-vous l'honneur de partager un cruchon de vin sous ma tente ?

— Avec grand plaisir Messire…

— Renaud de Puysancy, pour vous servir, répondit le chevalier auvergnat en s'inclinant.

— Eh bien soit Messire de Puysancy. Peyrenoble, dit-il à l'adresse d'un sergent, fais distribuer du vin à nos hommes et aux hommes de Messire de Puysancy. Le vin adoucit le cœur du soldat et après quelques gobelets peut-être chanteront-ils d'une même voix au lieu de s'écharper ?

— Voilà qui est savamment parlé, sourit Renaud de Puysancy.

*****

— Arnaud Amaury vous ordonne de lui livrer les hérétiques qui empoisonnent votre cité, dit Guillaume de Boisjouvert à l'encontre des notables de Béziers réunis dans la cathédrale Saint-Nazaire.

— Il n'y a pas d'hérétiques à Béziers, assura Renaud de Montpeyroux, l'évêque de Béziers.

— Foutaises l'évêque, ricana de Boisjouvert, nous savons que votre ville protège la vermine cathare…

— Je vous demanderai d'avoir un peu plus de respect pour ma personne et pour ma fonction, s'insurgea Renaud de Montpeyroux. De plus il n'y a ici que de bons chrétiens, renchérit-il, le rouge aux joues.

— Silence l'évêque…

— Monseigneur l'évêque, pesta le prélat.

— Vous n'êtes ici que l'émissaire d'une bande de dévoyés…

— Suffit chevalier !

— Messire chevalier, tonna Guillaume de Boisjouvert, bombant son torse impressionnant, toisant le prélat de sa haute taille et le fixant de ses yeux noirs.

— Vous n'avez rien d'un chevalier, s'empourpra l'évêque de Béziers. Vous ne valez guère mieux que l'un de vos soudards.

— Silence moinillon, hurla de Boisjouvert sous le regard décontenancé de l'assistance surprise par l'arrogance de l'envoyé d'Arnaud Amaury et par la joute verbale qui allait crescendo.

— C'en est trop, se révolta Renaud de Montpeyroux. Sortez de ma cathédrale !

— Vous n'avez que deux possibilités l'évêque, soit vous quittez la ville emmenant avec vous ceux que vous jugez bons chrétiens et dignes d'être sauvés, soit vous restez et dans ce cas vous partagerez leur triste sort, dit Guillaume de Boisjouvert dans un rictus découvrant ses dents abîmées.

— Un berger se doit de rester avec ses brebis…

— Dans ce cas que Dieu ait pitié de vous, sourit de Boisjouvert en sortant de la cathédrale.

Guillaume de Boisjouvert et son escorte retraversèrent la cité suivis par des centaines de badauds qui le huèrent, certains n'hésitant pas à lui envoyer des œufs, du crottin et quelques fruits pourris. Blême de rage il harcela sa monture et quitta la ville à bride abattue.

Le chevalier picard entra dans la tente d'Arnaud Amaury qui tenait conseil entouré des barons. Devant la mine déconfite et la tunique maculée de Guillaume de Boisjouvert, Arnaud Amaury fulmina et ordonna aux ingénieurs de hâter la construction des trébuchets et des tours d'assauts. Salir l'honneur d'un chevalier croisé ne peut rester un crime impuni et se doit d'être lavé dans le sang, assura le légat de Rome.

Les Biterrois suivaient l'avancée de l'organisation du campement croisé, se gaussant de ces soldats harnachés qui cuisaient sous leurs hauberts. Des habitants poussèrent l'outrecuidance en leur envoyant des outres de vin sur lesquelles se précipitèrent les routiers qui campaient sous les murailles de la cité. Une vingtaine d'habitants décida de défier crânement les soudards. Ils ouvrirent les portes de la ville et se postèrent à quelques pas des mercenaires, les insultant, baissant leurs braies et exhibant leurs génitoires, tandis que d'autres du haut des remparts décochaient des flèches qui firent quelques victimes dans le camp des ribauds. De son regard de faucon, Malemort, le roi des truands, ordonna à ses hommes de se tenir prêts à intervenir. Enhardis par le manque de réaction des routiers, les Biterrois s'approchèrent davantage de la bande dépenaillée. Malemort poussa alors un terrible cri et ses hommes se jetèrent sur les inconscients qui furent immédiatement taillés en pièces. Les écorcheurs franchirent les quelques mètres qui les séparaient des portes de la ville et débordèrent les gardes en faction. Surgissant des fossés, la meute hurlante déferla sur le pont balayant toute résistance sur son passage. Les portes cédèrent en quelques minutes sous la puissante poussée de ces hommes rompus à ce genre d'attaque surprise. Des centaines de pillards s'éparpillèrent dans les rues de la cité. Débordée par la furie des assaillants, la garnison biterroise fut défaite en quelques minutes et les rares survivants ne durent leur salut qu'à une fuite éperdue à travers les dédales de la cité. Ceux qui tentaient de se hisser sur les remparts étaient happés par la marée humaine des reîtres et aussitôt massacrés. La horde barbare s'attaqua ensuite aux villageois, défonçant les portes des maisons à coups de masse et de hache, extirpant les malheureux et laissant libre cours à leur imagination débordante, éventrant, émasculant, violant femmes et fillettes, jouant au chat et à la souris avec les quelques téméraires qui osaient leur résister. Les églises et les chapelles, dernières échappatoires pour la population terrorisée, étaient prises d'assaut par Malemort et ses routiers, qui trucidèrent tout être vivant, renversèrent les croix, brisèrent les saintes reliques et dévalisèrent les autels. Ils crucifièrent les curés aux portes et pendirent les enfants de chœurs aux cordes qui servaient à sonner les cloches. La folie meurtrière s'accompagnait du pillage systématique des lieux de cultes d'où les hommes de Malemort ressortaient avec des malles remplies d'ostensoirs, de croix finement ciselées à l'or fin et de ciboires recouverts d'émeraudes. Le couvent Sainte-Marguerite attenant à la petite église de la Conception fut envahi par une troupe dirigée d'une main de fer par l'une des nombreuses femmes de Malemort. La Faucheuse, comme la nommait amoureusement Malemort, encouragea ses hommes à brutaliser les nonnes. Après avoir été honteusement outragées, les jeunes religieuses furent enchaînées les unes aux autres et emmenées telles des trophées à travers les ruelles encombrées de cadavres. Des mercenaires enivrés qui sortaient d'une auberge dévastée se mêlèrent au cortège aiguillonnant de leur poignard les fesses des malheureuses. L'un d'eux saisit une nonnette, lui défit ses liens et la viola sous le regard amusé de ses congénères qui participèrent également à la débauche.

Alertés par les cris et les premiers incendies, les croisés s'armèrent en toute hâte sous les ordres d'Arnaud Amaury et des barons qui voyaient d'un mauvais œil Malemort et ses tueurs s'octroyer le prestige de la prise de la ville. D'autres moins chevaleresques craignant tout simplement que le butin ne leur échappe éperonnèrent leurs montures et se ruèrent dans Béziers. D'abord écœurés à la vue des chiens se disputant les corps démembrés qui s'entassaient dans les ruelles ruisselantes de sang, les croisés laissant de côté toute mansuétude se hissèrent au même rang que celui des ribauds, tuant, violant et incendiant. Le goût du sang transformait les soldats de Dieu en de véritables bêtes fauves qui s'acharnaient sur les Biterrois épouvantés et désarmés. Toutes les habitations, de la plus humble maisonnette jusqu'au plus luxueux des palais, étaient pillées et ses habitants égorgés. Chacun se jetait à corps perdu dans une frénésie que le diable lui-même n'aurait pas reniée. Juché sur son percheron, escorté de plusieurs barons, protégé par une cotte de mailles et coiffé d'un camail, Arnaud Amaury contemplait d'un œil impassible les victimes qui s'amoncelaient sur les dalles des venelles et des places.

— Monseigneur, comment reconnaître un hérétique d'un bon chrétien ? demanda Guillaume de Boisjouvert.
— Tuez-les tous, Dieu reconnaîtra les siens, répondit Arnaud Amaury.

Harcelant leurs chevaux, les chevaliers croisés chargèrent dans les rues étroites, piétinant hommes, femmes et enfants. Enfonçant les portes à coups d'épaule, des soldats s'égaillaient dans les étages, reniflant le moindre recoin, vidant armoires et garde-manger, dénichant les infortunés occupants aussitôt défenestrés. La ville était en proie à un massacre sans limite et le diable se repaissait de cette orgie de chair fraîche. Ce diable vomi des enfers se nourrissait des enfants de Béziers. Ce Belzébuth dissimilé sous les traits d'un homme arborant une croix pectorale montrait de son doigt crochu les prochaines victimes qui passaient de vie à trépas sous son rire démoniaque. Cet être satanique ignorait la pitié, la miséricorde et le pardon. Il lui fallait s'abreuver de sang jusqu'à plus soif, il lui fallait engloutir les gens de Béziers qu'il jugeait complices des Cathares. Il lui fallait une Rome victorieuse quel qu'en soit le prix. Arnaud Amaury, jetant sa bure aux orties pour se draper de fer, encourageait ses hommes à toujours plus de meurtres, de sang et de cris. Dieu a mis sa confiance en vos armes, vous êtes son fléau, vous êtes son courroux, hurlait-il au plus hésitants qui gagnés par le feu sacré de ses paroles se jetaient dans la barbarie, décapitant les vieillards, éventrant les femmes enceintes, empalant garçonnets et fillettes. Quel Dieu pouvait accepter que des hommes agissent ainsi en son nom ? Dieu le veut, hurlaient en chœur les croisés reprenant les mots d'Arnaud Amaury. Tuez-les tous, Dieu reconnaîtra les siens, chantaient-ils en alignant leurs proies à l'ombre des murailles. Le moindre soupirail, le moindre grenier, la moindre cave fouillés de fond en comble délivrait son lot de malheureux qui venaient s'entasser sur les monticules de cadavres. L'hécatombe se poursuivait inlassablement, certains croisés s'amusant même à faire des paris sur le nombre de citadins à abattre. Ils ramenèrent donc les têtes de leurs victimes devant l'un des leurs, qui notait sur un calepin le nom du tueur et le total de ses prises. Les barons n'étaient pas en reste, s'évertuant du haut de leur destrier à hacher menu celles et ceux qui passaient à la portée de leurs épées. Certains, le bras endolori, s'arrêtaient de temps en temps au seuil d'une auberge et vidaient plusieurs cruchons de vins avant de se remettre en chasse. Les fuyards en profitèrent et se mirent à l'abri dans la petite église de la Madeleine et dans le monastère Saint-Antoine, pensant que jamais les croisés n'oseraient s'en prendre à des sanctuaires sur lesquels se dressait la croix du Christ. Dans leur naïveté, les hommes et les femmes s'agenouillèrent et prièrent, certains assurant que les croisés ne fouleraient jamais un lieu de culte les armes à la main. Les moines chantèrent un « Ave Maria » tandis que déjà résonnaient les coups de masses martelant les portes qui cédèrent rapidement. Le père supérieur, un homme chétif mais à l'allure déterminée, se présenta devant les soldats dont la plupart portaient sur le visage et sur leur bliaud des traces de sang encore frais. Le moine, écartant les bras comme le Christ sur sa croix, leur intima l'ordre de faire silence tandis que s'élevait le chœur de centaines d'hommes et de femmes.

Décontenancés par l'aplomb du vieil homme, les croisés baissèrent leurs armes. Le chœur qui semblait défier le temps finit alors par s'éteindre laissant place au chaos. Des troubadours pourchassés par une meute d'aigrefins se heurtèrent au mur d'une impasse. Lâchant leurs instruments de musique, ils tentèrent d'escalader le muret mais furent rapidement empoignés par les mercenaires qui s'accrochèrent à leur pantalon. Les musiciens chutèrent lourdement sur les pavés. Frappés, battus, ils furent menés à grands coups de pied dans les reins jusqu'au parvis de la cathédrale Saint-Nazaire. Sous la menace, ils jouèrent en tremblant de peur, gigues et farandoles pour les assassins qui improvisèrent une danse macabre au milieu des cadavres. Les artistes tentèrent tant bien que mal de faire sonner leurs instruments et leurs voix. Des tueurs agrippèrent des cadavres de femmes contre lesquelles ils se frottèrent mimant une danse grossière et obscène. D'autres se balançaient au rythme des percussions exhibant et embrassant à pleine bouche des têtes fichées sur des piques. Le concert dura quelques minutes puis les hommes de Malemort tranchèrent les mains des malheureux troubadours qu'ils laissèrent agoniser. Empoignant les mains mutilées, les hommes de Malemort firent glisser les membres ensanglantés sur les instruments de musique imitant les joueurs de luth, de rebec et de tambourin sous les acclamations de leurs compagnons.

La folie meurtrière des soldats de Dieu s'emparait de toute la ville. Pas un endroit pour se cacher, pas une faille d'où s'échapper, les ribauds veillaient au grain. Chaque prise pouvait valoir son pesant d'or. Les bourgeois, les commerçants et les artisans regroupés pour la plupart en guildes étaient des prises de choix pour Malemort qui leur promettait la vie sauve contre écus sonnants et trébuchants. Conduits dans leurs négoces, leurs officines ou leurs ateliers ils ouvraient leurs coffres avant d'être exécutés. Malemort entassa une véritable fortune sur trois tombereaux débordant de robes et de parures, de cassettes emplis de pièces d'or et de caisses éventrées d'où s'échappaient le scintillement des croix et des ciboires dérobés dans les églises et les monastères. Malemort et ses hommes décidèrent qu'il était temps de quitter les lieux avant que les croisés ne s'aperçoivent du fruit de leurs rapines. Ils se frayèrent un passage dégageant les tas de cadavres, achevant à la dague les agonisants et les détroussant, jetant sur leurs épaules des jeunes filles qui viendraient le soir même réchauffer leurs nuits à la belle étoile. Le convoi avançant péniblement dans les ruelles encombrées arriva sur la grande place de la cathédrale Saint-Nazaire. L'endroit grouillait de croisés et ils furent immédiatement stoppés par un détachement de Picards et de Nantais menés par Guillaume de Boisjouvert et Eon de Pontchâteau. Les premiers soudards souhaitant préserver leur fortune dégainèrent leurs armes. Des arbalétriers génois les clouèrent sur place. Des centaines de croisés vinrent grossir les troupes. Devinant sa cause irrémédiablement perdu Malemort ordonna à ses ruffians de rompre le combat.

— Qui es-tu ? demanda Arnaud Amaury.

— Et toi, qui es-tu ? répondit crânement Malemort.

— Impudent ! tonna de Boisjouvert.

— Laissez, laissez mon ami, dit le prélat tapotant l'épaule du seigneur picard. Cet homme va tout simplement nous décliner son nom et nous dire à qui sont destinées toutes ces richesses.

— Elles sont miennes, pesta Malemort. Je les ai gagnés à la sueur de mon front et par mon sang.

— De ton sang ? ironisa Arnaud Amaury.

— Oui de mon sang, renchérit le roi des ribauds.

— Qui es-tu ? insista Arnaud Amaury.

— Je suis Malemort, le roi des éclopés et des proscrits. Je suis Malemort, chef de l'armée d'écorcheurs la plus redoutable de France. Les hommes me craignent, les femmes me supplient, mais ça, c'est une autre histoire, ricana-t-il, sous le regard approbateur et obscène de La Faucheuse.

— Certes, certes, mais tu ne m'as toujours pas dit d'où te viennent toutes ces richesses ? toussota Arnaud Amaury sous les œillades lubriques que se lançaient les deux amants.

— Elles me viennent du droit du vainqueur.

— Mais qui as-tu donc vaincu, des femmes, des vieillards, des enfants ? se gaussa l'envoyé de Rome. Prouve-moi que tu es un grand guerrier et une partie de cet or te reviendra.

— Mais qui es-tu donc pour oser défier le roi des brigands ?

— Je suis Arnaud Amaury, chef de cette croisade au service de notre Dieu tout-puissant. Allons descends de ta carriole et faisons quelques pas ensemble.

Ce fut un étrange ballet auxquels assistèrent les barons français devant le spectacle d'Arnaud Amaury, malingre, dénudé du moindre charme, au visage sec et impassible affublé d'un long nez allant d'un pas allègre tout en évitant les flaques de sang tenant par le bras celui de Malemort, à la carrure d'un centaure à la trogne dévorée par une barbe hirsute d'où pendaient encore quelques lambeaux de chairs. Les deux hommes semblaient si bien s'entendre qu'ils s'assirent devant une échoppe et vidèrent un gobelet de vin.

— Tu vois cette belle cathédrale Malemort, les portes en sont infranchissables. Les misérables qui s'y sont retranchés les ont sans doute condamnées avec tout ce qui leur tombait sous la main, chaises, bancs, statues, autel…

— Lorsque les rats ne veulent pas sortir, il faut les enfumer, Messire abbé, coupa Malemort.

— Voilà que tu deviens respectueux, sourit Arnaud Amaury. Comment t'y prendrais-tu ?

— Qu'ai-je à y gagner ?

— Mon amitié, répliqua le prélat.

— Elle ne nourrira pas ma troupe.

— Tu parles de tes loqueteux ? ironisa Arnaud Amaury.

— La plupart de mes hommes sont des fils de ribaudes qui écartent leurs cuisses au plus offrant. Ils ne connaissent ni leur mère, ni leur père. Ils sont certes de la pire espèce et ne respectent que la loi du plus fort, c'est-à-dire la mienne, dit Malemort gonflant ses pectoraux. Ils me sont d'une indéfectible fidélité.

— Des preuves ! J'exige des preuves ! ordonna Arnaud Amaury.

— Dans moins d'une heure, les portes de la cathédrale s'ouvriront. Je t'en fais serment. Tu n'auras pas à te salir les mains.

— Tu es pire que le diable, sourit le légat.

— Tu es le diable personnifié Messire abbé, ricana Malemort fixant Arnaud Amaury dans les yeux.

Suivant les ordres de Malemort, une équipe de soudards, munie d'un bélier, tentaient désespérément de faire céder les deux immenses portails de la cathédrale mais chaque coup porté faisait à peine frémir les vantaux. Une autre bande lança des grappins sur les gargouilles mais la hauteur des statues était telle que les essais échouèrent lamentablement. Il fallut toute la force de Malemort pour qu'un crochet se fixe enfin sur une des statuettes de pierre. Sous l'œil médusé d'Arnaud Amaury et de ses barons, un ruffian se hissant à la force des bras parvint à grimper sur le toit de la cathédrale. Il jeta plusieurs cordes à ses compères qui l'imitèrent chargeant sur leurs épaules des outres remplies de poix. Arrivés au sommet, les hommes exténués, après avoir repris leur souffle, brisèrent un fenestron et se glissèrent dans la charpente qu'ils attaquèrent à coups de hache. Ils parvinrent à déconsolider plusieurs fermettes et saccagèrent une partie du plancher constitué de petites lattes. Ils entassèrent une importante quantité de débris et de fragments de bois au pied des chevrons qu'ils badigeonnèrent copieusement de poix avant de les incendier. Pendant ce temps, d'autres malandrins charriaient une quantité impressionnante de bois vert, de genets et de branches de pin qu'ils hissèrent à l'aide de cordages sur le toit de l'édifice. Les fagots disposés près des flammes s'embrasèrent et dégagèrent une immense fumée qui obligea les bandits à sortir des entrailles de bois de la cathédrale. Ils s'acharnèrent sur d'autres fenestrons provoquant ainsi un appel d'air qui attisa de son souffle les premières flammes qui commencèrent à dévorer le petit bois et se laissèrent glisser jusqu'au sol sous les acclamations des leurs et des croisés.

— Tu te moques de moi Malemort ! Crois-tu sincèrement que ces quelques flammèches détruiront la cathédrale ?

— Patience Messire abbé, patience. Je connais mes hommes aussi bien que tu connais les bâtisseurs de cathédrale. Les miens peuvent détruire en quelques heures ce que les tiens mettent des années à construire.

Le feu, le feu, le pire ennemi des bâtisseurs commençait son œuvre dévastatrice. Sournoisement, inlassablement, les flammes dévoraient, s'entredévoraient, cherchant toujours plus de matière à consumer. Cela prendrait sûrement des heures car les immenses poutres résisteraient longtemps avant de céder et de s'affaisser provoquant ainsi l'effondrement de la toiture. Mais peu importe, Malemort savait pertinemment que les portes s'ouvriraient avant que tout ne soit réduit en cendres.

En moins d'une heure, les premiers effets de la chaleur infernale se firent ressentir. Les joints des pierres de taille s'effritèrent laissant passer un épais nuage de fumée et de fines particules de braises qui virevoltaient et pleuvaient sur la population terrorisée et agglutinée dans la nef et les transepts de la cathédrale. Puis quelques pierres cédèrent et chutèrent sur les malheureux. Affolés, les assiégés se ruèrent sur les portes solidement maintenues par la horde de Malemort qui s'arc-boutait contre les vantaux faisant poids de tout leur corps et interdisant toute sortie. D'autres pierres churent du toit puis les plombs des vitraux fondirent et éclatèrent projetant des myriades de projectiles qui enflammèrent les vêtements des

Biterrois cloîtrés dans leur funeste sarcophage. Les victimes se comptaient déjà par centaines, étouffées sous l'âcre fumée, piétinées par la masse compacte des malheureux qui cherchaient une échappatoire, écrasées par les pierres de taille, tailladées par les éclats de vitraux et brûlées vifs par le plomb en fusion. Éreintés, les hommes de Malemort cédèrent du terrain et reculèrent sous la formidable poussée de ces hommes et de ces femmes gagnés par l'énergie du désespoir. Finalement, les portes cédèrent et les emmurés suffocants furent accueillis par des centaines de flèches et de viretons. Les uns tentaient de grimper sur l'amoncellement de corps qui s'entassaient sur le parvis de la cathédrale, d'autres passaient sur les côtés mais aucun ne parvint à franchir l'arène. Sous les ordres de leurs barons, la piétaille redoubla d'effort frappant, harcelant les quelques fuyards qui se faufilaient entre les mailles de son sinistre filet, massacrant clercs et laïcs sans distinction. Comme prise de tremblement, les premières gargouilles tombèrent sur la foule emportant dans leur chute de lourdes pierres qui s'écrasèrent au sol dans un nuage de poussière. Une immense clameur retentit. Bourreaux comme victimes reculèrent de plusieurs pas laissant derrière eux de nombreux corps ensevelis sous des tonnes de gravats. La rosace s'abattit emportant avec elle de nombreuses statues qui éclatèrent sur le parvis jonché de corps. Les morts se comptaient par centaines à l'extérieur tout comme à l'intérieur de l'édifice religieux. Une folie meurtrière venue des tréfonds de l'âme humaine et des voûtes célestes s'abattait sur les méridionaux comme ultime punition à leur soutien à la cause cathare. Arnaud Amaury n'avait-il pas scandé que tous devaient mourir, hérétiques, croyants, païens, chrétiens. Tuez-les tous, tuez-les tous hurlaient croisés et ribauds unis dans le même carnage. Les coups pleuvaient, les corps s'écroulaient les uns sur les autres, les vieillards suppliaient, les mères tendaient leurs nourrissons espérant quelque clémence mais les tortionnaires obéissant aux ordres et aveuglés par le bain de sang tranchaient dans la populace jusqu'à plus soif. Renaud de

Montpeyroux, l'évêque de Béziers, vêtu de ses atours sacerdotaux tenta une vaine négociation auprès d'Arnaud Amaury. Deux soldats le saisirent mais l'ecclésiastique brandissant une lourde croix fichée sur une hampe écrasa la tête des deux hommes et frappa violemment Arnaud Amaury. Esquivant l'impact qui frôla son crâne, le prélat de Rome chuta et ne dut son salut qu'à Malemort qui asséna un coup de hache d'une telle puissance que la tête de l'évêque de Béziers fusa à plusieurs mètres. Arnaud Amaury s'empressa de prendre la tête de l'évêque par les cheveux. La brandissant tel un trophée sous les acclamations de l'ost croisé, il put donc assister au clou de son spectacle quand dans un grondement sorti tout droit des entrailles de l'enfer, la cathédrale s'écroula emmenant avec elle un pan de la Chrétienté. Tous les lieux de culte, de la plus petite chapelle jusqu'à la cathédrale subirent les foudres de l'ost croisé et triste ironie du sort, l'église Sainte-Marie-Madeleine dont on fêtait l'année de son édification en ce jour du vingt-deux juillet fut elle aussi entièrement détruite. La Chrétienté dévorait une part d'elle-même. Une part d'ombre. Cette part d'ombre à la limite de la folie des hommes, de leur pouvoir à s'anéantir pour laisser la part belle au diable lui-même. Les espions des grands sultans de Palestine qui voyageaient régulièrement en terres chrétiennes ne manqueraient pas de rapporter ces tragiques évènements à leur califat. La Chrétienté s'entredévorant, les émirs et les sultans n'avaient plus qu'à battre le rappel de leurs troupes afin de reconquérir la Terre Sainte.

5
Trencavel

L'ost resta trois journées sur les rives de l'Orb contemplant les incendies qui ravageaient la cité de Béziers. Les hommes se congratulaient et se tapaient sur le ventre devant le spectacle des quelques rescapés quittant la ville emportant avec eux leurs maigres baluchons. Précédé d'un moine à la bure roussie et d'un enfant de chœur arborant une croix de bois bringuebalante sur une hampe de fer, le triste cortège d'hommes et de femmes encore hébétés fut rapidement encerclé par les routiers de Malemort qui détroussèrent les malheureux de leurs quelques biens sauvés des flammes. Deux cotereaux aussi sales que répugnants agrippèrent une jeune fille par les cheveux et commencèrent à lui arracher ses oripeaux. Le vieux curé se posa fièrement devant les deux pillards. D'abord interloqués, les malfrats relâchèrent leur proie avant de se reprendre et d'empoigner la jeune fille par la chevelure. Ses hurlements attirèrent quelques barons ainsi qu'Arnaud Amaury qui jaugea la situation d'un air goguenard. À demi-nue, la jeune fille se débattait sous le regard impuissant de son père menacé par un ribaud qui le maintenait avec un couteau sous la gorge. Le vieil homme d'église saisit la croix des mains du moinillon et frappa avec fureur le visage d'un écorcheur. L'homme s'écroula vomissant un flot d'injures et de sang. Le second malfrat brandit une hache au-dessus de la tête du moine. Son geste fut stoppé net par une lame qui lui sectionna le bras. Renaud de Puysancy acheva le blessé et bientôt rejoint par ses hommes s'interposa devant les mercenaires de Malemort qui accouraient pour venger les leurs. Protégés par leurs larges boucliers, les Auvergnats firent un rempart entre les soudards et la troupe famélique des survivants de Béziers. D'un calme olympien, les hommes de Renaud de Puysancy campaient crânement sur leur position tandis que les ribauds les harcelaient d'insultes. Supérieurs en nombre, les hommes de Malemort s'élancèrent mais une volée de flèches les cloua sur place. Dévalant d'une butte et sous l'œil médusé des barons et d'Arnaud Amaury, les hommes de Raymond VI de Toulouse rejoignirent les Auvergnats et dégainèrent leurs armes. Un silence pesant ponctué par les ahanements des soudards s'installa entre les adversaires.

— Suffit ! intima Arnaud Amaury, avant que les protagonistes ne s'écharpent. Et toi Malemort, rappelle tes vautours !

Obéissant aux injonctions du prélat, Malemort et ses ribauds quittèrent le campement en maugréant. Raymond VI ordonna à ses soldats de rejoindre leur bivouac. Renaud de Puysancy ôta sa cape et enveloppa la jeune fille terrorisée sous le regard circonspect d'Arnaud Amaury et du comte Siméon de la Croix-Saint-Robert.

— Soyez béni, dit le vieux moine en s'agenouillant respectueusement devant le chevalier.

— Relevez-vous mon père, vous ne risquez plus rien, affirma Renaud de Puysancy.

— Depuis quand les chevaliers vêtent-ils des hérétiques ? ironisa Arnaud Amaury.

— Cette fille est bonne chrétienne tout comme ces hommes et ces femmes, assura le moine.

— Silence curé ! rétorqua le cistercien, tu protèges des blasphémateurs. Déguerpis avec ta troupe de déguenillés avant que je ne change d'avis et que je ne te livre à mes chiens, renchérit-il désignant Malemort et sa horde.

Les miséreux reprirent leur marche sous les railleries des croisés et des écorcheurs dépités qui voyaient là partir une aubaine de se livrer à leurs plus bas instincts.

— Qui êtes-vous chevalier ? demanda Arnaud Amaury.

— Renaud de Puysancy pour vous servir.

— Vous fîtes acte de contrition en donnant votre cape à cette misérable me semble-t-il ?

— Je ne fais qu'obéir à l'enseignement de notre Sauveur. Je ne suis pas croisé pour persécuter femmes et enfants.

— Ce sont pourtant des infidèles, rétorqua Arnaud Amaury.

— J'ai combattu les infidèles en Aragon et croyez-moi Votre Éminence, ils sont d'une autre trempe que ces indigents.

— Certes mais nous agissons, nous aussi, à la gloire de Dieu. Veuillez désormais vous attacher à notre mission qui est de ramener les terres réfractaires dans le giron de notre Sainte Mère Église. Me suis-je bien fait comprendre ?

— Tout à fait Votre Éminence, acquiesça Renaud de Puysancy tournant le dos pour rejoindre ses hommes.

— Je n'aime pas le ton condescendant de cet homme, se confia Arnaud Amaury à Siméon de la Croix-Saint-Robert.

— Je connais bien Renaud de Puysancy. Ce n'est qu'un banneret de moindre importance. Ses mauvaises terres jouxtent les miennes, son domaine tombe en ruine…

— Sans doute espère-t-il faire fortune sur le dos des seigneurs méridionaux ? ricana Arnaud Amaury.

— Loin de lui cette idée Excellence, de Puisancy est un idéaliste qui se bat pour l'amour de Dieu.

— Les idéalistes ont toujours une faille sous leur carapace.

— Je peux vous garantir du profond désintérêt et de son entier dévouement à la couronne d'épines de notre Sauveur, assura le comte Siméon.

— La plupart des hommes d'armes nous ont rejoints par pure vénalité. Vous le savez tout aussi bien que moi cher ami. De Puysancy tout comme les autres ne refusera pas l'escarcelle bien garnie que lui tendra Rome pour ses bons et loyaux services.

******

Cette croisade s'annonçait sous les meilleurs auspices décrétèrent les barons réunis sous la tente d'Arnaud Amaury. Le chef spirituel de la croisade ordonna à l'armée de prendre la direction de Carcassonne en traversant le pays Minervois, foyer lui aussi de la doctrine Cathare. Les préparatifs allèrent bon train et le lendemain, les troupes se remirent en marche traversant sous un soleil de plomb des villages abandonnés aux puits contaminés par des charognes animales. Arnaud Amaury fulmina devant les greniers et les granges incendiées des quelques places fortes désertées par les vassaux de Trencavel qui suivant les ordres du jeune vicomte appliquaient la politique de terre brûlée. La prise et le massacre de Béziers résonnaient encore dans toute la contrée. Rares étaient ceux qui s'aventuraient sur le chemin de l'interminable caravane. Le ravitaillement s'annonçait ardu. Les sergents envoyèrent des troupes qui s'enfoncèrent dans les plaines Minervoises et en revinrent escortés de chariots débordant de fourrage, de tonneaux de vin et de bétail. Les hommes de Malemort ne faisant cure de sentiment dévastèrent hameaux et villages éloignés au gré de leur faim, de leur fureur, de leur soif et de leur débauche.

Terrorisés par le sac de Béziers, quelques feudataires de la puissante famille Trencavel ouvrirent les portes de leurs villages fortifiés évitant ainsi tueries et représailles. Chaque place forte occupée se voyait investie par une petite garnison française sous les ordres d'un chevalier et par un abbé cistercien. Délégué par Arnaud Amaury, ce moine blanc avait pour mission de ramener les âmes égarées au sein de la Sainte Église. Sous la hantise de vindicte, la population remettait en état les lieux de culte désaffectés depuis l'expansion du Catharisme. Hommes, femmes et enfants devaient également assister chaque jour aux différents offices. Tout contrevenant était aussitôt déféré devant l'abbé. La nature humaine révéla son véritable visage. Sous couvert de la confession, un frère jaloux accusait son propre frère d'être Cathare, un autre incriminait son voisin de vivre sous l'emprise de l'église satanique, des femmes furent suspectées de sorcellerie et des hobereaux arborant leurs richesses se virent soupçonnés de complaisance avec les croyants du mouvement dissident. Les tribunaux ne désemplissaient pas et de nombreux accusés croupissaient dans des geôles sordides dans l'attente de leur procès. Les prélats firent feu de tout bois afin de dénicher les Cathares dans ce fatras de mensonges, de calomnies et de dénonciations plus ou moins fantasques. Les Cathares convaincus d'hérésie étaient brûlés vifs.

Par peur de subir le même sort que les Biterrois, quelques seigneurs pourtant liés à la famille Trencavel se portèrent au-devant de la croisade et lui firent entière soumission. Certains convaincus du bien-fondé de l'ost proposèrent des troupes, des caisses d'argent et du ravitaillement. D'autres agirent par pur intérêt comme le vicomte Aimery de Narbonne et son âme damnée, l'archevêque Béranger, qui en fins politiciens voyaient là l'occasion tant espérée de se débarrasser de leur puissant voisin, Guilhem de Minerve, dont ils convoitaient les terres depuis de nombreuses années. Motivés par l'appât du gain, Aimery de Narbonne et l'archevêque Béranger n'hésitèrent pas une seconde accusant le seigneur de Minerve d'apporter soutien et assistance aux Cathares. La délation était malheureusement monnaie courante et certains l'employaient à bon escient pour s'accorder les faveurs des grands qu'ils soient prélats ou laïcs. Contre quelques pièces d'or, ecclésiastiques et seigneurs avides de pouvoir déclenchaient des enquêtes achetant au passage des confessions d'obscurs témoins qui disparaissaient dès que l'affaire était menée devant les tribunaux. L'accusé se voyait dépossédé de ses biens ou bien exécuté sous accusation d'hérésie, de relaps ou de trahison.

*****

Camelot, le château du Roi Arthur fut bâti par les Dieux mais l'immense cité de pierres semblant défier le temps fut construite par les hommes. Érigée en bord d'Aude, la citadelle de Carcassonne dressait fièrement ses hautes murailles flanquées d'une trentaine de tours. En la découvrant pour la première fois, les écuyers de l'ost croisé, bercés dès leur prime enfance par les légendes Arthuriennes se voyaient déjà devisant autour d'une table ronde. D'aucuns s'imaginaient comme Lancelot dont l'armure résistait au feu du dragon, d'autres se prenaient pour Gauvain dont la bravoure lui permettait de brandir Excalibur, l'épée forgée par les Dieux et les plus altiers se rêvaient en Perceval toujours en quête du Saint Graal. Les jeunes garçons ne tarissaient pas d'éloge devant la magnificence du navire de pierres qui dominait l'Aude du haut de son promontoire. « Dieu le veut ! » hurlaient-ils à l'unisson sous les regards bienveillants des barons croisés. La ferveur de leurs écuyers ranimait des souvenirs anciens mais toujours aussi vivaces. Les seigneurs aguerris se remémoraient la cérémonie de leur propre adoubement et tous savaient qu'ils remettraient un jour à ces jeunes gens les éperons, la bannière, l'écu et l'épée. Ces fringants écuyers mouraient d'envie de se battre et de prouver leur bravoure sur le champ de bataille mais ils durent se plier aux ordres d'Arnaud Amaury qui refusa que cette fine fleur de la future chevalerie se mêle à la horde des piétons et des routiers. Les fantassins chargés du premier assaut subiraient le tir des archers et des arbalétriers postés sur les murailles. Arnaud Amaury ne pouvait se permettre d'envoyer à la mort ces fils de haute lignée.

Arnaud Amaury fit étudier la topographie des lieux par un cartographe qui dessina un plan détaillé de l'édifice. L'impressionnante forteresse se divisait en trois corps. La Cité formidablement harnachée de tours, de remparts et de meurtrières dominait de sa hauteur le Bourg au nord et le Castellar au Sud. Arnaud Amaury pointa du doigt le Bourg, et le désigna comme première cible à abattre. Devant la réticence de quelques barons, le chef spirituel de la croisade jugea que Raimond-Roger Trencavel ne pouvait avoir de troupes suffisamment aguerries pour défendre en même temps le Bourg, la Cité et le Castellar. En fin stratège, le légat de Rome savait pertinemment que la cité était inexpugnable du fait de ses accotements abrupts qui rendaient toute ascension ardue et de ses crénelages puissamment défendus. De plus, il se doutait bien que Trencavel avait dû rassembler des troupes ainsi que des vivres pour soutenir un siège. Il décida donc de prendre le Bourg et de couper les différents points d'eau qui alimentaient la Cité en implantant un camp croisé sur la berge de l'Aude interdisant ainsi aux méridionaux tout accès à la rivière.

Au lever du jour, avant que le soleil ne darde ses rayons, des centaines d'hommes se ruèrent à l'assaut du Bourg. Devant la terrible déferlante croisée, les Carcassonnais refusèrent le combat conformément aux ordres du jeune Trencavel qui décida de sacrifier le Bourg au profit de la défense de la Cité. Le lendemain, les croisés engagèrent le combat contre le Castellar. Les mercenaires de Malemort furent accueillis par le tir nourri des archers et des arbalétriers. Mal équipés et peu protégés, ces soldats d'infortune animés par l'appât du gain tombèrent par dizaines. Certains parvinrent à hisser des échelles mais épuisés par l'effort et par leur course effrénée, ils se firent hacher menu par les Carcassonnais.

De leur campement le légat et les barons suivaient le fracas de la bataille et virent les routiers se débander sous les cris de joie des méridionaux. Les chevaliers français trépignaient d'impatience et les chevaux piaffaient sous la tension de leur cavalier. « Dieu le veut ! » cria Arnaud Amaury auquel répondirent les croisés d'une même voix. Lorrains, Flamands, Auvergnats, Narbonnais,

Frisons et Picards s'élancèrent talonnés par la chevalerie. Protégés par d'immenses rondaches, les fantassins parvinrent au pied des murailles. Leurs boucliers éclatèrent sous les pierres qui pleuvaient du haut des remparts. Chapels écrasés et membres brisés, de nombreux hommes s'écroulèrent. La piétaille épouvantée recula et se heurta à la cavalerie. Sous l'affolement de leur monture, plusieurs chevaliers furent désarçonnés ou cloués sur place par les viretons qui transperçaient hauberts et gambisons. L'un d'eux blessé à la cuisse se traînait péniblement en se protégeant d'un écu sur lequel se fichait flèches et dards.

Contre toute attente, un chevalier fendit la troupe des pleutres et se porta à son secours. Apeuré par les hurlements des fuyards, le cheval se cabra mais un solide coup d'éperon le fit cavaler. Faisant fi des projectiles qui le visaient, le chevalier se porta au-devant du soldat gisant au sol. Parvenu à sa hauteur, il mit pied à terre, empoigna le malheureux, le hissa sur l'encolure de sa monture, se remit en selle et harcela son destrier qui détala du champ de bataille. Arrivé au campement, le chevalier intrépide déposa le blessé près d'un tref, le confia aux soins des barbiers et retourna au combat mais il dut faire volte-face devant les fantassins et la cavalerie qui décrochaient sous le tir nourri des Carcassonnais. Dans le tumulte du repli, plusieurs soldats furent bousculés et piétinés par les chevaux. Ne s'avouant pas vaincu malgré la débandade de ses troupes et l'échec de l'attaque, Arnaud Amaury ordonna aux ingénieurs d'actionner mangonneaux et pierrières. Aussitôt les premiers boulets fendirent le ciel, ébranlèrent les murailles, ébréchèrent les merlons, brisèrent tours et remparts. L'incessant manège des engins de jets vint rapidement à bout du Castellar qu'abandonnèrent les hommes de Trencavel pour se retirer dans la Cité désormais livrée à elle-même et totalement encerclée par l'ost croisé.

*****

Le siège s'installa durant plusieurs jours sous une chaleur accablante et sous les blocs de rocaille qui s'abattaient sur la cité. Descendu de sa Montagne Noire, Pierre Roger de Cabaret grâce à sa bravoure parvint à incendier quelques pierrières par des raids nocturnes qui ne causèrent que d'infimes dégâts aux trébuchets. Dès le lendemain, couillards et catapultes reprirent leur funeste ballet.

Les mercenaires désœuvrés s'égaillèrent dans les villages environnants à la recherche de rapine pendant que la troupe veillait à ce que personne ne sorte de la Cité. Les infirmeries aussi rares que sommaires débordaient de blessés et d'éclopés que les barbiers tentaient vainement de sauver. On creusa une immense fosse où les cadavres des soldats et des routiers furent ensevelis. Au grand dam d'Arnaud Amaury et malgré ses supplications, quelques seigneurs quittèrent le siège arguant la fin de leur quarantaine mais l'ost comptait encore dans ses rangs de très nombreux barons acquis à la cause de Rome.

Le soleil étendait sa chape de plomb sur la Cité où la maladie commença ses ravages. Privés d'eau, les Carcassonnais s'agglutinaient autour des puis en quête des dernières gouttes et de violentes bagarres éclataient. Les soldats épuisés et accablés par la chaleur renoncèrent à donner du bâton sur la foule. Les fossoyeurs ne purent contenir l'afflux des cadavres qui pourrissaient dans les rues dégageant une odeur pestilentielle.

La situation devint rapidement intolérable, les mères tendaient leurs seins atrophiés à leur nouveau-né qui n'avaient même plus la force de gémir, les enfançons grattaient l'écorce des arbres ou raclaient la mousse des pavés et les hommes chassaient les rats. Le vicomte de Carcassonne accompagné de quelques gardes arpentait les venelles de la Cité découvrant à chaque détour de ruelle la misère de ses gens. Le spectacle de la mort et de son long cortège d'épouvante s'étalait en plein jour. Le peuple priait sur le parvis de la cathédrale Saint-Nazaire et certains maudissaient les Cathares. Pris à partie, quelques hérétiques furent lynchés par une foule aussi famélique qu'exaltée. Les soldats baissèrent les bras et laissèrent le peuple donner libre cours à sa folie meurtrière. Ceux-là mêmes qui vénéraient les « Bons Hommes » furent les premiers à s'armer de gourdin. Les Cathares ne durent leur salut qu'à l'intervention du vicomte en personne qui fit barrage de son corps.

Ne supportant plus la souffrance de ses gens, Raimond-Roger Trencavel livra la Cité qui résistait à l'ennemi depuis deux semaines. Sous un ciel bleu d'azur, les habitants spoliés de tous leurs biens quittèrent la Cité. Le cortège silencieux de ces hommes en braies et de ces femmes en chemises défila entre deux rangées de soldats. Lors des pourparlers de sa reddition, Trencavel obtint d'Arnaud Amaury que nul mal ne soit fait à la population. Des contingents croisés escortèrent ces miséreux sur les chemins de la Montagne Noire pour les uns et sur les routes des Corbières pour les autres. Connue pour son soutien à la cause cathare, la Cité abritait une forte communauté de « Bons Hommes » et de « Bonnes Dames » qui furent promptement emmurés dans les geôles de la Cité. Trencavel se constitua prisonnier. Conduit sous le pavillon du comte de Nevers, il étonna l'assistance par sa jeunesse et sa courtoisie. Il fut reçu avec déférence et avec respect selon les codes de la chevalerie.

— Vous devez être épuisé, lui sourit le comte de Nevers lui tendant une coupe d'eau fraîche et l'invitant à s'asseoir.

— En effet Messire, je suis fort las, répondit Raimond-Roger Trencavel prenant de ses mains tremblantes le gobelet. L'eau, l'eau, reprit-il, voici la clef de votre victoire.

— Vous fûtes un redoutable adversaire et vos troupes n'ont pas démérité.

— Certes Messire Hervé mais comment lutter le ventre vide ?

— Ce sont là les affres de la guerre Messire Trencavel, dit Arnaud Amaury en entrant dans le tref du comte de Nevers.

Les barons de la croisade s'inclinèrent respectueusement devant Arnaud Amaury qui jeta un regard sombre sur le vicomte de Carcassonne assis sur un fauteuil.

— On se lève en la présence de l'envoyé de Dieu, fulmina le cistercien.

— Le vicomte de Trencavel ne tend pas le cou à son bourreau.

— Impudent, tu n'es plus vicomte, tu n'es guère plus qu'un écorcheur cracha le légat du Pape dévisageant le regard livide, les cernes bleutés, la chevelure hirsute et le bliaud déchiré du jeune homme.

— Vous dépassez les limites de la courtoisie due à un chevalier vaincu, s'insurgèrent Philippe de Blois et Armand de Saint Eustache.

— De quel droit vous permettez-vous de me parler sur ce ton ?

— Messire de Trencavel nous a combattu avec vaillance, il a droit à notre respect, renchérit Michel d'Abancourt.

— Ce jeune fat nous a défié. Qu'on l'enchaîne sur-le-champ, ordonna Arnaud Amaury.

— Je ne serai pas le complice d'une telle ignominie, maugréa Philippe de Blois suivi de quelques chevaliers. Je quitterai votre ost sitôt ma quarantaine achevée, rajouta-t-il en levant les pans de la tente.

— Voilà une décision grave de conséquence, osa le comte de Nevers.

— Nous pouvons fort bien nous passer de ces quelques sots, conclut Arnaud Amaury.

Après avoir symboliquement livré les clefs de la Cité, Raimond-Roger Trencavel fut enchaîné et mené dans les cachots de la forteresse. Escorté par des gardes, il prit le chemin de sa cellule saluant les vainqueurs qui s'inclinèrent à leur tour devant ce jeune homme qui avait eu l'audace de résister avec courage et détermination face à leur immense armée.

Comme il l'avait fait après le sac de Béziers, Arnaud Amaury dépêcha un courrier à Rome l'informant qu'un second repaire d'hérétiques venait d'être démantelé et que de nombreux incroyants croupissaient dans les prisons de la Cité dans l'attente de leur procès qui les mèneraient sans aucun doute au bûcher. Il décida d'investir un de ses plus fidèles barons à la tête des terres conquises. De grands seigneurs comme le comte de Nevers, le duc de Bourgogne et le comte de Saint-Pol refusèrent son offre alléguant qu'ils possédaient déjà de vastes domaines et qu'ils n'avaient nullement l'intention de rester en Pays d'Oc. Nous nous sommes croisés par amour pour le Dieu unique et non pour nous enrichir, dirent-ils d'une même voix. Ne doutant pas un seul instant de leur sincérité, le légat de Rome leur adressa son plus beau sourire et sur leurs conseils fit mander le chevalier téméraire qui avait porté assistance à l'un des leurs durant la bataille.

Le chevalier se présenta et salua pieusement Arnaud Amaury. Il présenta également ses hommages aux grands de France qui lui rendirent sa politesse avec un étrange sentiment d'admiration et de respect. Ses larges épaules sur lesquelles flottait sa longue chevelure aussi brune que sa barbe, son torse puissant et sa grande taille lui donnaient un sentiment d'invincibilité. Il était vêtu de sa tunique rouge vif flanqué d'un lion vermeil rugissant.

— Comte de Montfort, vous nous avez fort impressionné lors de la bataille, dit Arnaud Amaury. Peu d'homme oserait défier l'ennemi comme vous l'avez fait.

— Je ne pouvais laisser mon écuyer mourir, il était de mon devoir de le secourir.

— Certes Messire Montfort, toujours est-il qu'une telle attitude confère d'une grande vaillance et d'une belle noblesse d'âme, aussi ai-je décidé de vous nommer chef militaire de la croisade.

— Je ne puis accepter Votre Éminence, il y a ici d'illustres seigneurs bien plus méritants que moi, assura Simon de Montfort.

— Votre humilité vous honore Messire de Montfort, mais ce sont justement ces puissants barons qui ont proposé votre nomination, rétorqua Arnaud Amaury avec détermination. Vous devenez non seulement le chef militaire de la croisade auquel tous devront obéissance et vous prenez également le titre de vicomte de Carcassonne, d'Albi et de Béziers. Vous êtes à ce jour un des seigneurs les plus en vue du royaume.

— Je suis au service de son éminence et au service de Rome, dit Simon de Montfort s'agenouillant devant Arnaud Amaury.

— Relevez-vous Messire de Montfort, sourit le légat du Pape sous le regard bienveillant de l'assistance qui applaudit lorsqu'Arnaud Amaury fit l'accolade à Simon de Montfort.

Désormais, c'est une hydre à deux têtes qui régnait sur l'ost, l'une pensante et l'autre guerrière. Dénuées du moindre sentiment envers les hérétiques, ces deux têtes vouées corps et âme à Rome devenaient le fer de lance de la Papauté. Aussitôt adoubé par les siens, Simon de Monfort fit de la Cité son quartier général duquel il décidait des expéditions punitives à venir contre les villes qui oseraient tenir tête aux armées du Christ. Les villages environnants abandonnés par leurs habitants tombèrent sans combat dans l'escarcelle de Montfort mais les difficultés s'accumulaient pour le lion de la croisade. Fuyant l'avancée de l'ost, les habitants détruisaient granges et puits, brûlaient les récoltes avant de s'enfuir avec leurs cheptels. De plus Simon de Montfort devait faire face à l'épineux problème des troupes quittant l'ost dès leur quarantaine achevée. C'était pour lui un véritable crève-cœur que de voir ces régiments regagner leur terre.

En septembre de l'an 1209, Montfort prit la tête de ses contingents et les lança à l'assaut de Pierre Roger de Cabaret. Ce puissant seigneur possédait trois forteresses dans la Montagne Noire. Cabaret, Quertinheux et Surdespine formaient un véritable nid d'aigle contre lequel Montfort se brisa les reins. Pierre Roger de Cabaret soutenu par ses hommes d'une indéfectible fidélité et par un territoire lui fournissant vivres en abondance, résista non seulement à toutes les attaques mais mena également des raids qui ébranlèrent la suffisance de Montfort dont les troupes s'épuisaient dans des offensives aussi vaines que calamiteuses. Le seigneur de Cabaret bénéficiait également de l'appui des chevaliers dépossédés de leurs terres par l'ost croisé. Chassés de leurs fiefs mais résolus à résister contre l'envahisseur, ils prirent les armes et grossirent le rang des troupes de Pierre Roger de Cabaret. Les croisés exténués, affaiblis et diminués par le manque d'effectif plièrent leur campement laissant de nombreux morts et c'est une armée en piteux état qui revint à Carcassonne.

6
Aicart

Du haut des remparts de Padern, nous apercevions de temps en temps des familles affamées et vêtues de hardes se traînant lamentablement sur les chemins menant jusqu'aux Pyrénées. Chassés par les croisés qui investissaient places fortes et villages fortifiés, ces pauvres hères s'aventuraient parfois jusqu'aux grilles du château. Les mères tendaient leurs nourrissons à travers la herse mais les soldats avaient ordre de les repousser. C'était un véritable déchirement pour Carmen et pour les servantes qui s'empressaient de leur donner un peu de lait. Mon père refusait de nous voir prêter assistance à ces infortunés adeptes ou sympathisants de la foi cathare alléguant que nous étions au service d'une abbaye bénédictine sous la férule de l'Église de Rome. Il voulait avant tout préserver sa réputation et sa fonction de bayle de l'abbaye de Lagrasse. Il m'interdit de soigner ces malheureux sous peine de fermeture de l'hôpital. De violentes disputes éclataient entre mon père et mon frère Aicard qui lui reprochait son manque de courage. Enfermé dans son écritoire et dans son mutisme, mon père souhaitait que sa neutralité soit respectée.

— Nous sommes au service de Dieu, martela-t-il lors d'une énième altercation avec Aicard. Je t'interdis formellement de me faire le moindre reproche. Je suis ton père et tu dois m'obéir…

— Je suis fatigué de vos jérémiades.

— Comment oses-tu insolent ? trancha mon père.

— Je suis né ici et il m'est insupportable de voir les Français s'installer et s'approprier notre beau pays.

— Dieu punit ceux et celles qui se sont égarés sur le chemin tortueux de l'antéchrist.

— Quel Dieu accepterait que l'on tue ses enfants ? rétorqua Aicard.

— Il n'est qu'un seul Dieu, celui de la vérité, de l'unique vérité…

— La vérité, c'est que les Français nous envahissent et ne laissent derrière eux que champs de ruines.

— Les Français font ce que nos barons auraient dû faire depuis longtemps. Ils purgent notre pays des infidèles, des mécréants et des…

— Faux ! Tout ceci est faux, les Français spolient nos terres. La religion n'est qu'un prétexte, affirma mon frère. Vois ce qu'ils ont fait de Béziers et de Carcassonne. C'est maintenant l'oriflamme rouge à lion vermeil qui flotte sur les tours de la Cité. Croyez-vous qu'ils repartiront une fois leur méfait accompli ?

— Silence…

— Je ne me tairai pas et je n'ai pas non plus l'intention de rester les bras ballants. De nombreux chevaliers ont rejoint la résistance…

— Tu n'es pas chevalier, se gaussa mon père.

— Certes mais j'en ai le courage et je suis convaincu qu'un de nos seigneurs m'adoubera sur le champ de bataille. Je ne m'entraîne pas tous les jours à la quintaine, au maniement de l'arbalète et de l'épée pour séduire les damoiselles. Pierre Roger de Cabaret a réussi à mettre en déroute les armées de Montfort, si tous les hommes de bonne volonté s'unissent, nous chasserons ces maudits Français.

— Tu n'as pas l'intention de te joindre aux renégats ?

— Ce ne sont pas des renégats, ce sont des rebelles qui luttent pour leurs terres, pour leur art de vivre, pour leurs épouses et leurs enfants.

— Mon pauvre enfant, tu n'as ni terre, ni épouse, ni descendance.

— Je n'ai nul besoin de terre pour savoir ce que je dois faire, répliqua Aicart tournant le dos à son père.

Malgré les protestations de mon père et les supplications de ma mère, Aicart quitta Padern le lendemain harnaché d'un haubert, d'un casque conique à nasal, d'une tunique flanquée des couleurs de la famille Trencavel, d'un baudrier d'où dépassait le pommeau de son épée, d'une arbalète et d'un carquois. Acceptant un sac de provisions et une gourde, il serra ma mère dans ses bras et tendit la main à mon père qui se détourna. Faisant fi de sa déconvenue, il prit Ferrand contre sa poitrine, embrassa Carmen sur la joue et me gratifia d'une vibrante accolade. Je sentis ses larmes couler le long de mon cou. Comme à son habitude mon père s'enferma dans son écritoire, il ne vit donc pas son fils enfourcher son cheval et quitter Padern. Il avait décidé de traverser les Corbières, de se rendre dans la Montagne Noire et d'offrir ses services à Pierre Roger de Cabaret. Il savait le voyage périlleux aussi jura-t-il à ma mère de n'emprunter que les chemins escarpés afin d'éviter toute rencontre avec les Français. Jeune chien fougueux, mon frère me rappelait mon cousin Bertrand, fils du seigneur Guilhem de Minerve. Comme Bertrand, Aicard ne rêvait que de hauts faits d'armes et de combat en terrain clos. Certes courageux et hardi, faisant la fierté de Martial, notre sergent qui l'initia durant des années au maniement de l'épée, de la masse d'armes et du fléau, Aicard n'avait toutefois jamais combattu. Qu'en serait-il dans le feu de l'action? Aurait-il le courage et la force de vaincre un adversaire aguerri?

Le départ d'Aicard affecta ma mère qui sombra dans une profonde mélancolie. Ni mes soins, ni l'attention de Carmen ne parvenaient à la sortir de la léthargie dans laquelle elle glissait irrémédiablement. Ferrand travaillait depuis plusieurs mois auprès d'un maître bâtisseur à la réfection de la Basilique Saint-Nazaire de Carcassonne. Il se vouait depuis sa tendre enfance aux métiers de la pierre et avait su convaincre mes parents de le laisser suivre l'enseignement des bâtisseurs. Aicard nous quittait à présent pour se battre. Nous étions Carmen et moi les seules raisons de vivre de ma mère qui s'étiolait chaque jour un peu plus. S'enfermant dans sa chambre toute la journée, elle refusait de dormir dans le lit conjugal et ne partageait plus ses repas avec nous.

Je décidai de me rendre à l'abbaye de Lagrasse qui disposait d'une apothicairerie réputée dans toute la contrée. Je fus chaleureusement accueilli par l'Abbé Mathieu qui me présenta Frère Paul. Je saluai ce jeune moine qui me répondit par un sourire pétillant de vivacité et d'intelligence. Sa jeunesse et son visage affable m'incitèrent à lui confier mes tourments concernant l'apathie de ma mère. Frère Paul m'écouta avec attention, hochant la tête à plusieurs reprises puis il m'invita à le suivre. Nous traversâmes la grande cour puis il m'entraîna dans le cloître pourtant réservé aux moines. Le jeune religieux ouvrit une grande porte et entra dans le scriptorium de l'abbaye. Je fus immédiatement impressionné par le silence, la luminosité et la quiétude de l'immense écritoire. Penchés sur leurs pupitres, les moines copistes calligraphiaient sur des parchemins tandis que les enlumineurs s'appliquaient à peindre des scènes de la vie de Jésus et de ses apôtres. Sous l'œil bienveillant de Frère Paul, je ne pus retenir ma curiosité et m'arrêtai quelques instants sur l'œuvre d'un moine qui eut l'amabilité de me décrire la scénette sur laquelle il travaillait depuis plusieurs jours. Il m'expliqua les différentes teintes qu'il créait lui-même, la recherche des pigments et leurs dosages, les parchemins qu'il dégrossissait et tannait jusqu'à obtenir le vélin parfait et l'application des feuilles d'or qui exigeait patience et dextérité. Ce jeune moine passionné me rappelait mes frères, eux aussi exaltés dans leurs domaines, la pierre pour Ferrand et le fer pour Aicard.

Je remerciai vivement le jeune enlumineur puis Frère Paul m'emboîtant le pas me conduisit dans la bibliothèque qui jouxtait le scriptorium. Il ouvrit une armoire et me tendit un codex.

— Dans ce livre, vous trouverez sans aucun doute le remède nécessaire au bon rétablissement de votre mère.

— C'est un herbier ? m'étonnai-je.

— Il s'agit du livre des remèdes d'Hildegarde de Bingen.

— Je ne savais pas que ses pratiques médicinales avaient fait l'objet d'écrit ?

— Hildegarde de Bingen était une moniale de notre ordre, elle souhaitait que le bénéfice de ses études sur l'art de soigner par les plantes soit dispensé aux apothicaires et aux herboristes bénédictins. Ainsi de nombreuses copies furent soigneusement transcrites et adressées à nos différents monastères et couvents. Conformément à son vœu, nous possédons donc un exemplaire de son livre des remèdes. Je m'aperçois avec plaisir que vous n'ignorez pas son nom, sourit Frère Paul.

— Qui s'intéresse à la médecine ne peut ignorer l'aura d'Hildegarde de Bingen, de plus mes maîtres vantaient son grand savoir.

— Savoir que sœur Hildegarde de Bingen a eu l'intelligence de noter afin que nous puissions subvenir à la détresse des malades. Ses écrits sont pour moi une source inépuisable de bienfaits qui me permettent très souvent de traiter des maux que je ne saurais guérir sans l'aide précieuse de ses témoignages. Je connais les vertus de certaines plantes mais je ne suis encore que novice en médecine.

— Vous êtes encore très jeune Frère Paul, mais je devine la passion qui vous anime.

— Dieu dans son infinie bonté a su répondre à mes vœux en me confiant le soin des corps et des âmes, dit Frère Paul visiblement ému par mes dires.

— C'est là une noble et belle mission qui vous apportera justice et humilité.

— Comment cela ? s'étonna le jeune bénédictin.

— Justice de vaincre l'injustice qui frappe le malade et humilité devant notre manque de connaissance. Un praticien qu'il soit apothicaire, herboriste ou médecin se doit de rester humble devant la maladie qui souvent nous défie et nous vainc.

— Voilà de sages paroles Messire Sicard.

— Point de Messire, je vous prie frère Paul, je ne suis qu'un simple médecin.

— Mais grande est votre renommée.

— Si grande fut-elle comme vous le dites avec gentillesse, elle ne me permet pas hélas de soigner ma mère qui s'éteint chaque jour un peu plus, assurai-je les larmes aux yeux.

— J'ai réussi à soigner un de nos frères du mal de l'âme. Il souffrait du déchirement familial bien qu'il ait rejoint notre communauté de son plein gré. Je ne savais que faire pour le délivrer du mal qui le rongeait et j'ai découvert dans les écrits d'Hildegarde de Bingen que la sauge faisait bien des miracles. Prescrite en décoction sous forme de vin médicinal et associée à l'épeautre, elle rendit la joie de vivre à notre jeune frère qui depuis vit son noviciat dans le scriptorium. Vous avez pu observer son talent et son enthousiasme lorsque vous vous êtes penchés sur ses enluminures qu'il s'est fait un plaisir à vous décrire.

Frère Paul me tendit le précieux livre et m'invita à m'installer devant un pupitre. Il m'apporta quelques parchemins, des plumes et de l'encre.

— Prenez tout votre temps maître Sicard et copiez tout ce qui vous sera utile.

— Comment vous remercier frère Paul ?

— En guérissant votre mère, ce sera ma plus belle récompense.

— Vous êtes un homme bon, que Dieu vous garde et vous bénisse.

Le jeune bénédictin s'éclipsa et me laissa consulter l'ouvrage d'Hildegarde de Bingen. Douée d'une intelligence hors du commun, cette jeune nonne qui voua sa vie à l'Église et à Dieu, fut une pionnière dans l'art de l'herboristerie et de l'alimentation. Je me plongeais avec délectation dans son livre des remèdes et m'aperçus de mon ignorance en la matière. Certes, j'étais médecin et chirurgien, je connaissais certaines plantes mais j'avouais mes faiblesses en ce qui concernait l'utilisation d'herbes et de végétaux que nous piétinions sur nos chemins. Je découvris au fil des pages la quintessence du fenouil et de l'aneth contre les maux de l'hiver, la fumigation d'orties et de livèche qui dégageaient les poumons encombrés, les bienfaits du coing contre les rhumatismes et tant d'autres merveilles que la nature nous offrait. J'annotais tout ce qui me semblait utile pour le rétablissement de ma mère et en particulier les vertus de la sommité fleurie du millepertuis réputées dans le traitement de l'angoisse et de la mélancolie.

Je quittais Lagrasse le cœur léger et rempli d'espoir. Malgré mon athéisme, je me rendis dans la chapelle pour y accomplir mes dévotions et surtout pour éloigner les éventuels doutes concernant ma foi en Dieu. Frère Paul me remit une fiole contenant une décoction sous forme de vin blanc associé à une bouillie d'épeautre. Je remerciais vivement le jeune moine et l'abbé Mathieu de leur assistance et de leur bienveillance.

Puisse Dame Setembra nous revenir avec son sourire et sa joie communicative, dit l'abbé Mathieu me prenant dans ses bras.

7
Le lion de la croisade

L'automne et l'hiver 1209 enveloppèrent les terres d'Oc dans la confusion la plus totale, attaques et contre-attaques se succédant à un rythme soutenu. Depuis la dépossession du vicomte Trencavel et la nomination de Simon de Montfort, les chevaliers rebelles refusaient de rendre allégeance à l'usurpateur et lui menaient la vie dure. Ils se mirent au service des grands seigneurs encore libres et livrèrent une guérilla sans merci. Ils devinrent des chevaliers faydits et entrèrent en résistance contre l'occupant. Lorsqu'ils apprirent la mort de Trencavel dans un cul de basse-fosse, les allégations allèrent bon train, d'aucuns affirmèrent que leur jeune vicomte était mort empoisonné par la main même de Montfort, d'autres qu'il avait succombé au froid, à la faim et aux privations, toujours est-il que les seigneurs des Hautes Corbières, de la Montagne Noire, du pays de Foix et du comté de Toulouse se révoltèrent. Sortant de leur clandestinité, ils harcelèrent l'ennemi et reprirent de nombreuses places fortes. Suite au massacre des garnisons croisées, les défections au sein de l'armée française se firent légion. Désenchantés par les cuisants échecs de la croisade, de grands seigneurs comme le duc de Bourgogne et le vicomte de Marchepied quittèrent l'ost et laissèrent Montfort à la tête d'une armée fantomatique.

Cette guerre marqua profondément les esprits et vit des méridionaux comme les Narbonnais se joindre à la croisade tandis que les vassaux de la famille Trencavel continuaient d'apporter leur soutien aux Cathares et à la cause de la liberté. Bertrand de

Saissac, Guilhem de Minerve, Chabert de Barbaira et tous les grands féodaux de langue d'Oc luttaient désormais pour leur indépendance et tous savaient que cette guerre de religion n'était que le prétexte à l'anéantissement de la culture méridionale. La brutalité des Français allait de pair avec leur total mépris du code de l'honneur entre chevaliers ennemis. Ignorant clémence et pardon, les croisés pendaient les seigneurs captifs comme s'il s'agissait de vulgaire bandit de grands chemins.

Les Hautes Corbières épargnées jusqu'à présent par les affres de la guerre se préparaient néanmoins à recevoir l'ennemi. Les seigneurs de Termes, d'Aguilar et de Quéribus consolidaient leurs châteaux, rehaussant des murs ébréchés, fortifiant tours et courtines, creusant et piégeant des fossés. De nombreux jeunes paysans délaissèrent futaies et vignobles pour l'austérité et la froidure des donjons. Ils échangèrent houes et faucilles contre lances, arcs et masses arbalètes. Bienveillants envers ces nouvelles recrues, les sergents instructeurs se hâtèrent de les former au rude apprentissage du métier des armes. D'autres forteresses comme Puylaurens et Peyrepertuse jugées imprenables du fait de leur position au sommet des pics rocheux s'armaient également car tous savaient que Montfort, s'il voulait gagner la guerre, n'avait d'autre choix que de s'emparer des châteaux forts afin d'asseoir son pouvoir et sa légitimité. Appartenant à l'abbaye de Lagrasse, Padern gardait jalousement sa neutralité malgré les appels incessants des seigneurs de Termes et de Quéribus qui enjoignaient mon père à prendre les armes. Je suis bon chrétien leur répondait-il et Padern n'est pas un repaire d'hérétiques justifiait-il pour sa défense. Au grand soulagement de ma mère, nous reçûmes la visite d'Aicard au mois de février 1210. Le jeune garçon que nous avions connu s'était mu en un farouche guerrier. Il arborait une cicatrice qui lui défigurait une partie du visage et ne manqua pas de nous conter sa vie auprès du seigneur de Cabaret. Son quotidien n'était qu'un chapelet de misères et de combats. La brutalité de la guerre avait jeté aux orties l'insouciance de l'adolescence et il se targuait d'avoir tué des croisés.

— Tu brûleras en enfer, lui promit mon père.

— L'enfer est sur terre, répondit Aicard.

— Nul n'a le droit de prendre la vie d'autrui.

— Nul n'a le droit de déposséder un homme de sa terre.

— La terre est un don de Dieu, tonna mon père.

— La terre appartient à l'homme qui la laboure et non à Dieu.

— Dieu a créé la terre…

— Oui je sais, trancha Aicard, il a aussi créé l'homme à son image. Si tel est le cas, alors Dieu est un sadique.

— Hors de ma vue ! hurla mon père.

— Soit, répliqua Aicard jetant son gobelet de vin qui se répandit sur la table.

Ma mère tenta de raisonner mon père mais d'un geste de la main, il lui intima l'ordre de se taire. Carmen se risqua à dire quelques mots mais elle fut aussitôt rembarrée avec rudesse. Blême d'une colère refrénée par l'amour qu'il portait à ma mère, Aicard se leva et l'enlaça.

— Ne pleurez pas mère, implora Aicard.

— Une mère se doit de pleurer son fils lorsqu'il part à la guerre.

— Au revoir ma sœur, dit-il en étreignant Carmen.

— Reviens-nous vite frère, le supplia-t-elle en essuyant d'un geste tendre une larme qui naissait au coin de son œil.

— Prends soin de mère, m'implora-t-il.

— Prends soin de toi frère, dis-je le serrant dans mes bras sous le regard impassible de mon père.

— Adieu père, lança-t-il en franchissant la porte.

Ma mère quitta la tablée en lançant un regard noir à mon père qui lui tourna le dos. Nous restâmes, Carmen et moi, dubitatifs devant son attitude. Aicard venait de nous annoncer un avenir des plus sombres pour notre beau pays qui subissait de plein fouet l'invasion des Français mais mon père resta de marbre et termina son repas comme si de rien n'était. Tout pouvait s'écrouler autour de lui, seuls lui importaient ses livres de compte et la prospérité des terres de l'Abbaye. Il reprit le cours de sa vie dès le lendemain et s'enferma comme à l'accoutumée dans son écritoire. Il n'apparaissait qu'au moment des repas, s'asseyait, se faisait servir et avalait machinalement ses plats tout en devisant avec Armand, le nouveau régisseur embauché suite au départ d'Aicard.

Fervent chrétien, Armand se levait aux aurores pour les matines et dans un immuable rituel terminait sa journée de travail en se rendant aux vêpres. Serviteur zélé, il devint rapidement le bras droit de mon père. Aussi lugubres l'un que l'autre, les deux hommes s'entendaient à merveille pour faire fructifier le labeur des paysans. Ils n'avaient d'intérêts que pour les chariots remplis de balles de laines, les carrioles chargées de fûts de vins et de sacs de blé qu'ils convoyaient jusqu'aux caves et greniers des bénédictins de Lagrasse. Ils n'avaient que cure de la situation politique de la région et accusaient vertement les Cathares d'en être responsables, aussi se désintéressaient-ils de la guerre qui reprit au printemps.

Après un hiver désastreux pour ses troupes qui accumulèrent revers et défections, Montfort reçut de puissants contingents venus de Belgique, des Flandres, d'Alsace et d'Auvergne ainsi que des caisses d'or envoyées par Rome. Revigoré par ces nouveaux escadrons croisés, Montfort dirigea l'ost sur les plaines du Lauragais. Villes et villages dépourvus de fortification tombèrent rapidement dans l'escarcelle du lion de la croisade.

Quelques batailles en terrain découvert défirent les chevaliers méridionaux. Trop peu nombreux devant l'immense armée, quelques-uns ne durent leur salut que dans la fuite et dans la guérilla. Peu de villes osaient affronter les soldats de Montfort et les habitants fuyaient emportant leur maigre bagage avant que l'ost ne déferle. La ville de Bram refusant tout compromis avec Montfort se barricada mais céda rapidement sous les attaques incessantes et sous le pilonnage des trébuchets. Épuisés, les habitants se rendirent devant la puissance des croisés qui capturèrent un grand nombre de Cathares. « Les Bons Hommes » et « Les Bonnes Dames » furent conduits sous bonne escorte à Carcassonne où ils rejoignirent les leurs déjà emprisonnés dans les geôles de la Cité. Les hommes de Montfort défoncèrent les portes de maisons et dénichèrent les villageois terrorisés qu'ils menèrent sur la grand-place. Excédés par ces méridionaux qui refusaient le baiser de l'Église, les malheureux subirent les foudres de Simon de Montfort. Le chef de la croisade fendit le troupeau apeuré, se saisit d'un homme et le traîna par le cou jusqu'au parvis de l'église. Pendant que deux soldats le maintenaient fermement agenouillé, un troisième armé d'un poignard lui creva les yeux et lui trancha le nez. Les hurlements du malheureux furent rapidement couverts par les cris d'un second villageois. Fermement encadrés par un piquet de soldats, les habitants saisis d'effroi et tétanisés par la férocité des bourreaux ne purent intervenir pour donner les premiers soins aux suppliciés. Les tourmenteurs s'en donnèrent à cœur joie et mutilèrent ainsi une centaine d'hommes. Par raffinement de cruauté, ils énucléèrent, après les avoir rossés, ceux qui tentaient de résister et les tourmenteurs s'amusèrent à voir les yeux dévaler les marches du parvis. Pataugeant dans le sang, les croisés relevèrent leurs victimes qu'ils attachèrent les unes aux autres. Préalablement éborgné, un dernier homme fut extirpé de la foule et mis à la tête du funèbre convoi qui défila dans les venelles de Bram sous les rires et les quolibets des hommes de Montfort. Après avoir été chassé de la ville, le sinistre cortège fut mené sur les chemins poussiéreux et contraint de traverser villes et villages afin de terroriser la population.

Les échos des hurlements des suppliciés de Bram retentirent des plaines du Lauragais jusqu'à la Montagne Noire, des plaines

Carcassonnaises jusqu'aux Hautes Corbières. Chacun et chacune savait à présent ce qu'il en coûtait de résister à Montfort mais cela ne découragea en rien les chevaliers méridionaux. Ne pouvant affronter les troupes de Montfort en terrain clos, ils livrèrent à ses patrouilles une guérilla impitoyable. Fondant à l'improviste sur les garnisons chargées de la surveillance des hameaux et des bourgs éloignés de Carcassonne, ils vengèrent les leurs ne laissant que des cadavres derrière eux. Les hommes de Pierre Roger de Cabaret s'illustrèrent lors de ces incursions en territoire ennemi. Quittant leur nid d'aigle de la Montagne Noire à la faveur de l'aurore, ils cernaient les bourgades gardées par des croisés désœuvrés qui sûrs de leur suprématie ne guettaient que d'un œil. Répondant aux exactions de Montfort, les Français étaient tout bonnement massacrés dans leur sommeil. Tels des fantômes, les hommes de Pierre Roger de Cabaret disparaissaient sans laisser de traces et regagnaient leurs forteresses sans être poursuivis.

Devant le manque d'effectif de chevaliers rebelles à l'autorité de Montfort, le seigneur de Cabaret parcourut le pays, du Carcassès aux Corbières Maritimes, du Pays de Sault aux Hautes Corbières afin d'enjoindre les hommes épris de liberté à rejoindre la résistance. Accompagné d'une troupe de fidèles, il frappa à la herse de Padern et fut accueilli par mon père.

— Si nous ne l'arrêtons pas, le Français sera bientôt maître du pays.

— Padern est neutre et se tient loin de votre guerre, répliqua mon père.

— Qu'en sera-t-il lorsque Montfort viendra réclamer son dû ?

— Montfort est bon chrétien tout comme moi.

— Un chrétien qui massacre d'autres chrétiens, persifla Pierre Roger de Cabaret.

— Suffit, je ne veux plus rien entendre. Padern est neutre et restera neutre, trancha mon père tournant le dos.

— Jeunes gens, clama le seigneur de Cabaret s'adressant aux soldats qui veillaient sur Padern, Montfort et ses abbés enjuponnés seront bientôt à vos portes. Il ne tient qu'à vous de les chasser et de les envoyer en enfer.

— Ils sont trop nombreux, osa une jeune recrue.

— Fils d'Oc, reprit Pierre Roger de Cabaret, que direz-vous à vos enfants lorsque vous serez au seuil de la mort ? Quel héritage leur laisserez-vous ? Une terre où notre langue, notre art de vivre et notre tolérance auront disparu ? Une terre vouée à la rapine des Français et de Rome ? Si tel est votre souhait, alors oui, ne prenez pas les armes, vivez et mourez en paix mais dans la servitude.

Interloqués les soldats échangèrent des regards circonspects devant l'éloquence du seigneur de Cabaret qui profita de ce léger flottement pour reprendre.

— Fils des Hautes Corbières, je ne me bats pas pour davantage de terres ou pour des coffres débordant de pièces d'or. Je me bats pour que les bannières de Carcassonne continuent à flotter sous les rafales de notre tramontane, du cers et du vent marin. Je me bats pour que les filles et les fils de la Montagne Noire soient libres de s'aimer sans les relents nauséabonds d'une église qui juge et punit. Je me bats pour mes frères d'armes qui refusent de baisser les bras, je me bats pour le peuple attaché à ses racines, à sa langue et à ses traditions. Aicard, le fils de votre bayle nous a rejoint, il est à ce jour sur les murailles de Minerve qui s'apprête à subir l'assaut de Montfort. Aicard est resté fidèle à ses convictions et à son amour de la liberté.

— Liberté ! Liberté, crièrent d'une seule voix les jeunes soldats frappant haches et épées contre leurs écus.

— Je vous interdis de partir, s'interposa Martial

— Vous ne pouvez rien nous interdire sergent, s'enhardit un archer à la crinière aussi blonde que sa barbe.

— La désertion est punie de pendaison, vociféra le sergent.

— Nous ne désertons pas, nous combattons, renchérit le soldat. À Minerve, à Minerve ! hurla-t-il.

— Minerve ! Liberté ! Minerve ! Liberté, reprirent en chœur les jeunes guerriers.

— Nous nous battrons jusqu'au dernier s'il le faut et les Français n'auront pas un moment de répit, dit le seigneur de Cabaret, nous nous battrons dans les forêts, nous nous battrons dans les plaines, nous nous battrons dans les champs mais nous ne nous rendrons jamais.

— Liberté, liberté, crièrent les soldats de Padern.

— Je vous les confie Messire de Cabaret, dit le sergent Martial adressant un clin d'œil complice au seigneur de la Montagne Noire.

— Soyez des nôtres sergent.

— J'ai juré fidélité à mon maître et je me dois de veiller sur sa famille, de plus je suis trop vieux pour partir à la guerre. Mes jeunes gens sont de bonnes recrues éduquées à la dure. Ils ne failliront pas.

*****

Le château parut bien vide après le départ de nos jeunes garçons, mais Martial réussit à enrôler rapidement de nouveaux prétendants aux métiers des armes et la cour résonna de nouveau du bruit des épées s'entrechoquant lors des longues séances d'entraînement auxquelles je décidais de prendre part sous le regard inquiet de ma mère et de Carmen.

— Tu vas te battre toi aussi ? me demanda Carmen lors du souper.

— Je vais chercher Aicard, répondis-je.

— Aicard est à Minerve, intervint ma mère.

— Minerve tombera aux mains des croisés. Nos jeunes novices embrigadés par Pierre Roger de Cabaret seront incapables de résister à une charge de cavalerie. La plupart des chevaliers croisés ont participé à la dernière croisade en Terre Sainte. Ils sont rompus au combat. Ce n'est ni la fougue, ni le courage de nos garçons qui les arrêteront. Cette guerre est perdue d'avance, je connais le pouvoir de l'église, son avidité et sa cupidité. On ne défie pas Rome impunément, Rome est une sangsue…

— Tu blasphèmes mon fils, s'offusqua mon père.

— Non père, ce n'est point blasphémer que dire la vérité. Rome est bâtie sur le mensonge et sur le mal. Rien n'a plus de valeur à ses yeux que des coffres débordant d'or. Rome n'a que cure de la misère du petit peuple qui vit dans l'ignorance et dans la terreur de la damnation éternelle. Qui sont ces hommes qui prétendent que Dieu est tout-puissant, qui sont-ils ? demandai-je à mon père.

— Ce sont nos bienfaiteurs, c'est grâce à eux que tu as ouvert ton hospice, ne l'oublie pas, rétorqua-t-il.

— Vous savez parfaitement qu'ils ne l'ont pas fait par charité chrétienne. Lagrasse est plus riche que jamais…

— Impudent, tu mords la main qui te nourrit !

— Pardonnez-moi père, je ne voulais vous manquer de respect.

— Je ne veux plus t'entendre parler de la sorte, j'ai perdu Aicard et je refuse de perdre un autre fils.

— Je vais ramener Aicard, assurai-je.

— La région est aux mains des croisés. Comment traversas-tu leurs lignes ?

— Les Français ne se méfieront pas d'un rebouteux qui va au gré des guerres offrir ses services au plus offrant.

*****

Au petit matin, les mains tremblantes, Carmen m'aida à faire mon bagage. Nous n'avions pas échangé le moindre mot depuis la veille. Elle m'accompagna jusqu'à l'écurie où m'attendait une monture sellée par les bons soins de notre palefrenier. Je pris mon épouse dans mes bras mais Carmen s'en dégagea et me tourna le dos. Elle fit quelques pas, se retourna et me dévisagea avec un regard empli d'une telle tristesse que j'eus le plus grand mal à retenir mes larmes. Elle se tenait droite et altière. Ce n'était plus la jeune femme qui égayait de ses rires les couloirs du château. Elle n'était que souffrance et semblait porter toute la misère du monde sur ses épaules. Elle me fixa longuement sans un mot, sans un soupir puis revint sur ses pas. Elle cajola le cheval et lui flatta l'encolure. Le brave animal répondit à ses caresses en frottant sa lourde tête contre la poitrine de Carmen. L'étreinte sembla durer une éternité, puis, lentement, Carmen desserra ses bras et me tendit les rênes.

*****

Chevauchant rapidement, j'arrivai à Carcassonne en fin de journée. À la grande satisfaction de Simon de Montfort, la Cité et ses environs semblaient en ébullition grâce aux renforts venus de France. Bretons, Manceaux, Français d'île de France, Angevins, Lorrains campaient autour des innombrables tentes qui se dressaient au pied de la citadelle. Des contingents de Frisons et d'Allemands fraîchement arrivés installaient leurs cantonnements s'accompagnant de chants et d'ahanements gutturaux. Je notais également la présence de Gascons, redoutables guerriers des montagnes. Habitués à escalader des parois rocheuses, ces hommes vêtus de peau de brebis malgré la chaleur étouffante faisaient fi des murailles des châteaux qu'ils grimpaient contre écus sonnants et trébuchants. Une troupe importante de Narbonnais au service de Montfort complétait l'ost croisé. Au gré de ses pérégrinations dans les villes et les villages tombés sous le joug de la croisade, Malemort avait recruté toute la lie de l'humanité, brigands, voleurs, assassins qui remplaçaient ses hommes tués dans de précédents combats. Je frémis à l'idée de cette immense armée qui traverserait bientôt les plaines Minervoises avant de fondre sur la cité de Guilhem de Minerve. J'avais eu la présence d'esprit de coudre une croix sur mon bliaud et je traversai aisément ce bivouac hétéroclite sans être nullement inquiété. En contrebas du bourg, les charpentiers démontaient mangonneaux et trébuchets qu'ils chargeaient sur de longs chariots. Je connaissais maintenant la puissance des armées françaises et décidai d'en avertir le seigneur du Minervois.

LIVRE VII

Juin – juillet 1210

1
Minerve

— Mon frère, tu as fait ce long chemin pour rien, je reste à Minerve, insista Aicard d'un ton ferme.

— J'ai promis à mère de te ramener.

— Tu ne pourras tenir ta promesse. Minerve est ma nouvelle famille.

— Sache que je respecte ton choix et je suis si heureux de revoir mon oncle et ma tante.

Guilhem de Minerve me tendit une main ferme et virile. Toujours aussi digne, les années ne semblaient guère peser sur ses épaules mais il arborait à présent une chevelure et une barbe poivre et sel.

— Sicard, mon tout petit, dit Dame Rivoxenda m'embrassant avec chaleur. Tu n'étais qu'un enfant, reprit-elle et te voilà un homme désormais.

— Et quel homme, renchérit mon oncle. Sais-tu que ta renommée franchit les frontières de nos vignobles et de nos forêts. On ne parle que de toi, de ton épouse et de votre hospice…

— Et moi qui suis-je donc pour être ignoré à ce point ? tonna une voix familière.

— Bertrand ! m'écriai-je me jetant dans les bras de mon cousin.

Doté d'une force inouïe, Bertrand m'enlaça, me décolla du sol et me fit virevolter sous les rires de ses parents et de mon frère. Ce n'était plus l'adolescent de mes années d'insouciance. Il dégageait une aura digne d'un roman chevaleresque avec sa carrure impressionnante, sa tignasse toujours aussi mal coiffée et ce regard farouche qui devait faire le bonheur des damoiselles et le malheur de leurs prétendants. Nous nous installâmes autour de la grande table et un page nous servit du vin.

— Quel bon vent t'emmène cousin ? demanda Bertrand.

— Le vent de la guerre.

— Bah, les Français sont des pleutres, ils repartiront cul par-dessus tête, ironisa Bertrand.

— Ils ont pris Carcassonne malgré ses murailles.

— Trencavel était aussi brave que naïf, il a cru en la parole de Montfort.

— Que pouvait-il faire d'autre ? demandai-je.

— Résister !

— Ses gens mouraient de faim…

— C'est la triste loi de la guerre, coupa Bertrand visiblement agacé par mes atermoiements.

— Je m'aperçois avec regret que ton cœur s'est asséché.

— Mon cœur ne s'est pas asséché cousin, pesta Bertrand piqué au vif. Mon cœur s'est endurci, mon cœur s'est aguerri mais il vibre toujours du malheur des nôtres. Il n'est pas un jour sans que mon cœur ne saigne lorsque je vois ce qu'endure notre peuple. Il n'y a pas d'autre réponse que de chasser les Français de nos terres ou de les tuer. Mon père est aussi vaillant que Pierre Roger de Cabaret qui a tenu tête à Montfort.

— Les châteaux de Pierre Roger de Cabaret sont imprenables, chacun le sait mais Minerve ne résistera pas aux milliers d'hommes qui vont bientôt déferler sur vos terres. Les croisés disposent d'engins de jet et leurs ingénieurs sauront les disposer de telle manière qu'ils encercleront Minerve. La cité subira alors des tirs d'une telle puissance et vous n'aurez d'autre choix que la reddition.

— Seuls les lâches et les traîtres parlent ainsi, s'offusqua Bertrand.

— La témérité est l'apanage des fous et des inconscients, rétorquai-je.

— Tu as de la chance d'être mon cousin, un autre que toi aurait déjà mordu la poussière, maugréa Bertrand blême de colère en m'empoignant par le cou.

— Suffit, intervint Guilhem de Minerve.

— Messire, Messire, osa un jeune page.

— Eh bien quoi, demanda le seigneur de Minerve à l'adolescent qui venait de l'interrompre.

— Le sergent Pèire demande à vous voir de toute urgence.

— L'ennemi est à nos portes Messire Guilhem, dit le sergent s'avançant à grands pas tout en époussetant son bliaud et sa cape. J'ai réussi comme vous me l'aviez demandé à me faufiler dans le camp croisé à Carcassonne. Montfort s'apprête à attaquer Termes et Minerve. J'ai envoyé un homme prévenir Termes afin que le seigneur Raymond de Termes batte le rappel de ses troupes.

— Donc Montfort sera bientôt sous nos murs ? s'inquiéta Guilhem de Minerve.

— Il leur faudra bien dix jours avant d'arriver. Leurs chariots sont lourdement chargés et avancent péniblement.

— Combien d'hommes ? questionna Bertrand.

— Ils sont… Ils sont…

— Allons, parle, s'irrita mon oncle devant l'hésitation du sergent.

— Innombrables, Messire, répondit le sergent en baissant les yeux. Montfort a reçu des renforts venus d'Allemagne, de Belgique et les Narbonnais lui fournissent plus d'un millier de soldats.

— Maudits soient les Narbonnais, pesta Guilhem de Minerve. Aimery de Narbonne lorgne sur nos terres depuis des lustres et voilà pour lui l'occasion tant espérée de nous déposséder.

— Ce n'est plus une guerre de religion, acquiesça Bertrand, c'est une guerre de conquête.

— Comme toutes les guerres, intervins-je. La lutte contre les Cathares n'est qu'un prétexte pour envahir nos terres et les barons du Nord s'en donneront à cœur joie. Notre belle province sera inexorablement annexée par la couronne de France.

— Pourtant Philippe Auguste semble se désintéresser de ce qu'il nomme lui-même « l'affaire de langue d'Oc », s'étonna Bertrand.

— Le roi Philippe est un roi et comme tous les rois, il est avant tout un stratège. Il envoie ses barons nous faire la guerre mais croyez-moi, c'est lui qui aura le dernier mot et ses seigneurs plieront le genou devant lui lorsqu'il décidera lui-même de se croiser. Tous les rois rêvent d'agrandir leur territoire et obtiennent par la force ce qu'ils ne peuvent obtenir par la ruse, par des alliances voire même par des mariages consanguins. La fourberie de Philippe est d'avoir su convaincre les barons qu'ils se battaient pour Rome et non pour sa couronne. Les Français s'imaginent qu'ils nous feront plier mais ils ne savent rien de la résistance d'un peuple opprimé. N'oublions pas que leurs jours sont comptés, certains regagneront leur fief dès leur quarantaine accomplie, Montfort devra sans cesse lever de nouvelles troupes tandis que les nôtres seront toujours présentes sur le terrain et lui tiendront tête.

— Tu crois à une guerre d'usure ? s'étonna Guilhem de Minerve.

— Oui mon oncle, le comté de Toulouse est si vaste qu'il faudrait des milliers de croisés pour l'envahir et l'occuper. Ils n'arrivent même pas à mater Pierre Roger de Cabaret qui leur résiste du haut de la Montagne Noire. Qu'en sera-t-il du Pays de Sault et de ses forêts impénétrables ? Qu'en sera-t-il des Pyrénées qui serviront de repaires à nos chevaliers exilés ?

— Tu parles comme un soldat, sourit mon oncle.

— J'ai combattu mon oncle, j'étais en Aragon et je me suis battu avec les templiers contre une armée musulmane dix fois plus nombreuse que la nôtre. Les villageois ont rejoint les murailles de la commanderie templière et ont fait don de leur personne au nom de la liberté. J'ai troqué mes instruments chirurgicaux contre une épée. Un homme acculé qui se bat pour sa vie et pour la liberté vaut dix soudards. Les croisés gagneront sûrement les premières batailles mais jamais ils ne nous soumettront.

— Puisses-tu dire vrai.

— Hélas mon oncle, cela ne durera qu'un temps.

— Pourquoi ? demanda Bertrand.

— Las d'une guerre qui risque de s'éterniser, Philippe Auguste se croisera avec une puissante armée. Nous n'aurons d'autre choix que de lui rendre hommage.

— La peste soit des Français et de leur roi, tonna Bertrand, qu'ils viennent, nous les attendons de pied ferme.

— Nous ne céderons pas notre cité sans combattre, rajouta le sergent Pèire.

— Oui, nous allons nous battre, dit amèrement Guilhem de Minerve. Nous allons nous battre contre un ennemi supérieur en nombre mais nous ne nous rendrons pas sans lutter. Minerve sera leur tombeau ou le nôtre. Fais sonner le tocsin et prépare nos troupes, ordonna-t-il au sergent. Bertrand et toi aussi Aicard, je vous charge de battre le rappel des hommes de bonne volonté disposés à lutter à nos côtés.

— Il serait bon que je puisse aménager la grande salle du château en infirmerie.

— Tu comptes rester parmi nous ? s'étonna Bertrand.

— Je sais ce qu'est la guerre cousin et j'en connais les affres.

— Soit, acquiesça Guilhem de Minerve m'adressant une tape amicale sur la joue.

Je décidai sur-le-champ de transformer la vaste salle du donjon en hospice. Je fus assisté de Maistre Fabian le rebouteux qui m'initia à l'art du soin lorsque je n'étais encore qu'un garçonnet. Je fis entreposer une énorme quantité de bois devant la cheminée car nous aurions besoin de feu pour cautériser les plaies. Les lavandières confectionnèrent des charpies et le tonnelier nous procura des fûts que le puisatier remplit d'une eau pure. Je déposai mes instruments chirurgicaux sur un guéridon recouvert d'un linge propre. Sur mes indications le verrier souffla un semblant d'alambic qui me permit de distiller et d'obtenir quelques fioles d'alcool. Maistre Fabian s'extasia devant mon savoir, aussi décida-t-il de me vouvoyer, ce qui fit beaucoup rire Adélina la ventrière qui voyait ce rustaud, comme elle le nommait avec amour, s'appliquer à tourner de belles phrases teintées de vouvoiements comme s'il s'adressait à Dieu en personne. Dame Rivoxenda dénicha dans les combles du château de vieilles paillasses que les servantes posèrent sur les dalles. Chacun partagé entre la peur et l'exaltation s'attachait à faire de son mieux. Les charretiers déversaient dans la cour des tonnes de pierres aussitôt hissées sur les chemins de ronde, les forgerons suaient sang et eau martelant fers de lance, pointes de flèches et carreaux d'arbalète, les paysans se hâtaient de récolter les fruits pour en faire des confitures et se désolaient de ne pouvoir vendanger les vignes. De nombreux jeunes hommes accoururent des villages environnants et subirent un entraînement rudimentaire au maniement de l'arc et de la lance. La garnison composée d'une centaine d'hommes reçue le renfort de chevaliers faydits qui apportèrent quelque réconfort aux soldats de Guilhem de Minerve. Vivant dans la clandestinité depuis l'usurpation de leurs terres par la mainmise de Montfort sur leur fief, ces chevaliers venus des Corbières, du Lauragais et du Carcasses voyaient là une nouvelle occasion d'en découdre avec le Français. Dépossédés de leur châtellenie, de leur village fortifié, de leur donjon et animés d'une farouche volonté de se venger, ces guerriers contraints de s'exiler dans les grottes et dans les bois décidèrent d'unir à présent leur destinée à celle de Guilhem de Minerve lui jurant fidélité. Le seigneur du Minervois les accueillit avec l'honneur dû à leur rang, nommant chacun d'eux par son titre. Émus, les hommes plièrent le genou devant Guilhem de Minerve qui les incita aussitôt à se relever et les reçut dans ses bras pour une vibrante accolade.

La cité comptait environ un millier d'âmes. L'effectif de Minerve était, grâce aux renforts des chevaliers faydits, d'environ deux cents combattants aguerris et d'une centaine de jeunes gens, paysans pour la plupart. Le courage chevillé au corps, tous savaient pourtant la lutte inégale. Les Français bien plus nombreux disposaient de terribles engins de jets capables de détruire murailles et remparts. Guilhem de Minerve savait qu'une cité ravagée ne présentait aucun intérêt pour les Narbonnais ralliés à Montfort. Mon oncle se doutait bien que quelques contingents croisés s'élanceraient par bravades à l'assaut des hautes murailles de la cité car tout chevalier rêvant de haut fait d'armes ne saurait prendre une place forte sans combattre. Ces attaques vouées à l'échec se solderaient par de nombreux morts et par l'exaspération de Simon de Montfort qui n'aurait d'autre choix que d'assiéger Minerve et de la harceler sous un déluge de pierres. Que ferait alors Guilhem de Minerve tandis que ses gens subiraient non seulement les foudres de Montfort mais aussi le manque d'eau et de nourriture ? Il fallait une victoire rapide aux barons du Nord pour asseoir une fois de plus leur domination sur les terres séditieuses afin que chacun sache ce qu'il en coûtait de braver Rome et son ost. Les dernières positions méridionales du Lauragais et du Carcassès tombées dans l'escarcelle de Montfort n'avaient ni l'aura, ni la puissance de Minerve. Le lion de la croisade se devait de rugir impitoyablement pour s'emparer de la cité minervoise. Il lui fallait frapper les esprits afin que les seigneurs des Hautes Corbières se soumettent eux aussi de crainte de voir leurs châteaux transformés en un tas de ruines. Montfort savait qu'il aurait à affronter des seigneurs irréductibles, rompus à l'art de la guerre. Guilhem de Minerve, Pierre Roger de Cabaret et Raymond de Termes ne croyaient pas en la parole des croisés. Usant de félonie, n'avaient-ils pas envoyé le jeune vicomte de Carcassonne croupir dans un cul de basse-fosse avant de l'exécuter rompant ainsi les codes d'honneur de la chevalerie ? Tout chevalier captif issu de noble lignée valait son pesant d'or et pouvait être rendu à sa seigneurie en échange d'une rançon. Ses geôliers devaient donc lui manifester une certaine empathie, mais les Français bien plus enclins à la barbarie qu'à la mansuétude ne cessaient de bafouer les préceptes de la chevalerie n'hésitant pas à pendre leurs prisonniers. N'ignorant rien de la sauvagerie qui animait les soldats de Dieu, les faydits n'auraient de cesse que de lutter jusqu'à la mort. Jurant allégeance à Guilhem de Minerve, ces hommes d'armes connaissaient le châtiment qui les attendait s'ils tombaient entre les griffes de Montfort aussi certains décidèrent-ils de se recueillir quelques instants dans la chapelle afin de prier pour le salut de leur âme. Tous ces guerriers baptisés par tradition chrétienne et romaine n'allaient pas combattre pour le dogme Cathare mais pour leurs terres, berceau de l'amour courtois, du « Fin'Amor » et de la tolérance. Plus aptes à dégainer une épée qu'à déclamer de la poésie ils toléraient la présence de cette nouvelle religion sur leurs terres mais rares étaient ceux qui en connaissaient la genèse et ses principes. Certes, les Cathares prêchaient l'amour de son prochain mais fallait-il mourir pour eux ? Fallait-il prendre les armes pour les protéger tandis qu'eux-mêmes ne se défendraient pas ? Acculés, les seigneurs méridionaux luttaient désormais pour leur propre survie et pour leur indépendance.

2
Pourparlers

L'ost arriva mi-juin précédé trois jours auparavant de quelques troupes venues étudier le terrain. Les ingénieurs chargés d'installer les engins de siège découvrirent le village fortifié dressé sur son promontoire qui dominait le mince filet d'eau du Brian. Il était impossible pour une armée si puissante soit-elle d'attaquer la citadelle sur laquelle dominait le château doté d'imposantes murailles qui surplombaient la falaise. Cernées de tous côtés par d'incroyables canyons d'une hauteur vertigineuse, les parois de la cité interdisaient toute escalade et tout combat rapproché. Montfort décida donc d'encercler la cité minervoise par des mangonneaux disposés aux quatre coins cardinaux et d'anéantir ainsi toute velléité de résistance sous un déluge de boulets.

L'armée se déploya et investit le causse isolant totalement Minerve assiégée de toutes parts. Les troupes installèrent leur campement dans un calme ponctué par les aboiements des sergents. Les Gascons récalcitrants aux injonctions de l'archevêque d'Auch, qui pourtant les payaient grassement, furent mis sous les ordres de Guy de Lucy. Ce féal de Simon de Montfort n'hésita pas utiliser le fouet. Maugréant, les Gascons courbèrent l'échine sous les coups et dressèrent le bivouac de l'archevêque. Le causse et le plateau se couvrirent en quelques heures de centaines de tentes aux couleurs flamboyantes.

Du haut des remparts, les villageois inquiets suivaient l'installation de l'immense armée sous les insultes des croisés qui les invectivaient, certains baissant même leurs braies et exhibant leurs génitoires. Les soldats aguerris vaquaient à leur occupation sous un soleil de plomb, les armuriers fourbissant lames et épées, les palefreniers menant les chevaux s'abreuver au bord du Brian, les arbalétriers graissant leurs armes et les cantinières préparant le rata pour la troupe. Les barons surveillaient les préparatifs de la bataille, donnaient des ordres et rossaient les malandrins de Malemort qui s'approchaient des tentes. Monfort tançait vertement les charpentiers et les menuisiers afin qu'ils accélèrent l'érection des machines de guerre.

Quelques jours s'écoulèrent sous une chaleur étouffante pendant lesquels les deux camps se firent face. Montfort allait d'un groupe à l'autre encourageant les artisans et vérifiant personnellement l'avancée de l'installation des engins de jet qui dressaient vers le ciel leur enchevêtrement de poulies, de cordes et de poutres.

Il invita Pierre des Vaux de Cernay à visiter les chantiers où s'échinaient ouvriers, architectes, tailleur de pierres et cordiers. Chroniqueur des moindres faits et gestes de la croisade, ce courriériste pontifical mandaté par le Pape Innocent III fut ébloui par la technicité des catapultes qui trônaient sur des plateformes de madriers et félicita les architectes. Acharné à combattre le mal sous toutes ses formes et craint par la troupe, ce moine cistercien vivait dans l'ascétisme le plus strict. Sec, le visage impassible, ce fidèle d'Arnaud Amaury ne manquait jamais de faire valoir son autorité et n'hésitait à faire pendre tout brigand pris la main dans le sac. Doté d'une immense mémoire et d'une vivacité d'esprit, il s'installait chaque soir sous sa tente, devant son écritoire à la lueur des torches et notait sur des vélins les faits marquants de la journée. Il reproduisait avec soin les événements qui jalonnaient le parcours de la croisade, soumission de bannerets, prise de village fortifié, escarmouche, capture d'hérétiques et bûcher.

Les sentinelles postées au pied des machines de siège saluèrent le comte et le chroniqueur. Claudiquant suite à une mauvaise chute,

Pierre des Vaux de Cernay s'appuyait sur le bras d'un frère cistercien qui dépareillait des autres moines. Aussi haut et large que Simon de Montfort, l'œil recouvert d'un bandeau et le visage balafré, le moine convers siffla d'admiration devant l'immense trébuchet que les ingénieurs finissaient d'installer.

Surnommée « La Malvoisine » par ses architectes bâtisseurs, ce mangonneau aux proportions phénoménales ressemblait à un immense vautour aux ailes déployées prêt à fondre sur Minerve. Posée sur un socle de planches et de madriers, en face des murailles de la cité et juste au bord du canyon dominant le Brian, « La Malvoisine » penchait dangereusement et menaçait de chuter dans l'abîme. Des ouvriers tirèrent sur des cordes mais emporté par le poids de l'édifice, un des hommes glissa et lâcha prise. Ahanant, les servants de l'engin tentèrent de redresser la pierrière qui vacillait inexorablement. Le moine borgne se précipita et empoigna solidement une corde qui traînait au sol. Se joignant à lui, Simon de Montfort agrippa le cordage et les deux hommes réussirent à maintenir la lourde carcasse de bois. Profitant de la hardiesse du comte et du moine, les ingénieurs stabilisèrent la base de la plateforme avec des pierres de taille et des rondins de bois.

— Loué soit le Tout-Puissant de t'avoir mis sur notre chemin, ta force n'a d'égale que ta piété, s'exclama Pierre des Vaux de Cernay.

— Grand Dieu, voilà un homme d'église bien singulier, renchérit Simon de Montfort.

— Messire de Montfort, laissez-moi vous présenter frère Boniface, dit le légat.

— Tu es solide comme le chêne, sourit Simon de Montfort. Mais que diable fait une telle force de la nature parmi les moines blancs ? s'étonna-t-il.

— Je ne fais que suivre l'enseignement de notre seigneur, répondit humblement frère Boniface en s'inclinant.

— Frère Boniface fut soldat avant de revêtir la coule. Il est désormais dans la main de Dieu et comme vous avez pu le constater

Messire, il m'est d'un grand secours. Son bras est plus solide qu'une canne et je peux m'appuyer sur lui en toute confiance, assura Pierre des Vaux de Cernay.

— Vraiment tu fus soldat ? s'étonna le lion de la croisade.

— En d'autres temps Messire. Maintenant je suis au service de Dieu.

— Je suis également au service de Dieu.

— Nous le servons tous les deux Messire, vous par le feu, moi par la foi.

— Voilà une belle répartie, s'esclaffa Simon de Montfort. La foi a bien souvent ses limites, c'est alors que le feu devient nécessaire, assura-t-il.

— Malheureusement Messire.

— Tu ne vas quand même pas plaindre ces bougres de Cathares ?

— Ils se sont égarés Messire et je doute que le feu les fasse renoncer à leurs égarements.

— Alors que faire ?

— Les inciter à nous rejoindre Messire, répondit amèrement frère Boniface.

— Nous avons été suffisamment patients avec ces diables d'hérétiques, rétorqua Simon de Montfort visiblement agacé par la tournure de la conversation.

— Peut-être devrions-nous encore essayer Messire ?

— L'heure n'est plus à la mansuétude, retourne à tes prières frère cistercien et laisse-moi à mes préparatifs, rajouta-t-il tournant le dos et s'éloignant.

Le lendemain, escortés d'une troupe de soldat Auvergnats, Simon de Montfort, Aimery de Narbonne et Pierre des Vaux de Cernay s'appuyant sur Frère Boniface se présentèrent sous la herse du château. Accompagné de son fils et de mon frère, Guilhem de Minerve reçut la délégation avec déférence. Me tenant légèrement à l'écart, je reconnus Renaud de Puysancy le chevalier auvergnat et frère Boniface qui blêmirent en me voyant. Esquissant un sourire discret, frère Boniface m'adressa un salut auquel je répondis par un furtif hochement de tête. Ce geste amical n'échappa pas à Renaud de Puysancy qui dévisagea le moine avec étonnement.

Mon oncle tendit une coupe de vin à Simon de Montfort qui l'accepta en s'inclinant avec respect.

— Messire de Minerve, commença Simon de Montfort, votre situation est désespérée. Nous cernons votre cité et nos pierrières n'attendent que mon ordre pour vous écraser. Livrez-nous vos hérétiques et réconciliez-vous avec notre Sainte Mère l'Église.

— Messire de Montfort, je vois ici un homme qui n'a que cure des hérétiques comme vous les nommez, il n'est en ce lieu que par l'appât du gain, dit mon oncle désignant Aimery de Narbonne.

— Vos querelles ne m'intéressent pas Messire Guilhem, rétorqua Montfort. Messire Aimery est bon chrétien et comme tout bon chrétien…

— Aimery est tout sauf un bon chrétien, ironisa mon oncle.

— Veuillez avoir l'obligeance de me laisser continuer…

— Inutile de tergiverser Messire Simon, je ne vous livrerai pas ma cité sans combattre.

— Il n'y aura pas de combat Messire Guilhem et vous le savez fort bien. N'abusez pas de ma patience, rendez-vous et vous serez traité avec clémence.

— Je connais votre clémence Messire de Montfort…

— Cela suffit vieux fou, pesta Aimery de Narbonne.

Fendant le groupe des négociateurs, mon cousin Bertrand se rua sur Aimery de Narbonne et lui asséna un tel coup de poing que le vicomte se retrouva le nez dans la poussière. Renaud de Puysancy dégaina son épée et s'avança vers Bertrand qui lui aussi sortit son arme. Se défiant du regard, les deux chevaliers furent stoppés dans leur élan par le comte de Montfort.

— Ces hommes sont des fous furieux, éructa Aimery de Narbonne se relevant et essuyant sa bouche tuméfiée.

— Messire Guilhem, vous ne me laissez guère le choix, dit Simon de Montfort. Apprêtez-vous à subir nos foudres, poursuivit-il jetant son gobelet de vin sur le sol.

*****

Deux semaines s'écoulèrent et la famine se faisait déjà cruellement ressentir dans Minerve cernée de toute part. Les greniers étaient vides et les rats pullulaient se disputant les quelques restes ou s'acharnant sur les premiers cadavres de vieillards et d'enfants. Les fossoyeurs n'ayant plus la force de les ensevelir laissaient les corps s'amonceler au milieu des places. La ville surplombée par de nombreux vautours ressemblait à une cité fantôme. Sentant l'odeur de chair putréfiée, les charognards se rapprochaient dangereusement des maisons et déchiraient les morts à coups de becs. Guilhem de Minerve se résolut devant ce répugnant spectacle à jeter les dépouilles par-dessus les remparts et les corps dégringolaient jusqu'au pied du Brian.

Une foule interminable de pauvres gens attendait patiemment que le sergent chargé de la distribution de l'eau près du grand puits remplisse outres et récipients. Malgré la situation désespérée, Guilhem de Minerve qui semblait avoir vieilli de dix ans en quelques jours et ses hommes tenaient fièrement leur poste sur les remparts. Les Cathares se sustentaient d'olives et de quelques fruits. Ceux qui succombaient par manque de soin et de nourriture demandaient le « consolament » qui permettait à leur enveloppe charnelle de se détacher de leur âme leur évitant ainsi une errance à travers les siècles. Les Cathares initiés au baptême des mourants quittaient le monde des vivants le sourire aux lèvres. Nul ne les pleurait et certains même les enviaient de quitter cet enfer, enfin libérés de ce corps représentant pour eux un véritable fardeau. Leur âme s'en allait rejoindre un monde meilleur auprès d'un Dieu pour lequel ils acceptaient la mort sans rechigner. Je ne comprenais rien à leur doctrine car j'estimais la vie plus importante que la mort. Les préceptes d'un Dieu si bon fut-il me désespéraient et me rendaient fou de rage. À mes yeux, rien n'était plus précieux que la vie avec certes ses doutes, ses chagrins et ses deuils.

Je voyais ces pauvres hères s'étioler chaque jour davantage, ne se plaignant jamais tout en psalmodiant des prières adressées au Tout-Puissant. La spiritualité cédait devant l'envie de vivre et il était vain d'essayer de raisonner les membres de la communauté sous l'emprise des plus exaltés. Ils semblaient déjà partis auréolés de l'immense bonheur de retrouver rapidement leur créateur. Guilhem de Minerve et son peuple luttaient pour leur indépendance et pour leur vie. Les Cathares dépérissaient sans le moindre instinct de survie.

Nous décidâmes de les laisser à leurs divagations en nous consacrant à la détresse des villageois. Les chats et les chiens furent dévorés. On abattit un premier cheval dont on rationna les parts. Des mères n'étant plus en mesure d'allaiter leurs nouveau-nés perdaient la raison et certaines devant le cadavre de leur enfant se jetaient dans le vide serrant leur nourrisson dans leurs bras faméliques.

L'odeur pestilentielle se dégageant du charnier près du lit du Brian, incommodait à tel point les prélats qu'ils se plaignirent à Montfort. Il dépêcha les mercenaires de Malemort afin de retirer les corps. Les ribauds furent accueillis par une volée de flèches qui les cloua au pied des falaises. Les quelques survivants firent volte-face mais subirent le fouet des sergents. Ils reprirent leur sinistre besogne se protégeant d'une carapace de boucliers. Les Minervois les harcelèrent de blocs de pierre qui fracassèrent quelques crânes. Malemort aboyait ses ordres et d'autres ribauds arrivés en renfort déversèrent des seaux de poix sur les cadavres. Des archers décochèrent des flèches enflammées sur le cloaque de corps entassés qui aussitôt s'embrasa.

3
Pilonnage

Guilhem et Bertrand de Minerve levés aux aurores guettaient depuis les chemins de ronde la fébrilité de l'ost croisé autour des mangonneaux où s'activait la foule des servants, architectes et charpentiers. Les ingénieurs vérifiaient les tensions des cordages, les ouvriers graissaient treuils et rouages tandis que les carriers transportaient des blocs de pierre.

Les maîtres artilleurs ordonnèrent le chargement des catapultes. Les premiers boulets loupèrent leur cible et s'écrasèrent au pied des murailles ou dans le Brian. L'énorme bloc projeté par « La Malvoisine » survola le village. Les servants des trébuchets sous les ordres d'un ingénieur s'activèrent aux différents réglages, haussant les mires, badigeonnant de suif engrenages et poulies, retendant les frondes et stabilisant les socles.

Ces opérations longues et fastidieuses durèrent toute la matinée puis on procéda à de nouveaux essais. Les projectiles se fracassèrent contre les murailles provoquant de nombreuses fissures. Montfort et ses capitaines jubilaient. Hérités des guerres puniques, catapultes, trébuchets, balistes et autres couillards étaient des armes de jets redoutées des fortifications assiégées. Les ingénieurs chargés de leur édification, les artilleurs de leur mire et les servants de l'entretien de l'échafaudage se voyaient grassement rétribués en fonction de leur habileté à détruire murailles et remparts.

Ce n'est vraiment qu'en début d'après-midi et sous un soleil de plomb que le catapultage commença ébréchant les murs et détruisant les maisons. Le vrombissement des énormes pierres semblable à celui de milliers d'abeilles déchirait le ciel, faisant fuir les corbeaux et les vautours qui par nuées volaient au-dessus de la cité. Des cris et des lamentations se firent entendre lorsque les premiers remparts éclatèrent sous les « Hourrah ! » des croisés.

Plusieurs victimes gisaient déjà dans les venelles où les gravats amoncelés gênaient le travail des quelques volontaires chargés de dégager les ruelles. Quelques Cathares se décidèrent enfin à sortir de leur torpeur et aidèrent les sauveteurs, déblayant à mains nues les monceaux de toitures arrachées. Ils administrèrent le Consolament aux mourants qui désiraient partir le cœur et l'âme en paix. Ils allaient d'un blessé à l'autre sans se préoccuper de la rocaille qui éclatait autour d'eux.

Une fois de plus la science militaire offrait aux assiégeants la possibilité d'anéantir une ville à l'aide de ces terribles engins sans prendre le moindre risque. Les artilleurs surveillaient et vérifiaient l'impact des tirs apportant les améliorations qu'ils jugeaient utiles après chaque jet. Les carriers débitaient à coups de masse et de pics d'énormes blocs de pierre. Les servants déposaient ensuite les boulets dans la poche de cuir du trébuchet puis armaient l'engin. La caisse lestée de plusieurs tonnes de caillasse jouant son rôle de contrepoids était alors débloquée de son entrave et la fronde s'élevait projetant le boulet.

Les fortifications tremblaient sur leur base et de nombreuses brèches contraignirent les soldats Minervois à abandonner leur poste de peur d'être fauchés par cette terrible mitraille. Voyant leurs ennemis délaisser les créneaux et les tours, une troupe de Gascons traversa le lit du Brian et se faufila sous les murs de la citadelle. Les rufians lancèrent leurs grappins mais la hauteur des falaises était telle que leurs crochets retombèrent lourdement. Le bruit de leurs ricochets sur les murs alerta un archer qui décocha ses flèches. Des arbalétriers se joignirent à lui et bientôt ce ne fut plus qu'un amas de corps étendus dans le fossé qui jouxtait le Brian.

Montfort pestait contre ces imbéciles qui s'étaient lancés à l'assaut des tours sans qu'aucun ordre ne leur fût donné. Il jura de faire écarteler sur-le-champ les deux inconscients qui parvinrent à fuir et à rejoindre le campement. Ils furent aussitôt mis au pilori. Montfort ordonna leur exécution mais Philibert l'archevêque d'Auch se rebella prétextant qu'il avait armé de ses propres deniers ce contingent de mercenaires. Montfort se résigna ayant toutefois obtenu que leur soit réservé un châtiment exemplaire. Les deux Gascons subirent le fouet de Malemort. Le roi des ribauds prit un malin plaisir à exécuter la sentence.

Le pilonnage reprit de plus belle et chaque impact emmenait son lot de morts et de désolation. Guilhem de Minerve perdit ce jour de nombreux guerriers dont son grand ami Bernard de Nissan. Les cadavres jonchaient les venelles tant il devenait dangereux de s'approcher des parapets pour faire basculer les corps dans le ravin. La chaleur était suffocante, l'eau et les vivres se faisaient de plus en plus rares et il fallait malheureusement s'accommoder de la présence des rats qui parcouraient le village dévorant les cadavres et harcelant les blessés.

Mon hôpital se changea rapidement en un mouroir tant il me fut impossible de sauver les malheureux qui s'entassaient dans la grande salle du donjon. Je ne savais que faire pour soulager ces hommes, ces femmes et ces enfants atrocement mutilés par la rocaille qui s'abattait sur les maisonnées. Des groupes de volontaires se précipitaient et déblayaient les décombres extirpant les blessés qu'ils allongeaient sur des brancards de fortune. Bravant mille dangers, ils acheminaient les infirmes jusqu'au donjon. J'étais totalement désemparé et démuni devant le flux continu de villageois et de paysans qui expiraient dans mes bras. Que pouvaient ma science et mes années d'étude devant tant de membres brisés, de poitrines enfoncées et de visages défigurés ? Le tir incessant des engins de mort s'accompagnait du bruit des éboulements, de l'explosion des murailles, du fracas des toitures qui volaient en éclat et du hurlement des agonisants. J'allais d'un mourant à l'autre tentant désespérément d'administrer quelques soins qui s'avérèrent dérisoires tant l'ampleur de la tâche me dépassait.

Les tirs cessèrent à la tombée de la nuit. J'errai comme une âme en peine m'accrochant toujours à l'espoir de sauver ne serait-ce qu'un des malheureux qui gisait à même le sol froid du donjon. Mon oncle s'inquiéta de mon état et m'ordonna de prendre quelque repos. Mes mains tremblaient de fatigue et de lassitude devant ces hommes et ces femmes que je m'évertuais à soigner. Je passais machinalement d'un corps à l'autre tentant de remettre en place épaules et bras désarticulés, recousant les membres déchirés et fermant les yeux des cadavres. Mon visage n'était plus qu'un parchemin de larmes où se lisait toute la misère du monde. J'avais l'impression d'avoir vieilli d'un siècle en quelques heures. Mes gestes devenaient maladroits et les patients se tordaient de douleur sous la fébrilité de mes actes. Je manipulais mes instruments chirurgicaux sans tenir compte de la souffrance de ceux qui avaient une chance d'être sauvés. Je suais sang et eau, plongeant mes doigts dans les plaies béantes essayant tant bien que mal de stopper les hémorragies, cautérisant les blessures bénignes et laissant de côté toute l'humanité que m'avait enseignée mon maître en terres aragonaises. Lorsque le soignant perd toute compassion envers son patient, il n'est plus digne du titre de médecin, sermonnait souvent Don Alejandro. Le médecin se doit de soulager le malade en lui évitant toute douleur inutile, répétait-il en entrouvrant les lèvres d'un infortuné pour y verser quelques gouttes d'opiacés. Celui qui ne respecte pas ces quelques principes aussi sages qu'enfantins ne restera pour toujours qu'un vulgaire médicastre, marmonnait-il me fixant dans les yeux lors de mes premiers pas dans son hospice. C'est sans aucun doute la raison qui me poussa à m'intéresser au pavot et à ses vertus, malheureusement mes doses d'opiacés fondant comme neige au soleil me contraignaient à opérer sans ces magnifiques substances. Les hurlements des blessés cessèrent de me hanter lorsque je finis par m'écrouler devant ma table d'opération.

Je vis mille bras s'agrippant à mes hardes engluées de sang et de débris humains. Ces bras m'entraînèrent au pied d'une fosse commune infestée de rats et je sentis leurs morsures lorsque je finis par choir au plus profond du trou béant. Je tombai lourdement au milieu de cadavres qui m'accueillirent en riant, découvrant leurs chicots et déchirant mes vêtements. Leurs ongles tels des serres lacérèrent ma peau d'où jaillirent des filets de sang noirâtres dont s'abreuvèrent les moribonds, qui brusquement comme revigorés par un élixir miraculeux se jetèrent les uns sur les autres s'embrassant, dansant et chantant en l'honneur de Satan. Armé d'une faux, le diable tailla dans la masse compacte des morts vivants. Bras, jambes et têtes voltigèrent dans des gerbes ensanglantées qui retombèrent sur les corps difformes. Les cadavres reprenant vie tentèrent désespérément de se hisser hors de la fosse. Ceux qui parvinrent à s'en extirper furent aussitôt décapités par les moulinets de la faux et s'écrasèrent dans le cloaque. Piétinant la masse visqueuse sur laquelle je glissai, je parvins à mon tour au sommet de l'immense tombe et je fus accueilli par le rictus de Belzébuth qui découvrant ses canines luisantes décolla ma tête d'un terrible coup de faux. Pris de panique, mon corps sans tête se mit à fouiller parmi les crânes. Mes doigts raclèrent le sol, arrachèrent des lambeaux de vêture et palpèrent les membres enchevêtrés jusqu'à ce qu'ils découvrent un semblant de visage qui ressemblait au mien. Mes mains saisirent le crâne, le juchèrent sur mon tronc démantibulé, mais dans leur empressement le fixèrent à l'envers. Je n'étais plus qu'un pantin errant au milieu d'autres pantins, un fantôme parmi les fantômes qui finit par s'évanouir sous les rires de Satan. Me frappant la poitrine, je criai de désespoir et m'abandonnai à la mort lorsque je sentis la fraîcheur d'un liquide couler le long de mon visage. J'entrouvris les yeux et devinai dans un brouillard un visage inconnu qui me souriait.

— Qui êtes-vous ? demandai-je.

— Je suis Carmen, ta femme.

— C'est impossible, mon épouse est à Padern.

— C'est bien moi Sicard.

— La fièvre me fait délirer sans aucun doute, vous ne pouvez être ma dame.

— Tu n'as plus de fièvre Sicard, je suis Carmen.

— Mais ma Carmen a les cheveux longs.

— Il m'a fallu les couper pour rejoindre Minerve.

— C'est toi Carmen, c'est bien toi mon amour, dis-je l'enlaçant et lui caressant le visage.

Nos larmes telles des sources intarissables se mêlèrent et nos corps secoués de sanglots ne firent plus qu'un. Nous n'étions plus que deux statues, deux blocs de pierre s'empoignant l'un à l'autre de peur de perdre ne serait-ce qu'un fragment de granit ou de marbre rose. Nos mains se cherchaient, s'agrippaient puis se relâchaient à la recherche d'un grain de peau, d'une mèche de cheveux puis s'agrippaient à nouveau. Je tenais dans mes bras l'amour de ma vie. Carmen se lova contre ma poitrine. Je m'enivrais de son souffle chaud qui se faufilait entre les lacets de ma tunique.

— C'est pure folie que d'être venu te perdre parmi nous.

— C'est pure folie que d'être séparé de son époux.

— Minerve sera notre tombeau.

— Soit, dit Carmen plantant ses yeux dans les miens. Nous mourons ensemble, reprit-elle.

— Mais comment as-tu fait pour arriver jusqu'à Minerve ?

— Un messager envoyé par Raymond de Termes nous a signifié le siège de Minerve. Il était donc pour moi hors de question de te savoir en danger. J'ai confié au sergent Martial mon désir de te rejoindre. Bien sûr, il a tenté de me retenir mais a cédé devant mon obstination et s'est finalement résolu à m'aider. Il s'est faufilé dans le presbytère de l'abbé et lui a subtilisé deux coules. Il a sacrifié sa moustache à laquelle il tenait tant et j'ai coupé mes cheveux. Nous avons galopé hors des sentiers battus. Près de Minerve, nous avons confié nos chevaux à un brave homme. Sans poser de question, il nous a fourni deux mules qui nous ont permis de continuer jusqu'à Minerve sans encombre sous l'apparence de moines bénédictins. Plusieurs détachements de croisés se sont signés sur notre passage. Nous avons pu ainsi traverser le campement des hommes du nord sans être inquiétés, nous présenter devant la herse du château et nous faire connaître des gardes en faction qui nous ouvert les portes…

— Sicard, viens vite, nous coupa mon cousin Bertrand en arrivant dans la chambre.

— Que se passe-t-il ? demandai-je.

— Hâte-toi cousin, ton frère est au plus mal.

Je me levai promptement mais je fus pris d'un vertige. Tout devint noir autour de moi et le sol se déroba sous mes pieds.

— Courage cousin, dit Bertrand en me soulevant.

— Il est encore trop faible pour se tenir debout, intervint Carmen.

— Ce n'est rien, assurai-je, juste un petit étourdissement.

Nous traversâmes le long couloir qui menait à la grande salle du donjon transformé en infirmerie et en mouroir. Les volontaires allaient de l'un à l'autre des alités tentant désespérément de les réconforter. L'épouse du seigneur de Minerve donnait des ordres aux servantes, réclamant de l'eau et des linges propres mais force fut de constater que les dernières barriques étaient vides. De nombreux mourants ne verraient sûrement pas le jour se lever et l'on dut se résoudre à les abandonner à leur triste sort.

Des soldats profitèrent de l'obscurité qui régnait sur la cité pour emporter les cadavres qu'ils précipitèrent par-dessus les parapets. Le bruit des corps qui s'écrasaient à quelques pas des troupes croisées n'entama en rien l'optimisme des hommes de Montfort qui festoyaient autour d'immenses bûchers où rôtissaient des quartiers de bœufs. Les ribaudes dépoitraillées vaquaient d'un groupe à l'autre, dévoilant leurs cuisses et aguichant les soldats. Enivrés de vins et de bonne chère, certains délaissaient les rôtissoires pour quelques instants et lutinaient les prostituées sous le regard lubrique de leurs compagnons qui attendaient leur tour en entonnant des chants paillards.

L'ost vibrait des ahanements des soudards se livrant à la concupiscence, du cri des femmes débauchées qui réclamaient leur dû après avoir été forniquées et du bruit des bagarres qui éclataient çà et là. Le mauvais vin aidant, les rixes opposaient les soldats aux hommes de Malemort. Certains, véritables souteneurs qui veillaient jalousement sur leur sérail, n'hésitaient pas à dégainer leurs lames contre les mauvais coucheurs qui refusaient de payer leurs passes auprès des catins. Le campement ressemblait à un lieu de perdition gangrené par la loi du plus fort. Les chefs de bande se livraient à des guerres fratricides afin de placer leurs harems au plus près de la troupe et il n'était pas rare de découvrir le cadavre de l'un d'eux au petit matin. Malemort était la terreur des hordes de malfrats et tous lui rendaient allégeance. Chacun s'acquittait d'un tribut afin de récolter les maigres pièces que leur rapportaient leurs filles et gare à celui qui outrepassait ses ordres. Adoubé et craint par ses pairs, de la plus vile des canailles jusqu'au pire des criminels, Malemort régnait en maître absolu déchaînant les enfers contre les récalcitrants et octroyant des passe-droits aux plus insidieux. Il dirigeait d'une poigne de fer une légion hétéroclite où se croisaient faussaires de tout acabit, bandits de grands chemins, écorcheurs, maquerelles et gibiers de potence qui constituaient son empire. Gravitant autour de sa personne, une véritable cour des miracles d'éclopés, d'unijambistes, de faux médecins, d'arracheurs de dents et de bouffons subsistait grâce aux miettes que leur reversait Malemort en échange de quelques basses besognes.

Les chefs croisés commandaient leurs soldats avec sévérité mais avec quelque indulgence lorsqu'ils se livraient à la rapine et au viol. Toute campagne guerrière emmenait son lot d'infortune. Forcer une paysanne faisait partie des lois de la guerre, aussi les capitaines tout comme les prélats fermaient les yeux sur les dérives des hommes désœuvrés. Il fallait coûte que coûte maintenir le moral des troupes en lui fournissant de quoi se sustenter afin d'éviter toute révolte. De plus, cette guerre n'était pas une guerre comme celles qu'avaient déjà connue ces hommes d'armes. Cette guerre était mandée par Dieu lui-même sous la férule de son plus fidèle représentant. Les régiments, certes, obéissaient aux seigneurs drapés de leurs plus beaux atours flanqués de la croix mais les barons devaient avant tout se plier au bon vouloir de la Papauté. Ils exauçaient la prière du Saint-Siège et luttaient au nom de Dieu. On se devait de tuer l'infidèle pour la gloire du Tout-Puissant. Auréolés de leurs futurs lauriers et transcendés par les encouragements des hommes d'Église, les soldats se comparaient à Saint Georges terrassant le dragon. Aussi jugeaient-ils que leurs actes, même les plus odieux seraient pardonnés par le Seigneur en personne.

4
Éloge funèbre

Mon frère reposait sur une vieille paillasse maculée de sang et dévorée par la vermine. Mon oncle se tenait à son chevet. Il se retourna et me sourit mais je devinais sur son visage un profond désespoir. Les rides sur son front dessinaient de larges sillons que les privations, la faim et la férocité des combats accentuaient davantage. L'homme le plus puissant du Minervois, jadis majestueux et fort comme un chêne, connu pour sa stature et son élégance, portant fièrement le haubert et le bliaud de la famille Trencavel n'était à présent que l'ombre de lui-même. Rien ne le distinguait désormais d'un simple soldat. Des débris de maille pendaient de sa cotte et le fourreau déchiré de son épée laissait apparaître une lame rouillée.

Allongé sur son lit de douleur, le corps de mon frère ressemblait à une masse difforme de métal, de tissus, de cuirs déchirés et de chairs ensanglantées. Le maître forgeron démailla le jaseran qui enveloppait le buste d'Aicard. Carmen découpa la tunique et les braies maculées de sang sous les regards étonnés du seigneur Guilhem et de Dame Rivoxenda puis elle recouvrit les parties intimes d'Aicard d'un linge propre. Le torse d'Aicard présentait d'épouvantables lésions à l'épaule gauche et à l'abdomen. Carmen nettoya avec douceur la blessure avec une lancette incisant les chairs boursouflées et ôtant les lambeaux de tissus et de ferraille profondément incrustés dans l'épaule démise.

Je palpais avec délicatesse l'abdomen d'Aicard mais la pression de mes mains lui arracha un terrible cri qui résonna dans le donjon. La pâleur de son visage, ses halètements saccadés et son pouls qui filait sous mes doigts confirmaient ce que je craignais. Aicard se vidait de son sang. La violence du coup, comme en témoignaient l'hématome et la couleur violacée de sa peau avait causé une hémorragie interne et des dommages si importants que toute ma science et mes connaissances en médecine abdominale s'avéraient inutiles. Pour avoir participé à de nombreux combats, je connaissais les symptômes de tels chocs sur le ventre. Il n'était pas rare que la rate éclate et que l'aorte descendante se fissure et se rompe. Carmen me dévisagea furtivement et comprit aux larmes qui perlaient à mes paupières qu'Aicard était irrémédiablement perdu. Elle lui ouvrit délicatement les lèvres et versa le contenu de la dernière fiole d'opiacés qu'il nous restait.

— Laisse-moi mon frère, laisse-moi mourir en paix, gémit-il.

— Tu ne vas pas mourir Aicard, sanglotai-je.

— Tu n'as jamais su mentir Sicard, tu es et tu seras toujours le même incorrigible naïf.

— Celui-là même que tu envoyais chercher la clef du champ du tir à l'arbalète lorsque nous étions enfant.

— Ne pleure pas Sicard, je suis heureux de mourir pour une juste cause.

— Nulle cause ne justifie la mort d'un homme, surtout pas celle d'un frère.

— Je te reconnais bien là, tu seras à jamais un éternel idéaliste et un fervent pacifiste, haleta-t-il.

— Il me faut t'opérer à présent…

— Non, tu ne peux plus rien pour moi. Garde tes forces pour ceux qui peuvent encore être sauvés, insista-t-il prenant mes mains dans les siennes. Tu es bon mon frère. Pardonne-moi, je t'ai si mal jugé, je te croyais lâche et pleutre, murmura-t-il.

— Je t'ai toujours aimé Aicard.

— Serre-moi fort contre toi Sicard, je veux partir dans les bras d'un être cher.

Soulagé par les opiacés, Aicard se lova contre ma poitrine. Nous étions à présent les deux branches enlacées issues d'un même chêne, les deux enfants turbulents qui se cachaient dans la grange afin d'éviter une punition, les deux garnements poursuivis par la cuisinière après avoir chapardé un pot de confiture. Aicard s'agrippa à ma tunique et me serra longuement.

— Embrasse père et mère, murmura-t-il d'une voix qui s'éteignait.

Je sentis son dernier souffle dans mon cou et couvris son visage de caresses et de baisers jusqu'à ce que ses bras glissent le long de mon dos. Hurlant de désespoir comme un loup aux abois, mes cris se mêlèrent à mes sanglots. Mon corps secoué de spasmes n'était plus que souffrance. Je côtoyais la mort depuis tant d'années accompagnant hommes, femmes et enfants jusqu'à leur ultime soupir mais c'était la première fois que j'assistais un être aimé jusqu'à son trépas. J'étais anéanti, agenouillé devant la dépouille d'Aicard et inondant son visage d'un torrent de larmes. Il m'était impossible de me détacher de son corps. Carmen, d'un geste d'une infinie tendresse ferma les yeux d'Aicard et déposa un baiser sur son front. Je ne pouvais me résoudre à abandonner ainsi le corps de mon frère et je restai prostré à son chevet. Mon oncle et mon cousin m'aidèrent à me relever et m'enlacèrent longuement.

— Tout ceci est de ma faute, marmonna Guilhem de Minerve.

— Non père, c'est la faute du destin.

— De quoi parlez-vous ? demandai-je.

— J'ai ordonné qu'un petit groupe brûle « La Malvoisine », dit mon oncle.

— « La Malvoisine » ? s'étonna Carmen.

— « La Malvoisine » est un redoutable trébuchet capable à lui seul de réduire Minerve en ruines, répondit Guilhem de Minerve.

— Ton frère s'est porté volontaire comme tant d'autres. Cette nuit, chargés de poix, d'étoupes et de bois sec, nous nous sommes glissés dans le lit du Brian. Après avoir escaladé la falaise, égorgé les sentinelles qui veillaient sur « La Malvoisine » et incendié sa plateforme, nous nous sommes retrouvés encerclés par des dizaines de croisés. Il nous a fallu fuir laissant à terre de nombreux braves. Ton frère s'est bien battu et…

— Mon frère est mort, coupai-je amèrement.

— C'est malheureusement le destin du guerrier, tuer ou être tué, rétorqua Bertrand. Il est hors de question que le corps d'Aicard soit jeté dans l'abîme. Aicard était mon frère d'armes, c'est à moi que revient le soin de le mettre en terre dignement.

— Aicard est mon frère de sang, ce droit me revient également.

Après avoir lavé le corps d'Aicard, nous l'enveloppâmes dans un linceul que des couturières confectionnèrent avec de vieux draps. Nous nous rendîmes dans le petit cimetière qui jouxtait l'église abandonnée. Armés de pioche, Bertrand, le sergent Martial et d'autres soldats creusèrent une fosse. La terre était si dure que les guerriers durent se relayer fréquemment. Leur travail achevé, les hommes se regroupèrent autour de la dépouille d'Aicard. Carmen déposa un bouquet de fleurs séchées sur le linceul puis Martial s'agenouilla devant le corps de mon frère.

— Tu étais, commença-t-il cherchant ses mots et refoulant ses larmes. Tu es, reprit-il, comme mon propre enfant et je te pleure comme tel. J'ai guidé tes premiers pas et je t'ai enseigné le peu que je sais en t'inculquant l'amour des chevaux, l'art du combat et la fraternité entre guerrier. Tu es certes le fils de mon maître mais c'est moi qui t'ai éduqué. Ton père ne méritait pas un fils tel que toi. Cloîtré dans son écritoire, il ne t'a pas vu grandir et n'a pas su admirer le beau jeune homme que tu devenais, fidèle en amitié et épris de liberté. Les soldats, les palefreniers, les forgerons, tous t'adoraient. Tu es de la même trempe que ces braves garçons qui voyaient en toi un des leurs et non le fils de leur seigneur. Tu as partagé leur brouet, la morsure du froid et la peur de la bataille. Tu as, tout comme eux, fait la terreur des lavandières et des servantes quand vous tentiez de les séduire ou de leur pincer les fesses. Tu resteras à jamais ce tourbillon qui emplissait de joie et de fureur les vieux murs de Padern.

D'un revers de manche, Martial se moucha et sécha les larmes qui inondaient son visage. Les hommes bouleversés ne purent eux aussi retenir leurs sanglots. Guilhem et Dame Rixoxanda de Minerve se tenaient l'un contre l'autre, soudés et réunis comme s'ils venaient de perdre leur propre fils. Martial défit l'épée qui pendait à son baudrier et la déposa sur la poitrine d'Aicard.

— Tu m'as longtemps envié cette lame que m'avait offerte mon père lorsque je n'étais encore que simple soldat, reprit Martial. Elle est digne de t'appartenir et ne peut-être entre de meilleures mains. Adieu mon fils.

5
Capitulation

La situation des Minervois empira dans les jours qui suivirent la tentative de destruction du gigantesque trébuchet. Pour se venger du raid contre « La Malvoisine », Montfort déclencha une pluie d'enfer de jour comme de nuit sur la cité. Les corps disloqués des soldats de Guilhem de Minerve ayant pris part à l'attaque du terrible mangonneau furent catapultés sur la citadelle sous les cris de joie des croisés qui concentrèrent ensuite leurs tirs sur l'escalier menant à l'unique puits de Minerve. Les marches volèrent en éclat tout comme la margelle qui s'effondra sous la violence des impacts. Les morts se comptaient par dizaines. Minerve n'était plus qu'un immense tas de ruines. Chaque jour apportait son lot de désolation. Le catapultage incessant éventrait les humbles chaumières, ébréchait les tours et fauchait à l'aveuglette la population affamée à la recherche de rats, de chats et de chiens.

Nous nous affairions, Carmen et moi, assistés de Dame Rivoxenda auprès des blessés. Submergés par le nombre d'éclopés et de mourants, nous dûmes nous résoudre à sauver ceux qui pouvaient l'être. Nous abandonnâmes les autres à leur funeste destin. Les derniers volontaires faisant office de croque-mort n'avaient plus la force de les précipiter dans le ravin. Les cadavres s'accumulaient dans les maisonnettes, les ruelles et dans le donjon. La situation devint rapidement intolérable et la puanteur des corps qui se délitaient empesta l'air et recouvrit rapidement l'odeur des plantes aromatiques que nous brûlions dans le donjon.

Devant tant de désespoir et voulant épargner sa population, Guilhem de Minerve se vit contraint de relever la herse et demanda à parlementer avec Simon de Montfort.

L'audience fut acceptée. Le seigneur accompagné d'un écuyer traversa le campement croisé, sous les huées des larrons et des ribaudes. Un sergent escorté de plusieurs soldats rossa les loqueteux et leur intima l'ordre de s'éloigner. Les croisés s'écartèrent en silence devant Guilhem de Minerve dont le courage et la bravoure forçaient le respect.

Montfort l'accueillit avec courtoisie et l'invita sous sa tente où siégeaient Arnaud Amaury, le vicomte Aimery de Narbonne, ennemi juré de Guilhem de Minerve et Maître Thédise, juriste chargé du démantèlement des fiefs vaincus. Les quatre hommes dévisagèrent le vieux guerrier qui malgré la fatigue et les semaines de veille se tenait debout refusant le fauteuil que lui tendait l'écuyer de Montfort. Guilhem de Minerve accepta un verre de vin qu'il avala les yeux perdus devant le faste qui l'entourait. Sa tunique sale et déchirée faisait pâle figure devant celles des vainqueurs. Sa chevelure autrefois impeccablement soignée n'était plus qu'une tignasse ébouriffée, ses larges épaules semblaient porter toute la misère du monde et son regard jadis aiguisé ressemblait à celui d'un animal aux abois. Son camail aux mailles brisées et sa vieille épée laissant apparaître des marques de rouille à travers les déchirures de son fourreau portaient les stigmates de la rudesse du siège.

Arnaud Amaury se leva et tourna autour de Guilhem de Minerve avec un rictus sournois qui déplut à Montfort.

— Messire de Minerve est un ennemi, désapprouva-t-il à l'encontre du cistercien, mais il est de haute lignée et les valeurs de la chevalerie sont de rigueur même en temps de guerre. Je vous prierai l'abbé de lui montrer un peu de déférence et de mansuétude.

— Je suis l'abbé de Cîteaux et j'exige un peu plus de respect de votre part Messire Simon.

— Et moi je suis le lion de la croisade devant nul ne peut s'interposer ou donner des ordres.

— Dois-je vous rappeler Messire de Montfort que je suis ici sous la tutelle de notre Pape et de notre Sainte Mère l'Église ? rétorqua l'abbé de Cîteaux.

— Que sont vos prêches sans l'appui de mon épée ? grommela Montfort.

— Les uns ne vont pas sans les autres et vous le savez parfaitement. Nous sommes en guerre et cet hérétique est notre ennemi.

— Certes, cependant Messire de Minerve étant de noble lignée mérite notre considération.

— Je ne vous savais pas aussi magnanime, trancha Guilhem de Minerve. Je sais parfaitement avec quels soins vous traitez ceux qui vous résistent.

— L'impudent a donc une langue, sourit Aimery de Narbonne, il serait peut-être bon qu'on la lui coupe.

— Cela n'empêchera jamais les miens de te cracher au visage !

— Tu tiens à peine debout, tu es à moitié mort mais je vois que ton impudence est toujours sans égale, releva Aimery de Narbonne. Je constate que tu es resté le même malgré ces cinq semaines de siège. Rien ne peut donc t'assagir. Tu as toujours autant de morgue mais aujourd'hui tu n'es plus rien. Désormais tes domaines sont rattachés à mon fief de Narbonne.

— Vous allez un peu vite en besogne, coupa Maître Thédise. Rien ne dit que la cité de Minerve vous revienne de droit. Il est même fort probable qu'elle soit dévolue à un seigneur qui a toute notre confiance.

— Ne l'ai-je pas ?

— Pas encore, répliqua Maître Thédise. Chacun sait ici les motivations qui vous ont poussés à vous joindre à nous et ce n'est pas l'amour de Dieu qui vous étouffe.

— De quel droit me parlez-vous ainsi ? pesta le vicomte de Narbonne.

— Du droit divin, intervint Arnaud Amaury.

Piqué au vif, Aimery de Narbonne toisa Maître Thédise qui ne s'en laissa pas conter. Ce petit homme bedonnant, juriste et fidèle d'Arnaud Amaury, s'était vu confier la charge de liquider les biens des seigneurs méridionaux et de les confier à des chevaliers français. Il procédait méticuleusement notant sur ses carnets l'engagement et la fidélité des uns et des autres, tranchant ainsi les nombreux litiges qui opposaient les seigneurs croisés pour l'octroi de telle ou telle place forte. Sous son apparente bonhomie, se cachait un redoutable avocat qui détestait les flagorneurs.

— Les biens de Messire Guilhem sont disputés par d'autres que vous, insista-t-il jaugeant l'attitude du vicomte Aimery qui blêmit sous l'offense.

— Plutôt mourir que savoir mes biens à la merci de ce fourbe, grommela Guilhem de Minerve.

— Je me ferai un plaisir de te crever moi-même, cracha le vicomte de Narbonne.

— Tu n'aurais même pas le courage de le faire, tu es trop lâche !

— Tu crèveras comme le misérable que tu as toujours été.

— Tu crèveras avant moi charogne ! hurla Guilhem de Minerve.

Guilhem de Minerve se rua sur le vicomte et les deux hommes roulèrent sur le sol sous les yeux incrédules des émissaires de Montfort. Aimery de Narbonne se débattait tant bien que mal sous les assauts du seigneur du Minervois. Simon de Montfort suivait la bastonnade d'un air goguenard refusant d'intervenir malgré les injonctions d'Arnaud Amaury. Alertés par la confusion les gardes en faction devant la tente se précipitèrent et séparèrent les deux hommes. Les soldats réussirent à maintenir Guilhem de Minerve tandis qu'Aimery de Narbonne se relevait, le visage tuméfié et les lèvres ensanglantées.

— Ce maudit hérétique a osé lever la main sur un soldat de Rome ! hurla-t-il. Qu'on l'emmène ! Qu'on le brûle !

— Suffit, coupa Montfort, et vous Messire Guilhem, veillez à vous tenir tranquille sans quoi je serai obligé de vous faire entraver.

— Vous fîtes pire à Bram.

— Messire Guilhem, nous ne sommes pas ici pour remuer le passé. Les gens de Bram défièrent Rome et on ne défie pas Le Tout-Puissant impunément.

— Cela justifie-t-il que Dieu s'enivre de sang, du cri des veuves et des lamentations des orphelins.

— Prends garde blasphémateur, intervint Arnaud Amaury.

— Messire de Montfort, vous devriez faire pendre ce chien, éructa le vicomte de Narbonne.

— Méfie-toi charognard, le chien à encore des dents, ricana Guilhem de Minerve.

— Votre impudence à des limites à ne pas franchir. Me suis-je bien fait comprendre ? insista Simon de Montfort.

Afin de préserver le sort des survivants de sa cité, Guilhem de Minerve décida de rester coi et de ne plus répondre aux fanfaronnades d'Aimery de Narbonne. La population décimée, malade et affaiblie ne pourrait plus endurer la faim et la soif. Le destin des Minervois était maintenant entre les mains de Montfort et du Légat Pontifical. Celui des Cathares ne faisait aucun doute et Guilhem de Minerve savait pertinemment qu'ils n'auraient rien à espérer de tels vautours.

— Nous serons miséricordieux Messire Guilhem, reprit Montfort à la condition que vos gens se réconcilient avec notre Sainte Église. Il en va de même pour les Cathares qui seront épargnés s'ils décident de leur plein gré d'admettre leurs erreurs et d'abjurer leur foi diabolique. Je vous laisse une journée pour me donner votre réponse.

— J'exige simplement de rester maître chez moi !

— Voilà une requête à laquelle je ne peux accéder, Messire Guilhem, répliqua Montfort. J'admire votre entêtement mais sachez que les hostilités reprendront dès que vous serez de retour dans votre tas de ruines.

Guilhem de Minerve défit son baudrier et le tendit à Montfort.

— Reprenez votre épée Messire Guilhem. Je ne saurais usurper une telle lame qui m'a donné bien du fil à retordre, reprit-il en inclinant la tête.

6
Abnégation

Arnaud Amaury se félicita de la reddition de Minerve. Il réclama que la population se réconcilie avec l'Église et exigea des Cathares qu'ils abjurent leurs erreurs en revenant sous la tutelle de Rome. Les seigneurs français s'offusquèrent de la décision du Légat Pontifical arguant qu'ils avaient quitté leur château, armé leurs gens et combattu au nom de Dieu.

— Je suis fidèle à notre Sainte Église. Je prie notre Seigneur tous les jours. Je me suis croisé pour servir Rome et chasser le démon de ces contrées, s'emporta le seigneur Bernard de Mauvoisin. J'ai quitté mes terres de Picardie et risqué ma vie ainsi que celle de mes hommes pour vous soutenir. Il est hors de question que je participe à ce simulacre de justice divine. J'exige que cette vermine brûle en enfer. Ces hérétiques nous narguent depuis trop longtemps, si votre décision est de les gracier, je quitte l'ost sur-le-champ, conclut-il avec véhémence.

Arnaud Amaury demanda le silence devant la rébellion qui grondait dans les rangs croisés car de nombreux seigneurs se joignirent à la colère de Bernard de Mauvoisin.

— Soyez certains Messires qu'aucun hérétique ne se convertira, affirma-t-il avec un sourire narquois. Ils se croient investis d'une mission divine et rejettent notre Sainte Mère l'Église. Ils refusent tous les sacrements et renversent les croix. Ils copulent entre eux et enfantent des succubes qui tentent de nous séduire. Ils vénèrent Satan et sont disposés à lui sacrifier leur vie malgré le sort qui les attend. S'il s'avère qu'un de ces adeptes du démon demande pardon et embrasse la croix, je ne lui donne pas plus d'une minute pour qu'il devienne relaps et nous crache au visage. Aussi, beaux chevaliers, n'ayez crainte, vous avez fait serment de servir Dieu qui vous garde en haute estime car quiconque pourfend un hérétique en son nom sera vénéré pour les siècles des siècles. N'oubliez pas que je suis la voix de l'Unique et vous en êtes le bras armé. C'est par ma voix que Dieu vous demande de garder tête haute et grand amour pour Lui. Il vous connaît, Il sait tout de vous. Vous avez quitté vos châteaux, vos terres, délaissé femmes et enfants pour Le servir et c'est à sa droite qu'Il vous accueillera dans son paradis. Notre Sainte Église est attaquée de toute part mais je vous assure mes fils qu'elle ne sera jamais anéantie par ceux qui prônent sa destruction. Je serai s'il le faut le dernier pan de mur de Rome. Vous, chevaliers, barons et soldats serez les nouveaux bâtisseurs de cette immense cathédrale. Vos actes de bravoure resplendiront sur les vitraux de nos églises lorsque le soleil se lèvera comme chaque jour. Il illuminera vos hauts faits d'armes et tous les saints chanteront vos louanges. Vous êtes l'armée de Dieu, l'ost irréprochable, tenace et courageux dans cet océan putride où sombre la pensée blasphématrice. Vous êtes le fer de lance, le pan de mur d'un nouveau bastion qui régira pour les siècles à venir sur les terres impies que Rome vous demande de soulager de la médisance, de la bassesse et de l'injure hérétique.

Le visage transfiguré par le long monologue ponctué de longs silences captivait l'auditoire qui écoutait avec ferveur. Arnaud Amaury portait sur ses frêles épaules toutes les misères de ce bas monde. Sa diatribe envers les blasphémateurs semblait porter ses fruits aussi en joua-t-il avec insistance donnant à ces hommes de guerre le titre de parangon de la vertu. De ses yeux noirs coulaient des larmes de douleur lorsqu'il évoqua la souffrance de Dieu tentant de ramener les hérétiques dans le droit chemin. Son éloquence n'avait pas son pareil pour convertir les plus récalcitrants. Son corps voûté sur ses jambes courtes se redressa et sa métamorphose lui donna la stature de David affrontant Goliath.

Les croisés se jetèrent à ses genoux et se signèrent plusieurs fois. Certains déposèrent même un baiser sur les pans de son habit. Des soudards déchirèrent leurs vêtements et se roulèrent dans la suie des braseros afin de laver leurs péchés, des ribaudes se revêtirent et les hommes d'armes s'embrassèrent en chantant des « Noël » et des « Dieu le veut ».

Tous jurèrent fidélité à l'émissaire du Pape qui savourait son succès. Innocent III connaissait la verve d'Arnaud Amaury. Ne l'avait-il choisi afin d'anéantir les Cathares et d'asseoir un peu plus son autorité ? L'envoyé du Pape était aussi fin stratège que redouté de tous. Son ascétisme n'avait d'égale que les plus vils stratagèmes qu'il mettait en œuvre pour parvenir à ses fins. Il justifiait l'usage de la torture bien qu'interdite par Rome. Aucun cri, aucune supplication d'un condamné n'éveillait chez ce dogmatique la moindre compassion. Aussi froid que le marbre, il était capable du pire pour justifier du bien-fondé de sa mission. N'avait-il pas devant Béziers ordonné le massacre de la population ne faisant aucune différence entre chrétien et hérétique ? N'avait-il pas au nom de Dieu endossé le haubert et ne s'était-il pas coiffé d'un camail ? N'avait-il pas assisté sans la moindre miséricorde à l'érection des bûchers ? Doté d'une dévotion à toute épreuve, il se sentait investi d'un tel devoir divin que rien ni personne ne pouvait l'empêcher de mener son œuvre jusqu'à son terme si funeste fut-elle, même s'il fallait pour cela user des pires exactions. Le monde à ses yeux se divisait en deux principes : le bien et le mal. Il était le bien et il se devait donc de détruire le mal. Engoncé d'idées préconçues, il se montrait d'un fanatisme à toute épreuve méprisant les gueux et les paysans qui représentaient à ses yeux la lie de l'humanité. Ces sous-hommes comme il les nommait ne méritaient que la servitude, la famine, la maladie et la potence.

La puanteur de la campagne le répugnait à un tel point qu'un encensoir était en permanence allumé sous sa tente. La cohorte des malfrats et des ribaudes qui accompagnait l'ost le dégoûtait, aussi n'hésitait-il pas à faire pendre tout malandrin manquant de respect au Tout-Puissant afin d'asseoir sa domination sur le bas peuple. Il méprisait la piétaille refusant de la bénir lorsqu'elle s'agenouillait sur son passage mais se montrait obséquieux devant les barons afin de mieux les tenir dans ses serres. Il apportait un soin méticuleux à ses mains les lavant plusieurs fois par jour, refusait par crainte de souillure toute autre vaisselle que la sienne et changeait de coule et de scapulaire chaque jour. Son jeune novice commis d'office prenait un soin particulier à nettoyer et à curer son campement de fond en comble.

Arnaud Amaury s'astreignait à un stoïcisme rigoureux se levant et se couchant avec le soleil après avoir accompli ses dernières prières. Il engloutissait ses repas d'une frugalité excessive sans goût ni appétit. Légumes bouillis et viandes rôties étaient si rapidement ingurgités qu'il se plaignait constamment de maux de ventre. Il considérait les plaisirs de la table d'une telle frivolité qu'il refusait toute invitation, prétextant que le vin entraînait les hommes dans la luxure et la concupiscence.

Il inculquait à sa confrérie le chemin de croix qu'il s'imposait à lui-même et gare au moine qui viendrait à enfreindre ses préceptes. Arnaud Amaury se considérait comme la souffrance du Christ réincarné dont il portait les stigmates sur ses maigres épaules et sur son corps voûté. Il n'était que noirceur, solitude et tristesse mais savait se montrer impétueux et volubile dès qu'un public se réunissait pour l'écouter et l'acclamer car ses envolées lyriques dignes d'un grand comédien lui conféraient le génie d'un tragédien. Cet homme restait une énigme pour l'ost mais son abnégation à traquer la bête dans le moindre recoin forçait la peur et le respect. Innocent III ne pouvait avoir choisi de meilleur ambassadeur pour asseoir sa propre ambition.

*****

Après la reddition de Guilhem de Minerve, les portes de la ville s'ouvrirent et la garnison minervoise déposa les armes aux pieds des vainqueurs. L'escouade fantomatique d'hommes déguenillés défila hagarde sous la morve des croisés qui affichaient leur superbe. Les Minervois faisaient pâle figure au milieu des gonfanons claquant sous les rafales de vent, des trefs aux couleurs des barons Picards, Angevins, Auvergnats et d'autres contrées lointaines. Les hardes déchirées des hommes de Guilhem de Minerve dénotaient devant les cottes de mailles qui brillaient et luisaient au soleil. Les vaincus furent entravés et menés sous bonne escorte au milieu du campement croisé où ils furent la risée de Malemort et de ses soudards. Bertrand, malgré sa lignée refusa de quitter ses hommes et partagea leur triste sort. Il rongeait son frein et restait stoïque malgré les quolibets des manants qui venaient le narguer. Il fut alloué une tente à Guilhem de Minerve et à Dame Rivoxenda. Le seigneur déchu nous présenta, Carmen et moi, comme étant ses enfants et nous fûmes autorisés à rester près de lui sous la surveillance de quelques gardes.

Les croisés entrèrent dans la cité et se frayèrent un chemin au milieu des décombres. Ils se rendirent à l'église qui fut purifiée et dégagée des gravats éparpillés dans la nef. Les moines nettoyèrent toute trace de combat, brûlèrent de l'encens purifiant l'air empesté de remugles d'excréments d'animaux, lavèrent les vitraux qui de nouveau illuminèrent la maison de Dieu puis ils répandirent de l'eau bénite par Arnaud Amaury sur l'autel. Les habitants furent contraints d'assister à un office en signe de soumission et de réconciliation.

La messe terminée, Arnaud Amaury demanda à parlementer au représentant des hérétiques mais ce dernier refusa de le recevoir. L'abbé Guy des Vaux-de-Cernay fut chargé de débattre avec les « Bons Hommes » et les « Bonnes Dames ». Il se rendit dans leur maison apportant des paroles d'apaisement et affirmant que ni Dieu ni tous les saints du paradis ne souhaitaient leur mort. Tous récusèrent la moindre idée d'abjuration. Devant leur obstination, l'abbé tenta un dialogue avec les parfaites qui elles aussi refusèrent toute compromission. Montfort en personne tenta de les convertir mais il prêcha dans le vide, les Cathares couvrant sa voix par des chants. Arnaud Amaury ne tergiversant pas plus longtemps ordonna qu'on scelle leur maison et qu'une garde soit assurée.

Montfort et Arnaud Amaury décidèrent d'un endroit où ériger un immense bûcher. Une fosse fut creusée par les soudards à proximité du village dans le fond d'un ravin. Les hommes de Malemort choisis pour l'ouvrage pestaient contre ce labeur qui disaient-ils n'étaient pas digne de leur condition mais quelques coups de fouets les ramenèrent rapidement à la raison. Ils creusèrent toute la journée sous les coups de cravache. Les Picards chargés de les surveiller et de faire activer le chantier s'en donnaient à cœur joie harcelant ceux qui daignaient se reposer ou se désaltérer. Le fouet cinglait sur les croupes déchirant leurs oripeaux et lacérant leur cuir malodorant.

Une autre bande de ces misérables armés de hache et de scie fut emmenée sous la surveillance des Frisons dans une forêt avoisinante afin de combler l'immense gueule béante de bois mort, de rondins et de pieux aux pieds desquels ils entassèrent des fagots. Arnaud

Amaury se réjouissant du décor affirma qu'il n'était nul besoin de piliers pour entraver les hérétiques car selon ses affirmations ils se jetteraient d'eux-mêmes dans le bûcher.

Les Cathares emmurés attendaient patiemment l'heure du jugement dernier. Certains priaient mais d'autres nouvellement initiés pleuraient en silence. Un homme âgé prit la parole enjoignant les plus faibles à se ressaisir et à sauver leur âme. Les novices se regardaient avec incrédulité mais les plus anciens rejoignirent le vieux sage et l'assurèrent de leur fidélité. La mort serait une délivrance assurèrent-ils d'une même voix, le corps serait déchiré mais l'âme subsisterait et continuerait à voyager à travers les siècles suivant une céleste origine pour atteindre la clarté divine.

Les plus jeunes devant une telle certitude ne purent qu'acquiescer mais la plupart tremblaient devant l'effroi du martyr. L'idée d'affronter la mort sur un bûcher était au-dessus de leur courage et de leur détermination. Quelle volonté divine pouvait exiger de ses adeptes qu'ils périssent dans les flammes ? Au nom de quel Dieu et de quelle croyance des jeunes hommes et des jeunes femmes accepteraient-ils le verdict du feu divin ? Âgés d'une vingtaine d'années ils avaient choisi de vivre comme leurs maîtres dans le dénuement le plus total, loin du plaisir familial, amical ou charnel. Allaient-ils se sacrifier pour leur foi ? Ils acceptaient sans broncher la précarité de leur existence mais n'était-ce pas trop leur demander que de mourir au nom de leur dogme ? Auraient-ils l'ultime bravoure après avoir vécu dans l'austérité et dans l'ascétisme le plus strict de se précipiter dans les flammes ? Ce véritable dilemme rongeait les plus incertains qui ne pouvant se résoudre à un aussi morbide fanatisme se regroupèrent dans un angle de la pièce. Ils se blottirent les uns aux autres gémissant et tremblant devant l'épouvante d'une telle mort. Les anciens adeptes tentèrent de les réconforter en leur promettant une vie bien meilleure que celle vécue sous l'emprise de Satan.

Quelques-uns se rapprochèrent du cercle des doyens mais d'autres restèrent soudés dans leurs plaintes et leur souffrance. La porte de la prison s'ouvrit et une dame s'approcha du groupe des jeunes gens terrorisés. Elle se pencha sur les jeunes filles et leur sourit. Mathilde de Garlande, fervente chrétienne et mère de l'un des capitaines de Montfort refusant d'accepter que de telles juvéniles soient livrées au bourreau décida avec l'autorisation du lion de la croisade d'apporter des paroles apaisantes afin de les sauver. Émues par sa compassion et son discours, trois adolescentes sanglotèrent. Les yeux embués de larmes elles finirent par la suivre sous le regard impassible des détenus dont certains compatissant les encourageaient à suivre Dame Mathilde. D'autres détournèrent les yeux déçus du choix des jeunes filles. Mathilde de Garlande assura les jouvencelles de sa protection. Elles purent ainsi quitter la geôle en sa compagnie sans être la proie des malandrins et autres pillards qui infestaient l'ost.

7
Le bûcher

Les préparatifs du supplice achevés, les cisterciens sous l'égide d'Arnaud Amaury improvisèrent un simulacre d'autel près de la fosse qui, telle une ogresse découvrait ses dents acérées. À la nuit tombée, les Lorrains enchaînèrent et convoyèrent les condamnés qui n'opposèrent aucune résistance. La colonne d'hommes et de femmes avança d'un pas allègre au grand étonnement des soldats qui reculèrent sur son passage. Escorté d'hommes en armes et de religieux portant des torches, le cortège traversa les venelles de la cité puis descendit le chemin tortueux qui menait jusqu'au ravin. Les moines entonnèrent un psaume aussitôt recouvert par le chant des « Bons Hommes » et des « Bonnes Dames ». Les enchaînés arrivèrent devant l'immense cavité sous le regard impassible d'Arnaud Amaury qui conversait avec Simon de Montfort. La victoire revenait à l'hydre à deux têtes qui savourait son couronnement. Les barons et les soldats se tenaient légèrement en retrait des deux chefs de la croisade. Les cisterciens menés par Pierre des Vaux de Cernay appuyé sur l'épaule solide de frère Boniface se placèrent derrière l'autel.

Nous fûmes contraints sous la surveillance d'une escouade bretonne d'assister au sinistre spectacle. Guilhem de Minerve, le regard perdu tenait dans sa main celle de son épouse. Carmen tremblante s'agrippait à moi et les villageois apeurés sous la garde d'un détachement frison baissaient les yeux.

Solidement encadrés par de nombreux soldats, les Cathares furent déliés de leurs chaînes. Arnaud Amaury et Simon de Montfort firent quelques pas et dévisagèrent les premiers détenus de la longue file. L'abbé leur présenta la croix. Ils refusèrent de l'embrasser. Une femme se détacha du groupe et cracha sur le Légat du Pape. Elle fut aussitôt jetée au sol par des mercenaires qui la rouèrent de coup de pied. Solidement maintenue, elle fut brutalement relevée par un rustaud. Arnaud Amaury essuya son visage et sa vêture puis tel un oiseau de proie fondit sur la jeune fille et la gifla. Déséquilibrée par le coup, la malheureuse chuta. Blême de rage, le cistercien la souleva par la chevelure. Je blêmis reconnaissant le visage tailladé de la jeune femme qui se débattait.

— Mathilda, hurlai-je en me précipitant.

— Un pas de plus et je te cloue sur place, grommela un sergent me menaçant de son épée.

Fendant la foule, frère Boniface s'interposa.

— Ne faites pas de bêtise Sicard, m'implora-t-il en m'empoignant.

— Laissez-moi Boniface, dis-je tentant de me défaire de la poigne d'acier du géant.

— Vous courez à votre perte…

— Je me dois de sauver Mathilda.

— Qui est donc cette fille pour que vous risquiez ainsi votre vie ?

— C'est une amie qui autrefois sauva la mienne lorsque j'étais étudiant à Montpellier. C'est une ancienne prostituée que j'ai connue…

— Une prostituée, dites-vous ? J'ai connu une Mathilda lorsque j'étais mercenaire dans le Sud. Grand Dieu, serait-ce possible ? cria-t-il.

Frère Boniface se rua sur le sergent et sur les hommes qui maintenaient Mathilda. Il les projeta au sol d'un puissant coup d'épaule et se pencha sur la jeune femme.

— Boniface, c'est bien toi Boniface ? sourit-elle.

— Mathilda, ma toute petite, que fais-tu parmi ces gens ?

— Ils sont ma nouvelle famille et ma nouvelle vie. Ils m'ont acceptée telle que j'étais sans poser de question ni me juger.

— Relève-toi et viens avec moi.

La jeune femme se blottit contre le torse puissant de frère Boniface. Aussitôt des soldats les encerclèrent. Se redressant, le moine les défia crânement faisant tournoyer son bâton de pèlerin. Les croisés hésitèrent devant la détermination du religieux. Enhardit par les siens, le plus courageux pointa sa lance sur le torse de frère Boniface. Contre attaquant, le géant le désarma d'une estocade et lui asséna un terrible coup au visage. Ses compagnons harcelèrent frère Boniface qui d'une pique, qui d'une épée sous les encouragements de Simon de Montfort et d'Arnaud Amaury. Cerné de toute part et acculé, le moine reçut le plat d'une lame sur la nuque. Il chancela quelques instants avant de s'écrouler dans la poussière. Les hommes de Montfort en profitèrent pour s'emparer de Mathilda. Je tentais d'intervenir mais Guilhem de Minerve et Carmen me retinrent fermement. Je fus rapidement ramené à la raison par mon oncle et mon épouse tandis que les premières flammes commençaient à crépiter sous le regard impassible du plus âgé des Cathares qui avança jusqu'au bord de l'arène ardente. Sous les yeux incrédules des croisés, le vieil homme attendit que le feu embrase la totalité des fagots et des rondins puis se retourna. Il adressa un sourire à ses amis avant de se précipiter dans le brasier en chantant. Bien avant que les flammes ne l'enveloppent, d'autres disciples l'imitèrent et le rejoignirent. Montfort et ses barons, Arnaud Amaury et ses abbés reculèrent d'effroi devant l'horreur des corps qui s'enflammaient comme des torches vivantes. Les suppliciés tombaient dans l'antre infernale sans qu'aucun coup de trique ne les y envoie. Saisi de stupeur l'ost se figea. Les cisterciens dont certains avaient du mal à cacher leur affliction priaient en silence. Montfort et le légat du Pape après un moment d'hésitation exigèrent des soldats qu'ils hâtent l'exécution. Les Gascons empoignèrent les malheureux qui hésitaient au suicide collectif et les jetèrent dans les flammes. Des Cathares s'agrippèrent aux cous et aux jambes de leurs tortionnaires. Les Gascons les fouettèrent et les traînèrent jusqu'à la fosse. Quelques jeunes gens tentèrent de fuir mais ils furent rapidement rattrapés. Saisis par les bras et par les pieds, les adolescents voltigeaient avant de s'abattre dans le brasier dégageant une odeur épouvantable de chair brûlée. Les corps noircis s'amoncelaient et s'emmêlaient les uns aux autres. Chaque nouveau supplicié venait s'écraser sur la masse informe dont on apercevait les bras et les mains tendues semblant implorer le ciel mais aucune pitié ni compassion ne parvint de la voûte céleste.

Arnaud Amaury avait affirmé à Montfort que les Cathares n'opposeraient aucune résistance, aussi le lion de la croisade s'étonna-t-il devant la réticence des quelques-uns qui refusaient leur châtiment. L'envoyé du Pape affirma dans un sourire que chaque homme sentant la mort venir s'accroche à tout ce qui le lie encore à la vie et ces Cathares ne sont pas différents des autres hommes. Ils défèquent dans leur braie à l'heure du jugement dernier comme tout un chacun rajouta-t-il.

Impuissants, nous assistions aux supplices des parfaits et des parfaites qui avaient partagé nos vies pendant de nombreuses années. Les villageois horrifiés commencèrent à bousculer leurs gardiens qui répondirent par le fouet. J'étais tétanisé et incapable du moindre geste, mes jambes se dérobaient et je tremblais telle une feuille balayée par le vent. Je vis dans un nuage de fumée ma cousine Amelha au milieu des condamnés. Elle se retourna devant le gouffre, sourit à ses parents avant de se jeter dans la fournaise. Dame Rivoxenda hurla comme un animal traqué avant de s'évanouir sous les yeux impuissants de Guilhem de Minerve qui n'eut même pas la force de la relever. Pendant ce temps, la révolte grondait parmi les habitants et des bagarres éclatèrent entre des paysans et les Gascons.

Un jeune garçon quitta le groupe des condamnés et se précipita dans la foule des villageois. Il enlaça ses parents et les embrassa. Deux soldats vinrent le chercher et son père tenta désespérément de le soustraire de la poigne des tortionnaires. Toutes griffes dehors son épouse se jeta sur les deux rustauds, les mordit et les griffa avant d'être violemment rudoyée. La foule fut rapidement maîtrisée par les Gascons qui s'en donnèrent à cœur joie et les coups s'abattirent sur ces êtres pitoyables amaigris et affamés tentant de lutter avec l'énergie du désespoir. Le jeune homme extirpé violemment des bras de ses parents fut immolé. Frère Boniface sortit de sa torpeur pour découvrir Mathilda solidement entravée par des hommes qui l'expédièrent dans les flammes. Le malheureux s'agenouilla et leva les mains au ciel.

— Maudit sois-tu, hurla-t-il arrachant la croix nouée à son cou et la jetant dans les flammes sous l'œil noir et inquisiteur d'Arnaud Amaury.

Les derniers suppliciés alimentèrent le brasier qui brûla pendant plusieurs heures sous les pleurs et les lamentations des Minervois.

8
Les tourments de Frère Boniface

Le lendemain Malemort et sa horde de traine-misère comblèrent la nécropole sur laquelle planaient les dernières fumerolles des cent quarante parfaits et parfaites immolés au nom du Tout-Puissant. En compensation de leur dépossession, Guilhem de Minerve et Dame Rivoxenda reçurent des terres près de Béziers. Le couple, plus uni et soudé que jamais depuis la disparition tragique de leur fille, quitta la cité le jour même après avoir fait ses adieux à la population qui s'inclina sur son passage. Montfort auréolé par sa brillante victoire regagna Carcassonne suivi de ses barons et de son ost. Voulant s'assurer de la soumission et de l'obéissance des Minervois, il laissa sur place une escouade de soldats auvergnats sous le commandement du chevalier Renaud de Puysancy. Les habitants entreprirent les premières réparations du village dévasté et s'étonnèrent de la présence de frère Boniface qui vint leur prêter main-forte. Dès les premières lueurs du jour, le géant troquait sa coule pour revêtir un pantalon de toile. Torse nu, il débarrassait les débris qui encombraient les venelles, arrachant à mains nues les poutres qui menaçaient de s'écrouler, soulevant des blocs de pierre et détruisant à coups de masse les murs endommagés par le tir des trébuchets. Envahi d'une profonde mélancolie et d'une humeur taciturne, il fuyait la compagnie de ses frères cisterciens mandatés par Arnaud Amaury afin de veiller à la bonne réconciliation des Minervois avec la Sainte Église. Il était inconcevable pour le Légat du Pape de laisser la cité sans la présence d'une délégation de l'édifice romain. Il confia aux cisterciens de l'abbaye de

Bonneval le soin de ramener les âmes égarées dans le giron de l'Église. Le père Michel, fidèle parmi les fidèles de l'Ordre de Cîteaux, reçut les pleins pouvoirs des mains d'Arnaud Amaury en personne. Accompagné de quelques moines il reprit en main la cité afin de dissuader quiconque de reprendre les voies de l'hérésie. Après l'avoir nettoyée et bénie, les cisterciens s'installèrent dans la maison commune des Cathares qu'ils emménagèrent en lieu de prière, de réfectoire et de dortoir.

Frère Boniface, au grand désespoir du père Michel, ne se rendait plus aux offices religieux et refusait de prendre ses repas avec les membres de son ordre. Le soir, exténué par une journée de dur labeur, il s'endormait sur la paille d'une grange. Tel une bête de somme, il œuvrait à la reconstruction du village, ne ménageant ni son temps ni sa peine sous l'œil circonspect des habitants. Certains émus l'invitaient à partager leur repas qu'il avalait rapidement avant de se remettre à l'ouvrage. Il se prit d'affection pour ces petites gens dont la plupart avait perdu un membre de leur famille dans le bûcher. Il entendait les lamentations des femmes qui pleuraient leur enfant dévoré par les flammes et les jurons des hommes qui maudissaient Rome. Il ne sortait de son mutisme que pour remercier Carmen qui chaque soir lui soignait ses mains abîmées. Il se tenait à l'écart des hommes et vivait comme un reclus hanté par les démons qui ne cessaient de le hanter. Le feu, cet immense brasier dans lequel se consumaient des êtres de chair et de sang condamnés et immolés au nom de la Sainte Église ne cessait de le tourmenter. Comment des hommes se donnant corps et âme à Dieu pouvaient-ils agir de la sorte ? Comment ses propres frères cisterciens pouvaient assister sans broncher à pareille ignominie ?

— Je pensais avoir tout vu dans ma vie de mercenaire, me confia-t-il un soir.

— Qu'elle n'a pas été ma surprise de vous retrouver à Minerve frère Boniface ?

— Après ma guérison dont je ne vous remercierai jamais assez, j'ai repris le chemin de l'abbaye de Bonneval et me suis consacré à la prière auprès de mes frères cisterciens.

— Je suis heureux de vous savoir rétabli.

— Mon corps est rétabli en effet mais pas mon âme, soupira frère Boniface. Mais vous, que faites-vous ici ?

— Je suis venu afin de soulager les miens et de ramener mon frère à Padern mais malheureusement il est mort lors des combats.

— J'en suis attristé pour vous, dit frère Boniface posant affectueusement sa main sur mon épaule. La guerre, hélas, nous prend des êtres chers. Vous avez perdu votre frère et j'ai l'impression d'être comme un père devant la dépouille de son enfant. J'aimais Mathilda comme un père peut aimer sa fille. Je n'ai pas su la protéger ni la sauver. Elle n'était qu'une orpheline lorsque je l'ai soutirée des griffes d'un souteneur. J'ai pris soin d'elle sans aucune arrière-pensée. Elle me suivait de sièges en campements, veillait à mes repas, guérissait mes blessures…

— J'ai moi aussi aimé Mathilda.

— Nous sommes sans doute les deux seuls hommes à ne pas l'avoir considérée comme une puterelle. Elle était comme un oisillon tombé d'un nid, perdue dans un cloaque de putréfaction et de concupiscence, soupira le moine convers.

— J'espère tout du moins qu'elle aura connu quelques instants de grâce au sein de la communauté des parfaits qui l'ont accueillie.

— Je l'espère aussi car elle n'a pas hésité à les suivre dans leur folle obstination.

— Une fois de plus l'homme se complaît dans la guerre et entraîne avec lui des âmes innocentes comme celle de Mathilda.

— Mais ceci n'est pas une guerre, se lamenta frère Boniface, c'est une croisade où des chrétiens massacrent des chrétiens. Quelle dérision, moi qui croyais que les croisades avaient pour but de protéger le tombeau de Christ des infidèles ? Voilà qu'à présent, nous nous croisons pour exterminer des chrétiens.

— Est-ce la raison de votre présence à Minerve ?

— Malheureusement oui Sicard, nous sommes ici sous l'ordre d'Arnaud Amaury qui a donné plein pouvoir à mes frères de l'abbaye de Bonneval dirigée par le père Michel. Nous nous sommes donc joints à la croisade sous les murs de Béziers.

— Vous étiez à Béziers ?

— Oui, et j'ai vu l'innommable. J'ai vu mes frères christianiser de force des hommes et des femmes pourtant déjà chrétiens. J'ai vu des chrétiens massacrer d'autres chrétiens au nom de Dieu. Je me suis croisé pour la Terre Sainte. Nous voulions soumettre les infidèles à notre foi…

— Cela n'a rien de légitime ni de glorieux que de vouloir forcer tout être à embrasser une foi qui lui est étrangère.

— Vous avez tout à fait raison. Nous n'avions pas à imposer nos croyances en terres de Palestine tout comme les Musulmans n'ont pas à imposer la leur en Ibérie, renchérit le cistercien.

— Une fois de plus le fanatisme religieux des uns et des autres est bien le pire fléau qu'endure notre terre. Les premières victimes sont les malheureux qui se signent ou se prosternent devant une toute-puissance que d'aucuns disent divine. Foutaise ! Je suis bien heureux de ne pas croire.

— Vos paroles pourraient vous conduire au bûcher, frémit frère Boniface.

— Je sais mon ami mais je sais aussi que vous pensez de même.

— Vous m'ôtez d'un immense doute Sicard. J'ai l'âme en peine depuis Béziers. Le bûcher de Minerve ne fait que conforter mes doutes. Je pensais pourtant avoir déjà tout vu lors de mes années passées à guerroyer.

— Je pensais avoir tout vu également, assurai-je.

— Mais vous n'êtes pas soldat Sicard, vous êtes un homme bon. Ma vie ne fut que guerre, rapine et torture. La vôtre n'est que bonté et générosité.

— J'ai moi-même combattu ami Boniface.

— On ne m'a jamais nommé ainsi, dit le moine convers avec des trémolos dans la voix. J'ai eu des compagnons de débauche, des truands, des écorcheurs de la pire espèce mais je n'ai jamais eu d'ami sincère.

— Ne doutez pas un seul instant de ma sincérité mon ami.

— J'ai guerroyé avec des hommes qui me considéraient comme un ami mais nous n'étions que frères d'armes et je n'avais aucune confiance en eux. Nous autres, fantassins, nous contentions des restes laissés par nos chefs lorsque nous prenions une ville de force. Eux se partageaient le butin, or, bijoux, manteaux de noble étoffe tandis que nous devions nous battre tels des chiens pour le même os à ronger. Il n'y avait alors plus de frères d'armes, ni d'ami, ni de camarade. Seule la loi du plus fort prévalait et croyez-moi Sicard, j'étais le plus fort à ce petit jeu.

— Je n'en doute pas un seul instant mon ami.

— Je n'ai jamais eu d'ami Sicard. Vous êtes, vous et Dame Carmen, les seuls êtres bons que Dieu ait mis sur mon chemin.

— Vos frères cisterciens ne sont-ils pas vos amis ?

— Qu'est-ce donc que l'amitié ?

— L'amitié est un noble sentiment. Un ami est un homme à qui l'on fait confiance en lui confessant nos tourments et nos joies.

— Dans ce cas vous êtes mon seul ami, affirma frère Boniface en m'enlaçant.

— Je suis heureux d'être votre ami Boniface.

— Merci, c'est si bon d'avoir un ami.

— Vos frères cisterciens ne sont-ils pas vos amis ? répétai-je.

— Mes frères cisterciens sont unis par le même idéal, la même quête et la même adoration pour le Tout-Puissant. Ils sont d'une trempe tout aussi mystérieuse qu'insondable et supportent leur abnégation grâce à la prière. Je suis convaincu que vivre dans l'austérité d'un réfectoire plongé dans le mutisme le plus strict et s'étendre sur la couche d'une cellule aussi froide qu'une nécropole est un acte surhumain. Comment lier le moindre sentiment d'amitié avec des hommes qui vivent reclus loin du monde des vivants ? Ils vouent leur existence à Dieu loin de tout plaisir dans un idéal aux antipodes de la nature humaine. Que connaissent-ils des hommes et surtout des femmes ? Certes, ils les entendent en confession et les engagent au repentir mais toujours sous la menace de la damnation éternelle. Le loup hurle avec la louve, le cheval hennit avec la jument et l'homme vit, rit et pleure avec la femme.

— Les religieux n'éprouvent que répulsion pour les femmes, soupirai-je.

— J'ai connu beaucoup de femmes et j'avoue que leur présence me manque, sourit frère Boniface. J'ai connu surtout des filles à soldat, des maquerelles, des diseuses de bonne aventure et pourtant elles étaient capables de donner de l'amour.

— Pourtant ces femmes se vendaient ?

— Il est vrai qu'elles négociaient leurs étreintes mais parfois elles n'hésitaient pas à se donner à de jeunes puceaux afin qu'ils connaissent le plaisir charnel avant de monter à l'assaut dans l'éventualité d'être malheureusement tués. Nous pataugions dans des camps où tout n'était que noirceur et puanteur, seule la présence des femmes nous offrait un semblant de joie.

— Une joie fortement payée, ami Boniface. J'ai soigné plus d'une courtisane lorsque je n'étais qu'un jeune étudiant et croyez-moi ces femmes méritent le paradis s'il existe.

— Rome estime que ces femmes sont vouées à la damnation éternelle et que le malin sommeille en elle. Je me souviens encore des prédicateurs qui accompagnaient les armées dans lesquelles j'ai combattu. Ils n'avaient que haine et mépris pour les ribaudes et les admonestaient à longueur de sermon leur promettant le feu éternel. Ils traînaient leur puanteur, leur bouche édentée et leur bure aussi crasseuse que leur carcasse famélique dans les bordels ambulants sous l'œil goguenard des soldats qui les enjoignaient à prendre du bon temps. Ils prêchaient dans le désert et menaçaient d'excommunication mais nous n'avions que cure des délires de ces vieux fous qui se prétendaient être les fils de Rome.

— Rome se trompe et Rome nous ment, assurai-je, les femmes ne sont ni plus ni moins possédées par le malin tout comme le sont les hommes. Croyez-vous que des hommes sains d'esprit se parjureraient ?

— Je ne comprends pas.

— Ces prélats qui se vantent d'être au service de Dieu agissent en écrasant du pied leur propre doctrine. Il y a fort longtemps qu'ils ont renoncé aux préceptes qui devraient guider leurs pas. Le Christ nous a enseigné la miséricorde, la mansuétude, le refus du pouvoir et de l'argent. Qu'y a-t-il de miséricordieux et de bon dans les paroles et les actes d'Arnaud Amaury ? « Tuez-les tous, Dieu reconnaîtra les siens » a remplacé « Tu ne tueras point ». Te rends-tu compte ami Boniface du parjure que cela représente ? Arnaud Amaury a troqué son bâton de pèlerin pour une épée et sa coule pour une cotte de mailles. Les Chrétiens furent persécutés par les Romains et voilà qu'à présent ce sont les Chrétiens qui persécutent d'autres chrétiens. Ils font de même avec les Juifs et les Musulmans tentant de les christianiser. Les Musulmans font de même avec les Juifs et les Chrétiens leur imposant le choix entre la mort ou la conversion à leur Dieu. Les religions ne sont que des inventions de l'homme pour asservir d'autres hommes et les fanatiques de tout poil s'en donnent à cœur joie pour laisser libre cours à leur furie dévastatrice. Combien faudra-t-il de pleurs et de cris avant que les malheureux ne se lèvent et se décident enfin à briser tous les symboles de cet asservissement ? Arnaud Amaury et ses sbires…

— Ses sbires ? s'étonna Frère Boniface.

— Oui, ami boniface, ses sbires et je pèse mes mots. Les serviteurs zélés de cet assassin ne sont plus que des mercenaires à la recherche des quelques miettes que Rome voudra bien leur laisser. Ils prônent l'amour et la bonté mais se vendent au plus offrant. Les seuls qui ont grâce à mes yeux sont les Cathares.

— Ce sont pourtant des hérétiques !

— Qu'est-ce qu'un hérétique ami Boniface ?

— Vous le savez fort bien Sicard et de grâce mon ami, ne m'emmenez pas sur des chemins tortueux, implora le géant.

— Il n'y a rien de tortueux dans ma question et je vous serai gré d'y répondre, insistai-je.

— Un hérétique est une personne qui professe des propos contraires à l'enseignement du Christ.

— Donc les Cathares ne sont pas des hérétiques, ami Boniface. Il n'y a rien qui soit contraire à l'enseignement du Christ dans leur propos. Ils encouragent la bienveillance, le partage, la compassion et la miséricorde tout comme Jésus notre sauveur. Ils n'exigent d'autrui ni obéissance ni soumission. Ils se désintéressent du pouvoir et de l'argent, et considèrent la femme comme l'égale de l'homme. Cela mérite-t-il le bûcher ?

— Ce sont pourtant des blasphémateurs, s'insurgea Frère Boniface.

— Croire différemment n'est pas blasphématoire ami Boniface. Exterminer au nom de Dieu comme le font les envoyés de Rome est un sacrilège. Un Dieu bon accepterait-il que l'on trucide en son nom ? Un Dieu miséricordieux pourrait-il se repaître des pleurs d'un enfant ? Arnaud Amaury n'a eu ni pitié, ni mansuétude devant les murs de Béziers. Est-ce cela que servir Dieu ?

— Seriez-vous devenu Cathare ? interrogea le cistercien.

— Non mon ami, la religion n'a pas sa place dans la vie d'un médecin. J'ai été, je suis et je serai toujours suspect aux yeux des religieux car je vais à l'encontre de leur vanité. Ils estiment que la maladie est le juste châtiment de nos péchés. Engoncés dans leur obscurantisme ils sont persuadés de détenir l'unique vérité.

— Je n'aurais jamais cru mes frères capables d'une telle duplicité. Ils m'ont accueilli avec tant de ferveur et de générosité lorsque je me suis présenté à l'abbaye de Bonneval. Je n'étais qu'un misérable pouilleux vêtu de loques. Ils m'ont ouvert les bras, logé, nourri, partageant et rompant le pain avec moi, m'enseignant l'amour de

Dieu et m'acceptant comme l'un des leurs. Ils m'ont fait confiance, je leur dois tant et voilà qu'à présent je jette ma coule aux orties.

— Il vous faut la revêtir mon ami, l'homme n'est pas fait pour vivre seul et vous ne pouvez vivre éternellement dans la défiance qu'ils vous inspirent désormais. Certains parmi vos frères sont des hommes bons, j'en suis convaincu. Il vous faut simplement vous méfier des exaltés qui sont capables du pire mais cela va de pair avec toutes les religions. L'homme perd tout raisonnement lorsqu'il ne jure que par le Christ, Allah ou Jéhovah.

LIVRE VIII

Septembre 1210

1
Suspicion

La vie reprit son cours dans la cité meurtrie. Les boulangers et les bouchers ouvrirent leurs échoppes, les potiers et les tisserands s'activèrent dans leurs ateliers et la ville retrouva un semblant de quiétude sous l'autorité des frères cisterciens et des soldats auvergnats. Chaque soir après leur journée de travail, les villageois se rendaient à l'église avec l'obligation d'assister à l'office du père abbé Michel. Les traînards et les récalcitrants escortés par les hommes de Renaud de Puysancy maugréaient sous les rires et les quolibets des militaires. Écœuré par le traitement infligé aux habitants, mon cousin Bertrand qui œuvrait avec le sergent Martial à la reconstruction des maisons quitta Minerve. Sous les oripeaux de paysans, ils partirent sur un cheval boiteux rejoindre Lastours afin de continuer la lutte auprès de Pierre Roger de Cabaret qui harcelait les troupes de Montfort par des raids audacieux. Bertrand m'incita à le suivre mais je déclinai son offre prétextant que de nombreux blessés nécessitaient encore des soins. Nous nous embrassâmes avec ferveur et je le vis s'éloigner sur sa monture.

Je regagnai la grande salle du château afin de soulager les infirmes dont la plupart souffraient de membres brisés. Je fis macérer des coquelicots et j'obtins des tisanes apaisantes. Carmen dénicha, parmi les décombres des cadavres de chats qui nous permirent de tisser du fil de suture de bonne qualité. Nous étions toujours débordés par le nombre de blessés dont certains expiraient dans nos bras.

Mandaté par son supérieur, un jeune moine allait de l'un à l'autre les entendant en confession ou leur donnant l'extrême-onction.

— Que fait cette femme au chevet des blessés ? s'étonna-t-il.

— Elle les soigne, répondis-je froidement.

Décontenancé par ma réponse, il ne souffla mot mais en avertit le père abbé qui le lendemain nous adjoint le renfort de frère Édouard qui s'octroyait le titre ronflant de médecin et de moine guérisseur. Mon sang ne fit qu'un tour et je blêmis lorsque je reconnus Édouard de Lancenet. D'une maigreur extrême, le teint pâle, les cheveux filasse qui naissaient sur les bords de sa tonsure, Édouard de Lancenet se tenait devant moi avec toujours ce même rictus découvrant une bouche où manquaient quelques dents.

— Le pourceau est parmi les siens, me lança-t-il.

— Te voilà moine à présent ? ironisai-je.

— Tu as réussi à passer à travers les mailles du filet, rétorqua-t-il sous le regard inquiet de Carmen. Prends garde qu'il ne se referme sur toi.

— Ta morve te sied aussi bien que ta coule. Tu faisais moins le fier lorsque les filles du bordel de Gailharda te firent subir les pires outrages. Tes amis cisterciens connaissent-ils ton passé de débauche, de luxure et de meurtrier.

— Je t'interdis de…

— Tu n'as rien à m'interdire.

— Misérable chien. Pour qui te prends-tu ? Tu n'es rien d'autre qu'un simple rebouteux.

— Tu n'es qu'un simple moine rétorquai-je mais je dois avouer que l'habit même s'il ne fait pas le moine te sied à merveille. Je connais tes penchants pervers et ceux des tiens. Tu dois t'en accommoder à merveille. J'ai souvenance d'un phallus manié de main d'experte qui te défonça le fondement, raison pour laquelle tu vis désormais parmi les hommes et avec des hommes.

— Sale gueux, cracha Édouard, tu as fait de ma vie un enfer. J'avais juré de me venger mais tous te croyaient mort. J'aurai maintenant le plaisir de te voir crever de mes propres yeux.

— Pauvre moinillon perdu et reclus dans une cellule pour le restant de tes jours…

— Pas pour longtemps sale vermine trancha Édouard. Je suis dans les bonnes grâces d'Arnaud Amaury qui va prochainement me nommer à de hautes fonctions.

— Tu vas donc devenir Pape ? le raillai-je.

— Infecte pourriture !

— Tu es toujours aussi grossier. Grossier, fourbe et rusé mais tu ne me fais pas peur de Lancenet.

— Frère Édouard, pesta-t-il.

— Tu n'es pas mon frère et même si tu deviens Pape, tu resteras à jamais Édouard le couard, répliquai-je en m'éclipsant au bras de Carmen qui m'entraîna hors du donjon.

Nous fîmes quelques pas sur le chemin de ronde puis Carmen prit mes mains dans les siennes.

— Qui est cet Édouard ?

— C'est une ordure de la pire espèce qui ne mérite pas que l'on s'attarde sur son cas.

— Ce n'est pas une réponse, insista-t-elle.

Je décrivais donc à Carmen ma rencontre avec Édouard, sa jalousie, le complot ourdit afin de me faire chasser de la faculté de médecine, l'argent de sa riche famille versé au doyen et aux professeurs afin qu'ils ferment les yeux sur son inaptitude. Je continuais narrant ses déviances, son sadisme où ses turpitudes le menèrent jusqu'au tribunal des maquerelles qui lui firent subir le pire des outrages.

— Cet homme est le diable, il nous faut quitter Minerve, me supplia-t-elle.

— Et abandonner nos blessés ?

— Tu as fait tout ce qui était en ton pouvoir.

— Je ne peux laisser ces braves gens aux mains d'Édouard. Il ne sait rien de la médecine malgré son titre de médecin. Il est le mal réincarné.

*****

Une fois de plus je fus confronté à la méfiance et à l'ignorance des religieux que ma science déroutait. Cet incapable d'Édouard comme tant d'autres avant lui ne jurait que par la saignée vidant les survivants de leurs dernières forces. J'insistais pour que les blessés soient nourris de viandes rouges, de fruits et de légumes mais ce rétrograde leur préconisait la diète et appliquait des cataplasmes à base d'excréments sur les plaies malgré mes protestations. Les blessures s'infectaient épouvantablement plongeant les malheureux dans d'atroces souffrances qu'il m'était impossible de soulager. Je me voyais alors contraint d'amputer les membres gangrenés. Je tentais l'impossible pour maintenir en vie ces hommes et ces femmes. Certains agonisèrent dans d'horribles douleurs et Édouard m'accusant de tous les maux se plaignit de mon attitude au père abbé Michel et à Renaud de Puysancy qui furent aussitôt mandés.

— On dit beaucoup de mal de toi. D'aucun dise que tu es possédé, commença d'un air suspicieux le père abbé Michel.

— Par qui ? demandai-je.

— Point d'ironie avec moi, je te prie, mon moine guérisseur affirme que tu dissèques les chats. Ces pratiques sont démoniaques !

— J'utilise leurs boyaux pour tisser du fil de suture.

— D'où tiens-tu ces pratiques ?

— J'ai étudié auprès d'un maître qui tenait lui-même son enseignement d'un médecin de Terre Sainte…

— Tu pratiques donc la médecine orientale, te serais-tu fourvoyé avec l'infidèle ?

— L'infidèle aurait beaucoup à apprendre à votre moine guérisseur.

— Ne sois pas insolent avec moi, je te prie. J'apprends aussi qu'une femme t'assiste. Depuis quand les femmes pratiquent-elles la médecine ?

— Depuis que les hommes font la guerre.

— L'église interdit aux femmes de…

— Les femmes ont beaucoup à nous apprendre, tranchai-je.

— Impudent ! cracha Édouard.

— Laissez, laissez mon cher, sourit le père abbé Michel. Cet homme a de la repartie et la langue bien pendue, ce qui n'est pas pour me déplaire.

— Peut-être serait-il bon qu'on la lui coupe.

— Allons, allons, veuillez garder votre calme frère Édouard.

— Cet homme affirme que je suis un incapable alors que nous savons tous que la saignée purifie le corps de toutes ses impuretés, pesta frère Édouard.

— La saignée vide les malheureux des dernières forces qu'il leur reste, contredis-je.

— Tu as l'air bien sûr de toi ?

— Loin de moi l'idée de vous offenser mon père mais je connais la médecine qui n'est certes pas une science exacte. Je ne suis qu'un simple mortel qui essaie de soulager son prochain.

— Noble cause.

— Je suis ravi de l'entendre mon père.

— Mon père, serais-tu donc bon Chrétien ? s'étonna le père abbé.

— Je le suis mon père. J'ai reçu le baptême au sein de notre mère la Sainte Église.

— Les Cathares, eux aussi, furent baptisés avant de cracher sur la Croix, railla frère Édouard.

— Les Cathares n'ont jamais craché sur la Croix, m'offusquai-je.

— Toujours est-il que tu pratiques un art que l'on pourrait qualifier de démoniaque, reprit le père abbé. De plus, tu te fais assister par une femme.

— Par mon épouse qui est guérisseuse. Elle sait plus de choses sur le corps humain que la plupart de ceux qui se prétendent médecin.

— Les ribaudes aussi connaissent le corps humain, ironisa Édouard.

— Misérable, qu'oses-tu insinuer ? m'exclamai-je.

— Mesurez vos paroles frère Édouard, intervint le père abbé, et vous Sicard, je vous interdis désormais vous et votre concubine…

— Carmen n'est pas ma concubine, elle est mon épouse devant Dieu.

— Soit, opina le père cistercien, nous ne sommes pas ici pour tergiverser sur les épousailles de Sicard et de sa dame. D'ailleurs où est votre épouse ?

— Elle veille les malades, répondis-je sèchement.

— Cette tâche revient désormais à frère Édouard. Me suis-je bien fait comprendre Sicard ? insista le père abbé Michel fixant son regard dans le mien. Lui seul est à ce jour habilité à prodiguer des soins aux malades.

— Dans ce cas, vous serez responsable de la mort de plusieurs d'entre eux.

— Impertinent ! lâcha Édouard.

— Laissez-le donc débiter son fiel frère Édouard, rétorqua le père abbé, et vous Messire de Puysancy, je vous ordonne de positionner quelques-uns de vos hommes à l'entrée du donjon afin d'en interdire l'accès à Sicard et à son épouse.

— Avec tout le respect dû à votre fonction, sachez que je n'ai aucun ordre à recevoir de vous.

— Vous êtes pourtant au service de la croisade ?

— Certes, mais je ne reçois mes ordres que de Messire de Montfort qui m'a confié la mission de mater toute éventuelle révolte de la population.

— Sachez pour votre gouverne Messire de Puysancy que la mission divine ne saurait souffrir d'aucune contradiction de votre part, grommela le cistercien.

— Je suis au service de Dieu tout comme vous père abbé mais mon devoir est d'obéir à Messire de Montfort. Je n'ai aucun pouvoir pour interdire à Sicard et à Dame Carmen d'exercer leur office, insista Renaud de Puysancy, de plus, de nombreux blessés ont eu la vie sauve grâce à leur dévouement, renchérit-il.

— Ces villageois sont la lie la société, ils se sont rebellés contre notre Sainte Mère l'Église et ne méritent aucun soin, cracha frère Édouard.

— Dieu dans sa mansuétude et dans sa grandeur ne permet-il pas aux âmes égarées de revenir dans le droit chemin ? questionna Renaud de Puysancy ?

— Ce n'est pas à vous de m'apprendre la parole de Dieu, répondit frère Édouard agacé par les dires du chevalier.

— Je constate amèrement que vous discutez ma parole Messire de Puysancy, s'offusqua le père abbé Michel. D'autres que vous seront sûrement plus enclins à ne pas contredire mon autorité. J'ai reçu ce matin même un courrier m'annonçant la venue d'un des plus fidèles capitaines de Messire de Montfort. Ce chevalier vient prendre possession de Minerve qui lui a été concédé en gage de son courage et de son entier dévouement à notre Sainte Croisade.

— Et qui est l'heureux élu ? demanda Renaud de Puysancy.

— Il s'agit du chevalier Guillaume de Boisjouvert.

— Messire de Montfort ne pouvait choisir meilleur ambassadeur, acquiesça le chevalier auvergnat.

— Messire de Boisjouvert est réputé pour son extrême piété et pour sa plus fidèle obéissance à notre Sainte Église. Le courrier signé de la main même de Messire de Montfort ne prête à aucune controverse. Messire de Montfort enjoint Messire de Boisjouvert à prendre possession de la cité ainsi qu'à m'obéir en tous points.

— Une fois de plus le glaive sera le bras armé de votre noble cause, ironisa Renaud de Puysancy.

— Dois-je vous rappeler que vous êtes au service de la Sainte Croix de votre plein gré ?

— Je ne me suis pas croisé pour massacrer des femmes et des enfants, ni pour voir des malheureux périr dans les flammes.

— Dans les flammes de l'enfer, se gaussa frère Édouard.

— L'enfer serait-il sur terre comme le croient les Cathares ?

— De telles insinuations pourraient vous mener vous aussi sur le bûcher, dit le père abbé Michel.

— Pardonnez-moi père abbé mais cette croisade n'est plus la mienne. Ma quarantaine touche à sa fin, je vais donc hâter mes préparatifs afin de quitter cette maudite province.

— Messire de Boisjouvert n'arrivera que dans quelques jours, vous ne pouvez nous abandonner à l'éventuelle vindicte de la population.

— N'ayez aucune crainte père abbé, je vous laisse entre les mains de Sicard. Il est vénéré des villageois, renchérit-il posant affectueusement sa main sur mon épaule et m'entraînant avec lui.

Nous quittâmes le donjon et nous fîmes quelques pas sur le chemin de ronde dont la réfection venait d'être achevée. Une fois de plus la chaleur incommoda Renaud de Puysancy qui dégrafa le capuchon de son camail.

— Fichu pays que le vôtre, sourit-il.

— Vous finirez par vous y habituer.

— Non Sicard, je m'en vais rejoindre mes terres d'Auvergne. Mon épouse me manque. Cette croisade comme celle que j'ai menée contre les infidèles d'Ibérie n'avait pour but que de purifier mon âme et d'expier mes fautes envers ma dame.

— Votre grandeur d'âme prouve une fois de plus que vous êtes sur le chemin de la rédemption.

— Je n'ai aucune grandeur d'âme, ami Sicard. Croyez-vous qu'il soit grand de se croiser contre une population qui nous ressemble en tous points ? Ces gens sont des chrétiens tout comme nous. Croyez-vous que Dieu se délecte de voir des Chrétiens occire d'autres Chrétiens ?

— Dieu n'a-t-il pas fait l'homme à son image ?

— Meurtres, rapines, massacres, croisades et j'en passe. Est-ce donc cela que d'être à son image ? Est-ce donc cela que nous enseignent les Saintes Écritures ?

— Cher Renaud, je ne crois pas en Dieu et s'il existe, il n'est autre qu'un sadique.

D'abord interloqué par mes propos et mon assurance, Renaud de Puysancy resta figé devant moi un long moment puis il prit mes mains dans les siennes.

— Je ne suis qu'un petit chevalier, vassal du comte de Clermont Ferrand. Je n'avais d'autre choix que de le suivre dans cette folle aventure. Je venais de rejoindre mes terres après avoir passé plus de deux longues années en Ibérie à combattre l'infidèle auprès de Pierre II d'Aragon et j'aspirais à un repos bien mérité.

— Je m'en souviens fort bien mon ami.

— Là-bas, j'ai combattu des hommes se battant pour leur foi et pour les terres qu'ils avaient conquises aux grands seigneurs Ibériques. Je luttais contre un ennemi supérieur en nombre, courageux et rusé qui connaissait chaque recoin des Pyrénées. Nous étions deux armées opposées mais unies par le même amour de Dieu quels que soient son nom et la façon de le vénérer. J'ai tué nombre d'infidèles mais j'ai aussi épargné ceux qui se rendaient. Je les ai traités avec tous les codes de la chevalerie et avec tous les honneurs dus à leur rang. Je n'irais pas jusqu'à dire que certains sont devenus des amis mais j'avais du respect pour eux. Il m'est arrivé fréquemment d'assister à des échanges de prisonniers et je peux vous assurer que ces Musulmans que l'on nomme infidèles m'ont tous tendu une main qu'il me fut agréable de serrer. Nos pourparlers sur la restitution des captifs d'un camp comme de l'autre se déroulaient sous de vastes tentes. Je me présentais sans armes et j'étais reçu d'égal à égal. Les chefs musulmans m'invitaient à partager le thé et les dattes. Nous étions ennemis certes mais nous savions reconnaître la valeur de l'homme droit et de parole. Après la transaction, nous saluions respectueusement en nous adressant des prières et des paroles de réconfort. Je n'ai jamais eu à souffrir du moindre danger et voyez cher ami je porte toujours autour de mon cou ce foulard confectionné des mains mêmes de l'épouse d'un grand chef de guerre Berbère.

— Mais vous êtes toujours en guerre, Messire de Puysancy ?

— Non mon ami. Qui combattons-nous ? Quelques chevaliers qui finiront tôt ou tard par nous ouvrir les portes de leur citadelle afin que nous puissions encore assister à de telles ignominies. Je refuse de voir encore des adolescents se jeter dans les flammes. Je suis un soldat, pas un bourreau. Je laisse cette tâche à ceux qui nous ont promis monts et merveilles. Je n'étais qu'un pauvre chevalier en quittant mes terres, je m'en retourne chez moi toujours aussi pauvre mais auréolé des remerciements de Rome. La belle affaire, ironisa-t-il.

— Vous allez me manquer ami Renaud.

— Vous aussi Sicard, vous me manquerez. Mon domaine n'est pas très vaste mais je peux vous accueillir et vous bâtir un hospice.

— Ma place est chez les miens.

— Je comprends tout à fait. Méfiez-vous de Guillaume de Boisjouvert, m'assura-t-il d'une voix tremblante, c'est un serviteur zélé de l'Église et un des plus fidèles vassal de Montfort. Il ne tolérera aucune contradiction et ne connaît pas la mansuétude.

— Je vous remercie du conseil Messire de Puysancy.

— Une dernière chose Sicard.

— Je vous écoute.

— Faites-moi la promesse d'éloigner Dame Carmen de Minerve. Les cisterciens ne vous aiment pas.

— J'avais remarqué, plaisantai-je.

— Point de plaisanterie mon ami. Dame Carmen court mille dangers. Les cisterciens auront tôt fait de retourner Guillaume de Boisjouvert contre vous et votre Dame.

2
Ambition

Renaud de Puysancy ordonna à ses hommes de lever le camp. Les guerriers auvergnats s'affairèrent promptement désirant regagner leurs terres au plus vite, démontant les tentes, fourbissant leurs armes et harnachant les montures qui paissaient tranquillement dans les champs sous la surveillance d'un palefrenier. Les soldats suaient sang et eau maudissant ce fichu pays sur lequel il ne pleuvait que très rarement. Inquiet du départ de la troupe armée qui veillait sur la cité, le père abbé Michel tenta une fois de plus de retarder le départ de Renaud de Puysancy. Craignant la révolte des villageois, il supplia le chevalier auvergnat de rester jusqu'à l'arrivée prochaine de l'envoyé de Simon de Montfort. Ému par le sort de la population trimant à la reconstruction du village et par le nombre de blessés qui luttaient contre la mort, Renaud de Puysancy obtint du père abbé ma réhabilitation auprès des souffreteux en contrepartie du report de son départ. Faisant contre mauvaise fortune bon cœur, le cistercien accepta la proposition du chevalier qui ordonna à ses soldats de remonter le bivouac. Pestant, les hommes redressèrent les tentes et menèrent les chevaux au pâturage.

Les travaux de reconstruction du village allaient bon train grâce notamment à l'abnégation de frère Boniface qui n'épargnait ni sa peine ni son temps pour rebâtir les murs détruits par les tirs de trébuchets. Sa puissance forçait le respect de la population et il se prit d'amitié avec le maître bâtisseur avec lequel il partageait désormais ses repas. Toujours plongé dans un profond mutisme, il venait en aide aux plus démunis troquant ses outils pour une arbalète et un épieu puis il s'enfonçait dans les forêts avoisinantes à la recherche de gibier. Il revenait le soir fourbu mais heureux de déposer sur la place du village lièvres, grives et parfois même un sanglier que les habitants mettaient aussitôt en broche. Le festin pris en commun autour d'un grand feu permettait aux villageois d'oublier quelques instants les affres de l'occupant. Frère Boniface s'interposa plus d'une fois aux soldats auvergnats qui alléchés par l'odeur des viandes rôties tentaient de grappiller quelques morceaux prétextant qu'ils étaient désormais les maîtres de la cité. Certains d'entre eux lorgnaient sur les jeunes filles qui s'éloignaient du village à la recherche de plantes aromatiques et médicinales mais Boniface veillait au grain n'hésitant pas à accompagner les demoiselles dans leur récolte. Au fil des jours qui s'écoulaient paisiblement, il sut se rendre indispensable aux villageois louant sa droiture, son dévouement et sa force herculéenne. Il descendait chaque soir dans le mince filet d'eau du Brian suivi par une meute d'enfants avec lesquels il partageait des jeux d'eau. L'ours mal léché se transformait en un ami attentionné auprès de ces jeunes enfants dont la plupart orphelins le considéraient comme un père ou un grand frère. Le soir à la veillée, il confectionnait des épées et des écus en bois. Le dimanche, jour de repos, il apprenait à ses jeunes amis les rudiments de l'art du combat en terrain clos. Il parvint également à réunir un petit arsenal d'armes dégotté çà et là dans les maisons écroulées ou chapardé à l'occupant. Sous ses indications et ses conseils, les adolescents briquaient lances, haches et épées, remaillaient côtes et hauberts, débosselaient heaumes et casques coniques sous la férule du forgeron et de son apprenti qui participaient ainsi à l'effort collectif. Vous devez apprendre à vous battre contre d'éventuels pillards insistait Boniface bousculant les jeunes gens lors d'entraînements à armes émoussées.

*****

Je me consacrais au rétablissement des malades me dévouant jour et nuit, assisté de Carmen et de frère Denis, un jeune novice féru de médecine. Nous sauvâmes plusieurs vies nous attirant une fois de plus les foudres d'Édouard qui passa sa colère et sa frustration sur le moinillon.

— Je ne fais que les seconder dans leur dur labeur. De plus j'apprends auprès de Sicard et de Dame Carmen, assura frère Denis du haut de ses vingt ans.

— Je n'ai que faire des dires d'un novice qui à cette heure devrait prier notre Seigneur au lieu de perdre son temps à soigner des païens, rétorqua Édouard.

— Ce sont avant tout des hommes et des femmes…

— Ce sont des hérétiques qui ne méritent que leur sort, trancha Édouard.

— Ils se sont réconciliés avec notre Seigneur et mon devoir de Chrétien et d'aspirant guérisseur est de leur porter assistance.

— Je me plaindrai de votre attitude à notre père abbé. Vous êtes sous l'emprise de ce médicastre et de sa concubine.

— Ce médicastre et sa concubine comme vous les nommez si bien ont plus de connaissances que nous en ce qui concerne la chirurgie, osa le jeune moine, vous feriez mieux de vous inspirer de leurs savoirs plutôt que de vous épancher sur votre amertume, reprit-il.

— Vous répondrez de votre impudence devant Dieu.

— Je suis à son service et Lui seul peut me juger. Je sais qu'Il m'accueillera en son Saint Paradis si je me conduis bien ici-bas. Secourir son prochain est un acte de miséricorde et de bonté, c'est cela même que l'on m'enseigne au sein de notre ordre.

— Je vous rappelle que vous n'êtes que novice et que vous me devez donc le respect.

— Je serai prochainement revêtu et nous serons sur le même pied d'égalité.

— Cela suffit frère Denis et croyez bien que je m'opposerai à votre vêture.

— Seuls le père abbé Michel et les doyens ont ce droit, s'offusqua le jeune homme tournant le dos à Édouard qui quitta le donjon en maugréant.

— Vous venez de vous faire un ennemi, constatai-je.

— Son ambition n'a d'égale que la haute estime qu'il a de lui-même mais il n'est qu'un frère parmi d'autres frères.

— Son ambition n'a surtout d'égale que la bassesse avec laquelle il vous traite.

Édouard quitta le donjon, traversa les ruelles du village à grandes enjambées et se rendit dans la maison commune des frères cisterciens où le père abbé s'entretenait avec un sergent mandé par Guillaume de Boisjouvert.

— Merci pour ce courrier mon fils, vous m'apportez là une nouvelle importante, sourit le père abbé Michel.

— J'en suis ravi mon père, dit le soldat en s'inclinant.

— Prenez quelque repos mon fils, la route est longue jusqu'à Carcassonne. Que Dieu vous bénisse, conclut le père abbé apposant ses mains sur la tête du sergent qui déposa un baiser sur le pan de la coule du cistercien.

— J'ai à vous entretenir père abbé.

— Je vous écoute frère Édouard.

— Vous êtes trop bon avec ce médicastre et avec sa diablesse.

— Veuillez vous expliquer, frère Édouard ? s'étonna le père abbé.

— Ils ont ensorcelé frère Denis qui m'a raillé en public.

— Ensorcelé, dites-vous ?

— Comment qualifier l'attitude d'un novice qui tient tête à un frère revêtu. Il est évident que ce blanc-bec agit sous l'emprise de ce médecin et de sa concubine.

— Frère Denis est passionné de médecine, il est fort à parier qu'il deviendra un excellent médecin qui nous sera un jour fort utile, affirma le père abbé.

— Peut-être, mais je suis convaincu que Sicard et sa maîtresse sont des hérétiques et des démoniaques. J'ai peur qu'ils ne retournent l'esprit de notre frère en devenir. Le novice Denis semble comme envoûté.

— Voyons frère Édouard, un peu de retenue je vous prie. J'ai promis à Renaud de Puysancy que je ne ferai rien à l'encontre de Sicard. Il nous est impossible de nous passer de la présence des hommes de ce chevalier auvergnat tant que Messire de Boisjouvert n'investit pas Minerve. Je viens d'ailleurs de recevoir un courrier m'annonçant son arrivée dans trois jours. Prenons patience frère Édouard.

— J'espère qu'il passera cette engeance par le fil de l'épée. On n'insulte pas impunément notre ordre.

— Il vous faut raison garder, insista le père abbé. Ces gens ont déjà payé un lourd tribut à leurs erreurs, laissons le temps agir.

— Il n'y a plus de temps à perdre mon père. Vous êtes trop magnanime.

— Dois-je vous rappeler que je suis votre supérieur, veuillez donc baisser d'un ton.

— Pardonnez-moi père abbé mais peut-être devrions-nous échanger nos crucifix par des épées afin de faire rendre gorge à tous ces impies et à ces relaps qui ricanent derrière notre dos dès que l'office est terminé.

— Calmez-vous, nous ne sommes pas des guerriers.

— Il serait peut-être bon de le devenir. Je suis las des railleries de cette racaille et de ces païens qui n'hésiteront pas un instant à se détourner de notre Sainte-Église dès que d'autres sacrilèges les contamineront. Je n'ai pas choisi de vouer ma vie à notre Seigneur afin que l'on m'insulte impunément. Je ne suis pas de ceux qui tendent la joue gauche lorsqu'on leur frappe la joue droite. Je rêvais d'être chevalier du Temple mais force fut de constater que ma nature chétive m'interdisait le port du haubert et le maniement de l'épée. Je rêvais de la Terre Sainte et de haut fait d'armes mais mon rêve de grandeur s'est arrêté dans la cellule d'une abbaye.

— Personne ne vous a obligé à devenir moine, ironisa le père abbé.

— C'est l'amour de Dieu qui m'a guidé et je suis prêt à Lui offrir ma vie mais je suis las d'être la cible de moqueries et de risées, je suis las des ribaudes qui découvrent leur poitrine sur mon passage, je suis las d'entendre les rustres et les gueux en confession et je suis las de les absoudre. À peine sont-ils pardonnés que ces êtres immondes replongent dans leurs bassesses et se vautrent dans la luxure.

— Notre mission est de sauver leurs âmes. Dieu dans son infinie grandeur ne nous a-t-il pas appris à pardonner, ne sommes-nous pas ses plus dignes représentants sur cette terre ?

— Nous représentons la Sainte Église qui sait se montrer impitoyable lorsqu'elle est bafouée. Nous sommes des soldats de Dieu et devons combattre avec force et détermination.

— Vous êtes un ambitieux frère Édouard et sachez que je ne vous apprécie pas. Vous convoitez ma place et chacun le sait.

— Vous êtes un faible père abbé. Messire Guillaume de Boisjouvert qui nous est mandé par Messire de Montfort sera bientôt le nouveau seigneur de Minerve. J'ai ouï dire qu'il est inflexible, il nous est entièrement acquis et sa piété n'a d'égale que sa main de fer. Les récalcitrants n'auront qu'à bien se tenir et il est fort probable que d'étranges fruits pourris pendouilleront aux branches des arbres dès sa venue.

— La haine n'est ni dans ma nature ni dans mon cœur contrairement à certains d'entre nous.

— Je prends cela comme un compliment, persifla frère Édouard.

— Je m'aperçois que votre esprit est aussi vif qu'incisif mais prenez garde. La lame pourrait se retourner contre vous.

— Merci de votre prévenance père abbé mais sachez que je bénéficie de protection

— Fi de votre ironie frère Édouard. Je connais vos accointances avec Arnaud Amaury qui s'est laissé séduire par l'argent de votre famille.

— Mépriseriez-vous l'argent ? Dois-je vous rappeler le coffre rempli d'écus sonnants et trébuchants que vous reçûtes de ma famille lors de mon intronisation. Il vous a permis la réfection de quelques bâtiments de l'abbaye qui tombaient en décrépitude.

— Votre argent n'achètera pas le salut de votre âme corrompue, conclut le père abbé Michel tournant les talons.

3
Échappée

Les cloches de l'église résonnaient appelant la population minervoise à l'office. Maugréant et traînant le pas, les villageois s'installèrent sur les bancs. Baissant les yeux et bâillant aux corneilles, les hommes écoutaient d'une oreille distraite l'homélie du père abbé Michel. Épuisés par la reconstruction du village, certains somnolaient et d'autres profitaient de la messe pour masser leurs doigts abîmés avec des onguents confectionnés par Carmen.

Les hommes de Renaud de Puysancy tancèrent les quelques récalcitrants qui prirent place sur les banquettes vermoulues. Des gardes fermèrent les deux lourds vantaux du portail et la messe repris. Le père abbé Michel exigea de la population qu'elle chante « l'Ave Maria ». Les habitants marmonnèrent du bout des lèvres malgré les injonctions des frères cisterciens qui les encourageaient en psalmodiant de vive voix. La prière fut interrompue par le grincement de la porte. L'assistance se retourna et découvrit frère Boniface plongeant ses mains dans le bénitier. Il sortit ses larges paluches dégoulinantes et s'en frotta le visage.

— Que fais-tu misérable ? intervint frère Édouard.

— Je me lave, rétorqua le moine convers.

— Que signifie cet accoutrement ? gronda le père abbé Michel.

— J'en ai fini de la coule, répondit crânement Boniface.

Harnaché d'une cotte de cuir ajustée à la taille par un ceinturon et d'un baudrier orné de clous et d'un fourreau incrusté de pierres laissant apparaître la garde d'une épée, il avança de quelques pas dans la nef. De son dos dépassaient une arbalète et un carquois garni de traits. Frère Boniface ôta son casque à nasal, défit le capuchon de son camail et se planta devant l'autel.

— On se signe devant l'autel frère Boniface, pesta frère Édouard.

— Je ne suis pas ton frère et j'en ai fini avec Dieu, répliqua le géant d'un ton qui n'appelait à aucune controverse.

— Tu t'égares mon fils, dit le père abbé.

— Je ne suis pas votre fils, je ne suis plus votre fils.

— Mon enfant, implora le père abbé.

— Il n'y a pas d'enfant qui tienne, vous n'êtes pas mon père.

— Reprends-toi mon fils.

— Je ne suis pas votre fils, il n'y a plus de frère Boniface, il n'y a plus que Boniface, hurla-t-il.

— Voyons frère, insista un jeune moine.

— Je ne suis pas ton frère, je n'ai pas de frère. Je ne suis le fils de personne. Ma mère était la plus ardente des putains qui hantait les champs de bataille et se vendait au plus offrant. Elle écartait les cuisses et jouait du surin à qui ne payait pas ses dettes. Elle s'est vendue à tout ce que la terre engendre de charognards de tout poil, soudards, écorcheurs, brigands, chevaliers, moines et évêques.

Boniface se tut quelques instants dans un silence glacial interrompu par quelques chuchotements et par des raclements de gorge.

— J'ai suivi ma mère de bordels en bordels et j'ai découvert toutes les tares qui empoisonnent ce bas monde, la cupidité, le mauvais vin, la jalousie, la concupiscence, l'inceste et tant d'autres ignominies qu'il m'est impossible de les nommer sans avoir envie de vomir. J'ai eu mille pères, ils m'ont chacun donné pour héritage le vol, la rapine, le truandage, le meurtre et le viol. J'ai tué mon premier homme à l'âge de dix ans. C'était un riche marchand qui refusait de payer ma mère. Je l'ai percé comme un goret et j'entends encore ses cris tandis que ma lame fouillait sa gorge. Puis ma vie ne fut qu'une longue errance parsemée de champs de bataille, de guerres, de cadavres, de filles forcées sous les yeux de leurs parents, de moines défroqués qui baisaient aussi bien fillettes que garçonnets et d'évêques dégénérés qui sodomisaient leurs enfants de chœur.

— Silence, je t'en prie Boniface, de grâce, silence, implora le père abbé.

— Je n'en ai pas fini père abbé. J'ai pataugé dans la fange, dans des torrents de larmes, de merde, de foutre et de sang jusqu'au jour où vous m'ouvrîtes les portes de votre abbaye et de votre cœur. La bête immonde que j'étais découvrait la bonté, l'altruisme, l'amitié des frères cisterciens et l'amour de Dieu. J'ai cru en vous père abbé. J'ai été engendré par mille pères mais aucun d'eux n'a eu les mots que vous avez eus à mon égard, aucun d'eux ne m'a serré dans ses bras, aucun d'eux ne m'a fait verser des larmes de joie. Vous seul aviez su m'affranchir de mes mille et une mauvaises vies sans poser la moindre question sur mon passé dissolu et pourtant je vois encore votre œil étonné lorsque je suis arrivé à l'abbaye de Bonneval, empestant à mille lieues, affamé, vêtu de hardes et m'exprimant comme un charretier. J'ai découvert Dieu et sa grandeur grâce à vous. J'étais enfin débarrassé de la puanteur et de l'odeur de la mort qui m'accompagnaient depuis mon enfance. Vous m'avez enseigné l'amour de mon prochain, la miséricorde, le pardon et la noblesse de cœur. Vous me fîtes l'un des vôtres et je découvris la fraternité auprès de moines érudits qui me nommèrent frère. Je n'étais plus Boniface le hâbleur, Boniface l'écorcheur et Boniface le mercenaire. J'étais frère Boniface, un homme digne de la seconde chance qui s'offrait à lui. J'étais un frère parmi d'autres frères qui m'accueillirent avec bonté et mansuétude. J'étais frère Boniface le miraculé qui tel le Christ crucifié renaissait à une seconde vie. Je ne portais plus d'arme mais un crucifix de bois noué autour de mon cou par un lacet. Usant de gentillesse et de patience, mes frères m'apprirent le langage et l'écriture. Et maintenant…

Boniface se tut et contempla la croix de bois qui trônait au-dessus de l'autel sur laquelle était scellée la statue du Christ. Il regarda autour de lui, dévisagea un à un les moines cisterciens dont certains baissaient les yeux.

— Et maintenant, reprit-il étouffant des sanglots, et maintenant me voilà le complice d'Arnaud Amaury. Cet homme est pire que le diable.

— Comment oses-tu ? s'insurgea frère Édouard.

— Blasphème, crièrent les moines.

— Tu t'égares frère Boniface, intervint le père abbé.

— Oui mon père, je me suis égaré lorsque j'ai cru au bien-fondé de notre mission qui était de ramener les brebis égarées dans la bergerie de notre Sainte Mère l'Église. J'ai cru naïvement que Rome pardonnerait mais qu'ai-je vu à Béziers, que vois-je à Minerve ? Dieu notre père à tous sait que j'ai commis des mauvaises actions, j'ai guerroyé pour le compte de grands seigneurs, j'ai trucidé pour des chefs de bande dont j'étais l'assassin patenté, je me suis enivré, j'ai troussé ribaudes et pucelles, je me suis battu contre des hommes armés mais je n'ai jamais tué de vieillard, de femme ou d'enfançon. Voilà qu'aujourd'hui je deviens le complice de tueries de masse, au service de Dieu et sous les ordres de ses plus fidèles serviteurs. Comment peut-Il accepter que ses enfants les plus zélés se livrent à pareil génocide ? Comment peut-Il fermer les yeux devant de tels actes ? Comment pourrait-Il nous accueillir en son Saint Paradis ?

— Nous sommes à son service et n'avons pas à discuter ses volontés. Nous avons fait vœu de lui obéir aveuglément, pesta frère Nicolas le doyen de la confrérie martelant chaque syllabe du bout de sa canne sur les dalles de l'église.

— Aveuglément, le mot est bien choisi frère Nicolas, vous qui ne pouvez vous mouvoir sans l'appui d'un bâton et sans les yeux d'un novice afin qu'il guide vos pas, ironisa Boniface.

— Impudent, misérable gueux ! s'offusqua frère Nicolas.

— Il m'arrive parfois d'envier votre cécité frère Nicolas, cela m'aurait permis de ne pas assister à l'immolation de ces malheureux par le feu.

— Ces blasphémateurs n'ont eu que le sort qu'ils méritaient.

— Votre aigreur n'a d'égale que votre cruauté.

— Tu es toujours le même misérable que nous avons accueilli. J'étais contre ton ordination. Dieu te maudisse, éructa le vieux moine.

— Votre Dieu m'a maudit il y a fort longtemps tout comme il a maudit les hommes. Votre Dieu s'est maudit lui-même en découvrant l'imperfection des hommes qu'il souhaitait à sa propre image.

Quelques murmures d'approbation se firent entendre dans l'assistance. Des villageois se levèrent et quittèrent l'église malgré les protestations des moines qui les incitaient à regagner leur place. Le charpentier et le tonnelier passèrent devant Boniface, lui sourirent et lui tapèrent amicalement sur l'épaule.

— Cet habit empeste le sang et la fumée, dit Boniface déposant sa coule sur l'autel sous le regard désespéré du père abbé.

— Hors de ma vue ! cria-t-il, tu n'as plus à rien à faire parmi nous.

— Renégat ! Imposteur ! Tu t'es bien joué de nous. Sors de ces lieux au plus vite, hurla frère Édouard, et n'oublie pas d'emmener avec toi le médicastre et sa femelle, rajouta-t-il.

— Dame Carmen n'est pas une femelle Édouard. Faut-il que les femmes te dégoûtent à ce point pour les traiter ainsi ?

— Cette femme est un succube du démon, éructa frère Nicolas. Elle séduit les hommes par des ensorcellements sous prétexte de les soigner.

— J'atteste les dires de frère Nicolas, renchérit frère Édouard, elle a corrompu frère Denis qui a succombé à ses charmes. Il suffit de voir son air béat lorsqu'il se tient près d'elle pour dispenser des soins aux suppôts de Satan qui croupissent dans le donjon.

— Mais Dame Carmen est guérisseuse, osa frère Denis.

— Silence jeune sot ! cracha frère Nicolas. Voilà qu'à présent tu lui donnes le titre de dame. Il est flagrant qu'elle te tient en son pouvoir et qu'elle t'a retourné les sens.

— Vous faites erreur vénérable frère…

— Silence novice impertinent, ton scapulaire ne tient qu'à un fil. Prends garde que ta vêture ne devienne pas ton linceul.

— Pardonnez-moi très honorable frère, dit le jeune homme baissant les yeux.

— Il nous faut chasser cette tentatrice, grommela le vieux moine.

— Dame Carmen est guérisseuse, protesta Boniface, Dieu m'est témoin qu'elle n'agit que par pure compassion envers les nécessiteux et les infirmes.

— Laisse Dieu en dehors de tout cela, cracha frère Nicolas. Dieu te honnit comme nous te honnissons tous. Cette misérable devra rendre des comptes devant son Créateur.

— Les vôtres ne vous seront jamais pardonnés.

— Tu brûleras en enfer tout comme elle.

— Vous brûlerez avant moi.

— Nous nous plaindrons de ce médicastre et de sa diablesse hérétique à qui de droit, intervint frère Édouard.

— Messire de Boisjouvert n'aura son pareil pour leur délier la langue et les envoyer au bûcher, renchérit frère Nicolas.

— Il lui faudra d'abord me passer sur le corps, gronda Boniface renversant d'un terrible coup de pied le bénitier qui vacilla avant de se briser sur les dalles.

— Hérétique ! hurlèrent les moines.

— Voilà qu'à présent tu brises nos symboles, tu es de la même engeance que ces sataniques, glapit frère Édouard. Vois dans quel état de décrépitude t'ont rendu ces deux empoisonneurs.

Boniface quitta l'église dans un silence glacial. Les moines désemparés se tournèrent vers le père abbé qui les incita au silence le plus strict et à la prière. Absorbés par leurs méditations, les religieux ne s'aperçurent même pas que l'église se vidait de ses ouailles. Sans faire de bruit, les habitants quittaient le lieu de culte laissant les hommes de Dieu à leur amertume. Le père abbé essuya discrètement une larme. D'autres cisterciens poings serrés ne décoléraient pas et vouaient Boniface à la damnation. Frère Anselme et frère Gauthier, les deux plus fidèles confidents de Boniface sanglotaient en se remémorant leur voyage sur les terres de France en sa compagnie. Rome les avait mandés afin qu'ils délivrent aux grands seigneurs de Bretagne, d'île de France, de Touraine, d'Auvergne et de toute la royauté des missives empreintes de gravité. Innocent III avisait les grands féodaux de France de la situation délictueuse des barons de langue d'Oc qui se fourvoyaient avec l'hérétique cathare. Les trois cisterciens mandatés par le Pape s'étaient appliqués à leur tâche avec zèle et dévouement visitant barons, ducs, comtes et chevaliers délivrant les plis en main propre à chaque destinataire. Des liens d'amitié et de fraternité s'étaient forgés au fil des lieues entre les trois hommes. Ils partageaient leur repas avec les bonnes âmes rencontrées en chemin qui apitoyées par leur abnégation leur offraient le gîte et le couvert. Les trois cisterciens dormaient parfois à la belle étoile au risque de rencontrer quelque bandit de grand chemin. La force colossale de frère Boniface s'avéra dissuasive dans bien des situations. Frère Anselme et frère Gauthier profitèrent du long périple pour apprendre des rudiments de lecture à frère Boniface qui s'extasiait tel un enfant devant l'apprentissage d'une nouvelle lettre et d'un nouveau mot. Ces deux moines se sentaient à ce jour orphelins de frère Boniface mais à l'inverse des autres membres de l'ordre, ils n'avaient rien à reprocher à leur ami qui choisissait une nouvelle voie.

*****

Boniface grimpa les marches du donjon quatre à quatre et m'accosta tandis que je bandai le bras d'un adolescent.

— Je reprends ma route, Dieu seul sait où elle me mènera mais il faut que je vous prévienne ami Sicard.

— De quoi ? m'étonnai-je.

— Les cisterciens vont se plaindre de votre attitude à Guillaume de Boisjouvert.

— Que m'importe.

— Il vous faut partir vous aussi. Vous êtes en danger.

— Je ne peux laisser ces pauvres gens sans soin. Si je pars, nombre d'entre eux mourront.

— Certes mon ami mais protégez au moins Dame Carmen. Laissez-moi la mener en lieu sûr.

— Si Carmen retourne à Padern, il est certain que ce Guillaume de Boisjouvert se lancera à ses trousses. De plus, il ne me sera pas facile de la convaincre de quitter ces gens auxquels elle s'est attachée.

— Édouard a retourné les cisterciens contre dame Carmen. Les moines la considèrent désormais comme une séductrice et une ensorceleuse. Édouard aura tôt fait de manigancer quelque vilenie auprès de Guillaume de Boisjouvert. Ce religieux de pacotille est le diable personnifié. Il ne supporte pas que Dame Carmen lui tienne tête, maugréa Boniface.

— Je ne connais qu'un seul endroit où Carmen sera protégée.

— Je me ferai un devoir de la conduire en lieu sûr.

— Je crois en votre parole, ami Boniface, dis-je posant ma main sur l'épaule du géant qui me fixa de son œil valide.

— Je donnerai ma vie pour Dame Carmen et pour vous aussi Sicard, sourit le géant en m'enlaçant contre sa puissante poitrine. Je n'oublierai jamais que vous m'avez soigné lorsque j'étais blessé sur les chemins des Hautes Corbières.

— Je n'ai fait que mon devoir de médecin mon ami.

— Vous fîtes plus, vous m'avez veillé, nourrit, soigné, vous relayant à mon chevet avec Dame Carmen quand je n'étais qu'un moribond sur son lit de douleur. Dame Carmen m'offrit son bras et m'aida à faire mes premiers pas lorsque je pus enfin me lever. Elle m'assista dans ma convalescence me grondant comme on gronde un enfant lorsque je refusais son aide par fierté. Vous ne m'avez jamais rien demandé en retour, vous êtes l'un et l'autre la bonté réincarnée.

— Soit, vous conduirez mon épouse chez Pierre Roger de Cabaret dans sa forteresse de Lastours.

— Mais Montfort n'a-t-il pas déjà mis au pas tous les seigneurs ennemis ? s'étonna Boniface.

— Montfort s'est brisé les reins contre les murailles de Lastours l'an dernier. Le siège s'éternisa et leur quarantaine achevée, de nombreux chevaliers regagnèrent leurs pénates. Montfort ne disposa plus que de quelques troupes, qui dépitées à leur tour devant la résistance de Pierre Roger de Cabaret, firent demi-tour laissant sur place de nombreux morts et quelques prisonniers de noble lignée.

— J'ai hâte de rencontrer pareil guerrier, sourit Boniface.

— Je pense que vous vous entendrez fort bien avec lui.

— Mais nous ouvrira-t-il les portes de ses tours ? demanda Boniface l'air visiblement inquiet.

— N'ayez crainte mon ami, Bertrand mon cousin combat à ses côtés ainsi que le sergent Martial. Vous le ferez mander, il reconnaîtra Dame Carmen qu'il tient en haute estime et la considère comme sa sœur.

— Il nous faudrait partir cette nuit à la faveur de la pénombre.

— Soit ami Boniface, je vous confie ce que j'ai de plus précieux.

*****

Il ne me fut pas facile de convaincre Carmen qui argua de sa place à mes côtés mais finalement elle plia devant les dangers encourus. L'accusation de sorcellerie insufflée par Édouard et frère Nicolas aurait tôt fait de convaincre Guillaume de Boisjouvert d'ouvrir une enquête dont je connaissais les tenants et les aboutissants.

Je dessinai et donnai à Boniface un plan qui permettrait aux deux fuyards de galoper jusqu'à Lastours sans mauvaise rencontre. Nous nous séparâmes le soir même devant l'entrée du château où nous attendait Boniface. J'enlaçais ma tendre épouse, notre étreinte sembla durer une éternité.

C'est le cœur serré que je la vis s'éloigner dans la nuit. Boniface arborait un haubert recouvert d'une tunique blanche à croix rouge, un casque cabossé, une arbalète, un carquois garni de carreaux et un bouclier aux couleurs auvergnates chapardés dans le campement des hommes de Puysancy. Carmen se tenait droite et altière sur un magnifique alezan encapuchonné de la tunique de nos ennemis. Elle était coiffée d'un camail et comme une belle amazone exhibait un arc et un carquois. Ils firent quelques pas, stoppèrent leur monture, m'adressèrent un signe de la main et s'enfoncèrent dans la nuit.

J'étais désemparé, une fois de plus j'étais séparé de la femme que j'aimais plus que tout au monde. Je fus pris d'un moment de panique lorsque je n'entendis plus le martellement des sabots sur le chemin pierreux.

4
Infamie

J'errais comme une âme en peine depuis le départ de Carmen. Le chemin semé d'embûches était long jusqu'à Lastours. Les troupes de Montfort et les hordes de Malemort infestaient la région. Boniface malgré sa force herculéenne ne pourrait se mesurer à une éventuelle troupe armée. J'allais d'un patient à l'autre dans la grande salle du donjon transformée en hospice de fortune lorsque je reçus la visite d'un jeune soldat envoyé par Pierre Roger de Cabaret. Vêtu tel un paysan pour ne pas attirer l'attention, le garçon me certifia que Carmen et Boniface étaient en sécurité chez le seigneur de Lastours. J'invitais l'estafette à partager un repas puis il reprit le chemin de la Montagne-Noire.

Il ne restait qu'une dizaine de blessés alités dans le donjon. Je m'attachais à leur bien-être ne ménageant ni mon temps ni ma peine. Je m'écroulais à la nuit tombée sur une paillasse, dormais quelques heures d'un sommeil agité, me réveillais aux aurores, avalais frugalement un brouet et me penchais à nouveau à leur chevet. Je reçus un matin, la visite d'Édouard et du père abbé Michel tandis que je prodiguais mes soins. Édouard m'invectiva et me reprocha une fois de plus d'assister les malades arguant que la pratique de la médecine lui revenait de droit. Je m'appliquais à la guérison de mes patients, malgré ses injonctions et ses menaces que j'écoutais d'une oreille distraite. Dans un accès de colère il renversa un guéridon. Les fioles et les brocs contenant tisanes et onguent éclatèrent sur les dalles. Je saisis Édouard par le cou et le repoussai violemment. J'allai le frapper au visage lorsque le père abbé s'interposa et le rudoya. Édouard se redressa et toisa son supérieur. Je perçus une réelle animosité entre les deux religieux. Le père abbé s'opposa à la véhémence d'Édouard et le tança vertement lui reprochant sa cruauté envers les souffreteux. D'un calme olympien, le père abbé lui intima l'ordre de quitter le donjon sur un ton qui n'appelait à aucune discussion. Édouard s'exécuta en maugréant et en me maudissant comme à son habitude. Je repris mes soins auprès d'un jeune garçon sous le regard circonspect du prélat. Je défis le bandage qui recouvrait l'épaule de l'adolescent et constatai que la suture ne présentait aucune infection. J'appliquai un onguent sur la cicatrice, immobilisai le bras avec une attelle et renvoyai le jeune homme chez ses parents. Les larmes aux yeux, il se confondit en remerciements et m'enlaça de son bras valide. Le père abbé Michel se rendit finalement compte du bien-fondé de mon dévouement devant le nombre de malades qui recouvraient la santé. Je découvris un homme doté de mansuétude avec lequel je pus échanger. Il s'intéressa à mon travail et me questionna sur les propriétés des plantes. Je lui assurais que les peuples les plus primitifs utilisaient les végétaux à bon escient depuis la nuit des temps et que ces pratiques dénuées de toute sorcellerie assistaient aussi bien les nantis que les pauvres. Les plantes sont un don de Dieu lui affirmai-je, notre Seigneur a voulu dans sa grandeur et sa bonté que les hommes profitent des bienfaits de ses créations. Le père abbé me gratifia d'un sourire avant de s'éclipser discrètement me laissant dans un profond sentiment de doute. Âgé d'une cinquantaine d'années, l'œil vif et le pas alerte, cet homme dégageait une certaine bonhomie voire même de la compassion pour son prochain mais je ne pouvais oublier qu'il était au service d'Arnaud Amaury d'où ma méfiance devant sa personne. Mes différentes confrontations avec les gens d'église ne laissaient aucun doute quant à ma suspicion devant leur dualité. Le bien et le mal ancrés au tréfonds de leurs convictions se jouaient du sort de quiconque mettait en doute la parole des Saintes Écritures. Je restais néanmoins convaincu que le père abbé Michel s'avérait être un homme de bon sens enclin à la compassion au malheur d'autrui. À l'inverse de tant d'autres, il portait en lui l'éloquence de la pensée du Christ chevillée au corps. Dépourvu de la moindre ambition, il ne supportait pas les religieux corrompus qui s'adonnaient aux plaisirs terrestres. Il n'hésitait jamais à les éreinter lors de brillantes homélies s'attirant ainsi les foudres de certains membres du clergé visés par ses diatribes. J'éprouvais malgré mes doutes de la sympathie pour cet homme qui venait de s'interposer et de me défendre des attaques d'Édouard.

J'étais encore plongé dans mes pensées lorsque je reconnus la voix amicale de Renaud de Puysancy.

— Je viens vous faire mes adieux Sicard, dit-il, Guillaume de Boisjouvert vient d'arriver avec sa troupe, je n'ai donc plus rien à faire ici. Je me languis de mon épouse et de mes terres. Je n'ai plus à demeurer plus longtemps en ces lieux de misère. C'en est fini pour moi de ces longues chevauchées qui finalement ne m'ont apporté qu'amertume et désillusion.

Nous fîmes quelque pas et j'accompagnai le chevalier de Puysancy jusqu'à la herse.

— Tenez-vous sur vos gardes mon ami. Soyez prudent. Méfiez-vous de Messire de Boisjouvert. D'aucuns le surnomment le fléau de Dieu. Il est le plus fidèle vassal de Montfort et j'irai même jusqu'à dire qu'il en est son âme noire. Il assiste aux offices et prie avec ferveur. Les cisterciens ne pouvaient espérer plus zélé serviteur de Dieu voué à leur cause. Je pense qu'ils auront tôt fait de le retourner contre vous et contre votre Dame.

— N'ayez crainte Messire Renaud, mon épouse est en lieu sûr.

— Vous m'en voyez ravi. Quittez Minerve au plus vite, sourit-il en me donnant l'accolade.

Nous nous embrassâmes chaleureusement puis il dévala les marches. Je grimpai sur une tour et je vis l'escouade auvergnate s'éloigner. Renaud de Puysancy me fit un signe amical et disparut dans un nuage de poussières.

*****

Je vaquais à mes occupations auprès de mes patients lorsque je fus interrompu par le père abbé Michel accompagné d'Édouard et d'un homme d'armes. Altier, vêtu d'un haubert rehaussé d'un bliaud aux couleurs de sa Picardie natale, grand, le cheveu long et noir s'étalant sur ces larges épaules, il ressemblait à s'y méprendre à Simon de Monfort.

— Je suis Guillaume de Boisjouvert, tonna-t-il d'une voix puissante. Je viens prendre possession des lieux et je vous ordonne de dégager ces gens. Mon donjon n'est pas un hospice, renchérit-il en me dévisageant et s'attardant avec dégoût sur ma vêture maculée de crasse et de taches de sang.

— Ces villageois ont subi de lourdes interventions chirurgicales, osai-je. Les déplacer serait préjudiciable et nombres d'entre eux risque de mourir, rajoutai-je.

— Tu n'as pas entendu ce que vient de dire le seigneur de Boisjouvert, pesta Édouard sur un ton des plus obséquieux.

— Il te faut obéir Sicard, intervint le père abbé visiblement inquiet de la tournure de la discussion.

— Ces hommes et ces femmes vont mourir si nous les déplaçons.

— La belle affaire, ricana de Boisjouvert. Je vous ordonne de déguerpir de ces lieux sur-le-champ avec vos pesteux sans quoi mes hommes s'en chargeront.

Guillaume de Boisjouvert arpenta le donjon à grandes enjambées, jetant des regards noirs sur les alités que l'on déposait sur des brancards de fortune afin de les évacuer.

— Quant à toi, je t'interdis dès ce jour de pratiquer la médecine qui est désormais dévolue aux frères cisterciens. Me suis-je bien fait comprendre, dit-il en me fixant dans les yeux.

— Bien Messire, répondis-je, tournant le dos au nouveau seigneur de Minerve dont le visage s'empourpra.

— On ne me tourne pas le dos impunément.

— Je vais mettre de l'ordre dans mon officine afin d'en préparer son déménagement.

— Voyons cela, ironisa de Boisjouvert suivi d'Édouard et du père abbé. Qu'est-ce que ce capharnaüm ? ricana le chevalier picard devant des étagères débordant de fioles, de bocaux contenant des tisanes et de mortiers où marinaient pommades et onguents.

Il s'étonna devant les précieux livres médicaux, les traités de médecine et les schémas anatomiques disposés sur mon écritoire.

— Que sont ces livres et ces dessins? demanda-t-il jetant négligemment un ouvrage sur le sol.

— Ce sont tout simplement des précis de médecine, répondis-je en ramassant le livre.

— Donnez-le-moi, exigea Guillaume de Boisjouvert s'en emparant et le feuilletant d'un air dubitatif. Qu'est-ce que ce charabia? Allons répond prestement, ajouta-t-il devant mon hésitation.

— Il s'agit d'un traité de médecine orientale.

— D'où tiens-tu ce torchon écrit en langue maure ? fulmina-t-il.

— C'est un don d'un médecin aragonais qui tenait lui-même son enseignement d'un illustre médecin arabe.

— Il est sacrilège de frayer avec l'ennemi du Christ. Les infidèles brisent les croix de nos églises avant de les brûler, ils tentent d'arabiser nos prêtres courageux mais en vain car nos saints hommes préfèrent la mort plutôt que le renoncement à leur foi et voilà que tu viens nous inculquer ta médecine arabe. Tu es donc parjure, cela peut te conduire à la potence.

— Et que fait ce cadavre de chat puant et étripé sur cette table ? s'étonna Édouard en se pinçant le nez.

— J'utilise ses boyaux pour en tisser des fils de suture.

— Le chat est l'ami du démon, s'insurgea-t-il

— Il n'y a aucun démon en ces lieux, il s'agit là aussi d'une technique de suture créée par les Berbères, plaisantai-je.

— Je n'aime pas ton sourire, maugréa Édouard.

— Tu m'en vois navré, répliquai-je tandis qu'il furetait le moindre recoin de mon laboratoire.

— Quel est cet assemblage de tuyaux ? questionna Guillaume de Boisjouvert.

— Il s'agit d'un alambic qui me permet de distiller des fruits et d'obtenir de l'alcool qui désinfecte les plaies.

— Tout ceci empeste la sorcellerie, grommela-t-il.

— La même que tu utilises pour dévier le jeune Denis de son devoir, renchérit Édouard.

— Le novice Denis est passionné de médecine, il apprend vite et pourrait devenir un excellent médecin, rétorquai-je.

— Denis a voué sa vie à Dieu, il doit se consacrer uniquement à la prière et à l'enseignement des Saintes Écritures, persifla Édouard.

— La médecine est un don de Dieu, affirmai-je.

— Il n'y a que Dieu qui décide de nos maux, aller à son encontre est un sacrilège.

— Soigner la maladie est un acte de piété, contredis-je.

— Tu es le diable réincarné.

— Et toi le plus obtus des religieux.

— Tu répondras de ton arrogance devant ton créateur, intervint Guillaume de Boisjouvert. On dit que ton épouse pratique elle aussi la médecine.

— Elle est seulement ventrière.

— Mensonge, je l'ai vue t'assister, éructa Édouard.

— Où est cette femme ? Qu'on me l'emmène, exigea le chevalier picard.

— Elle a quitté ce matin même Minerve pour se rendre dans un hameau éloigné afin d'assister une jeune femme en couches, répondis-je.

— Fasse que l'enfant meure plutôt que de naître avec des cornes et avec une queue fourchue, ironisa Édouard.

— Allons, allons, coupa le père abbé Michel, il nous faut raison garder.

— Votre grandeur d'âme vous enclin à une certaine naïveté père abbé, dit Guillaume de Boisjouvert. Nous sommes ici en présence d'un homme qui pactise avec le malin et avec le Maure, rajouta-t-il.

Malgré mes protestations, Édouard jeta pèle mêle mes livres, mes schémas et mes croquis dans une cagette sous le regard condescendant de Guillaume de Boisjouvert qui balaya d'un long revers de main mes ustensiles de verre, mes tubes, mes têts et surtout l'alambic qui se brisèrent sur le sol. Le nouveau seigneur de Minerve héla deux gardes qui me saisirent. Devant ma résistance, les sbires du chevalier me rossèrent mais je me défendis assénant coups de poing et de pieds. Deux autres soldats surgirent, dégainèrent leurs épées et me frappèrent du plat de leurs lames. Cernés par quatre guerriers aguerris, je ripostai avec l'énergie du désespoir, parvins à désarmer un des soldats et lui plantai son épée dans la poitrine. L'homme s'écroula en hurlant. Excédé, Guillaume de Boisjouvert se saisit d'un écu et me frappa au visage, mon nez éclata dans une gerbe de sang. Je m'écroulai et les gardes se vengèrent de la mort de leur camarade en me rouant de coups. Mes arcades se déchirèrent, mes lèvres se fendirent et je sentis le goût âpre du sang dans ma bouche. Solidement entravé et sous une chaleur accablante, je fus mené sur la grand-place du village et mis au pilori sous les lamentations des villageois conviés manu militari à assister à mon humiliation. Édouard déposa à mes pieds la caisse contenant mes livres et la brûla.

— Voilà ce qui arrive à ceux qui osent défier Dieu et la sainte autorité des moines cisterciens dont je suis le bras armé, clama

Guillaume de Boisjouvert dans un silence glacial. Cet homme va être jugé pour parjure car il pactise avec l'infidèle. J'en veux pour preuve ce livre écrit en langue arabe, dit-il le brandissant à la vue de tous. Il va être également jugé pour sédition à mon autorité, pour le meurtre de l'un de mes soldats et enfin il le sera comme satanique pour avoir ensorcelé un novice. Il devra expier ses erreurs devant Dieu.

— Le jugement de Dieu, une ordalie, renchérit Édouard.

— Excellente idée mon cher, acquiesça de Boisjouvert.

— Auriez-vous perdu la raison Messire de Boisjouvert et toi aussi frère Édouard ? s'interposa le père abbé Michel.

— Je crois que vous êtes trop vieux pour diriger cet ordre, se gaussa de Boisjouvert devant l'air déconfit du père abbé. Vous devriez rejoindre votre Abbaye de Bonneval et vous contenter de prier, de lire et de jardiner, rajouta-t-il.

— J'ai toute autorité sur ce village et ces habitants, s'insurgea le père abbé.

— Plus maintenant, Messire de Montfort m'a confié de mettre ce village au pas.

— J'ai reçu la semaine dernière un courrier de Messire de Monfort qui stipule que vous êtes au service de l'ordre des cisterciens, s'offusqua le père abbé.

— Frère Édouard a eu la présence d'esprit d'adresser une missive informant Arnaud Amaury de votre bienveillance envers les hérétiques. J'ai ici votre nouvel ordre de mission, dit Guillaume de Boisjouvert tendant un document au père abbé.

— Vous n'êtes plus le prieur de Bonneval. Vous irez désormais prier en l'abbaye de Aubepierre dans le diocèse de Limoges, attesta frère Édouard.

— Comment as-tu osé misérable, se scandalisa le père abbé.

— Silence frère Michel, le père abbé Édouard a désormais toutes les compétences requises pour vous remplacer, trancha Guillaume de Boisjouvert tendant le document à l'abbé Michel.

— Maudit sois-tu, lança le moine déchu après avoir lu la missive.

— Je n'ai que faire de votre malédiction, sourit le père abbé Édouard.

— J'ai toujours eu des doutes quant aux motivations qui t'ont conduit à revêtir le scapulaire. Force est de constater que j'avais raison.

— L'argent versé par ma famille a tôt fait de vous corrompre, se gaussa le nouveau père abbé. Vous êtes un vénal comme tous les hommes d'église. L'argent achète ce que la conscience récuse.

— Tu n'es qu'un misérable attiré par le pouvoir mais ta cupidité te perdra.

— La belle affaire, se moqua Guillaume de Boisjouvert, vous êtes trop vieux ou trop candide pour diriger votre ordre, l'Église n'a que faire de prêtres tels que vous et vous n'êtes à ce jour plus qu'un frère parmi d'autres frères, renchérit-il.

— Les affaires d'ordre ecclésiastiques ne sont pas de votre ressort.

— Certes mais elles ne sont plus du vôtre. Vous devez dès ce jour obéissance au père abbé Édouard mais je vais faire acte de contrition en vous citant comme témoin à charge dans l'acte d'accusation du médicastre qui…

— Il est hors de question que je participe à ce simulacre de tribunal, trancha le cistercien dépossédé de son titre. Sicard a prouvé son amour en notre Seigneur en soignant les nécessiteux.

— Dites-moi frère Michel, railla Guillaume de Boisjouvert, succomberiez-vous, vous aussi aux atours de la vipère hérétique ? Sachez que votre coule ne vous serait d'aucun secours si toutefois me venait l'idée d'intenter un procès à votre égard.

— Je suis au service de notre Sainte Mère l'Église et n'ai que faire de vos accusations. Vos insinuations sont une insulte à mon sacerdoce.

— Reprenez-vous frère Michel. Soyez conciliant et oublions ce différend qui ne mène à rien. Nous sommes tous deux au service de la croisade. Notre but n'est-il pas de dénicher l'hérétique ? demanda Guillaume de Boisjouvert me désignant.

— Je peux affirmer que Sicard n'a jamais pactisé avec le païen. Vous vous apprêtez à condamner un enfant de Dieu.

— Cet homme est un satanique, trancha le père abbé Édouard.

— Satan peut se vêtir aussi bien d'oripeaux que d'un scapulaire.

— Qu'insinuez-vous ?

— Tu m'as très bien compris.

— Vous n'êtes plus rien frère Michel, vous me devez respect et soumission.

— Je ne m'inclinerai jamais devant toi…

— Suffit frères cisterciens, l'heure n'est pas à vos disputes, interrompit Guillaume de Boisjouvert. Nous avons à juger un démoniaque.

— Cette caricature de procès se tiendra sans moi, dit frère Michel en tournant le dos à ses contradicteurs.

Le moine fendit la foule, entra dans une masure, en ressortit avec un cruchon puis se dirigea vers le pilori sous l'œil circonspect de Guillaume de Boisjouvert.

— Courage mon fils, me dit-il en me faisant boire quelques gorgées.

Frère Michel releva le pan de sa coule et m'essuya délicatement le visage.

— Ceci est le sang de l'innocence, clama-t-il arborant sa vêture souillée de mon sang.

— Vieux fou, ricana le père abbé Édouard.

— Une dernière chose manants, pesta Guillaume de Boisjouvert à l'encontre de la population, quiconque viendra en aide au prisonnier sera pendu.

Guillaume de Boisjouvert et le nouveau père abbé des cisterciens de l'abbaye de Bonneval s'éclipsèrent laissant quelques soldats qui entourèrent mon carcan sous les huées de la population. Les gardes en faction, pointèrent leurs piques et repoussèrent les braves gens qui tentaient de me donner à boire. Certains jetèrent des seaux d'eau sur la caisse où mes livres finissaient de se consumer. Une vieille femme força le passage des soldats mais elle fut molestée et jetée au sol. D'autres habitants firent de même soutenus par des hommes qui lancèrent des pierres sur la troupe armée. Protégés par leurs larges boucliers, les gardes reculèrent un instant avant de charger la foule qui se débanda sauf un petit chenapan qui déjouant l'attention des croisés parvint à me faire boire quelques gorgées. Malgré la douleur, la chaleur déjà étouffante de cette fin de matinée et le sang qui m'aveuglait, je reconnus la bonne âme qui me versait de l'eau fraîche.

— Petit Peyre, file vite à Lastours prévenir Dame Carmen. Tu as compris ? haletai-je.

Le garçonnet me fit un clin d'œil et détala.

*****

— Il nous faut pendre ce diable d'homme et le pendre au plus vite, dit Édouard.

— Vous avez raison père abbé mais je pense qu'un bûcher aura tôt fait de terroriser ces gueux en leur rappelant d'agréables souvenirs, ironisa Guillaume de Boisjouvert. J'ai donné des ordres afin que tout soit prêt pour cette nuit, continua-t-il, en tendant une coupe de vin à son hôte.

— Je ne bois pas de vin Messire de Boisjouvert, déclina le père abbé Édouard tout en contemplant les nombreuses fioles de vin étalées sur la grande table de la cuisine.

— Allons, allons mon cher, il nous faut fêter ma nomination de nouveau seigneur du Minervois. Je n'étais qu'un fidèle et modeste vassal de Simon de Montfort et me voici à présent comte de Minerve. Je n'étais qu'un chevalier parmi tant d'autres vivant dans un petit village fortifié de Picardie et je dirige désormais un des plus vastes fiefs de la vicomté de Carcassonne. De plus, il nous faut célébrer également vos nouvelles fonctions. Vous êtes à ce jour le prieur de Bonneval.

— Grâce vous soit rendue Messire Guillaume, dit le père abbé portant la coupe de vin à ses lèvres.

— Allons, buvons mon ami. Vous êtes un ambitieux tout comme moi. Nous sommes faits pour nous entendre.

*****

— Que faites-vous père abbé ? s'étonna frère Denis en voyant son supérieur préparer un baluchon.

— Je ne suis votre père abbé, répondit amèrement le religieux, vous êtes désormais sous les ordres d'Édouard. Je ne suis plus qu'un simple frère parmi les siens.

— Il est hors de question que je baise la main de ce morveux, s'empourpra frère Nicolas en martelant les dalles de sa canne. Je suis peut-être aveugle mais je sais reconnaître la bonté d'un homme au son de sa voix. Cet Édouard est un dévoyé.

— Frère Nicolas à raison, insista un jeune moine sous l'approbation de la communauté.

— Édouard n'est qu'un usurpateur, s'emporta un barbon voûté par les années.

— Vous n'aurez désormais d'autre choix que de lui obéir, soutint frère Michel.

— Qu'en est-il de vous, demanda frère Nicolas.

— Je vous quitte pour un monastère en terre limousine. Je pars ce soir même.

— Les chemins sont dangereux, intervint un novice.

— N'ayez aucune crainte mon frère, Dieu saura me guider.

— Ayez l'obligeance de nous bénir et nous dire une dernière messe, implora frère Nicolas.

— Je n'en ai plus le droit.

— Ce n’est pas un droit, c’est un devoir, pesta le vieil aveugle.
— Ainsi soit-il, sourit frère Michel.

5
Liberté

Se faufilant comme une anguille dans le campement des soldats, Petit Peyre sella un cheval, chaparda dans une tente une tunique aux couleurs picardes et s'éloigna du bivouac sans être inquiété. Il atteint la sortie du village et lança le cheval au grand galop.

Il chevaucha sans encombre et parcourut rapidement les quelques lieues qui séparaient Minerve de Lastours. Il se débarrassa de son bliaud et se présenta sous les remparts de la forteresse. Majestueuses, Cabaret, Sursespine et Quertinheux, les trois immenses tours flanquées sur un piton rocheux dominaient la vallée de l'Orbiel. L'ensemble des murailles crénelées formaient un mur infranchissable qui ouvrait la porte sur la Montagne Noire et le Cabardès. Imprenable par la force, le site fut le témoin d'une bataille opposant les hommes de Pierre Roger de Cabaret et de son frère Jourdain contre les troupes de Montfort durant la campagne militaire de l'automne 1209. La rudesse du terrain et les pentes abruptes menant aux trois tours interdisaient aux ingénieurs de l'ost croisé l'installation de leurs machines de guerre. Ne s'avouant pas vaincu pour autant, Simon de Montfort décida d'un assaut frontal. Orchestrée par le lion de la croisade, l'attaque fut un véritable désastre pour les Français qui perdirent de nombreux hommes. Pierre Roger et Jourdain à la tête d'une troupe de chevaliers faydits harcelèrent les Français et les contre-attaquèrent. Dévalant les terribles pentes, les méridionaux mirent en déroute les hommes de Montfort. Le lendemain de cette funeste journée, certaines troupes jusqu'ici fidèles à la croisade décidèrent de la quitter réduisant l'ost à une poignée d'hommes.

*****

— Que veux-tu morveux? hurla du haut d'une tour un des soldats de Cabaret.

— Je dois rencontrer Messire Pierre Roger de Cabaret de toute urgence, répondit Petit Peyre.

— Allons, passe ton chemin misérable sans quoi je descends te tailler les oreilles en pointe, se moqua le garde.

— Ouvrez-moi pour l'amour du ciel, J'apporte de bien tristes nouvelles de Minerve.

La herse s'ouvrit et Petit Peyre fut reçu par un sergent qui dévisagea le garçonnet.

— Qui es-tu?

— Je m'appelle Peyre mais à Minerve, tout le monde me nomme Petit Peyre.

— Tu as fait tout ce long chemin depuis Minerve?

— Oui Messire.

— Messire, s'esclaffa le sergent sous le rire des soldats en faction. Je ne suis que sergent. Allons, que veux-tu?

— L'époux de Dame Carmen va être exécuté dans la soirée, répondit Petit Peyre la voix brisée par des sanglots.

— Reste là garçon, je vais prévenir notre seigneur.

Pierre Roger de Cabaret apparut tandis qu'un palefrenier s'occupait de la monture couverte d'écume et qu'un serviteur tendait une coupe d'eau fraîche à Petit Peyre.

— Qu'as-tu à me dire mon garçon?

— Les moines de Minerve veulent brûler Sicard le chirurgien.

— L'époux de Dame Carmen? s'étonna le seigneur du Cabardès.

— Oui Messire.

— De quoi l'accuse-t-on ?

— De sorcellerie je crois et de bien d'autres choses dont je ne me souviens plus. Les soldats du nouveau seigneur de Minerve l'ont tellement frappé qu'il est défiguré. Ils l'ont mis au pilori et préparent le bûcher.

— Faites venir Bertrand et le borgne, ordonna Pierre Roger de Cabaret à un sergent et pas un mot à Dame Carmen.

Petit Peyre reprit son récit devant Bertrand et Boniface qui maudirent Guillaume de Boisjouvert et les cisterciens.

— Ces chiens sont pires que le diable, pesta le seigneur de Cabaret.

— C'est le moine chétif qui accuse Sicard, affirma Petit Peyre.

— Édouard, ça ne peut être que lui, grommela Boniface.

— Oui, c'est bien le nom que j'ai entendu, je l'ai vu brûler les livres de Sicard et il riait lorsque les soldats frappaient Sicard. Ils l'ont attaché à un carcan et ils entassaient du bois sec au pied d'un poteau.

— Tu es très courageux Petit Peyre, dorénavant on devait t'appeler Peyre le Grand, sourit Bertrand.

— Qu'allez-vous faire Messire Bertrand ? demanda Petit Peyre.

— Je ne suis plus sire, répondit tristement Bertrand.

— Pour moi, vous serez toujours Messire Bertrand de Minerve.

— Que tu es grand Petit Peyre ! dit Bertrand en serrant le garçonnet dans ses bras.

— De combien d'hommes dispose le nouveau maître de Minerve ? interrogea Pierre Roger de Cabaret.

— D'une trentaine Messire.

— Soit, montons rapidement une expédition pour délivrer Sicard et faire rendre gorge à ces soudards.

— Permettez Messire, intervint Boniface, si nous chassons Guillaume de Boisjouvert et ses hommes, d'autres viendront et la population en pâtira.

— Il ne s'agit pas de les chasser mais de les tuer, s'empourpra Pierre Roger de Cabaret.

— Boniface à raison, d’autres vengeront les leurs, soutint Bertrand.

— Alors que faire, s’inquiéta le seigneur de Cabaret.

— Petit Peyre, tu affirmes que Sicard a été frappé et que son visage est défiguré, s’assura Boniface en s’agenouillant à la hauteur du garçonnet.

— Oui j’en suis sûr, je l’ai vu de mes yeux, j’étais très près de lui lorsqu’il m’a demandé de vous prévenir, il avait très mal et il saignait beaucoup.

— Bertrand, connaissez-vous une famille de paysans qui pourrait nous fournir un chariot ? demanda Boniface.

— Faber le chevrier possède une ferme à moins d’une lieue de Minerve. C’est un brave homme qui se proposera de nous aider, certifia Bertrand.

— Parfait, Sicard sera parmi nous dans quelques heures, assura Boniface.

— Qu’allez-vous faire Boniface ? s’étonna Bertrand.

— Qu’allons-nous faire ? sourit Boniface en donnant une tape amicale sur le dos de Bertrand.

Chevauchant de puissants chevaux, Boniface et Bertrand galopèrent jusqu’à Minerve. Ils firent halte le long d’un ruisseau afin d’abreuver les montures. Les deux cavaliers laissèrent les animaux se reposer quelques instants et se remirent en selle. Le jour s’éteignait peu à peu lorsqu’ils arrivèrent chez Faber le chevrier. Son fils Terren s’empressa de panser les chevaux et les mena dans une grange. Algaia, l’épouse de Faber proposa un broc de vin, du fromage de chèvre, de la charcuterie et une tranche de pain que Boniface et Bertrand engloutirent goulûment pendant que Faber attelait ses chevaux à une carriole comme le lui avait demandé Bertrand. Le brave homme s’exécuta sans poser de question au fils de son ancien seigneur et lui souhaita bonne chance. Il répondit également à l’accolade de Boniface en le serrant dans ses bras. Ému,

Boniface étreint Algaia en la remerciant chaleureusement pour son accueil puis il se pencha sur Terren lui claquant une énorme bise sur le front.

Les deux amis silencieux comme des loups s'approchèrent du village. Ils dégainèrent leur épée, arpentèrent les venelles plongées dans la pénombre puis débouchèrent sur la grande place.

Ils aperçurent leur malheureux ami prisonnier de son pilori de bois. Quatre gardes en faction devant l'engin de torture jouaient aux dés tout en vidant des cruchons de vin.

— Bah, dit l'un d'eux, à quoi bon surveiller ce moribond. Nul ne viendra le délivrer.

— Les habitants font dans leurs braies, renchérit un autre au visage dévoré de pustules. Personne n'oserait tenter quoi que ce soit.

— Tu as raison sergent, cette charogne est déjà à moitié morte et c'est un cadavre que les prélats brûleront à la tombée de la nuit.

— Allez venez ! ordonna le sergent, inutile de perdre notre temps à veiller sur ce cadavre puant. Les copains l'ont tellement frappé qu'il s'est chié dessus. Il empeste à mille lieues. Suivez-moi, nous allons boire quelques cruches à sa santé, rajouta-t-il provoquant le rire de ses soldats.

— Je vais pisser, dit le plus jeune, je vous rejoins dans un moment mais attendez-moi pour vider la cave.

— Dépêche-toi sinon il ne te restera que de l'eau, plaisanta l'officier en emmenant ses hommes dans le campement.

Ils s'éclipsèrent pendant que le jeunot se soulageait contre un mur. Il n'eut pas le temps de finir car deux énormes mains l'empoignèrent. Boniface se jeta sur le soldat, le décolla du sol et l'étrangla sous le regard sidéré de Bertrand. L'homme se débattit quelques instants fouettant le sol de ses jambes. Telles des étaux, les mains du géant brisèrent la nuque du soldat picard qui s'étala dans la poussière. Boniface déshabilla le cadavre pendant que Bertrand délivrait Sicard de son carcan, il lui retira ses vêtements et l'habilla avec la vêture du soldat mort. Boniface asséna de terribles coups de poing sur le visage du soldat s'acharnant avec fureur sur les arcades, le visage, les yeux et la bouche. Le sang gicla puis Boniface roua la dépouille de coups de pied. Il ramassa le corps disloqué et défiguré, le vêtit des habits de Sicard et le mit au pilori. Ils terminèrent leur funeste besogne lorsque le sergent et ses gardes revinrent sur la grande place. En toute hâte, Boniface prit Sicard sur son dos et suivit Bertrand dans les ruelles.

— Jean, Jean où es-tu sacripant ? On ne t'a pas attendu mais on te ramène quand même quelque chose à boire. Allons où te caches-tu ? héla le sergent d'une voix tonitruante.

— Il aura sans doute rencontré une belle garce et je te parie qu'ils sont en train de faire la bête à deux dos dans une grange, lâcha un soldat.

— Tu as raison, Jean sait abuser de sa belle gueule et les donzelles se pâment d'amour pour lui.

— Et bien tant pis pour lui, buvons sa part, rit le sergent tendant le cruchon à ses hommes.

*****

Boniface et Bertrand revinrent chez Faber et installèrent Sicard dans le chariot recouvert de paille fraîche et de couvertures.

— Dans quel état est-ce pauvre garçon ? s'émut Algaia.

— N'ayez crainte Dame Algaia, notre ami est fort, la rassura Boniface.

— Nous t'avons peut-être mis en danger Faber ? s'inquiéta Bertrand.

— Il n'y a ici aucune trace de votre passage, tu es bien le digne fils de ton père. Va maintenant jeune Bertrand de Minerve.

— Merci pour tout, sans votre aide…

— Nous n'avons rien fait, sourit Faber le chevrier.

*****

Le corps démantelé fut extirpé de son pilori et enchaîné sur l'échafaud sous les huées de la population.

Avançant à petit pas et chantant des psaumes, le cortège des moines quitta l'église et se rendit jusqu'à la place du village. La nuit d'un noir profond donnait aux ombres, qui se reflétaient à la lueur des flambeaux, un aspect fantasmagorique visant à effrayer les Minervois. Derrière les religieux, Guillaume de Boisjouvert, tout sourire, arborant sa plus belle tunique, marchait accompagné d'une escorte. Tenus à bonne distance de l'échafaud par des gardes, les habitants se turent dès que la troupe armée pénétra sur la place. Édouard savourait sa victoire et jeta un rictus ironique à la foule qui resta muette. Les hommes, les poings serrés, lui lancèrent des regards noirs tandis que les femmes baissèrent la tête. Une vieillarde afficha son mépris à Édouard, le fixant dans les yeux. L'ecclésiastique fit quelques pas et se planta devant la vieille femme. La toisant et maugréant quelques mots, il soutint le regard de la nonagénaire qui loin de baisser le sien, lui adressa son plus charmant sourire en ouvrant une bouche pestilentielle et édentée qui le fit reculer en se bouchant le nez sous les quolibets des proches de la doyenne.

— Diablesse ! cracha-t-il.

— Diablotin, répondit-elle sans se départir de son humour.

— Tu iras en enfer, reprit-il.

— J'y suis déjà, ironisa-t-elle et tu m'y rejoindras bientôt.

— Tu finiras sur le bûcher.

— Aurais-tu les génitoires pour l'allumer ?

— Cette tâche revient au bourreau, rétorqua-t-il.

— Les eunuques manquent de courage, asséna la vieille dame.

— Suffit la drôlesse, intervint un sergent sentant que la situation s'envenimait et risquait de déraper à tout moment.

Édouard recula et vint rejoindre ses moines en les incitant à chanter plus fort afin de couvrir les grondements de la population qui reprenait du poil de la bête. L'altercation entre Édouard et la vieillarde restait vivace et nul désormais ne courbait la tête. Quelques pierres fusèrent et atteignirent le cistercien. Il ne dut son salut qu'à deux gardes qui l'entourèrent et le protégèrent de leurs immenses boucliers normands. L'émeute grondait et les villageois n'hésitaient plus à dégainer des couteaux. Guillaume de Boisjouvert ordonna à ses archers de faire face aux insoumis. Les hommes bandèrent leurs arcs et n'attendaient plus qu'un ordre pour férir.

— N'y a-t-il pas eu assez de morts, de désolation, de veuves, et d'orphelins ? hurla un vieil homme s'interposant entre la foule et les archers. Cela ne vous a-t-il pas suffi ? Que pouvons-nous contre des hommes armés et bien décidés à nous faire rendre gorge. ? Ils ne seront d'aucune pitié. Souvenez-vous de ce qu'ils firent à Béziers, souvenez-vous de nos frères Cathares immolés dans les flammes au cœur même de notre cité, souvenez-vous de notre bon seigneur et sa dame obligé de quitter leurs tours et leurs murailles pour partir en exil. Il vous faut vous calmer mes enfants, nous ne sommes pas des guerriers et encore moins des meurtriers.

— Traître, c'est ainsi que tu rends hommage à Sicard, cria une voix.

— Je donnerai ma vie pour Sicard mais Sicard n'est plus. Il était mon ami et je sais qu'il refuserait que d'autres se fassent tuer pour lui.

— C'est vrai, le doyen dit la vérité, lança un Minervois.

— Il a raison, acquiescèrent d'autres voix.

— Notre seule façon de le vénérer aujourd'hui est de tourner le dos à son exécution, reprit le vieillard. Sicard ne supporterait pas de nous voir pleurer et de souffrir pour lui tout comme il ne supporterait pas de voir nos visages en larmes. Il ne souhaiterait pas non plus que nous entendions ses cris. Retirons-nous en silence, par pudeur et par amour pour lui. C'est l'unique et dernier geste d'amitié que nous accomplirons pour cet homme qui nous a tant donné.

Malgré les protestations d'Édouard, les habitants tournèrent le dos à la procession et à l'exécution. Il s'en plaignit à Guillaume de Boisjouvert qui lui conseilla de baisser d'un ton car le chevalier souhaitait, lui aussi, éviter toute effusion de sang. Il ne voulait pas commencer sa mandature de nouveau comte de Minerve par un massacre et enjoint Édouard à un peu plus de dignité et de retenue.

Faisant contre mauvaise fortune bon cœur, Édouard s'en tint au conseil de Guillaume de Boisjouvert et s'approcha du poteau afin de procéder à l'exécution. Constatant que sa victime ne bougeait pas, il exigea qu'un soldat jette un seau d'eau sur le visage de l'infortuné. L'eau éclaboussa le condamné qui ne réagit pas. Édouard grimpa sur la plateforme, tira sur la tignasse de l'homme en arrière et découvrit, horrifié un visage transformé en bouillie, un œil pendait au bout de son orbite, le nez, les arcades, les pommettes n'étaient plus qu'un amalgame de sang coagulé et des filets de bave sanguinolent coulaient de sa bouche.

— J'aurais tellement voulu te voir souffrir et t'entendre hurler, murmura-t-il à l'oreille du sacrifié avant de jeter une torche qui aussitôt embrassa l'échafaud.

Épilogue
Monzon – Aragon – Janvier 1211

Sa santé déclinante, Don Alejandro s'était résolu à fermer l'hospice peu de temps après notre fuite pour les terres des Hautes Corbières. Notre départ plongea mon vieux maître dans une profonde mélancolie et une tristesse infinie. Il finit par comprendre, à ses dépens, du désir d'indépendance de sa fille. Elle refusait le destin et le mariage de complaisance manigancé par son renard de père avec l'un des fils d'une des plus riches familles de Monzon. Aveuglé par ses traditions, il ne s'était pas aperçu que sa fille était devenue au fil des années une splendide jeune femme éprise de liberté qui se moquait des conventions et des us d'une autre époque. Carmen ne jurait que par une vie amoureuse pleinement accomplie malgré les promesses d'une existence d'oisiveté et de richesse auprès d'un homme dénué de tout attrait pour qui seul comptaient les titres et la notoriété. Ne pouvant se résoudre à vivre seul, Don Alejandro trouva refuge chez Assomption. Prise de pitié pour le vieillard dont la ruse n'avait d'égale que ses sempiternelles lamentations, elle se résolut après de longues tractations à le recueillir à condition qu'il se montre aimable et qu'il laisse de côté ses colères et son caractère bougon. Il ronchonna les premiers jours mais la bonne humeur d'Assomption malgré son infirmité porta ses fruits. Elle lui aménagea une chambre avec une bibliothèque sur laquelle trônaient ses traités de médecine, ses registres de soins et ses carnets de remèdes.

La cohabitation se fit dans une ambiance sereine, Assomption concoctant de bons petits plats et dénichant chez les commerçants de Monzon de bons vins de la Rioja dont se délectait le vieil homme. Une réelle amitié naquit finalement entre eux. Don Alejandro n'ayant rien perdu de sa dextérité accompagnait Assomption dans son travail de ventrière lorsqu'un accouchement s'avérait difficile. Se sentant encore utile malgré son grand âge, Don Alejandro reprit petit à petit goût à la vie et clopin-clopant dispensait ses soins chaque matin visitant les malades de la cité pour le plus grand bonheur des édiles qui retrouvaient leur médecin. La fermeture de l'hospice fut un déchirement pour la population et chacun saluait le courage et l'altruisme de mon vieux maître lorsqu'il se rendait au chevet des nécessiteux. Assomption veillait sur lui avec la tendresse d'une mère et le grondait lorsqu'il rentrait épuisé de ses visites. Don Alejandro maugréait lui assurant que seule la mort l'empêcherait de poursuivre son sacerdoce. Assomption dut se rendre à l'évidence et constata les effets immédiats de la maestria du bougon sur la mortalité infantile. Don Alejandro puisait dans ses dernières forces toute la vitalité nécessaire à faire reculer ce terrible fléau et un grand nombre de parents le bénirent ainsi que l'abbé Paco pour qui chaque office d'obsèques religieuses d'enfançon était un véritable crève-cœur.

*****

Qu'elle ne fut pas la surprise d'Assomption lorsque nous toquâmes à son huis un soir d'octobre 1210 ? Elle ouvrit sa porte, se signa et nous enlaça. Nous restâmes un long moment sur le seuil de la maisonnée. Elle serra longuement Carmen dans ses bras, m'embrassa avec la tendresse d'une mère, dévisagea Boniface et lui tendit la main. Boniface blêmit, bredouilla quelques mots puis courbant le buste lui baisa la main. On entendait dans la pièce voisine maugréer la voix d'un homme que Carmen reconnut aussitôt. Appuyé sur une canne, Don Alejandro sortit de sa chambre et tomba nez à nez avec sa fille. Après un léger flottement teinté de stupeur et d'angoisse, le vieil homme tendit ses bras et Carmen se lova contre son père. Don Alejandro caressa longuement les cheveux de sa fille, sécha ses yeux humectés et me fixa de son regard perçant.

— Les cordonniers sont les plus mal chaussés et les médecins sont les plus soignés, sourit-il devant mon état.

De son œil toujours aussi pétillant, mon vieux maître décida tout de go de m'ausculter. Je portais encore les séquelles du déferlement de violence des hommes de Guillaume de Boisjouvert. Mes côtes brisées me faisaient souffrir et la traversée des Pyrénées dans un chariot cahotant sur les mauvais chemins n'avait fait qu'empirer les choses. J'étais encore très faible, Carmen avait recousu mes plaies, remit mon nez en place mais nous ne possédions aucun remède contre la douleur et l'infection. Don Alejandro me fit boire une dose d'opiacés et appliqua des onguents pour adoucir mes cicatrices. Aidé de Carmen il m'allongea sur un lit et badigeonna mon torse d'une pommade de prèle et d'arnica. L'opium fit rapidement son effet et je finis par s'assoupir. Don Alejandro quitta la chambre à pas de velours et vint s'asseoir devant la cheminée. La porte de la maisonnée s'ouvrit laissant apparaître Boniface qui déposa une pile de bois devant l'âtre.

— Vous êtes Hercule réincarné, plaisanta Don Alejandro se relevant et palpant les bras et le torse puissant de Boniface, sous le regard d'Assomption qui semblait comme envoûtée par le géant.

— Je suis Boniface pour vous servir Messire, s'inclina spontanément et maladroitement Boniface.

— Ce lourdaud vous donne des titres, s'esclaffa Assomption. On n'a pas fini de jaser dans Monzon devant Messire Don Alejandro, se gaussa-t-elle.

— Silence friponne, cet homme sait reconnaître un homme de qualité et le lui fait savoir, ronchonna Don Alejandro. Tu es médecin toi aussi ?

— Je ne suis, bégaya Boniface, qu'un pauvre…

— Boniface est notre sauveur père. Sa force n'a d'égale que sa bravoure. Nous lui devons la vie, intervint Carmen.

— Dans mes bras mon fils, dit Don Alejandro faisant quelques pas.

Ému, Boniface se pencha et se blottit contre le vieil homme.

— C'est la première fois qu'on me nomme ainsi, balbutia-t-il bouleversé sous le regard attendri d'Assomption.

— C'est fête, ce soir, allons cessons de pleurer, ordonna Don Alejandro. Qu'on mette en broches quelques poulets et que l'on débouche de bonnes bouteilles.

Assomption et Carmen s'occupèrent du repas et Don Alejandro s'installa près de mon lit. Il prit mes mains dans les siennes, et caressa l'anneau d'or que je portais à l'annulaire.

— Il me faudra t'opérer, sourit-il, ton nez a été brisé. Ton épaule est encore luxée, il te faudra du repos afin que tes côtes se reconsolident.

— Je serai le plus patient de vos patients.

— Comment ma fille a-t-elle pu s'amouracher d'un malandrin de ton espèce ?

— Les élans du cœur sont imprévisibles.

— J'ai longtemps été aveugle. Carmen est un cheval sauvage indomptable.

— Indomptable, telle est Carmen à votre image cher maître.

— Allons lève-toi paresseux, je m'aperçois que l'opium te fait dire des âneries.

J'étais dans un état de somnolence pendant le dîner voguant comme un navigateur entre les effets des opiacés et les bons crus servis par Don Alejandro. Carmen n'épargna aucun évènement de ses dernières années à son père, notre mariage, la construction de l'hospice à Padern, la croisade contre les Cathares et son cortège de malheurs, d'assassinats et de bûchers, l'obscurantisme des religieux et leur cruauté lors du sac de Béziers et enfin ma condamnation à mort pour usage frauduleux de la médecine.

— Nous sommes entrés dans un pays dont les prémices de la guerre se faisaient écho, nous l'avons quitté lorsqu'elle déferla sous les ordres de Rome, dit-elle.

— Comment Dieu peut-il laisser commettre pareille ignominie ? se désola Don Alejandro.

— Parce que Dieu n'existe pas père.

Interloqué par les derniers mots de sa fille, Don Alejandro ne put que constater l'amertume de Carmen dont les souffrances témoignaient du fanatisme mortifère des religieux auquel fut confronté le jeune couple de médecins.

— Qu'allez-vous faire maintenant, vous êtes proscrits des terres de France ? s'interrogea-t-il.

— Nous allons restaurer votre hospice et avec votre accord, nous le ferons briller d'une telle renommée que les hommes et les femmes du plus humbles aux plus fortunés y seront accueillis et soignés.

— Tu as ma bénédiction ma fille et je te laisse aussi ma maisonnée dans laquelle vous pourrez vivre toi et ton époux.

— J'ai une chambre libre pour vous Boniface, dit Assomption ne lâchant plus le titan sous le regard complice de Carmen.

*****

Comme à son habitude et jugeant que les travaux n'avançaient pas assez vite, Don Alejandro maugréait et pestait contre Boniface. Accoutumé au fichu caractère du bonhomme, le géant se fendit de son plus beau sourire, descendit de son escabeau et invita mon vieux maître à partager un verre de vin. Don Alejandro s'extasia une fois de plus des récits et de la vie aventureuse de Boniface.

L'ouvrage allait bon train, Boniface rehaussait les murs délabrés, déposait charpentes et boiseries, rebâtissait les chambres, la salle d'auscultation et le laboratoire. Le soir, épuisé d'une douce fatigue, il dévorait la cuisine d'Assomption et s'endormait dans ses bras.

Glossaire

Aigrefin : Voleur – Escroc
Anachorète : Ermite
Banneret : Titre de noblesse
Barnage : Ensemble des barons
Bayle : Prévôt
Bélître : Gueux
Bougrerie : Sodomie
Bourdon : Canne
Camail : Capuchon de mailles
Cathèdre : Trône liturgique
Cénacle : Réunion de personnes ayant des activités communes
Chapel : Casque
Collée : Coup du plat de l'épée
Condottiere : Mercenaire
Cottereau : Brigand – Hors la loi
Cranequin : Mécanisme de tension
Dondaine : Carreau d'arbalète
Échevin : Magistrat
Embranché : Pendu
Estafier : Garde du corps
Faix : Fardeau
Fin'Amor : Amour courtois en langue d'Oc
Gagne Misère : Misérable
Gambison : Vêtement matelassé
Gasconnade : Fanfaronnade

Griveton : Simple soldat
Hobereau : Petit noble de basse extraction
Jaseran : Cotte de mailles
Jurat : Magistrat
Laudes : Prière du lever du soleil
Maisnie : Troupe armée
Martyrologue : Recueil dans lequel sont inscrits les noms des martyrs
Matinel : Repas du matin
Obituaire : Registre des morts
Paladin : Chevalier
Patène : Plat sacré sur lequel on dépose l'hostie
Prévaricateur : Personne qui ne respecte pas les devoirs de sa charge
Quarantaine : Durée de quarante jours d'un service de chevauchée
Reître : Soudard
Roncin : Cheval trapu
Satrape : Despote
Sicaire : Tueur à gages
Simonie : Vente d'objets sacrés
Stipendié : Mercenaire
Stropiat : Estropié
Tire Laine : Malandrin – Voleur
Tref : Tente
Ventrière : Accoucheuse
Vesprée : Crépuscule
Vireton : Carreau d'arbalète
Vitailles : Vivres

Remerciements

Claude ROBION – Maistre Claude – Merci pour ta gentillesse, ton érudition et tes recherches qui m'ont permis d'éviter de nombreux écueils.

Hervé ESTEBANEZ – Ostéopathe.

Philippe MUNCK – Docteur en médecine.

Marjorie MIQUEL – Herboriste.

Clément CONSTANT – Professeur de Français qui m'a donné la passion de la lecture et de l'écriture.

Michel PEYRAMAURE – Écrivain dont les romans historiques m'ont inspiré.

Nicolas Gouzy – Écrivain.

Association Padern Culture et Patrimoine.

Mairie de Padern.

Sources historiques

Michel ROQUEBERT – *L'épopée cathare* (4 tomes) – Privat 1972-1979

Michel ROQUEBERT – *Citadelles du vertige* – Toulouse – 1966

Anne BRENON – *Le vrai visage du catharisme* – Loubatières – 1990

Anne BRENON – *Le petit livre aventureux des prénoms occitans* – Loubatières – 1992

Charles-Laurent SALCH – *Dictionnaire des châteaux et fortifications* – Publiotal – 1979

Jean FAVIER – *Dictionnaire de la France médiévale* – Fayard – 1993

Simon JEAN – *Les templiers des Pays d'Oc et du Roussillon* – Loubatières – 2003

ViOLLET le DUC – *Encyclopédie médiévale* – Inter-Livres – 1996

Georges BORDONOVE – *La vie quotidienne des templiers au XIII*[e] *siècle* – Hachette – 1975

Jûrgen THORWALD – *Histoire de la médecine dans l'antiquité* – Hachette – 1966

Sleim AMMAR – *Médecins et médecine de l'Islam* – Tougui – 1984

Sophie MACHETEAU – *Secrets et remèdes d'Hildegarde de Bingen* – Rustica – 2016

Dr Gottfried HERTZKA – Dr Wighard STREHLOW – *Manuel de la médecine de Sainte Hildegarde* – Résiac – 1988

Imprimé en France
ISBN 979-10-406-1583-5
Dépôt légal : 2e trimestre 2025
par Dupliprint (95)
N° d'impression : 2025110840